팔란티어

옥스타칼니스의 아이들

2

팔란티어

옥스타칼니스의 아이들

2

김민영 장편 스릴러 소설

황금가지

차례

본 작품은 1999년 출간된 「옥스타칼니스의 아이들」을
현시대에 맞게 수정하여 새롭게 출간한 개정판입니다.

이 책에 쓰인 본문 종이 E-light는 국내 기술로 개발된 최신 종이로, 기존에 쓰이던 모조지나
서적지보다 더욱 가볍고 안전하며 눈의 피로를 덜게끔 한 단계 품질을 높인 고급지입니다.

제12장
진흙을 빚는 사나이

5월 29일 목요일

따르르르!

정신없이 키보드를 두드리던 원철은 갑자기 걸려온 전화 소리에 반사적으로 고개를 들었으나, 이내 무시하고 다시 모니터로 눈을 돌렸다. 이렇게 바쁠 때 오는 전화는 반드시 여론 조사나 신상품을 선전하는 광고 전화들이다. 그나마 예전에는 직접 사람이 녹음한 소리였지만 이제는 컴퓨터로 합성된 전자음이 대부분이다. 하루에도 몇 번씩 바뀌는 내용을 일일이 다 녹음할 수 없어 그렇다고는 하지만, 애써 전화기를 집어든 후 건조한 금속성 목소리를 듣는 것은 결코 유쾌한 일이 아니었다. 게다가 지금은 전화기를 집어들 여유도 없었다. 대여섯 번 안에 받지 않으면 자동적으로 끊어질 것이다.

따르르르!

그러나 전화벨 소리는 포기하려 하지 않았다. 열 번 가량 벨이 울린 후, 원철은 마지못해 수화기를 집어들었다.

"여보세요."

"똥 누냐? 왜 이리 전화를 안 받아?"

욱이었다.

"웬일이야, 또?"

원철은 시계를 보았다. 오전 11시 30분이었다.

"너, 나 좀 만나야겠다."

"만나자고? 언제?"

"지금."

"뭐, 지금? 지금은 안 돼. 할 일이 태산 같다고."

"야, 이 개자식아! 네가 그러고도 친구냐?"

욱의 목소리가 천둥처럼 울려나오는 바람에 원철은 잠시 수화기를 귀에서 떼어야 했다. 개자식? 평소에 말을 막하긴 해도 욕은 안 하던 녀석이었는데…….

"너 지금 나보고 개자식이라고 그랬냐?"

"그래, 이 개자식아."

"아무리 친구라지만 너무한 거 아냐?"

"너무하다고? 너무한 건 너야. 친구가 뭐냐? 어려울 때는 도와 줘야 되는 거 아냐? 내 목이 달아나기 일보 직전인데 너 그런 식으로 외면할 수 있는 거야?"

욱이 녀석은 정말로 화가 난 듯했다.

"야, 내가 언제 널 외면했다고 그래?"

8

"어젯밤에 그 게임 하느라고 내 얘기는 들은 척도 안 했잖아."

"그 게임은 나한테 굉장히 중요한 거라고 말했잖아."

"시끄러. 나보다 게임이 더 중요하다고 생각하는 놈이라면, 난 널 더 이상 친구로 여기고 싶지 않아. 만날 거야, 말 거야? 말 거면 다시는 나한테 연락도 하지 마."

"……."

원철은 입맛을 다셨다. 프로그램 데드라인을 맞추기도 빠듯한 상황에서 또 시간을 허비할 순 없었다. 하지만 욱의 태도로 보아 거절하면 정말로 절교라도 할 것 같았다.

"좋아. 만나자. 하지만 난 서울까지 나갈 시간은 없어."

"서울까지 갈 필요 없다. 나 지금 분당에 와 있어. 라르고에 있으니까 당장 나와."

"분당? 너 출근 안 했냐?"

"출근? 월요일 밤부터 근신중인 놈이 출근은 무슨 출근이야."

"근신?"

"그래. 내가 얘기 안 했나?"

근신이라니, 금시 초문이었다. 기록에 남을 그런 일은 절대로 피해 가던 녀석인데 정말 뭔가 심상치 않은 일이 있는 것 같았다.

"알았다. 금방 가마."

원철은 수화기를 내려놓고, 프로그램 코딩이 너저분하게 널려 있는 모니터를 쳐다보았다. 나중에 다시 시작하려면 다시 한참을 헤매야 할 것이다. 그는 길게 한숨을 내쉬고 옷을 갈아입기 시작했다.

"무슨 얘기야, 근신이라니?"

원철은 자리에 앉자마자 물었다.

"월요일 밤의 일이야. 그날 아침에 네게 보여줬던 그 북케이스를 반장한테 뺏겼거든. 밤에 증거 보관소에서 다시 그걸 꺼내려다 들켰지."

욱이 손을 들어 종업원을 부르자, 원철이 물었다.

"그럼 지금 출근을 안 하고 있는 거야?"

욱은 고개를 끄덕였다.

"인마. 그럼 우리 집으로 그냥 오지, 왜 날 여기로 나오라고 그런 거야?"

원철이 불만스럽게 투덜대자 욱은 친구의 눈을 쏘아보았다.

"네 집에서 만나면 넌 어떻게든 날 빨리 보내고 하던 일을 하려고 할 거 아냐. 난 네가 내 얘기를 정말로 집중해서 들어주기를 바라. 그래서 네놈의 그 빌어먹을 컴퓨터에서 멀리 떨어진 이리로 부른 거다."

"알았다. 알았으니까 할 이야기가 있으면 빨리 해."

원철이 시계를 들여다보며 말했다.

"커피 둘."

욱은 다가온 종업원에게 주문을 하고 다시 원철을 바라보았다.

"야, 조바심 내지 말고 차근차근히 들어. 지금 난 정말로 네 도움이 필요해."

원철은 욱의 표정을 한동안 들여다보다가, 한숨을 쉬며 시계를 풀어서 주머니에 넣었다. 그러자 욱은 한숨을 쉬고 나서 이야기를 시작했다.

지난 일주일간 자신에게 일어난 일을 그럭저럭 조리 있게 이야기하는 데 성공한 욱은 종업원이 가져온 커피를 한 모금 마신 다음 원철에게 물었다.

"어때, 이건 뭔가 냄새가 나지 않아?"

"무슨 냄새?"

"이봐, 나도 바보는 아니야. 어젯밤 너희 집에서 나온 후로 생각을 좀 했지. 처음엔 그냥 분실 사실이 알려지면 내가 그 책임을 뒤집어쓰지나 않을까 하는 걱정뿐이었는데, 찬찬히 생각을 정리해 보니 그 정도가 아닌 거야. 들어볼래?"

욱은 수첩을 꺼내 펼치더니, 굵직한 목소리로 읽기 시작했다.

"첫째, 박현철의 컴퓨터는 도난을 당했다. 그리고 그 기록도 지워졌다. 둘째, 내가 보관소에 있던 시간에 반장과 NIS 녀석이 절묘하게도 시간을 맞춰 나타났다. 어때? 이 두 가지 사실만 보아도 뭔가 짚이는 게 있지 않아?"

"뭐가 짚인다는 거야?"

그러자 욱은 답답하다는 듯 얼굴을 찌푸리더니, 껌을 하나 꺼내 입에 구겨넣으며 말했다.

"이건 음모야, 음모."

"음모? 남자꺼, 여자꺼?"

"농담하지 말고 잘 들어봐. 반장과 최가놈의 타이밍은 우연이 아니야. 그 사람들은 그 시간에 거기 있을 이유가 없는 사람들이란 말이야. 그런 타이밍을 맞췄다는 건 계속 내 뒤를 미행했다는 이야긴데, 그럼 그 사람들이 왜 날 미행하고 있었을까? 응?"

욱은 스스로 흥분을 감추지 못하고 열을 내고 있었지만 원철은 그런 욱을 무관심하게 쳐다보며 되물었다.

"왜 그런 거야?"

"그거야 나도 확실히는 알 수 없지."

욱이 당연하다는 투로 말하자, 원철은 황당해하는 눈으로 그를 보았다.

"혹시 반장이나 그 최모라는 사람이 너한테 개인적인 원한이라도 있는 사람들이냐?"

"아니, 반장은 전혀 아니고, 최경식이랑도 사이가 좋은 것은 아니지만 원한 관계라고까지는 할 수 없어."

욱의 대답에 원철은 눈을 가늘게 떴다.

"그러면 뭐가 음모라는 거야?"

그러자 욱은 희미한 미소를 띠며 말했다.

"그래. 그 사람들이 날 미행한 동기에 관한 질문은 나도 수십 번도 더 던져본 거야. 물론 답은 없었어. 하지만 아까 두 가지는 분명한 사실이야. 컴퓨터는 없어졌고, 반장이 증거 보관소에 그 시간에 나타난다는 건 분명히 야로가 있는 일이었지. 그래서 밤새 고민을 하다가 한 걸음 뒤로 물러서서 생각을 해봤어. 그러니까 뭔가가 보이더군."

"뭐가?"

욱은 주위를 슬쩍 돌아보며 몸을 앞으로 숙이더니 목소리를 낮추어 말했다.

"생각해 봐. 반장이 날 처음 야단치고 컴퓨터를 빼앗아 간 건 월요일 아침의 일이야. 내가 그 빌어먹을 회사를 찾아갔던 건 토요일이고. 내 생각엔 내가 그 회사를 찾아간 사실이 누군가의 기분을 상당히 상하게 한 것 같아."

"그래서 반장이 네가 일하는 방식이 맘에 들지 않아 널 몰아내려고 이 모든 일을 꾸몄다?"

원철이 묻자 욱은 고개를 저었다.

"그렇게 단순하지만은 않아. 단지 내가 하는 일이 눈에 거슬려서 그런 거라면 그냥 날 수사반에서 빼버리면 되지, 박현철의 컴퓨터까지 없애버릴 필요는 없거든."

"널 수사반에서 그냥 빼버린다고? 그럼 네가 말하는 그 누군가가 경찰 고위층이란 얘기야?"

"흐흐흐, 그것도 한 가지 가능성이지만, 꼭 그렇지 않을 수도 있어. 하지만 토요일날 일어난 일에 대한 민원이 어떻게 월요일 아침에 나한테까지 날아오지? 반장은 월요일 새벽에 불려나와 국장한테 박살이 났다고 했어. 그건 이 모든 일의 뒤에 있는 게 누구건 간에 출근도 안 하는 주말에 대한민국 경찰의 치안감을 움직일 정도의 힘을 가진 사람이라는 증거야. 그리고 증거물을 빼돌리고 그 기록을 수정하는 일도 상당한 직위의 경찰 간부의 도움이 없이는 불가능한 일이지. 그 정도의 영향력이 있는 사람이라면 날 그냥 수사팀에서 빼서 지청으로 복귀 명령을 내는 건 식은 죽 먹기보다 간단한 일일 텐데, 왜 이리도 복잡하게 일을 벌이고 있을까?"

원철은 처음으로 욱의 말을 심각하게 듣기 시작했다. 사실 평소엔 북한산 인수봉을 무색케 할 정도로 절대 부동의 위엄을 자랑하는 녀석의 대뇌였지만 이런 종류의 문제를 파고들 때만은 불꽃이 튈 정도로 격렬한 회전을 한다는 것을 원철은 잘 알고 있었다. 욱은 눈을 반짝거리며 계속했다.

"난 컴퓨터가 없어진 사실에 주목했어. 처음엔 단지 나에게 뒤집어씌울 건덕지를 만들려는 거라고 생각했는데, 다시 생각하니 그게 아닌 거야."

"그럼 뭔데?"

"그 컴퓨터 자체가 없어져야 할 필요가 있었던 거지. 그건 팔란티어와 박현철을 이어주는 유일한 고리라고. 생각해 봐. 그게 없으면 박현철이 팔란티어를 하고 있었다는 걸 증명할 방법이 없잖아? 그래서 내가 영진에 나타난 사실을 알자마자 뜨끔해서 그 고리를 증발시켜 버린 거야. 그러곤 내가 과연 무슨 속셈으로 거기에 나타났는지 알아보기 위해 미행을 붙인 거고. 그놈이 누구든 간에 지금 가장 궁금한 건 내 속이 아니겠어? 아직은 그걸 모르니까 날 수사반에서 쫓아내지 못하는 거라고. 내가 뭘 알고 있는지 모르겠으니, 쫓아냈을 때 무슨 소릴 해댈지가 겁이 난 거란 말이야."

"이해가 안 가는군. 박현철이 팔란티어를 했다는 사실이 알려지는 게 뭐가 그렇게 꺼려지는 일이란 거지?"

"바로 그게 중요한 점이야. 지금까지의 내 짐작이 옳았다는 증거이기도 하고."

"뭐가?"

"이번 사건의 열쇠는 바로 그 팔란티어 안에 있어. 그 게임과 송 의원 살해 사건은 분명히 관계가 있다고. 누군가 내가 그 사실을 의심하고 있다는 걸 알아채고 손을 쓰고 있는 거야. 그리고 내 짐작이 틀리지 않다면 아마도 그 녀석은 그 사건에 깊이 관계가 되어 있는 놈이겠지."

"넌 전에는 배후 같은 건 없을 거라고 극구 단정했잖아."

"배후라곤 하지 않았어. 난 아직도 박현철이 누구의 사주를 받았다고는 생각하지 않아. 그 부분에서만큼은 난 내 육감을 전적으로 믿어. 하지만 도둑이 제 발 저리다고, 분명 무슨 관련이 있는 놈이기에 이런 일을 벌이고 있을 거야."

욱의 말을 듣고 곰곰이 생각에 잠겨 있던 원철은 천천히 고개를 저었다.

"아니, 아니야. 네 말을 듣고 보면 그 인간이 누구든지 간에, 팔란티어의 내부 사정을 즉시 보고받을 수 있는 위치에 있으면서, 대한민국 경찰의 치안감을 마음대로 움직이고, 또 합동 수사반의 반장과 NIS 요원을 시켜 널 미행하도록 할 수 있는 사람이란 얘긴데, 그런 모든 조건에 들어맞는 사람이 우리 나라 안에 누가 있겠어? 대통령?"

"꼭 한 사람일 필요는 없지. 예를 들어 어떤 집단일 수도 있는 거 아냐? 우리 나라 권력층의 심장부에 있는. 이 사건의 피해자가 국회 건교 위원장인 걸 잊지는 않았겠지?"

욱의 말을 계속 듣고 있자니 그 비현실적인 내용에도 불구하고 상당히 신빙성이 있는 것처럼 들리기 시작했다. 원철은 그의 입심에 깜박 넘어가려는 자신을 가까스로 부여잡으며 말했다.

"아닐 거야. 너무 말도 안 돼. 넌 지금 근신 처분을 받은 충격으로 모든 걸 피해 망상적으로 받아들이고 있는 것뿐이야. 컴퓨터 하나 없어진 걸 가지고 국가 권력층의 음모론으로까지 비약시키는 건 무리라고. 너무 끼워맞추기 식이야. 그냥 네가 잘못을 했고,

그래서 징계를 받았다, 이렇게 받아들일 수는 없는 거야?"

"그렇게만 생각해서는 설명되지 않는 부분이 너무 많아."

"내 생각에는……."

원철은 현재 시간을 어림잡아 보며 앞에 놓인 찻잔을 비웠다. 할 일도 밀려 있었고, 되도록 빨리 이 말도 안 되는 주장을 고집하는 녀석의 손아귀에서 벗어나고 싶었다.

"네가 애초에 박현철과 팔란티어가 무슨 관계가 있다고 생각한 것이 잘못이었던 것 같다. 이건 단순한 게임이라고. 계속 거기에 집착을 하니까 모든 일들이 이상하게 보이기 시작하는 거야. 이제 자기가 징계를 먹은 것까지 무슨 음모니 하는 이야기를 하는 걸 보면, 그건 집착을 넘어선 편집이야. 편집증!"

그러자 욱의 얼굴이 점점 일그러져가더니, 이윽고 온몸을 부들 부들 떨기 시작했다. 거구의 그가 몸을 떨며 노려보는 것은 사뭇 공포심을 유발시키는 자태였지만 원철은 눈도 깜짝하지 않았다.

욱이 소리쳤다.

"집착이라고? 네가 나한테 그런 소리 할 자격이나 있어? 도와 달라고 애걸하는 친구를 팽개치고 매정하게 컴퓨터 게임이나 하는 녀석이 진짜 집착이고 편집이야!"

"인마, 그럼 네가 지금까지 한 황당한 소리를 나보고 어떻게 믿으라는 거야?"

"왜 황당해? 컴퓨터가 사라진 것과 반장이 그 시간에 거기 나타난 걸 달리 설명할 방법이 없잖아. 권력층 어쩌고 한 건 비약된 거라고 해도, 뭔가 음모가 진행되고 있는 건 사실이라고."

"야, 욱아……."

"치워, 이 자식아! 믿지 못하겠으면 말아! 하지만 난 말이야, 네가 그 불황 속에서 몇 억짜리 집을 산다고 황당한 소리를 할 때 솔직히 가능하리라고 믿지는 않았다. 하지만 난 네가 도와달라는 부탁을 했을 때 아무 말 않고 돈을 빌려주었어. 왠지 알아? 그래도 그게 친구가 해야 할 일이라고 생각했기 때문이야. 내가 하는 얘기가 황당하게 들린다면 굳이 믿으라고 강요하지는 않겠어. 하지만 도와는 줄 수 있잖아. 내 목이 달린 일이란 말이야. 만약 지금 누군지가 그 컴퓨터 분실 건을 내 책임으로 뒤집어씌운다면 난 끝장이라고."

욱의 눈에는 굵은 핏발이 서 있었다.

"……후우."

깊은 한숨과 함께 원철은 머릿속으로 주판을 굴렸다. 오늘 하루를 공친다면 삼진 프로젝트의 코딩을 시간 내에 완성하기는 어려울 것이다. 다 만들어놓은 걸 바꾸자니 짜증도 나고 해서, 데이터베이스 쪽 일이 늦어지는 것을 핑계로 겨우 금요일로 미뤄놓은 데드라인이다. 그걸 지키지 못하면 강 과장의 분노는 지옥의 불길보다도 더 뜨거울 것이다.

'하지만…….'

원철은 아직도 분이 풀리지 않아 몸을 떨고 있는 욱을 바라보았다. 녀석은 상당히 어려운 선택을 강요하고 있었다.

'친구가 해야 할 일이라…….'

계속 욱을 쏘아보던 원철이 결심한 듯 말했다.

"좋아. 도대체 나보고 뭘 도와달라는 거냐?"

그러자 욱이 가까스로 얼굴을 풀며 말했다.

"좋아. 지금까지는 박현철과 팔란티어가 관계가 있다는 걸 증명하는 게 목적이었지만, 이젠 그걸론 만족할 수 없어. 난 이번 일로 확신이 섰다. 만약 박현철이 녀석이 송 의원의 목을 날려버린 걸 설명할 수 있는 방법이 있다면 그건 분명히 팔란티어 안에 있어. 하지만 난 사실 그 게임이 뭔지, 어떻게 돌아가는 건지도 모르잖아. 난 네가 그걸 설명해 줄 수 있었으면 해. 전에 말해 준 건 고맙게 들었지만, 그걸론 충분치 않아. 그리고 너도 그 게임을 즐길 뿐이지 그 속내 돌아가는 건 잘 모르고 있잖아? 그걸 자세히 알수 있다면 그 안에서 박현철과 송 의원 사이의 관계를 증명할 단서를 찾을 수 있을 거야."

"그래, 네 말대로야. 난 사실 게임의 시스템 측면에 대해서는 잘 모른다고. 그런데 어떻게 도와달라는 거야?"

원철이 항변하자 욱은 간단하다는 투로 말했다.

"내 생각엔 말이야, 네가 하는 일에 종사하다 보면, 그런 게임을 만드는 사람들을 한두 명쯤은 알고 있으리라고 믿어."

"야, 너 이 형 앞에선 진짜 조용히 입 다물고 있기다, 응?"

원철은 계단을 올라가면서 욱에게 재차 다짐을 두었다.

"알았다니까. 내가 뭐 언제 이유 없이 떠벌이던? 난 원래 누가 말만 시키지 않으면 가만히 있는 타입이잖아."

"허!"

원철은 욱의 말에 기가 막힌다는 듯 코웃음을 치며 계속 계단을 올라갔다.

4층 문 앞에 다다른 원철은 다시 한번 욱에게 말했다.

18

"다시 한번 말하는데, 이 형은 말이야, 자존심 하나로 사는 사람이야. 사실 이 계통에서는 1, 2위를 다투며 최고의 대접을 받는 사람이라고. 절대로 그 형 말을 의심하는 태도를 보여선 안 된다고."

"의심하면 어떻게 되는데?"

욱이 묻자 원철은 얼굴을 찌푸렸다.

"너 자꾸 그러면 나 그냥 간다."

"알았다, 알았어. 난 그냥 입 닥치고 듣기만 할게. 됐냐?"

원철은 욱의 뻔뻔한 얼굴을 한번 더 쏘아본 후, 돌아서서 초인종을 눌렀다. 상당한 시간이 지나서 문 안쪽으로부터 굵직한 목소리가 날아왔다.

"누구야?"

"형, 저 원철이에요."

역시 한동안 시간이 지난 후에야 삐익 소리를 내며 문이 열렸고, 문틈 사이로 핏발 선 눈에 수염이 더부룩한 얼굴이 튀어나오더니 원철과 욱을 아래위로 훑어보았다.

"어, 원철이구나. 어서 들어와."

10초 가량 눈을 굴린 후에야 원철을 알아본 그 얼굴이 커다란 웃음을 떠올리며 말했다.

문 안으로 들어서던 욱은 코를 찌르는 냄새에 잠시 정신이 아찔했으나, 이내 눈이 휘둥그레져 집안을 둘러보기에 정신이 없었다.

현관에서 마루까지의 벽은 모두 게임 포스터로 도배가 되어 있었다. 그것도 아무렇게나 덕지덕지 붙어 있는데 워낙 수가 많아 그 밑의 진짜 벽지는 하나도 보이지 않았다. 그리고 방바닥에는 구겨진 옷가지와 뭔가를 잔뜩 갈겨쓴 종이들이 발디딜 틈도 없이 수북이 쌓여 있었다. 원철의 뒤를 따라 그 사이를 조심스레 걷던 욱은 대문을 들어설 때 후각을 유린했던 그 냄새가 무엇인지 깨달 았다. 그건 흔히 홀아비 냄새라고도 불리는 밀린 빨래 냄새였다.

"앉아라."

사내는 역시 벗어놓은 옷가지가 수북한 소파를 가리켰다. 적당 히 옷을 밀고 자리를 만든 원철과 욱이 엉덩이를 붙이자, 사내는 눈을 끔벅이며 욱을 바라보았다.

"아, 이쪽은 내 친구인 욱이라고 해요. 그리고 이 형은 백호철 이라고 내 선배 되시는 형이고."

건성으로 목례를 나눈 욱은 앞에 서 있는 사내를 찬찬히 뜯어보 았다. 나이는 한 서른예닐곱 정도? 얼굴의 수염은 기르는 건지 깎 지를 않은 건지 전혀 구분이 가지 않았고 입고 있는 티셔츠와 반 바지는 언제 빤 것인지 알 수 없을 정도로 주름이 꼬깃꼬깃했다.

"웬일이야?"

호철이라 불린 사내는 퀭한 두 눈을 연신 끔벅이며 물었다. 원 철은 얼굴에 어설픈 미소를 지었다.

"형 본 지도 오래 됐잖아. 같은 회사에 근무하면서 학교 선배한 테 너무 소홀했던 것 같아서."

그러자 호철은 같잖다는 듯 코방귀를 뀌었다.

"시끄러 인마. 씨알이라도 먹힐 소릴 해라. 너네 블레이드 팀, 돈 버는 데 정신이 없어서 딸딸이 칠 틈도 없다는 거 잘 알아. 빨 리 용건이나 말해."

원철은 '쩝' 하고 입맛을 다신 다음 말했다.

"실은 온라인 게임에 대한 궁금한 게 좀 있어서."

"온라인 게임?"

호철의 눈에 갑자기 생기가 돌았다. 그는 양반다리로 바닥에 주저앉으며 원철에게 계속하라고 손짓을 했다.

"응, MMORPG인데……."

원철이 서두를 꺼내자 호철은 다 듣지도 않고 그의 말을 잘랐다.

"MMORPG라, 뭐지? '엑스칼리버'? '칼라미티아'? 아니면 '그룬데하르트 전설'? 아, 맞아. 네가 관심을 가질 정도면 '크루세이더' 겠군. 요즘 한다 하는 사람들은 다 크루세이딜 하지. 그거 정말 공들인 거야."

"아녜요, 형. 실은 형이 만든 게임이 아닌 것 같아서……."

원철이 말꼬리를 흐리자 호철의 표정이 갑자기 굳어졌다.

"그럼 내가 만든 게임도 아닌데 왜 날 찾아와서 난리야?"

"당연히 형을 찾아와야지. 누가 만든 건지는 모르지만, 형이 아니면 누가 내 궁금증을 풀어줄 수 있겠어요."

그러자 호철의 표정이 누그러지면서 미간의 주름이 펴졌다.

"흠. 그렇다면 제대로 찾아오긴 찾아왔군. 하긴 국환이 녀석이 사라진 후론 온갖 잡놈들이 다 날 괴롭히고 있지. 아, 네가 잡놈이란 이야긴 아냐. 그 족제비 같은 녀석이 사라지니까 드디어 사람들이 내 진가를 알아보기 시작했다 이거야. 아마 최근에 만들어진 온라인 게임이라면 조금이라도 내 손길이 닿지 않은 녀석은 없을 걸?"

듣고 있던 욱은 호철의 말투에 밴 오만함에 속이 다 울렁거렸지만 그 울렁거림이 얼굴에 나타나지 않도록 애를 썼다.

"그래요. 사실 이런 일로 형 말고 누굴 찾아오겠어?"

원철은 다시 한번 아부성 발언을 뿌린 다음 본론을 꺼냈다.

"팔란티어라는 게임인데, 혹시 들어본 적 있으세요?"

호철이 머리를 갸우뚱하자, 원철이 다시 덧붙였다.

"영진 판타지라는 곳에서 운영하는 게임이던데."

호철은 별거 아닐 거란 투로 물었다.

"게시판에서 얼핏 들어본 것 같은데……, 그냥 기획 단계 게임 아니야?"

"아냐, 운영중인 판타지 온라인 게임이지. 그런데 유저 인터페이스가 좀 별난 것 같아. DLD하고 에브왐이라고 하는 걸 이용하는데, 그게 뭐냐 하면……."

"뭔진 나도 알아."

호철이 날카롭게 원철의 말을 끊었다.

"내가 이 방구석에서 온라인 게임 기획만 하고 있는 줄 아냐? 나도 할 공부는 한다. 실제로 DLD는 이미 여러 곳에 쓰이고 있는 거고, 에브왐은 버그 때문에 도태된 장비 아니냐. 그런 걸로 인터페이스를 만들었다면 보나마나 비싼 돈으로 유저들 등쳐먹는 사기일 거야."

"사기는 아닌 것 같던데……."

원철이 더듬거리자 호철이 짧게 웃음을 터뜨렸다.

"네가 에브왐 이야기를 꺼냈으니 말인데, 그게 개발 단계에 있었을 때는 모두들 그 가능성에 홀딱 반했지. 엄청난 돈이 들어갔고, 나 역시 개발 상황을 주시하고 있었어. 그런데 어떻게 된 줄 알아? 아무리 해도 버그 때문에 입출력 장비로서의 값어치를 할 수 없게 된 거야. 그 뭐냐 충동 신혼가 뭔가 때문에 말이야."

"충동 전위 신호요."

원철이 말하자, 호철은 못마땅한 눈으로 후배를 한번 날카롭게 쏘아본 후 계속했다.

"그래. 하여간 그걸 해결할 수가 없었잖아. 사람의 뇌를 뜯어고 치기 전에는 불가능한 일이었으니까 말이야. 결국 모든 게 일순간에 날아가 버리고 말았지."

"저기, 하지만요……."

원철이 조심스레 반론을 제기했다.

"판타지 게임이라면 사실 그냥 찌르고 베는 반사적인 동작들로 이루어지는 거 아닌가요? 그런 게임이라면 충동 전위 신호를 이용한 인터페이스도 생각할 수 있지 않을까요?"

그러자 호철은 씨익 웃으며 원철을 손가락질했다.

"하, 너같이 생각한 녀석이 전에도 있었지. 바로 미친 코뿔소 녀석이 그랬어."

"국환이 형이요? 이국환?"

"그래. 넌 우리 둘이 한 프로젝트에 참여했던 거 모르지?"

"몰라요. 형들은 매일 서로 으르렁거리기만 했잖아요."

"그래. 물론 학생 때부터 그랬지. 아마 3학년 땐가 게임 기획 경진 대회에서 부딪힌 게 처음이었고, 이 물에 발을 들여놓은 이후로도 계속이었단 말이야. 하여간 우리 사이는 모르는 사람이 없을 정도였잖아. 그런데도 어느 날 노바의 박 과장한테서 그 족제비 같은 놈을 임시로 팀에 넣겠다고 연락이 오더군. 정말 그때 생각을 하면……."

호철은 잠시 주먹을 불끈 쥐고 부르르 떨었다.

"하여간 녀석이 들고 온 아이디어가 바로 에브왐을 이용한 온라인 게임이었어. 그 파머슨 연구손가 뭔가에서 두 손 번쩍 들고 개발 포기를 선언하고 난 직후의 일이지. 녀석의 주장은 에브왐이 입력 장치로서는 실패작이지만 온라인 게임의 인터페이스론 손색이 없다는 거였어. 하지만 우리도 결국은 두 손을 들고 말았지."

"왜요?"

"온라인 게임은 동적인 게임과 정적인 게임으로 구분을 해. 동적인 게임은 내용이 계속 컴퓨터에 의해 리프레시되는 거고, 어포넌트(Opponent)(적)의 출현도 계속 랜덤하게 이루어지지. 결국 같은 장소에 가더라도 어제는 괴물이 없고 오늘은 있고 하는 식이라고. 반대로 정적인 게임은 모든 게 미리 못박혀 있는 거야. 제작자가 처음에 여기저기에 어포넌트를 배치하고 나면 게이머가 그들을 상대해 가는데, 일단 한 곳을 클리어하고 나면 그걸로 끝인 거지. 한번 죽은 어포넌트는 그걸로 끝이란 말이야. 일반적인 PC용 RPG 게임과 비슷하다고 생각하면 이해가 쉬울 거야. 각기 장단점이 있는데, 동적인 MMORPG는 한번 만들어놓고 나면 제작자가 거의 신경을 쓰지 않아도 되는 대신에, 매일 되풀이하는 단순한 치고 박기 외엔 다른 할 일이 없다는 단점이 있지. 반대로 정적인 MMORPG는 제작자가 계속 새로운 부분을 만들어 추가해 주어야 한다는 단점이 있는 대신에, 유저들에게 좀더 현실감을 주고 일종의 스토리 라인 같은 걸 구성할 수도 있다는 장점이 있단 말이야."

호철은 눈을 반짝이며 일사 천리로 말을 이었다.

"간단히 예를 들어 한 게이머가 어느 날 A 지역에서 실패를 하고 돌아왔다고 쳐보자. 그 후 그 지역의 상황에 맞게 다른 게이머들을 규합해서 다시 찾아갔는데, 막상 가보니 A 지역의 상황이 다시 랜덤하게 바뀌어 있다고 하면 정말 짜증이 나지 않겠어? 결국 게이머들 간에 서로 정보를 나누고 그런 정보에 맞춰 팀을 짜고 하는 MMORPG 특유의 재미를 100퍼센트 살리려면 정적인 온라인 게임이 역시 제격이란 말이야. 그런데 실제로는 완전한 정적 온라인 게임은 유지 운영하기가 너무 힘들어서 실현이 불가능해. 한번 깨고 치우는 PC 게임이야 그렇게 만드는 게 가능하겠지만 수천 수만 명이 동시에 접속하는 MMORPG에 매일 새로 디자인된 부분을 확장시켜 추가하고 있을 수는 없거든. 그래서 싸구려 MMORPG들은 대부분 동적인 방식을 택하는데, 그게 사용자들이 금방 질려버리는 원인이 된다고. 그래서 실제로 좀 괜찮다고 하는 MMORPG들은 대부분 정적인 방식과 동적인 방식을 적당히 섞어서 운용하지. 어느 정도 정적인 스토리 라인을 가지면서, 또 상당부분은 동적인 랜덤 방식으로 처리하는 믹스드 타입으로 말이야."

원철이 조심스럽게 끼어들었다.

"저기……, 그런데 국환이 형과 하시던 프로젝트는 왜 포기하셨는데요?"

"가만있어! 안 그래도 그 얘기를 하려던 참이야. 우리 정도 수준의 디자이너라면 동적인 MMORPG는 거들떠보지도 않거든. 그래서 두 가지 방식을 섞은 믹스드 타입 MMORPG를 계획했지. 그런데 초반 시뮬레이션 과정에서 이내 문제가 발생한 거야. MMORPG의 정적인 부분들, 즉 제작자가 스토리 라인 식으로 구성해 놓은 부분들을 해결하려면 게이머는 여러 가지 조건을 고려해서 앞으로 게임을 어떻게 진행할지를 결정해야 하거든. 그런데 에브왐을 사용하면 그 부분에서 당장 문제가 생기는 거지. 예를 들어 당연히 A 게이머와 팀을 이뤄 B 지역으로 이동을 해야 하는 상황에서도, 사람에 따라선 충동적으로 C 게이머를 데리고 D 지역으로 가버리기도 했거든."

원철은 호철이 무슨 이야기를 하는지를 금세 이해할 수 있었다. 바로 요즘 심심치 않게 원철을 당황스럽게 만들고 있는 '보로미어적 행동'에 대한 이야기였다.

"게이머에 따라 그 편차가 너무 심하다 보니 나중엔 이게 게임으로서의 기능을 아예 상실해 버리는 거야. 게임의 캐릭터가 게이머가 원하는 대로 움직여주지 않는다면 그건 이미 게임이 아니잖아? 어쨌거나, 덕분에 우리 팀은 개발비로 엄청난 액수를 날렸어. 비록 미국 애들이 계획을 포기한 후라 고철 값으로 구입한 거긴 하지만, 그 집채만 한 에브왐 장비를 들여오느라고 운송비만 얼마였는지 알아? 거기다 우리 계획이 완전히 무산되자 그때까지 돈을 댔던 투자자들이 난리를 피우는 바람에 박 과장은 사표 내고, 미친 코뿔소 그 녀석은 미국으로 날라버리고, 한동안 정말 아비규환이었다고."

"그런데 같은 노바에 있는 전 왜 이런 얘기를 전혀 듣지 못했죠?"

호철의 이야기에 의아해진 원철이 물었다.

"홍. 알 수가 없었지. 그 프로젝트는 시작부터 비밀이었으니까. 국환이가 잠시나마 노바에서 일했다는 걸 아는 사람도 극소수라고. 너무 참담한 실패여서 노바의 이름에 금이 갈까 걱정한 과장들이 다 쉬쉬하며 무마하는 바람에 조용히 처리되긴 했지만, 사실은 엄청난 사건이었어. 그런데 지금 네가 그 에브왐을 쓰는 MMORPG를 하고 있다 이거냐?"

"네."

"어떤 자식들인지 정말 양심도 없는 놈들이군. 그건 코흘리개 애들한테 불량 식품 파는 것과 똑같은 행동이야. 하자 있는 상품으로 뻔뻔스럽게 돈을 벌고 있는 거라고."

호철이 다시 주먹을 불끈 쥐며 열을 올렸다.

"저기, 잠깐만요."

아무리 들어도 이해가 되지 않는 이야기를 꾹 참고 듣고 있던 욱이 드디어 입을 열었다.

"뭐가 무슨 얘긴지 잘 알아듣지는 못하겠지만, 지금 중요한 건 조금 다른 문제여서."

"불량 게임으로 돈을 벌고 있는 파렴치한들이 설치고 다니는 것 말고 더 중요한 문제가 어딨어?"

호철이 눈을 부라렸다.

"저, 저기요, 호철이 형, 그 문제도 물론 중요하지만 아까도 말했듯이 우린 형의 지식을 빌리러 왔어요. 형 말고는 도와줄 능력이 되는 사람이 없어서요."

원철이 욱을 사납게 쏘아보며 황급히 말했다. 그러자 호철의 얼굴이 조금 풀어지며 말투가 부드러워졌다.

"응, 그래. 아까 뭐 궁금한 게 있다고 그랬지."

"네. 그런 종류의 MMORPG에서 어떤 캐릭터의 이름만 알 경우에, 실제 유저의 이름까지 알아낼 방법이 있을까요?"

"유저가 누군지를 전혀 모르는 상태에서?"

"네. 그러니까 어떤 캐릭터의 실제 유저가 누구다 하는 걸 확인할 수 있는 방법 같은 게 있나 해서요."

호철은 생각에 잠기며 뒷머리를 벅벅 긁었다. 욱은 하얀 가루가 호철의 어깨에 뽀얗게 내려앉는 것을 보고 다시 울렁이는 속을 누르기 위해 안간힘을 썼다.

"일단 가장 쉬운 방법은……."

머리를 긁던 손을 멈춘 호철은 손톱 사이에 낀 물질들을 후후 불어대며 말했다.

"그 캐릭터에게 물어보면 되겠지. '너 누구냐? 어디 사냐?' 그럼 간단하잖아?"

"그건 좀 어려울 것 같네요. 실은 캐릭터 이름만 알 뿐, 게임 안에서 그 캐릭터를 만난 건 아니거든요."

"그래? 그럼 그 캐릭터를 찾으면 되겠네."

"그 넓은 게임 안에서 어떻게……, 그건 하늘의 별 따기보다 더 힘들어요."

"아냐. 그렇게 힘들지 않을 수도 있어. 만약 정적인 MMORPG라면 실제로 다른 캐릭터들에게 물어서 찾아가면 돼. 누굴 언제 어디서 보았다 하는 것만 알면 그 다음부터는 그냥 그 발자취를 쫓아가면 되거든."

"흠……, 하지만 만나도 물어볼 수 없는 상황일 수도 있잖아요. 죽었다거나."

원철이 곤란하다는 표정을 짓자, 호철이 또 말했다.

28

"이것도 저것도 안 된다면, 그땐 조금 불법적인 방법을 쓰는 수밖에 없지."

"불법요?"

"암. 해킹 말이야. 어떤 MMORPG건 사용료를 청구할 거 아냐? 그러니까 MMORPG 자체에 접근을 하는 게 아니라 바로 그 사용료 청구 시스템을 슈퍼 유저 레벨로 해킹하는 거야. 아마 아이디에 연결되어 이름뿐 아니라, 주민 등록 번호에 집 주소까지 재까닥 나올걸?"

원철은 반사적으로 욱을 돌아보았다.

"하지만 그건 통신 비밀 보호법에 저촉이 되는 거 아녜요?"

욱이 묻자 호철이 답답하단 투로 말했다.

"물론이지. 법을 준수해 가며 한다면 해킹이라고 부를 수 없지."

욱이 다시 물었다.

"다른 방법은 없을까요?"

"지금 당장 생각나는 방법은 없는걸."

호철이 대답했다. 원철은 답답한 듯 담배를 꺼내 피워물었다.

"그럼 한 가지 더 여쭤볼게요."

욱이 눈을 반짝이며 물었다.

"만약에 어떤 사람이 그 게임 안에서 무슨 일을 당했다면, 나중에 그걸 알아볼 방법이 있을까요? 뭐 현장 검증이나 사건 재구성식으로 말예요."

호철은 눈을 끔벅이며 무슨 말인지 모르겠다는 얼굴로 욱을 바라보았다.

"그러니까, 그 게임 안에서 무슨 일이 있었다면, 나중에라도 그 증거를 모으거나 할 수 있느냔 말이에요."

욱이 답답하다는 투로 말하자, 호철이 고개를 갸우뚱거리며 대답했다.

"글쎄. 남아 있을 수도 있고 아닐 수도 있지. 하지만 정적인 MMORPG라면 일단 다른 게이머들의 눈이 있으니까 '증인'은 충분할 테고, 또 MMORPG의 정적 요소에 무슨 변화가 생기는 일이라면 물론 남아 있겠지."

이번에는 욱이 눈을 끔벅이며 호철을 쳐다보았다. 욱이 눈썹을 찡그리며 뭐라고 다시 입을 열려는 순간 원철이 먼저 끼어들며 물었다.

"저기, 하지만 운영자가 게임의 내용을 맘대로 바꿀 수도 있잖아요?"

"흐음, 그래. 옛날식 MMORPG라면 그럴 수도 있지."

호철이 욱과 더 이상 이야기하지 않아도 되어 다행이라는 표정으로 아예 원철을 향해 돌아앉으며 말했다.

"그럼 요즘은 안 그런가요?"

"당연히 안 그렇지. 5년 전만 해도 던전의 크기가 그럭저럭 수동으로 조작할 만했지만, 이제는 안 그래. 웬만한 게임들의 크기가 나라 하나 정도로 커지고 그 안에 포함되는 변수들도 부지기수로 늘어났거든. 전에야 헥사콘 하나에 한 열 개 가량의 변수가 고작이었지만 요즘은 게임의 자유도를 높이기 위해서 100개, 200개는 기본이거든. 그 변수들이란 게 사실 다 서로 연관이 되어 있고 연동이 되어 있다 보니 운영자가 수동 조작으로 한두 개 변수를 조작한다는 건 요즘엔 상상도 할 수 없어. 잘못하다가는 게임 전체가 어긋나버리기 십상이거든. 예를 들어 이런 거지. 어떤 게이머가 게임 내에서 단 하나밖에 없는 아이템을 자기만 아는 곳에 숨겨놓았다고 치자. 그런데 운영자가 그런 사실을 모른 채 마음대로 그 부분의 던전을 지운다든가, 아니면 내용을 청소하고 새로운 아이템들로 채워놓는다든가 해봐. 그 게이머는 황당할 거 아냐? 게임이란 게 결국 사용자들의 환상을 이용하는 건데, 그런 식으로 환상에 금이 가면 그 게임은 끝장이야."

호철은 침까지 튀겨가며 계속했다.

"그리고 만약에 그 아이템이 게임의 스토리 진행상 꼭 필요한 거라면 절대로 해결될 수 없는 과제를 만들게 되고, 또 그 과제가 풀려야 진행될 수 있는 다른 과제들도 영원한 미제로 남게 된다고. 나중에, 수백 명의 사용자들이 수백 수천 개의 변수를 바꾸어버린 다음에 그 실수를 복구하려고 해봐. 그건 도저히 불가능한 일이지. 그리고 실제로 운영자가 게임 내용에 함부로 손 대다가는 프로그램 오류를 유발해 시스템 전체를 다운시킬 위험까지도 있어. MMORPG 시스템이 한번 다운되면 얼마나 난리인 줄 알아? 다시 가동시켜도 어트리뷰트가 엉망이 됐느니 아이템이 사라졌느니 하면서 사용자들 불평이 이만저만이 아니야."

"그러면 정적 요소에 한해선 게임 안에서 한번 일어난 일을 지워버릴 수 없다는 얘긴가요?"

"세이프티 가드(Safety guard)가 있는 MMORPG라면 불가능할 거야."

"세이프티 가드?"

"그래. 온라인 게임 디자이너들의 구세주라고 할 수 있는 거지. 사실 우리도 사람이다 보니 게임이 돌아가면서 그 무수한 변수들이 하나도 어긋나지 않는다는 보장을 100퍼센트 할 순 없어. 어느 바보 같은 운영자가 멍청한 실수를 할 가능성은 언제나 상존하는 현실적 위협이거든. 그래서 아예 처음 시동을 걸기 전에 모든 변수를 이니셜라이즈시킨 상태에서 세이프티 가드를 작동시키지. 일단 세이프티 가드가 작동을 하고 나면, 아예 기초 보안 레벨에서 정상적인 유저 채널을 통하지 않는 그 어떠한 변수 조작도 거부해 버리는 거야. 내용을 더하거나 MMORPG를 확장시키는 정도는 허락을 하지만, 그 이외의 모든 상황은 슈퍼 유저 차원에서도 조작할 수 없게 되는 거지."

"도대체 그게 무슨 말이에요? 하나도 못 알아듣겠네."

뚱해 있던 욱이 참지 못하고 입을 열었다. 그러자 호철은 고개를 휙 돌려 욱을 째려보며 말했다.

"뭐라고? 그러는 너야말로 알아듣지도 못할 걸 왜 듣고 앉았어?"

"아니, 듣는 사람이 알아듣지도 못할 말은 왜 해요?"

호철이 인상을 찌푸리며 일어났다.

"뭐야? 모든 걸 네놈이 알아듣게 설명해 줘야 한다는 법이라도 있어? 모르면 공부해서 배우든지 하지, 어디서 큰소리야! 인마, 무식이 벼슬이야?"

무식? 아무리 친구의 선배 앞이라지만 욱은 순간적으로 꼭지가 확 돌아갔다.

"어이, 형씨. 아무리 내가 원철이 친구지만, 형씨랑 나랑은 오늘 첨 보는 사인데 말이 좀 심하슈."

욱도 자리에서 일어나며 특유의 건들거리는 말투로 을러대듯 말했다. 족히 두 뼘은 더 큰 욱이 내리찍듯 쏘아보는 모습은 옆에 선 원철이 보기에도 오금이 저릴 정도였지만, 호철은 전혀 꺾이는 기색이 없었다.

"얼씨구, 이 자식이? 못생긴 그 눈에 째려보면 어쩌겠단 거야?"

호철의 일갈에 욱이 가소롭다는 듯 다가서려는데 파랗게 질린 원철이 그 앞을 막아섰다.

"야, 이 자식아! 너 미쳤어? 나랑 약속을 하고도 이러기야? 우린 지금 도와달라고 온 거잖아?"

"비켜, 인마. 내 귀엔 도움 되는 소리라곤 한 마디도 들리지 않더라. 무식? 언제 봤다고 제가 나한테 무식이네 뭐네 하는 거야?"

욱이 원철을 거칠게 밀어붙이는 순간, 왼쪽 볼에 번쩍 하고 불덩이가 터졌다. 엔간한 욱이지만 순간적으로 '어이쿠' 하며 옆으로 밀렸고, 계속해서 어깨, 허리, 등에 연이은 충격이 날아왔다. 정신을 차려보니 어느새 자신은 현관에 주저앉아 있었고 사방에 날리는 비듬가루 속에 호철이 팔짱을 낀 자세로 코앞에 서서 내려다보고 있었다.

그 옆을 지나 허겁지겁 달려온 원철은 한 손으로 욱의 팔을 잡아끌며 다른 손으로 대문의 자물쇠를 열었다.

"호철이 형, 미안해요. 다, 다음에 다시 인사드릴게요."

비틀거리는 욱을 끌고 나가는 원철의 등에 호철의 갈라진 목소리가 날아왔다.

"다시 볼 거 없다. 그리고 너, 저런 놈이랑 다니면 옮는다. 용우함은 물을 주지 않아도 자란다더라."

원철은 문을 닫는 둥 마는 둥하며 허겁지겁 욱을 끌고 한 층을 내려간 다음에야 숨을 돌렸다. 그는 비틀거리는 욱을 계단에 앉힌 다음 성난 목소리로 핀잔을 주었다.

"인마. 내가 그렇게 주의를 줬는데도 화를 자초하냐?"

"어이 씨, 저 인간 도대체 뭐야?"

조금 정신이 든 욱은 얻어맞은 부위들을 어루만지며 투덜댔다. 그런데 희한하게 볼을 빼고는 별로 아픈 곳이 없었다.

"저 형, 저래봬도 태껸 기예 보유자야."

"태껸?"

"그래. 옛날에 전통 무술을 소재로 무협 온라인 게임을 만든다고 설치다가 삼천포로 새서, 태껸 배운답시고 산 속에 1년이나 처박혀 있었대. 그리고 지금도 저 아파트 안에서 생전 나오지도 않고 게임 디자인하고 태껸 수련만 하는 사람이라고."

"인마, 그런 건 미리 말을 해줘야지."

"내가 너랑 저 형이랑 주먹다짐을 할 거라는 걸 어떻게 알고 미리 그런 얘기까지 해주냐? 그리고 네 녀석이 내 말대로 조용히만 있었으면 이런 일이 일어나지도 않았어! 제기랄, 이젠 나까지 저 형 보기가 껄끄러워졌잖아!"

원철이 으르렁대자 욱이 투덜거렸다.

"씨발, 머리에 털 나고 이렇게 맞아보긴 처음이네. 왜 저런 미친 녀석을 찾아왔어? 다른 사람 없어? 어느 정도 정상적인 사람으로."

"없으니까 그러지. 우리 나라에서 저 형하고 실력을 견줄 만한 사람은 미친 코뿔소라고 이국환이란 형뿐인데, 1년쯤 전에 갑자기 모든 연락을 끊고 사라져버렸어. 아까 호철이 형 애기하는 거 못 들었어? 아마도 프로젝트 실패로 빚 지고 미국으로 도피한 모양이야."

"근데 저 사람 도대체 무슨 얘기를 한 거냐? 온라인 게임 안에서 무슨 단서를 찾을 수 있다는 거냐, 없다는 거냐?"

원철이 한숨을 쉬었다.

"후우, 일단 제우스가 박현철이라는 것은 사용료 청구 시스템을 해킹하지 않고는 현재로선 확인할 방법이 없다는 것이 결론이고……."

"그건 나도 알아들었고."

"장하다."

욱이 말을 끊자 원철은 빈정대듯 대꾸를 한 다음 계속했다.

"그리고 제작의 특성상, 팔란티어 같은 온라인 게임은 그 내용을 함부로 지워버리거나 할 수는 없다는군. 그러니 네 생각대로 만약 제우스가 팔란티어 안에 뭔가 단서가 될 만한 흔적을 남겼다면, 그게 아직 남아 있을 확률은 있는 거지."

아직도 왼볼을 문지르면서도 욱의 얼굴엔 커다란 미소가 피어올랐다.

"됐어. 역시 내 짐작이 맞았어. 역시 뭔가가 팔란티어 안에 남아있기 때문에 그 난리를 치는 거였어."

원철은 그런 친구를 기가 차다는 듯 바라보다 말했다.

"그런데 나도 정말 궁금한 게 하나 있다. 도대체 그 게임 안에서 무슨 단서를 찾겠다는 거냐? 박현철이가 송 의원 살인 계획서라도 예쁘게 적어 남겨놨기를 기대해?"

"그 단서가 뭔지는 찾기 전까지야 나도 모르지. 하지만 제우스의 행적을 추적해 가다 보면, 분명히 뭔가가 나올 거야."

"도대체 그 게임 안에서 어떻게 제우스의 행적을 추적하겠다는 거……."

원철은 답답하다는 듯 짜증을 내다 말고 갑자기 말을 멈췄다. 욱의 얼굴에 떠오른 약삭빠른 미소를 본 그는 후다닥 자리를 털며 일어났다.

"오, 노! 안 돼. 안 돼, 인마. 그건 절대로 안 돼."

원철이 소리치자, 욱은 미소를 머금고 따라 일어나며 그의 옷깃을 잡았다.

"인마, 난 아직 암말도 하지 않았는데 안 되긴 뭐가 안 된다는 거야."

"봐, 이거. 네가 생각하는 거야 뻔하지 뭐. 지금 나보고 팔란티어 안에서 제우스를 추적하라는 거 아냐!"

"우와, 너 어떻게 알았냐, 그걸."

욱이 원철의 옷깃을 놓지 않으며 빙글거렸다.

"야, 일단 이거 놔. 도망가진 않을 테니까."

원철이 욱의 손을 비틀어 풀었다. 욱이 손을 놓자 원철은 그에게서 한 걸음 물러서며 말했다.

"그건 네가 생각하는 것처럼 간단하지가 않아. 실질적으로 거의 불가능하다고."

"어째서? 이건 불법적인 것도 아니고 영장이 필요한 일도 아니잖아?"

"너도 아까 들었잖아. 충동 전위 신호. 그것 때문에 내가 아무리 제우스의 뒤를 쫓겠다고 생각을 하고 있어도, 실제로 게임 속에선 그게 마음대로 되지 않는단 말이야."

"아까 그런 얘기도 있었어?"

"어휴!"

원철이 머리를 쥐어뜯으며 한숨을 쉬자, 욱이 투덜거렸다.

"인마, 네가 설명을 안 해주는데 내가 그걸 어떻게 알아듣냐?"

욱은 일단 포기한 듯 몸을 돌려 계단을 내려가기 시작했고 원철이 머리를 저으며 그 뒤를 따랐다.

아파트 현관 입구에 다다른 욱은 걸음을 멈추고 원철을 돌아보았다.

"분명히! 분명히 팔란티어 안엔 뭔가가 있어. 비록 아직은 박현철과 그 게임과의 관계를 증명할 수도, 그리고 그 안에 있는 게 뭔시 알아낼 수도 없지만, 분명한 건 그 속에 뭔가가 있다는 거야. 그리고 현재로선 아무리 생각해도 네 도움밖에는 그걸 찾아낼 방법이 생각나질 않아."

"말했잖아. 그건 불가능하다고."

원철이 고개를 젓자 욱이 말했다.

"야, 넌 어떻게 해보지도 않고 가능하니 불가능하니 하는 소리가 나오냐?"

"아이 씨, 이 바보야! 그 게임 안의 캐릭터가 내 마음대로 움직여주질 않는데 나더러 어떻게 하란 말이야?"

"바보? 너도 그렇고 네놈의 비듬 덩어리 선배도 그렇고, 도대체 뭐가 문제야? 너희들이 말하는 걸 이해 못하면 무조건 바보라느니 무식하다느니 무시하려 들고! 너희들이 그렇게 잘났어?"

욱이 따지듯 외쳤다. 원철도 더 이상 참을 수가 없었다.

"자식이, 내가 널 무시하는 거냐? 내가 불가능하다고 하는데 자꾸 딴소릴 하니까 그러지! 내가 하루 일 공치고 이렇게 도와주는데 넌 뭐냐? 잠시 입 좀 다물고 있으라는데 그것 하나 참지 못하고 나랑 호철이 형 사이를 틀어놓고 이제는 뭐? 너 잘났냐고? 어떻게 그 소리가 네 입에서 나오냐?"

원철과 욱은 서로를 노려보며 한동안 씩씩거리고 서 있었다.

한 5분이 지난 다음, 욱이 먼저 입을 열었다.

"그래. 내가 말이 좀 험했다. 하지만 그 게임 안의 캐릭터라는 거, 어차피 네가 움직이는 거잖냐."

"그거야 그렇지만……."

"난 솔직히 충동 어쩌고 하는 그게 뭔진 잘 모르겠다. 하지만 네가 진심으로 날 돕겠다고 맘을 먹고 있으면, 그 게임 안에서 제우스를 찾는 게 전혀 불가능하진 않을 거란 생각이 자꾸 든단 말이야."

원철은 반박을 할 수 없었다. 사실 애써 노력을 한다면, 100퍼센트까지는 아니더라도 보로미어를 통제하는 게 아주 불가능한 것만은 아니었기 때문이다.

한동안 침묵이 흐른 후, 원철이 말했다.

"좋아. 아무것도 약속할 순 없지만, 일단 시도는 해보마. 하지만 그러기 위해선 정말로 제우스를 찾아야 한다는 어떤 타당성이나 동기 같은 게 있어야 해."

"왜?"

"게임 안의 보로미어는 어떤 결정 상황에 놓이면 내 충동에 먼저 반응을 하거든. 그런데 난 아직도 사건과 관련된 단서를 그 게임 안에서 찾겠다는 게 뜬구름 잡는 이야기로만 들린단 말이야. 내가 그런 의심을 가지고 있는 한 아무래도 제우스를 찾는 일이 영 필요 없는 일처럼만 느껴질 테고, 그러면 게임 안에서 제우스를 쫓아 움직이고픈 충동을 갖기가 상당히 어렵단 말이야."

"젠장, 뭐가 그리도 복잡해? 희대의 살인 사건을 해결하겠다는 사명감만으로는 충분한 충동이 안 생긴단 말이야?"

욱이 투덜거리자 원철이 답했다.

"그런 얘기가 아니야. 이건 논리의 문제라고. 팔란티어 안에 뭔가가 있다는 건 지금 너 혼자만의 믿음일 뿐이잖아. 나보고 무조건 그걸 믿으라고 강요하는 건 무리야. 난 아직도 컴퓨터 온라인 게임 속에서 현실 살인 사건의 단서를 찾는다는 게 이해가 되질 않아. 물론 온라인 게임하다가 감정이 상해서 현피(현실 플레이어 킬)를 하는 경우도 종종 있지만, 이 사건은 그런 것과는 전혀 관계 없잖아. 송 의원이 팔란디어를 했던 것도 아니고 말이야. 지금 필요한 건 그 둘 사이의 관계에 대한 논리적 설명이란 말야."

그러자 욱은 얼굴을 찡그리며 잠시 생각을 한 다음 말했다.

"좋아. 이건 좀 불확실한 거라 말을 하지 않고 있었는데, 논리적인지 아닌진 몰라도 듣고 잘 생각해 봐. 사건 이후로 우린 박현철이란 사람의 배경을 거의 완벽하게 파헤쳤어. 그런데 그 녀석은 사건이 있던 그날까지 칼이라곤 손에 잡아본 적도 없는 샌님이란 말이야. 너 지금 네 손에 일본도를 쥐어주면 사람 목을 단칼에 자를 수 있을 것 같아? 그건 검도의 고수가 아니면 불가능한 일이야. 그런데 너도 봤지만, 그 박현철이 자식은 검도의 검 자도 모르는 놈이 순식간에 세 사람을 죽이고 한 명을 병신으로 만들었어. 그리고 그중 두 사람은 고도의 무술 훈련을 받은 경호원들이었다고. 도대체 그 녀석이 칼 쓰는 법을 어디서 배웠을까?"

원철이 대답을 하지 못하자 욱이 말했다.

"난 네 컴퓨터에서 그 팔란티어란 게임을 보면서 그런 생각이 들었어. 그 보로미언가 하는 녀석이 칼을 휘두르는 폼이 박현철이 녀석의 모습과 무척 닮았구나 하는 생각 말이야. 네가 처음에 그런 얘기를 했을 때는 황당한 소리로만 들렸거든? 그런데 나중에 실제로 그 게임 영상을 보고 나니까 그럴 수도 있겠다는 생각이 좀 들었어."

"뭐가 그럴 수도 있다는 거야? 그럼 네 말대로 날 봐. 그 게임을 한 지가 벌써 두 달이 가까워오지만, 손에 칼을 쥐어줘도 사람 목은커녕 강아지 한 마리도 베지 못할걸? 아마 휘두르다 내 다리나 자르지 않으면 다행일 거다. 네가 말하고 싶은 게 뭔지는 알겠지만, 아무리 실감이 나도 그건 게임이고 가상 현실일 뿐이라고. 현실의 인간을 살인자로 만들지는 못해."

욱이 고개를 끄덕였다.

"맞는 말이야. 바로 거기가 내가 막히는 부분이라고. 하지만 혹시 그 이면에 우리가 아직 이해하지 못하는 어떤 고리가 있는 게 아닐까? 난 팔란티어 안에서 제우스를 쫓다 보면 바로 그 연결이 드러날 거라고 믿어."

욱의 표정이 하도 진지했기 때문에 원철은 더 이상 반론을 제기하지 않았다. 황당한 이야기이긴 했지만, 사실 원철이라고 팔란티어에 대해 모든 걸 아는 것은 아니었다. 아직 알지 못하는 부분, 이해하지 못하는 것들이 있을 수도 있었다.

"휴우, 거 참 답답하구먼. 하지만 좋아. 일단은 팔란티어 안에서 제우스를 찾아보도록 하지. 하지만 솔직히 좀더 확실한 뭐가 있으면 좋겠다. 어쨌든 큰 기대는 마."

원철이 결심한 듯 말하자 욱이 고개를 끄덕였다.

"그래. 그것만 좀 부탁한다. 그 동안 난 박현철이 팔란티어의 이용자였다는 사실을 증명해 놓고 있을 테니까."

"뭐? 해킹 말고는 방법이 없다는데 어떻게? 네가 해킹을 하겠다는 거야?"

원철이 깜짝 놀라자 욱이 의기 양양한 표정으로 말했다.

"거 봐라. 너도 그렇고 그 호철이란 사람도 그렇고, 똑똑한 척은 혼자 다 하면서도 실제론 앞뒤가 꽉 막혀 있잖아. 인마, 꼭 사용료 청구 시스템을 해킹하기까지 해야 되냐? 사용료를 청구하면 요즘은 보통 통장에서 자동 이체를 시키잖아."

"그래."

"그러면 박현철이 통장의 거래 내용을 조회하면 되잖아. 그럼 일단은 팔란티어 게임 회사에 사용료를 지불한 게 나올 거고, 그럼 녀석이 이용자였던 것은 증명할 수 있단 말이야. 어쩌면 그놈의 아이디가 제우스였다는 것까지 증명할 수 있을지도 몰라."

원철은 감탄과 경이가 섞인 눈으로 앞에 서 있는 친구를 바라보았다. 욱은 턱을 높이 쳐들며 말했다.

"이제 알았냐? 나나 너나 무식하긴 다 마찬가지야. 다만 무식의 분야가 다를 뿐이지."

원철이 미소를 지으며 고개를 끄덕이자 욱은 헛기침을 한두 번 하고 덧붙였다.

"물론 단순히 박현철이 팔란티어를 했다는 사실만 증명하자면 그걸로 충분하겠지. 하지만 우리가 원하는 건 사건의 해결이라고. 정식으로 압수 수색 영장까지 받아서 팔란티어를 뒤지기엔 그 정도론 부족해. '근거 있는 의심'을 할 만한 증거를 잡지 않으면 안 된다고. 바로 그걸 네가 찾아줘야 하는 거야."

"알았다, 알았어."

원철은 빈 손목을 들여다보다가 주머니를 뒤져 시계를 꺼냈다. 시간은 벌써 오후 6시를 넘기고 있었다.

"자, 그럼 오늘은 더 이상 도울 일이 없으니 난 그만 가볼게."

원철이 작별 인사를 하자 욱이 소매를 잡았다.

"야, 저녁은 먹어야지. 오늘은 내가 거하게 살 테니까 저녁은 먹고 가라."

"안 돼. 여기서 집까지 가는 것만도 한 시간 반이야. 그리고 너랑 먹으면 분명히 또 술 먹게 될 거야. 오늘 까먹은 시간 메꾸지 못하면 나 데드라인 못 맞춰."

집에 가서 또 라면을 끓여먹을 생각을 하니 벌써부터 속이 느글거려 왔지만, 원철은 딱 잘라 거절할 수밖에 없었다. 욱은 어쩔 수 없다는 듯 잡았던 손을 놓으며 이죽거렸다.

"거 프리랜서라는 것도 꽤나 까다로운 직업이군."

"너처럼 괴롭히는 사람만 없으면 그리 까다로운 직업도 아니야."

원철이 쏘아주고 돌아서려는데 욱이 물었다.

"참, 아까 그 형이 마지막에 한 말이 뭐냐? 같이 다니면 뭐가 옳는다고 그런 거."

"아, 그거? 용우함이 옳는단 말이지. 그 형이 입버릇처럼 늘 하는 얘기야. '용우함은 물을 주지 않아도 자란다' 하는 말."

욱은 '아' 하는 표정을 지으며 고개를 끄덕였다.

원철이 돌아서서 두어 걸음을 떼어놓는데 뒤에서 욱의 목소리가 다시 들려왔다.

"야, 원철아. 그런데 용우함이 뭐냐?"

프로그래머는 고개를 돌리지 않은 채 외쳤다.

"모르면 찾아봐. 국어 사전에 잘 나와 있을 거다!"

제13장
서툰 구도자

5월 30일 금요일

욱은 숟가락을 집어들며 고인 침을 삼켰다. 돼지고기를 듬뿍 넣은 김치찌개에 고등어 한 마리, 가게에서 사온 도라지 무침과 계란 부침. 차린 것은 없었지만, 그래도 혼자 사는 처지에 이 정도면 진수 성찬이라 할 만했다.

어제 원철과 헤어진 후 집으로 돌아온 그는 그대로 자리에 누워 곯아떨어졌다. 아무리 폭음을 하더라도 하룻밤 푹 자고 나면 말끔히 회복되던 그였건만 이번엔 이틀이 지나도록 숙취의 잔재가 떠나질 않았다. 마신 양도 양이었지만, 욱은 그보다도 서른이란 나이의 무게가 슬슬 느껴지기 시작하는 듯하여 별로 좋지 않은 기분으로 오늘 아침 느지막이 잠에서 깨었다. 그러나 샤워를 하며 그런 기분을 깨끗이 떨어버린 그는 무슨 일이든 든든한 배로 시작해야 잘 풀린다는 평소의 철학에 따라 오랜만에 장을 봐와 직접 상을 차린 것이다. 물론 책방에도 들렀다.

식사를 마친 욱은 상을 치우자마자 밥상 겸 책상인 식탁에 앉아 사온 책을 펴들었다. 마지막으로 이런 자세를 잡은 지가 언제였는지 기억도 나지 않을 정도였고, 금세 거북한 기분이 목덜미에서 등골을 타고 번져갔다. 그러나 형사는 이를 불끈 물고 눈앞에 춤추는 글자들에 정신을 집중했다.

改訂版 精神醫學

겨우 해독할 수 있는 금박 글자들이 거미처럼 달라붙어 있는 두꺼운 표지를 넘기자, 역시 한문으로 빽빽한 서문과 목차가 나타났다. 그대로 덮어버리고 싶은 생각을 억지로 누르며 책장을 넘기자 드디어 '第1章 序論'이라고 적힌 페이지가 나타났다.

욱은 껌을 하나 까서 씹으면서 여전히 군데군데 한문과 영문으로 기워진 글을 읽어내려 가기 시작했다.

1. 精神醫學이란 무엇인가?

精神醫學(psychiatry, Pstchiatrie, psychiatrie)이란 그리스 語의 Psyche(=mind)와 iatreia(=medical treatment, healing)에서 유래된 것으로 의학에서 특히 정신 현상을 연구하는 分科이다. 이에 대해서 정신 의학 이외의 의학 부문은 모두 身體現象을 대상으로 한다. 그러나 정신 현상이나 신체 현상은 인간이란 有機體 전체에서 일부분을 말하는 것으로 서로 명확히 구별되거나 根本的으로 각각 별개로 존재하는 것이 아니다.

욱은 거의 즉각적으로 머리꼭지에서 관자놀이를 거쳐 양쪽 눈꺼풀을 내리누르기 시작한 무거운 기운과 맞서느라고 안간힘을 쓰며 이어지는 글을 계속 읽어내려 갔다.

공부를 시작하기로 결심한 것은 어제 집으로 돌아오는 길에서였다. 퇴근 시간 러시아워에 걸려 세 시간을 차 안에 갇혀 있으면서, 욱은 원철이 한 말에 대해서 곰곰이 생각을 해봤다. 녀석은 팔란티어 안에서 박현철의 흔적을 추적하는 일이 자신의 맘대로 되는 것이 아니라고 했다. 물론 무슨 소린지 완전히 이해가 가지는 않았지만, 충동 전위 어쩌고 하는 것 때문이라고 했다. 녀석이 나중에 한 이야기로 미루어보면 게임 안에서의 행동은 어떤 식으로든 원철의 충동에 반응하는 듯했고, 실제로 원철은 팔란티어 안에서 제우스를 찾으려면 그것을 위한 충동이 필요하다는 말도 했다.
욱이 생각하기에는 만약에 그 충동이란 것을 조절할 수만 있다면 원철이 팔란티어 안에서 마음대로 박현철의 족적을 추적하게 할 수 있을 것 같았다. 그러나 그러한 생각은 처음부터 '도대체 인간의 충동이란 게 무엇인가' 하는 문제에 부딪혀 멈춰 섰다.
비키지 않으려는 차들과 힘겨운 몸싸움을 하며 겨우 한강을 건넌 욱이 집 앞에 다다른 순간, 어떤 생각 하나가 번개처럼 머리를 스쳤다. 만약 팔란티어란 게임이 사람의 충동에 의해 돌아가는 게임이라면, 혹시 그 충동이란 것이 거꾸로 박현철에게 영향을 줄수도 있지 않았을까? 어쩌면 원철이 말하던 '충동'의 실체에 대해 이해를 할 수 있다면 팔란티어와 사건 사이의 연결을 설명할 수 있을지도 모른다.

이런 생각을 하며 잠든 욱은 아침에 눈을 뜨자마자 집의 책장을 뒤져보았지만, 책장은 목적했던 심리학 서적이 아닌 오래된 월간 남성 잡지와 수많은 액션 추리 소설들로 빽빽할 뿐이었다. 학교 때 들었던 심리학 개론 교과서나 몇 년 전에 강매당하듯 구입한 범죄심리학 서적이 분명히 어디엔가 있을 법했는데, 아마도 몇 번의 이사를 거치는 동안 버리거나 분실한 모양이었다.

다행히도 장을 보며 들러온 책방의 서가에는 몇 권의 심리학 관련 서적이 꽂혀 있었다. 제목을 죽 읽고 난 그가 심리학 서적이 아닌 정신 의학 서적을 골라잡은 이유는, 그 책이 가장 두껍고 비쌌으며, 고로 아무래도 좀더 자세하고 전문적인 내용이 실려 있을 거라고 판단했기 때문이다.

끙끙거리며 한자와 알파벳, 그리고 한글 자모가 범벅이 된 글을 읽어나가던 그가 고개를 든 것은 한 시간 남짓이 흐른 후였다. 기지개를 켜자 목과 어깨에서 '우두둑' 소리가 나며 뻐근한 통증이 허리까지 타고 내려왔다.

"에라이 쌍!"

페이지 수를 들여다본 욱은 자기도 모르게 욕지거리를 내뱉었다. 한 시간이나 사투했건만 겨우 아홉 페이지를 전진했을 뿐이었다. 게다가 읽은 내용이라곤 정신 의학의 역사와 학파, 분야 등등 전혀 도움이 되지 않는 내용들이었다. 최초의 정신 질환 수용소가 서기 705년 바그다드에 세워졌다는 사실이나 현대 정신 의학이 수십 가지의 요상한 이름이 붙은 학파로 나뉘어 있다는 사실 등은 우리 나라 인구의 극소수를 차지하는 일부 별종들에게는 흥미 있는 이야기일지 모르겠지만, 성미 급한 욱이 지금 읽고 싶은 내용은 절대로 아니었다.

거칠게 책장을 넘기자 골빡을 쪼개놓은 그림과 함께 역시 빽빽한 설명들이 나타났다. 투덜거리며 계속 책장을 넘기던 욱은 '정신 분석학의 기본적 이론'이란 단어에 이르러 손을 멈췄다.

정신 분석학에서 내세우는 기본적 가정은 精神決定論과 無意識에 관한 가설이다. 정신 결정론이란 모든 신체 현상이 인과 법칙에 의해 일어나듯이 정신적 현상도 전에 있었던 어떤 원인에 의하여 그 결과로 나타난다는 것이다. 무의식설이란 겉으로 보기는 다른 원인이 있는 것 같거나 혹은 무의미한 현상처럼 보이는 인간의 행동과 사고에 무의식적 충동이 결정적으로 중요한 역할을 하고 있다는 것이다.

한자와 영어가 적어 읽기가 편한 부분이기도 했지만, 결정적으로 욱의 눈을 사로잡은 것은 '충동'이란 단어였다. 그는 이어지는 글을 허겁지겁 읽어내려 갔다.

精神의 構造
정신이 마치 세 부분으로 되어 있는 것 같은 비유적 가설은 프로이트가 맨 먼저 사용한 후, 지금은 정신 병리를 논하는 데 있어서 필수 불가결한 것으로 되었다. 이들 세 부분은 서로 밀접한 상호 작용을 하고 있기 때문에 행동에 있어서 어느것이 주된 역할을 하는지 정하기는 쉬운 일이 아니다.

(1) 이드(id)

이드는 성격의 기본 체계 중 하나로, 태어날 때부터 존재하고 있는 본능을 포함하여 모든 심리적 구성 분자로 되어 있다. 이드는 심리적 에너지원이며 이드의 에너지는 신체 과정에서 유래한다. 이드는 본능적 욕구와 충동의 즉각적 만족을 요구하고, 현실과 환상의 구분이 없으며, 비논리적으로 1차적 과정의 사고를 통하여 그 나름의 특징적인 기능을 수행한다…….

욱의 눈은 또다시 '충동'이란 단어에 고정되었다. 그 옆에 있는 현실과 환상의 구분이 없다는 글귀 역시 확 눈에 들어왔다. 글은 계속 이어졌다.

(2) 自我(ego)

자아란 성격을 집행하는 부분으로, 성격의 의식에 해당되는 부분이 포함된다. 그 기능은 대부분 자동적이며 무의식에 해당하는 부분도 있다. 자아는 이드와 외계의 중재자이며 초자아, 과거의 기억 및 신체적 욕구와도 타협한다. 자아는 현실주의에 따라 움직인다. 현실주의의 목적은 현실을 판단하고 평가하는 데 있다.

자아는 이드의 충동을 만족시키려고 노력하나, 이와 동시에 존재하는 환경의 요구를 고려하여 필요한 경우 간접적이고 지연된 방법으로 이를 수행하는 2차적 과정의 사고를 허용한다. 이것은 논리적이고 객관성을 갖는 과정이다.

(3) 超自我(superego)

초자아란 개체가 무엇이 옳고 그른 것인가를 판단하는 데 관여하는 성격의 일부, 즉 성격의 도덕성을 말한다. 이것은 양심과 자아 이상의 두 부분으로…….

욱은 침을 꼴깍꼴깍 삼키며 그 부분을 읽고 또 읽었다. 독서백편 의자현(讀書百篇意自見 : 책을 여러 번 읽으면 뜻이 절로 보인다)이란 옛말처럼, 반복하여 읽자 어느 정도 그 뜻이 머리에 들어오는 듯했다. 그러자 비록 술 때문에 몇 시간밖에는 듣지 못했지만 그래도 까마득한 기억 속 어딘가에 묻혀 있던 심리학 개론의 편린들도 서서히 떠오르기 시작했다.

욱이 이해하기론 아마도 인간의 본능은 '이드'란 것이고, 양심에 해당하는 '초자아'라는 것과 서로 반대의 입장에 놓여 있는 것 같았다. 그리고 그 두 개의 힘이 만나는 곳에 '자아'라는 것이 있어서 보통 우리가 볼 수 있는 성격, 즉 밖으로 드러나는 개인의 성격을 이루고 있는 듯했다.

욱은 슬며시 미소를 지었다. 양쪽 어깨에 천사와 악마를 각각 올려놓고 물건을 살까 말까 고민하는, 인기 연예인을 모델로 한 옛날 광고가 떠올랐기 때문이다. 초자아는 천사, 이드는 악마, 그리고 그 사이에서 고민하던 연예인은 자아로 비유될 수 있을 듯했다.

웬만큼 자신을 얻은 욱은 고개를 끄덕이며 페이지를 넘겼다.

性格의 地形論

정신의 지형적 구분은 의식, 전의식, 무의식으로 나눌 수 있다.

의식(conscious)이란 그 사람이 그 순간에 쉽게 알아차릴 수 있는 정신 생활의 부분을 말한다. 대부분(전부는 아님)의 자아가 여기에 포함된다.

전의식(preconscious)은 주의를 집중하고 노력하면 의식이 될 수 있는 정신 생활의 부분으로서 주로 자아에 있다.

무의식(unconscious)이란 전적으로 의식 밖에 있기 때문에 전혀 알지 못하는 정신 생활의 부분으로서, 그 내용이 영원히 알려지지 않을 수도 있다. …… 정신 분석 이론에 따르면 주로 이드와 초자아로 구성되는 무의식의 내용은 행동과 사고의 결정에 아주 중요하다고 한다. 그러나 방어 기제와 증상 형성에 관여하는 정신 기제는 자아의 무의식 부분이다.

고개를 갸우뚱거리던 형사는 이 부분을 계속 되풀이해 읽었다. 그러나 앞에서처럼 쉽게 이해가 가는 문장이 아니었다. 무의식이란 말은 아무 생각이 없다는 뜻으로 자신도 심심찮게 쓰는 말이었지만, 정신 의학이나 심리학에서의 정의는 이와는 다른 듯했다. 대충 읽기에는 아까의 비유에서 연예인 모델은 의식과 전의식이란 곳에 나뉘어 있고, 천사와 악마는 무의식 속에 있다는 말인 듯했는데, 저자가 늘어놓은 단어들 사이에서 배어나는 말투는 반드시 그렇게 간단히 구분할 수만은 없다는 것을 강하게 암시하고 있었다.

한참을 고민하다 고개를 든 욱은 시계 바늘이 이미 3시를 지나고 있는 것을 보고 책을 덮었다. 시간도 시간이지만 머리가 지끈거려 도저히 더 이상 정신을 집중할 수 없었기 때문이었다.

형사는 자리에서 일어나 기지개를 켠 다음, 머리를 식히기 위해 창문을 열고 베란다로 나갔다. 언덕 위에 서 있는 저층 아파트의 4층 높이에서 바라보는 서울의 오후는 마치 회색 필터로 처리된 컴퓨터 그래픽 같았다. 바로 앞의 대로까지 다닥다닥 붙어 있는 주택들의 지붕 너머로 도심의 고층 빌딩들이 오후의 바랜 오렌짓빛을 받으며 낡은 고인돌처럼 서 있었다.

욱은 머리를 식히려고 노력했으나, 자아니 전의식이니 하는 골치 아픈 단어들이 자꾸만 떠오르는 것을 억누를 수는 없었다.

'이드, 자아, 충동, 무의식, 팔란티어, 본능, 살인, 초자아, 욕구, 양심, 논리, 설명, 증거……'

마치 극장 매점의 팝콘 기계에서 튀어오르는 옥수수들처럼 요란스레 머릿속에서 번쩍거리는 단어들 때문에, 욱은 갑자기 어지러움을 느끼며 옆에 놓인 의자를 끌어당겨 앉았다. 남쪽으로 흐릿하게 남산 타워가 보였고 북쪽으로는 북악산의 얼마 남지 않은 황록색 녹음이 펼쳐져 있었다. 날씨만 좋다면 북한산까지도 보인다고 하지만, 최근에는 북악산과 남산 너머의 풍경을 본 적이 없었다. 오늘도 마찬가지지만 스모그 때문이었다.

사방을 둘러보던 욱은 혹시 오존 주의보가 발령되지는 않았나 하는 걱정을 잠시 하다가 고개를 저었다. 주의보가 발령되었다 한들 어쩌란 말인가? 방송에서야 집 밖으로 나오지 말라고 떠들어대지만, 바깥이 그 모양인데 집 안의 공기라고 특별히 나을 리도 없지 않은가 말이다. 산성비라면야 우산을 쓰든가 건물 안으로 들어가 피하면 되겠지만, 피할 수도 없는 오존 때문에 뭣하러 주의보 따위를 만들었는지 알다가도 모를 일이었다.

욱은 깊이 숨을 들이쉬었다. 아직은 오존이든 아황산이든 숨을 못 쉴 정도는 아니었다. 태어나서 지금까지 이 도시를 떠나본 적이 없는 그로선 이 정도면 아직은 살 만했다. 도시 탈출이니 전원주택이니 하는 흰소리를 해대는 것은 원철이 녀석처럼 팔자 좋은 놈들의 몫이었고, 자신으로선 그럴 능력도 필요도 없는 것이다. 아니, 능력이야 될지도 모르지만 굳이 그러고 싶지 않다는 것이 좀 더 적절한 표현이겠다. 익숙해진 도시의 편리함을 포기하기보다는 아직은 여기서 좀더 부비고 살아볼 만하다는 게 그의 솔직한 심정이었다.

한동안 아무 생각 없이 도시의 오후를 바라보고 있던 욱은 갑작스런 초인종 소리에 정신을 차렸다.

문을 연 욱은 의외의 방문자를 한동안 바라보았다.

"어쩐 일이십니까?"

욱의 물음에 방문자는 퉁명스레 대답했다.

"좆만 한 새끼, 선배가 왔으면 들어오라고 해야지 '어쩐 일이십니까?' "

"드, 들어오세요."

욱이 엉겁결에 말하자, 오 반장은 그 비대한 몸집으로 욱을 밀다시피 하며 현관으로 들어섰다.

응접 세트를 찾아 좁은 집안을 두리번거리던 반장은 마침내 마루 겸 주방의 유일한 가구인 식탁 앞에 걸터앉았다.

"홀아비 혼자 사는 집치곤 깨끗하구먼 그래."

반장이 집안을 다시 한번 둘러보며 말하자, 욱이 맞은편 의자에 앉으며 대꾸했다.

"홀아비가 아니라 총각입니다."

"이 집, 얼마나 허냐? 전세야?"

반장의 질문에 욱은 굳이 불편한 표정을 숨기지 않으며 말했다.

"제 소유로 되어 있는 유일한 부동산입니다. 근신도 부족해서 이젠 제 뒷조사까지 직접 하시는 겁니까?"

반장의 입술에 가느다란 미소가 떠올랐다. 욱의 기억으론 그의 미소를 보는 것은 이번이 처음이었다.

"자아식. 불알 두 짝 찬 놈 성깔배기가 왜 그 모냥이냐. 너 이 자식, 근신하고 있으랬더니 그 동안 내 욕만 자배기로 해대 쌓고 있었구나."

"그럼 지금 제 처지에 좋아서 춤이라도 추길 바라시는 겁니까? 제 기록엔 경고도 하나 없었는데, 반장님 덕에 첨으로 줄 하나 보태게 생겼습니다."

욱이 여전히 불만스런 투로 투덜대자 반장은 안 그래도 작은 눈을 더 가늘게 뜨며 그를 쏘아보았다. 욱은 찔끔해서 태도를 누그려뜨렸지만 뚱한 표정을 완전히 풀지는 않았다. 반장은 말없이 시선을 식탁 위로 돌리다가 욱이 읽던 정신 의학 서적을 집어들었다.

"이건 뭐야? 이젠 형사 그만두고 정신과 의사라도 허겠다는 거야?"

"글쎄요."

시큰둥한 대답에 반장은 책을 다시 내려놓으며 기어이 언성을 높였다.

"야, 이눔 자슥아! 등치는 곰만 한 놈이 속은 왜 그리 좁쌀 쭉정이냐?"

"제 속이 좁쌀 쭉정이가 아니라 반장님 속이 좁쌀이죠. 그 별것도 아닌 증거물 하나, 것도 팔아먹은 것도 아닌데 근신은 좀 너무 하신 거 아녜요?"

"씨벌롬, 말 허는 싸가지 좀 보게."

내용은 험했지만, 반장의 말투는 화를 낸다기보다는 혼자 투덜 거리는 쪽에 가까웠다. 그리고 슬슬 욱의 눈을 피하는 게, 뭔가 다른 할말이 있는 듯한 얼굴이었다.

"오신 용건이나 말씀하십쇼. 뭡니까? 근신으로 부족해서 면직 통보라도 가지고 오셨습니까?"

욱의 단도 직입적인 질문에 반장은 뭔가 적절한 말을 찾아 어물 거리다가 갑자기 생각난 듯 버럭 소리를 질렀다.

"제미랄! 아무리 보기가 싫어도 그렇지, 네놈은 물 한 잔도 못 내놓냐!"

"쳇."

욱은 마지못해 자리에서 일어나 냉장고를 열었다. 주스가 있기는 했으나 병 바닥에 깔려 있었고 달리 마실 만한 것은 캔맥주 이외에는 눈에 띄는 것이 없었다. 일단 급한 대로 맥주를 거머쥔 욱은 컵 하나와 함께 그것을 반장 앞에 내려놓았다.

"씨벌롬, 그래도 사람 속을 좀 아는구먼."

캔을 딴 반장은 컵을 한쪽으로 밀어놓고는 깡통에서 직접 서너 모금을 빨아마신 다음 입술을 닦았다.

"저기 말이지……."

한동안 손에 든 맥주 캔을 바라보고 있던 반장이 천천히 입을 열었다.

"나도 경찰 생활 25년에 웬만한 거 다 겪고 살았다만……, 이번 일만큼은 좀……, 거 뭐라더라, 좀 황당하다고나 할까……."

잠시 어울리지 않게 더듬거리던 반장은 일단 입을 열자 천천히 또박또박 말을 이어나갔다.

"그날 아침에 말이야, 퍼지게 자고 있는데 전화가 오더란 말이다. 국장이 직접 건 거지. 그러더니 대뜸 장욱이가 뭘 하는 놈이냐고 묻더군. 그래서 지금 합동 수사반에 있는 경장이라고 했더니 다짜고짜 나보고 국장실로 오라는 거야. 씨발, 눈곱도 못 떼고 나갔드니 무슨 회사에서 민원이 들어왔대나 증거물이 분실되었대나 하면서 별 치질 걸린 코끼리 설사하는 것 같은 소리만 직싸게 해대 쌓드니, 당장 널 수사반에서 빼서 원복시키라고 하드라."

"……."

"일단 네놈이 그런 놈이 아니라고 극구 변명을 해서 간신히 막아놓은 다음 널 만났지. 그랬더니 정말 네놈이 그런 짓을 하고 돌아다녔더구먼. 솔직히 그땐 정말 화가 났다. 그 컴퓨턴가 뭔가를 네가 들고 올 때는 정말 네놈 대가리를 오도독오도독 씹어먹어 버리고 싶었단 말이다."

욱은 '흠흠' 하고 헛기침을 하며 슬쩍 눈길을 딴데로 돌렸다. 반장은 욱의 반응을 보았는지 못 보았는지 계속 맥주 캔을 바라보며 말했다.

"그런데, 그날 오후에 국장한테서 또 전화가 왔다. 간단히 말해서 아무래도 네놈 때문에 맘이 안 놓이니, 당분간 네가 퇴근할 때까지 남아서 감시하란 얘기였지. 씨발, 뭐라고 할 수도 없고 정말

좆 같더군. 퇴근은 못하고 할 일은 없고 해서 숙직실에서 테레비나 보고 늘어져 있는데, 갑자기 최경식이 그 새끼가 전화를 해오드라. 그러곤 네놈이 증거 보관소에 무단으로 침입한 것 같다는 거야. 난 설마 네놈이 아침에 그렇게 일을 치르고도 또 그랬으랴고 생각을 했는데, 막상 거기서 네놈이 엉거주춤허니 서 있는 걸 보니까 정말 눈깔 획 돌아가더군. 증거물에 함부로 손을 대서가 아니라 배신감 때문에 그랬든 거야, 네놈에 대한 배신감!"

욱은 달리 할말이 없어 뒷머리만 벅벅 긁었다. 반장은 다시 맥주를 들이켜더니 욱을 똑바로 쳐다보았다.

"그런데 말이지, 그 다음날 국장이 또 개지랄을 떠는 걸 일단 근신시켰다고 무마해 놓고 생각을 해보니 뭔가가 좀 이상하드란 말이야."

"?"

"아무리 사건이 사건이라지만, 경찰청 국장이란 직책이 네깐 놈에게까지 일일이 신경을 쓰는 자리냔 말이다. 안 그래?"

욱은 갑자기 긴장이 되어 반장을 마주보았다.

"네놈이 찝적거린 회사가 뭐하는 곳인진 몰라도, 주말에 경찰 치안감을 그렇게 길길이 뛰게 만들 정도로 영향력이 있는 곳이냐?"

반장은 욱의 표정을 살피며 천천히 물었다.

"……글쎄요?"

욱 역시 반장의 눈치를 살피며 어물거리자, 반장의 눈이 다시 가늘어졌다.

"……그래? 너두 잘 모르겠다면 할 수 없지. 그럼 내 생각을 먼저 말허마. 난 이 일에 한해선 두 가지 가능성이 있다고 본다. 첫째는 네놈은 극구 부인하겠지만, 실은 네가 그 회사에 가서 정말로 드럽고 파렴치한 협박 같은 걸 했고, 그래서 온갖 연줄을 다 동원할 정도로 거기 사람들을 화나게 한 경우……."

"반장님! 말이 좀 심하잖아요!"

욱이 거칠게 소리를 질렀다. 그러나 반장은 팔짱을 낀 채로 욱을 노려보며 계속했다.

"아니면 둘째, 그 회사 쪽에서 뭔가 뒤가 구린 게 있는 경우."

"……."

긴 침묵이 이어진 다음, 반장이 다시 입을 열었다.

"난 후자라고 봤다. 일단 너란 놈은 그런 협박을 충분히 하고도 남을 놈이지만, 그런 걸로 뒷말이 나오게 해서 지 무덤을 팔 정도로 허술한 쪼다는 아니거든."

"……쳇."

"그래서 뭐가 그리도 구릴까 생각을 해봤지만, 나야 그게 뭐하는 회산지도 모르니 별로 떠오르는 바가 없었다. 그런데 조금 입장을 달리해 생각을 해보니 더 궁금한 의문이 하나 생기더군. 그건 바로 네놈이 거길 왜 갔느냐 하는 거였다."

욱은 자기도 모르게 어금니를 꽉 물었다.

"다른 이유가 아니라면 분명히 수사와 관련된 이유일 텐데, 그렇다면 뭔가 짚이는 게 있어서 네가 거길 갔던 게 아닐까 하는 게 내 생각이다. 그리고 그쪽에서 이렇게 과민 반응을 보였다면, 역시 뭔가 구린 게 있어서가 아닐까? 그렇다면 네가 뭘 제대로 짚었다는 얘긴데, 난 지금 그게 뭔지가 좆나리 궁금허단 말이다."

반장의 눈길은 얼굴에 구멍이라도 나지 않을까 걱정이 될 정도로 날카로웠다. 욱은 어느새 등짝에 땀이 배어나고 있는 것을 느꼈다. 정말로 무시무시한 사람이었다. 단지 정황만으로도 이 정도까지 정확한 추리를 할 수 있단 말인가. 아니면…….

욱은 자신도 모르게 침을 꿀꺽 삼켰다.

'그놈이 누구든 간에 지금 가장 궁금한 건 내 속일 테니까 말야.'

바로 어제 자신이 원철에게 했던 말이 메아리처럼 울려왔다. 정말 자신이 생각했던 대로 어떤 음모의 무리들이 있다면, 반장이 그들 중 하나일 가능성도 전혀 없지는 않았다. 그리고 그들에 대한 자신의 추측이 맞다면, 지금 반장이 묻고 있는 것은 놈들이 가장 궁금해하고 있을 문제였다.

"글쎄요."

욱은 슬쩍 반장의 시선을 피하며 또다시 말을 얼버무렸다. 반장은 그런 욱을 한동안 말없이 노려보더니 입을 뗐다.

"쌍노므새끼, 좋다. 말하기 싫으면 치워라. 너도 뭔가 사정이 있어서 그러는 거겠지. 허지만 필요한 때가 되면 나한테 먼저 얘기를 해주리라 믿는다."

또 한 차례의 뇌성 벽력을 기대하고 있던 욱은 멀뚱멀뚱 반장을 쳐다보았다. 이건 너무 쉬웠다. 정말로 반장이 그런 의심을 하고 있다면 평소 그의 성격으로 보아 끝까지 따지고 들 텐데…….

반장이 계속했다.

"그리고 일단 출근을 해라. 출근해서 네가 생각하던 방향으로 한 번 밀어봐. 필요한 건 내가 힘 닿는 데까지 지원을 해주겠다.

이 씹어먹을 사건은 이젠 나도 지겨워서 등짝이 다 근지러울 지경이야. 네놈이란 지푸라기라도 잡고 싶은 심정이란 말이다."

"그럼 근신은 풀린 겁니까?"

"불알주머니 늘어지게 한잠 자고, 월요일에 출근해."

"……네."

반장은 욱의 대답에 벌떡 일어서더니 현관으로 향했다. 신발을 신으며 다시 집안을 둘러본 그는 욱에게 말했다.

"그리고 이 자식아, 요즘은 말이야, 그래도 경사 월급 받는 사람이 이런 토끼굴 같은 데 산다고 하면 오히려 다른 은닉 재산이 없나 하고 내사 들어가는 분위기다. 닭대가리 같은 녀석. 위장도 지나치면 튀어뵌다는 거 몰라?"

협박일까? 내 뒷조사를 이미 다 해놓고 하는 말은 아닐까?

욱은 굳은 얼굴로 아무 말도 하지 않았다.

"그럼 담주에 보자. 7시까지 와. 늦으면 양쪽 복사뼈 다 으스러질 거 각오허고."

반장은 예의 험악한 말투를 끝으로 대문 밖으로 사라졌다. 아래까지 따라 내려가는 것이 예의일 것이지만, 욱은 가슴이 두근거려 도저히 대문을 나설 수가 없었다. 문을 잠그고 돌아서자 그의 머리가 재빨리 돌아가기 시작했다.

어제 원철에게 그런 이야기를 하면서도 사실 스스로는 반신 반의하고 있던 것이었다. 그러나 막상 반장이 이렇게 다녀갔다는 것은 무슨 의미인가. 자신의 위험한 상상이 정말로 들어맞은 것일까? 최소한 증거 보관소 안에서 현행범으로 덜미 잡히고 근신을 먹은 일이 우연이 아니었다는 것만큼은 증명이 된 셈이다. 자의적이었든 명령에 의해서였든 반장은 자신을 감시하기 위해 그날 저녁 퇴근을 않고 있었던 거고, 그것은 최경식도 마찬가지였다. 누군가가 자신이 박현철의 북케이스에 다시 접근할지도 모른다는 염려에서 취해 놓은 조치인 것이다.

그렇다면 아마 지금도 그 누군가는 자신의 일거수 일투족을 감시하고 있을지도 모른다. 욱은 월요일 이후 자신이 한 일을 죽 돌이켜보았다. 술을 마시고 무슨 헛소리를 지껄였는지와 원철을 만났던 일이 마음에 걸렸다.

벌떡 일어선 욱은 침실 창문으로 가서 커튼 사이로 밖을 내다보았다. 그러나 자세히 둘러봐도 평일 오후의 평온한 거리일 뿐, 모퉁이에 주차된 낯선 차량이나 하릴없이 서성이는 잠바들은 보이지 않았다. 하지만 전문적인 놈들이라면 눈에 띄지 않고도 충분히 자신을 미행할 수 있을 것이다. 용산서 헐값에 구할 수 있는 적외선 투시기나 러시아제 레이저 진동 감지기 등을 이용한다면 비전문가들이라도 1킬로미터 밖에 앉아서 충분히 자신을 감시할 수 있는 것이다. 어쩌면 이미 전화도 도청되고 있는지 몰랐다.

욱은 침대에 걸터앉아 크게 숨을 들이쉬었다.

'침착하자, 침착.

차분히 생각을 하자, 차분히!'

잠시 생각을 가다듬자, 한 가지 중요한 사항이 떠올랐다. 놀랍게도 반장은 컴퓨터에 대해 한 마디도 이야기를 하지 않았다. 그의 태도로 보아 아마도 자신이 영진을 방문한 것과 컴퓨터의 무단 인출 사건을 전혀 별개의 것으로 보고 있음이 분명했다. 십중팔구 그것이 사라진 것조차 모르고 있을 것이다. 만약 두 사건 사이에 무슨 관계가 있다는 사실을 안다거나 컴퓨터가 증발해 버린 것을 알고 있다면 저렇게 단 한 마디도 언급이 없을 리가 없었다. 그것은 반장이 이 일의 배후와 전혀 상관이 없거나, 최소한 핵심파로 깊게 관여하고 있지는 않다는 증거이리라.

자신의 입으로 욱을 감시하려고 남아 있었다는 말을 꺼낸 것도 마찬가지로 볼 수 있다. 그리고 상식적으로 생각해도 경찰과 NIS를 동시에 움직일 수 있는 사람 또는 사람들이라면 상당한 파워 집단일 텐데, 오 반장은 그 멤버로선 영 어울리지 않았다.

그러나 굳이 자신을 저렇게 직접 찾아왔다는 것이 마음에 걸렸다. 그의 말대로 '좆나리' 궁금해서 왔을 수도 있지만, 어쩌면 자신이 영진을 찾아갔던 이유를 알아보라는 명령을 받고 왔을 수도 있는 일이었다. 그들 중 하나가 아니더라도, 자신도 모르게 그들의 명령을 따르며 하수인 노릇을 할 수도 있는 일이다.

욱은 아랫입술을 깨물었다.

앞으로는 지금과 달리 조심해야 할 것이다. 원철과 접촉하는 것도 가능한 한 피해야 하고, 누구도 섣불리 믿어선 안 된다. 반장도 최경식도 그리고 남 수사관까지도 명령 체계에 따라선 언제고 자신의 감시자가 될 수 있는 것이다. 또, 아무리 반장이 생각대로 밀고 나가보라고 한다지만, 오히려 그게 자신의 의도를 파악하기 위한 함정일 수도 있었다. 지금부터는 자신의 모든 행동이 철저하게 감시당하고 있다는 가정 하에서 움직여야 할 것이다.

곰곰이 앞으로의 일을 생각하던 욱은 갑자기 떠오른 어떤 생각에 흠칫 몸을 떨었다. '사건과 관련된 어떤 구린 것'에 대한 반장의 의견이 팔란티어에 대한 자신의 '감'에 확신을 더해주었기 때문은 아니었다. 자신이 팔란티어에 다가가는 것을 막으려는 음모의 세력에 대한 어설픈 추측이 적중했기 때문도 아니었다.

그를 떨게 만든 것은, 만약 자신의 생각대로 사건의 실마리가 정말로 팔란티어 안에 있다면 그 음모의 세력이 욱의 의심을 '확신'했을 때 어떻게 나올 것인가 하는 문제였다. 자신들의 필요에 따라 국회 위원회 위원장을 제거하고 또 경찰과 NIS에까지 손을 뻗치고 있는 집단에게 서른 갓 넘은 풋내기 경사 하나쯤은 개미 한 마리보다도 더 하찮은 존재일 터였다.

개미가 신경 쓰일 경우엔……, 손가락으로 지그시 눌러버릴 뿐이다.

그리고 그것은 단순한 반사 동작으로서, 양심적 판단을 위한 심사 숙고 따위가 선행되는 행동이 아닌 것이다.

욱은 떨리는 숨을 내쉬며 식탁에 주저앉았다. 어쩌면 반장의 충고를 받아들여 이사를 가는 것도 좋은 생각일 듯했다. 아니면 합수부에서 아예 빠져버린다?

그러나 형사는 이내 고개를 내저었다.

일단 자신이 주목을 받은 이상, 도망가는 것은 가장 현명치 못한 방법이라는 생각이 들어서였다. 그건 오히려 의심을 더하는 행동이 될 것이다. 그리고 현재 대다수 국민의 눈이 집중되어 있는 안전한 수사반을 떠날 경우, 놈들의 다음 조치를 더욱 쉽게 만들 수도 있었다.

역시 가장 확실한 대책은 그들이 두려워하는 것, 즉 자신으로부터 감추려고 하는 그것을 한시라도 빨리 알아내는 것일 게다. 그것만이 자신의 안전을 보장해 줄 가장 확실한 담보인 것이다.

'잠깐!'

욱은 깍지 낀 두 손에 힘을 주며, 정신없이 폭주하고 있는 자신의 생각에 제동을 걸었다. 반드시 그런 식으로만 생각할 일은 아니었다. 모든 가능성을 충분히 고려하고 대비하는 것은 당연한 일이지만, 누군가가 자신의 목숨을 노린다는 식으로까지 단정을 짓는 것은 자신이 생각해도 지나친 비약이었다. 이러니 원철이 녀석에게 편집증이란 소리를 듣는 것도 당연했다.

욱은 일단 극단적인 결론은 자제해야겠다고 생각했다.

차츰 흥분이 가라앉자, 상 위에 놓인 정신 의학 서적이 눈에 들어왔다. 욱은 무거운 손놀림으로 두꺼운 책을 펴들고 지금까지와는 차원이 다른 절박함으로 눈앞의 상형 문자들을 해독해 나가기 시작했다. 충동과 게임, 게임과 살인 사이의 고리는 분명히 여기에 있었다. 사건의 해결과 어쩌면 자신의 안위까지도 그것을 찾아내는 데 달려 있었다.

저녁마저 거르며 책에 매달리던 그가 고개를 든 것은 밤 11시가 가까워서였다. 그리고 그것은 도저히 우리말이라 볼 수 없는 괴상한 글귀들과 거듭 씨름한 끝에 간신히 인간의 정신 세계에 대한 어렴풋한 깨달음을 얻은 후의 일이었다.

책을 덮은 욱은 부엌으로 가서 가스 레인지에 냄비를 올려놓았다. 그는 물이 끓기 시작하자 라면과 수프를 던져넣은 다음, 그 옆에 선 채로 눈을 감았다. 사방으로 번져 가는 구수한 냄새 속에서 어떤 생각 하나가 차츰 모양을 갖춰가고 있었다.

보글거리던 국물이 기어이 냄비의 가장자리를 넘고 난 후에도 형사는 감은 눈을 뜨지 않았다.

제14장
남남동으로 진로를

5월 30일 금요일

정신없이 마우스를 찍어대던 원철은 갑작스레 화면이 끔벅이자 한숨을 내쉬며 몸을 뒤로 젖혔다. 10시 45분에 울리도록 맞춰놓은 컴퓨터 알람이었다.

그는 혀를 차며 얼굴을 찡그렸다. 하루 종일 쉬지 않고 일했지만 아직도 삼진 프로젝트의 일은 상당히 남아 있었다. 강 과장에게 금요일까지 마치겠다고 말해 놓았는데, 그 금요일이 이제 한 시간 15분밖에 남지 않은 것이다. 그나마도 곧 팔란티어를 시작한다면 남는 시간은 15분이다. 강 과장의 성격으로 보아 12시 정각까지 성식에게 파일을 보내지 않으면 당장 전화를 하여 난리를 칠 것이 분명했다.

한동안 얼굴을 찌푸린 채로 고민하던 원철은 작업중이던 파일을 닫고 자리에서 일어났다. 그러곤 화장실을 다녀와 방 안을 왔다갔다하며 안절부절못하다가, 시계가 11시를 가리키자 '쩝' 하고 입맛을 다시며 스크린을 마주보았다. 한동안 빈 스크린을 노려보던 프로그래머는 결심을 한 듯 전화 코드를 뽑아버린 후 멀티 세트를 착용했다. 접속이 이루어지는 동안 원철의 머릿속에 떠오른 마지막 생각은, 제우스를 찾아달라는 욱의 부탁을 차마 저버릴 수 없다는 것이었다.

그러나 그것이 자신의 행동을 합리화시키기 위한 핑계에 불과하다는 것은 원철 자신이 누구보다도 잘 알고 있었다.

실바누스는 아침 일찍 먼저 나가버린 듯, '푸른 수달' 안에서는 그의 모습을 찾을 수가 없었다. 하릴없이 여관 주위를 빌빌거리던 전사는 아무리 기다려도 실바누스가 돌아올 기미가 보이지 않자 혼자서 론디움의 거리로 나섰다. 론디움은 미디움에 비해서 훨씬 크고 정비도 잘 되어 있는 도성이었다. 사람들은 활기가 넘쳤고 그 수도 도저히 미디움에 비할 바가 아니었다.

이리저리 돌아다니던 보로미어는 '떠 있는 용'이란 이름의 작은 술집 문을 열고 들어갔다. 실내는 20여 명의 손님들로 빽빽했는데 보로미어가 들어서는데도 아무도 돌아보는 이가 없었다.

보로미어는 빈 테이블에 앉아 맥주를 주문한 다음 주변의 사람들을 둘러보았다. 바로 옆 테이블에는 서너 명이 앉아 커다란 목소리로 떠들고 있었는데, 듣지 않으려고 해도 그 내용이 선명하게 들려왔다.

"그러니까, 여기서 30분 거리라고. 가깝고 위험 부담도 적잖아."

"그런 데 가봤자 별로 얻는 것도 없어. 녹슨 칼이나 은 부스러기 몇 개 정도일 거야."

슬며시 고개를 돌려보니 테이블엔 전사 두 명과 레인저 한 명, 그리고 사제 한 명이 앉아 있었다. 인간인 전사 한 명을 제외하곤 모두 드워프들이었는데 하나같이 초짜 티가 풀풀 나는 녀석들이었다.

"그 정도라도 상관없어. 일단 오늘 밥벌이는 해야지. 일단 가보자고."

레인저가 말했다.

"에이 쌍, 만날 돈 걱정에 잠자리 걱정에, 난 언제나 제대로 된 원정 한번 가보나?"

사제가 푸념조로 툴툴거렸다.

보로미어는 속으로 씨익 웃음을 지었다. 자신도 불과 얼마 전까지는 비슷한 처지가 아니었던가. 고개를 돌리자 앞 테이블에서 위저드 한 명이 자신을 뚫어져라 보고 있었다. 전사는 어디서 보았던 사람인가 하여 고개를 갸우뚱거리다가 자리에서 일어나 위저드의 테이블로 옮겨앉았다.

"혹시 나를 알아?"

전사의 물음에 위저드는 고개를 저었다. 색 바랜 망토를 입은 20대 초반의 엘프였는데, 커다란 맑은 눈을 가진 앳된 얼굴이었다.

"그럼 왜 날 그렇게 쳐다보는 거야?"

보로미어가 다시 묻자 엘프는 씨익 웃으며 말했다.

"널 쳐다본 게 아니라 네 망토를 보고 있었던 거지."

"내 망토?"

"응. 그런 걸 찾던 중이거든. 어때, 그것 나한테 넘길 생각 없어? 500두카트까지 쳐줄 용의가 있는데."

보로미어는 재빨리 머리를 굴려보았다. 라미네즈의 말로는 위저드나 사제들에게는 소용이 되는 마법 망토라고 했다. 그런 걸 500두카트에 팔라니, 어림도 없는 소리였다.

"어림도 없는 소리."

전사가 머리를 젓자 엘프가 다가앉으며 말했다.

"그럼 800두카트."

"관뒤."

"1000?"

보로미어는 여전히 고개를 저었다. 그러자 엘프가 미소를 짓더니 말했다.

"좋아. 2만 두카트! 그 이상은 안 돼."

보로미어는 깜짝 놀라 그를 쳐다보았다. 망토 하나에 2만 두카트라니! 이 녀석이 제정신인가?

아니, 어쩌면 이 망토가 자신이 미처 생각지도 못했던 귀한 물건일 수도 있었다. 2만 두카트면 작은 마법 검에 방패까지 마련할 수 있는 돈이었다.

"왜? 아직도 싸?"

"아, 아니. 조, 좋아. 팔지."

보로미어가 더듬거리며 말하자 위저드는 큰소리로 웃음을 터뜨렸다.

"하하하, 아이고, 이거야 정말!"

전사가 그의 갑작스런 웃음에 얼떨떨해 있자, 엘프는 여전히 빙글거리며 말했다.

"이 친구야, 세상에 누가 그걸 정말로 2만 두카트에 사겠어? 정말 농담도 못하겠군."

보로미어는 기가 막혔다. 뭐 이런 자식이 다 있나 하고 앞에 앉은 위저드를 쳐다보던 그는 자리에서 벌떡 일어섰다.

"관둬라, 이 자식아."

그러자 위저드도 황급히 따라 일어섰다.

"자, 잠깐. 농담한 걸 가지고 뭘 그래? 넌 유머 감각도 없냐?"

"유머 감각?"

보로미어는 가소로운 듯 되묻더니, 둘 사이의 테이블을 힘껏 걷어찼다. 두툼한 참나무 테이블은 일단 공중으로 솟구친 다음 무서운 속도로 엘프의 머리 위로 떨어져내렸다.

"아아악!"

위저드의 날카로운 비명에 술집 안에 있던 사람들이 일제히 고개를 돌렸다. 보로미어는 위저드가 테이블에 깔리기 일보 직전에 한 손을 내밀어 가볍게 테이블을 잡았다. 테이블의 모서리는 위저드의 머리에서 간신히 화살촉 하나 정도의 거리를 두고 멎어 있었다.

보로미어는 천천히 테이블을 제자리에 내려놓고는 파랗게 질려있는 위저드에게 말했다.

"왜 그래? 장난한 걸 가지고. 너야말로 유머 감각도 없어?"

빈정거리는 투로 말하고 돌아서는데 위저드가 그를 부르는 소리가 들렸다.

"이, 이봐. 잠깐만."

뒤를 보니 위저드가 공손히 테이블을 향해 손짓을 하고 있었다. 못 이기는 척 자리에 앉자 위저드가 손을 내밀며 말했다.

"상급 서열인 줄도 모르고 내가 실례했군. 내 이름은 닉스. 서열은 4급 위저드인 메이지야."

보로미어는 그의 손을 슬쩍 잡았다 놓았으나 자기 소개는 하지 않았다. 상대가 자신을 상급 서열로 착각하고 있는 이상은 굳이 나서서 용사급임을 밝힐 필요는 없다는 생각이 들었기 때문이다. 닉스는 의자를 당겨 앉으며 말했다.

"실은 내가 그 망토를 꼭 필요로 하고 있기는 하거든. 그러니 자네가 부르는 값으로 그냥 사도록 하지. 하지만 내 수중에도 1500두 카트 이상은 없어."

전사는 고개를 끄덕였다. 처음 부른 값의 세 배로 오른 것이니, 그 정도라면 손해보는 가격은 아닐 것이란 생각이 들었다.

"1500두카트라……, 좋아. 이건 네가 꼭 필요하다니까 파는 거야."

보로미어는 나름대로 이런 거래에 노련한 척하면서 망토를 벗어 넘겨주었다. 위저드는 드러난 보로미어의 갑옷을 보고는 눈살을 찌푸리더니, 친절하게도 자신의 망토를 건넸다.

"쯧, 자네도 주머니 사정이 그렇게 좋진 않은 모양이로군. 보기 흉하니 내 망토로 덮으라고. 그건 싸구려니까 그냥 줄게."

위저드의 낡은 망토를 걸친 보로미어는 기분 좋게 자리에서 일어났다. 알고 보면 세상 사람들이 모두 자신을 이용하려고 드는 것만도 아닌 것 같았다.

"망토 값 대신 좋은 정보를 하나 주지. 당분간 에스트발데에는 얼씬도 하지 말라고."

보로미어가 한껏 으스대며 말했다.

"왜? 메레디트 놈들의 공격 때문에?"

닉스가 목소리를 낮추며 물었다. 보로미어는 깜짝 놀라 위저드를 쳐다보았다.

"어? 알고 있었어? 어떻게 알았지?"

"알 만한 사람은 다 알지."

위저드도 한껏 거드름을 피우며 말했다.

"그럼 네겐 큰 도움이 되는 정보도 아니겠군. 어쨌거나 이 망토는 고마워."

머쓱해진 보로미어는 그렇게 말하며 술집을 나섰다. 다시 하릴없이 론디움의 거리를 쏘다니던 전사는 한 시간쯤 지난 후에야 '푸른 수달'로 돌아갔다.

문을 열자 다리를 꼬고 앉아 손가락으로 테이블을 톡톡 두드리고 있는 실바누스의 모습이 보였다. 그는 보로미어를 보자마자 벌떡 일어나 소리를 질렀다.

"어디 갔다 이제 오는 거야!"

"자식이, 왜 소리를 지르고 난리야."

보로미어는 가볍게 그를 무시하며 테이블에 앉았다. 실바누스는 못마땅한 듯 전사를 쏘아보다 자리에 앉으며 말했다.

"빨리 떠날 준비를 하자. 정오에 비트라 쿰으로 출발하기로 했어."

"누구 맘대로."

"너 이러지 않기로 했잖아."

실바누스가 짜증을 내자, 보로미어가 말했다.

"인마, 앞뒤 다 잘라먹고 대뜸 나보고 비트라 쿰인지 뭔지로 가라니, 황당하잖아. 최소한 나한테 비트라 쿰이 뭔지, 왜 가야 하는지는 설명을 해줘야 되지 않아? 그리고 난 네가 몇 가지 질문에답을 해주기 전에는 절대로 움직이지 않을 거야."

"젠장, 무슨 질문!"

보로미어는 귀찮아 죽겠다는 표정의 실바누스를 마주보며 한참을 뜸을 들이다가 물었다.

"도대체 메레디트가 뭐야? 그들이 카자드 쿰으로 간다는데 어제 왜 그렇게 난리들이었냐고?"

"그런 건 가면서 얘기해도 되잖아?"

전사는 단호히 고개를 저었다.

"이렇게 하지 않으면 넌 아무것도 얘기해 주지 않을걸?"

실바누스는 답답한 듯 손가락으로 테이블을 계속 두들겨대다가 무슨 생각이 났는지 전사를 향해 자세를 바로했다.

"좋아. 늦으면 기다리라지. 뭐든 물어봐. 아는 대로 답해 줄게.대신 공평하게 하자. 네 질문 하나에 내 질문도 하나씩이다."

전사는 고개를 끄덕이며 말했다.

"먼저 메레디트."

그러자 실바누스는 품안에서 작은 두루마리를 꺼내더니 보로미어 앞에 펴놓았다.

"이건 카자드의 지도야, 알려진 큰 부분만 대충 모아서 그린 싸구려지만. 일단 여기, 여기, 그리고 여기를 봐."

드루이드는 지도 아래의 동북쪽, 남쪽, 그리고 남동쪽의 허연 부분을 가리켰다.

"동북의 하라드림, 남쪽의 네크로맨서, 그리고 마지막으로 남동이 메레디트야. 모두 카자드의 록스란드 진입을 막고 있는 무리들이지. 메레디트는 오크 집단인데 그중 가장 세력이 큰 무리야. 저번 영주인 제라드가 성급하게 록스란드 진입을 시도하다가 모리아에서 이놈들에게 죽었지. 물론 그때 놈들의 힘도 반감되었고 따라서 그 이후론 로한도 큰 신경을 쓰지 않고 있었는데, 아마 그동안 세력을 회복한 모양이야."

"아니, 아무리 힘이 세졌다고 하지만 어떻게 카자드 쿰을 노릴 수가 있지?"

"메레디트만이 아니야. 하라드림이나 네크로맨서도 견제 세력이 약해졌다고 생각되면 언제든지 공격을 해올 거야. 여길 봐. 제라드 쿰, 비트라 쿰은 각각 네크로맨서와 메레디트를 견제하기 위한 도성이고, 또 남쪽 록스란드를 향한 전진 기지이기도 해. 갈라디움은 원래 론디움이나 미디움처럼 카자드 쿰의 위성 도시였지만 하라드림을 견제하기 위해 도성급으로 강화된 곳이지. 지금까지는 이곳들 덕분에 놈들과 힘의 평형을 이루고 있었지만, 최소한 메레디트 놈들과의 평형은 어제 무너졌어."

"그럼, 이제 카자드 쿰은 메레디트 오크들의 공격을 받게 되는 건가?"

"그거야 로한이 하기에 달렸지. 놈들이 카자드 쿰까지 오길 기다려 수성을 할지, 아니면 미리 나가서 공격을 할지는 영주의 맘이니까. 하지만 지금 카자드 쿰의 전력이라면 어떤 방법을 택하든지 기습을 당하지 않는 한은 이길 수 있을 거야."

"그런데 왜 우리는 비트라 쿰으로 가는 거지? 메레디트 오크들의 힘이 강해졌다면, 놈들을 견제하는 비트라 쿰도 위험한 거 아냐?"

"이제 그만. 메레디트에 대해 말해 줬으니, 이젠 내 차례야."

실바누스가 전사의 말에 제동을 걸었다.

"쳇, 좋아."

실바누스는 품안에 지도를 접어 넣으며 물었다.

"어제 에스트발데에서 넌 리치를 죽였어. 난 지금까지 계속 그 문제에 대해서 생각을 해봤지만 도저히 답이 안 나오더군. 혹시 나한테 얘기하지 않고 있는 거 없어?"

"젠장. 뭘 얘기하지 않는다는 거야? 난 그냥 라미네즈를 잡았고 순간적으로 같이 딸려 들어갔어. 그러다 갑자기 뭔가가 번쩍하더니 리치는 사라지고 없었다고. 그게 다야."

"정말?"

"이건 만날 속고만 살았나?"

보로미어가 버럭 소리를 지르자 실바누스가 손을 내저었다.

"알았다, 알았어. 하긴 네놈이 감춘다고 내가 모를 것도 아니고……."

"뭐야?"

"됐다니까! 이젠 고르곤을 죽일 때, 아니, 고르곤이 죽었을 때의 얘기 좀 해봐."

그러자 전사가 손으로 상을 내리쳤다.

"야! 비트라 쿰에 대한 것부터 먼저 대답을 해야지."

"빌어먹을!"

실바누스는 낮게 투덜대더니 다시 지도를 꺼내 한 곳을 짚었다.

"지금 상황을 봐. 메레디트 놈들이 에스트발데로 넘어올 수 있는 길이 어디 어딘가. 여기 모리아 폐허를 돌아서 론디움 로로 올라올 수밖에 없잖아. 하지만 론디움 로 쪽에 놈들이 나타났다면 당장 카자드 쿰이나 비트라 쿰으로 연락이 갔을 테고, 일이 이렇게 될 때까지 아무도 모르고 있지는 않았겠지. 그렇다면 결국 답은 한 가지야. 놈들이 에스트발데로 통하는 다른 길을 찾아낸 거지."

"그래서?"

"내 판단으로는 놈들이 카자드 쿰에 기습을 감행할 생각이라면 그 길을 통해 주력을 이동시킬 거라고. 거꾸로 모리아와 비트라 쿰 쪽은 오히려 텅 비게 될 거야."

"그렇게 텅 빈 곳에 가서 뭘 하려고?"

"지금까지 오크들이 겁나서 하지 못하던 것들. 특히 비트라 쿰 동쪽에 있는 작은 탑 하나가 우리의 다음 목표야."

"웬 탑?"

"아모네 이실렌, 고대 엘프 어로 '하얀 봉우리'라는 뜻이지. 물론 오크들은 레그락 고르쉬라고 부르지만."

"레그……, 뭐?"

"레그락 고르쉬. '고통의 탑'이란 뜻이야."

"거기에 가서 뭘 하려고?"

실바누스는 다시 지도를 접으며 말을 돌렸다.

"그럼 고르곤 이야기로 돌아가 볼까?"

"인마, 아직 비트라 쿰 이야기를 하는 중이잖아!"

보로미어가 따지자 실바누스도 지지 않았다.

"비트라 쿰 이야기는 끝났어. 네가 지금 묻는 건 아모네 이실렌에 대한 거잖아."

"치이, 고르곤에 대해 뭘 알고 싶은데?"

"모든 걸, 자세히."

보로미어는 잠시 생각을 해보다 말했다.

"그건 우리가 그림자 동굴에서 그림자 마법을 깨뜨린 후의 일이었어."

"그림자 마법을 깼다고? 왜 그런 얘기를 지금까지 안 했지?"

실바누스는 약간 놀란 투로 되물었다.

"물어본 적도 없잖아."

"어떻게 그 마법을 깰 수 있었던 거야?"

실바누스가 상당한 흥미를 가지고 묻자 전사는 기다렸다는 듯 쏘아붙였다.

"지금 그림자 마법 얘기를 하자는 거야, 아니면 고르곤 얘기를 하자는 거야? 한 가지씩만 하자고."

"그게 다 같은 얘기 아냐!"

"다르지. 비트라 쿰과 아모네 어쩌고가 다른 만큼."

보로미어의 대꾸에 드루이드는 주먹을 불끈 쥐며 뭐라고 투덜대더니 이를 악물고 말했다.

"좋아. 그림자 마법, 그것부터 말해 봐."

전사는 약이 바짝 오른 실바누스의 모습을 십분 즐기면서 동굴의 룬과 윌의 아이디어, 그리고 자신이 갑옷을 입게 된 경위까지를 대충 얘기했다.

"그 갑옷이 지금 입고 있는 그거야?"

실바누스의 물음에 보로미어가 고개를 끄덕였다.

"그러고 나서 고르곤 사건이 벌어진 거라 그거지?"

드루이드가 재차 묻자 보로미어는 대답 대신 그를 물끄러미 바라보았다. 전사를 마주보던 실바누스는 한숨을 쉬고 나서 입을 열었다.

"아모네 이실렌은 사람들이 카자드 땅에 들어오기 아주 오래전부터 서 있던 건물이야. 누가 만들었는지, 무슨 이유에서 만들었는지에 대해서는 전해 오는 말조차 없는 곳이지. 유일하게 알려진 거라곤 그게 4층으로 되어 있다는 것과 그 1층에는 영혼계 괴물들이, 그리고 2층에는 영혼계 괴물들과 광물계 괴물들이 살고 있다는 것뿐이야."

"3층엔?"

"아직 올라가 본 사람이 없어."

"도대체 거길 왜 가야 하는데?"

실바누스는 잠시 머뭇거리다 말했다.

"거긴……, 층마다 보물로 가득하다는 소문이 있어. 앞으로 네가 필요한 경험을 쌓기에도 적당하고."

"홍, 웃기지 마. 그런 델 왜 사람들이 지금까지 내버려뒀겠어?"

"메레디트 오크들의 점령 지역 안이라, 지금까지는 접근하기가 쉽지 않았어. 하지만 말했듯이 놈들은 지금 카자드 쿰 쪽으로 전력을 집중하고 있으니 상대적으로 공략이 쉬울 거라는 게 내 생각이야."

"흠……."

전사는 눈을 가늘게 뜨고 드루이드를 쏘아보았다. 분명히 뭔가 숨기는 듯한 눈치였는데, 그게 뭔지가 궁금했다. 한 가지 확실한 것은 자신에게 해가 될 것이 아니란 것이었지만.

보로미어가 더 이상 말이 없자 실바누스가 물었다.

"자, 그럼 고르곤 이야기로 돌아가 볼까?"

전사가 어디부터 이야기를 할까 하는 생각에 잠시 머뭇거리자, 실바누스는 얼음 송곳 같은 말투로 덧붙였다.

"한 가지도 빼놓지 말고, 자세히."

"알았어, 인마!"

보로미어는 퉁명스레 대꾸하고는 제단에 새겨진 지도에서 루우킨의 신전을 찾아낸 곳부터 이야기를 시작했다. 라비안이 룬의 내용에서 힌트를 얻어 루우킨의 발톱을 돌리던 부분에 이르자 실바누스가 눈을 반짝이며 말을 끊었다.

"잠깐, 그러니까 첫 번째 발가락만 돌리면 고블린들이 튀어나오고, 두 발가락을 다 돌리면 뇌신의 지팡이가 나온다 이거지?"

"그래."

"그리고 두 번째 발가락만 돌린 조합에서는 고르곤이 소환되어 나오고."

보로미어가 다시 고개를 끄덕이자, 드루이드는 미소를 지으며 손가락으로 테이블을 두드리기 시작했다.

"교묘하군, 교묘해. 어떤 발톱을 먼저 돌리든 간에 한 가지 과제를 거쳐야 뇌신의 지팡이를 얻을 수 있게 해놓았어. 게다가 골렘을 이용한 소환 주문이라, 이거 재미있는걸?"

혼자말을 하며 생각에 잠겨 있던 드루이드가 다시 물었다.

"그래서 고르곤을 보고는 어떻게 했지?"

"어떻게 하긴, 죽어라고 뛰었지. 라비안, 카일, 윌이 차례로 죽고 나도 녀석이 뿜는 불에 통구이가 되어 정신을 잃었어. 정신이 들고 보니 고르곤이 옆에 죽어 있더군."

"어떻게?"

"뭔가 날카로운 것에 전신이 만신창이로 찔려 있었어. 낡은 걸레처럼 구멍이 숭숭하더군."

"네가 가지고 있던 무기가 뭐였는데?"

"무기는 없었어. 고르곤의 뿔을 후려갈기다 부러뜨렸거든."

"흠……."

드루이드는 다시 손가락으로 상을 두드리기 시작했다. 그 모습이 얼마나 진지한지 보로미어는 차마 말을 걸 수조차 없었다. 한참의 시간이 지난 후에야 실바누스가 입을 열었다.

"그래, 결국 그렇게 된 것이군. 가이우스가 노리는 게 뭔지도 알 것 같아."

보로미어는 귀가 번쩍 뜨여 바짝 다가앉으며 물었다.

"뭐, 뭔데?"

그러자 실바누스는 싸늘한 목소리로 되물었다.

"그게 뭔지는 네가 더 잘 알지 않아?"

드루이드의 목소리는 너무도 냉랭했기 때문에 순간적으로 섬뜩한 느낌마저 들었다.

"뭐, 뭘……."

전사가 당황하여 더듬거리자 드루이드는 여전히 얼음장 같은 태도로 말했다.

"네가 말하기 싫은 걸 억지로 듣고 싶은 생각은 없어. 하지만 명심해. 네가 나한테 숨기는 만큼, 내가 널 보호해 주기가 어려워져."

보로미어는 실바누스의 얼굴을 쳐다보았다. 비록 두 눈이 직접 보이진 않았지만, 드리워진 두건 밑에서 그가 무시무시한 안광을 뿜으며 자신을 노려보고 있는 것을 분명히 느낄 수 있었다. 그를 만난 이후 처음으로 보로미어는 거역할 수 없는 어떤 위압감 같은 것을 느꼈다.

잠시 드루이드의 눈총을 버텨내던 전사는 마침내 입을 열었다.

"실은……, 가, 갑옷이……."

어렵게 말문을 열었건만 드루이드는 미동도 하지 않고 전사의 다음 말을 기다리기만 했다.

"나, 나도 잘은 몰라. 하지만 가롯의 얘기론 이 갑옷에 뭔가 강한 마력이 깃들여 있다고 했어. 그리고 여기 갑판들은 가끔씩 이상한 빛을 내는데, 그냥 그것뿐이고 별다른 기능을 하지는 않아. 또 가롯은 죽기 전에 칠정이 어떻고 갑옷의 갑판 수가 일곱이니 어쩌니 하는 소리를 했고. 참, 그리고 고르곤과 싸울 때 갑자기 엄청난 기운이 뻗친 적이 있긴 했어."

두서없이 주워섬기는 보로미어를 보고 있던 실바누스는 그의 말이 끝나자 짤막하게 물었다.

"그게 다야?"

"그, 그래. 아, 그리고 가롯은 이 갑옷을 절대로 팔거나 다른 것과 바꾸지 말라고 했어. 뭐라더라, 번쩍거려야 금이라던가?"

"번쩍거리는 것만이 금은 아니란 말이었겠지."

실바누스는 전사의 말을 정정하더니 혼잣말처럼 중얼거렸다.

"그 가롯이란 녀석, 상급 서열에 갓 오른 위저드치곤 꽤나 날카로웠는걸?"

그것을 끝으로 드루이드는 자리에서 일어났다.

"저, 저기……."

보로미어가 따라 일어서며 머뭇거리자, 실바누스는 다시 전사를 쏘아보았다.

"저기, 뭐가 어떻게 되는 거야?"

전사의 더듬거리는 물음에 드루이드가 무뚝뚝하게 대답했다.

"어떻게 되긴, 이제 아모네 이실렌으로 가는 거지."

"아니, 그게 아니고, 내 갑옷 말이야……."

"갑옷이 뭐?"

여전히 퉁명스러운 실바누스의 태도에 보로미어도 슬슬 부아가 나기 시작했다.

"뭔가 짚이는 게 있으면 나한테도 얘기를 해줘야 할 거 아냐!"

"날 믿지 못하는 놈에겐 나도 할말이 없어."

"야, 그건 내가 널 믿지 못했던 게 아니라……."

"그럼 뭐야?"

"그, 그건……. 나, 나도 확실하지가 않아서 그랬던 것뿐이야."

"흥! 가슴에 손을 얹고 생각해 봐라. 가이우스가 네게서 뭔가를 노린다는 이야기를 들었을 때, 그 갑옷 생각이 조금도 나지 않았단 말이야?"

"……."

"내가 차라리 가이우스가 원하는 걸 줘버리라는 말을 했을 때도 그 갑옷 생각이 전혀 나지 않았다고 우기겠다, 이거야?"

"……."

"날 믿었다면 그런 얘기도 털어놓지 못해?"

"그, 그런 게 아니라니까."

전사의 이마엔 땀이 송글송글 맺히기 시작했다. 실바누스가 말했다.

"너란 녀석은 말야, 도무지 어쩔 수가 없어. 성깔도 더러운 데다가 사람 말이라곤 도통 들어먹지도 않고. 게다가 어차피 같이 다닐 수밖에 없는 처지에, 그것도 자기 목숨을 책임지고 있는 나조차도 믿지 못하잖아. 조금 치사하지만 아무리 생각해도 이런 방법밖에는 없어."

"……?"

"네 갑옷은 가룻의 짐작대로 아주 대단한 물건이야. 그게 뭔지 정말 궁금해?"

전사는 이 녀석이 갑자기 무슨 꿍꿍이속인가 하면서도 조심스레 고개를 끄덕였다. 그러자 실바누스는 기다렸다는 듯 말했다.

"좋아. 그렇다면, 아모네 이실렌의 일이 끝난 다음에 얘기해 주지. 그때까지 내 말에 절대 복종을 한다면."

보로미어의 얼굴은 치밀어 오르는 화를 참느라 시뻘겋게 달아올랐다. 그러나 온 카자드 땅을 통틀어 그가 가장 알고 싶은 것이 있다면 바로 자신의 갑옷에 감춰진 비밀이었다.

"어서 와. 이미 늦었어."

드루이드는 문을 향해 걸어나가며 명령조로 말했다. 한동안 분을 삭이느라 바닥을 노려보며 서 있던 전사는 거칠게 의자를 걷어찬 다음 그 뒤를 따랐다.

비트라 쿰의 거리를 걷는 동안 둘 사이의 분위기는 조금도 나아지지 않았다.

실바누스의 뒤통수를 살기 어린 눈초리로 쏘아보며 걷던 보로미어는 갑자기 소란스러워진 거리의 분위기에 잠시 멈춰 섰다. 수많은 사람들이 거리로 쏟아져 나와 뭐라고 외치며 달려가고 있었다. 그 외침 속에서는 '영주'라는 단어와 '카자드 쿰'이란 단어가 자주 들려왔다.

"뭐하고 서 있어? 늦었다니까."

앞서가던 드루이드가 말했다. 보로미어는 무시무시한 눈으로 그를 노려보다가 다시 걸음을 옮겨놓았다.

"영주의 소집령이 떨어진 거야."

전사를 기다렸다 나란히 걸으면서 실바누스가 말했다. 보로미어는 대꾸하기도 싫어 아무 말도 하지 않았다. 그러나 드루이드는 그의 반응은 상관도 하지 않고 혼자 말을 계속했다.

"레트가 소식을 제대로 전했다는 증거지. 카자드 쿰의 방어를 위해 영주가 주변 도성의 사람들을 불러모으기 시작한 거야. 앞으로 2, 3일 동안 카자드 쿰 주변은 볼 만하겠는걸? 하급 서열들이 오랜만에 물을 만났어."

"흥!"

둘 사이의 침묵은 한동안 더 이어졌다. 전사를 흘끗거리던 실바누스가 다시 입을 열었다.

"너, 그렇게 침묵 시위를 하는 건 아무런 도움이 되지 않아."

"……."

"쳇, 그렇게 벙어리 시늉이 하고 싶으면 맘대로 해라. 하지만 이건 알아둬. 우린 앞으로 당분간은 가명을 쓸 거야. 우리가 비트라 쿰으로 가는 가장 큰 이유는 가이우스로부터 숨으려는 거고, 당연히 본명을 써가며 우리의 행적을 광고하고 다닐 필요는 없단 말이야. 그러니 일단 이번 아모네 이실렌 원정 동안은 난 4급 서열인 렉터 급 사제 헬트라고 할 거야. 그리고 넌 3급인 용사 서열로 잭이라는 이름을 써."

"제미랄, 이젠 남의 이름까지 맘대로 바꾸네."

보로미어가 다른 쪽으로 고개를 돌리며 투덜대자 실바누스가 말했다.

"다 널 보호하기 위해서야. 가이우스는 지금 카자드 쿰의 보안관 직을 맡고 있어. 비트라 쿰에서야 카자드 쿰 주변에서보다는 영향력이 떨어지겠지만, 그래도 카자드의 웬만한 정보는 맘만 먹으면 손에 넣을 수 있는 자리야. 지금 당장엔 메레디트의 습격으로 정신이 없겠지만 일단 그걸 처리하고 나면 너의 위치를 알아내려고 혈안이 될 게 분명해. 열심히 본명을 쓰고 다니면서 그걸 도와줄 이유는 없어."

"쳇."

그러자 실바누스는 갑자기 보로미어를 아래위로 훑어보더니 물었다.

"그런데 전에 입고 있던 망토는 어디다 뒀지?"

"네가 알아서 뭐해."

보로미어의 퉁명스런 대꾸에 드루이드는 한숨을 쉬었다.

"그래, 관두자. 어차피 네가 걸치고 있던 건데 내가 알아서 뭐하나. 어디 가서 헐값에 속아 팔지만 않았으면 됐지."

"헐값?"

보로미어는 귀가 번쩍하여 실바누스를 돌아보았다.

"그래. 카자드 쿰의 시장에선 5000두카트는 족히 받을 수 있는 망톤데……."

드루이드의 대답에 전사는 발이 땅에 박히기라도 한 듯 걸음을 멈췄다.

"5000?"

"암. 5000. 클로크 오브 파이어 프로텍션은 위저드나 사제들이 즐겨 찾는 물건 중 하나니까."

"5000?"

보로미어가 넋이 나간 듯 했던 말을 되풀이하자, 실바누스도 걸음을 멈추고 그를 돌아보았다.

"너, 설마……."

보로미어의 표정을 본 실바누스는 하늘을 향해 한숨을 쉬더니 물었다.

"나 이건 진짜 기가 막혀서. 도대체 얼마에 판 거야?"

전사가 이를 악물며 말이 없자, 드루이드가 빈정거렸다.

"참 자알 하는 짓이다."

그러나 전사는 이미 그의 말을 듣고 있지 않았다.

"이 사기꾼 같은 놈! 카자드 땅을 다 뒤져서라도 찾아내고야 말

거다. 내, 이놈을 잡기만 하면……."

주먹을 불끈 쥐고 발을 동동 구르는 전사에게 실바누스가 말했다.

"억울해할 것도 없어. 상점도 아니고 다른 사람에게 판 거라면, 일단 거래가 이루어졌으면 그걸로 끝이야. 제값을 받지 못한 거야 네 잘못이지."

"개자식! 내 몇 년이 걸리더라도 이 자식을 반드시 찾아내고야 말 거야!"

전사가 주먹을 휘둘러대며 계속 소리지르자, 실바누스는 답답한 듯 그의 소매를 잡아끌었다.

"넌 그 성격 좀 어떻게 할 수 없니? 생각을 해봐! 그렇게 값을 후려친 놈이 지금까지 여기 남아 있을 리도 없고, 이 넓은 가이아에서 그 녀석과 다시 마주치기를 바라느니 구리 방패에 풀이 돋기를 기다리는 게 빠르겠다. 안 그래도 늦어서 걱정인데 도대체 지금에 와서 뭘 어쩌겠다고 이러는 거야?"

보로미어가 마지못해 씩씩거리며 걸음을 떼어놓기 시작하자 드루이드가 말했다.

"지나간 일은 빨리 잊으라고. 중요한 건 이제부터 하는 일이니까. 그리고 곧 다른 원정 대원들을 만날 텐데 얼굴 좀 펴."

"다른 대원들?"

"그래. 비트라 쿰에 가서 시간을 절약하려고 미리 여기서 원정 대원들을 모아놨어."

"원정 대장은 누군데?"

"그건 비트라 쿰에 가서 구할 거야."

"쳇, 저 혼자 활 쏘고 나팔 불고 다 하는군."

보로미어가 빈정거렸지만 실바누스는 더 이상 대꾸를 하지 않았다.

두 사람은 곧 론디움의 남동쪽 성문 앞에 다다랐는데, 로한의 소집령 때문인지 성문 앞은 한산한 편이었다. 성벽에 기대 있던 사람 중 둘이 실바누스의 모습을 보자마자 서둘러 다가왔다.

"이거 봐, 사람을 이렇게 기다리게 만들면 어떻게 해? 이러다 간 오늘 출발도 못하……."

둘 중 큰 사람이 다가오며 투덜거리다가 갑자기 멈춰 섰다.

"왜 그래?"

실바누스가 묻는 것과 동시에 뒤에 서 있던 보로미어의 두 손이 그 사람의 멱살을 향해 날아갔다.

"이 사기꾼 자식!"

실바누스는 순식간에 일어난 일에 정신을 차리지 못하고 있다가, 보로미어의 손을 간신히 피해 달아나고 있는 그 사람이 걸치고 있는 낯익은 망토를 보고는 두 손으로 머리를 감싸쥐며 털썩 주저앉았다. 그러곤 넋두리 섞인 한숨만 푹푹 내쉬며, 론디움의 성문 앞을 미친 듯이 뛰어다니는 보로미어와 닉스를 무기력하게 바라볼 뿐이었다.

보로미어는 툴툴거리면서 실바누스의 뒤를 따라 비트라 쿰의 거리로 나섰다. 실바누스와 레인저인 이리스가 중간에서 말리는 바람에 닉스를 목 졸라 죽이는 일은 포기한 지 오래였으나, 실바누스는 여전히 마음이 놓이지 않는지 비트라 쿰까지 오는 여정 내내 닉스와 자신을 단둘이 놓아두려고 하지 않았다. 지금도 두 사람을 여관에 같이 두고 떠나기가 불안했는지 자신만 따로 데리고 길을 나선 것이다.

"3000은 너무했어."

전사의 투덜거림에 실바누스가 짜증스레 대꾸했다.

"좀 그만 해라. 닉스 주장도 옳아. 사실 네가 뭐라든 닉스는 단 한푼도 더 낼 책임이 없다고. 그래도 닉스가 1500을 더 내서 3000을 채워주기로 했으면 많이 양보한 셈이잖아."

"양보? 자기가 잘못한 걸 인정했으니까 돈을 더 내는 건 당연한 거지, 양보는 무슨."

"잘못을 인정하는 거 좋아하네. 그럼 그렇게 목을 졸라대는데 누가 잘했다고 버티니?"

"……그래도 3000은 너무 적어."

끈기 있게 투덜거리던 보로미어는 드루이드의 뒤를 따라 '번개 용왕'이라는 커다란 간판이 번쩍거리는 술집으로 들어섰다.

보로미어를 빈 테이블에 앉힌 실바누스는 누군가를 찾아 잠시 두리번거리더니, 가운데 있는 커다란 테이블을 향해 걸어갔다. 테이블에는 대여섯 명의 사람들이 앉아 왁자지껄하니 술을 마시고 있었는데, 드루이드는 그중 한 사람에게 다가가 귀에 대고 뭐라고 속삭였다. 그러자 그 사람은 술잔을 놓고 벌떡 일어나더니 실바누스의 뒤를 따라 보로미어가 앉아 있는 테이블로 성큼성큼 걸어 왔다.

그는 30대 후반 정도 되어보이는 전사로 은색 갑판 갑옷을 입고 있었는데, 보로미어는 그의 우람한 몸집에 한번 놀랐고, 드워프라는 사실에 두 번째로 놀랐으며, 마지막 세 번째로는 그가 여자라는 사실에 놀랐다. 그녀의 키는 실바누스보다도 컸고 팔다리의 근육도 보로미어에 못지않았다. 드워프로 치면 엄청난 거인에 해당하는 것이다. 그리고 드워프 중에서 여자를 보는 것은 극히 드문 일이었다.

드워프는 육중한 몸을 테이블 앞에 앉히자마자 실바누스에게 물었다.

"아모네 이실렌이라고 했어? 아모네 이실렌에 대해 무슨 얘기가 듣고 싶은 건데?"

"얘기를 듣고 싶은 게 아니야. 우리를 아모네 이실렌으로 데려가 달라는 거지."

실바누스가 단도 직입적으로 말하자, 드워프는 멍하니 드루이드의 두건을 바라보다가 커다란 웃음을 터뜨렸다. 덕분에 결코 아름답다고는 할 수 없는 그녀의 얼굴에 깊은 주름이 더해졌다.

"아하하하. 초짜 같아보이진 않는데, 이 친구들 왜 이래? 아무리 이 메디나 님의 명성이 높다지만, 아모네 이실렌이 어떤 곳인 줄 알고 하는 소리야?"

"아모네 이실렌. 비트라 쿰에서 동으로 15리그 정도에 위치하고 있고, 현재는 메레디트 녀석들의 모리아 주둔 주력 부대의 세력권 안에 놓여 있는 곳이지. 알려진 바는 거의 없지만 네 개 층으로 되어 있고 2층의 일부까지는 그 구조가 알려져 있어. 바로 그 고명하신 메디나 님에 의해 알려진 거지만."

실바누스의 막힘 없는 대답에 드워프는 눈이 휘둥그레지며 물었다.

"혹시 전에 날 만난 적이 있나?"

실바누스는 고개를 저으며 말했다.

"아니, 없어. 하지만 그 놀라운 얘기를 모르는 사람은 드물지."

메디나는 옛 생각을 하는 듯 눈을 반쯤 감고 혼자말처럼 중얼거렸다.

"그 상앗빛 탑을 마지막으로 본 게 벌써 두 달은 된 것 같군. 그 메레디트의 돼지 녀석들만 아니었다면 벌써 4층 창문에서 아이언 힐의 만년설을 구경하고 있을 텐데 말이야."

다음 순간, 드워프는 눈을 번쩍 뜨며 물었다.

"하지만 지금까지 나도 엄두를 못 내던 곳을 네가 어떻게, 뭘 믿고 가자는 거지? 네 입으로 모리아 주둔군의 세력 내라는 말을 했잖아. 거긴 최소한 비트라 쿰 총독의 친정 정도 되는 지원이 있어야 겨우 접근이 가능한 곳이라고."

그러자 실바누스가 몸을 앞으로 숙이며 속삭이듯 말했다.

"물론 지금까진 나도 원정 같은 건 엄두도 못 냈지. 하지만 네가 아직 모르는 걸 하나 알려줄게. 지금 메레디트 놈들은 카자드 쿰을 기습중이야."

"뭐? 그럴 리가."

메디나가 믿어지지 않는다는 표정을 짓자 실바누스가 말했다.

"어떻게 된 건지 나도 자세히 모르겠지만, 놈들은 지금 언데드 무리들을 앞세워 에스트발데를 지나고 있어. 아마 에스트발데로 넘어가는 다른 길을 찾아낸 거겠지. 내일이면 주력이 카자드 쿰에 다다를 거야."

"난리도 아니겠군."

"미리 대비를 하고 있으니 그쪽은 걱정할 필요 없어. 이미 주변 도성엔 소집령이 내린 상황이고."

"흠……."

"중요한 건 메레디트의 상황이지. 지금 녀석들의 군세로 볼 때, 아무리 기습 공격이라도 카자드 쿰을 직접 쳐들어가려면 전병력을 다 동원하지 않고는 힘들 거야. 즉, 모리아 주둔군도 대부분 거기에 참여했을 거라는 계산이 나오지."

"반드시 그럴 거란 보장은 없잖아."

메디나가 고개를 갸우뚱거리자 실바누스가 단호하게 말했다.

"이봐, 지금 이 일에서 중요한 건 속도야. 지금 여기 비트라 쿰에서 카자드 쿰의 기습 소식을 아는 사람은 너와 나밖에 없어. 하지만 내일 오후면 여기에도 소문이 쫙 퍼질 거라고. 그러면 아마 총독에게 원정 허가를 받겠다는 사람이 한 다스는 몰려들걸? 그다음은 늦어. 이미 우리는 대원들까지 모아놓았다고. 대장만 필요할 뿐이야."

"글쎄……."

메디나가 여전히 망설이자, 실바누스가 다시 채근했다.

"만약 오크 놈들의 저항이 심하다 싶으면 언제든 원정대를 되돌리면 되잖아?"

그러나 드워프는 눈길을 보로미어에게 돌렸다.

"이 우락부락한 친구도 자네가 모아놓은 대원 중 하나인가?"

보로미어는 솔직히 자신보다는 메디나가 더 우락부락해 보인다고 생각했고 그런 의견을 나름대로 진솔하게 전달하려고 입을 열었으나, 실바누스가 테이블 밑으로 정강이를 걷어차는 바람에 그럴 기회를 놓치고 말았다.

그제서야 메디나는 고개를 끄덕이며 벌떡 일어섰다.

"좋아, 좋아. 그 정도로 정세를 읽을 줄 아는 놈이라면, 대원들도 견실히 골라놓았으리라 믿어. 그럼 난 지금 총독을 만나서 원정허가를 받아내도록 하지. 내일 아침 동문에서 보자고."

메디나는 인사도 하는 둥 마는 둥 갑옷을 쩔렁거리며 바람처럼 '번개 용왕'을 뛰쳐나갔다.

"녀석, 성미는 여전하군."

고개를 절레절레 흔들며 실바누스가 말했다.

"그게 무슨 소리야? 저치완 전에 만난 적이 없다고 그러더니."

보로미어가 묻자 실바누스는 자리를 털고 일어나며 말했다.

"꼭 만나봐야 아나? 저 친구 성미는 유명하거든. 별명이 '광풍의 메디나'라고, 급하기론 카자드 남부에서 둘째 가라면 서러울 정도야. 어서 가자고. 우리도 출발 준비를 해야지."

다음날 아침, 메디나를 대장으로 하는 아모네 이실렌 원정대는 아침 일찍 비트라 쿰의 동쪽 성문에 모였다. 메디나는 광풍이란 별명이 무색하지 않도록 전날 저녁 즉시로 비트라 쿰의 총독을 닦달하여 원정 허가를 받아냈고, 아침에는 제일 먼저 성문 앞에 와서 기다리고 있었다. 상급 서열로 나이트 급인 메디나는 자신이 거느리는 부하 한 명을 데리고 왔는데, 미늘 갑옷에 강철 방패로 단단히 무장을 시킨 전사급 전사였다.

실바누스는 어제 일로 위저드인 닉스와 보로미어가 원정중 툭탁거릴까 봐 걱정이 되는지 아침에도 몇 번이고 보로미어에게 다짐을 받은 후에야 성문을 향해 출발했다.

"뭐 이리들 늦어?"

들고 있던 커다란 도끼로 가슴 갑판을 두드리며 메디나가 외쳤다.

"대장이 너무 빨리 온 거야."

실바누스는 짧게 대꾸한 다음, 보로미어를 가리키며 말했다.

"먼저 대원들과 인사를 해야지. 여기는 어제 봤던 3급 전사인 용사 잭이고⋯⋯."

"됐어, 됐어. 인사는 가면서 하자고."

메디나는 어느새 말에 올라타며 실바누스의 말을 끊더니, 뭐라고 하기도 전에 이미 성문 밖으로 달려나갔다. 멍하니 그를 바라보고 있던 나머지 대원들은 먼저 정신을 차린 이리스를 선두로 드워프의 뒤를 따라 달리기 시작했다.

미친 듯 달리던 메디나가 속도를 줄인 것은 족히 4, 5리그 정도를 전력으로 질주한 후의 일이었다. 이리스와 보로미어가 숨을 헐떡이며 메디나의 갈색 전투마를 따라잡은 지 한참 뒤에야 얼굴이 파랗게 질린 닉스와 실바누스가 도착했다.

전력으로 질주를 하게 되면 체력이 급속하게 소모된다. 반면 천천히 이동을 할 때는 거꾸로 조금씩 회복이 되는데, 대부분의 원정대는 이동 시간을 절약하기 위해 도성 주변의 안전한 땅에서는 약간의 체력 손실을 감수하면서라도 이동 속도를 높이는 것이 보통이다. 그러다가 다시 속도를 줄이면 체력은 차츰 회복이 되는데, 안전한 구역에서 벗어날 때쯤 완전히 회복되도록 이동 속도를 조절하는 것이 이상적이다.

그러나 지금 메디나는 안전한 지역을 거의 다 벗어난 곳까지 원정대를 전속력으로 끌고 온 것이다.

"대, 대장. 뭐가 그리도 급하시우?"

엔간한 체력의 보로미어도 한참 숨을 고른 후에야 겨우 입을 열 수 있었다.

"급하다니? 뭐가?"

드워프 여전사는 이해할 수 없다는 표정을 지었다.

"대장이야 말을 타고 있지만, 우린 발로 달려야 하잖아? 나와 잭은 그렇다치고 헬트와 닉스는 지금 숨도 제대로 못 쉬고 있다고!"

하플링이기에 보폭이 가장 작은 이리스가 투덜대자, 메디나는 투구를 벗고 뒤통수를 긁었다.

"그래? 이거 오랜만에 나와보니 속도를 맞추기가 영 어렵군. 그렇지만 아무리 위저드라도 이 정도를 못 따라오나?"

메디나는 고개를 갸웃거리며 말에서 내리더니, 아직도 허리를 꺾은 채 하짓날 강아지처럼 할딱이고 있는 닉스에게 다가갔다.

"어이, 위저드. 너 이름이 뭐냐?"

"학, 학. 니, 닉스."

닉스가 고개도 들지 못하며 겨우 대답을 하자, 메디나가 다시 물었다.

"서열은?"

"4, 4급인 메이지."

"젠장, 조금 있으면 상급 서열인 녀석이……."

메디나는 한숨을 쉬며 몸을 돌리려다, 조금 숨을 고른 닉스가 머리를 들자 그의 얼굴을 유심히 들여다보았다.

"햐, 고놈 예쁘게도 생겼네."

"에?"

갑작스런 메디나의 말에 당황한 닉스가 한 걸음 뒤로 물러났으나 이미 메디나의 억센 손은 닉스의 어깨 위에 올라가 있었다.

"인마, 예쁘게 생겼다는 건 칭찬이야. 칭찬하는데 왜 도망을 가는 거야?"

"대, 대장, 하지만……."

닉스는 드워프의 손아귀에서 벗어나려고 몸을 비틀었으나, 메디나는 아예 한 팔을 위저드의 어깨에 단단히 두르더니 자신의 말 쪽으로 끌다시피 데리고 갔다.

"자자, 이젠 빨리 달리지 않을 테니까, 넌 내 옆에서 말동무나 좀 하렴. 아모네 이실렌까지는 아직 길이 머니까 말야."

"하, 하지만……."

닉스는 고개를 돌려 그 커다란 눈을 끔벅이며 애원하듯 실바누스를 바라보았다. 그러나 드루이드는 자기도 어쩔 수 없다는 듯 어깨만 으쓱할 뿐이었다.

"허, 저래도 되는 거야?"

보로미어가 기가 막힌다는 투로 묻자, 실바누스가 말했다.

"행군 위치를 정하는 거야 원정 대장의 고유 권한이니 뭐랄 순 없지. 그리고 잘됐잖아, 닉스에게 신경을 쓰는 동안은 대장도 당분간 서둘지는 않을 테니."

보로미어도 그 말에는 동감이었기에 더 이상 불평은 하지 않았다. 그러나 옆을 보니 레인저인 이리스는 조금 생각이 다른 듯 못마땅한 표정으로 메디나의 등을 쏘아보고 있었다.

"어이, 표정이 왜 그래?"

다시 행군을 시작하며 전사가 말을 붙이자 레인저는 투덜댔다.

"공평치 않아."

"뭐가?"

"대장이라고 저렇게 대원을 맘대로 해도 되는 거야?"

보로미어는 약간 놀라 이리스를 내려다보았다. 하플링인 그녀의 키는 자신의 허리에 조금 못 미치는 정도였기에 그녀를 마주보기 위해서는 허리를 약간 굽혀야 했다.

"헤헤헤, 너 질투하는구나."

전사가 놀리듯 말하자 이리스는 고개를 절레절레 흔들었다. 그에 따라 투구 밑으로 늘어진 흑단 같은 머릿결이 길게 출렁였다.

"질투가 아니야. 행군에선 당연히 레인저가 앞서야 하잖아. 그런 법칙도 무시하고, 행군 속도도 자기 맘대로고. 쳇, 대장이 저런 사람인 줄 알았으면 이 원정은 오지 않는 건데 잘못했어."

보로미어는 불만스럽게 투덜거리는 이리스를 자세히 뜯어보았다. 하플링 사이즈의 작은 사슬 갑옷에, 역시 보로미어에게는 단검 정도로 보이는 작은 칼을 든 모습이 꼭 인형 같았다. 미인이라고까진 할 수 없지만 약간 성이 난 듯 검은 눈썹을 모으고 있는 주먹만 한 얼굴에는 하플링 특유의 매력이 가득했다.

"일단 여기까지 온 이상이야 어떻게 하겠어? 가는 길이나 편안히 가라고."

전사는 빙그레 웃으면서 전에 알하즈란에게 했던 것처럼 이리스를 번쩍 들어 어깨에 올려놓았다. 순간 눈앞에서 주먹이 번쩍했다.

"바보 같은 녀석!"

보로미어의 어깨에서 뛰어내린 이리스가 날카롭게 외치며 화난 눈으로 그를 쏘아보았다.

"무슨 일이야?"

급히 다가온 실바누스가 묻자 보로미어가 코를 감싸쥔 채 말했다.

"아니, 난 힘들게 걷는 게 안돼 보여서 그런 건데 갑자기 주먹으로 치고 난리잖아!"

그러자 이리스가 다시 소리쳤다.

"멍청한 녀석, 그렇다고 레인저를 제 어깨 위에 올려놓는 법이 어디 있어! 네 어깨 위에서 나보고 뭘 하라는 거야?"

"어이, 이 속도도 빠른가? 뭣하느라고들 안 오는 거야?"

앞에서 메디나가 소리질렀다.

보로미어가 레인저에게 다시 뭐라고 하려 하자 실바누스가 재빨리 끼어들었다.

"됐어, 이리스. 네가 한번만 이해를 해. 내가 알아듣게 설명할 테니."

그러자 이리스는 다시 한번 보로미어를 쏘아본 다음 메디나를 쫓아 사라졌다.

"저년은 또 왜 지랄이야? 네가 모아온 사람들은 왜 하나같이 저래? 한 놈은 사기꾼에 또 한 년은 히스테리에."

보로미어가 투덜대자 실바누스가 차갑게 말했다.

"문제는 너야. 용사급이나 되어가지고선 레인저의 힘이 땅에서 나온다는 것도 모르니? 트래킹을 하든 몸을 숨기든 레인저가 레인저의 일을 하기 위해선 항상 두 발을 땅에 붙이고 있어야 한단 말이야. 그걸 어깨 위에 앉혀놓으니 당연히 난리를 치지. 그리고 넌 다른 사람, 게다가 여자 몸에 허락도 없이 손을 대는 버릇은 어디서 배운 거야?"

"야, 너 말이야, 참아주니까 이젠 나한테 훈계까지 하냐?"

보로미어가 화살을 자신에게 돌리자, 실바누스는 그를 아래위로 훑어보더니 짧게 말했다.

"그 갑옷, 참 잘 어울려보인다."

"으으으……"

갑옷 이야기가 나오자 보로미어는 두 주먹을 움켜쥐고 부르르 떨다가, 낮은 목소리로 뭐라 투덜대며 대열의 후미를 따라 터덜터덜 걸음을 옮겼다.

비트라 쿰 주변의 경관은 지금까지 보로미어가 보아온 카자드 쿰 주변의 경치와는 판이하게 달랐다. 카자드 쿰 주변이 수풀이 무성한 녹림이었다면 이곳은 약간 황량한 느낌마저 드는 구릉 지형으로, 키 작은 풀들로 덮인 너른 초원이었다. 덕분에 카자드 쿰 주변에 비해서 시야가 넓은 편이었지만 그러면서도 낮은 언덕들 사이사이엔 눈길이 닿지 않는 부분들이 상당히 있었다.

아모네 이실렌 원정대에 첫 공격을 가해 온 적들도 바로 그런 그늘에 몸을 숨기고 있던 오크들이었다. 그것은 메디나가 원정대의 속도를 늦춘 뒤 반 시간 가량이 지나서의 일이었는데, 늦췄다는 속도도 사실 상당히 빠른 편이라 대원들 모두가 속으로(물론 보로미어는 겉으로) 투덜거리고 있을 때였다.

여전히 닉스를 끌고 가다시피 하며 앞장서 가던 메디나에게 이리스가 고함을 지르는 것과 동시에 앞쪽 구릉 위에 대여섯 개의 그림자가 모습을 드러냈다. 보로미어로서는 잊으려야 잊을 수 없는 메레디트 오크들이었다. 놈들은 원정대를 보자마자 괴성을 지르며 언덕을 달려내려 오기 시작했다.

보로미어가 칼을 뽑아드는 순간, 메디나의 갈색 전투마가 놀라운 속력으로 언덕 위의 오크들을 향해 돌진하기 시작했다. 드워프는 어느새 높이 쳐든 랜스를 앞세우고 질풍처럼 오크들의 중간을 뚫고 나가더니, 언덕 위에서 말을 돌린 후 이번엔 전투용 도끼를 휘두르며 다시 오크들 사이를 뚫고 되돌아왔다.

보로미어는 멍하니 칼을 들고 서서는 산적처럼 랜스에 꿰인 오크 두 마리와 목이 달아난 다른 두 마리가 썩은 통나무처럼 넘어가는 것을 믿을 수 없다는 눈으로 지켜보았다.

순식간에 오크 네 마리를. 그것도 메레디트 오크들인데.

나이트 급 전사가 싸우는 것을 보는 것은 이번이 처음이었다. 엄청난 파괴력과 속도, 놀라운 정확성과 균형! 싸움에는 어느 정도 자신이 있다고 자부하던 보로미어에게도 메디나의 몸놀림은 아찔할 정도로 경이로웠다. 아니, 아름다울 정도였다.

그러나 소리까지 질러대며 신이 났던 메디나는 가속력 때문에 다른 대원들을 한참 지나쳐 달려가더니, 급히 말을 돌리려다 그만 안장에서 떨어지고 말았다. 동시에 언덕 중턱에 남아 있던 오크 두 마리가 일제히 등을 돌려 줄달음질을 치기 시작했다.

"놓치지 마! 모리아에 연락하게 내버려두면 안 돼!"

땅에 주저앉은 메디나의 고함에 보로미어가 먼저 앞으로 달려나갔다. 달아나는 오크들과는 조금 거리가 멀다 싶었는데, 어느새 뒤로 돌아간 메디나의 부하가 놈들의 퇴로를 막아준 덕택에 거리를 좁힐 수 있었다. 보로미어가 그중 한 녀석의 뒷덜미에 칼을 그어대자 놈은 비명을 지르며 돌아서더니 무섭게 시미터를 휘둘렀다. 그러나 반격을 충분히 예상하고 있던 전사는 간단히 방패로 막아냈고, 오크의 육중한 몸은 걷어채기라도 한 듯 뒤로 날아갔다. 실드 오브 리펠링의 힘이었다. 쉬지 않고 이어진 보로미어의 공격은 녀석의 몸을 갈기갈기 찢어놓았다.

그러나 고개를 들자, 이미 상당히 멀리 도망가고 있는 또 한 마리의 모습이 눈에 들어왔다.

'놓치겠는걸.'

이를 악물며 놈의 뒤를 쫓으려는데 옆에서 실바누스가 손을 쳐드는 것이 보였다.

"홀딩!"

드루이드의 주문에 달아나던 오크는 그 자리에 꼿꼿이 못박혀서 버렸다. 동시에 은빛 물체가 긴 곡선을 그리며 오크를 향해 날아갔다. '슈우우우' 하는 소리를 끌며 오크를 스치듯 지나간 그것은 놀랍게도 다시 방향을 틀어 되돌아오더니 그림처럼 이리스의 손 안으로 빨려들어 갔다. 다음 순간 오크의 머리가 피를 뿜으며 그 어깨 위에서 굴러떨어지는 것이 보였다.

"뭐, 뭐야?"

돌아보자 이리스는 기역자 모양의 쇠뭉치를 들고 있었다.

"바보. 부메랑 처음 봐?"

레인저가 굽은 쇠를 등에 꽂아넣으며 빈정거렸다.

"……쳇."

전사는 뭐라고 말대꾸를 하려다가 실바누스가 옆에서 쏘아보는 바람에 고개를 돌렸다.

"제기랄! 빌어먹을 놈의 망아지 새끼! 힘은 좋은데, 가끔씩 말을 안 들어."

메디나가 투덜거리며 다가왔다. 그는 한 손으로 볼썽사납게 엉덩이를 문지르면서 다른 손으론 레인저의 등을 두드렸다.

"정말 잘했어. 대단한 기술이야. 근데 너 이름이 뭐더라?"

"이리스. 서열은 3급인 스카우트."

이리스가 약간 화난 목소리로 대답했다. 그러나 메디나는 듣는 둥 마는 둥 하고는 이내 실바누스를 향해 손짓을 하며 외쳤다.

"어이, 헬트. 여기가 모리아 주둔군의 최전방이야. 놈들이 몽땅 카자드 쿰으로 갔다는 네 예상이 틀렸다면, 지금부터는 정말 바빠질 거야."

"적이 예상이 된다면 레인저를 앞세우는 게 혹시 도움이 되지 않을까?"

이리스가 반쯤 빈정거리는 투로 묻자, 메디나는 간단히 고개를 흔들었다.

"아니야. 여기는 모리아 주둔군이 몇 개월 이상 진지를 구축해 놓은 곳이야. 함정도 많고, 드래곤 볼트(Dragon bolt) 같은 고정무기를 배치해 놓은 곳도 있어. 드래곤 볼트 한 방이면 네 사슬 갑옷 정도는 간단히 박살이 날걸? 당분간은 내가 앞장서는 게 안전해."

그때 다가온 실바누스가 말했다.

"그렇게 걱정할 필요는 없을 거야."

"너무 자신하는 거 아냐, 헬트?"

메디나가 고개를 갸우뚱거리자, 실바누스는 쓰러져 있는 오크들을 가리켰다.

"놈들이 입고 있는 갑주를 봐. 모두 낡고 품질이 떨어지는 것들이야. 모리아 주둔군이라면 메레디트 중에서도 최정예 부대인데 이건 좀 너무하잖아. 반면에 에스트발데에서 본 녀석들은 하나같이 최고급품을 입고 있었어. 예상했던 대로 여기에 남은 녀석들은 정예가 아니야. 주력은 지금 에스트발데를 거쳐 카자드 쿰으로 가고 있다고."

메디나가 고개를 끄덕였다.

"딴은. 하지만 그렇다고 갑옷끈을 풀고 갈 수야 없지. 어쨌든 조심해서 가자고."

그러더니 사방을 두리번거리며 외쳤다.

"닉스! 우리 귀여운 위저드 어디 갔니?"

그러자 어느 구석엔가 틀어박혀 있던 닉스가 쭈뼛쭈뼛 다가왔다.

"자, 이리 누나 옆으로 오렴."

쉴 틈도 없이 말고삐와 닉스의 손을 잡고 다시 걸음을 재촉하는 메디나의 뒷모습을 보면서 보로미어는 실바누스에게 귀엣말로 속삭였다.

"이봐, 실바누스. 왠지 말이지, 난 저 닉스란 녀석이 더 이상 밉지가 않아. 오히려 좀 측은하달까."

그러자 드루이드가 고개를 끄덕이며 말했다.

"그럼 일단 내 걱정 중 하나는 던 셈이군. 하나가 또 늘긴 했지만 말이야."

"뭔데?"

"내 이름은 실바누스가 아니라, 헬트야, 헬트!"

실바누스, 아니 헬트의 예상은 어긋나지 않았다. 메디나를 선두로 2, 3리그 정도를 행군하는 동안 원정대는 단 한 마리의 오크도 보지 못했다. 비트라 쿰의 동쪽은 초원의 황량함만 가득할 뿐 텅 비어 있다고 해도 과언이 아니었다.

차츰 긴장이 풀리면서 메디나는 닉스의 금발을 연신 쓰다듬으며 뭐라고 수다를 떨기 시작했고, 이리스는 줄곧 못마땅한 눈으로 그들을 쏘아보았다. 실바누스는 아무 말이 없이 계속 걷기만 했고 보로미어는 입속으로 '헬트, 헬트'를 되새김질하듯 외워대며 드루이드의 뒤를 따랐다.

어느 정도나 시간이 흘렀을까, 갑자기 날카로운 파공음과 함께 메디나가 말 위에서 뒤로 굴러떨어졌다. 모든 대원들이 반사적으로 엎드린 가운데 실바누스가 황급히 대장에게 기어갔다.

"메디나, 괜찮아?"

"이런 개 같은 자식들!"

메디나는 땅 위에 누운 채로 가슴에 박힌 검은 막대를 뽑아내며 소리를 질렀다. 은색 가슴 갑판은 막대가 뽑힌 자리에서 흘러나오는 피로 순식간에 붉게 물들었다. 드루이드는 지체없이 상처 위에 손을 올려놓고 주문을 외웠고 이내 피가 멎으며 메디나의 욕설도 줄어들었다. 그러나 그런 와중에도 검은 막대들은 쉬지 않고 날아와 대원들 주위로 떨어졌다.

"이쪽으로!"

이리스의 외침을 따라 대원들은 엉금엉금 기어서 한 작은 언덕 뒤로 모여들었다. 장소가 비좁은 탓에 서로의 눈썹을 셀 수 있을 정도로 밀착해야 했다.

"잭! 잭!"

이리스가 아무리 불러도 보로미어가 멍하니 있자, 실바누스가 전사의 정강이를 힘껏 걷어찼다. 그제서야 보로미어는 그게 자신을 부르는 소리인 것을 깨닫고 고개를 들었다. 한데 어디서도 이리스의 모습을 찾을 수 없었다. 이상한 느낌에 황급히 허리를 들자 전사의 엉덩이 밑에 깔려 있던 레인저가 씩씩거리며 기어나왔다.

"넌……, 넌……."

이리스가 부들부들 떨며 말을 잇지 못하자 메디나가 말했다.

"관둬. 지금은 서로 다툴 때가 아니야. 이걸 봐."

일동의 눈은 대장의 손에 들려 있는 기다란 검은 막대에 집중되었다. 그것은 용 문양이 양각되어 있는 금속 막대로 길이는 1미터 반 정도였고, 아직도 메디나의 피가 묻어 있는 한쪽 끝은 날카롭게 갈려 있었다.

"이게 그 유명한 드래곤 볼트야. 메레디트 놈들의 주방어 무기지. 현철(玄鐵)을 오크 마법으로 단련하여 만든 투창의 일종인데, 봤겠지만 제대로 맞으면 내 갑판 갑옷 같은 것도 휴지처럼 뚫린다고. 무겁기 때문에 특별히 만든 발사대를 이용하여 쏘는 무기야."

메디나의 설명을 들으며 보로미어는 언덕 위로 고개를 살짝 내밀어 드래곤 볼트가 날아온 쪽을 바라보았다. 200미터 전방에 낮은 목책 구조물이 보였다.

"설마 저 먼 거리에서 날아온 건 아니겠지."

전사가 혼자말처럼 중얼거리자, 옆에서 같이 고개를 내밀고 있던 실바누스가 목책에서 눈을 떼지 않으며 말했다.

"맞아, 저기서 날아온 거야. 드래곤 볼트라면 이 정도는 먼 거리도 아니지. 봤겠지만 정확성도 무시할 수 없을 정도고."

그러자 발 아래에서 닉스의 볼멘소리가 들려왔다.

"빌어먹을! 오크들은 없을 거라더니, 이제 어떻게 하지? 드래곤 볼트 때문에 꼼짝도 못하잖아."

"에구, 귀여운 것. 걱정하지 마. 이 누나가 있잖아."

닉스와 거의 얼굴을 맞대다시피 하고 있던 메디나가 다정한 목소리로 다독거렸다.

잠시 후 생각에 잠겨 있던 실바누스가 위저드의 어깨를 두드리며 말했다.

"이봐, 닉스. 투덜댈 게 아니라 네가 좀 어떻게 해봐."

그러자 그는 퉁명스럽게 대꾸했다.

"나보고 뭘 어떻게 하라는 거야? 저런 걸 막는 실드라면 네 일이잖아."

"그게 아니라, 저길 좀 봐."

실바누스는 닉스의 말투에는 아랑곳하지 않고 차분한 목소리로 말하며 언덕 너머의 목책을 가리켰다. 닉스는 툴툴거리면서도 언덕 위로 목을 빠끔 내밀어 목책을 바라보았다.

"저게 어쨌다는 거야?"

닉스가 계속 투덜대자 실바누스가 혀를 차며 말했다.

"쯧쯧, 벌써 차크라 수양의 제1장을 잊었어? 저게 나무라는 것 정도는 눈에 보일 텐데."

"눈에야 보이지만……."

계속 볼멘소리를 내뱉던 닉스는 문득 눈을 반짝였다.

"엘러멘틀 펜타곤! 맞아, 나무의 반대편은 불이지! 이런, 내가 왜 그 생각을 못했지?"

그러나 다음 순간 위저드의 얼굴은 다시 어두워졌다.

"하, 하지만 이건 거리가 너무 멀어."

"얼마나 자신이 있는데?"

"한 100미터 정도? 그 이상은 무리야."

"좀 모자라더라도 바람의 도움이 있으면 가능하겠지."

드루이드가 됐다는 듯 말하자 닉스는 고개를 갸우뚱거렸다.

"글쎄, 아무리 엘러멘틀 펜타곤에서 바람과 불이 어깨를 붙이고 있다지만 100미터씩이나 그게 가능할까?"

"해보기 전엔 모르는 거지."

위저드와 드루이드의 대화를 계속 듣고 있던 보로미어가 참지 못하고 끼어들었다.

"도대체 무슨 얘기들이야?"

그러자 앉아 있던 메디나가 보로미어의 허리춤을 잡아끌어 앉혔다.

"야, 야. 내버려둬. 벌써 다들 알아서 하고 있으니까 우린 그냥 구경이나 하자고."

그러자 실바누스가 고개를 돌려 메디나에게 말했다.

"이런! 그냥 구경만 하실 생각이셨나? 달아나는 놈들을 책임지셔야지. 여기서 그 정도 속도를 낼 사람은 대장밖에는 없잖아."

"흐흐. 이거, 쉽게 놔두질 않는군."

메디나는 말의 고삐를 움켜쥐며 웃음을 흘렸다.

"자, 그럼 시작할까?"

실바누스가 두 손을 하늘로 뻗으며 묻자, 닉스도 양손으로 수인을 맺으며 대답했다.

"그래. 하지만 이걸로 내 차크라의 반이 날아간다는 건 알아둬. 한번으로 끝이라고."

모두 자신을 무시하는 듯해 약간 심술이 난 보로미어는 뚱한 표정으로 드루이드의 손에서 반지가 빛나는 것을 바라보았다.

"루엔달 에리겐 마루게루 하……."

실바누스가 주문을 외워나감에 따라 주변의 공기가 점점 술렁이는가 싶더니, 곧 서서히 바람이 불기 시작했다. 드루이드는 망토 자락을 펄럭이며 계속 주문을 외웠고 풍속은 점점 빨라져서 급기야는 바람이라기보다 폭풍에 가까운 거센 돌풍으로 변해 갔다. 보로미어는 메디나와 함께 몸을 낮추고 있었는데, 옆에서 이리스의 몸이 들썩거리는 것을 보고 한 손을 뻗어 그녀의 팔을 잡으려다가 아까의 일이 생각나서 멈칫했다.

"바보! 어서 잡아줘!"

이리스의 날카로운 외침에 덥석 그녀의 손을 잡은 보로미어는 입속으로 낮게 투덜거렸다.

'젠장, 여자들이란…….'

그때 실바누스가 외쳤다.

"지금이야!"

"파이어 스톰(Fire storm)!"

동시에 닉스의 수인에서 엄청난 불줄기가 뿜어져 나왔다. 보통 위저드들이 사용하는 파이어 볼 주문의 열 배는 족히 되어보이는 화염의 노도였다. 불길은 이미 불고 있던 바람을 타고 무서운 기세로 날아가 까마득히 먼 목책 위로 정확히 쏟아져내렸다. 목책은 이내 기세 좋게 타오르기 시작했다.

"이이이하! 해냈어! 해냈다고!"

닉스가 겅중겅중 뛰면서 환호성을 올렸다. 결과를 보기 위해 언덕 위로 고개를 든 보로미어의 눈에 어느새 쏜살처럼 말을 몰아가고 있는 메디나의 모습이 보였다. 그의 부하 역시 그 뒤를 따라 전력으로 달려가고 있었다.

다른 대원들이 숯덩이로 변한 오크 목책에 다다랐을 때, 메디나는 이미 랜스를 땅에 꽂아놓고 도끼 날에 묻은 피를 닦고 있었다. 주변에는 너더댓 구의 오크 시체들이 나뒹굴고 있었다.

"빨리도 해치웠군."

이리스가 칼을 칼집에 넣으며 투덜거렸다.

"잠깐 기다려달라고 했는데, 이 녀석들이 거절하더군."

메디나가 씩 웃으며 말했다.

보로미어는 연기가 모락모락 피어오르는 목책 안을 둘러보았다. 그 안에도 까맣게 익은 몇 마리의 오크들이 뻗어 있었다. 한켠에는 커다란 크로스보(Crossbow) 모양의 기구가 놓여 있고 그 옆에 한 무더기의 드래곤 볼트가 쌓여 있었다.

도끼를 다 닦고 난 메디나가 벌떡 일어서며 말했다.

"자, 자, 여기서 지체할 시간이 없어. 아모네 이실렌까진 아직도 많이 남았다고. 이 목책은 내가 알기론 최후 방어선이야. 앞으론 오크 진지 따위는 없을 테니, 이젠 이리스가 앞장서지. 참, 닉스, 어딨니?"

타버린 목책을 뒤로 하고 원정대는 다시 행군을 시작했다. 이리스는 행군중 때때로 나침반으로 방향을 확인했는데, 그럴 때면 메디나는 안절부절못하는 모습을 숨기지 않았다.

보다못한 보로미어가 나직이 실바누스에게 물었다.

"이봐, 저렇게 성미가 급한 사람인 줄 알고 대장을 맡긴 거야?"

"아무리 상급 서열이라도 완벽하길 기대할 수는 없지. 누구나 한두 가지씩은 부족한 부분이 있게 마련이니까. 하지만 아모네 이실렌 내부의 구조를 메디나만큼 잘 아는 사람은 없어. 그런데……, 흐흐흐."

실바누스는 말을 하다 말고 갑자기 웃음을 흘렸다.

"왜 웃어?"

보로미어가 묻자 실바누스는 계속 빙글거리며 말했다.

"아니, 다른 사람도 아니고 네가 성미 급한 걸 가지고 뭐라고 하니까 좀 우스워서."

"쳇."

보로미어는 뚱해서 잠시 조용히 있었지만, 이내 다시 입을 열었다.

"도대체 아모네 이실렌은 어떤 곳이야?"

그러자 실바누스는 고개를 갸우뚱거리다가 말했다.

"그냥 4층짜리 탑이야. 그런데……, 음……, 일단 직접 보기 전에는 뭐라고 설명을 하기가 힘들어."

"또 귀찮다 이거야?"

전사가 시비조로 묻자, 드루이드는 조용히 고개를 저었다.

"그런 게 아냐. 가서 보면 알아."

늦은 오후까지도 원정대는 아무런 방해를 받지 않았다. 게다가 메디나가 계속 채근을 하는 바람에 상당한 속도로 이동한 원정대는 작은 시냇물에 이르러서야 잠시 걸음을 멈췄다. 보로미어나 이리스는 별 상관이 없었지만, 실바누스와 특히 닉스가 휴식을 필요로 했기 때문이다.

전사는 잠시 여유를 가지고 주위를 둘러보았다. 남동쪽으로 깎아지른 듯한 높은 산맥이 흰 눈을 머리에 얹은 채 길게 이어지고 있는 것이 보였다.

"저게 뭐지?"

"아이언 힐."

드루이드가 대답했다.

"그게 뭔데?"

"카자드 땅과 록스란드의 경계. 지금 우린 카자드의 남쪽 국경에 가까이 와 있거든. 저 산만 넘으면 신들의 땅이라는 록스란드야."

"쳇, 그럼 저 산만 넘으면 되는 걸 왜들 아직도 못 가고 있다는 거야?"

"그거야 너무 험해서 넘지를 못하니까. 산맥을 넘어갈 길은 두 군데뿐인데 하나는 메레디트 오크들에 의해서, 그리고 또 하나는 네크로맨서에 의해 막혀 있거든."

"그런데 왜들 기를 쓰고 저길 가려는 거지?"

전사의 물음에 드루이드는 한숨을 쉬며 잠시 생각을 정리하더니 대답했다.

"여러 가지 이유가 있지. 첫째, 한 나라의 부에는 한계가 있어. 그러니 영주 로한이 새로운 땅을 개척하지 못하면, 카자드의 사람들은 더 이상 발전을 할 수 없을 거 아냐? 그건 노렐이나 다메시아도 마찬가지야. 결국 록스란드로 땅을 넓혀야 하는데, 우선권은 거길 먼저 점령하는 나라에게 모두 주어져. 카자드가 먼저 진입을 한다면 일단 록스란드의 영주직은 로한이 맡게 될 거고 그곳의 행정을 위한 여러 직책도 카자드 출신의 상급 서열들에게 돌아오겠지. 짭짤한 초기 원정들도 당연히 카자드 출신들의 몫이고. 이 정도면 각 나라의 상급 서열들이 혈안이 될 이유는 충분하지 않아?"

"둘째 이유는?"

"상급 서열과 하급 서열의 차이 중 하나가 서열을 올리는 방식이야. 하급 서열에서는 적당히 경험만 쌓이면 서열이 오르지만, 상급 서열이 되면 얘기가 달라. 예를 들어 전사 계급인 네가 5급인 나이트가 되었다고 치자. 어느 정도의 경험을 얻고 나면 발할라에서 특별한 임무를 받게 되는데, 그걸 '미션'이라고 해. 그리고 넌 그 미션을 해결해야만 다음 서열인 6급 챔피언이 될 수 있는 거야. 만약 다른 사람이 그걸 먼저 해결해 버리면 그 사람은 영영 서열을 올릴 방법이 없어지지. 실은 그런 상급 서열들이 꽤 되거든. 하지만 만약에 카자드가 노렐이나 다메시아에 앞서 록스란드를 점령하게 되면, 카자드 내 모든 사람의 서열이 자동적으로 하나씩 올라가게 되고, 그럼 그 사람들은 다시 구제를 받을 수 있는 거지."

"흠……."

보로미어는 고개를 끄덕였다. 사람들이 록스란드에 대해 열을 올리는 이유를 이제는 좀 알 것 같았다. 순간 갑자기 어떤 생각이 전사의 머리를 스쳤다.

"혹시 아모네 이실렌이……."

실바누스가 고개를 끄덕였다.

"그래, 맞았어. 바로 메디나의 미션이야. 물론 2층까지지만."

"넌 도대체 어떻게 그런 걸 아는 거지?"

보로미어가 이해할 수 없다는 투로 물었다.

"여기저기 돌아다니다 보면 많은 이야기를 듣게 돼."

실바누스는 더 이상 이야기하고 싶지 않은 듯 말을 얼버무리며 자리에서 일어났다. 닉스도 기운을 차렸고 메디나는 벌써 안장에 오르고 있었기 때문에 보로미어도 자리를 털고 일어날 수밖에 없었다.

다시 30분쯤 초고속 행군을 계속한 후, 선두의 이리스가 갑자기 멈춰 섰다.

"무슨 일이야?"

대원들이 모여들자 레인저는 손가락으로 앞을 가리켰다. 아직 상당한 거리가 남아 있긴 했지만, 이리스가 가리키는 곳엔 상앗빛도 은은한 탑 하나가 낮은 언덕들 사이로 조용히 솟아 있는 모습이 뚜렷이 보였다.

"아모네 이실렌."

메디나가 넋을 잃은 목소리로 중얼거렸다.

잠시 후 대원들은 탑의 발치에 서서 경이로운 눈으로 아모네 이실렌을 올려다보고 있었다. 높이는 10미터 정도이고 1층의 둘레는

30미터 정도로, 위로 올라갈수록 조금씩 가늘어지는 모양이었다. 재질은 벽돌도 흙도 아닌 처음 보는 암석이었는데 이음새가 있는 부분은 하나도 보이지 않았고 단지 주위를 돌아가며 나 있는 창문만이 각 층을 구분해 주고 있을 따름이었다. 그리고 탑 전체가 스스로 희미한 상아색 빛을 발하고 있어 보는 것만으로도 신비한 느낌을 자아냈다.

"별로 크지도 않군."

보로미어가 중얼거리자 실바누스가 말했다.

"안에 들어가면 좀 생각이 달라질걸?"

"아모네 이실렌이라. 정말 오랜만이군."

메디나가 감격스런 어조로 다시 중얼거리더니 대원들을 보며 말했다.

"이 탑은 신기하게도 오크를 거부하는 힘이 있어. 그래서 아무리 오크 점령지에 있더라도 오크들은 단 한 마리도 근처에 얼씬거리지 못하지."

"그럼 어서 들어가자고."

보로미어가 앞서 걸음을 내딛자, 메디나가 황급히 그의 목덜미를 잡아끌었다.

"잠깐만. 그게 그렇게 간단하질 않아. 이리스, 부탁해."

그러자 레인저는 어리둥절해 있는 보로미어를 어이없다는 표정으로 흘끗 쏘아보더니, 은색 나침반을 가슴 앞에 쳐들었다. 그러자 나침반이 번쩍이는 빛을 뿜어내며 입구까지의 땅에 지그재그로 은빛 선을 그려놓았다.

"저 선에서 벗어나면 탑 주위에 설치된 함정들이 작동을 해서 다치게 돼."

입구에 말을 매놓은 메디나가 앞장을 서며 말했다. 그 뒤로 이리스와 닉스, 실바누스가 따랐고 보로미어는 머쓱한 표정으로 옆에 서 있다가 마지막으로 은빛 선을 따라 조심스레 걸음을 옮겼다. 탑에 다다른 메디나는 조금의 주저도 없이 범과 용이 얽힌 그림이 그려진 커다란 참나무 문을 열어젖혔다.

일단 탑 안으로 들어선 보로미어는 놀라움에 입을 다물 수 없었다. 탑 내부의 넓이가 겉에서 보던 것과는 달리 엄청났기 때문이었다. 커다란 원형 방의 지름은 100미터는 족히 되어보였고 천장의 높이도 20미터가 넘는 것 같았다. 방의 대부분은 거대한 기둥과 벽으로 이루어진 미로가 차지하고 있었고, 문에서 그 미로 속으로 내려가는 계단이 대원들 앞에 놓여 있었다. 양옆을 보니 벽을 돌아가며 지금 서 있는 문과 같은 높이에 또 다른 문들이 보였는데, 모두 열려 있었다.

메디나는 감개 무량한 표정으로 계단을 서너 단 내려가더니 나머지 대원들을 향해 돌아섰다.

"저기 저쪽의 문이 바로 내가 이 +1 전투용 도끼를 얻은 문이야. 여긴 저것처럼 벽을 돌아가며 입구를 제외하고 모두 여섯 개의 문이 있는데, 그중 세 개엔 괴물들이, 두 개엔 보물이 감춰져 있었어. 나머지 하나는 2층으로 가는 문이었고."

"무슨 괴물들이었는데?"

이리스가 묻자 메디나는 다시 뒤통수를 긁으며 더듬거렸다.

"가만있자, 간단한 고스트(Ghost)가 하나 있었고, 또 밴시(Banshee)가 하나, 에, 또……, 아, 맞아. 실버 팬텀(Silver phantom)이 있었지."

듣고 있던 닉스가 부르르 몸을 떨었다.

"밴시도 모자라 실버 팬텀까지? 이거 정말 장난이 아닌데."

그러자 메디나가 빙긋이 웃으며 그의 어깨를 토닥였다.

"녀석도. 이 누나를 믿고 안심을 하라니까."

그러자 닉스가 고개를 저으며 말했다.

"솔직히 그런 영혼계 괴물들에 대해서 전사인 대장을 어떻게 믿어? 헬트라도 있으니 마음을 놓을 수 있지."

아마도 그는 아까의 목책 공략 이후로 실바누스, 아니 헬트를 단단히 믿게 된 모양이었다.

"푸하하, 마음을 놓건 말건 여기 1층은 미로 구석구석까지 깨끗하게 청소가 되었으니 걱정하지 마. 날 따라오라고."

메디나는 껄껄 웃더니 자신 있게 계단을 내려가기 시작했다. 이리스는 또다시 메디나가 앞장을 서자 불만스런 표정이었으나, 전에 와본 경험이 있는 사람이 나서는 데야 도리가 없는지, 굳이 자신이 앞서야 한다고 주장하지는 않았다.

메디나는 망설이지 않고 기둥과 벽 사이의 구불구불한 미로를 헤쳐나가 잠시 후 너른 공간에 다다랐다. 그곳은 마치 작은 교차로와 같은 곳으로, 아마도 각 문으로 이어지는 듯한 일곱 개의 길이 한데 모인 장소였다. 공간을 둘러싸고 있는 벽에는 여러 가지 괴물들의 모습이 부조로 새겨져 있었는데, 메디나는 그 앞에 멈춰서더니 다시 대원들을 돌아보았다.

"여긴 아주 재미있는 곳이야. 이렇게 친절하게 괴물에 대한 안내를 해주는 곳은 아마도 여기뿐일걸? 여기 보이는 괴물들은 바로 2층에서 만날 놈들이니 잘 봐둬."

메디나의 말에 보로미어는 벽에 새겨진 괴물들을 다시 둘러보았다. 온갖 잡다한 모습의 괴물들이 무시무시한 형상으로 새겨져 있었다.

"저건 툼 레이스(Tomb wraith), 세상에, 카퍼 골렘(Copper golem)에 케르베로스(Cerberus)까지 있네."

이리스가 조각들을 둘러보며 혼자말처럼 중얼거렸다.

"저건 고르곤 아냐?"

갑자기 닉스가 비명에 가까운 목소리로 소리쳤다. 그가 가리키는 곳을 돌아보자 저주스런 외뿔 황소의 모습이 보로미어의 눈에 들어왔다. 엔간하다는 그였지만 그걸 보는 순간엔 다리가 후들거려 왔다.

"저, 저기……, 우리는 그만 돌아가는 게 낫지 않을까?"

보로미어가 속삭이듯 묻자 드루이드는 퉁명스레 대꾸했다.

"왜 그래? 저건 네 전공이잖아?"

모두들 질린 표정으로 벽에 새겨진 괴물들을 둘러보고 있으려니 메디나가 다시 입을 열었다.

"어이, 어이. 그 표정들이 다 뭐야? 여기까지 와서 꼬리들을 내리겠다는 거야? 걱정하지 말라고, 다 부딪치다 보면 대충 해결이 되게 마련이야. 어서 가자고!"

나이트는 말을 마치더니 다짜고짜 반대편 계단을 오르기 시작했다. 불안스레 그의 뒷모습을 보고 있던 이리스가 한숨을 쉬었다.

"해결이 안 될 경우가 걱정되는 거야."

이리스가 메디나의 뒤를 따라 계단을 오르기 시작하자 닉스, 실바누스, 메디나의 부하, 그리고 보로미어의 순으로 대열이 이어졌다. 메디나를 제외하고는 모두 불안스런 걸음이었다.

계단의 끝에 다다른 메디나는 뒤를 돌아보며 싱긋 웃더니,

"자, 드디어 2층으로 가는 계단이다."

하고 말하면서 앞에 놓인 거대한 쇠문을 밀어붙였다. 순간 문틈으로 회색 그림자 하나가 연기처럼 날아나오더니 메디나에게 달려들었다.

"와아악!"

메디나보다도 바로 뒤에 서 있던 이리스가 더 기겁을 하며 비명을 질렀다. 보로미어는 메디나에게 달라붙어 쿨쩍거리고 있는 그 반투명한 그림자가 영혼계 괴물의 일종임을 알아보고는 뽑아들었던 칼을 내리며 실바누스를 돌아보았다. 드루이드의 신속한 주문에 나이트에게 붙어 있던 그림자는 푸른 불꽃과 함께 사라졌다.

"제기랄, 아직도 잔챙이들이 남아 있었나?"

메디나는 귀찮다는 투로 투덜거리다가 갑자기 털썩 주저앉았다.

"이봐, 괜찮아? 드룰러(Drooler) 같았는데."

실바누스가 다가오며 물었다.

"몰라, 당한 것도 같아."

메디나가 눈을 감은 채로 얼굴을 찡그리며 말했다. 실바누스는 잠시 그녀의 상태를 살피더니 고개를 저었다.

"뭐야? 왜?"

닉스가 묻자 실바누스가 말했다.

"글렀어. 다행히 능력치는 보존했지만 시력을 잃었어."

"뭐? 시력을?"

닉스가 깜짝 놀라 되물었다. 그러자 실바누스가 차분한 목소리로 대답했다.

"흥분하지 마, 일시적인 거니까. 영체들은 능력치나 차크라를 흡수하기도 하지만 다른 신체 기능을 손상시키기도 해. 드룰러 같은 놈들은 주로 시각이나 청각을 마비시킨다든가 말을 못하게 만들지. 비록 일시적이지만 원정대 안에서 의사 소통을 마비시키기 때문에 아주 골치 아픈 존재들이야."

"돌아오긴 돌아와?"

닉스가 걱정스러운 투로 다시 묻자 드루이드는 고개를 끄덕였다.

"그럼. 아마도 내일 정도면 다시 시력을 회복할 수 있을 거야."

"아무렴. 우리 닉스가 저렇게도 걱정을 해주는데 금방 나아지겠지."

메디나가 눈을 감은 채로 벙글거렸다.

"흥, 누가 대장이 걱정돼서 물어본 거래?"

닉스가 고개를 돌리며 툴툴거리자, 이리스가 물었다.

"그럼 이제 어떻게 하지? 대장이 앞을 못 보니 더 이상 나아갈 수가 없잖아."

"일단 오늘은 더 움직인다는 건 무리지. 아직 밤까진 시간이 좀 있지만, 아예 여기서 그냥 야영을 하는 게 좋을 것 같아. 안전하게 충분히 쉬고 나서 메디나가 회복되면 내일 2층에 올라가는 걸로 하자고."

드루이드의 대답에 메디나가 무릎을 치며 벌떡 일어났다.

"맞아. 좋은 얘기다. 그럼 난 계단 아래쪽에 야영을 위한 안전

지대를 만들지."

그러나 드워프의 성급한 걸음은 계단 아래쪽이 아니라 옆쪽으로 향했다. 만약 보로미어가 황급히 막아서지 않았더라면 십중 팔구 밑으로 굴러떨어졌을 터였다.

"대장, 아래로 가는 길은 저쪽이오."

보로미어가 방향을 잡아주자 메디나는 헛기침을 하더니 다시 성큼성큼 계단을 내려갔다.

"정말 큰일이군, 큰일이야."

이리스가 머리를 저으며 탄식을 하자 닉스가 물었다.

"뭐가 큰일이란 거야?"

그러자 레인저는 한숨을 내쉬며 말했다.

"생각해 봐. 저 성미에 이젠 눈에 뵈는 것도 없으니……."

메디나가 바닥을 더듬거리며 안전 지대를 만드는 동안, 보로미어는 탑의 내부를 여기저기 둘러보다가 실바누스에게 다가갔다.

"정말 신기한 곳이야. 바깥에서 볼 때는 보잘것없어 보이던 탑 안이 어떻게 이렇게 클 수 있지?"

보로미어의 물음에 드루이드는 어깨를 으쓱하며 말했다.

"글쎄. 그것 때문에 어떤 사람들은 이 탑이 그 자체로 하나의 세계라고 말하기도 해. 바깥쪽은 우리 세계지만, 이 탑 안은 아모네 이실렌의 세계라는 거야. 그러니 바깥 세계의 공간 개념을 이곳에 적용할 수야 없는 일이지."

"거, 무슨 말인지 정말 어렵게 하네."

전사가 투덜대자 드루이드는 그저 코웃음만 쳤다.

이리스와 닉스는 조금 떨어진 곳에 앉아 뭔가를 심각하게 이야기하고 있었다. 그들을 잠시 바라보던 보로미어는 갑자기 다시 실바누스에게 물었다.

"그런데 도대체 여기 무슨 보물이 있다고 굳이 날 끌고 온 거야?"

그러자 실바누스는 메디나를 가리켰다.

"대장이 들고 있는 도끼가 보여? +1 전투용 도끼야. 보통 도끼에 비하면 적을 명중시킬 확률도, 또 명중시켰을 때 입히는 피해도 두 배지. 아마 시중에서 구하려면 금으로 몇만 두카트는 치러야 할걸?"

"며, 몇만 두카트?"

"뭐 사실 부르는 게 값이지. 사용할 능력만 된다면 저런 무기는 거의 천하 무적이니까."

"흠."

보로미어는 아까 메디나가 메레디트 오크들을 간단히 쓸어버리던 장면이 기억났다. 실바누스가 다시 말했다.

"여기 1층에서는 저 도끼 말고도 전사의 지팡이가 나왔다고 해. 그건 사제들에게 마치 전사처럼 상대를 공격할 수 있게 해주는 지팡이인데, 만약 4급인 렉터나 상급 서열인 비숍이 사용할 경우엔 3급 전사인 용사 정도의 전투력을 발휘할 수 있게 해줘. 역시 엄청나게 귀한 물건이지."

"그, 그럼……."

"그래. 아마 2층에도 못지않은 물건들이 널려 있겠지."

전사의 눈이 반짝이기 시작했다. 사실 지금 가장 필요한 것은 보다 나은 무기였다. 갑옷은 너절하지만 포기할 수 없었고, 실드 오브 리펠링과 아미크론 투구도 현재로선 만족스러웠다. 하지만 평범한 브로드소드는 왠지 부족한 느낌이 드는 것이다. 만약 자신에게 메디나의 도끼 같은 무기만 있다면 메레디트 오크 따위는 조금도 겁나지 않을 것 같았다.

"자, 안전 지대가 마련되었다."

메디나가 뒤에서 걸걸한 목소리로 외쳤다.

"실바……, 아니, 헬트. 저기 말이야……."

보로미어가 실바누스의 뒤를 쫓아 안전 지대로 향하며 말했다.

"왜? 뭐가 아직도 남았어?"

실바누스가 자리를 잡으며 물었다.

"저기, 저……, 내 갑옷 말이야……."

보로미어가 엉거주춤하니 말을 꺼내자, 드루이드는 그를 흘끗 쳐다보더니 뒤로 벌렁 드러누우며 말했다.

"잠이나 자라, 인마. 내일은 바쁠 거야."

"쳇."

실바누스의 깨끗한 거절에 전사는 입술을 씰룩거리며 몸을 돌렸다. 조금 떨어진 곳에 자리를 잡고 몸을 눕히자, 슬슬 부아가 치밀기 시작했다. 오늘 하루는 이리저리 끌려다니기만 한 날이었다. 실바누스에게, 그리고 저 성미 급한 메디나에게.

분명 실바누스는 이 갑옷에 대해 뭔가를 알고 있는 눈치였지만, 그로선 그걸 빌미로 명령하는 듯한 녀석의 태도는 정말로 비위에 거슬렸다. 굳이 자신을 여기까지 끌고 온 것도, 좀더 나은 무기를 구해 주기 위해서라고는 하지만, 반드시 그 이유 때문만일까 하는 것도 쉽게 사그라들지 않는 의심 중의 하나였다.

"닉스야, 우리 귀염둥이 또 어디로 갔니?"

뒤에서 메디나의 목소리와 그에 이은 닉스의 투덜거림이 들려왔다.

멀티 세트를 벗은 원철은 반사적으로 시계를 쳐다보았다. 12시 39분이었다. 스크린 한쪽에는 전자 우편이 도착했다는 신호가 반짝이고 있었다. 클릭해 보니 아니나다를까 성식에게서 날아온 것이 하나, 그리고 강 과장에게서 날아온 것이 하나였다. 원철은 아랫입술을 깨물며 목을 움츠렸다가 조심스레 내용을 열어보았다. 성식의 편지는 일이 어떻게 되고 있는지 상황이라도 알려달라는 것이었고, 강 과장의 편지도 어투만 좀더 위협적이었을 뿐 대동소이한 내용이었다.

입맛을 다시며 프로젝트 파일을 다시 연 원철은 한동안 작업에 몰두하다가, 가느다랗게 들려온 진동 소리에 자리에서 일어났다. 옆방 옷걸이에 걸려 있던 바지에서 핸드폰을 꺼내보니 낯익은 번호가 찍혀 있었다. 강 과장의 집이었다.

빼놓았던 전화 코드를 연결하기가 무섭게 벨이 울렸다. 심호흡을 하고 수화기를 들자마자 예상대로 강 과장의 고성이 터져나왔다.

"이 대리, 어딜 가 있었기에 전화를 그렇게 안 받아? 마감 시간이 자정인 거 잊었어?"

"저기……, 미안합니다. 급한 일이 좀 생겨서."

"프로젝트 마무리짓는 일보다 더 중요한 게 어딨어? 이 대리가 제시간에 코딩 마치지 못하면 다른 팀원들 다 손 놓고 놀아야 하는 거 몰라?"

"알지만, 정말 중요한 일이 있었다고요."

"상이라도 당했어?"

"비슷합니다."

원철의 대답에 긴 침묵이 이어졌다.

다시 강 과장이 말했다.

"좋아. 이 대리가 중요한 일이라면 중요한 일이겠지. 작업은 끝났어?"

"거의 다 됐는데요."

"거의 다?"

그녀의 목소리가 다시 신경질적인 음색을 띠었다.

"내, 내일 아침 6시 안에는 확실히 됩니다."

원철이 엉겁결에 말하자, 강 과장은 한숨을 쉰 다음 말했다.

"이 대리. 지금 김성식 대리하고 구은영 대리가 잠도 안 자고 이 대리 프로그램을 기다리고 있는 거 알아?"

"네."

"그럼 시간 내에 안 될 거면 그렇다고 알려라도 줘야 되는 거 아냐?"

"그, 그렇게……, 되네요."

"후우……."

수화기 속에서 다시 긴 한숨이 흘러나왔다.

"이 대리, 요즘 왜 그래? 회의 시간에도 늦고, 도무지 다른 사람들에 대한 배려가 없어."

"······."

"됐어. 긴말할 것 없이 일단 내일 아침까지 김 대리에게 작업 마친 거 보내줘. 김 대리하고 구 대리에겐 내가 연락을 할 테니까."

"네."

뚜우우······.

전화가 끊어졌음을 알리는 단조로운 신호음에 한동안 귀를 기울이고 있던 원철은 거칠게 수화기를 내려놓았다. 똥밭에서 트위스트라도 추고 나온 기분이었다.

물론 강 과장의 말에는 틀린 것이 없었다. 하지만 아무리 효율성을 강조하는 노바의 분위기를 고려한다 해도, 겨우 여섯 시간 정도 지연된 걸 가지고 이렇게까지 사람을 들볶다니. 그리고 원철도 할 말은 있었다. 사실 어제 욱이 녀석의 방해만 없었더라면 코딩은 이미 다 완성되어 있을 것이다. 그렇지만 곤경에 빠진 친구의 절박한 요구를 냉랭히 외면할 수만도 없는 일이니, 이런 경우엔 다른 팀원들이 약간쯤은 자신에 대한 배려를 해줄 수도 있는 일 아닌가.

원철은 혀끝을 감아오는 씁쓸한 뒷맛을 삼켜버리며 다시 의자에 앉아 마우스를 손에 끼웠다. 급한 김에 6시라고 말은 했지만 실은 남은 일의 양을 고려하자면 빠듯한 시간이었다. 하지만 기분이야 어떻든 두 번이나 미룬 데드라인이니 무슨 일이 있더라도 지켜야 했다.

아직은 프로의 자존심마저 잃고 싶은 생각은 없었다.

제15장
지식의 전당에서

5월 31일 토요일

욱은 고개를 들고 주위를 둘러보았다. 사람들은 많았지만 자신을 도와줄 만큼 한가해 보이는 사람은 하나도 없었다. 다시 눈을 돌려 모니터를 가득 메우고 있는 꼬부랑 글자들을 노려보던 욱은 한숨을 쉬며 자리에서 일어났다.

다시 사방을 두리번거리던 그는 큰맘을 먹고 직원으로 보이는 아가씨 한 사람을 점찍어 접근했다.

"저기, 실례합니다."

욱은 최대한 붙임성 있는 미소를 지으며 말을 걸었다.

"네? 왜 그러세요?"

그녀는 거구의 사내가 갑자기 접근하자 반사적으로 방어적 자세를 취했다.

"여기 직원이시죠? 좀 도와주실 수 있겠습니까?"

"아뇨, 전 학생이에요. 도움이 필요하시면 저쪽에 말씀하세요."

여자는 한쪽을 가리키더니 총총히 걸음을 옮겨 사라졌다. 그녀가 가리킨 쪽을 보니 사서(司書)로 보이는 중년 부인이 한 무더기의 책이 실린 수레를 끌고 있는 모습이 보였다.

다가간 욱은 옳다꾸나 하고 수레를 밀어주며 말을 붙였다.

"실례합니다. 여기 직원이시죠?"

"네, 그런데요?"

"실은 논문을 좀 찾으려고 하는데……."

"자, 잠깐, 그만 미세요."

욱은 수레를 밀던 손에서 급히 힘을 뺐다. 여자는 책더미에서 몇 권의 책을 집어들어 서가에 꽂으면서 물었다.

"그러니까 논문을 찾는 데 도움이 필요하시다 이거죠?"

"바로 그겁니다."

"그건 저기 있는 컴퓨터를 이용하시면 돼요."

여자는 욱이 조금 전까지 앉아 있던 터미널을 가리켰다.

"그, 그게……, 그러니까 저 컴퓨터를 어떻게 사용하는지를 당최 모르겠다 이겁니다."

욱이 답답하다는 투로 말하자, 그녀는 욱의 얼굴을 흘끗 올려다보았다.

"여기 처음이세요?"

"실은 도서관이란 게 거의 처음입니다."

욱이 씨익 미소를 짓자 그녀도 어설픈 미소로 답례하곤 들고 있던 책을 내려놓았다.

126

"따라오세요."

터미널에 앉은 여자는 마우스를 몇 번 조작하더니 물었다.

"찾으시려는 논문의 저자는 아세요?"

"아뇨."

"실린 잡지 이름은요?"

"그것도……."

그러자 여자는 어처구니없다는 표정으로 욱을 돌아보았다.

"그럼 도대체 무슨 논문을 찾으시려는 거죠?"

"저기……."

머리를 긁적이던 욱은 잠시 생각을 정리한 후 말했다.

"그러니까 혹시 심리학이나 정신 의학 분야에서 의식 구조와 가상 현실의 관계에 대해 발표된 논문이 있나 알아보려고 하는 거거든요."

여자는 약간 황당하다는 표정을 지었다.

"혹시 뭐하시는 분이세요?"

"형……, 공무원입니다."

"그런데 이런 건 왜……."

"업무상 필요와 개인적 관심 때문이라고 해두죠."

그녀는 또 뭔가를 물으려다가 고개를 저으며 다시 화면을 향해 앉았다.

"솔직히 그런 논문이 있으리라곤 생각하지 않지만, 일단 한번 뒤져는 보죠."

욱은 입맛을 다시며 키보드를 두드리는 여자의 손가락을 바라보았다. 몇 가지 단어를 넣어가며 서너 번 검색을 시도하던 사서는 갑자기 짧은 웃음을 나직이 터뜨렸다.

"웃기네, 정말 그런 게 있기는 하네."

"정말입니까?"

욱은 자기도 모르게 큰소리를 내고 말았다. 주변의 사람들이 눈살을 찌푸리며 돌아보았지만 형사는 아랑곳하지 않고 화면에 나타난 글씨들에 주목했다.

"좀 조용히 하시고……."

여자는 당황한 표정으로 주위를 둘러보며 주의를 주더니 다시 낮은 소리로 말했다.

"있기는 있어요. 의학계 논문이 아니라 심리학계 논문이네요. 작년에 《응용 심리학》이란 잡지에 실린 거예요. 저자가 헬레나 킴으로 되어 있네요. 성이 킴이라는 걸 보면 아마 한국계 학자인 것 같군요."

"내용이 뭡니까?"

"여기선 내용을 알 수 없어요. 직접 논문을 찾아보셔야 해요."

"어디서요?"

그러자 여자는 다시 한숨을 쉬더니 자리에서 일어났다. 저만큼 떨어진 서가를 잠시 뒤지던 그녀는 노란색 커버의 얇은 잡지 한 권을 꺼내가지고 와서 한 곳을 펴서 내밀었다.

"이거예요."

"고맙습니다."

조심스레 책을 받아든 욱은 빈자리를 찾아 자리를 잡고 앉았으나, 이내 다시 일어나 책 정리에 여념이 없는 사서에게 다가갔다.

"저기……."

"아직도 무슨 문제가 있나요?"

여자가 돌아보지도 않고 물었다. 욱은 잠시 더 머뭇거리다가 용기를 내어 말했다.

"이거……, 영어로 되어 있는데요."

그러자 그녀는 '쿡' 하고 웃음을 터뜨리더니 몸을 돌렸다.

"당연하죠. 외국에서 발표된 논문이니까요."

"혹시 번역판 같은 건 없나요?"

욱이 조금 벌게진 얼굴로 묻자, 그녀는 잠시 욱의 얼굴을 쳐다보다가 물었다.

"공무원이라고 하셨는데, 어디 계신 분이세요?"

"……실은 경찰입니다. 서울 지청 소속이죠. 수사에 참고할 자료를 좀 찾으러 온 건데, 제가 너무 무모하게 달려든 것 같군요."

욱이 솔직히 털어놓자 여직원은 고개를 끄덕이더니 설명해 주었다.

"사실 거기 있는 내용은 워낙 전문적인 내용이라 심리학자나 정신과 전문의가 아니면 번역된 거라도 이해하시기가 힘들 거예요. 간단히 참조만 하실 거면 맨 앞에 있는 요약문만 보세요."

여자는 욱의 손에 펼쳐져 있는 페이지의 한 부분을 짚어주었다.

"혹시 여기 영어 사전이 있나요?"

욱이 다시 묻자 여자는 미소를 지었다.

"그러지 마시고, 옆의 복사실에 가셔서 이 논문만 복사를 해가세요. 그리고 번역을 해줄 수 있는 사람을 찾아 부탁을 하시는 게 빠를 거예요."

"네……."

잠시 후 욱은 복사된 논문을 손에 들고 의대 도서관 문을 나섰다. 이마에 송글거리는 땀을 닦으며 돌아보자, 고풍스런 붉은 벽돌 건물이 비웃는 듯 자신을 굽어보고 있었다.

"젠장!"

그는 그 앞을 오가는 학생들을 둘러보며 투덜거렸다. 아무리 의대생들이라지만 지나가는 사람을 아무나 잡고 다짜고짜 전문적인 논문의 번역을 부탁할 수는 없는 일이었다. 맘씨 좋아보이는 학생을 찾아 잠시 두리번거려 보았지만, 모두들 세상의 종말이 내일로 닥치기라도 한 듯 바쁜 걸음으로 오갈 뿐 욱에게는 눈길도 주지 않았다.

포기하고 옆의 벤치에 주저앉은 욱은 복사한 논문을 다시 들여다보았다.

Virtual Reality — Novel Applications in Psychology and Psychiatry

굵은 활자 중에 알아볼 수 있는 단어라고는 가상 현실을 뜻하는 'Virtual Reality'와 낯익은 전치사인 'in'과 'and' 뿐이었다. 아래로 이어지는 요약문이란 것도 이해할 수 없기는 마찬가지였다.

그는 다시 고개를 들고 앞을 오가는 학생들과 그 속에 간간이 섞여 있는 흰 가운들을 쳐다보았다.

'저치들은 이 논문이 무슨 뜻인지 간단히 알 수 있겠지?'

은근히 부러운 눈으로 의대생들을 바라보던 욱은 갑자기 뱃속에서 빳빳한 오기가 고개를 쳐드는 것을 느꼈다. 자신도 분명히 문교부에서 공인한 대학 졸업자이며, 게다가 영어라면 중학교 때부터 지겹도록 배워온 외국어인 것이다. 자신이라고 이 양놈 글자를 읽지 못하란 법은 없었다.

주먹을 불끈 쥐고 일어선 욱은 도서관을 뒤로 하고 성큼성큼 걸음을 옮기기 시작했다.

집에 돌아와 논문을 번역하려던 욱은 30분도 안 되어 자신이 얼마나 말도 안 되는 짓을 하고 있는지를 깨달았다. 몇 줄 되지도 않는 요약문이었지만 처음부터 끝까지 심리학 전문 용어들로 도배가 되어 있는 글이다. 단어들이야 영어 사전에서 빠짐없이 찾아볼 수 있었지만, 문제는 우리말로 번역을 해놓는다고 해도 그게 무슨 뜻인지 알 수 없기는 매한가지라는 점이었다. 게다가 너더댓 가지 의미를 겸해서 가지고 있는 단어들이 많아, 열심히 번역을 해놓고 보아도 뜻이 이어지지 않는 부분이 많았다.

펜을 집어던지고 한동안 자신이 탄생시켜 놓은 기형 문장들을 쏘아보던 욱은 어제 사온 정신 의학 책으로 눈을 돌렸다. 그는 목차를 펼쳐들고 'Collective Unconsciousness' 라는 단어를 설명하고 있을 만한 장을 찾아보다가, 저도 모르게 무릎을 쳤다. 목차 맨 아래에 '색인' 이라는 낯익은 단어가 손을 흔들고 있었기 때문이었다.

색인을 이용하여 다시 요약문을 번역하기 시작한 욱은 저녁 무렵이 되어서야 겨우 일을 마무리했다. 그는 뿌듯한 느낌으로 자신이 옮겨놓은 글을 읽어보았다.

심리학 및 정신 의학의 분야에서 무의식의 세계는 여전히 그 실체를 파악하기 어려운 과제이다. 그러나 현대 과학 기술의 눈부신 발전은 지금까지 정신 분석에만 의존해 왔던 무의식의 탐구를 위해 좀더 쉽고 객관적인 방법을 제공해 줄 수 있는 가능성을 가지고 있다. 최근 발전하고 있는 가상 현실의 기술들은 인간이 사회적, 도덕적 책임으로부터 자유로울 수 있는 공간을 제공함으로써 초자아의 제어로부터 자아를 해방시켜 이드의 모든 욕구와 충동을 의식의 단계로 끌어올릴 수 있는 길을 열어줄 수 있다. 아주 기초적인 가상 현실 공간을 배경으로 한 본 실험에서, 가상 현실 공간에서 파악된 실험 대상 8명의 의식적 행동 특징들은 고전적 정신 분석 기법과 분석 심리학적 기법으로 파악된 무의식적 특징——자유 연상 내용, 성격 발달의 고착과 퇴행, 방어 기제, 콤플렉스, 집단 무의식 원형 등등——들과 68퍼센트의 일치를 보였다. 가상 현실을 이용한 무의식의 분석은 과거 정신 분석에서 요구되던 의사-환자 관계의 지루한 형성 과정을 생략케 해주고 분석 결과에 객관성을 부여해 치료자 간의 편차를 줄이는 데 일조할 수 있으리라 기대되며, 따라서 이에 대한 추가적 연구가 요구된다.

서너 번 정도 되풀이하여 내용을 읽어본 그는 떨리는 손으로 번역된 글이 적힌 종이를 내려놓았다. 완벽하게 이해를 한 것은 아니었지만, 요약문이 말하고자 하는 뜻의 대강은 전달이 돼왔다.

"으흐흐흐."

갑자기 주체하지 못할 웃음이 터져나왔다. 한참을 혼자서 낄낄대던 욱은 껌을 꺼내 씹으면서 자신을 진정시켰다. 숨을 고른 뒤,

그는 전화기를 집어들고 버튼을 눌렀다.

"여보세요."

신호가 간 지 한참만에 졸린 목소리가 대답을 해왔다.

욱은 다시 숨을 고른 후, 한껏 무게를 잡은 목소리로 말했다.

"원철이냐? 나다. 지금 좀 봐야겠다. 팔란티어와 송 의원 살인 사건의 연결 고리를 찾은 것 같아."

초인종을 누르자 한껏 찌푸린 얼굴의 원철이 문을 열었다.

"야, 이거 좀 봐봐."

욱이 다짜고짜 논문을 내밀자 원철은 논문과 욱의 얼굴을 번갈아 쳐다보다가 말없이 등을 돌렸다.

"야, 좀 보라니까."

욱이 따라 들어가며 계속 논문을 들이밀었지만, 원철은 입을 꾹 다문 채 응접실 소파에 주저앉았다.

그제사 뭔가 분위기가 이상한 것을 눈치챈 욱은 조용히 맞은편에 앉아 친구의 눈치를 살폈다.

"뭔 일 있어?"

한참만에 욱이 묻자, 원철은 긴 한숨을 내쉬더니 말했다.

"갑자기 웬 관심이야? 할 얘기나 해봐."

"자식이 또 왜……. 인마, 무슨 일이냐니까?"

"후우……."

원철은 다시 땅이 꺼져라 숨을 내뿜더니 말했다.

"데드라인을 지키지 못했어. 어젯밤 12시까지 완성했어야 하는 프로그램을 오늘 아침 8시에야 끝마쳤어. 겨우 마무리지은 걸 보내주고 일단 한잠 잤지. 아까 네 전화에 깨고 나서 메일을 체크했는데, 우리 과장이 여태 아무 소리도 없는 거야. 한 소리 해야 정상인데. 다른 팀원들도 지금껏 연락이 없어. 파일은 잘 받았는지, 일은 어떻게 돌아가고 있는지⋯⋯."

"아무 소리도 없으면 좋은 거 아냐? 몇 시간 늦은 것 가지고 뭐 큰일이야 나겠어? 별일이 아니니까 조용한 거지 뭐."

"허!"

원철은 기가 막힌다는 표정으로 욱을 쏘아보았다.

"넌 이게 얼마나 중대한 실순지 몰라서 그래. 우리 과장은 이번 프로젝트뿐만이 아니라 다음, 또 그 다음 프로젝트까지 다 스케줄을 짜고 있는 사람이야. 팀원들 사이에 일을 나눠서 칼같이 진행을 시켜야 계약 기간 안에 일이 끝나고 그 다음 프로젝트로 넘어간다고. 일이 기한을 넘기면 일단 이번 일의 대금을 못 받는 건 당연한 일이고, 이미 계약이 되어 있는 다음 프로젝트도 포기하는 수밖에 없어. 그리고 이 바닥에선 신용 한번 무너지면 끝이야. 경쟁이 얼마나 심한 곳인데."

"에이, 그래도 몇 시간 늦은 건데⋯⋯."

"돈으로 따지면 위약금까지 1억 5000이 날아가. 다음 프로젝트는 빼고도."

엄청난 금액에 욱은 입을 벌렸다.

"일이 잘 돼서 내가 받는 돈이야 1450정도지만 망쳐놓으면 물어 낼 돈은 그 열 배야. 알아?"

"⋯⋯."

원철은 씁쓸한 듯 입맛을 다신 다음 계속했다.

"연락이 하나도 없으니까 더 불안해. 겁나서 내가 먼저 연락도 못하겠고. 솔직히 지금 네 녀석 목을 물어뜯고 있어야 정상이지만, 왠지 그럴 맘도 나지 않는다."

"그거……, 설마 나……, 나 때문에 늦어졌던 거냐?"

"그렇다고 하면 네가 책임질래?"

욱이 다시 어물거리고 있을 때 전화벨이 울렸다. 원철은 흠칫 놀라 전화기를 바라보다가, 조심스레 수화기를 집어들었다.

"여보세요."

원철은 한동안 수화기를 들고 듣기만 하더니,

"그래. 알았어. 미안."하고는 내려놓았다.

욱이 물었다.

"무슨 전화야?"

"은영이라고 우리 팀 후배야. 프로그램은 이상 없이 작동이 된대. 그리고 늦어진 스케줄은 차질 없도록 과장이 다시 조절을 했대고. 덕분에 이틀 날밤 새게 되었으니 책임지라는군. 팀장인 성식이 형이 엄청 투덜거렸다는데……."

"거봐, 잘 됐잖아."

욱이 자신이 더 안심했다는 듯 말했다.

"잘 되긴 뭐가 잘 돼. 다른 팀원들이 다 못마땅해하고 있는데."

"그런 거야 다 이해하고 넘어가 주겠지, 직장 동료들인데."

"그럴까?"

원철은 쓸쓸하게 웃더니, 욱의 손에 들려 있는 논문을 보며 말했다.

"용건이나 빨리 말해. 괜히 내 생각 해주는 체하지 말고. 대체 무슨 고리를 찾았다는 거야?"

"자식이, 거 말에 비수가 돋쳤네."

욱은 못마땅하게 투덜대면서도 들고 있던 종이 뭉치를 내밀었다. 논문을 받아든 원철은 잠시 훑어보다가 어리둥절한 표정으로 다시 친구를 올려다보았다.

"이건 또 뭐야?"

"그게 바로 고리야. 팔란티어와 박현철의 살인 사건을 이어주는 고리라고."

"내가 좀 알아듣게 얘기를 할 수 없겠냐?"

그러자 욱은 바짝 다가앉으며 말했다.

"좀 이해가 안 되더라도 끝까지 들어봐. 목요일날 그 비듬 덩어리네 집 앞에서 네가 했던 말 기억 나? 어떻게 온라인 게임이 현실의 인간을 살인자로 만들 수 있느냐던 말?"

"그래."

"그리고 그 게임이 실은 네 충동에 의해 움직이는 거라, 원하는 대로 움직여주지 않는 부분도 있다고도 했잖아."

"충동 전위 신호."

"그래, 그거. 어쨌거나. 난 바로 거기서 힌트를 얻었어. 그래서 인간의 충동이란 무엇이냐 하는 걸 공부했지."

"공부? 네가?"

"잠자코 들어, 이 자식아. 인간의 충동이란 무의식에 있는 이드라는 데서 발생하는 거라더군. 본능적 욕구나 뭐 그런 건데, 이게 또 초자아라는 거에 의해 조절이 된다고 해. 인간이 자기 하고 싶은 대로 다 하고 살 수는 없잖아. 초자아란 건 양심이랑 비슷한 건데, 이드의 본능적 충동을 다른 사람들이 도덕적으로 받아들일 수 있게 억눌러 주는 거야. 알아듣겠어?"

원철은 멍한 표정으로 친구의 얼굴을 바라보았다. 그러나 욱은 이미 발동이 걸린지라 원철의 반응은 아랑곳없이 말을 계속했다.

"그런데 이드와 초자아는 무의식 속에 있기 때문에 우리는 알 수 없다고 해. 우리가 알 수 있는 건 자아라는 건데, 이것만이 우리가 알 수 있는 의식에 있는 거야."

"……(이 자식이 미쳤나?)."

"거기까지 충동의 근원이 무언지는 알아냈지. 하지만 그게 팔란티어하고 무슨 상관이냐, 그걸 고민하다가 갑자기 그게 가상 현실이란 게 생각이 나더라고. 가상 현실이 뭐겠냐? 현실과 똑같은 거지만 실체가 없는 거잖아. 가상 현실 속에서야 기관총으로 유치원생들을 갈겨버리든 뵈는 여자마다 다 벗겨보든 하나도 책임질 필요가 없는 거잖아, 그치?"

"으, 으응."

"바로 그거야! 거긴 우리가 현실 속을 살면서 느끼는 책임감이나 도덕, 뭐 이런 게 다 필요 없는 세상 아냐. 스위치만 내리면 되돌아볼 필요도 없는 단순한 게임 아니냐고. 즉, 초자아가 필요 없는 세상이라 이거야! 우리 현실이랑은 아예 가치가 달라버리는 곳이라니까!"

욱의 목에는 굵은 핏대가 뻗쳐 있었다.

"……그래서?"

원철이 가까스로 맞장구를 쳐주자, 욱은 숨을 돌리더니 목소리를 가다듬어 말했다.

"현실과 가치가 다른 곳이라면, 사람의 의식과 무의식도 다를 수 있다고 생각했어. 가상 현실 안에서 이드와 자아 초자아의 관계며, 의식과 무의식의 구분이며, 그런 게 꼭 현실과 같으리란 법은 없잖아? 그래서 오늘 의대 도서관에 가봤지."

"너네 동네에 있는 거?"

"그래, 그 시뻘건 벽돌 건물 말이야. 정말 제대로 짚었지. 거기서 이 논문을 찾아냈어."

원철은 손에 들고 있는 논문을 다시 내려다보았다.

"그런데 이게 무슨 내용인지 난 통 알 수가 없다."

"이건 요약문만 우리말로 옮긴 거야."

욱은 자신이 번역한 것을 내밀었다. 원철은 내용을 두어 번 꼼꼼히 읽어보더니 물었다.

"누가 번역해 준 건데?"

"내가."

원철의 눈썹이 여덟 팔자로 휘었다.

"제대로 된 거야?"

"야, 인마!"

욱이 소리를 지르자, 원철이 말했다.

"인마, 확인할 건 확인해야지. 이런 어려운 논문을 네가 번역했다는데 어떻게 믿어?"

"정신과 교과서까지 보면서 제대로 한 거 맞아. 오후 내내 끙끙대고 확인까지 서너 번 한 거라고."

그러자 원철은 여전히 고개를 갸우뚱거리며 다시 한번 내용을 읽어본 다음 물었다.

"그래서? 이게 무슨 의민데?"

그러자 욱은 답답한 듯 손가락으로 원철의 손에 들린 종이를 두드렸다.

"이 바보야, 눈앞에 있는 걸 왜 몰라!"

"난 잘 모르겠는걸?"

원철이 고집스레 버티자, 욱은 일그러진 얼굴로 가슴을 치며 말했다.

"거기 다 나와 있잖아. 가상 현실 공간에서 하는 행동의 특징들이 무의식의 특징과 일치한다고. 초자아의 억제가 없어지니까 이드가 바로 자아로 튀어나오는 거야. 무의식이 의식으로 나타난단 말이야!"

원철은 눈을 끔벅이며 욱을 쳐다보다 말했다.

"정리해 보자. 그러니까 네 말은 가상 현실, 아니 팔란티어 안에서의 모습은 바로 숨겨진 무의식의 모습이다, 이 말이냐?"

"그렇지! 바로 그거야. 현실로 돌아오면 다시 숨어버리지만, 게임을 하는 동안만큼은 네 무의식이 완전히 모습을 드러내고 있는 거라고. 네 이드의 본능적 '충동'에 충실히 따르면서 말이야. 솔직히 말해 봐. 게임 속의 그 보로미어란 자식은 현실의 너와는 엄청나게 다른 녀석이지? 그렇지?"

원철의 눈에 가냘픈 놀람의 빛이 스쳐갔다.

"마, 맞아."

"그게 바로 네 무의식 속에 있는 이드, 즉 네 본능의 본모습인 거야. 팔란티어 안에서만 모습을 드러내는."

욱이 자랑스레 결론을 내리자, 원철은 처음으로 미간에 진지한 주름을 잡고서 고개를 끄덕였다.

"잘은 몰라도 뭔가 일리가 있게는 들리는군."

친구의 반응에 신이 난 욱이 계속했다.

"생각을 해봐. 그 게임 안의 인물들은 하나같이 베고 찌르고 죽이는 데 이골이 난 인간들이잖니. 만약에 그런 괴물이 무의식으로부터 현실 속으로 뛰쳐나왔다고 가정을 해보자 이거야. 그럼 바로 사건 당일 박현철이 같은 모습이 아닐까?"

원철은 순간적으로 스쳐가는 한기에 몸을 움츠렸다.

"설마……."

"설마 설마 할 일이 아니야. 박현철이 같은 샌님이 희대의 살인마로 돌변한 걸 달리 설명할 방법이 없잖아."

원철은 머리를 쓸어넘기며 자리에서 일어섰다. 불안스러운 걸음으로 마루를 거닐던 그는 갑자기 걸음을 멈추고 말했다.

"아니, 그건 말이 안 돼. 사람의 성격이야 그럴 수 있겠지. 하지만 그것만으론 여전히 박현철이 검술의 고수로 돌변한 게 설명이 안 되잖아."

그러자 욱이 주머니에서 껌을 꺼내 포장을 벗기며 말했다.

"아, 그것도 생각을 좀 해봤지. 어설픈 설명일지는 몰라도 전혀 가능성이 없는 건 아니야."

욱은 껌을 입 안에 털어넣고선 계속했다.

"검을 잡아보지 않은 사람이 사람 목을 자르기란 물론 어렵겠지. 검을 휘두르려면 일단 검의 균형이 맞아야 해. 날의 움직임이 완벽한 평면을 그리지 못하면 아무리 좋은 칼이라도 튕겨나오든가 부러지기가 십상이지. 또, 사람 목을 벤다고 가정했을 때, 날은 정확히 목뼈와 목뼈의 틈을 쳐야 하는 거야. 아니면 역시 한번에 벨 수가 없어. 칼의 균형과 가격점의 정확성, 이 두 가지를 제대로 맞추는 건 자신감만으론 불가능한 일이야. 엄청난 연습을 통해 온몸의 근육과 관절이 반사적으로 그 두 가지를 맞추면서 움직이도록 훈련이 필요하겠지."

"그러니까 결국은 불가능한 일이잖아."

원철의 말에 욱도 고개를 끄덕였다.

"그렇겠지. 그런 훈련을 받지 않은 사람이라면 당연히 불가능할거야. 하지만 박현철이는 충분히 훈련을 받았어."

"뭐? 어디서?"

그러자 형사는 눈을 들어 원철을 똑바로 쳐다보았다.

"팔란티어."

"뭐?"

황당해진 원철이 소리지르듯 되묻자, 욱이 말했다.

"놈은 팔란티어 안에서 그 훈련을 수없이 받은 셈이야. 그것도 실전으로."

"그, 그건 게임 속에서지."

"다를 게 뭐 있어?"

욱의 물음에 원철은 단호히 고개를 저었다.

"아니야, 아니야. 팔란티어는 완전히 두뇌만 가지고 하는 게임이야. 그걸 한다고 힘이 세지거나 육체적 훈련이 되진 않아."

그러자 욱은 슬며시 미소를 지었다.

"그렇지. 하지만 똑같은 근력을 가진 운동 선수라도 이미지 트레이닝을 한 사람이 더 좋은 성적을 낸다는 걸 알아?"

"……."

"어떤 동작을 반복해서 머릿속으로 그리다 보면, 어느새 몸의 근육과 관절들이 그 움직임을 따라서 움직이거든. 골프, 테니스, 권투, 태권도, 검도, 어떤 스포츠라도 마찬가지야. 훈련이란 게 결국 완벽한 동작을 몸에 배게 하기 위해 계속 반복된 동작을 연습하는 거잖아. 그런데 이미지 트레이닝을 하면 육체적 훈련을 하지 않아도 몸의 동작이 점점 더 그 완벽에 가까워져. 더 멀리 치고, 더 세게 때리고, 또 더 정확히 벨 수 있게 되는 거지. 그건 내가 경험해 봐서 알아."

"……."

"따지고 보면 팔란티어도 결국 이미지 트레이닝이나 마찬가지 아냐?"

욱의 말에 원철은 대답을 하지 못했다. 욱이 계속했다.

"물론 그런 훈련의 성과가 평소에야 무의식 속에 잠재되어 나타나지 않겠지만, 만약에 아까 말한 대로 무의식이 현실에서 모습을 드러낸다면, 당연히 훈련의 결과도 따라서 나타나지 않겠어?"

"에이, 그런다고 설마……."

원철은 여전히 고개를 저었지만, 확신에 찬 목소리는 아니었다.

"어, 너 인간의 잠재된 능력을 과소 평가하지 마. 평범한 아줌마가 차 밑에 깔린 아들을 구하기 위해 엉겁결에 차를 들어올렸다는 식의 얘기 못 들었어? 모르고 쓰질 않아서 그렇지, 누구에게나 그 정도의 잠재된 힘은 있는 거야."

욱의 볼멘 항변에 원철은 다시 자리에 앉아 생각에 잠겼다.

언제나처럼 욱이 녀석은 또 억지 논리를 들이대고 있었다. 말도 안 되는 소리, 가능성도 없는 황당한 소리를 해대고 있었다. 그러나 왠지 이번 억지는 상당히 논리적인 부분이 있었다. 그냥 듣고 넘길 수만은 없는 부분이 분명히 있었던 것이다.

녀석은 심각한 표정으로 자신을 바라보고 있었다. 원철은 손으로 볼을 문지르며 말했다.

"틀린 말은 아니다만, 왠지⋯⋯."

"왠지, 뭐?"

"네 이론이 사실이라면 팔란티어를 하는 사람들이 다 살인마가 되어 날뛰어야 되는 거 아냐? 나를 포함해서."

"⋯⋯."

"그런데 왜 그 녀석 하나만 그 난리를 핀 거지?"

"그, 그건⋯⋯. 그걸 네가 알아봐 줘야 하는 거야, 팔란티어 안에서."

머뭇거리던 욱은 책임을 슬쩍 원철에게 되돌렸다.

"내가?"

"그래. 난 제우스를 찾으면 그 이유를 알 수 있을 거라고 믿어. 내 이론도 증명이 되고."

"글쎄⋯⋯."

원철이 계속 갸우뚱거리자 욱이 다그쳤다.

"인마, 넌 팔란티어와 사건 사이의 관계를 요구했고, 난 그걸 설명할 수 있는 방법을 찾아다줬어. 그러니 이젠 네가 제우스를 찾아줄 차례잖아."

"⋯⋯."

"어제 찾아는 보았지?"

"그, 그게……, 말했지만 내 맘대로 되는 게 아니라니까."

"자식이, 그럼 아예 찾아보지도 않았단 말이야?"

"안한 게 아니라……."

원철이 계속 더듬거리자 욱이 빈정거리듯 말했다.

"흥, 맘대로 되지 않는 게 아니라 그럴 맘이 없는 거겠지."

그러자 원철이 발끈했다.

"야, 인마! 넌 남의 사정도 모르면서 그런 식으로만 말하지 마. 너 때문에 난 오늘 데드라인도 지키지 못했단 말이야."

"너야말로 남의 사정 운운하는데 말이야, 너 지금 내 사정이 어떤지 알아?"

욱도 언성을 높였다.

"알 게 뭐야."

"알 게 뭐냐고? 이 자식아, 어제 반장이 우리 집에 왔댔어. 반장 말이 내가 근신을 먹던 바로 그날 자기는 상부 명령으로 최가놈하고 같이 날 감시하고 있었다고 했어."

"……."

"그게 무슨 뜻인지나 알아? 내가 생각했던 대로 이 일 뒤에는 어떤 배후가 있단 얘기야. 그리고 난 이미 그들의 주목을 받고 있단 뜻이라고. 놈들은 내가 팔란티어에 접근하는 걸 막으려고 이미 한 번 시도를 했어. 그건 팔란티어 안에 박현철 사건을 해결할 수 있는 핵심적 증거가 분명히 있다는 증거야. 씨발! 그걸 네가 빨리 찾아주지 못하면, 다음엔 놈들이 날 막으려고 무슨 짓을 할지 모른단 말이야!"

욱은 눈을 부릅뜨고 외치자, 놀란 원철이 더듬거렸다.

"서, 설마."

"설마? 반장이 직접 와서 한 얘긴데 더 생각할 게 뭐 있어?"

"저, 저기, 그러면 그냥 지금까지 조사한 걸 가지고 상부에 보고하고 넌 손을 떼면 되잖아."

원철의 말에 욱은 얼굴을 찡그렸다.

"여전히 내가 가진 건 추측뿐이야. 보기에 따라선 황당한 추측이지. 아무도 믿지 않을 거고, 또 경찰 상부에 그 무리 중 누군가가 버티고 있다면 난 정말로 위험해질 거야."

"그럼 이런 분야의 전문가 중에서 네 이론을 증명해 줄 사람을 찾으면 되잖아."

"그것도 어려워."

"왜?"

"이 논문은 작년 12월 미국에서 발표된 거야. 6개월밖에 안 된 거라고. 그리고 이 분야에서는 처음이자 유일한 논문이야. 그런데 우리 나라 어디에서 전문가를 찾으란 얘기야?"

"곤란하군."

잠시 침묵이 흐른 후 욱이 말했다.

"그러니까 결국 네가 도와주는 수밖에 없어. 이론적으로 가능하다는 건 이 논문으로 증명이 된 셈이니까, 네가 확실한 증거만 찾아주면 돼."

그러자 무슨 생각이 들었는지, 원철의 얼굴이 갑자기 어두워졌다.

"욱아, 너 그냥 이 일에서 손을 떼는 게 어때?"

"여기까지 와서 손을 떼라고? 그렇겐 안 되지. 그리고 손을 뗀다고 그들이 날 내버려두리란 보장도 없고."

욱이 단호히 고개를 젓자, 원철이 따졌다.

"인마, 위험할지도 모른다면서."

"네가 그 증거만 찾아주면 난 안전해져."

"그럼 나는! 인마, 네 말이 맞다면, 나까지도 위험해질 수 있는 거잖아!"

원철의 고함에 욱은 눈을 끔벅였다. 이 녀석이 겁을 먹고 꽁무니를 뺄 가능성은 전혀 생각지 못했던 부분이었다.

"그, 글쎄⋯⋯."

욱이 말을 더듬자 원철이 다시 말했다.

"인마, 난 네 일을 도와주겠다고 했지, 너랑 생사까지 같이하겠다는 얘기는 안 했어. 그리고 이런 위험한 일이면 미리 얘기를 해줬어야 하잖아. 난 솔직히 이 일에서 손을 떼고 싶다."

욱은 당황해서 녀석을 진정시킬 수 있는 말을 나오는 대로 주워섬겼다.

"야, 내 말 좀 들어봐! 반드시 그런 건 아냐."

"아니긴 뭐가 아냐! 만약 네 말대로라면 널 감시한다는 놈들이 박현철이를 이용해서 국회 의원을 죽였고, 지금은 그걸 은폐하려고 널 방해하고 있는 거잖아. 그러니 네가 계속 파고들면 앞으로 무슨 짓을 할지 모르는 놈들 아냐!"

원철이 흥분하며 따졌다.

"꼬, 꼭 그렇진 않아. 그러니까⋯⋯, 그렇지, 네 말대로 그런 위험한 짓을 한 놈들이라면 벌써 내가 무슨 사고를 당해도 당했을 거야. 하지만 그런 일을 벌인 놈들치고는 저번에 나에 대한 대응이 너무 미지근했잖아. 전에도 말했지만, 내가 그놈들이 살인 사건의 직접적 배후가 아니란 느낌을 받는 이유도 바로 그거야. 최소한 날 감시하라고 반장에게 명령을 내린 사람들은 살인 사건 자체와는 무관할 것 같아."

욱의 말에 원철이 조금 흥분이 가라앉은 목소리로 물었다.

"그럼 왜 널 감시하지?"

"그건……, 나도 모르겠어. 하지만 난 여전히 박현철의 살인은 우발적이었다고 믿어. 날 감시하는 사람들이 꾸민 건 아냐."

욱의 단정적 말투에 원철의 상기되었던 얼굴이 서서히 원래의 색으로 돌아왔다. 한참 생각에 잠겼던 프로그래머는 다시 물었다.

"하지만 네가 계속 매달리면, 그 사람들도 무슨 짓을 할지는 모르는 거 아냐."

"그거야……, 그렇겠지. 아마도 이번엔 근신 정도가 아니라 정직이나 감봉 같은 끔찍한 짓을 감행해 올 지도 모르지."

욱은 억지로 씨익 웃으며 대답했다. 그걸 보고 있던 원철도 드디어 피식 웃음을 흘렸다.

욱이 그의 등을 두드리며 말했다.

"그래그래, 걱정하지 마. 위험할 일은 하나도 없어. 단지 지금 내 입장이 그 정도로 난감하다는 것만 알아달라는 거야. 그리고 만약의 사태가 일어나더라도 넌 절대로 드러나지 않도록 해줄게."

"어떻게?"

"그건 내가 걱정할 문제고, 넌 어서 제우스를 찾을 생각이나 하라고. 어때, 오늘 들은 얘기 정도면 다음 월요일엔 제우스를 찾아볼 충동이 생길 만해?"

"쳇."

"나 월요일부터는 다시 출근한다. 근신이 풀렸어. 난 박현철이 계좌를 확실히 추적해서 제우스인 걸 증명할 테니, 그 동안 넌 팔란티어 안에서 제우스만 찾아줘. 그럼 모든 게 끝나는 거야. 간단하지?"

"후우, 그게 그렇게 쉬운 일이 아니라니까."

원철이 다시 한숨을 쉬자 욱은 그의 손을 부여잡고 말했다.

"야, 나 살려주는 셈치고 좀 노력해 봐라, 응?"

"……그래."

친구가 떠난 다음 원철은 한동안 소파에 앉아 생각에 잠겨 있었다. 욱이 해준 이야기 중 무의식 어쩌고 하는 부분에 대해선 솔직히 아는 게 없으니 뭐라고 할말이 없었다. 걱정되는 것은 다른 부분이었다.

욱이 녀석이 조직적인 감시의 대상이 되어 있다는 것, 만약 그것이 사실이라면 녀석이 아무리 부인을 한다고 해도 위험이 전혀 없다고는 할 수 없었다. 그러나, 어쩌면 그건 욱이 녀석이 자신을 겁주기 위해서 한 소리일 수도 있다. 팔란티어 안에서 제우스를 찾는 일이 영 시원찮아 보이자 자신을 다그치기 위해 꾸며댄 이야기일 가능성도 충분히 있는 것이다.

녀석은 능히 그러고도 남을 놈이었다.

그렇다면 알아들을 수 없는 심리학 용어를 들이대며 주절거리던 녀석의 가설도 혹시 근거 없는 헛소리가 아닐까? 녀석이 주장하는 논리의 타당성은 접어놓고서라도, 동영상으로 본 박현철 같은 살인고수가 자신의 무의식 속에 잠재해 있다는 말은 아무래도 믿기 어려웠다.

'하지만 혹시……'

원철은 자리에서 일어나 숨을 고른 후, 두 손을 모아 보로미어가 검을 쥘 때와 같은 자세를 잡았다. 그는 어색한 느낌을 떨쳐버리려 애쓰며 박현철처럼 3미터 전방에 서 있는 가상의 적을 향해 점프를 시도해 보았다. 있는 힘을 다해 방바닥을 굴렀으나 잠시 공중에 떴던 그의 몸은 목표했던 거리의 절반도 못미치는 곳에 떨어졌다. 게다가 검을 잡는 시늉을 하느라고 손을 모아 잡았던 탓에 그만 중심을 잃고 보기 좋게 미끄러지고 말았다.

요란한 소리와 함께 방바닥을 구른 원철은 골반을 엄습해 오는 통증에 이를 악물었다. 엉치뼈를 문지르며 일어선 원철은 고개를 저으며 투덜거렸다.

"제기랄, 믿을 놈을 믿어야지."

원철의 집을 나선 욱은 큰길까지 터덜거리며 걸어나갔다. 혹시나 누가 뒤를 밟지나 않을까 해서 강남에 차를 두고 전철과 버스, 택시를 갈아타 대며 왔기 때문에, 버스를 탈 수 있는 큰길까지는 걸어갈 수밖에 없었다.

어둑한 밤길에서 버스를 기다리려니 초여름의 풀벌레들이 그를 가만히 두지 않았다. 몇 번 손을 내저으며 투덜거리던 그는 버스를 기다리기보다는 아무 차나 잡아타고 분당까지라도 갈 생각에 엄지손가락을 세워 손을 내밀었다. 그러나 선뜻 세워주는 차는 없었다. 사실 밤길에서 낯도 모르는 거구의 남자를 차에 태울 정도로 정신이 나간 사람이 있을 리가 없었다.

다시 10여 분 풀벌레들과 사투를 벌이던 욱은 버스가 오자 잽싸게 올라탔다.

"이런 촌구석이 뭐가 그리 좋다고……."

욱은 투덜대면서도 차창 밖으로 주변을 살폈다. 다행히 아무리 보아도 수상한 그림자는 눈에 띄지 않았다. 일단 마음을 놓으며 한숨을 돌린 욱은 아까 원철을 안심시키기 위해 자신이 한 말, 즉 자신을 감시하고 있는 사람들과 살인 사건이 직접적 관계가 없을 거라던 말을 조용히 곱씹어 보았다.

그것은 원철을 안심시키기 위해 한 말인 동시에 자기 자신을 안심시키기 위한 이야기이기도 했다. 누군가 자신이 팔란티어에 관심을 가지는 것을 알고 있고 또 지속적으로 자신을 주시하고 있다는 것은 분명한 사실이었다. 하지만 그렇다고 그 누군가가 반드시 송 의원 살해의 배후일 필요는 없었다. 물론 가능성이야 농후하지만, 반드시 그런 것은 아닐 수도 있지 않느냐고 생각하고 싶은 것이 지금 욱의 마음이었다.

'난 여전히 박현철의 살인은 우발적이었다고 믿어!'

아까 자신이 했던 말이 머릿속을 울려왔다.

사실 그렇게 믿고 싶은 것이 자신의 바람이었다.

그러나 살다 보면 믿고 싶은 것과 믿어야 할 것이 일치하는 경우가 그다지 많지 않다는 것 정도는 그도 잘 알고 있었다.

형사는 불안스런 눈으로 창밖을 흘러가는 야경을 응시하며, 껌을 찾아 주머니를 뒤지기 시작했다.

제16장
블레이드의 동료들

6월 1일 일요일

원철은 재생하던 영상을 정지시키고 고개를 갸웃거렸다. 보로미어가 이리스를 어깨에 올려놓았던 것이 무슨 의미였는지 자신도 정확히 알 수가 없었기 때문이었다.

'녀석이 이리스에게 어떠한 감정을 느꼈던 것일까? 아니면 단순한 호의?'

확실한 것은 그 행동 덕분에 이제 이리스는 보로미어에게 단순한 호의조차도 가지고 있지 않다는 것이었다.

욱이 녀석이 뭐라고 하든 지금 원철의 주관심사는 제우스가 아니라 이성에 대한 보로미어의 태도였다. 좀더 까놓고 말하자면 팔란티어 안에서 다른 캐릭터와 육체적 접촉, 즉 성관계가 이루어질 수 있느냐 하는 것이었다. 만약 프로그램에서 지원만 해준다면 그것은 팔란티어의 인터페이스를 고려할 때 충분히 가능하고도 남는 일이다.

그러나 막상 원철이 그것에 관심을 가지기 시작한 후론 그것을 확인할 만한 기회가 좀처럼 보로미어에게 돌아오지 않고 있다는 것이 문제였다. 아니, 정확히 말하자면 저런 식으로 보로미어 녀석 스스로가 그런 기회를 짓밟고 있었다.

'바보 같은 녀석!'

인상을 쓰며 모니터를 쏘아보던 원철은 갑자기 울린 전화벨 소리에 고개를 들었다.

"누구야, 아침부터."

원철은 투덜거리며 자리에서 일어났다.

욱이 녀석은 어제 한바탕 하고 갔으니 아마도 다시 팔란티어에 접속하는 월요일까지는 조용할 테고, 노바의 다른 대리들도 어제 보내준 프로그램에 각자 만든 부분들을 끼워넣느라고 정신이 없을 시간이다. 드디어 강 과장이 한 소리 하려고 전화를 거는 것이 분명했다.

그러나 마음의 준비를 단단히 하고 수화기를 들자, 강 과장보다는 훨씬 젊은 목소리가 흘러나왔다.

"오빠, 나야. 수정이."

"어? 너 웬일이냐? 지금 한참 일하고 있을 시간 아냐?"

"후후, 그거야 어젯밤에 다 해치워 버렸지. 나야 그래픽이니까 은영이나 성식이 오빠보다는 간단하잖아."

"그래도 그걸 하룻밤에 끝내다니, 너도 이젠 고수 반열에 오를 자격이 있구나."

"그래야 오늘 하루 놀지, 헤헤. 오빠두 오늘은 할 일 없지?"

원철은 속으로 혀를 찼다. 정말 끈질긴 계집애였다.

"할 일이 없기는 왜 없어. 코드 라이브러리 다시 정리해야 하고, 성식이 형이 구원 요청하면 벌레잡이 나가야 하고."

적당히 둘러대자, 수정은 가소롭다는 듯 코웃음을 치더니 말했다.

"오빠 라이브러리가 우리 나라에서 제일 정리가 잘되어 있다는 거 노바 직원치고 모르는 사람 없고, 지금까지 오빠가 쓴 프로그램에 벌레 꼬이는 건 본 적이 없어. 그런 어설픈 이유들은 이 수정 공주에겐 씨알도 안 먹히니, 잔소리 말고 우리 오늘 놀러가자."

원철은 난감했다. 단둘이 놀러가자는 얘긴데, 그녀의 속셈이야 안 봐도 뻔했다. 하지만 절대로 그럴 수는 없었다. 머리를 굴리던 원철은 좋은 핑계거리를 찾아냈다.

"야, 아무리 그래도 그렇지. 너 어제 내가 데드라인 넘긴 얘기 못 들었어?"

"그걸 못 들을 리가 있어? 덕분에 나도 밤을 새게 된 건데?"

"그래. 그런 짓을 해놓고 오늘 너랑 놀러갔다는 소릴 들으면 강 과장이 가만히 있을 것 같아? 아마 볼펜이나 다이어리 정도가 아니라 책상을 집어던질 거다."

그러자 수정은 다시 웃었다.

"호호, 오빠는 하나는 알고 둘은 모르는구나. 그런 엄청난 사고를 쳤는데도 그 아줌마가 왜 가만히 있는 줄 알아? 그건 우리들이 아무런 불평을 하지 않고 있기 때문이야."

"……그래?"

생각지 않았던 부분이었다. 데드라인을 넘기는 일은 팀 전체의 일정에 막대한 지장을 주고 금전적인 손실의 위험도 만만치 않기 때문에, 노바에서 칠 수 있는 가장 큰 사고 중 하나였다. 누구라도 다른 사람의 태만 때문에 시간에 쫓기게 되면 짜증이 나게 마련이고, 그런 불평이 나오면 항상 과장이 나서서 팀원들 간에 잡음이 생기지 않도록 조절을 하는 것이 노바의 관례였다. 결국 강 과장이 지금까지 조용한 이유는 블레이드 러너의 팀원들이 아무런 불평을 하지 않았기 때문이었던 것이다.

'흠……, 이건 생각보다 의리가 있는 녀석들 아닌가.'

수정이 말했다.

"성식이 오빠나 나나 그냥 이번 한번은 눈감아주기로 생각하고 있고, 은영이나 혁진이도 비슷한 생각인가 봐."

"……그랬구나. 고맙다."

"오빠야 노바에서 둘째 가라면 서러울 프로그래먼데 우리가 놓치고 싶겠어? 물론 나야 오빠가 프로그래밍을 못한다고 해도 계속 같이 있어도 무방하다고 생각하는 거고. 헤헤."

원철은 그녀의 직선적인 표현에 쓴웃음을 지었다.

수정이 다시 말했다.

"하지만 오빠, 이건 알아둬. 다음번엔 국물도 없다. 정말이야."

"그래, 그래. 알았다. 고마워."

"후후, 고맙다고 말만 하면 다야? 내가 밤새면서 짜증이 꽉꽉 치미는 거 참은 이유가 뭔지 알아?"

"…….?"

"'그래도 이렇게 일하고 내일 시간을 비워놓으면 오빠가 밥 한끼 정도는 사주겠지' 하는 기대 때문이었다고. 그런데도 오늘 시간이 없다고 오리발 내밀기야?"

장난스런 말투였지만, 그 속에 한 가닥의 앙칼진 짜증이 섞여 있는 것을 원철은 놓치지 않았다.

"저기……, 수정아."

모든 것을 다 털어놓고 싶은 충동을 꾹 누르면서 원철이 말했다.

"왜, 오빠?"

"우리 까놓고 얘기하자, 응? 내가 어디가 그렇게 좋으냐?"

"푸하하하하!"

고음의 웃음소리가 수화기에서 터져나왔다. 원철은 한동안 깔깔대던 수정이 겨우 숨을 돌릴 때까지 참을성 있게 기다렸다.

"하아, 하아. 오빠두 참! 누가 쉰세대 아니랄까 봐. 무슨 질문이 그래? 그냥 같이 일하다 보면 정도 들고, 일만 하다보면 삭막하니까 서로 만나서 밥도 먹고 술도 마시고 하는 거지. 어디 꼭 마음에 드는 부분이 있어야지만 만나는 거야?"

'그럼 넌 단지 그 삭막함을 이기지 못해 동료한테 섹스를 구걸하는 거니?'

원철은 자신도 모르게 혀끝까지 밀려나왔던 독설을 애써 되삼키며 숨을 들이쉬었다.

"그래, 수정아. 내 말이 바로 그거야. 그냥 심심해서 만나더라도 남녀 사이란 친구간이랑은 다른 거라고. 네가 나한테 특별한 감정을 가지고 있는 게 아니라면, 차라리 너랑 잘 어울릴 수 있는 다른 사람을 찾는 게 낫지 않겠어? 솔직히 내가 너 같은 미인이랑 같이 길을 가면 사람들이 의아해할 거 아냐."

"아이 씨, 정말! 누가 오빠랑 결혼이라도 하자고 했어? 그냥 시간 남는 사람끼리 만나서 하루 같이 놀자는데 뭘 그렇게 복잡하게 생각해? 오빠야, 그러지 말고 우리 오늘 양수리 정도라도 나가서 바람이나 쐬자, 응?"

원철은 눈살을 찌푸렸다.

닭살 돋는 아부도 영 먹혀들지 않는 계집애였다. 원철은 귀찮은 나머지 그만 그러자고 해버릴 뻔했으나 가까스로 참았다. 식사와 술은 그렇다고 쳐도, 자신은 그녀가 진짜 원하는 것을 제공할 능력이 없는 것이다. 만난 다음 거절하면 괜한 오해와 상처만 더 커질 뿐이다.

"수정아, 그게 아니라니까 그러네. 내 말을 아직도 못 알아들어? 시작은 복잡하지 않아도 자꾸 그러다 보면 복잡한 일이 생긴다니까. 난 우리 블레이드 팀이 다른 문제 없이 이대로 가길 바라."

원철이 다시 간곡한 투로 거절하자 수정은 드디어 소리를 질렀다.

"오빠! 오빠가 그러고도 남자야? 내가 뭐 잡아먹기라도 한대? 지지배도 아니고 남자가 뭐 그리 걱정할 게 많아? 아저씨 같은 케케묵은 소리만 해대고. 정말 오빠같이 겁 많은 남잔 처음이야."

'그래, 나 남자 아니다.'

솔직히 원철은 그렇게 외치고 싶었으나, 차마 그럴 수는 없었다.

"난 몰라! 오늘 하루 날아가는 거, 어떻게든 오빠가 책임져!"

수정은 떼쓰는 아이처럼 다시 소리를 질렀다. 순간 원철은 그녀를 어느 정도 이해할 것도 같았다.

나이는 스물일곱이나 되었어도 그녀의 속은 여전히 어린아이였다. 아이들이 시시한 장난감이라도 단지 눈앞에 있다는 이유만으로 잡고 놓지 않듯, 수정은 지금 단지 원철이란 남자가 옆에 있기에 집착을 하고 있는 것이다. 그런 아이들은 특별한 애착이 없던 것이라도 자신의 손에 있는 장난감을 뺏으면 울음을 터뜨린다.

순간, 갑자기 좋은 생각이 떠올랐다.

아이들은 다른 장난감을 내밀면 손에 꼭 잡고 있던 것이라도 쉽게 놓아버리는 법이다.

"야, 수정아. 너 그러지 말고 말이지, 그냥 가볍게 같이 시간이나 보낼 사람이 필요하면 차라리 내가 친구를 하나 소개시켜 줄게. 너처럼 단순한 거 좋아하는 녀석이 있는데, 전에 얼핏 네 이야기를 했더니 상당히 관심을 보이더라고."

원철의 말에 수정은 코방귀를 뀌었다.

"흥, 꿩 대신 닭이라 이거지?"

"아니, 아니야. 꿩 대신 봉이라고 해야지. 일단 키가 190은 되고, 어려서부터 운동으로 단단히 단련된 녀석이야. 나완 좀 다른 분위기지."

원철은 사람 됨됨이보다 남성으로서의 육체적 가치를 노골적으로 내세우고 있는 자신이 너무도 한심했지만, 사실 욱이 녀석은 그걸 빼면 별로 세일즈 포인트가 없는 놈이기도 했다. 그리고 또 그 이외의 것은 수정에겐 그다지 관심 가는 사항도 아닐 것이란 게 원철의 짐작이었다.

아니나다를까 그녀는 덥석 미끼를 물었다.

"정말? 혹시 나가보면 메주 대가리 없은 슈퍼맨 아냐?"

"절대 아냐. 내가 보증한다니까."

"흠……."

수정은 잠시 생각을 해보는 눈치였지만, 원철은 이미 그녀의 관심이 자신으로부터 멀어져가는 것을 느끼며 속으로 안도의 한숨을 내쉬었다.

"좋아. 몇 시에 만나면 돼?"

"뭐? 오늘 당장 소개해 달라는 거야? 난 지금 그 녀석이 어디 있는지도 몰라."

"그럼 오늘 애써 비워논 내 시간은 어떻게 하라고?"

"너 밤을 샜다며? 오늘은 그냥 자빠져서 푹 자."

"어휴, 정말 재미없어. 겨우 하루 짬을 낸 게 이렇게 꼬이냐. 에이 씨, 그럼 다음 화요일 저녁으로 해줘. 오늘 일 좀 당겨서 하면 그날은 비니까."

'운동으로 단단히 단련된 몸'에 대한 기대 때문인지, 수정은 생각 외로 쉽게 물러섰다.

원철은 이유야 어찌 되었건 그녀의 손아귀에서 풀려난 것만도 다행이라고 생각하며 전화를 끊었다.

벽에 기대앉아 담뱃불을 붙인 원철은 천장을 향해 길게 연기를 내뿜었다.

물론 수정과 같은 사고 방식을 가지고 사는 사람에겐 자신의 말과 행동이 별종으로 비칠 것이다. 어쩌면 고리타분한 도덕관을 앞세우는 위선자로 보일지도 모른다. 사실 예전의 자신은 실제로 그런 곰팡내 나는 가치관에 사로잡혀 살기도 했다.

하지만 자신의 '그 문제'만 아니라면, 지금은 수정의 쾌락주의

적 가치관을 공유하는 데 대해 아무런 거부감이 없었다. 아니, 솔직히 말해서 그럴 수만 있다면 그녀처럼 살아보고 싶은 생각도 없잖아 있었다. 따라서 수정이나 아니면 그런 삶을 지향하는 다른 어떤 사람이라도 추잡하다거나 혐오스럽다고 비난하고 싶진 않았다.

그러나 그런 가치관이 지금처럼 막무가내로 강요되어 올 때는 이야기가 다르다.

하기야 오늘까지 그녀의 데이트 신청을 거절한 남자는 없었을 테니, 그녀가 남자들의 가치관에 대해 어떤 선입관을 가지고 있다고 해서 그녀만을 탓할 수는 없을지도 모른다. 하지만 수정은 단지 그런 선입관을 가지는 데 그치지 않고 자신이 남자들에게서 기대하는 그러한 가치관을 당연스럽게 받아들이도록 강요를 하고 있었다. 원철이 아무리 그럴 수 없다는, 자신의 입장이 다르다는 것을 설명해도 그것을 귀담아 듣기는커녕 오히려 원철에게 생각을 바꿀 것만을 요구하고 있는 것이다.

아마도 그것은 다른 사람의 입장에 서보는 법을 배우지 못했기 때문, '나'를 중심으로 한 1인칭으로밖에 세상을 바라볼 줄 모르기 때문이리라. 아니, 그렇게 할 줄을 몰라서라기보다는, 자신의 생각을 타인에게 강요하는 사람들이 늘 그렇듯, 그녀 역시 자신을 세상에 맞추기보다는 세상을 자신에게 맞추는 쪽이 인생을 더 편히 사는 방법이라는 것을 약삭빠르게 깨달았기 때문일 것이다.

그건 지독한 이기주의였다.

하지만 분명 그런 사람들이 당당히 큰소리를 치며, 나머지 인간들이 그들의 눈치를 보고 사는 곳이 이 세상이었다.

"젠장, 세상에 그렇지 않은 놈이 어딨어?"

슬슬 부아가 돋기 시작한 원철은 스스로를 달래기 위해 소리내
어 말했다. 데드라인을 넘겼다고 다른 팀원들이 특별한 불평 불만
을 하지 않고 있는 것이 자신을 인간적으로 좋아해서 그런 게 아
니란 것 정도는 원철도 알고 있었다. 그건 수정도 말했듯이 원철
같은 프로그래머를 놓치기가 싫기 때문이다. 만약 원철이 평범한
프로그래머였다면 아마 벌써 팀 미팅을 열어 투표를 하고 방출 결
정까지 내려버렸을 것이다. 또, 욱이 녀석은 어떤가. 아무리 자기
입장이 곤란하다지만 남의 사정은 조금도 고려하지 않고 무작정
제 필요한 것만 요구하고 있지 않은가.

'그리고 희연도……'

갑작스레 떠오른 고통스런 이름에 원철은 이를 악물었다.

모두 자신밖에 모르는 이기적인 인간들뿐이었다.

'슬프지만 그런 사실을 인정하고 나면, 사실 화를 내거나 상처
받을 필요는 없는 것인지도 몰라.'

낯익은 목소리가 원철의 쓰라린 속을 부드럽게 비집고 들어왔다.

"후후, 그래, 실바누스."

프로그래머는 쓸쓸한 미소를 지으며 일어섰다.

"그래, 원래 인생이란 게 그런 것인지도 몰라."

그는 혼자 중얼거리며 스크린과 마주앉아 욱에게 짧은 전자 우
편을 날렸다. 녀석이 그걸 보면 어떤 표정을 지을까 생각에 잠겨
있을 때, 다시 전화벨이 울렸다.

성식이 형이었다.

"그래, 별일 없냐?"

"네, 그냥……"

"어떻게 된 거야, 너답지 않게."

"개인적인 일이 좀 있었어요. 도저히 미룰 수 없는."

"……"

"미안해요."

"자아식. 너와 나 사이에 미안할 게 뭐 있냐? 난 그냥 걱정이 돼서 걸었다. 개인적인 일이란 거, 뭐 내가 도와줄 수 있는 일이냐?"

이미 중년 티가 풀풀 나는 성식의 목소리는 따스함과는 거리가 멀었지만, 거기에 담긴 진심 어린 염려에 원철은 자신도 모르게 두 눈이 촉촉해 오는 것을 느꼈다.

"아, 아니야. 이젠 다 됐어요."

"그래? 그럼 됐고. 인마, 갑자기 안 하던 짓을 하니까 걱정이 되잖아. 뭔 일이 있으면 알려나 주든지."

"그래요. 미안해요."

"뭘 자꾸 미안하다고 그래? 일도 일이지만, 사정이 있으면 서로 얘기하고 필요하면 돕고 그러는 거지. 너까지 요즘 애들 식으로 그렇게 빡빡하게 날 대하기냐?"

"형……"

"됐어, 됐어. 이번 일은 내가 강 과장이랑 애들한테 적당히 둘러대 놨으니까 걱정하지 말고, 그 일이란 거 확실히 끝난 거지?"

"네."

"그래. 그럼 내일부터 할 일이 있는 거 잊지 마라. 넥서스 코리아 건 말이야."

"응."

"그래. 그럼 준비 잘해라. 강 과장이 삼진 것보다는 느긋하게 스케줄을 잡아놨으니까 힘들진 않을 거야. 그리고……."

"네?"

"내가 도울 일 있으면 주저하지 말고 연락해. 꼭 프로젝트 관련된 거 아니더라도. 응?"

"형……, 고마워."

"참, 그런 소리 좀 하지 말래도!"

원철은 수화기를 내려놓은 다음 크게 숨을 들이마셨다.

세상이 모두 이기적인 사람들로만 가득한 건 아니었다.

그러므로 가끔씩 상처를 받는 일이 있더라도, 이곳은 아직은 살 만한 곳인 것이다.

제17장
지저분한 고문

6월 2일 월요일

"야, 드디어 출근했네."

문을 들어서던 남기철이 욱을 보고 반가운 듯 손을 흔들었다. 욱은 대답 대신 쑥스러운 미소를 지어 보였다.

기철은 성큼성큼 걸어와 악수를 한 다음 말했다.

"잘됐다, 잘됐어. 자네 없는 동안 여기가 얼마나 바빴는지 알아? 자넨 정말 팔자도 좋아."

"후후."

욱이 계속 웃기만 하자 기철은 자리에 앉으며 말했다.

"그건 그렇고, 이 친구야. 괜히 설치지 말라고 그렇게 말렸는데도 결국 사고를 치나?"

"쯧, 어쩌다 보니 그렇게 됐어."

"괜한 풍파 만들지 말라고. 지금 각 기관마다 영감들이 얼마나 날카로워져 있는지 몰라?"

"몰라."

"젠장, 일주일 동안 별짓을 다 했는데도 개미 뒷다리 하나 걸리는 게 없어. 여론이며 국회며 압력은 더 거세지지, 수사는 진전이 없지…… . 뭐 하나 꼬투리라도 잡히는 게 있으면 제 마누라한테라도 뒤집어씌우려는 분위기야. 일하기보다 눈치 보기가 더 힘들다니까, 정말!"

그때, 최경식이 수사반을 들어서다가 욱을 보고는 짐짓 놀라는 표정을 지었다.

"허, 자네가 웬일이야?"

"웬일이긴, 일하러 왔지. 그 동안 잘 있었나?"

욱이 미소를 지으며 친근하게 인사를 하자 그는 약간 혼란스러운 표정을 짓더니 어정쩡한 태도로 자신의 자리로 향했다.

순식간에 무섭게 변한 눈으로 경식의 등을 쏘아보고 있는 욱의 어깨를 툭 치며 기철이 목소리를 낮췄다.

"이봐. 자네가 도대체 무슨 일을 파고드는지는 모르겠지만, NIS에서 자네를 주목하고 있다는 소문이 있어. 혹시 저번에 얘기하던 그 회사 때문이야?"

"글쎄…… ."

"이 친구, 이거. 내가 해준 얘기 벌써 잊었어? 괜한 곳 들쑤시고 다니다가 감당하지 못할 일 벌이지 말라고. 그리고 아까도 말했지만 여긴 지금 송 의원 사건 외에는 신경 쓸 분위기가 아니라니까. 쓸데없는 일은 당분간 잊어버리고 위에서 시키는 일만 해."

'이건 쓸데없는 일이 아니야!'

속으론 그렇게 외치면서도, 욱은 그냥 엷은 미소만 지었다.

오전 내내 두꺼운 서류철을 뒤적이며 시간을 보낸 욱은 점심 시간이 가까워오자 슬며시 일어나 사건 기록을 모아놓은 캐비닛으로 다가갔다. 문을 열고 한참을 뒤적이던 그는 검은 표지의 서류철 하나를 뽑아들었다.

자리로 돌아간 형사는 서류철을 펼쳐들고 첫 페이지부터 찬찬히 살피기 시작했다. 초동 수사 단계에서 수사진의 주관심사는 청부 살인의 대가로 누군가 그의 통장으로 돈을 넣어주지 않았는가 하는 것이었다. 그러나 그런 흔적이 전혀 발견되지 않은 덕에 박현철의 최근 1년간 금융 거래 내역을 고스란히 담고 있는 이 서류는 지금까지 캐비닛 안에서 먼지만 뒤집어쓰고 있었던 것이다. 그러나 욱이 지금 찾고 있는 것은 박현철에게 지불된 돈이 아니라 그가 지불한 돈이었다.

서류에 올라 있는 박현철의 은행 구좌는 총 세 개였다. 첫 번째 통장은 평범한 보통 예금으로, 잦은 입출금 내역이 대여섯 페이지에 걸쳐 출력되어 있었다. 자동 이체가 나가던 곳은 두 곳, 이동통신과 인터넷뿐이었다. 인터넷쪽은 잘 알려진 업체로 팔란티어와 관련이 있어보이진 않았고 그 액수도 기본 요금 정도일 뿐이었다.

두 번째 통장은 적금으로 지출이 전혀 없었으므로 아예 볼 필요가 없었다. 욱은 마른 입술에 침을 바르며 세 번째 통장의 내역을 들여다보았다. 저축성 예금으로 한 달에 일정액 이상을 붓도록 되어 있는 통장이었는데, 저축액에서 20만 원 가량의 돈이 매달 25일마다 빠져나가고 있었다.

"흐흐, 그럼 그렇지."

욱은 비장의 웃음을 흘리며 그 돈이 지불되는 곳의 이름으로 눈을 돌렸다. 순간 그의 얼굴에서 웃음이 사라졌다.

"빌어먹을! 이건 신용 카드 결제 대금이잖아!"

욱은 다시 첫 페이지로 돌아가서 혹시 뭔가를 빠뜨리지 않았나 다시 한번 살펴보았다. 그러나 결과는 마찬가지였다. 그 어디에도 박현철이 팔란티어로 돈을 지불한 흔적은 없었다.

어리둥절해 있던 욱은 이용 대금을 은행 계좌가 아니라 신용 카드나 휴대폰으로 지불하기도 한다는 것을 떠올렸다.

그는 서둘러 맨 뒤에 붙은 카드 거래 내역과 휴대폰 요금 납부 내역을 들춰보았다. 그러나 거긴 옷가지, 음식점, 컴퓨터 부품 등 일반적으로 학생들이 돈을 쓰는 그런 항목들만이 올라 있을 뿐이었다. 팔란티어 비슷한 것은 눈을 씻고 보아도 없었고 다달이 정기적으로 나가는 지출도 없었다.

"어이 씨, 젠장할!"

실망한 욱은 서류철을 책상 위로 집어던지며 투덜거렸다.

어찌된 일일까? 박현철이 사건 직전까지 팔란티어 게임을 한 이상, 그 사용료는 어떻게든 계산이 되었을 것이다. 계좌 이체나 신용 카드, 휴대폰이 아니라면 지로 방식으로 지불되었다는 이야 긴데, 요즘은 공과금 납부 말고는 그런 방식을 거의 쓰지 않는다. 하지만 만에 하나 박현철이 그런 방법으로 사용료를 지불하고 있었다면 은행의 지로 구좌를 추적하는 것 외에는 방법이 없었다. 그러나 그러자면 팔란티어의 지로 구좌 번호도 알아야 하고 영장도 필요한데, 두 가지 다 쉽게 해결될 수 있는 문제가 아니었다.

잘 달리다 갑자기 막다른 골목에서 거대한 벽에 부딪힌 느낌이었다. 마치 일전에 증거 보관소에서 박현철의 북케이스가 깨끗이 지워진 기록을 봤을 때처럼…….

'이거 혹시?'

"뭐가 또 문제신가?"

생각에 잠겨 있던 욱은 갑작스런 목소리에 고개를 들었다.

최경식이었다. 그냥 지나치듯 묻는 것처럼 보이려고 노력은 하고 있었지만, 욱이 집어던진 서류철로 향하는 날카로운 눈길까지는 감추지 못하고 있었다.

"별거 아니야."

억지로 미소를 지으며 마주보자 경식은 슬금슬금 그의 눈을 피하며 멀어져갔다. 욱은 그의 뒷모습을 무시무시한 표정으로 노려보다가 거칠게 껌을 까서 씹기 시작했다.

그랬다. 충분히 가능성이 있는 일이었다. 중요한 사건의 증거물을 흔적도 없이 증발시킬 수 있는 자들이라면, 은행의 거래 내역에서 몇 줄 정도 삭제하는 것은 일도 아닐 것이다.

놈들이 정말 이런 식으로 발자국을 지우고 다닌다면, 정상적인 수사로 박현철과 팔란티어의 관계를 증명해 내는 것은 거의 불가능한 일이었다. 정말로 그 비듬덩어리의 말대로 해킹을 하는 방법밖에는 없겠다는 생각에 욱은 이맛살을 찡그렸다.

'아니면…….'

욱은 벌떡 일어나 급히 사무실 밖으로 달려나갔다. 마침 화장실로 들어가고 있는 최경식의 모습을 확인한 욱은 앞뒤 볼 것 없이 그의 뒤를 따라 들어갔다. 형사는 화장실 안에 다른 사람이 없다는 것을 확인한 다음, 소변기 앞에 다리를 벌리고 선 감색 양복의 등뒤로 소리없이 다가섰다.

"어이, 최씨!"

그의 귀에 입을 바짝 갖다댄 욱이 쇳가루 날리는 목소리로 이름을 부르자, 그는 화들짝 놀라며 몸을 돌리려고 했다. 그러나 욱은 경식이 그럴 틈을 주지 않고 힘껏 앞쪽 벽으로 밀어붙였다.

"자, 장 형사! 이, 이거 왜 이래?"

"닥쳐, 이 개새끼야! 왜 이러는지 몰라서 물어?"

"내, 내가 뭘……, 아악!"

버둥거리던 경식은 욱이 한쪽 팔을 잡고 비틀자 짧게 비명을 질렀다.

"어깻죽지 뽑히고 싶지 않으면 조용히해, 이 씹새끼야."

욱은 거칠게 으르렁거리고는, 팔을 비틀고 있는 손에 힘을 준 채로 경식을 비어 있는 변기 칸막이 안으로 끌고 들어갔다. 끌려가는 경식의 움직임을 따라 화장실 바닥에 노란 액체가 불규칙한 곡선을 그렸다.

"이, 이거 놓고 우리 말로 하자고."

경식이 사정했지만, 욱은 칸막이 문을 닫고 자물쇠를 잠근 후 다시 손에 힘을 주었다.

"으으윽!"

경식은 다시 비명을 질렀지만, 아까보다는 작은 소리였다.

"이 자식, 너 왜 내 뒤를 따라다녀?"

"무슨 소리야? 누가 네 뒤를 따라다녔다는 거야?"

"호오, 그래?"

욱은 있는 힘을 다해 경식의 팔을 비틀어 올렸다.

"악!"

경식은 짧게 비명을 질렀지만, 이내 이를 악물었다.

"이런! 너희들 NIS에서는 요원들에게 고통을 참는 훈련을 시킨다더니, 정말인가 보군."

욱이 말하자 경식이 피식 웃으며 대답했다.

"그래, 정말이고말고. 맘만 먹으면 사지가 아작이 나더라도 견딜 수 있어. 그러니 이런 유치한 짓은 그만두라고. 너만 더 곤란해져."

"더 곤란해지다니, 지금은 내가 어떻게 곤란하다는 거지?"

"……."

욱은 다시 손에 힘을 주었지만 경식은 희미한 신음을 잠깐 흘렸을 뿐 오히려 거꾸로 큰소리를 쳤다.

"소용없다니까. 빨리 이거 놔, 너 정말 험한 꼴 당해 보고 싶어서 이러는 거야?"

욱은 잠시 멈칫했으나, 여전히 경식의 팔을 잡은 손에서 힘을 빼지 않고 말했다.

"정말 존경스러울 정도의 참을성이군. 하지만 이런 종류의 고통도 참는 훈련을 받았는지 궁금한데?"

"뭐?"

피할 틈도 없이 욱의 남은 손이 경식의 열린 지퍼 사이를 비집고 들어갔다.

"야, 이거 안 놔?"

경식은 자신의 은밀한 곳을 갑작스레 파고들어 온 침입자에 놀라 몸부림을 쳤지만 이미 욱의 손이 그의 쌍방울을 단단히 움켜쥔 후였다. 게다가 욱이 다시 거칠게 경식을 벽으로 밀어붙이는 바람에 그는 꼼짝달싹도 할 수 없었다.

"얌전히 있어, 이 자식아!"

욱이 말하며 그의 고환을 잡은 손에 지그시 힘을 주자 경식은 '헉' 하고 짧은 숨을 내뱉더니 다리를 후들거리기 시작했다.

"자, 우리 다시 시작해 볼까? 왜 날 감시하는 거지?"

"……."

경식의 침묵에 욱은 손아귀 안에 있는 구슬 두 개의 위치를 바꿔 쥐었다.

"흐이이……."

경식은 일반적인 비명과는 조금 다른 소리를 냈으나, 여전히 입을 열지 않았다. 욱은 구슬들의 위치를 같은 방향으로 한번 더 꼬아주었다.

"쿠욱!"

경식은 한쪽 무릎을 꺾으며 비틀거렸다.

"이런, 아직도 기억이 잘 나지 않나?"

욱은 안됐다는 투로 말하고는, 시계 태엽을 감는 기분으로 다시 한번 구슬들을 꼰 후 힘껏 움켜쥐었다.

"으하하아, 마, 말할게."

경식의 입에서 힘겨운 가성이 흘러나왔다. 욱은 손에서 살짝 힘을 빼며 말했다.

"진작에 그럴 것이지. 나도 내막을 전혀 모르는 건 아니니 허튼

소리는 하지 마. 게다가 난 이 놀이가 슬슬 재미있어지고 있단 말야."

"이, 일요일 저녁에 우리 과장으로부터 연락을 받았어. 널 밀착해서 미행하란 명령이 떨어졌다는 말이었지."

"누구로부터? 왜지?"

"젠장, 우린 그런 거 묻지 않는다는 거 잘 알잖아."

경식의 대답에 욱은 입맛을 다신 다음 다시 물었다.

"좋아. 그럼 오 반장은 어떻게 된 거야?"

"네가 수상한 행동을 하면 반장에게 연락해서 처리하기로 되어 있었어. 모든 게 다 그렇게 짜여서 내려왔다고. 이, 이봐, 이젠 그거 좀 놔줄 수 없어?"

"아직은 안 돼. 아까 한 말은 무슨 뜻이지? 내가 뭐가 곤란한 처지라는 거야?"

"그, 그건 무슨 이유에서건 네가 NIS의 주의를 끌었으니 한 말이야."

"그래?"

욱은 잠시 생각에 잠겼다. 사실 이 녀석도 반장과 마찬가지로 명령을 따르는 허수아비에 불과한 놈이다. 더 쪼아봐야 딱히 나올 것은 없을 것이다. 하지만 아직 한 가지 더 확인할 것이 남아 있었다.

"그건 어디로 빼돌렸지?"

"뭐? 무슨 얘기야? 뭘 빼돌렸다는 거……, 흐어어어!"

욱이 다시 손에 힘을 주자, 경식은 축 늘어지면서 흐느끼듯 신음했다.

"다시 묻는다. 그건 어디로 빼돌렸지?"

"뭐, 뭔지 알아야 답을 해주지. 무슨 말을 하는 건지, 난, 흐아 아아……."

욱은 구슬들이 터지지 않을까 걱정이 되었지만, 눈 딱 감고 있는 힘을 다해 손 안의 것을 움켜쥐었다.

"마지막으로 묻는다. 이번에도 엉뚱한 소릴 하면 정말 터뜨려 버리겠어. 그건 어디로 빼돌렸지?"

경식은 고통을 참지 못해 몸부림치다가 기어이 울음을 터뜨렸다.

"흐윽, 모, 몰라. 뭔지, 으어엉, 말을, 해야, 다, 답을 하지. 이이잉."

욱은 한숨을 쉰 다음, 경식을 잡고 있던 두 손을 놓았다. 그러자 경식은 사타구니를 움켜쥐며 변기 위로 엎어졌다.

"잘 들어, 최경식. 난 솔직히 네놈이 싫다. 처음 본 순간부터 지금까지 한번도 맘에 든 적이 없어. 난 말야, 맘에 들지 않는 놈은 앞뒤 안 가리고 제껴버려야 혈액 순환이 원활해지는 체질이야, 알아? 그런데 내가 지금껏 네놈 하는 꼴을 그냥 두고 본 게 왠지 알아? 핑계거리가 없어서였어, 이 새끼야! 그러니 너! 앞으론 내 눈에 그림자도 띄지 않는 게 좋아. 다음번에 걸리면 기필코 네놈의 불알주머니를 쥐어뜯어 버리고 말 거니까. 알았으면 이제 꺼져, 이 지미랄 놈의 새끼!"

욱은 칸막이의 문을 열고 거칠게 경식을 집어던졌다. 자신이 흘렸던 오물 위로 나둥그러진 경식은 비틀거리며 간신히 일어섰다.

"개새끼, 빨리 안 꺼져?"

욱이 다시 사납게 으르렁대자 경식은 뭐라고 하려던 입을 황급히 닫더니 두 손으로 사타구니를 움켜쥔 채 어기적거리며 화장실을 나갔다.

욱은 그의 모습이 사라지자 소변기 앞에 서서 지퍼를 내렸다. 힘찬 물소리와 함께 생각이 정리되기 시작했다. 예상대로 자신이 NIS의 감시 대상이 되어 있다는 것은 확실한 사실이었다. 하지만 자신이 팔란티어에 관심을 가지고 있다는 것은, 반장과 마찬가지로 경식도 모르는 일이었다. 즉, 증거 보관소에서 자신이 무엇을 찾고 있었는지는 두 사람 다 모르고 있었다는 말이다.

"빌어먹을!"

욱은 이를 악물며 투덜거렸다. 최경식이 이 사건의 내막을 조금이라도 알고 있었다면, 어떻게든 그로부터 단서가 될 만한 정보를 짜낼 수 있었을 것이다. 하지만 지금으로선 그쪽도 막다른 골목이긴 마찬가지였다. 결국 박현철과 팔란티어의 관계를 객관적으로 증명할 방법은 하나도 없었다.

'해킹?'

욱은 머리를 저었다. 제대로 된 패스워드를 가지고 전자 우편함에 연결하는 것만도 벅찬 자신이 해킹이라니. 꿈도 꾸지 못할 일이었다.

착잡한 마음으로 물건을 털던 욱은 갑자기 요란스런 물소리가 들려오자 반사적으로 뒤를 돌아보았다. 아까 최경식을 끌고 들어갔던 칸막이의 옆칸 문이 열리며 오 경감의 비대한 몸집이 모습을 드러내고 있었다. 그러나 경감은 파랗게 질려 있는 욱을 잠시 쏘아보너니 아무 말 없이 화장실 밖으로 사라졌다.

욱은 아랫입술을 힘껏 씹었다. 낭패였다. 아무도 없다고 생각을 했는데…….

그런데 좀 이상했다. 분명히 경식과의 대화를 낱낱이 들었을 것이고, 자신이 폭력을 사용했다는 것도 알 터인데, 저렇게 말 한 마디 없이 나가버리다니. 일전에 제 입으로 맘대로 밀고 나가보라는 말을 했기 때문일까? 아니면 혹시 저번 일 이후 위에서 조용히 감시만 하라는 명령이 있어서일까?

솟아오르는 불안감을 누르며 자리로 돌아온 욱은 한동안 책상에 쌓여 있는 서류들을 쏘아보다가 노트북을 열었다. 우편함 아이콘이 깜박이며 새 편지가 도착해 있음을 알리고 있었다. 열어보니 원철이 녀석이 어제 보낸 것이었다.

"무슨 일이지?"

욱은 불안으로 급해진 마음에 곧장 라인을 연결하고 편지함을 열었다. 욱의 노트북은 최신 기종들과는 달리 랜이나 전화선을 통해서만 네트워크로 연결이 되는 구식이었다. 물론 간단한 무선 통신을 이용하여 30분 단위로 우편함에 새 메시지가 왔는지를 체크해 주는 기능은 있었지만, 그런 기능도 노트북을 켜지 않으면 무용지물인 것이다.

원철의 편지를 읽은 욱은 저도 모르게 실소하고 말았다. 녀석은 전혀 상황의 심각성을 느끼지 못하고 있는 듯했다. 이 상황에서 깔치라니, 도대체 지금 어떻게 자신에게 그럴 여유가 있으리란 생각을 한단 말인가!

얼굴을 찌푸렸던 형사는 잠시 생각을 해보다 고개를 끄덕였다. 아니, 반드시 그렇게만 생각할 필요는 없었다. 만약 아직도 누군가가 자신을 감시하고 있다면, 그런 모습을 보여주어 방심을 하게 만들 필요가 있을지도 몰랐다. 어쩌면 한번 혼쭐이 나고 나서 팔란티어에서 아예 손을 떼었다고 생각하게 할 수도 있을 것이다.

욱은 다시 고개를 끄덕였다. 이제야 앞으로 자신이 해야 할 일이 뚜렷이 보였다. 박현철의 계좌 내역 조사도 벽에 막혀버린 지금, 자신이 할 수 있는 일은 아무것도 없었다. 이젠 조용히 뒷짐지고 앉아서 원철이 제우스의 행적을 찾아내기를 기다리는 것뿐이다. 그렇다면 그 동안 쓸데없는 의심을 살 행동을 할 이유는 조금도 없다. 오히려 수사 자체에 대한 관심을 잃은 듯, 놀고 먹는 모습만 보여주는 것이 바로 자신이 할 일인 것이다.

욱은 즉시로 원철에게 답장을 썼다. 물론 팔란티어에 관한 다른 내용 없이, 간략히 화요일날 시간이 된다는 것만 적었다.

욱은 답장을 쓰면서 슬며시 미소를 지었다. 일전에 원철이 녀석 말로는 그 수정이란 아가씨가 몸매도 괜찮고 화려하게 꾸미길 좋아하는 타입이라고 했는데, 그런 젊은 처자라면 다른 이유가 없더라도 당연히 만나야 한다는 것이 욱의 확고한 생활 철학이었다.

바로 이런 경우를 두고 선인들이 '금상 첨화'라는 말을 만들지 않았나 하는 생각이 들었다.

제18장
아모네 이실렌

6월 2일 월요일, 카자드 동남쪽, 아모네 이실렌 1층 중앙 광장

보로미어는 차가운 돌바닥에 묵묵히 앉아 다른 대원들이 눈을 뜨기를 기다렸다. 메디나, 실바누스, 그리고 닉스가 차례로 일어났지만 이리스는 시간이 지나도 좀처럼 깨어나질 않았다.

"이거 혹시 '밤 속으로 사라진' 거 아냐?"

아무리 흔들어도 반응이 없자 닉스가 걱정스럽게 말했다.

"그럴 리야."

시력이 돌아온 메디나가 도끼를 닦으며 느긋하게 말했다.

보로미어가 몸을 일으켜 이리스에게 다가가려고 하자, 실바누스가 어깨에 손을 올려놓아 그를 막았다.

"잠시 기다려봐. 아직은 아침이 이르니."

이리스는 다른 사람들이 출발 준비를 다 마칠 즈음에야 몸을 일으켰다. 조금 늦기는 했지만 돌아왔다는 것이 중요했으므로 아무도 그녀를 탓하진 않았다.

"저기, 계속 밤으로부터 돌아오지 않으면 그녀의 몸은 어떻게 되는 거지? 여기 계속 남아 있게 되는 건가?"

보로미어가 낮은 목소리로 묻자, 실바누스도 조용히 대답했다.

"아니, 원정중 돌아오지 않고 하루가 지나면, 육신은 영주에게 부여된 힘에 의해 자동적으로 카자드 쿰으로 돌아가게 돼. 영주의 심판을 받아야 하니까."

"자, 자. 그럼 이제 다시 출발해 볼까?"

메디나가 붕붕 소리가 날 정도로 도끼를 휘두르면서 말했다.

"잠깐!"

아직 갑옷도 제대로 여미지 못한 이리스가 나서며 날카롭게 외쳤다.

"메디나! 미안하지만 오늘은 내가 앞장을 서겠어. 장갑이야 대장이 뛰어나지만, 어제 드룰러 같은 영체들에 대해선 대장도 속수무책이잖아. 그렇다면 아무래도 레인저인 내가 앞서는 게 나아. 게다가 2층의 길은 대장도 다 아는 게 아니잖아."

이리스의 말에 메디나는 고개를 갸우뚱거리다 실바누스를 돌아보았다. 그가 고개를 끄덕이자 메디나는 마지못해 이리스에게 선두를 양보했다.

그리하여 2층으로 향하는 계단에 첫발을 올려놓은 것은 이리스였고, 그 뒤로 실바누스, 보로미어, 메디나의 부하, 닉스, 그리고 메디나의 순으로 행렬이 이어졌다. 좁은 계단은 빛이 들어오지 않아 음침했고 퀴퀴한 냄새까지 났다. 그러나 이리스는 그 기분 나쁜 계단을 성큼성큼 오르더니 이내 2층 문 앞에 섰다.

"자, 준비 됐으면 들어갑니다!"

이리스는 일행에게 낮게 외치더니, 문을 활짝 열어젖혔다. 예상했던 대로 문 틈으로 서너 마리의 영체가 튀어나왔으나, 실바누스의 재빠른 주문에 이내 공중에서 재가 되어 사라졌다.

"대단한데!"

닉스의 감탄에 실바누스가 별것 아니라는 투로 중얼거렸다.

"별볼일 없는 하급 영체들이었어."

일행이 조심스레 문 안으로 들어서자, 기본적으로는 1층과 크게 다를 바 없는 공간이 눈앞에 펼쳐졌다. 드높은 천장 아래로 사람 키의 두 배는 되어보이는 돌기둥들이 미로를 만들고 있었고 벽을 돌아가며 여러 개의 문들이 보였다. 단, 그 규모가 1층의 두 배는 너끈히 되어보인다는 것과, 문의 수가 여섯 개가 아닌 여덟 개라는 것이 달랐다.

"이런, 어째 아래층보다 더 크잖아."

보로미어가 황당해하며 외치자 메디나는 이마를 쳤다.

"에구, 낭패다. 뭔가 까먹었다 싶었는데 이거였구나. 여기가 넓어서 꼭 말을 가져온다고 생각하고 있었는데, 그걸 잊었어."

"다행이군."

어제 하루 종일 말을 탄 메디나에게 끌려다닌 것을 잊지 않고 있던 닉스가 조그맣게 중얼거렸다.

문에서부터 이어지는 길은 곧바로 뻗어나가 미로 속으로 사라지고 있었다.

"이제 어떻게 한다지?"

보로미어가 묻자 메디나가 앞으로 나오며 말했다.

"일단 미로 안으로 들어가면 간단히 중앙 광장을 찾을 수 있어. 거기서 여덟 개의 문으로 이어지는 길들이 뻗어나가지. 그 길들을 하나씩 따라가서 문들을 모두 열면 되는 거야."

"그럼 어서 가자고."

메디나가 또 앞장을 서겠다고 나설까 봐 불안했는지 이리스는 말하면서 벌써 후닥닥 앞으로 달려나갔다.

일단 미로 속으로 들어가자 일행의 속도는 상당히 떨어졌다. 앞에 선 이리스가 나침반을 확인하며 조심스레 한 걸음씩 전진했기 때문이었다.

"어이, 내가 앞장을 설까?"

뒤에서 메디나가 소리쳤으나, 이리스는 고개를 저었다.

"제발 참아줘, 대장. 어차피 4, 5분 차이야."

그녀의 말대로 일행은 이내 중앙 광장에 다다랐다.

"자, 나도 여기까지밖에는 몰라. 저번 원정이 여기까지였거든."

메디나가 사방을 돌아보며 말했다.

보로미어도 긴장하여 주위를 돌아보았다. 일행이 서 있는 곳은 1층의 중앙 광장보다 배는 넓은 공간으로, 역시 배는 많은 부조들이 둘러서 있었다.

"저건 마족들이군."

부조들을 들여다보던 이리스가 얼이 빠진 목소리로 말했다.

"하나, 둘, 셋, 넷……."

닉스가 부조의 수를 세기 시작하자 메디나가 그의 손을 끌어내렸다.

"신경 쓸 것 없어. 이건 3층의 괴물들이라고, 우리 원정은 2층까지고. 자자, 서둘자고, 갈 길이 멀어."

꿈에서도 그리지 못했던 무시무시한 괴물들의 모습을 홀린 듯 바라보던 보로미어는 실바누스가 어깨를 치는 바람에 정신을 차렸다. 돌아보니 이리스는 이미 나침반을 높이 든 채 미로의 한 틈새로 사라지고 있었다.

서둘러 그녀의 뒤로 따라붙은 보로미어는 불안한 마음으로 걸음을 옮기기 시작했다. 꾸불꾸불 이어지는 미로는 도무지 끝이 없는 느낌이었고, 나침반에 코를 처박고 거북이 걸음을 하고 있는 하플링 레인저의 모습 역시 전사의 불안감을 씻어주기엔 역부족이었다.

옆에서 걷던 닉스가 그에게 물었다.

"너 왜 이렇게 얼었어?"

"얼긴 누가 얼었다는 거야?"

보로미어가 퉁명스레 대꾸했다.

"누구긴, 너지. 걷는 게 꼭 납인형 같잖아."

"시끄러. 자기는 무릎이 풀려 흐느적거리는 주제에."

"쉿! 조용히."

두 사람의 말다툼 사이로 이리스가 날카롭게 끼어들었다.

"앞에 뭐가 있어!"

레인저의 말이 떨어지기가 무섭게, 회색 그림자 하나가 괴성을 지르며 미로의 앞쪽에 나타났다. 그림자가 이리스를 향해 달려드는 것을 본 보로미어는 반사적으로 검을 휘둘렀으나 검은 '쩡' 하는 소리와 함께 튕겨났다. 팔이 저려오는 바람에 보로미어가 주춤하는 동안 다행히 그림자도 한 걸음 물러섰다.

"클레이 골렘(Clay golem)이다!"

닉스가 소리치더니 빠른 손놀림으로 수인을 맺었다.

"윈드 엘러멘틀(Wind elemental)!"

위저드가 주문을 풀자, 수인에서 뻗어나간 한줄기 푸른 기운이 질풍처럼 골렘의 몸을 휘감아 들어갔다.

"지금이야!"

뒤에서 날아온 실바누스의 외침에 전사는 엉겁결에 달려나가며 검을 내리쳤다. 또다시 팔이 저려오길 기대했으나 이번엔 웬일인지 푹 썩은 무를 베는 느낌이었다. 골렘은 전사의 연속 공격에 순식간에 네 도막으로 조각이 나고 말았다.

뒤에서 메디나가 박수를 치며 환성을 질렀다.

"우리 닉스, 잘했다!"

'뭐야?'

보로미어는 순간적으로 기분이 상했다. 닉스라니? 골렘을 쓰러뜨린 건 자신인데…….

"그런 표정 짓지 마."

실바누스가 어느새 옆으로 다가오며 넌지시 말했다.

"네 힘만으론 절대로 저 클레이 골렘을 쓰러뜨리지 못해. 닉스가 미리 상극 엘러멘틀로 골렘의 구조를 약화시켜 주지 않았다면 어림도 없는 일이야. 상대에 대한 정확한 공격을 아는 위저드랑 같이 있다는 사실에 감사나 하라고."

"쳇!"

보로미어는 여전히 기분이 나쁘다는 티를 내며 등을 돌렸다. 닉스가 골렘을 쓰러뜨린 공을 독차지하는 것 같아서라기보다는, 다른 대원들에 비해서 자신의 능력이 아무래도 떨어지는 것 같다는 느낌을 지울 수 없었기 때문이었다. 실바누스 녀석은 어쩌자고 이런 벅찬 원정에 자신을 끌고 온 것일까?

일행은 다시 앞으로 나가기 시작했다. 첫 번째 문으로 가는 계단이 나오기까지 두 마리의 클레이 골렘이 더 나타났는데, 닉스와 보로미어의 협공으로 간단히 제압되었다. 마지막으로 하급 영체인 고스트도 한 번 모습을 보였으나 실바누스에 의해 즉시 한줌의 재로 화하고 말았다.

계단 앞에 모인 일행은 잠시 숨을 돌리면서 굳게 닫혀 있는 문을 노려보았다.

"괴물일까, 보물일까?"

이리스가 묻자, 지금까지 더딘 행군을 간신히 참아온 메디나가 답답하다는 듯 외쳤다.

"지금 내기라도 하자는 거야? 시간 없어!"

그러고는 바람처럼 계단을 달려 올라가 닫혀 있는 문을 열어젖혔다.

"꾸오오오오!"

동시에 소름 끼치는 괴성과 함께 메디나가 뒤로 날아갔다. 요란한 소리를 내며 대원들 앞의 바닥에 널브러진 메디나는,

"젠장, 보물은 아니네."

하고 투덜거리더니 잽싸게 몸을 일으켰다.

일행의 눈은 계단 위에서 포효하고 있는 거인에 집중되었다. 보

로미어의 두 배는 되어보이는 덩치에 머리에서 발끝까지 단단한 구리로 조물된 거구가 한 계단 아래로 천천히 걸음을 떼어놓자, 고막을 찢는 듯한 굉음과 함께 돌계단들이 당장이라도 무너질 듯 진동했다.

"카퍼 골렘이야."

닉스가 물러나며 비명을 지르듯 외쳤다. 자신의 브로드소드로는 골렘의 몸에 흠집조차 낼 수 없으리란 것을 직감적으로 느낀 보로미어도 엉겁결에 두어 발짝 뒷걸음질쳤다.

"저건 어떻게 상대하지?"

전사의 물음에 메디나가 도끼를 빙빙 돌리며 대답했다.

"전사답게! 정면으로! 하아!"

나이트는 은빛 전광처럼 다시 계단을 달려올라 갔다. 물론 메디나의 도끼 놀림이 워낙 빠른 터라 보로미어의 눈에는 은빛 호가 몇 번 번쩍이는 것만 보였다. 골렘도 괴성을 지르며 느리지만 육중한 움직임으로 메디나를 향해 팔을 휘둘러 반격을 해왔다. 그러나 드워프는 교묘한 발놀림으로 골렘의 주먹을 피하면서 계속 전투용 도끼를 휘둘렀다. 진정 나이트의 이름이 아깝지 않을 정도의 멋진 공격이었다.

보로미어는 한동안 넋을 잃고 그녀의 현란한 동작을 지켜보았다.

'상급 서열……, 과연…….'

그러나 시간이 지남에 따라 메디나의 움직임은 차츰 둔해졌고, 골렘은 점점 상처가 늘어가면서도 전진을 멈추지 않았다.

마침내 골렘이 계단 아래까지 내려오자 다급해진 보로미어가 물었다.

"이대로 보고만 있어야 하는 거야?"

그러자 실바누스는 고개를 갸우뚱거렸다.

"글쎄. 어차피 녀석과 맞서 싸울 정도의 무기를 가진 사람은 메디나밖에 없잖아."

"치이, 너희들의 그 잘난 마법으로 어떻게 하는 수가 없겠어?"

그러나 드루이드는 닉스와 마주보더니 머리를 긁적거렸다.

"글쎄, 클레이 골렘이라면 몰라도……."

"제기랄!"

보로미어가 답답한 표정으로 무용지물인 자신의 칼을 들여다보며 욕지거리를 퍼붓는 순간, 잠시 발이 엇갈린 메디나가 그만 골렘의 일격에 가슴을 강타당하고 말았다. 작지 않은 덩치의 메디나였으나 골렘의 일격엔 마치 지푸라기 인형처럼 가볍게 허공에 뜨더니 눈 깜짝할 사이에 일행의 뒤쪽으로 날아가 뒹굴었다.

황급히 달려간 실바누스가 회복 주문을 펴는 동안 골렘은 대원들을 향해 쉬지 않고 무거운 걸음을 옮겼다. 골렘은 이내 메디나의 부하를 향해 주먹을 휘둘렀고, 메디나가 쓰러지는 바람에 멍하니 서 있던 그는 아무런 저항도 하지 못한 채 당하고 말았다. 메디나의 상처가 심상치 않은지 실바누스가 시간을 끌자 보다 못한 보로미어는 이리스와 닉스 앞을 막으며 나섰다. 여기서 더 이상 물러서면 실바누스와 메디나까지 위험하다고 판단했기 때문이었다.

그러나 막상 마주서 보니 골렘의 덩치는 더욱 커보였다. 비록 메디나의 공격으로 녀석도 머리에서 발끝까지 온통 깊게 팬 도끼 자국투성이였지만, 골렘인지라 피는 한 방울도 흘리지 않았다. 오히려 그것이 보로미어에게는 더 두렵게 느껴졌다.

"꾸아아아!"

골렘의 오른팔이 날아오는 바람에 전사는 반사적으로 방패를 들어올렸다. 그러자 무릎이 휘청할 정도의 충격이 전신을 울려왔다.

"우욱!"

보로미어는 낮게 신음을 했지만 가까스로 주저앉거나 밀리지 않고 버텨냈다. 그런데 앞을 보니 골렘도 서너 발짝 뒤로 밀려 있었다. 실드 오브 리펠링의 힘이었다.

"그렇지!"

기운이 오른 전사는 탄성을 올리며 골렘의 가슴에 나 있는 가장 큰 상처 속으로 칼을 찔러넣었다. 아무래도 상처의 안쪽이라면 바깥보다는 덜 단단할 테고, 조금은 승산이 있을 지도 모른다는 생각에서였다. 그러나 굵은 브로드소드는 골렘의 상처에 쐐기처럼 박히더니 아무리 힘을 주어 당겨도 꿈쩍하지 않았다.

"워어억!"

당황한 전사에게 골렘의 왼주먹이 날아들었다. 왼손에 들고 있던 방패를 돌려 막을 틈도 없이 엄청난 고통이 오른쪽 어깨를 강타했다.

"아악!"

어지간한 보로미어였지만 도저히 소리를 지르지 않을 수 없었다. 정신을 차리고 보니 자신은 계단 옆에 널브러져 있었고 통증으로 움직일 수 없는 오른팔에는 반으로 부러진 검이 처량하게 들려 있었다.

일행을 돌아보자 겨우 몸을 회복한 메디나가 다시 골렘을 상대하고 있었고 이리스와 닉스는 아까보다 한참 뒤까지 밀려 있었다.

'실바누스! 실바누스는?'

전사는 고통 속을 헤매면서 자기도 모르게 드루이드를 찾았지만 두건의 모습은 어디에도 보이지 않았다.

"쯧쯧, 무모한 녀석!"

등뒤에서 낯설지 않은 핀잔과 함께 부드러운 온기가 밀려들더니 오른팔의 통증이 사라졌다.

"저 빌어먹을 구릿덩어리가 내 칼을 부러뜨렸어."

회복한 보로미어가 일어나 앉으며 씩씩거리자, 드루이드가 그의 어깨를 부드럽게 내리눌렀다.

"참아. 메디나도 단 한 방에 의식을 잃을 뻔했어. 네가 죽지 않은 건 다 그 잘난 갑옷 덕분인 줄이나 알고, 이번 싸움은 메디나에게 맡겨둬."

"제기랄!"

보로미어는 주저앉은 채로 아랫입술을 깨물었다. 신명나게 골렘을 난도질하고 있는 메디나를 이렇게 앉아서 지켜보고 있어야 하는 자신이 더할 나위 없이 한심스러웠다. 자신은 메디나와 함께 저 녹슨 구릿덩어리를 두들기고 있었어야 했다. 아니, 제대로 된 칼 한 자루만 있다면 메디나보다 더 잘 두드릴 자신이 있었다.

'제대로 된 칼 한 자루만 있다면……'

"죽어라, 죽어!"

마침내 메디나가 깨진 기적 같은 목소리로 외치며 마지막 일격을 날리자, 골렘의 육중한 몸집은 요란한 소리와 함께 쓰러졌다.

"별게 다 시간을 잡아먹고 있어."

메디나는 쓰러진 골렘의 대가리를 발끝으로 차며 별것 아니란 투로 내뱉었지만, 그녀의 갑판 갑옷은 사방이 찌그러져 보기 흉한 꼴로 변해 있었다.

보로미어를 비롯한 대원들은 서서히 대장을 중심으로 모여들었다. 닉스가 먼저 입을 열었다.

"대장, 수고했어. 내가 복합 주문만 쓸 줄 알았어도 대장이 그렇게 힘들진 않았을 텐데."

"핫핫! 애초에 그런 건 기대도 안 했어. 그리고 저런 놈은 나 혼자로도 충분하잖아."

드워프는 호탕하게 웃으며 '슝' 하는 가벼운 파공음과 함께 도끼를 어깨에 둘러메었다.

"혼자가 아니면 그래도 좀 나았을 거 아냐, 부하도 죽지 않았을 거고."

이리스가 보로미어를 흘긋 돌아보며 말했다. 같은 전사면서 넌 뭐냐는 빈정거림이 담긴 한 마디였다. 보로미어는 어제 그녀에게 콧잔등을 얻어맞은 이후로 희미하게 품고 있던 불만이 순식간에 강렬한 증오로 바뀌는 것을 느꼈다.

"혼자라니 무슨 소릴. 잭이 막아주지 않았더라면 헬트가 날 회복시킬 여유도 없었을 거야. 그리고 부하야 어쩔 수 없잖아. 나중에 소원이라도 하나 빌게 되면 다시 얻을 수 있겠지."

다행히도 메디나가 그렇게 말을 해주고 옆에서 실바누스가 팔뚝을 지그시 누르는 바람에 보로미어는 겨우 그 순간을 참고 넘어갈 수 있었다.

'재수 없는 계집애!'

보로미어는 속으로 이를 갈면서, 쓸모 없게 되어버린 칼자루를 한구석으로 팽개치듯 집어던졌다.

쓰러진 골렘에서 800두카트 가량의 금을 챙긴 일행은 다시 중앙광장으로 돌아와 두 번째 미로로 접어들었다. 무기가 없는 보로미어 대신 메디나가 이리스의 바로 뒷자리를 차지했기 때문에 보로미어는 행렬의 맨 뒤에 서야 했다. 몇몇 하급 영체들과 퓨터 타이거(Pewter tiger) 등의 괴물들이 그들의 앞길을 막아섰지만, 실바누스의 영력과 메디나의 도끼에 맞설 만한 녀석은 없었다. 이내 원정대는 미로의 끝에 있는 계단에 다다랐다.

메디나가 아까처럼 성급히 계단을 달려올라 가려 하자 이리스가 외쳤다.

"대장, 우리에게도 준비할 시간은 줘야 할 거 아냐!"

"준비는 무슨 준비?"

메디나가 되묻자 닉스도 그녀를 말리고 나섰다.

"대장, 최소한 우린 무슨 괴물이 남아 있는지는 알고 있잖아. 카퍼 골렘을 해치웠으니 이젠 툼 레이스, 케르베로스, 그리고 고르곤이 남았어. 다른 건 몰라도 고르곤이라면 나도 주문을 준비해야 하고, 대장도 무방비 상태로 저 문을 열면 안 될 거 아냐."

"그게……, 그렇게 되는가?"

메디나는 그제야 약간 대뇌를 사용하기 시작했는지, 주춤거리며 계단에 올려놓았던 발을 내려놓았다.

"대장, 그리고 내 생각에 문을 여는 일은 잭에게 맡기는 것이 좋을 것 같아."

뒤에 있던 실바누스가 조용히 입을 열자, 메디나와 보로미어가 동시에 그를 돌아보며 물었다.

"왜?"

"누구……? 나? 왜?"

그러자 실바누스는 어깨를 으쓱한 다음 대답했다.

"그거야 문 뒤에 뭐가 있을지 모르잖아. 만약 고르곤이라면 대장이 다칠 수도 있어."

잠시 할말을 잃었던 보로미어가 버럭 소리를 질렀다.

"야이, 자식아! 그럼 난 다쳐도 된다는 얘기야?"

그러자 실바누스는 조용히 손을 들어 전사의 입을 막았다.

"아까 대장이 카퍼 골렘에게 한 방에 뻗었던 이유는 맨 처음에 문을 열다 피해를 입었기 때문이야. 게다가 지금은 갑옷도 많이 상했어. 반대로 너는 무기가 없으니 전투엔 도움이 되지 않지만, 그 방패에다 갑옷에다, 장갑은 웬만한 편이잖아. 네가 문을 열면서 약간의 위험을 부담하고, 대신 대장의 전투력을 최대로 보존하는 게 이득이야."

"야, 헬트! 그래! 듣고 보니 네 말이 맞다."

메디나는 무릎을 치며 탄성을 올렸지만, 보로미어는 쓸개 씹은 표정으로 실바누스를 노려보았다.

"그러니까, 난 그런 일밖에 할 게 없다 이거냐?"

전사의 시비조에 실바누스는 메마른 어투로 잘라 대답했다.

"그렇지, 현재로선."

보로미어는 두건 밑에 숨겨진 드루이드의 얼굴을 무섭게 쏘아보다가 휙 몸을 돌려 계단을 올라갔다. 더 말해 봐야 아무런 소용이 없다는 것을 잘 알고 있었기 때문이다. 첫째로 실바누스의 말

은 옳았고, 둘째로 그의 말이 틀리더라도 갑옷의 비밀을 쥐고 있
는 한 녀석의 말은 거역할 수 없는 명령이나 마찬가지였다.

계단 위에 다다른 전사는 아래에 있는 일행을 돌아보았다. 모두
잔뜩 긴장을 한 채로 자신을 올려다보고 있었다. 전사는 실드 오
브 리펠링을 들어올려 최대한 몸을 가린 다음 조심스레 문을 열어
젖혔다.

기대했던 충격은 없었다. 전사는 방패 뒤에서 얼굴을 내밀고 문
안을 들여다보았다. 작은 방 안엔 검은 돌로 만들어진 작은 제단
이 있었고, 그 위에 밝은 색으로 반짝이는 원반 같은 것이 놓여 있
었다.

"세상에! 금 나침반이!"

어느새 옆에 올라와 있던 이리스가 큰소리로 외치며 제단 앞으
로 달려나갔다.

"횡재했군!"

닉스가 부러운 듯 중얼거렸다.

"저게 뭐야?"

계단을 내려온 보로미어는 작은 목소리로 실바누스에게 물었다.

"보다시피 금 나침반이잖아."

드루이드의 대답은 짧았고, 언제나처럼 보로미어에게는 충분
치 않았다. 전사가 계속 자신을 뚫어지게 쳐다보고 있자 실바누스
는 한숨을 쉬더니 덧붙여 설명했다.

"레인저는 가지고 다니는 나침반으로 자신의 능력을 나타내.
첫 서열인 1급 러너들은 쇠 나침반에서 시작하는데, 능력이 올라
갈수록 동, 은, 금 나침반을 가질 수 있어. 하지만 공짜는 아니고,

190

저 금 나침반을 사려면 2만 두카트 정도는 필요하지. 플래티넘 나침반은 5만 두카트 정도고."

"후아, 정말 횡재로군."

전사가 놀라자 드루이드는 별것 아니라는 투로 말했다.

"다른 문 뒤에 남아 있을 보물들에 비하면 저 정도야 별것도 아니지."

전사는 갑자기 온몸에 기운이 솟구치는 것을 느꼈다. 그래, 맞다! 여기엔 자신을 위한 무기도 있을지 모른다. 심심하면 부러지는 싸구려 칼들이 아니라, 카퍼 골렘이건 고르곤이건 두부처럼 베어버릴 수 있는 명검도 분명히 여기 있을 것이다.

어제 실바누스가 보물이 가득한 탑의 이야기를 꺼냈을 때만 해도 큰 흥분을 느끼지 못했던 그였으나, 막상 이리스가 귀한 물건을 손에 쥐는 것을 직접 눈으로 보고 나자 심장의 박동이 빨라지기 시작했다.

"뭐해, 빨리 가자고!"

갑자기 보로미어가 더 서두르는 바람에, 오히려 메디나가 눈을 동그랗게 뜨고 고개를 갸웃거렸다.

세 번째 미로에 들어선 이리스는 아까보다는 빠른 속도로 나아가기 시작했다. 금 나침반 덕분인 것 같았다.

"야, 너 정말 그걸 믿고 가도 되는 거야?"

닉스가 걱정스런 목소리로 묻자 이리스는 바락 성을 냈다.

"너 내가 3급 스카우트라고 무시하지 마. 이래봬도 길 찾는 능력은 4급인 트래커 못지않다고. 나라고 금 나침반을 다루지 못할 것 같아?"

"아, 알았어."

닉스는 뜨끔하여 입을 다물더니 조용히 이리스의 뒤를 따랐지만 왠지 불안한 표정이었다.

아니나다를까 이리스가 자신 있게 미로의 한 모퉁이를 도는 순간, 닉스의 불안은 현실로 나타났다. 희끄무레한 그림자가 번개 같은 속도로 레인저의 작은 체구를 덮쳤던 것이다. 레인저가 쓰러지자 그림자는 다시 몸을 일으키더니 나머지 일행을 향해 시뻘건 불덩이를 토해 냈다. 피하기엔 너무나 가까운 거리였다.

당황한 대원들 앞을 막고 나선 사람은 놀랍게도 닉스였다. 불덩이에 명중당한 위저드의 작은 체구는 순식간에 화염에 휩싸였다.

"닉스!"

보로미어가 갈라진 목소리로 외쳤으나, 놀랍게도 닉스는 전혀 피해를 입지 않은 듯했다. 보로미어에게서 구입한 클로크의 보호 덕분이었다. 위저드는 아직도 불꽃이 사그라들지 않은 망토의 앞을 열어젖히며 이미 수인을 맺어놓은 손을 힘차게 내밀었다.

"라이트닝!"

푸른 전광은 한치의 오차도 없이 그림자의 가슴에 명중했다.

치이이익!

고약한 냄새를 뿜으며 물러서는 괴물을 향해 메디나의 도끼가 날아갔고, 녀석은 한쪽 머리에 도끼를 박은 채 서너 번 빙글빙글 돌더니 뒤로 벌렁 나자빠졌다.

"이리스!"

실바누스는 나는 듯이 쓰러져 있는 레인저에게 달려갔다. 그녀의 상태를 살펴본 드루이드는 막 몸을 굽혀 도끼를 뽑아들려던 메디나에게 날카롭게 소리질렀다.

"메디나! 그거 손대지 말아! 크립트 워커(Crypt walker)야."

멈칫하는 드워프의 어깨 너머로 보로미어는 쓰러져 있는 괴물을 보았다. 녀석은 색 바랜 갈색 천으로 온몸을 휘감은 미라로, 도끼에 맞은 상처에서는 기분 나쁜 검은색 액체가 꿀럭거리며 솟아나고 있었다.

황급히 달려온 드루이드가 손을 펴들고 주문을 외우자 괴물은 서서히 검은 연기로 변하며 사라졌고 메디나의 도끼만이 바닥에 남았다.

"하마터면 중독될 뻔했잖아. 이제 집어도 돼."

실바누스가 땀을 닦으며 말했다.

"이리스는?"

드워프가 도끼를 집으며 걱정스레 묻자 드루이드는 고개를 끄덕였다.

"중독이 되긴 했지만, 치료할 수 있어."

실바누스는 다시 이리스에게로 돌아가 양손을 펴며 주문을 외웠다. 드루이드의 반지가 한동안 빛나고서야 레인저는 겨우 한 줄기 숨을 몰아쉬었다.

"히야, 저 친구 정말 대단한데? 크립트 워커의 독을 간단히 해독하다니."

옆에서 보고 있던 닉스가 중얼거렸다.

"도대체 저게 뭐야?"

보로미어가 바닥에 남은 검은 자국을 가리키며 묻자 닉스가 말했다.

"크립트 워커라니까. 잘못 처리되어 썩은 미라가 부활할 때 생기는 괴물이야. 약간의 마법도 사용하지만, 실은 그 시체 썩은 독물이 제일 무서운 거지. 5급 사제인 비숍들도 해독에 애를 먹는 건데 헬트는 아주 간단히 처리를 하는군."

'놀라울 게 뭐 있어. 4급인 렉터라고 거짓말을 쳐놨으니 놀라워 보이는 거지.'

"놀라울 게……."

보로미어는 순간적으로 스쳐가는 생각이 저도 모르게 말로 튀어나오려 하자 깜짝 놀라 입을 다물었다.

'나는 3급 용사 잭, 실바누스는 4급 렉터 헬트…….'

전사가 속으로 서너 번을 더 되뇌는 동안 이리스가 정신을 차렸다.

"괜찮아?"

메디나의 물음에 레인저는 고개를 끄덕였다. 메디나가 안심하는 표정으로 일어서려고 하자, 실바누스가 심각한 투로 말했다.

"대장, 이제 겨우 문 두 개밖에 열지 못했는데 큰 부상만 벌써 두 번째야. 나도 대회복 주문이나 해독 주문을 무한정 쓸 수는 없다고. 조심하지 않으면 앞으로 일이 힘들어질 거야."

그러자 메디나도 표정이 어두워졌다.

"딴은 그렇군. 앞으론 더 주의해야 되겠어. 이리스!"

드워프는 날카롭게 레인저를 부르더니 말했다.

"네가 금 나침반에 욕심을 부리는 건 이해하지만, 이번 원정에선 사용하지 마. 아직 네가 금 나침반을 다룰 능력이 안 된다는 건 누가 봐도 뻔한 일이니까."

메디나의 명령에 이리스는 불만스런 표정을 지으면서도 다시
은 나침반을 꺼내 목에 걸었다.

덕분에 행군 속도는 다시 느려졌다. 메디나는 못내 갑갑한 표정
을 지었으나 어쩔 수 없다는 것을 알기에 이리스를 재촉하진 않았
다. 미로 끝의 계단에 다다르기까지 세 마리의 크립트 워커가 더
달려들었지만 이번엔 모두 이리스가 먼저 발견했기에 이쪽에서
선제 공격을 할 수 있었다. 직접 몸을 부딪치다간 다시 중독이 될
염려가 있었으므로 이리스가 서너 개의 단검을 날린 다음 닉스가
파이어 볼로 태워버리는 작전을 취했고, 이 전술은 기막히게 맞아
떨어졌다.

뒤에서 줄레줄레 따라만 가던 보로미어는 원정대가 계단에 다
다르고 나서야 할 일이 생겼다.

"잭! 문 열자!"

메디나의 외침에 터덜터덜 걸어나가는데 옆에서 이리스가 키
득거렸다.

"그런데 이 쌍년이!"

드디어 참다참다 폭발한 보로미어가 레인저에게 달려들려고
하자 실바누스가 그의 앞을 막아섰다. 보로미어는 이를 벅벅 갈며
드루이드의 등뒤에 서 있는 하플링을 무섭게 노려보았으나, 차마
실바누스를 밀어제치진 못했다.

"흥, 무기도 없는 전사 주제에 성깔 부리긴!"

이리스가 빈정대자 실바누스는 그녀를 돌아보며 꾸짖었다.

"이리스! 그게 무슨 소리야."

"무슨 소리긴. 저 녀석은 아무 하는 일도 없고, 고생은 우리만 하고 있잖아."

이리스는 조금도 수그러들지 않았다.

"야, 이리스. 넌 어떻게 그런 소릴!"

닉스가 황당해하며 레인저에게 삿대질을 하자 메디나가 나섰다.

"어느 원정이나 자기가 원하는 걸 얻고 나면 저렇게 나오는 대원들이 꼭 있어. 자기 것을 얻기 위해 남들이 고생한 건 생각하지 못하고 앞으로 자기가 할 일만 억울하게 보이니까 나오는 소리야. 하지만 그래서 원정 대장이란 게 있는 거지. 이리스! 내가 원정대를 해산하기 전에는 너 혼자서 그만둘 수 없다는 걸 잊지 마. 그리고 이 한 가지는 확실히 얘기해 두는데, 난 최소한 여기 아모네 이실렌의 2층이 완벽히 청소되기 전에는 전멸을 하는 한이 있더라도 절대로 이 원정을 포기하지 않을 거야. 그러니 딴소리 말라고, 알았어?"

메디나의 단호한 말투에 이리스는 입을 삐죽거리며 조용해졌다. 보로미어는 잠시 씨근덕거리며 그녀를 노려보다가 메디나가 어깨를 두드리자 계단을 올라가 문 앞에 섰다.

단단히 준비를 하고 문을 열어젖히자, 아까와는 달리 서늘한 냉기와 함께 묵직한 충격이 방패로 전해져 왔다. 전사는 황급히 뒤로 물러나며 외쳤다.

"괴물이다, 괴물!"

실드 오브 리펠링 덕에 문 안으로 튕겨져 들어갔던 괴물은 대원들이 전열을 가다듬고 난 후에야 다시 모습을 드러냈다. 녹슨 투구에 녹슨 갑옷, 갈라진 방패와 손에 든 녹슨 메이스, 그리고 군데

군데 헌 갑옷 사이로 고약한 냄새를 풍기며 삐져나와 있는 썩은
살…….

"툼 레이스(Tomb wraith)로군."

옆에서 실바누스가 중얼거리며 망토 밖으로 두 손을 드러냈다.
그가 반지를 번쩍이며 주문을 외우자, 계단을 내려오던 툼 레이스
의 몸에서 홀리 플레임의 푸른 불꽃이 솟아올랐다. 그러나 툼 레
이스는 전혀 영향을 받지 않은 듯 계속 전진해 왔다.

"라이트닝!"

이어서 닉스의 손에서 뻗어나간 푸른 전광이 홀리 플레임의 푸른
화염에 얽혀들어 갔으나 툼 레이스는 여전히 꿈적도 하지 않았다.

"닉스, 네 공격은 소용이 없어. 녀석은 위저드 마법엔 면역이
되어 있는 놈이야."

실바누스가 앞으로 달려나가며 말하자 닉스는 미끄러지듯 보
로미어 옆으로 물러났다.

"흐흐, 이젠 너도 할 일이 없어졌군."

"쳇, 나한테까지 빈정거릴 필욘 없잖아."

전사의 말에 닉스가 눈살을 찌푸렸다. 조금 미안해진 보로미어
는 어깨를 으쓱하며 앞의 상황으로 눈을 돌렸다.

메디나는 태풍을 만난 풍차처럼 도끼를 휘둘러대고 있었지만
툼 레이스도 만만치 않은 싸움을 벌이고 있었다. 실바누스는 조금
뒤쪽에 서서 메디나가 툼 레이스와 공방을 벌이며 만들어주는 틈
을 부드럽게 이용하여 계속적으로 주문을 뿌리고 있었다.

멋진 전투였지만, 잠시 지켜보던 보로미어는 이상한 생각이 들
었다. 실바누스는 왠지 지금까지 보여주었던 강력한 주문들을 도

무지 사용하지 않고 있었다. 메아리 숲에서 글라브레즈를 날려버렸던 아스트랄 뭔가 하는 주문이나, 에스트발데에서 엄청난 영체들의 폭풍을 잠재워 버릴 때 쓰던 디바인 어쩌고 하는 주문 같은 것을 쓴다면 툼 레이스쯤은 간단히 처리해 버릴 수 있을 것이다. 그런데 웬일인지 드루이드는 홀리 플레임 같은 기초적인 주문들만 사용하고 있었다.

"거, 빨리 끝내 버리지 않고 뭘 질질 끌고 있는 거지?"

보로미어가 중얼거리자 옆에 다가와 있던 이리스가 말했다.

"흥, 누군 질질 끌고 싶어서 그러겠어? 툼 레이스는 전사가 저주받은 갑옷을 입고 죽었을 때 생기는 괴물이야. 기본적으로 육체는 영혼계 괴물이지만, 입고 있는 갑옷에도 저주의 마력으로 부여된 생명이 깃들여 있다고. 지금 메디나는 갑옷을, 실바누스는 그 안의 영체를 공격하고 있는 거야. 그런데 갑옷에 서린 저주가 사제 주문의 위력을 반감시키니까 시간을 끌 수밖에. 바보같이 잘 알지도 못하면서."

전사는 레인저를 한 대 후려갈기려다 전투중임을 상기하고 대신 말로 쏘아붙였다.

"병신 같은 년. 그렇게 잘 알면 네가 나서서 빨리 끝내 버리지 왜 거기 팔짱 끼고 섰냐?"

그러자 이리스는 입을 삐죽거리며 되받았다.

"흥, 메디나 혼자 잘하고 있는데 내가 왜 필요 없이 끼어들어 위험을 감수해? 내가 너처럼 바본 줄 알아?"

"근데 정말 듣자듣자 하니까……."

보로미어가 참지 못하고 달려들려 하자 닉스가 잽싸게 둘 사이를 막아섰다.

"야, 야! 왜들 그래. 싸우는 사람들을 돕지는 못할망정 왜 우리들끼리 싸우고 난리야, 지금!"

그때 앞쪽에서 '뻐걱' 하는 요란한 소리가 들려와 세 사람은 일제히 고개를 돌렸다.

그것은 메디나의 맹렬한 공격에 툼 레이스의 방패가 산산 조각이 나는 소리였다. 승기를 잡은 드워프가 더욱 거세게 툼 레이스를 몰아쳐간 덕에 약간의 틈을 얻은 실바누스는 뒤로 한 걸음 물러선 다음 조금 복잡한 주문을 외우기 시작했다.

"디스펠(Dispel)!"

드루이드가 반지를 번쩍이며 외치자, 툼 레이스의 몸을 감싸고 있던 갑옷의 색이 일순간 바래는 듯하더니 이내 부슬거리며 삭아들어 가기 시작했다.

"멋지다, 헬트!"

메디나가 환성을 지르며 도끼를 휘두르자, 툼 레이스의 갑옷은 다시 요란한 소리를 내며 수십 수백 조각으로 갈라졌다. 갑옷이 사라진 영체는 이내 홀리 플레임의 푸른 불꽃에 휩싸여 한줌의 재로 타버리고 말았다.

"헬트, 정말 너랑은 호흡이 잘 맞는데."

메디나가 가쁜 숨을 고르면서도 활짝 웃었다.

"전사가 강하면 사제야 당연히 편한 법이지."

실바누스가 겸손히 대답하자 드워프는 고개를 저었다.

"아니, 그런 정도가 아니야. 넌 꼭 오래 전에 내가 알던……."

"메디나, 아직 문이 네 개나 남았어."

드루이드는 갑자기 메디나의 말을 중간에서 끊으며 돌아섰다.

"어, 엉? 그래. 맞아. 아직 네 개나 남았지. 맞아. 가자고, 가."

실바누스의 지적에 정신을 차린 메디나가 서두르는 바람에 일행은 다시 바쁘게 출발 준비를 해야 했다.

보로미어는 툼 레이스가 남긴 재 속에서 뭔가가 번쩍이는 것을 보고 손을 내밀다가 닉스의 제지를 받았다.

"욕심 내지 않는 것이 좋아. 이런 녀석들에게선 절대로 좋은 게 나올 리가 없다고. 보석이나 뭐 그런 거라도 저주가 얽힌 것일 거야."

무슨 말도 안 되는 소리냐고 일축하려던 전사는 옆에서 실바누스마저 고개를 젓고 있는 것을 보고는 내밀었던 손을 슬그머니 집어넣었다.

쉬지도 않고 이어진 강행군이었지만, 이번 전투에 참가하지 않은 닉스와 이리스가 충분히 회복을 하고 있었기 때문에 일행 중 누구도 큰 불평은 없었다.

보로미어는 이동하면서 슬쩍 실바누스 옆으로 다가가 물었다.

"이봐, 어떻게 된 거야?"

"뭐가?"

"아까 골렘은 네 마법이 듣지 않으니 그랬다고 치고, 툼 레이스는 네 힘만으로도 간단히 날려버릴 수 있는 녀석인데 왜 그렇게 시간을 끌었지?"

"그렇게 보였나? 어쩌면 내 힘이란 게 네가 생각하는 것만큼 대단하진 않은가 보지."

"아니. 이건 너답지 않아, 실바누스."

그러자 드루이드는 걸음을 멈추고 하늘을 보며 긴 한숨을 쉬었다.

"왜 그래, 또?"

보로미어가 묻자, 실바누스는 손짓을 해 전사를 가까이 오게 한 다음 귀엣말로 속삭였다.

"혹시 내가 상급 주문들을 쓰지 않고 있는 이유가, 내가 '실바누스'가 아닌 4급 사제인 렉터 '헬트'이기 때문이란 생각은 안해 봤어? 이 멍청한 '잭'아?"

그의 비꼼에 얼굴이 벌게진 보로미어는 잠시 멈춰 서서 주먹을 부르르 떨다가, 고개를 숙인 채 일행의 뒤를 따라 걸음을 재촉했다.

이리스는 그다지 달갑지 않은 표정으로 앞장을 서서 네 번째 미로 속으로 원정대를 이끌고 들어갔다. 보로미어는 물론 다른 대원들 모두 이리스의 태도를 못마땅하게 여기고 있었지만, 그렇다고 레인저 역할을 제대로 하지 않는 것도 아니어서 모두들 입을 다물고 있었다.

그럭저럭 100미터 가량을 전진했을 때, 이리스가 손을 들더니 갑자기 멈춰 섰다.

"앞에 뭐가 있나?"

메디나의 물음에 이리스는 고개를 갸우뚱거리며 말했다.

"글쎄, 뭐가 있는 것 같기도 하고, 아닌 것 같기도 하고."

아리송한 대답에 닉스와 보로미어는 서로의 얼굴을 마주보았다.

"젠장, 뭐가 있다는 거야, 없다는 거야?"

보로미어가 전혀 친근감이 가지 않는 목소리로 되묻자, 레인저는 그를 무시한 채 바닥에 한쪽 무릎을 꿇고 앉았다. 그러곤 5미터 정도 앞에서 왼쪽으로 꺾이고 있는 미로와 나침반을 번갈아 쳐다 보기도 하고 공기의 냄새를 맡아보기도 하며 계속 고개를 갸우뚱 거렸다.

"이리스, 문제가 있으면 말을 해봐."

보다 못한 메디나가 다시 채근하자, 레인저는 그제야 고개를 돌 리더니 입을 열었다.

"아주 이상해. 나침반은 앞쪽에 위험이 있다고 경고를 하는데, 눈으로 보나 소리로 듣나 앞에는 아무런 이상이 없거든."

"너 괜히 딴수작하는 거 아냐?"

보로미어가 뒤에서 을러대자 하플링은 발끈하며 일어섰다.

"네가 지금 이 원정대에서 입이나 열 자격이 있어? 그리고 딴 수작이라니, 대체 무슨 뜻으로 하는 얘기야?"

"그건 네가 더 잘 알 텐데?"

보로미어가 눈을 가늘게 뜨며 대꾸하자 이리스는 '흥' 하고 코 웃음을 치더니 메디나에게 말했다.

"대장, 내 나침반이 은제라 위험의 정확한 종류까지 구별해 주 진 못하지만, 지금까지 경고한 위험이 빗나가 본 적은 없어. 저 앞 쪽엔 분명한 위험이 있어. 하지만 난 그게 뭔질 모르겠어."

메디나는 미간을 찌푸리며 앞쪽을 바라보았다. 보로미어는 이 번 원정을 시작한 이후 처음으로 깊은 생각에 잠긴 그녀의 모습을 보았다. 한참이 지난 후에 드워프는 천천히 입을 열었다.

"만약 뭔가가 있다면……."

대원들은 모두 그녀의 다음 말에 귀를 기울였다. 메디나는 계속 전방에 시선을 고정시킨 채 말했다.

"우리가 전진하면 모습을 드러내겠지."

"뭐? 그거야 당연하잖아!"

뭔가 획기적인 답을 기대하던 보로미어는 드워프의 황당한 결론에 소리를 질렀다. 그러나 메디나는 다른 대원들이 말릴 틈도 없이 이리스 옆을 지나 성큼성큼 앞으로 걸어갔다.

"자, 잠깐!"

"대장!"

닉스와 실바누스가 동시에 소리를 질렀으나, 메디나는 아랑곳하지 않고 계속 나아가더니 길이 꺾이는 곳에서 걸음을 멈췄다. 그녀는 거기서 다른 대원들을 돌아보더니 말했다.

"후후, 여긴 별게 없는 것 같은데?"

메디나의 말에 닉스와 보로미어는 매서운 눈으로 이리스를 돌아보았다.

"그, 그럴 리가……, 하지만……."

이리스가 말을 더듬는 순간, '슈욱' 하는 소리와 함께 메디나의 모습이 시야에서 사라졌다.

"이런! 젠장!"

뒤에 있던 실바누스가 바람처럼 앞으로 달려나가며 외쳤다. 그는 메디나가 서 있던 곳에 다다르자 황급히 무릎을 꿇고 앉았다. 다른 사람들과 함께 드루이드의 뒤를 쫓아 달려간 보로미어는 그곳에 다다르자 무슨 일이 일어났는지를 한눈에 알 수 있었다.

"대장, 괜찮아?"

실바누스가 바닥에 난 커다란 구멍을 들여다보며 소리를 지르자, 그 안의 깜깜한 어둠 속에서 메디나의 투덜거리는 목소리가 메아리쳐 울리며 들려왔다.

"아, 쌍! 빌어먹을! 온몸이 다 젖었잖아!"

곧 이어 첨벙거리는 소리와 메디나의 갑옷이 쩔그럭거리는 소리가 들렸다.

"망할! 함정이었네!"

닉스가 옆에서 투덜거렸다.

"메디나! 몸은 괜찮냐고!"

실바누스가 다시 소리를 질렀다.

"괜찮아. 다친 데는 없는 것 같아. 어서 여기서 꺼내주기나 해!"

깊은 동굴 속에서 들려오는 듯한 메디나의 목소리가 다시 구멍으로부터 솟아올랐다. 목소리로 보아선 정말 크게 다친 곳은 없는 듯 했다. 실바누스가 안도의 한숨을 내쉬며 일어서자, 이리스는 고개를 절레절레 흔들면서 실바누스가 앉았던 자리에 주저앉더니 품안에서 한 뭉치의 가는 밧줄을 꺼냈다.

"대장, 내 말 들려?"

이리스가 밧줄로 매듭을 만들며 외치자, 이내 메디나의 대답이 메아리쳐 왔다.

"그래!"

"자, 지금 밧줄을 내려줄 테니까 이걸 몸 주위에 감으라고!"

레인저는 밧줄 뭉치를 함정 속으로 던져넣으며 소리친 다음 보로미어를 손짓해 불렀다.

"와서 이것 좀 잡고 있어!"

보로미어가 밧줄을 단단히 잡고 구멍 옆에 섰을 때, 아래쪽에서 메디나의 목소리가 들려왔다.

"야, 밧줄이 이렇게 굵으면 어떻게 몸 주위에 감으란 얘기야?"

이리스와 보로미어는 서로를 마주보았다. 이리스는 새끼손가락보다도 가는 밧줄을 다시 만져보더니 함정 속에 대고 외쳤다.

"무슨 소리야? 이게 굵다니!"

그러자 밑에서 메디나의 목소리가 다시 들려왔다.

"그럼 내 팔뚝만 한 로푼데 굵지 안 굵냐? 아, 마법 밧줄인가? 제가 알아서 감기는군. 어? 이건 너무 조이는데. 야, 이리스, 너무 조인다니까. 아아아, 아악!"

마지막 비명을 끝으로 메디나는 갑자기 조용해졌다.

"메디나?"

보로미어가 구멍에 대고 드워프의 이름을 불러봤지만 여전히 아무런 대답이 없었다.

"어떻게 된 거야?"

닉스가 다급하게 다가오며 물었다.

"제기랄, 저 속은 어두워서 아무것도 안 보여!"

보로미어의 말에 닉스는 재빨리 푸른빛의 라이트 글로브를 만들어 함정 안으로 던져넣었다.

"저, 저게 뭐야!"

밝아진 구멍을 들여다본 보로미어는 입을 딱 벌리고 말았다. 함정의 넓지 않은 공간 속에는 거대한 흰 뱀 한 마리가 똬리를 틀고 있었는데, 반쯤은 물에 잠긴 채였다. 메디나가 말한 대로 보로미어의 팔뚝 굵기는 거뜬히 되어보이는 놈이었고 그 이상 되어보이는 부분도 있었다. 그런데 자세히 보니 그 똬리의 맨 위에 낯익은 메디나의 투구가 빠끔히 튀어나와 있었다.

"케이브 서펀트(Cave serpent)! 이거 잘못 걸렸는데!"

얼굴이 파랗게 질린 닉스는 재빨리 일어나 수인을 맺더니 두어 개의 파이어 볼을 쏘아붙였다. 그러나 물에 잠겨 있는 뱀은 불을 조금도 두려워하지 않았을 뿐 아니라 피해도 전혀 받지 않았다.

슉, 슈, 슈슉!

이번엔 이리스가 양손에 단검을 잔뜩 움켜쥐고 던졌으나, 대부분은 서펀트의 단단한 가죽을 뚫지 못하고 튕겨나왔다. 오히려 한두 곳에 박힌 단검 덕에 백사(白蛇)는 기분 나쁜 소리와 함께 더 사납게 메디나를 조여대기 시작했다.

쉬이익! 쉬이익!

"매직 애로!"

다시 닉스가 주문을 풀자 수십 개의 화살들이 번쩍이며 날아갔다. 그러나 레인저의 단검과 마찬가지로 역시 대부분이 튕겨나왔다.

"빌어먹을, 어쩌지. 조금만 더 있으면 메디나는 질식해서 죽고 말 거야."

이리스도 얼굴이 하얗게 되어 두 손으로 함정의 가장자리를 꽉 움켜쥐었다.

보로미어는 그제서야 상황의 심각성을 느끼기 시작했다. 원정 대장이 죽으면 어떤 일이 일어나는지 메아리 숲에서 겪어보아 잘 아는 그였다.

"헬트, 어떻게 하지?"

닉스가 실바누스를 돌아보며 묻는 순간, 보로미어의 커다란 덩치는 이미 함정 속으로 떨어지고 있었다. 닉스와 이리스가 반사적으로 손을 뻗쳤으나 이미 늦은 일이었다.

뱀의 똬리 위로 떨어진 전사는 빨간 눈의 뱀 머리가 혀를 날름거리며 덮쳐오자 일단 방패를 내밀어 막았다. 그러자 서펀트의 머리도 뒤로 튕겨나갔지만 보로미어 역시 그 충격으로 미끄러지고 말았다. 떨어지지 않으려고 반사적으로 내민 전사의 오른손에 뱀의 몸에 박혀 있던 레인저의 단검이 잡혔다. 전사는 거기에 매달려 가까스로 다시 똬리 위로 기어올라 간 다음, 박혀 있던 단검을 뽑아 뱀의 몸통을 마구 찔러대기 시작했다. 그러나 돌벽에 단검을 박아넣던 보로미어의 힘으로도 서펀트의 단단한 껍질은 쉽게 뚫리지 않았다.

"조심해!"

위에서 실바누스의 목소리가 들려왔다. 고개를 들자 서펀트의 머리가 다시 공격을 해오고 있었다. 녀석의 엄청난 속력에 전사는 급한 대로 오른팔을 들어올렸다.

"아악!"

쩍 하니 벌어진 뱀의 아가리가 오른팔을 어깨까지 덥석 무는 바람에 보로미어는 짧게 비명을 질렀지만, 오히려 그 틈을 이용하여 두 다리를 뱀의 목에 단단히 감을 수가 있었다. 다리에 지그시 힘을 주자 서펀트의 입이 서서히 벌어지며 피투성이가 된 오른팔이 자유롭게 되었다.

"이 덩치만 큰 지렁이 녀석!"

이젠 양팔과 양다리를 뱀의 목에 단단히 감은 전사는 있는 힘을 다해 놈의 목을 조이기 시작했다. 오른팔이 약간 시큰거렸지만 그 정도의 통증엔 익숙한 보로미어였다.

"이 바보야, 네가 뱀을 질식시키기 전에 메디나가 죽겠다!"

위에서 이리스가 목청이 터져라 소리를 질렀다.

"쳇, 병신 같은 년. 누가 목 졸라 죽이려고 그러나?"

보로미어는 혼잣말로 투덜거리고 나서, 뱀의 목에 감고 있던 사지에 다시 힘을 넣었다.

"으아아아아, 발하알……라아아아!"

전사가 기를 모으자 뱀의 머리가 '우드드득' 소리를 내며 몸으로부터 뜯겨나왔다. 그러자 뱀의 목에서 분수처럼 솟구친 검붉은 피가 보로미어를 적심과 동시에 단단히 감겨 있던 똬리가 풀리며 정신을 잃은 메디나가 굴러나왔다.

"웨퉤퉤!"

찝찔한 뱀의 피가 코와 입 속으로까지 들어오는 바람에 잠시 멈칫했던 전사는 물 속으로 엎어지는 메디나를 나꿔채 들쳐업은 다음 위에서 늘어뜨린 밧줄을 찾아 거머쥐었다. 그는 아직도 물 속에서 꾸불텅대는 뱀의 허연 몸통을 힘껏 걷어차면서 위를 향해 외쳤다.

"자, 이젠 우릴 끌어올려 줘."

그러자 밧줄이 팽팽해지면서 위에서 닉스의 투덜거림이 들려왔다.

"젠장, 왜 하필 저 덩치 둘이냔 말이야!"

피범벅인 채로 가까스로 구멍에서 기어나온 보로미어가 메디나를 내려놓자, 실바누스는 먼저 회복 주문으로 그녀를 치료했다.

정신이 든 메디나는 몸을 털고 일어나 앉으며 말했다.

"어이구, 머리야. 그런데 왜 아무것도 기억이 나지 않지? 아니, 내가 어떻게 다시 올라왔지? 아이고 머리야."

실바누스는 이어서 보로미어의 어깨를 살펴보다가 흠칫 놀라는 표정을 지었다. 전사의 팔이 어느새 깨끗이 아물어 있었던 것이다.

"이게 어떻게 된 거지?"

보로미어가 자신의 어깨를 보면서 묻자 실바누스도 고개를 갸웃거렸다.

"글쎄. 이건 좀 이상한데?"

그러나 기운을 차린 메디나가 재촉을 하는 바람에 일행은 다시 출발 준비를 시작해야 했다. 께름칙한 기분에 어깨를 어루만지고 있던 보로미어에게 닉스가 다가왔다.

"이봐, 너 정말 용사급 맞아? 아니 어떻게 용사급 전사가 케이브 서펀트를 종잇장처럼 찢어발길 수 있는 거지?"

"그럼 맨손으로 베어 죽이리?"

보로미어가 퉁명스레 대꾸하자, 닉스는 고개를 흔들더니 앞쪽으로 걸어갔다. 앞을 보니 이리스는 은 나침반을 집어넣고 다시 금 나침반을 꺼내들고 있었다. 물론 아까 그녀의 경고를 심각하게 받아들이지 않았다가 혼이 난 메디나는 아무 소리도 하지 못했다.

다시 전진을 시작한 일행은 서너 번 더 꺾이는 길을 따라간 다음 이리스의 신호로 멈춰 섰다.

"흐흐흐, 역시 금 나침반의 힘은 대단하군. 여기서 문까지는 300미터쯤 남았는데, 그 사이에 웬 녀석들이 떼거리로 몰려 있어."

이리스의 말에 메디나가 물었다.

"어떤 놈들인데?"

"툼 가드 종류인데, 한 일고여덟 정도? 큰 건 없어."

"좋아, 그럼 이번엔 선제 공격이다."

메디나가 도끼를 꺼내들며 앞장을 서자 뒤에서 실바누스가 말했다.

"대장, 조심해. 이제 내 회복 계열 주문은 하나밖에 안 남았어."

그러자 드워프는 뒤를 돌아다보고 씩 웃더니 닉스에게 손짓을 했다. 모퉁이에 서서 숨을 고른 그녀가 힘찬 고함과 함께 달려나가자 닉스와 이리스가 그 뒤를 바짝 따랐다.

그들의 뒤에서 모퉁이를 돈 보로미어의 눈에는 미로를 가로막고 서 있는 여덟 명의 진흙 병사가 들어왔다. 앞쪽에 넷, 뒷줄에 넷이었다. 따로 들고 있는 무기는 없었지만 그래도 촘촘히 어깨를 마주대고 도열한 채 길을 단단히 지키는 모양새였다.

보로미어가 모퉁이를 돌았을 때 이미 메디나는 앞에 서 있던 한 녀석을 향해 무자비한 도끼를 휘두르고 있는 참이었다. '파악' 하는 소리와 함께 툼 가드는 아예 가루가 되어버렸고, 거의 동시에 닉스가 발사한 매직 볼트(Magic bolt) 역시 그 옆에 있는 다른 하나의 가슴을 꿰뚫었다.

쉬이이잉!

이리스의 부메랑도 날카로운 소리를 내며 날아가 닉스의 매직 볼트에 맞은 녀석의 목을 무 자르듯 잘라버렸다.

"헬트, 이건 뭐 조심하고 자시고 할 것도 없잖아! 으익! 이게 뭐야!"

신이 나서 소리지르던 메디나는 깜짝 놀라며 뒷걸음질을 쳤다. 분명히 가루로 박살이 났던 툼 가드가 다시 뭉치며 일어서고 있었다. 닉스와 이리스가 쓰러뜨렸던 녀석도 마찬가지였다.

"라, 라이트닝!"

당황한 닉스가 라이트닝의 주문을 펴자, 앞줄에 서 있던 넷 중 셋이 '펑' 하는 소리와 함께 터져버렸다. 그러나 땅에 굴렀던 조각들과 흙먼지는 이내 다시 모여들었고, 원정대 앞에는 여전히 여덟 명의 툼 가드가 버티고 서 있었다.

"젠장, 뭐, 뭐가 이래!"

메디나가 말을 더듬는 순간 앞줄의 툼 가드들이 일제히 달려들었고, 메디나와 닉스, 이리스는 순식간에 혼전에 휩싸였다. 녀석들 하나하나는 전혀 힘든 상대가 아니었지만 아무리 쓰러뜨려도 다시 일어나 덤벼드는 데야 상급 서열인 메디나라도 속수 무책일 수밖에 없었다.

덩달아 보로미어도 어쩔 줄을 모르고 있는데, 옆에서 실바누스가 손을 치켜들었다.

"트루 비전(True vision)!"

드루이드의 반지가 번쩍이자 전사는 이번엔 또 어떤 마법일까 하는 생각에 툼 가드 쪽을 바라보았다. 그러나 놈들은 여전히 다른 대원들과 끈질기게 엉켜 있을 뿐이었다.

"뒷줄 오른쪽에서 두 번째 놈을 쳐!"

실바누스가 메디나를 향해 외쳤지만, 그녀를 포함하여 어느 누구도 접전을 벌이고 있는 녀석들을 떨쳐버릴 여유가 없었다. 세 명이 한번에 쓰러뜨릴 수 있는 툼가드는 둘뿐이었는데, 일단 둘을 쓰러뜨리고 나면 먼저 쓰러졌던 둘이 다시 일어나 덤벼드는 형세기 때문이었다.

보로미어는 더 이상 지켜볼 수가 없어 방패를 움켜쥐고 앞으로 달려나갔다.

"돌아와! 이 바보야!"

뒤에서 실바누스가 외쳤지만 전사는 멈추지 않았다.

메디나 등이 엉겨 있는 옆을 지나 뒷줄로 달려들던 전사는 얌전히 서 있던 툼 가드들이 갑자기 주먹을 내미는 바람에 몸을 움츠렸다. 네 개의 주먹 중 둘은 방패로 막을 수 있었지만, 나머지 둘은 가슴과 옆구리에 묵직하게 들이꽂혔다.

"아아악!"

반사적으로 짧은 비명을 지르며 허리를 굽히던 보로미어는 이상한 기분에 고개를 들었다. 방금 공격당한 곳이 전혀 아프지 않았던 것이다. 얼떨떨한 기분으로 멍하니 서 있는데, 이번엔 네 개의 발이 날아왔다. 다시 한번 전신을 두드려맞았지만 역시 아무런 고통도 느낄 수 없었고 피해도 전혀 없었다.

"이 멍청이, 어서 피해!"

뒤에서 드루이드가 다시 외쳤다. 그 소리가 조금 가까이서 들린 듯해 돌아보자 실바누스는 난전을 벌이고 있는 메디나와 이리스 사이를 위험스럽게 헤치며 다가오고 있었다. 아마도 멀리서는 보로미어가 네 명의 툼 가드들에게 집중적으로 두드려 맞고 있는 것으로 보인 모양이었다.

'하지만 아무리 그래도 그렇지, 장갑도 없는 드루이드가 저렇게 전투장으로 뛰어들다니.'

"치이, 멍청하긴 제가 더하구먼."

보로미어는 입을 비죽거리며 툼 가드들을 향해 몸을 돌렸다. 전사는 비오듯 쏟아지는 놈들의 공격을 고스란히 무시하며 여유롭게 오른쪽 두 번째 툼가드를 찾은 다음, 주먹으로 그 면상을 힘껏 후려갈겼다. 툼 가드는 휘청하며 비틀거렸지만 쓰러지지는 않았다.

'제기랄, 칼 한 자루만 있어도 한번에 보낼 수 있는 건데.'

전사가 혀를 차며 두어 번 더 주먹을 휘두르자 '퍼억' 소리와 함께 놈의 머리가 고운 흙가루를 날리며 바스라졌다. 동시에 옆에 있던 나머지 셋의 머리도 동시에 터지며 가루가 되었다. 뒤를 돌아보니 메디나와 닉스, 이리스도 뿌연 흙먼지 속에서 엉거주춤한 자세로 서 있었다.

이어지는 정적을 먼저 깬 것은 바로 보로미어의 뒤까지 와 있던 실바누스였다. 허겁지겁 회복 주문을 펴려던 드루이드는 전사가 멀쩡한 것을 보더니 황당한 표정을 지었다.

"뭐야? 왜 호들갑을 떨고 그래?"

전사가 먼지를 털며 말했으나, 드루이드는 믿을 수 없다는 듯 그의 몸을 더듬었다.

"아, 참. 난 괜찮다니까!"

보로미어가 그의 손을 뿌리치자, 실바누스는 고개를 갸우뚱거리며 그를 쳐다보다가 몸을 돌려 다른 대원들에게 걸어갔다.

"헬트, 도대체 이놈들은 뭐였어?"

헐떡이는 메디나가 묻자, 드루이드는 그녀의 상태를 점검하며 대답했다.

"보다시피 툼 가드잖아."

"그건 나도 알아!"

"그냥 보통 툼 가드에 멀티플리서티(Multiplicity) 마법이 걸려 있던 것뿐이야."

"멀티플리서티?"

"분신을 만드는 주문이지. 뭐든 하나만 있으면 똑같은 모양과 능력의 괴물을 얼마든지 만들어낼 수 있어. 특이한 건, 그 원형이 죽기 전에는 분신들이 절대로 죽지 않는다는 거야. 모르고 덤비면 불사신과 싸우는 꼴이 되는 거지. 그 마법을 꿰뚫어볼 수만 있으면 원형을 찾기는 쉬운 일이야. 대장은 그냥 회복수로 되겠다."

닉스와 이리스의 부상도 심하지 않아 회복수로 간단히 처리가 되었고, 원정대는 지체없이 행군을 시작했다.

실바누스는 보로미어 옆에서 뭔가 골똘히 생각을 하며 걷다가 갑자기 물었다.

"아까 그 케이브 서펀트는 흰색이었지?"

"눈이 멀었냐? 그 지렁이가 흰색이었던 건 우리 모두 본 거 아냐."

보로미어가 대꾸하자, 실바누스는 짧은 탄성을 올리며 말했다.

"그럼 그렇지! 눈에 보이는 것만을 믿진 말라는 말은 바로 이런 때 써야 할 말이로군. 이제야 모든 게 풀렸어."

"뭐가?"

"네 상처가 저절로 나은 것이며, 아까 툼 가드들에게 두드려맞고도 멀쩡했던 거며."

"쳇, 나쁜 일도 아닌데 그냥 그런가 보다 하면 됐지, 그 이유까지 또 알아야 해?"

"하긴."

보로미어가 반사적으로 툴툴거리자, 드루이드는 고개를 끄덕이며 입을 다물었다.

"……"

"……"

그러나 막상 실바누스가 조용해지고 나자 그 이유가 사뭇 궁금해진 보로미어는 헛기침을 한 후 물었다.

"뭔데? 그 이유가?"

그러자 실바누스는 입가에 가느다란 웃음을 흘렸다.

"후후, 넌 말이지, 어떤 때 보면 참 귀여운 데가 있는 녀석이야."

"귀엽건 징그럽건, 그 이유나 어서 말해 봐."

"조금 있다가."

드루이드는 전사의 말을 막으며 앞을 가리켰다. 돌아보니 어느새 계단에 다다른 메디나가 보로미어를 향해 손짓을 하고 있었다.

"제기랄!"

보로미어는 투덜거리며 계단을 올라가 문 손잡이를 잡았다. 방패를 단단히 올리고 문을 열자 밝은 빛이 흘러나왔다.

"뭐야, 이건?"

눈을 찡그리며 방 안을 들여다보자, 역시 검은 제단 위에 빛나는 두루마리 하나가 놓여 있는 것이 보였다.

"뭔진 몰라도 괴물은 아니네."

어느새 계단을 올라온 닉스가 중얼거리며 달려가더니 두루마리를 집어들었다. 그는 두루마리를 펼쳐 들여다보더니 펄쩍펄쩍 뛰기 시작했다.

"아이언 게일(Iron gale), 아이언 게일이야!"

계단을 내려온 닉스는 다시 중앙 광장으로 돌아오는 동안 믿어지지 않는다는 듯 두루마리를 들여다보고 또 들여다보았다.

여전히 자신이 쓸 수 있는 무기를 얻지 못해 뿔이 나 있던 보로미어가 실바누스에게 물었다.

"제기랄, 도대체 저게 뭔데 그래?"

"아이언 게일의 주문이 적힌 두루마리야."

"그건 나도 들었어."

"후후, 위저드들은 서열이 오르면 그에 따라서 새로운 마법을 배우게 돼. 물론 공짜는 아니고, 나름대로 대도서관에서 봉사를 하며 공부를 해야 자유롭게 주문을 쓸 수 있게 되거든. 하지만 저런 주문서를 손에 넣게 되면 그런 과정을 거치지 않아도 새 주문 하나를 얻을 수 있는 거야. 게다가 아이언 게일 같은 복합 주문은 상급 서열이 되어야만 배울 수 있는 건데, 4급 메이지인 닉스로선 완전히 한 건 건진 셈이지."

"복합 주문?"

"정령 마법이나 에네르기 마법도 있지만, 위저드 마법 중 기초는 엘러멘틀 매직이야. 불, 바람, 나무, 쇠, 흙의 다섯 가지 원소를 이용하여 차크라의 힘을 쓰는 거지. 원래는 한 가지 마법에 한 가지 원소만을 사용할 수 있지만, 상급 서열이 되면 이들을 섞어서 훨씬 더 위력적으로 사용할 수 있어. 아이언 게일은 그런 복합 주문 중 하나야."

"젠장, 아예 묻지를 말아야지. 복합인지 복잡인지 난 영 모르겠다."

보로미어가 툴툴대자 드루이드가 빙긋 웃으며 물었다.

"또 궁금한 건 없어?"

"없어, 인마……. 아, 아니, 아까 그건 어떻게 됐다는 거야? 왜 내가 전혀 다치질 않았던 거지?"

실바누스는 계속 엷은 미소를 띠고 전사를 바라보았다.

"후후, 굳이 원인을 찾자면 닉스의 착각을 들 수 있겠지."

"닉스?"

예상 밖의 대답에 전사는 어리둥절한 표정을 지었다. 실바누스가 계속했다.

"그 녀석이 처음에 케이브 서펀트라고 말하는 바람에 나도 잠시 섞갈렸어. 케이브 서펀트라니! 하긴 그렇게 보이니까 그랬겠지만, 그 뱀은 절대로 케이브 서펀트가 아니었다고."

"왜?"

"흰색이라면 당연히 케이브 서펀트겠지. 하지만 그 뱀은 흰색이 아니었거든."

드루이드의 말에 보로미어는 고개를 저었다.

"웃기지 마. 그건 말도 안 되는 소리야. 그 녀석이 흰색인 건 내 눈으로 똑똑히 봤어."

"아하! 하지만 그건 닉스의 라이트 글로브 불빛 아래서 본 거지. 그게 아마도 청색광이었지?"

"……."

"청색광 아래서 흰색으로 보이는 뱀이라면 하얀 케이브 서펀트가 아니라 푸른색인 코발트 서펀트겠지. 안 그래?"

"흠, 그래서?"

"후후, 코발트 서펀트는 아주 희귀한 동물이야. 게다가 그 피는 치유력과 함께 마법 공격을 제외한 모든 물리적 공격을 막아주는 신비한 힘이 있거든. 간단히 말해서 넌 지금 철인이 된 거야."

황당해진 보로미어는 걸음을 멈추며 되물었다.

"뭐라고?"

"말했잖아. 어떤 물리적 공격도 너에게 상처를 주진 못한다고. 마법 공격만 아니라면."

드루이드가 되풀이해 말하자, 전사는 잠시 생각을 해보다 물었다.

"그럼 이 갑옷이나 방패를 버려도 된단 말이야?"

"아니, 아니지. 그 갑옷은……."

실바누스는 허둥지둥 말을 꺼내다 주춤하더니, 피식 웃음을 흘렸다.

"나쁜 녀석. 하마터면 네 수작에 넘어가 다 털어놓을 뻔했군. 하지만 이건 놀라운걸? 네가 그런 잔머리를 다 쓸 줄 알다니, 이건 전혀 내가 아는 보로미어답지 않아."

"쳇. 내 이름은 보로미어가 아니라 잭이야, 이 멍청한 녀석."

갑옷의 비밀을 알아내려던 작전이 보기 좋게 간파당하자 보로미어는 퉁명스레 대꾸하고는 다시 걸음을 옮겼다. 그러자 실바누스가 총총 따라오면서 말했다.

"잠깐, 그래도 이 얘긴 들어야 돼. 코발트 서펀트의 피는 놀라운 효력이 있긴 하지만 그 지속 시간이 일정치 않다는 단점이 있어. 한 시간이 될지 일주일이 될지 아니면 1년이 될지 전혀 알 수 없다는 거지. 그러니까 그걸 너무 믿어선 안 돼."

"쳇, 아예 없느니만 못하군."

"그리고 또 한 가지. 다른 대원들에겐 아까 그것이 코발트 서펀트였다는 얘기는 하지 않는 게 좋겠어."

"왜?"

"네 녀석을 우쭐하게 만들고 싶은 생각은 추호도 없지만, 사실 용사급인 3급 전사가 맨손으로 케이브 서펀트를 죽이는 것만 해도 평범하진 않은 일이야. 하물며 코발트 서펀트라면, 그건 메디나 정도 되는 상급 서열도 하기 힘든 일이라고. 넌 가이우스의 일이 해결될 때까지는 눈에 띄는 짓은 하지 않는 게 좋아. 여기 이 친구들이 널 기억해서 우리에게 도움이 될 것은 하나도 없단 말이야."

실바누스는 말을 마치며 앞서 가고 있는 다른 대원들 쪽을 슬쩍 바라보았다.

"젠장할! 너랑은 뭐 하나 간단한 게 없냐?"

전사가 툴툴거리자, 실바누스는 덤덤하게 대꾸했다.

"넌 좀 복잡해질 필요가 있는 놈이야."

중앙 광장에 다다른 일행은 잠시 둘러앉아 휴식을 취했다. 특별히 회복이 필요한 대원이 있었던 것은 아니었지만, 닉스가 주문을 익힐 수 있는 시간을 요청했기 때문이었다.

닉스가 한쪽에서 아이언 게일의 두루마리를 펼쳐놓고 끙끙대는 동안 나머지 네 사람은 동그랗게 둘러앉아 앞으로의 일을 논의했다. 이리스가 먼저 말을 꺼냈다.

"난 솔직히 더 이상 위험을 감당하는 게 바보 같은 일이라고 생각해. 카퍼 골렘과 툼 레이스는 어찌어찌 넘어갔지만, 대장은 두 번이나 거의 죽을 뻔했고 나도 심한 중독을 당했잖아. 헬트의 주문도 한계가 있으니 이젠 적당히 그만둘 때도 된 거 아냐?"

보로미어가 한 마디 해주려는 순간 메디나가 먼저 입을 열었다.

"이봐, 이리스, 꿈 깨라, 깨. 아까도 말했지만 난 전멸하는 한이 있더라도 이번 원정은 끝장을 볼 작정이야. 내가 이번 원정을 위해서 몇 달이나 기다렸는지 넌 몰라. 그러니 지금 와서 그만두니 어쩌니 하는 얘기는 꺼내지도 마."

레인저는 얼굴을 살짝 붉혔지만, 더 이상 말을 늘이진 않았다.

실바누스가 말했다.

"이제 남은 문은 네 개야. 3층으로 이어지는 저 높은 계단을 제외한다면 실제로 남은 건 세 개뿐이지. 그것만 끝나면 이번 원정의 목표는 성공인 거라고. 하지만 어차피 오늘 안에 다 마무리하긴 글렀고 또 밤도 가까워오기 시작했으니, 오늘은 여기서 그만하고 야영을 하는 게 어때? 닉스의 차크라도 회복할 필요가 있잖아. 큰 변수만 없다면 내일 안으로 이 탑을 뜰 수 있을 거야."

메디나가 고개를 끄덕였다.

"좋아. 그럼 오늘은 일찍 쉬도록 하자."

"흥, 쉬기만 하면 단가? 남아 있는 그 세 개의 문 중 하나에는 고르곤이 있다는 걸 잊지 말아야지. 그리고 케르베로스는 어떻고. 녀석이 뱉어대는 위액에 닿으면 내 부메랑이나 대장의 도끼나 모두 속수 무책이라는 걸 몰라?"

이리스가 다시 따지듯 묻자 실바누스가 자신 있게 말했다.

"후후, 아무리 고르곤이라도 이젠 승산이 있어. 그리고 케르베로스는 대책이 있으니 걱정 마."

"대책 좋아하시네."

이리스의 빈정거림에 보로미어는 못마땅한 눈으로 그녀를 쏘아보았으나, 실바누스가 슬쩍 가만히 있으라는 손짓을 하는 바람에 일단 입을 다물었다.

"실은 아껴둔 주문이 있어. 잭이 도와주면 케르베로스는 간단히 막을 수 있다고."

실바누스가 적당히 얼버무리며 넘어가려 했으나 이리스는 그렇게 두질 않았다.

"흥, 저 멍청이가 돕긴 뭘 도와?"

누가 말릴 틈도 없이 보로미어의 덩치는 레인저를 덮쳤고 메디나와 실바누스는 한동안 소란을 떨고 나서야 보로미어와 이리스를 떼어놓을 수 있었다.

"이게 무슨 짓이야!"

메디나가 얼굴을 붉히며 꾸짖었지만, 보로미어도 이리스도 서로에게 큰소리로 욕을 해대며 좀처럼 싸움을 그치려 하지 않았다.

"지금 당장 그만두지 않으면 둘 다 비트라 쿰으로 돌아간 후 총독에게 넘겨버릴 거야."

두 사람은 드워프 여전사가 정말로 성이 나 고래고래 소리를 지르자 일단 조용해졌다. 그러나 둘 다 여전히 얼굴을 붉히고 서로를 노려보고 있었다.

"됐다, 됐어!"

그때 옆에서 닉스가 신이 난 목소리로 외쳤다. 돌아보니 두루마리가 눈부신 빛을 뿜으며 그의 손에서 사라지고 있었다.

"마스터링에 성공했어. 이제 아이언 게일의 주문은 내 거야. 흐흐, 오늘은 차크라가 모자라 쓸 수 없지만, 내일 차크라가 회복되면 한번쯤은 쓸 수 있다고."

"자, 그럼 여기 앉아 있어 뭘 해? 어서 자자, 모두들 제발 자자고!"

안 그래도 골치가 아프던 메디나가 후딱 갑옷을 벗어제치며 말했다.

다음날 아침이 되어 눈을 뜬 일행들은 말없이 장비를 챙겨 일어섰다. 보로미어와 메디나, 그리고 이리스는 크게 체력을 소진했던 것이 아니었으므로 하룻밤의 휴식으로도 대부분 회복이 되었다. 그러나 닉스의 차크라는 원래가 단기간의 휴식으로 복구되는 성질의 것이 아닌 데다가 어제 워낙 소모가 심했던 탓에 완전한 회복을 기대하긴 힘들었다.

"닉스, 어때, 괜찮아?"

메디나가 묻자 닉스는 씨익 미소를 지으며 엄지손가락을 치켜들었지만, 자신도 밤의 휴식이 충분치 못했던 것을 느끼고 있는지 긴장된 표정을 완전히 감추지는 못했다.

"헬트, 넌 어때?"

대장의 물음에 실바누스는 어깨를 으쓱하더니 말했다.

"어떻긴 뭐. 사제 주문은 신전에 들러 정식 제례를 올리기 전에는 완전히 재생되지 않는 거 알잖아."

그의 대답에 메디나는 입맛을 다시더니 고개를 돌렸다.

모두의 준비가 끝나자, 메디나는 조금의 시간도 낭비하지 않고 곧장 출발했다.

다섯 번째 문으로 향하는 통로는 이상하게 고요했다. 처음엔 자신 있게 나가던 이리스도 너무나 조용한 것이 이상했는지 조금씩 주춤거리기 시작했다.

"왜 이러지? 하다못해 고블린 한 마리라도 있어야 할 거 아냐?"

닉스가 중얼거리자 메디나가 빙긋 웃음을 지으며 말했다.

"호호, 이거 큰 놈인가 보다. 고르곤이 분명해."

그녀의 말에 대원들은 다시 내키지 않는 걸음을 옮겼고, 특히 이리스는 불편한 속내를 애써 감추려 하지 않았다. 잠시 후 일행은 미로의 끝에 다다라 다른 문들과 크게 달라보이지 않는 검은 문과 마주하고 섰다.

머뭇거리던 보로미어는, 실바누스가 어깨를 두드리는 바람에 마지못해 계단을 올라가 문의 손잡이를 잡았다. 불안한 마음에 뒤를 돌아보자 메디나가 양손으로 도끼를 움켜쥐고서 크게 고개를 끄덕이고 있었다. 다시 문으로 눈을 돌린 전사는 크게 숨을 들이마신 다음 손잡이를 돌리려 했으나, 갑자기 손이 움직이지 않았다. 그림자 동굴에서 자신에게 달려들던 고르곤의 뜨거운 숨결과 그 뿔 끝의 날카로움이 생생하게 되살아났기 때문이었다.

한동안 보로미어가 문을 열지 못하고 있으려니 계단 아래에서 이리스가 외쳤다.

"이 멍청아! 뭐하는 거야?"

전사가 이를 갈며 뒤를 돌아보자 실바누스가 말했다.

"잭, 괜찮아, 네 자신을 믿어!"

"빌어먹을!"

보로미어는 다시 고개를 돌린 다음 입 속으로 욕설을 중얼거리며 힘껏 손잡이를 돌렸다.

잠시 동안 문 안에서는 아무런 기척이 없었다. 그러나 안을 들여다보려고 걸음을 내딛는 순간, 화끈한 열기가 덮쳐왔다. 보로미어는 반사적으로 방패를 들어올렸지만 실드 오브 리펠링은 상대의 공격을 튕겨내기는 해도 화염을 막아주는 힘은 없었다.

순식간에 열기에 밀려 계단 아래로 굴러떨어진 보로미어가 정신을 차린 것은 몸에 붙은 불을 끄기 위해 몇 번이나 바닥에 구른 다음이었다.

"제기랄! 역시 고르곤이었어!"

보로미어는 재빨리 일어서면서 소리를 질렀다. 역시 영악한 놈이었다. 녀석은 직접 부딪히면 방패의 힘에 의해 자신이 당하리라는 것을 알고 있었던 것이다. 정말 녀석에게 그 정도의 지능이 있는지 아닌지의 문제를 떠나서 보로미어는 일단 그렇게 믿었다.

앞쪽에서는 이미 메디나가 녀석과 정면으로 맞서 있었다. 그러나 기세 등등한 외뿔소 앞에 도끼를 들고 선 그녀의 모습은 왠지 모르게 왜소한 느낌을 주었다. 이리스는 메디나 뒤에 부메랑을 쥐고 서 있었고 실바누스와 닉스는 그들과 보로미어 사이에 서 있었다. 고르곤에게 집중되어 있는 대원 모두의 팽팽한 긴장은 그 형체가 눈에 보일 정도였지만, 막상 고르곤은 느긋한 태도로 발굽을 구르며 벌겋게 달아오른 눈으로 주변을 돌아보기만 했다.

그러나 이미 한번 녀석을 겪어본 보로미어는 그런 느릿느릿한 움직임 뒤에 이어질 험악한 공격을 잘 알고 있었기에 저도 모르게 몸을 떨었다. 드루이드인 실바누스는 녀석을 직접적으로 공격할 주문은 쓸 줄 모를 테고, 아무리 상급 서열이라지만 메디나도 자신을 보호하는 정도 이상의 공격은 힘들 것이다. 이리스와 닉스는 그것도 어려울 테고…….

걱정에 싸여 있던 보로미어는 들고 있던 방패가 벌겋게 녹아내리고 있는 것을 보고 깜짝 놀랐다. 아까 고르곤이 내뱉은 불길을 결국 버텨내지 못했던 것이다. 그러나 이상하게도 그것이 뜨겁다는 느낌은 전혀 들지 않았고, 다시 생각해 보니 조금 전 불에 탔던 부위에도 전혀 통증이 없었다.

"그렇구나……."

지금의 자신에게는 마법을 제외한 어떠한 공격도 무용지물이란 것을 새삼 상기하면서 전사는 새로운 힘이 불끈 솟는 것을 느꼈다. 그러나 흉물스레 우그러진 실드 오브 리펠링을 내던지며 어깨를 펴고 나자, 언뜻 자신이 맨손이란 사실이 머리를 스쳤다.

아무리 철인이라도 맨주먹으로 고르곤의 철갑을 뚫을 수는 없는 일이다.

"제기랄!"

이를 갈며 앞을 쳐다보는 순간 고르곤이 닉스를 향해 시뻘건 불덩이를 토해 냈다. 동시에 메디나가 달려들었고, 이리스의 부메랑이 공중을 날았다. 보로미어는 닉스가 화염에 휩싸이는 것을 보고 멈칫했으나 클로크 오브 파이어 프로텍션을 입고 있다는 것을 상기하고는 마음을 놓았다.

고르곤은 불을 뿜자마자 슬쩍 머리를 숙여 부메랑을 피하더니 이내 다시 고개를 돌려 뿔로 메디나의 도끼를 막았다.

쨍!

날카로운 금속음과 함께 메디나의 도끼가 고르곤의 뿔과 충돌하며 눈부신 불꽃이 사방으로 튀었다. 그러나 녀석의 쇠기둥 같은 네 다리가 굳건히 버티자, 오히려 메디나가 주춤거리며 서너 걸음 뒤로 밀렸다. 다음 순간 고르곤이 번개처럼 앞으로 내달았다. 드워프는 간신히 몸을 틀어 그 예리한 뿔 끝을 피했으나, 대신 외뿔소의 육중한 몸통과 충돌하면서 뒤쪽으로 주욱 밀려 나뒹굴었다.

메디나를 날려버린 고르곤의 눈이 자신을 향하자 이리스는 재빨리 레인저 워크를 쓰며 복도의 반대편으로 몸을 피했다. 덕분에 닉스와 실바누스가 고르곤과 가장 가까운 거리에 서게 되었고, 놈은 지체없이 무방비 상태의 닉스를 향해 방향을 돌렸다.

"안 돼!"

보로미어는 반사적으로 위저드에게 달려갔지만 시간상 이미 늦었다는 것을 느낄 수 있었다.

이해할 수 없는 것은 닉스의 반응이었다. 녀석은 조금도 피할 생각을 않고 꼿꼿이 서서 달려오는 고르곤을 정면으로 마주보고 있었다.

'바보 같은 녀석! 일단 한번이라도 피하면 충분한 시간을 벌 수 있잖아!'

보로미어가 달려가면서 소리를 지르려는 순간, 닉스는 괴상한 수인을 맺은 두 손을 머리 위로 쳐들었다.

"아이언 게일!"

닉스 주위의 공간이 수인을 맺은 손을 중심으로 잠깐 동안 수축하는 듯했다.

피아아앙!

다음 순간 날카로운 파열음과 함께 한 줄기 거센 바람이 위저드의 손에서 뻗어나오더니, 무시무시한 기세로 고르곤을 휘감아 들어갔다.

끼끼끼이잉!

쇠와 쇠가 갈리는 기분 나쁜 소리가 사방을 가득 메우자, 달려오던 고르곤이 갑자기 걸음을 멈추고 몸을 뒤틀기 시작했다. 피할 틈도 주지 않고 몰아대는 바람은 놀랍게도 고르곤의 두꺼운 피부를 조금씩 깎아내고 있었다. 웬만한 무기로는 흠집도 나지 않는 그 철갑이 마치 바람에 날리는 모랫가루처럼 부슬거리며 흩어지고 있었던 것이다.

고르곤은 괴로운 듯 버둥거리며 아이언 게일의 광풍에서 벗어나려고 했지만, 닉스는 계속 손을 놀려 녀석을 바람의 힘 안에 가두어놓았다. 놀란 보로미어가 입을 벌리고 바라보는 가운데 고르곤의 가죽은 어느새 고운 쇳가루가 되어 사라지고 있었다. 옆을 보니 몸을 추스르고 일어선 메디나도 닉스가 펼친 주문의 위력에 놀랐는지 도끼를 짚고 서서 멍하니 위저드와 고르곤을 바라만 보고 있었다.

그런데 고르곤이 비틀거리며 쓰러지기 일보 직전에 아이언 게일은 갑자기 멈췄고, 엉뚱하게도 닉스가 바닥에 주저앉았다. 예상치 못했던 돌발 사태에 모두 당황한 순간, 고르곤은 무시무시한 속도로 닉스를 향해 내닫기 시작했다. 이리스의 비명과 함께 메디나가 던진 도끼가 녀석의 엉덩이를 파고들었지만 녀석은 고개를 숙여 청회색 뿔을 수평으로 내린 채 조금의 머뭇거림도 없이 닉스를 향해 일직선으로 돌진했다.

보로미어가 고르곤의 뿔 앞에 자신 있게 몸을 던진 것은, 코발트 서펀트의 피 덕에 어떠한 공격도 겁낼 필요가 없다는 계산이 있었기 때문이었다. 그러나 고르곤과 충돌하는 순간 뜻밖의 고통이 오른쪽 골반에 번져왔다.

녀석의 뿔에 정확히 관통당한 것이었다.

"으아아아아!"

예상치 못했던 고통에 비명을 지르던 보로미어는 겨우 정신을 가다듬으며 두 손으로 고르곤의 목을 끌어안았다. 전사가 힘을 다해 목을 조르자 잠시, 아주 잠시 동안 고르곤의 움직임이 잦아들었다. 그러나 작은 시냇물처럼 흘러내린 피가 발밑에 고이기 시작하자 보로미어의 팔에선 이내 기운이 빠지며 균형이 깨지기 시작했다.

'밀리는구나' 하는 생각이 드는 순간, 갑자기 전사의 아랫배에 엄청난 기가 모여들었다. 이전에 그림자 동굴에서와 마찬가지의 현상이었다. 그게 뭔지 따질 것도 없이 일단 힘을 쓰자, 고르곤의 네 다리가 하늘로 뜨며 녀석의 덩치는 꽝음과 함께 돌바닥 위로 내리꽂혔다. 물론 보로미어에게 단단히 잡힌 목만은 위로 쳐든 채였다.

"발할라아아아!"

보로미어가 틈을 주지 않고 다시 힘을 쓰자 '으드득' 하는 느낌이 두 팔에 기분 좋게 전해져 오며 힘겹게 버둥거리던 고르곤의 몸이 물 먹은 솜처럼 늘어졌다.

메디나와 이리스가 허겁지겁 달려왔을 때, 보로미어는 가까스로 고르곤의 뿔에서 몸을 뽑아내고 있었다. 드워프 여전사는 턱이 빠지기라도 한 듯 입을 벌리고서 쓰러져 있는 고르곤과 피투성이의 보로미어를 번갈아 보았다. 메디나의 경악스런 표정과 이리스의 의심 어린 눈초리를 피해 힘겹게 돌아눕자 닉스를 부축해 오는 실바누스의 모습이 보였다. 뭔가 잔뜩 못마땅한 표정이었다.

"이, 이게 어떻게 된 거야?"

메디나가 더듬거리며 묻자 드루이드는 닉스를 바닥에 앉히며 대답했다.

"계산 착오야. 아이언 게일을 제대로 펴기엔 아직도 차크라가 모자랐던 거지."

"아니, 그게 아니고 이 녀석이 맨손으로 고르곤을……, 어……."

메디나는 보로미어를 가리키며 말을 잇지 못했다. 그러나 실바누스는 대수롭지 않다는 투로 대답했다.

"닉스가 다 잡아놓은 거 뒷마무리한 걸 가지고 뭘 그리 놀라고 그래."

그러자 옆에서 팔짱을 끼고 섰던 이리스가 입술을 삐죽이며 말했다.

"웃기지 마. 아무리 아이언 게일이라고 해도 고르곤쯤 되는 괴물이 이렇게 간단히 쓰러지진 않아. 무슨 수작을 부렸기에 저 머저리가 고르곤의 목을 썩은 나뭇가지 꺾듯 분지를 수 있었는지, 난 알고 넘어가야겠어."

"수작? 수작이라고? 그래, 네년 모가지는 어떤 수작을 부려야 꺾어지는지 한번 보자!"

울컥한 보로미어가 심한 부상도 차치하고 당장 레인저에게 달려들려는 것을, 실바누스가 힘을 다해 다시 끌어앉혔다. 그러자 메디나도 심각한 표정으로 말했다.

"이봐, 헬트. 이건 아무래도 약간의 설명이 필요한데? 3급 전사인 용사가 맨손으로 고르곤의 목을 꺾었다면 아무도 곧이듣지 않을 거야. 그건 상급 서열인 나로서도 불가능에 가까운 일이라고."

그러자 드루이드는 답답하다는 투로 말했다.

"여기 닉스의 상태를 좀 봐. 차크라가 다 소진되어 오늘은 아예 회복이 불가능할 정도라고. 이 정도로 주문을 써댔으니 아무리 고르곤이라도 맨주먹으로 상대할 수 있을 정도까지 망가지는 게 당연하지 않아? 그리고 지금 그게 중요한 거야? 이제 오늘은 닉스가 더 이상 위저드 마법을 쓸 수 없단 말이야."

"더 이상 마법을 쓸 수 없다고?"

실바누스의 말에 메디나는 깜짝 놀라 닉스를 돌아보았다.

"미안, 대장. 차크라가 이렇게 딸릴 줄은 몰랐어."

위저드가 고개를 숙인 채 풀죽은 목소리로 말했다.

"그리고, 대장, 게다가 잭은 골반이 거의 부서졌어. 아직도 살아있다는 게 신기할 정도라고. 대회복 주문으로도 될까말까라니까. 이 녀석 치료하고 나면 내 치유 계열 주문도 거의 소진될 거야."

계속하여 실바누스가 덧붙이자 메디나의 얼굴은 더욱 굳어졌다.

잠시 입맛을 다시며 생각에 잠겼던 드워프는 고개를 들며 투덜거렸다.

"제기랄, 아무리 남은 문이 두 개뿐이라지만, 위저드의 마법과

사제의 보호 없이 원정을 계속하는 건 너무 위험해. 하지만 그렇
다고 여기까지 와서 그만둘 수도 없고……."

그러자 옆에서 이리스가 끼어들었다.

"없긴 뭐가 없어! 지금 칼도 없는 전사에 마법을 쓸 수 없는 위
저드, 그리고 치유 주문이 거덜난 사제를 데리고 아모네 이실렌을
계속 누비고 다니기라도 하셨다는 거야? 그거 제정신으로 하는
말이야, 대장?"

레인저의 따끔한 지적에 메디나가 얼굴을 찡그리며 중얼거렸다.

"이리스, 넌 이해 못해."

"흥, 이해를 못하긴! 닉스, 넌 지금 그 몸으로 원정을 계속할 수
있겠어?"

이리스의 물음에 닉스는 고개를 저었다.

"봐!"

이리스가 의기 양양한 얼굴로 메디나를 올려다보았다. 보로미
어는 그런 그녀의 태도가 얄미워 견딜 수가 없었다. 그녀와 닉스
가 더 이상 이 원정에서 득볼 게 없다는 것은 모두가 아는 일이었
다. 하지만 아직 보로미어 자신은 이 원정에서 얻은 게 없었다. 남
아 있는 문 하나에는 전사를 위한 물건이 기다리고 있을 것이고,
그건 당연히 자신의 몫이었다. 한 원정대인 이상 당연히 거기까지
같이 가줘야 하는 것 아닌가! 그런데 이리스 저년은 그건 고사하
고 원정을 중단시키려 닉스까지 꼬드기고 있었다.

"저기, 잠깐만."

닉스가 조금 기운이 나는지 몸을 일으키며 입을 열었다.

"지금 내 차크라가 바닥나서 아무 마법도 쓸 수 없는 상황이란

건 알아. 이 원정대에 따라다녀 봤자 도움을 주긴커녕 짐만 되겠지. 하지만 그렇다고 내가 원정을 그만둬야 하는 이유가 되고 싶진 않아. 원정을 계속하는 거야 물론 위험하겠지만, 일단 다른 사람들이 원정을 계속할 맘이 있는데 나 때문에 그만두는 건 원치 않는단 말이야. 짐이 되는 거야 미안하지만, 그렇다고 방해가 되긴 더 싫어."

위저드의 표정은 단호했다. 이리스는 입술을 굳게 다문 닉스의 얼굴을 이해할 수 없다는 듯 들여다보다가 '흥' 하며 고개를 돌렸다. 그러자 조용히 듣고만 있던 실바누스가 말했다.

"아까도 말했지만, 케르베로스에 대해선 내가 생각해 둔 게 있어. 그러니 닉스의 마법이 없더라도 큰 문제는 되지 않을 거야."

드루이드의 말에 자신을 얻었는지 메디나의 눈가에서 어두운 그림자가 사라졌다.

"그럼 서둘자고. 오늘 안으론 비트라 쿰으로 돌아가야지."

보로미어는 실바누스가 한동안 끙끙거린 후에야 겨우 상처를 회복했다. 쉽지 않은 치료였는지 치료중 몇 번이나 정신이 아찔했고, 실바누스도 치료가 끝난 후 한동안 비틀거렸다.

전리품으로 고르곤의 뿔과 루비 눈을 챙긴 다음, 원정대는 아주 느릿느릿한 속도로 여섯번째 미로로 접어들었다. 이리스는 일부러 메디나를 골탕먹이려고 작정을 했는지 빨리 갈 수 있는 부분에서도 자꾸 시간을 끌고 있었다. 메디나의 얼굴에는 조바심이 가득했지만 레인저를 자극하고 싶지 않아 꾹꾹 참는 모습은 보기가 애처로울 정도였다.

보로미어는 뒤에서 묵묵히 걷고 있는 실바누스에게 다가가 넌지시 말을 걸었다.

"도대체 무슨 꿍꿍이속이야? 케르베로스가 도대체 뭔데 네가 도맡는다고 큰소릴 쳐놓은 거야?"

그러자 드루이드는 낮게 가라앉은 목소리로 쏘아붙였다.

"미련한 놈. 꼭 거기서 그렇게 나서야 직성이 풀리던?"

"인마, 내가 나서긴 뭘 나섰다는 거야?"

"고르곤 말이야. 아까 내가 뭐랬어? 쓸데없이 눈에 띄는 짓은 하지 말라고 했잖아."

"야, 그거야 내가 나선 거냐? 어쩔 수 없었잖아. 내가 막지 않았으면 닉스는 죽었을 거 아냐."

"그럼 난 허수아비냐? 다 실드 마법을 준비하고 있었어. 네가 뛰어들지만 않았으면 내가 막고 메디나가 끝낼 수 있던 상황이었단 말이야. 그리고 코발트 서펀트의 피는 믿지 말라고 했잖아."

"그 힘이 다 됐는지 아닌지 내가 어떻게 알아?"

"후우우, 답답한 녀석! 너 땜에 남아 있던 내 회복 주문의 8할이 벌써 날아가 버렸어! 이젠 이번 원정이 끝날 때까지 대회복 주문이나 해독은 꿈도 꿀 수 없단 말이야!"

실바누스는 자신도 모르게 서서히 언성이 높아지자 고개를 젖히며 길게 한숨을 쉰 다음 다시 차분해진 목소리로 말했다.

"그럼 이번엔 미리 얘기를 해줄 테니 잘 들어. 케르베로스는 광물계 괴물을 지배하는 라일란트라는 신이 기르는 늑대야. 두 개의 머리를 가진 커다란 강아지라고 생각하면 될 거야. 강철로 된 이빨과 발톱도 주의해야 하지만, 더 무서운 건 녀석이 뱉아내는 위액이라고. 광물질로 된 모든 걸 녹여버리거든."

"뭐? 모든 걸?"

"칼, 방패, 갑옷, 뭐든지 광물 성분으로 된 것은 다 녹여버린단 말이야. 네가 지금 들고 있는 고르곤의 뿔도 마찬가지고. 그래서 전사들이 가장 꺼리는 괴물 중 하나로 이름이 나 있지."

"결국 위저드가 맡아야 하는 녀석이군."

"아니. 놈은 마법 공격을 피하는 능력이 있어서 전사와 레인저가 아니면 상처를 입힐 수가 없어."

"그럼 도대체 아까 아껴뒀다던 주문은 뭐야?"

"그건 알 거 없고, 네가 알아야 하는 건 섣불리 녀석에게 달려들다간 그 단벌 갑옷도 녹아버릴 수 있다는 거야. 게다가 넌 더 이상 철인이 아니고, 난 이제 치유 계열 주문을 자유롭게 쓸 수 없어. 그게 무슨 뜻인 줄 알아?"

"?"

"앞으론 네가 다치거나 중독이 되더라도 내가 어떻게 할 수 없단 말이야. 그러니까 이번엔 제발 나서지 말고 가만히 좀 있어, 응? 문만 연 다음 잽싸게 피하는 거야, 알겠지?"

보로미어는 그의 말투가 전혀 마음에 들지 않았지만, 갑옷이 녹아버린다는 말에는 찔끔해서 입을 다물었다.

갑자기 앞에서 소란스러운 소리가 들려왔다. 고개를 들자 당황한 표정으로 도끼를 쳐들며 고래고래 소리를 지르고 있는 메디나 앞으로 세 마리의 은색 늑대들이 어슬렁어슬렁 모여들고 있었다.

늑대들이 달려든 것과 동시에 메디나는 간단히 그중 하나의 목을 잘라버렸으나 나머지 두 마리로부터 목과 왼팔에 깊은 상처를 입었다. 그러나 당당한 드워프 여전사는 꿋꿋하게 버티고 서서 다시 덤벼드는 놈들을 상대했다. 물고 물리는 난전이 끝나자 메디나는 피 묻은 도끼를 짚고 서서 가쁜 숨을 몰아쉬었다.

"이봐, 이리스. 왜 놈들이 있다는 걸 미리 알려주지 않았지?"

메디나가 헐떡이며 문자 한켠에 비켜 있던 이리스는,

"나도 몰랐어."

하고 퉁명스레 대답을 하더니 돌아섰다.

"저 나쁜 계집애! 지금 싸울 수 있는 사람이 메디나 하나뿐인 걸 알고 일부러 골탕을 먹이는 거야."

보로미어는 자신이 다치기라도 한 듯 이를 갈며 분통을 터뜨렸으나 실바누스는 말없이 메디나에게 다가가 회복수를 내밀었다. 기운을 차린 메디나도 이리스를 한번 흘끗 쳐다만 보았을 뿐 다른 말 없이 길을 재촉했다. 문에 다다를 때까지 일행은 두 마리의 은색 늑대와 한 마리의 퓨터 라이언을 더 만났는데, 그중 이리스가 미리 경고해 준 것은 하나도 없었다. 특히 퓨터 라이언의 경우는 옆에서 도울 수 있었는데도 메디나가 피투성이가 될 때까지 혼자 상대하도록 내버려두었다.

그런 이유로 미로 끝의 문에 다다랐을 즈음에는 원정대 안의 분위기가 험악해질 대로 험악해져 있었다. 아무도 입을 열지 않았고, 보로미어도 입을 굳게 다문 채 문으로 올라가는 계단에 발을 올려놓았다.

"잭."

실바누스가 부르는 소리에 뒤를 돌아본 전사는 그에게 고개를 가볍게 끄덕여 보인 다음 손잡이에 손을 올려놓았다. 확률은 반반이다. 자신이 눈이 빠져라 기다리던 보물이거나, 아니면 그 케르베로슨가 뭔가 하는 괴물일 것이다.

크게 숨을 들이쉬고 문을 열어젖힌 보로미어는 뒤도 돌아보지 않고 계단을 줄달음질쳐 내려왔다.

걱정했던 대로 등뒤에서는 기분 나쁜 울음소리가 길게 울려퍼졌다.

"케르베로스다."

이리스는 이미 멀찍이 뒤로 물러나 있었고 메디나마저도 긴장된 목소리로 외치며 뒷걸음질쳤다.

가까스로 계단을 내려와 뒤를 돌아보자, 문 사이로 험상궂은 표정의 개 대가리 두 개가 침을 흘리며 모습을 드러내고 있었다. 뒤로 말려 올라간 입술 아래 날카로운 이빨이 가지런히 박혀 있었고, 타는 듯한 두 쌍의 눈은 주린 짐승이 먹이를 찾듯 사방을 헤매다가 가장 가까이에 있는 보로미어에게 고정되었다.

"빌어먹을!"

보로미어는 차마 녀석에게 등을 보이지는 못하고 최대한 빨리 발을 놀려 뒤로 물러났다. 그러나 녀석은 두 개의 머리를 제각기 움직이며 긴 포효를 토해 내더니 부드러운 동작으로 공중으로 뛰어올랐다. 네 개의 눈은 보로미어에게 붙박혀 있었고 네 줄의 위험스런 이빨은 그의 목덜미를 겨눈 채였다.

미처 피하지 못한 보로미어가 입술을 깨무는 순간, 뒤에서 실바누스의 주문이 터져나왔다.

"리시 락(Leash lock)!"

그러자 달려오던 케르베로스 앞에 금빛으로 빛나는 그물이 펼쳐지며 순식간에 녀석을 휘감아 들었다. 뭐라 할 틈도 없이 케르베로스는 그 빛의 그물에 사지가 묶여 보로미어 앞에 얌전히 무릎을 꿇고 말았다.

"뭐야, 이건 너무 싱겁잖아."

보로미어가 긴장을 풀며 다가가려는데 케르베로스의 오른쪽 머리가 그를 향해 입을 쩍 벌렸다. 그러자 '컹' 하는 소리와 함께 누런 액체가 전사를 향해 날아왔다. 간발의 차이로 바닥에 몸을 던져 피한 보로미어는 그 액체가 떨어진 곳의 바닥이 이내 흰 연기를 내며 타들어가는 것을 두려운 눈으로 쳐다보았다.

"조심하랬잖아! 어서 녀석의 목을 눌러!"

실바누스의 외침에 퍼뜩 몸을 일으킨 보로미어는 아직도 난폭하게 목을 뒤틀고 있는 케르베로스의 두 목덜미를 양손으로 단단히 잡아눌렀다.

"조심, 조심. 죽이면 안 돼."

급히 달려온 실바누스는 주의를 주며 옆에 꿇어앉더니 품속에서 뭔가 둥그런 것을 꺼내 케르베로스 앞에 내려놓았다. 보로미어는 그 낯익은 쇳덩이가 에스트발데에서 보았던 아이언 다이어뎀인 것을 한눈에 알아볼 수 있었다.

"도대체 뭘……."

어리둥절해진 전사가 입을 열려고 하자 드루이드는 손을 들어 그의 말을 막고는 말했다.

"자, 이제 녀석의 목을 천천히 조여봐."

보로미어는 무슨 일이 벌어지고 있는지 알 수 없었지만 일단 실바누스가 시키는 대로 케르베로스의 목을 쥔 두 손에 지그시 힘을 주었다. 그러자 케르베로스는 격렬하게 몸을 뒤틀다가 누런 액체를 토해 내기 시작했다.

드루이드는 아이언 다이어뎀이 그 액체 속에서 완전히 용해되는 것을 끝까지 지켜본 다음에야 안도의 한숨을 내쉬며 말했다.

"자, 이젠 그 녀석을 맘대로 해도 돼."

그러나 보로미어는 여전히 혼란스런 표정으로 엉거주춤해 있었고, 메디나의 신속한 도끼가 그를 대신해 케르베로스의 허리를 반으로 잘라버렸다.

"리시 락 주문은 참 오랜만에 보는걸?"

메디나는 도끼를 다시 둘러메며 실바누스에게 말했다. 그러나 드루이드가 별 반응이 없이 일어서며 몸을 돌리자, 여전사는 큰소리로 그의 등에 대고 외쳤다.

"나도 사제 마법은 조금 아는 편인데, 리시 락은 상급 서열인 비숍 이상만 쓸 수 있는 거 아냐?"

그러자 실바누스는 고개를 돌리지 않은 채 귀찮다는 투로 대답했다.

"그래? 그럼 잘못 안 거로군."

메디나는 찌푸린 눈으로 실바누스의 등을 한동안 바라보고 있다가 홱 몸을 돌려 중앙 광장으로 향했다. 원정을 시작한 이후 처음으로 기분 나쁜 표정을 드러내는 그녀였다.

상당히 어색해진 분위기 속에 어쩔 줄 모르던 보로미어는 일단 잡고 있던 케르베로스의 목덜미를 놓고 몸을 일으켰다.

"이봐, 도대체 뭐가 어떻게 된 거야? 그 굴렁쇠가 왜 여기서 나와?"

보로미어가 물었으나, 실바누스는 골치가 아픈 듯 머리를 저을 뿐이었다.

거북스런 분위기는 마지막 미로로 들어선 이후까지 계속 이어졌다. 이름도 모를 하급 영체와 몇 가지 괴물들이 앞을 막아섰지만 모두 메디나와 실바누스에 의해 간단히 제압되었다. 그러나 두 사람은 그 동안 서로 단 한 마디도 말을 주고받지 않았다. 보로미어는 점점 무거워져가는 침묵을 견디다 못해 솔직히 소리라도 지르고 싶은 심정이었지만, 마지막 문 뒤에 있을 보물을 생각하며 겨우겨우 마음을 달랬다. 1층에 있었던 것이 도끼였으니, 여기에 있는 것은 분명 칼일 것이란 생각이 들었다. 닉스와 이리스가 얻은 보물로 미루어보아 아마도 카퍼 골렘은 물론 고르곤이라도 한 칼에 베어버릴 수 있는 명검일 것이 분명했다.

미로의 마지막 모퉁이에서 튀어나온 고스트가 실바누스의 주문으로 사라지고, 마침내 마지막 문 앞에 서게 된 보로미어는 두근거리는 가슴을 누르며 천천히 손잡이를 돌렸다. 조심스레 문을 당기자 문 틈으로 따스한 금빛 광선이 은은하게 새어나왔다.

"보물이다!"

기대에 부푼 보로미어는 문을 활짝 열어젖히며 방 안으로 뛰어들었지만, 거기 있는 것을 보고는 그만 '헉' 하고 입을 벌리고 말았다. 방 가운데 세워진 작은 제단 위에는 기대했던 칼 대신 둥근 원반 하나가 놓여 있었다.

"이, 이게 뭐야!"

칼이 아닌 다른 병장기이거나, 아니면 하다못해 방패 같은 장갑이기만 해도 이렇게 황당하진 않았을 것이다.

'그런데 접시라니! 도대체 저게 무슨⋯⋯.'

그때 문 안으로 고개를 들이밀던 닉스가 길게 휘파람을 불고는 뒤에 대고 외쳤다.

"헬트! 여기 뭐가 있나 봐! 탈리스만이야!"

그러자 실바누스는 계단 위로 올라와 원반을 집어들고 이리저리 살펴보더니, 다른 말 없이 그것을 품안에 집어넣었다.

얼떨떨한 상태에서 일행과 함께 중앙 광장으로 돌아온 보로미어는 메디나가 돌아갈 채비를 시작하자 실바누스의 소매를 잡아 끌며 물었다.

"아까 그게 뭐야?"

"탈리스만."

"그러니까 그게 뭐냐고?"

그러자 드루이드는 길게 한숨을 내쉬고 말했다.

"데블 족의 영혼이 봉인된 부적 같은 거야. 이걸 이용하면 하급 데블 족을 부릴 수 있어."

보로미어는 잠시 눈을 끔벅거리며 그 말의 뜻을 곱씹어 본 후 말했다.

"그럼, 그건 나한테는 아무런 소용이 없는 물건이잖아."

"⋯⋯그렇지."

"잠깐. 이건 약속이 틀리잖아. 내 보물은 어디 있는 거야!"

보로미어가 따지고 들자 실바누스는 고개를 갸우뚱하며 말했다.

"약속? 난 여기에 귀한 물건들이 있다고만 했지, 특별히 널 위한 보물이 마련되어 있다는 약속 같은 건 하지 않았던 것 같은데."

"제기랄, 그 말이 그 말 아냐!"

전사의 목소리가 서서히 높아지며 갈라지기 시작했다.

"이봐, 잭. 난 네게 필요한 물건을 얻어주기 위해 가장 가능성이 높은 곳으로 왔던 것뿐이야. 그런데 와보니 그렇지 않았어. 너한텐 미안하지만 그건 나로서도 어쩔 수 없는 거잖아."

실바누스가 잘 타일러 말했지만, 이미 보로미어의 귀에는 들어오지 않았다.

"이 썩어빠진 거짓말쟁이! 론디움에선 잘도 날 꼬드겼겠다! 뭐? 보물이 가득한 탑이라고? 그런 사탕발림으로 날 끌고 와 문이나 여는 데 써먹어? 젠장, 내 꼴이 이게 뭐냔 말이야! 칼도 방패도 이 빌어먹을 원정에서 다 날리고 이젠 빈털터리로 돌아갈 판이잖아! 이런 게 보호자가 하는 일이냐?"

전사의 억양이 점점 거칠어지자 메디나가 다가와 둘 사이를 갈라놓았다.

"이봐, 잭. 우리 그런 이야기는 일단 비트라 쿰으로 돌아가서 하기로 하자."

그러나 보로미어는 메디나마저도 한쪽으로 밀어붙이며 말했다.

"대장, 같은 계급 상급 서열이라 건드리고 싶지 않으니 빠지쇼!"

"이 자식이!"

말로는 안 되겠다 싶었는지 메디나는 두 손으로 보로미어의 어깨를 힘껏 움켜쥐었다. 그 바람에 보로미어가 입고 있던 망토가 벗겨지며 촌스런 낡은 갑옷이 드러났다. 메디나는 갑작스레 드러난, 그리고 눈부신 주황색으로 빛나고 있는 보로미어의 가슴 갑판을 보곤 입을 벌렸다.

"뭐, 뭐야, 이건?"

그러자 보로미어는 '흥' 하고 코웃음을 치면서 양손으로 드워프의 손목을 거머쥐었다.

"우우웃!"

당사자인 메디나뿐만 아니라 닉스와 이리스까지도 눈이 휘둥그레진 가운데, 보로미어는 두 서열이나 위인 메디나의 손을 천천히 끌어내려 그녀의 양옆구리에 얌전히 붙여놓았다.

"비키라고 했잖소."

멍해 있는 메디나에게서 고개를 돌린 보로미어는 실바누스를 쏘아보았다.

"인마, 너 잘 들어. 난 절대로 이번 원정에서 빈손으로 돌아갈 수 없어. 그러니까 지금부터 우린 3층으로 올라가는 거야."

"뭐?"

"뭐라고?"

일행은 모두 놀란 목소리로 외쳤다. 특히 이리스는 신경질적인 목소리로 대뜸 따지고 들었다.

"잭! 네가 무슨 권리로……."

"빌어먹을 년! 입 닥치지 않으면 죽여버릴 거야!"

보로미어는 이리스를 향해 사납게 소리를 지른 뒤 다시 실바누스를 보고 말했다.

"자, 여기까진 네놈 원하는 대로 다 해줬으니까 이젠 네놈이 내가 원하는 대로 해줄 차례야. 날 위해서니 어쩌니 하는 흰소린 집어치우고 어서 3층으로 따라와!"

"잭! 다시 말하지만 난 널 속인 게 아니야. 그리고 지금 이 상태로 3층을 오르는 건 무리야. 제발 진정해."

실바누스는 계속 보로미어를 달래려 했고, 겨우 정신을 가다듬은 메디나도 보로미어와 약간의 거리를 유지하며 다시 설득에 나섰다.

"그래. 그리고 원정을 계속하고 말고를 정하는 건 내 권한이야. 우리 원정은 여기서 끝났어."

그러나 보로미어는 실바누스와 메디나를 번갈아 보다가 웃음을 터뜨렸다.

"웃기는 녀석들이군. 너희들은 다 한 가지씩은 건졌다 이거지? 메디나 당신도 이제 미션인지 뭔지를 달성했으니 더 이상 이 탑엔 미련이 없을 테고."

"뭐, 뭣? 네가 그걸 어떻게 알지?"

메디나가 깜짝 놀라는 얼굴을 하며 뒤로 한 걸음 물러서자 보로미어는 가소롭다는 듯 미소를 지었다.

"왜? 놀랍나? 잘 들으셔. 원정을 계속하고 아니고야 당신 맘이지만, 3층을 올라가고 말고는 내 맘이야. 그리고 너."

보로미어는 손가락으로 실바누스를 가리키며 계속했다.

"교활한 녀석. 이젠 나도 다 알겠어. 너도 결국 네 잇속을 찾아서 여기 온 거야. 그래, 그 탈리스만인가 하는 접시가 탐이 나서였겠지. 날 위해서라고? 웃기지도 않는 소리지. 사람들은 모두 이기적인 존재라는 말, 바로 네가 한 말이잖아. 그 말이 맞았어. 그리고 이젠 나도 좀 이기적이 돼야겠다. 난 누가 뭐래도 3층으로 갈 거야. 그리고……."

전사는 잔인한 웃음을 지어 보였다.

"내가 가면 너도 가야지, 그렇지?"

보로미어가 3층으로 이어지는 계단을 향해 서서히 뒷걸음질을 치지 시작하자 실바누스는 당황해 그에게 다가왔다.

"잠깐, 잭. 내 말 좀 들어봐. 더 이상 가면 위험해!"

"어어, 잭, 기다려! 거기엔······."

메디나도 두 손을 내저으며 뭐라고 입을 열었으나, 이미 보로미어의 귀에는 누구의 말도 들리지 않았다.

전사는 3층으로 오르는 계단에 다다랐고, 그 순간 세 가지 일이 한꺼번에 일어났다. 먼저 메디나가 보로미어를 향해 내닫기 시작했고, 그 옆에 서 있던 실바누스의 모습이 홀연히 사라졌다. 거의 동시에 계단 옆의 벽에서 고약한 냄새를 풍기는 검은 액체가 뿜어져 나왔다.

어리둥절해 있던 보로미어는 갑자기 옆구리에 와서 부딪친 뭔가에 밀려 옆으로 쓰러졌다. 돌아보자 자신이 서 있던 자리에는 자기 대신 검은 액체를 뒤집어쓴 실바누스가 비틀거리고 있었다. 드루이드는 춤을 추듯 두어 번 빙글빙글 돌더니 힘없이 바닥으로 쓰러졌다.

"실바누스!"

놀란 전사가 부르짖자, 달려오던 메디나가 깜짝 놀라며 물었다.

"실바누스? 지금 실바누스라고 했나?"

보로미어는 그녀의 물음에 대답하는 대신 쓰러져 있는 실바누스에게 다가갔다.

"이봐, 괜찮아?"

보로미어가 몸을 흔들자 드루이드는 가느다란 목소리로,

"위, 위험……하다니까."

하고 중얼거리더니 이내 정신을 잃었다.

메디나는 실바누스의 상태를 살펴본 다음, 그 옆에 털썩 주저앉아 머리를 감싸쥐었다.

"실바누스라고? 실바누스……. 그래……, 그랬군."

메디나가 혼자말로 중얼거리고 있자 이리스가 호들갑스레 다가오며 말했다.

"대장! 봤어? 헬트가 텔레포트 하는 것 봤냐고?"

그러나 메디나는 입을 다물고 괴로운 표정만 짓고 있었다. 이리스가 계속 쫑알거렸다.

"렉터 급 사제가 텔레포트를 한단 이야기는 들어본 적이 없어. 헬튼지 실바누슨지 이 녀석, 분명히 서열을 속였다고. 어째 론디움에서 만났을 때부터 믿음이 가지 않던 녀석이야."

보로미어는 이리스를 무시하고 메디나에게 물었다.

"대장, 이 녀석 왜 이러는 거요?"

그러자 드워프 여전사는 답답하다는 듯 대답했다.

"보면 모르나? 중독이 되었잖아. 여기 아모네 이실렌은 층과 층 사이에 이런 기관 장치들이 있단 말이야. 2층으로 올라오는 계단에 있던 것은 저번 원정 때 해체를 해놓았지만, 3층으로 가는 계단 것은 그대로인 상태였다고. 네가 그걸 모르고 계단을 오르려고 하니까 헬트, 아니 실바누스 님이 급한 김에 텔레포트를 해서 널 밀어내고 대신 중독이 된 거 아냐!"

'실바누스 님?'

보로미어는 갑작스런 존칭에 어리둥절했으나, 자잘한 궁금증은 일단 접어두기로 하고 다시 물었다.

"그럼 지금 어떻게 해야 하는 거죠?"

"일단 해독을 해야 하는데, 우리 중엔 그런 능력을 가진 사람이 없잖아. 아니, 있다고 해도 이건 마족의 독일 테니 신전에 가서 치료하기 전에는 힘들 거야. 그러니까 답답한 노릇이지."

"마족의 독!"

메아리 숲에서의 아픈 기억이 떠오르며, 보로미어는 저도 모르게 숨을 들이마셨다.

"그래. 3층의 괴물들이 마족 계열들이니 당연히 이 독도 마족 중 하나의 독일 거야. 젠장, 그나저나 이걸 어쩌지?"

메디나가 한 손으로 이마를 짚으며 중얼거렸다.

그러자 닉스가 입을 열었다.

"저기, 대장, 비트라 쿰까지만 가면 신전에서 해독을 할 수 있잖아."

그러나 메디나는 고개를 저었다.

"우리 원정대 속도로는 반도 가기 전에 실바누스 님을 잃을 거야."

"그렇지. 하지만 대장은 말이 있으니 혼자서라면 빨리 갈 수도 있잖아."

닉스의 말에 메디나는 다시 고개를 저었다.

"안 돼. 난 너희를 비트라 쿰까지 안전하게 이끌고 갈 책임이 있는 사람이야."

"헬트의 안전도 대장의 책임 중 하나야. 여기서 원정대를 해산하고 전속력으로 말을 달리면 너무 늦기 전에 비트라 쿰에 도착할 수 있을 거야."

메디나는 그 제안을 곰곰이 생각해 본 다음 닉스에게 되물었다.

"너희들은?"

"걸어서 가도 날이 저물기 전에야 들어갈 수 있겠지."

"그런 말이 아니라, 넌 마법을 쓸 수 없고 잭은 무기가 없는데 중간에 메레디트 놈들의 정찰대라도 만나면 어떻게 할 거냔 말이야! 이리스 혼자만으론 너무 위험해."

그러자 닉스는 메디나의 눈치를 살피며 조심스럽게 대답했다.

"그건 그렇지……. 하지만 잭이 꼭 빈손일 필요는 없잖아. 우리 원정대에……, 무기가 전혀 없는 건 아니고."

그러자 메디나는 무릎을 탁 치더니 벌떡 일어섰다.

"그래, 네 말이 맞다. 일단 최선을 다해 보는 수밖에."

드워프는 그렇게 말하더니 등에 메고 있던 +1 전투용 도끼를 선뜻 풀어 보로미어에게 내밀었다.

"잭, 솔직히 난 실바누스 님이 왜 너 같은 녀석 때문에 이런 일을 했는지 이해가 가지 않아. 하지만 일단 일은 벌어졌고, 난 실바누스 님을 살리기 위해서 먼저 비트라 쿰으로 가야겠어. 네가 조금이라도 실바누스 님께 미안한 마음이 있다면, 널 비트라 쿰에서 다시 볼 수 있길 바란다. 이 도끼는 그때 다시 돌려받으마."

보로미어는 깜짝 놀라 메디나를 쳐다보았다. 전사가 자신의 분신과도 같은 무기를, 그것도 이런 고급 병장기를 남에게 맡긴다는 것은 있을 수 없는 일이었다. 아무리 절친한 사이라도 그렇다. 막상 좋은 병기를 손에 쥔 사람으로선 그걸 놓고 싶지 않은 것이 인지상정이고, 실제로 다른 마음이 생겨 돌려주지 않는다고 해도 일단 자의로 남에게 넘긴 물건에 대해서는 아무런 권리를 행사할 수 없었다.

그러므로 무기를 남에게 맡기는 일은 그걸 돌려받지 못할 것을 각오해야 가능한 일인데, +1 전투용 도끼라면 절대로 쉽게 그런 각오를 할 수 있는 물건이 아니었다. 메디나가 왜 실바누스를 위해 이런 물건을 덜렁 내놓는 건지 전사는 도무지 이해가 가지 않았다.

엉겁결에 도끼를 받아든 보로미어를 밀치며 이리스가 말했다.

"대장, 나보고 달랑 이 두 녀석과 비트라 쿰으로 돌아가라는 거야? 이건 직무 유기야. 원정 대장은 원정이 끝날 때까지 대원들의 안전에 대해 책임을 져야 하는 거 아냐? 그 이름도 모를 녀석 하나 살리자고 나머지 대원을 모두 팽개쳐버리겠다는 거야?"

그러자 메디나는 정색을 하고 말했다.

"너희들의 안전은 이제 잭만으로도 충분해. 그리고 넌 이해하지 못하겠지만, 이건 내게 선택의 여지가 없는 문제야."

드워프는 그 말을 끝으로 입을 굳게 다물더니 실바누스를 들쳐업었다. 그리고는 별명 그대로 광풍처럼 1층으로 통하는 계단으로 달리기 시작했다.

그녀의 뒷모습을 멍하니 바라보고 섰던 세 사람 중 이리스가 먼저 입을 열었다.

"엿 같구먼. 이제 우리 셋이서 비트라 쿰까지 가야 한다는 거로군. 혹시 밤까지 도착하지 못하면 고스란히 피해를 감수할 각오를 하면서. 그리고 메레디트 놈들의 땅을 상급 서열의 보호도 없이 지나서 말이야. 정말 일도 더럽게 꼬이는군."

그러자 닉스가 한숨을 쉬더니 말했다.

"하지만 그렇다고 헬트를 죽게 내버려둘 순 없잖아. 우리도 시간낭비하지 말고 어서 가자고."

"저기, 실바누스, 아니 헬트가 살 수 있을까?"

그제서야 조금 정신을 차리기 시작한 보로미어가 조심스레 물었다.

"그거야 비트라 쿰에 가봐야 알겠지. 죽지 않고 도착한다면."

이리스는 투덜거리듯 대꾸한 후 걸음을 옮기기 시작했다. 바닥에 떨어졌던 망토를 다시 걸쳐입은 보로미어는 닉스와 함께 서둘러 그녀의 뒤를 쫓았다.

다행히 메레디트 지역을 벗어날 때까지 일행은 아무런 방해를 받지 않았다. 체력을 크게 소모하지 않을 정도의 속도로 꾸준히 행군을 한 결과, 그림자가 길어질 무렵에는 비트라 쿰의 모습이 희미하게 보이는 곳까지 올 수 있었다.

닉스와 이리스는 비트라 쿰의 모습을 보자 비로소 안도의 한숨을 내쉬었지만, 보로미어는 여전히 고개를 숙인 채 온갖 생각에 잠겨있었다. 실바누스란 녀석은 정말 알다가도 모를 놈이었다. 가끔씩 뭔가 숨기려는 태도를 보여 믿어야 할지 말아야 할지 종잡을 수 없도록 만들면서, 이번에는 또 목숨을 던져가며 자신을 구했다. 그렇지만 녀석이 주장하는 대로 놈이 하는 모든 일이 반드시 자신을 위한 것인지는 여전히 생각해 볼 문제였다.

"이봐, 잭!"

보로미어는 이리스가 부르는 소리에 고개를 들었다.

"그 헬트라는 친구 말이야, 렉터 급 사제가 아니지?"

"난 잘 몰라."

무뚝뚝한 전사의 대답에 레인저는 씨익 웃음을 지었다.

"난 아까 그 친구가 텔레포트하는 걸 봤어. 그건 아무리 빨라도 비숍 급 이상이 되어야 쓸 수 있는 주문 중 하나야. 그 친구, 절대로 렉터 급은 아니야."

"……."

"비숍 급 이상이라면 당연히 상급 서열이고 자기 원정대를 조직할 수도 있는데, 왜 서열을 속이면서까지 남의 밑에서 원정을 하고 있을까?"

"……."

보로미어가 여전히 반응이 없자 이리스는 그의 눈치를 살피며 말을 계속했다.

"헬튼지 실바누슨지, 아까 보니까 메디나와는 전부터 알던 사이 같던데……, 아닌가? 그리고 내 생각엔 그 실바누스란 친구, 전에도 아모네 이실렌에 와본 적이 있는 것 같아. 아마 메디나와 같이였겠지?"

그제야 보로미어는 이리스를 힐끔 돌아보았다.

"이리스, 왜 자꾸 쓸데없는 소릴 하는 거야?"

닉스가 옆에서 못마땅하다는 투로 핀잔을 주었지만, 이미 보로미어의 머리는 이번 원정을 시작한 이후로 실바누스가 보인 미심쩍은 행동들을 하나씩 되짚어 보고 있었다. 실바누스는 비트라 쿰에 도착하기도 전부터 원정 목표를 아모네 이실렌으로 정했다. 그리고 원정대를 조직하기 위해 메디나를 찾아야 한다는 것과 그녀를 어디서 찾을 수 있는지도 정확히 알고 있었다. 아모네 이실렌이 그녀의 미션이라는 것까지도……. 보로미어가 그런 것을 어떻게 아느냐고 물었을 때 실바누스는 적당히 얼버무리고 넘어가기만 했는데, 지금 생각해 보니 녀석이 이전에 메디나와 아모네 이실렌에 온 적이 있다면 모든 것이 간단히 설명되었다.

아까 3층으로 향하는 계단에서 있었던 사건만 해도 그랬다. 실바누스는 계단 앞에 그런 함정이 장치되어 있다는 것을 미리 알고 있었던 것이다. 그렇지 않으면 어떻게 함정이 작동하기도 전에 미리 텔레포튼가 뭔가를 한단 말인가.

이리스가 다시 입을 열었다.

"실바누스는 전에 여기서 뭔가를 보았다. 그런데 갑자기 그것이 필요한 일이 생기자 말 잘 듣는 원정대를 조직해서 아모네 이실렌으로 향한다. 하지만 왠지 자신이 앞에 나서기 껄끄러운 이유가 있으니, 신분을 감추고 대신 메디나를 끌어들여 대장으로 내세운다. 대충 이렇게 된 얘기가 아닐까?"

보로미어의 생각은 아까 케르베로스를 잡던 상황으로 돌아가고 있었다.

그러자 희미하게 답이 보이기 시작했다.

실바누스가 아모네 이실렌을 목표로 정한 이유는 바로 케르베로스의 위액이 필요해서였을 것이다. 다른 이유는 생각하려야 할 수가 없었다. 전에 이곳에 왔을 때, 녀석은 1층의 부조를 통해 2층에 케르베로스가 있다는 것을 알았을 것이다. 그리고 이번에 그것이 필요해지자 보로미어를 꼬드겨 여기까지 왔던 것이다. 지금 되돌아보니 이번 원정이 처음부터 끝까지 케르베로스의 위액을 얻기 위해 녀석이 연출한 작품이라는 것은 의심할 여지가 없는 일이었다. 자신을 비롯한 다른 대원들은 그의 각본에 따라 충실히 움직인 장기말들일 뿐이고.

물론 왜 꼭 케르베로스의 위액이 필요했는지, 또 다이어템과 그것이 어떤 관계인지는 실바누스만이 알 것이다. 하지만 자세한 내용이야 어찌 되었건 이 원정에 자신을 끌어들이기 위해 늘어놓았던 녀석의 감언 이설들이 모두 새빨간 거짓이며, 자신은 철저하게 이용만 당했다는 것은 불 보듯 뻔한 일이었다. 자신에게 새 무기를 구해 주는 일은 애초에 녀석의 안중에도 없었던 것이다.

그것도 깨닫지 못하고, 갑옷의 비밀을 알려주겠다는 녀석의 말에 매여 지금껏 녀석의 말에 얌전히 따랐던 자신이 너무도 바보 같다는 생각이 들었다. 아니, 이제는 녀석이 갑옷의 비밀을 알고 있다는 말도 믿을 수가 없었다.

"야, 이리스, 너 잘 알지도 못하면서 그런 식으로 말하지 마."

옆에서 걷던 닉스가 참다못해 말했다.

"잘 알지 못하는 건 너 같은데?"

이리스가 의미 있는 미소를 지으며 대꾸하자, 닉스는 그녀를 무시하고 보로미어에게 말했다.

"잭, 이리스 말은 들을 필요 없어. 레인저들은 괜히 저런 식으로 꼬아서 생각하길 좋아한다고. 제3자의 말을 듣고 사람을 판단하는 건 잘못이야. 누가 뭐래도 헬트는 널 구하려고 자기 목숨을 던졌어. 나머지 자잘한 것들을 아무리 비틀어보려고 억지를 써도, 지금 헬트가 비트라 쿰에서 너 대신 사경을 헤매고 있다는 사실엔 변함이 없어. 난 중요한 건 그거라고 생각해."

"흥, 이 카자드 땅에 제정신으로 그럴 사람이 어디 있어? 다 뒤

252

에는 딴 이유가 있는 거라고."

이리스가 코웃음을 치며 말했다.

닉스와 이리스가 서로 티격태격하는 가운데 보로미어는 다시 혼란에 빠졌다. 닉스의 말에도 일리는 있었다. 어찌 됐건 실바누스는 자신을 대신해서 중독이 된 것이다. 보로미어가 중독될 경우 치유 주문이 바닥난 실바누스로선 속수 무책일 테고, 따라서 그렇게 몸을 던진 것이 보로미어를 보호하기 위한 유일한 방법이었을지도 모른다. 하지만 원정대의 유일한 사제인 자신이 중독되면 그것은 곧 스스로의 죽음을 의미한다는 것을 실바누스가 몰랐을까?

닉스의 꾀가 아니었다면 실바누스는 지금쯤 아모네 이실렌에서 한 줄기 빛을 뿌리고 사라졌을 것이다. 보호자의 맹세를 지키지 못한 죗값이 무엇일지는 몰라도 죽음보다 더할 수는 없을 것이다.

'그렇다면 왜?'

극도의 혼란 속에서 보로미어는 비트라 쿰의 성문을 들어섰다.

"자, 난 그럼 여기서 작별을 해야겠어."

이리스의 말에 전사는 고개를 들었다. 이미 사방에 어둠이 깔리고 밤의 시작이 멀지 않은 시간이었다.

보로미어가 묵묵히 고개만 끄덕이자, 레인저는 은근한 눈길로 그를 바라보며 말했다.

"잭, 너도 꼭 다시 메디나를 만나야 할 필요는 없어."

"그만 해, 이리스! 해도 너무하잖아. 메디나는 그래도 잭을 믿고 도끼를 맡긴 거 아냐! 그것도 잭을 대신해 중독된 헬트를 살리려고! 그런데 어떻게 그걸 떼어먹으란 소릴 할 수 있어?"

닉스가 분통을 터뜨리며 씩씩거렸다.

서로 노려보고 선 위저드와 레인저를 번갈아 보던 보로미어는
자신이 중요한 선택의 기로에 놓여 있다는 것을 깨달았다. 겉으로
야 메디나를 찾아가 도끼를 돌려주느냐 마느냐의 선택이었지만,
좀더 깊게는 실바누스와의 관계를 끊느냐 마느냐의 선택이기도
했다.

"이리스……."

장시간 생각에 잠겨 있던 전사가 천천히 입을 열었다.

"잘 가라."

그러자 레인저는 어깨를 으쓱하더니 말없이 어둠 속으로 사라
졌고, 닉스는 보로미어의 등을 두드리며 탄성을 올렸다.

"잘 생각했어, 잭. 난 레인저의 말을 듣고 끝이 좋은 사람은 본
적이 없어. 그리고 이건 이렇게 하는 게 옳은 일이야."

"신전이 어디야?"

잔뜩 가라앉은 전사의 목소리에 머쓱해진 닉스는 멋쩍은 표정
을 지으며 앞장을 섰다.

신전은 성문에서 이어지는 큰 도로를 따라가자 어렵지 않게 찾
을 수 있었다. 여러 개의 뾰족한 첨탑을 얹은 석조 건물 앞에서 보
로미어는 잠시 머뭇거렸다.

사실 그는 실바누스와의 관계를 지속시키기 위해 이곳에 온 것
은 아니었다. 메디나에게 도끼를 꼭 돌려줘야겠다는 것도 물론 아
니었다. 이미 그의 마음은 실바누스와 갈라서는 쪽으로 굳어져 있
었고, 녀석이 맹셴지 뭔지 때문에 무슨 꼴을 당하든지 이제는 자
신의 관심사가 아니라고 결론짓고 있었다. 갑옷의 비밀을 스스로
찾아내야 한다는 게 조금 걸리긴 했지만, 어떤 이유에서든 믿을

수 없는 녀석과 같이 다닐 수는 없는 일이다.

　그런데도 굳이 여기까지 온 것은, 비트라 쿰으로 돌아오는 길 내내 자신을 괴롭히던 혼란을 안고 떠나기엔 도저히 발걸음이 떨어지지 않았기 때문이었다. 실바누스가 무슨 생각으로 자신을 이번 원정에 끌어들여 이용해 먹었는지, 그리고 무슨 속셈으로 대신 중독이 되었는지, 그 풀리지 않는 의문에 대한 답을 묻어둔 채 그냥 걸음을 돌리기엔 가슴 한켠에 들어앉은 납덩어리가 도무지 허락을 하지 않았다.

　하지만 막상 신전의 문 앞에 서자 그런 것들이 무슨 소용일까 하는 생각이 다시 들었다. 어차피 떠날 거면 그냥 조용히 사라지는 게 나을지도 몰랐다. 실바누스를 만나 구차한 변명을 쥐어짜는 것이 무슨 의미가 있단 말인가. 게다가 녀석이 귀찮게 따라붙을 가능성도 농후했다.

　고민하던 전사는 기왕 여기까지 온 김에 녀석이 죽었는지 살았는지나 알아보자는 심정으로 신전의 문을 열고 들어섰다. 닉스는 따라 들어가려다가 살벌한 표정의 보로미어가 한번 돌아보자 문 밖에서 걸음을 멈췄다.

　신전 안으로 들어서자 양쪽으로 뻗은 긴 복도가 보였다. 두리번거리는 보로미어 앞으로 하급 사제로 보이는 놈 족 하나가 지나갔다.

　"이봐, 아까 드워프 전사 메디나가 데리고 온 두건 하나 있지? 그 녀석 어딨어?"

　놈 사제는 보로미어의 거친 말투에 얼굴을 일그러뜨리며 뭐라고 하려다가 그의 표정을 보고는 찔끔해서 대답했다.

"이쪽 복도로 가다가 '회복의 방'이라는 곳에 있어요."

보로미어는 고맙다는 말도 없이 사제가 가리킨 방향으로 성큼성큼 걸음을 옮겼다. '성령의 방', '저주의 방', '신성의 방' 등등 온갖 이름의 방들을 지나자 '회복의 방'이란 이름이 붙은 문이 보였다.

반쯤 열린 문을 벌컥 열고 들어가려던 전사는 안에서 들려오는 낯익은 목소리에 걸음을 멈췄다. 메디나였다.

"……그렇게 된 거군요. 하긴 리치의 다이어뎀 같은 물건은 저주에 가까운 것이니, 카자드 땅에서 함부로 돌아다니게 놔둘 순 없죠."

"레트같이 철모르는 사제들 손에 잘못 들어가면 카자드 전체를 휩쓰는 재앙으로 커질 수도 있다네. 그러면 우리 모두가 다쳐. 내가 아는 지식으로는 케르베로스의 위액이 그걸 파괴할 수 있는 유일한 방법이었거든."

평소보다 조금 높은 톤이었지만, 분명 실바누스의 목소리였다.

'그러면 그렇지.'

보로미어는 씁쓸한 웃음을 지었다. 역시 그게 목적이었던 것이다.

"후후. 그럼 결국 이 메디나의 풀리지 않는 미션을 해결해 주러 오신 건 아니었군요."

"겸사겸사지 뭐. 저번 원정에 실패한 빚도 갚을 겸."

문 밖의 전사는 눈썹을 치올렸다. 아니나다를까 이리스의 추측대로 실바누스는 이전에 메디나와 아모네 이실렌을 원정한 적이 있었던 것이다. 그런데 뭔가가 이상했다. 저번 에스트발데 원정

256

때의 레트만큼의 극존칭은 아니더라도, 무슨 이유에선지 메디나도 실바누스에게 존대를 쓰고 있었다.

다시 메디나가 묻는 소리가 들렸다.

"그런데 어쩌다 다이어뎀 같은 위험한 물건이 카자드에 떨어졌죠? 리치를 완전히 죽이기 전에는 얻을 수 없는 것 아닌가요?"

"글쎄, 그 미스터리는 지금 풀어가고 있는 중이야."

"그리고 그 잭이라는 녀석은 도대체 뭡니까? 실바누스 님께 그렇게 무례하게 대하고."

"잭? 오오, 잭! 잭이라……. 후후, 내 숙명적 멍에라고나 할까?"

'개자식, 누가 할 소릴!'

보로미어는 문 밖에서 이를 악물었다.

드루이드는 잠시 짬을 두었다가 말을 이었다.

"자네도 보았겠지만 잭은 아주 재미있는 친구야. 물론 다른 부분들은 조금 보충할 데가 있긴 하지만, 전사로서의 기량은 타고난 녀석이라고. 지금은 운명의 고리가 얽히는 바람에 잠시 내 보호 밑에 있지. 실은 녀석이 상급 서열이 될 때까지의 보호를 떠맡았거든."

"거참 재수도 더럽게 좋은 놈이군요, 실바누스 님을 보호자로 두다니. 하지만 그래도 이해가 안 가는데요? 어쩌자고 녀석 대신 그 무서운 독을 뒤집어쓰신 거죠? 실바누스 님이 죽을 수도 있었잖아요."

"후우……."

귀에 익은 한숨 소리가 대답 대신 흘러나왔다.

"곤란한 걸 묻는군……. 사실은 녀석의 보호를 신에게 맹세했거든. 잭이 죽으면 난 신들로부터 제재를 받게 되는 입장이야. 하지만……, 하지만 그 맹세 때문만은 아니었어."

보로미어는 침을 꼴깍 삼키며 온 신경을 귀에다 집중했다. 사실 이것이 제일 궁금한 것이었다.

잠시 이어진 침묵 후, 실바누스가 다시 입을 열었다.

"녀석은 아직……, 맑아. 닳고닳은 나 같은 놈들과는 다르다고. 천방 지축에 사고 뭉치이긴 해도, 녀석이 하는 짓은 꾸밈이 없어. 오늘도 봐, 내가 실바누스라는 것 하나조차도 제대로 감추질 못하잖아. 후후, 어쩌면 이젠 나도 이 카자드에 흘러넘치는 음모와 모략에 지쳤는지도 몰라. 아까 그 바보 같은 녀석이 3층 계단을 향해 뒷걸음칠 때 갑자기 그런 생각이 들더라고. 저 녀석만은 살려야 한다! 어떻게든 저런 맑은 사람들이 록스란드를 밟게 해야 한다!"

메디나의 놀란 목소리가 실바누스의 말을 끊었다.

"실바누스 님, 설마……."

"후후후, 뭘 그리 놀라? 나는 그러면 안 되나?"

"그, 그렇지만……."

"그래, 맞아. 사실은 나 자신도 이해할 수 없는 아주 이상한 일이긴 하지만……, 후후, 난 녀석이 좋아."

보로미어는 온몸의 힘이 일순간에 빠지는 것을 느꼈다. 이건 전혀 예상치 못했던 답이었다.

한동안 침묵이 이어진 다음 메디나가 말했다.

"휴우, 놀라운 일이군요."

258

"그럴까? 어쨌든 오늘은 고마웠네. 덕분에 목숨을 건졌어."

"천만에요. 실바누스 님이었기에 여기까지 오는 동안 버티실 수 있었던 거죠. 오히려 실바누스 님이 아니었으면 제 미션은 영원히 풀지 못했을 겁니다. 이렇게 두 번이나 마이스테스의 큰 도움을 받은 사람이 카자드에 또 있을까요? 감사는 당연히 제가 드려야죠."

"나도 당연히 해야 하는 일을 하는 것뿐이야. 참, 부탁이 있는데 오늘 이 방에서 나눈 대화는 잊어줘. 그리고 잭에 대해서도……. 특히 잭에 대해서, 응?"

"원하신다면. 성스러운 링메이든의 반지를 걸고 맹세하겠습니다."

방 안의 대화는 두런거리며 계속 이어졌지만, 보로미어는 더 이상 듣고 있을 수가 없었다. 어깨를 축 늘어뜨리고 다시 신전 입구로 향하면서 전사는 몇 번이고 자신의 머리를 쥐어박았다. 실바누스에게 가졌던 자신의 의심들이 얼마나 유치하고 부끄러운 것들이었는지 도무지 고개를 들 수가 없었다.

실바누스는 정말 아무런 다른 목적 없이, 단지 자신을 살리려고 생명을 걸었던 것이다. 그런 그를 자신을 이용했느니 속였느니 하며 의심하고 욕하던 자신이 생각하면 할수록 초라해져 견딜 수가 없었다.

신전 문을 나선 보로미어는 한쪽 옆에 쭈그리고 앉아 생각해 낼 수 있는 모든 욕설을 자신에게 퍼붓기 시작했다. 밖에서 기다리고 있던 닉스는 갑작스런 그의 행동에 긴장해 옆에서 뒤통수만 벅벅 긁어댔다.

전사의 자기 혐오 의식이 끝나갈 때를 즈음해서 메디나가 신전 문을 나왔다.

"잭! 닉스! 왔으면 들어오지 않고."

전사와 위저드를 본 메디나가 놀라는 표정을 짓자 닉스가 말했다.

"잭이 들어……."

그러나 보로미어의 큰 손이 그의 얼굴을 덮는 바람에 닉스는 더이상 말을 잇지 못했다.

"대장, 우린 방금 도착했습니다."

보로미어가 말하자, 메디나는 고개를 끄덕였다.

"잘됐군. 실바누스 님은 기적적으로 살았어. 하지만 오늘밤은 여기서 더 회복을 해야 할 것 같아. 그저께 묵었던 여관에서 내일 아침 만나자더군."

"알겠습니다."

메디나에게 간단히 목례를 한 보로미어는 닉스의 한 팔을 잡아 끌며 서둘러 대로를 향해 걸음을 옮겼다.

그러나 대여섯 걸음을 떼어놓던 전사는 갑자기 돌아서며 메디나를 불렀다.

"대장!"

"왜?"

갑자기 고분고분해진 보로미어의 태도에 약간 어리둥절해 있던 여전사가 대답하자, 갑자기 '붕' 하는 소리와 함께 뭔가 묵직한 것이 공중을 날았다. 메디나가 능숙한 솜씨로 그것을 받아들자 보로미어가 말했다.

"고마웠어요. 여러 가지로."

밤의 어둠 속에 묻혀 보로미어의 얼굴은 잘 보이지 않았지만, 메디나는 빙그레 미소를 지었다. 말투로 미루어보아 충분히 그의 표정을 짐작해 볼 수 있었기 때문이었다.

전사 사이에 더 이상의 말은 필요 없었다.

"자아식, 다음에 또 보자고!"

드워프 여전사는 걸걸한 목소리로 외친 다음, 돌려받은 전투용 도끼를 익숙하게 등뒤에 걸어멨다. 그러곤 질풍 같은 걸음으로 신속히 자신의 목적지를 향해 멀어져갔다.

제19장
수정을 다루는 법

6월 3일 화요일

오랜만에 방해받지 않은 단잠을 푹 자고 일어난 원철은 내친 김에 뒷산 정상까지 간단한 등산을 하고 내려와 점심을 차렸다. 혼자 밥을 차리고 혼자 먹는 것이란 절대로 즐거울 수만은 없다. 하나 이미 익숙해진 지 오래인 데다가, 오늘같이 아름다운 날은 혼자만의 시간과 공간을 즐길 수 있다는 장점이 있었다.

원철은 식후 일연초를 맛있게 태우고 난 후, 작업실로 들어가 먼저 어제의 팔란티어 갈무리를 화면에 띄웠다. 주요 부분들을 체크해 가며 파일을 재생시키던 그는 실바누스가 텔레포트를 하며 보로미어를 구하는 장면에서 일단 멈춘 뒤, 두어 가지 다른 각도에서 리플레이를 해보았다.

실바누스와 메디나의 경고를 무시하고 계속 3층 계단을 향해 뒷걸음질치는 보로미어의 모습을 보면서 원철은 한숨을 내쉴 수밖에 없었다. 도무지 이성이라곤 눈곱만큼도 없는 놈이었다. 비록 자의는 아니었지만 그래도 론디움에서부터는 실바누스 덕에 위태하게나마 제어가 되고 있었는데, 이 순간만큼은 모든 통제에서 벗어나 있었다. 실바누스도, 원철도, 그리고 아마 보로미어 자신조차도 저 괴물을 막을 수는 없었을 것이다. 혹시 실바누스가 위험을 무릅쓰고 몸을 던졌던 이유도, 그것이 유일한 방법이라는 것을 날카롭게 판단했기 때문이 아니었을까?

서 있던 자리에서 10미터나 되는 거리를 순간 이동으로 움직여 보로미어를 밀쳐내는 실바누스의 모습을 재생해 보면서 원철은 고개를 갸우뚱거렸다. 따지고 보면 저치도 웃기는 녀석이었다. 아무리 보로미어를 구하는 것이 중요하다고는 하지만, 그렇다고 원정대 안의 유일한 사제인 자신이 중독되면 해독할 방법이 없다는 것쯤은 모를 리 없는 녀석이 저런 짓을 하다니. 서열도 상급 서열 이상이니 누군진 몰라도 게이머가 저 캐릭터를 죽게 내버려두고 싶을 리는 절대로 없었다. 그건 겨우 3급 서열인 용사만 되어도 보로미어가 죽을까 봐 안달인 자신의 예를 보아도 의심할 여지가 없는 일이었다. 아마도 팔란티어 안에서 캐릭터가 맘먹은 대로 움직이지 않는 것은 자신만의 문제가 아닌 것 같았다.

사원 장면에서 다시 재생 속도를 정상으로 되돌린 원철은 실바누스와 메디나의 대화를 들으며 보로미어가 놓쳤던 몇 가지 중요한 사항을 깨달았다. 첫째, 실바누스가 하고 돌아다니는 일이 대부분 다른 사람을 위한 일이라는 것이었다. 보로미어의 보호를 떠맡은 것은 신에 대한 맹세 때문이라 어쩔 수 없다고 쳐도, 리치의

아이언 다이어뎀을 파괴하려던 것은 결국 자신에게 득이 되어서
한 일이 아니었다. 겸사겸사 메디나의 미션을 해결하는 걸 도운
것도 무슨 이해가 걸려 있어서 그런 것이 아니었다. 하다못해 마
지막에 보로미어를 구한 것도 마찬가지의 맥락에서 생각할 수 있
는 문제였다. 물론 실바누스의 성격 자체가 그런 것인지, 아니면
다른 이유가 있어서인지는 지금으로서는 알 수 없었다. 다른 온라
인 게임에서처럼 진행을 돕기 위한 GM(게임 마스터)이 아닌가 하
는 생각이 얼핏 들었으나, 원정 등 게임 플레이에 직접 참여하는
것으로 보아 그것도 아니었다.

두 번째로 계속 되풀이되어 나오는 '링메이든'이란 단어의 문
제가 있었다. 기억하기로는 가롯도 죽기 전에 '링메이든의 맹세'
라는 말을 했고 이번에 메디나도 '성스러운 링메이든의 반지'에
맹세를 했다. 그것이 무엇인지는 몰라도 맹세나 서약의 보증 수표
같은 것으로 짐작은 되었지만, 역시 확실한 답은 보로미어를 통해
팔란티어 안에서 찾을 수밖에 없는 일이었다.

결국 문제는 원점으로 돌아오고 있었다. 팔란티어에 관한 모든
의문은 그 안에서 해결하는 수밖에 없었는데, 이 보로미어란 녀석
이 말을 듣지 않는 이상은 아무것도 해결이 되지 않는 것이다.

사실 이런 문제들보다 원철이 더 몸이 달아 궁금해하는 것은 팔
란티어 안에서의 사이버 섹스 가능성 여부였다. 오늘도 갈무리 파
일을 뒤지면서 그 실마리가 될 만한 것을 눈을 씻고 찾아보았지만
답이 될 만한 것은 여전히 없었다. 물론 이번 원정대에는 보로미
어에게 그런 생각을 불러일으킬 만한 대상이 없었던 까닭도 있다.
하지만 '결혼'에 관해 실바누스나 다른 누구에게 물어볼 수도 있

는 문제였다. 그러나 보로미어는 새 무기를 얻는 데만 몰두하여 그런 쪽으론 관심조차 없었다.

원철은 죄없는 갈무리 파일을 하릴없이 앞뒤로 돌리며 조바심을 내다가 억지로 마음을 진정시켰다.

벌써 2년? 아니, 3년? 이젠 슬슬 현실에 적응해 가고 있는 중이다. 그런데 지금 와서 이 게임 하나 때문에 다시 옛날로 돌아가긴 싫었다. 어떻게 얻은 평화인데 그걸 던져버린단 말인가. 절대로 그럴 순 없었다.

원철은 고개를 끄덕이며 담배를 꺼내 물었다.

모든 답은 기다리면 나올 것이다. 아마도 보로미어가 상급 서열이 될 때쯤이면, 그리고 그때까지 '보로미어적' 자살 행위들이 이번처럼 성공적으로 실패해 주기만 한다면 팔란티어와 가이아의 삶에 대한 기본적인 구성들은 대충 알 수 있을 것이다. 실바누스라는 든든한 보호자를 얻은 이상 나이트 서열까지의 길이 그리 힘들 것 같지는 않았다.

그리고 운이 좋으면 제우스란 게이머에 대해서도 알 수 있을 지 모른다.

'제우스?'

"흥!"

현실로 생각이 돌아온 프로그래머는 담배 연기를 내뿜은 후 코웃음을 쳤다. 아무래도 전생에 죄를 많이 지었던 것이 분명했다. 그렇지 않고서야 어떻게 욱이 녀석 같은 친구를 둘 수 있느냐 말이다. 마지막에 들러서 심리학 어쩌고 하며 주절거리던 내용에 대해선 솔직히 별로 믿음이 가지 않았다. 하지만 자신의 눈으로 박현철의 컴퓨터에서 '제우스'란 아이디를 확인했고, 또 욱이 녀석이 저렇게나 간곡히 부탁하고 있으니, 인연이 닿는다면 팔란티어 안에서 제우스란 캐릭터에 대해 한번쯤 알아볼 용의는 있었다.

그러나 막상 자신이 제일 궁금해하는 문제에 대해서도 답을 얻지 못하고 있는데, 과연 그게 가능할까? 아니, 만에 하나 기회가 닿는다 하더라도 보로미어 저 녀석이 자신과는 상관도 없는 죽은 게이머에 대해 알아보려고나 할까?

원철은 고개를 저었다.

그러고 보니 욱이 아직도 연락이 없는 것이 이상했다. 오늘 새벽부터 제우스를 찾았느냐, 왜 못 찾았느냐 하며 들들 볶아대야 정상인 녀석이 어쩐 일인지 지금까지 전화 한 통도 없는 것이다. 혹시 저녁에 수정과 약속이 있기 때문에?

원철은 빙그레 미소를 지었다. 아무리 생각해도 수정에게 욱을 소개시켜 주기로 한 것은 잘한 일인 것 같았다. 머릿속에 들어앉은 생각들이 똑같은 인간들이니 서로 잘 어울릴 것이 분명했고, 왜 진작에 그 생각을 못했던가 스스로가 한심할 지경이었다.

어쨌거나 이제는 수정도 더 이상 추근대지 않을 것이고, 욱이 녀석이 자신을 괴롭히러 여기까지 찾아오는 일도 없어질 것이다. 아마 그러고 싶어도 수정이 그럴 시간을 주지 않을 테니까.

아직까지도 녀석의 연락이 없다는 것은, 곧 일이 잘 풀릴 징조였다. 골치 아픈 문제 두 가지를 한번에 해결했다 생각하니 담배 맛이 다 달콤해지는 느낌이었다.

재생을 마치고 팔란티어 브라우저를 닫으려던 원철은 갑작스레 떠오른 생각에 마우스를 움직이던 손을 멈칫했다.

'만약에 저 보로미어란 녀석이 실바누스처럼 다른 캐릭터를 위해 몸을 던지다 죽는다면?'

충분히 그럴 수 있는 일이었다. 게다가 녀석이 '보로미어적' 발작으로 그런 행동을 한다면, 자신이 그것을 막기 위해 할 수 있는 일이란 아무것도 없는 것이다.

잠시 고민을 하던 원철은 고개를 저으며 브라우저를 닫았다. 그 역시 지금 고민한다고 해서 해결될 문제가 아니었기 때문이다. 지금 당장 해결해야 할 다른 문제들도 많았다.

반쯤 완성된 코딩을 불러온 그는 넥서스 코리아의 요구 사항을 충실히 비트와 바이트로 옮기는 작업에 온 정신을 집중했다.

한편 욱은 하루 종일 앞에 쌓여 있는 서류들을 훑어보는 시늉을 하며 속으로는 원철에게 연락을 취할 방법을 강구하느라 시간을 보내고 있었다. NIS에서 자신을 감시한다는 사실이 어제로 명백해진 이상, 직장에서건 집에서건 원철에게 연락을 취하기가 영 불안했다. 전화, 팩스, 이메일, 핸드폰, 그 어떤 것을 사용해도 안전할 것 같지가 않았다. 직접 찾아가는 것은 미행이 없다는 것만 보장된다면 제일 확실한 방법이었지만 아무때나 쓸 수 있는 방법이 아니었다. 공중 전화도 집 부근이나 청사 주위는 안전하지가 않았다. 공중 전화라도 그 위치만 알면 10초 안에 상대방 전화 번호에 주소까지를 딸 수 있는 게 요즘 세상이다.

물론 원철까지 이미 감시 대상에 올라 있을 가능성도 배제할 수는 없었다. 하지만 아무리 NIS라도 자신이 만나고 다니는 모든 사람을 감시할 수는 없을 것이다. 지금 원철이 감시 대상에 포함되어 있다 하더라도, 당분간 직접적인 접촉만 피하고 있으면 자연히 그들의 관심은 멀어질 게 분명했다.

욱은 시계를 보더니 손을 비볐다. 만나고 다닐 사람을 또 하나 늘릴 시간이었다.

카페에 들어선 욱은 일단 앉아 있는 손님들을 주욱 둘러보았다. 그러나 혼자 앉아 있는 여자는 없었다. 헛기침을 한번 한 그는 입구에서 잘 보이는 자리를 골라 앉은 후 손목시계를 들여다보았다. 6시 5분이었다. 약속 시간이 6시였으니, 그리 늦은 것은 아니었다. 사실 상대방은 더 늦고 있으니 그런 건 문제도 되지 않지만.

"혹시 장욱 씨세요?"

갑작스런 목소리에 돌아보자, 눈이 번쩍 뜨이는 여자가 옆에 와 서 있었다.

긴 생머리에 동그란 금 귀걸이, 짙은 적색 입술에 포인트를 준 진한 화장, 목과 팔이 잘 드러난 흰색 니트 상의에다가 늘씬한 허벅지의 반 이상을 올라가 있는 회색 미니.

멍해 있던 욱은 정신을 차리고 일어나며 미소를 지었다.

"아니라도 장욱이라고 우겨야 되겠는데요."

그러자 여자는 깔깔 웃으며 자리에 앉았다. 욱이 자리에 앉자 여자는,

"양수정이에요. 원철 오빠 직장 후배."

하고는 다른 자리에 앉아 있던 여자에게 손을 흔들었다. 그러자 그 여자는 미소를 지으며 고개를 끄덕이더니 가방을 챙겨들고 일어섰다.

"제 친구예요. 욱 씨가 올 때까지 같이 일 이야기 좀 하느라고
요."

"일이요?"

"네, 미술을 전공하는 친군데 이번에 전시회를 한다나 봐요. 포
스터 디자인을 부탁하겠다고 오늘 꼭 보자기에, 억지로 시간을 좀
냈죠."

"얘기는 다 끝나신 건가요. 아니면 전 좀 기다려도 상관없는
데."

"호호, 천만에요. 전 제 인생의 우선 순위에 대해선 확실한 사
람이랍니다. 일은 항상 두 번째죠."

수정이 의미 있는 미소를 지으며 말했다. 욱은 마주 미소를 지
어 주면서, 마주앉은 이 아가씨를 재빨리 파악하기 시작했다.

20대 후반으로 갓 접어든 전문직 여성. 미혼에 고수입. 하고 다
니는 장신구와 옷으로 보아 몸치장에 상당한 돈을 쏟아 붓고 있는
것이 분명했다. 그렇다면 성격은 아마 남자들의 시선을 항상 의식
하고 즐기는 타입?

눈을 깜박이는 타이밍이나 미소의 강도, 표정, 앉은 자세와 손
가락의 움직임들까지 한눈에 파악한 욱은 3초도 안 되어 1차 결론
을 내렸다.

'경험?'

상당한 것으로 추정된다.

'내숭?'

쓸데없는 신경전은 별로 예상되지 않았다.

'오늘밤?'

잘만 하면 가능했다.

수정이 말했다.

"원철 오빠는 참 나쁜 사람이네요. 이런 친구분을 지금까지 숨겨만 두고 있었다니."

"방금 저도 같은 생각을 하던 중입니다."

마지막 청색 신호에 불이 들어오는 것을 느끼며, 욱은 속으로 미소를 지었다.

수정이 다시 물었다.

"원철 오빠와는 잘 아시는 사이세요? 나한텐 둘도 없는 친구라고 하던데."

"하하, 원철이가 그러던가요? 실은 맞아요. 고등학교 때부터 친구니까, 10년도 훨씬 넘었죠."

"그래요?"

수정은 놀랍다는 표정을 지었다.

"왜 놀라시죠?"

"아니, 그냥……, 글쎄요. 평소의 원철 오빠 성격으로 볼 땐 그렇게 깊은 친구는 별로 없을 거라고 느껴졌거든요."

"평소의 원철이가 어떤데요?"

"글쎄요. 좀 내성적이고 사람들 대하길 즐기지 않는다는 느낌을 받았거든요. 물론 요즘에는 좀 달라졌지만."

"제 생각엔 요즘에 와서야 옛날 모습으로 좀 돌아온 듯한데요. 원래는 아주 활달한 녀석이었거든요."

"호호, 오늘 재미있는 이야길 많이 듣네요. 원철 오빠가 활달했다고요? 안 믿어져요."

수정이 즐거워하는 모습에 욱은 신이 나서 말을 계속했다.

"그 녀석, 고등학교 때는 유명한 장난꾸러기였어요. 친구들 도
시락 훔쳐먹기는 기본이었고, 반에서 온갖 장난은 혼자서 도맡아
했죠."

"아니, 고등학생이 그런 유치한 장난을 한단 말이에요?"

"하하, 유치요? 글쎄요. 그게 유치하다면 녀석은 유치를 예술의
차원으로 끌어올린 놈입니다. 이야기 한 가지 들려드릴까요? 2학
년 때 별명이 꽁치라는 국사 선생님이 있었는데, 꼭 교탁을 삐딱
하게 옮겨놓고 수업을 하셨죠. 아침에 주번들이 열심히 교단 정중
앙에 교탁을 맞춰놓으면, 꼭 들어와서 수업 시작하기 전에 한쪽에
삐딱하니 끌어다 놓고 수업을 하는 거예요. 우린 모두가 그게 불
만스러웠는데 어느 날 원철이 녀석이 일을 냈죠."

"어떻게요?"

"하루는 첫 시간 시작 종이 울리자 원철이가 벌떡 일어서더니
교탁을 가리키면서, '교탁이여, 성스러운 주번 신의 이름으로 명
하노니, 더 이상 움직이지 말아라!' 하고 소리를 지르는 겁니다.
뭔 소린가 했던 반 친구들은 조금 후에 그 이유를 알 수 있었죠.
2, 3분 후 꽁치가 들어와 교탁을 들려는 순간, 이게 정말로 꼼짝을
안 하는 겁니다. 두 번 세 번 힘을 줘도 교탁이 꼼짝을 안 하니 어
쩌겠어요? 얼굴은 시뻘게지고, 애들은 웃고, 난리가 났겠죠. 누군
가 장난을 쳤으리라고 직감한 꽁치는 바닥을 기어가며 교탁 다리
를 면밀히 살폈지만, 못이 쳐져 있다거나 본드가 발라져 있다거나
한 것도 아니었기에 한동안 끙끙거리다가 결국 교탁을 그냥 교단
중앙에 놓고 수업을 할 수밖에 없었어요."

"어떻게 된 거죠?"

수정은 양 팔꿈치를 테이블 위에 올려놓으며 몸을 당겨 앉았다.

"물론 원철이 녀석 짓이었죠. 꽁치가 수업을 마치고 나가자마자 원철이는 벌떡 일어나더니 옆의 아이들에게 도와달라고 하는 겁니다. 그러더니 아예 나무로 된 그 무거운 교단을 번쩍 들어선 밑바닥에서 1미터는 되어보이는 긴 나사못을 네 개나 뽑아내는 거예요. 그제서야 교탁이 교단에서 떨어져 나왔죠. 그 다음엔 서둘러 네모난 얇은 나무판을 순간 접착제로 붙여 교탁 다리에 난 구멍을 가리고 교단을 180도로 돌려놓는 겁니다. 앞이 뒤로 가게요. 이걸 다 하는데 한 2, 3분 걸렸을까요?"

"세상에?"

"아니나다를까, 쉬는 시간이 끝날 무렵에 꽁치가 담임을 끌고 왔더라고요. 얼굴은 여전히 시뻘게서 말이죠. 하지만 어쩌겠어요. 담임이 교탁을 번쩍 들자 교탁은 언제 그랬냐는 듯이 가볍게 들려 올라왔고, 팔을 걷어붙인 꽁치가 교탁 다리와 교탁이 놓여 있던 교단 바닥을 살펴보았지만 조금도 이상한 점을 찾을 수 없었거든요. 다음 수업종이 울리자, 이젠 아예 얼굴이 푸르죽죽해진 꽁치는 우리를 한번 쩨려보고는 그냥 휑하니 나가버렸죠."

"대단하네요."

수정이 감탄하는 표정을 짓자, 욱은 손가락을 흔들며 아무것도 아니라는 시늉을 하곤 말했다.

"놀라운 건 원철이의 설명을 들은 다음이었죠. 녀석 얘기는, 그냥 못질을 하거나 본드로 붙이면 티가 난다, 그리고 힘도 약해서 정말 세게 당기면 뽑힐 수밖에 없다는 거예요. 그래서 그 녀석은 교탁 윗판을 덮은 비닐을 벗긴 다음 윗판과 다리를 관통하는 암나사를 네 곳에 박아넣었죠. 그리고 교탁 다리 하나하나에 길이로 관통하는 구멍을 뚫어서 교단 밑에서 올라오는 숫나사가 암나사와 맞물릴 수 있게 만든 거예요. 그러니 교탁은 말 그대로 교단에 박혀버린 거고, 사람의 힘으론 1밀리미터도 움직일 수가 없었던 겁니다."

"어머머, 세상에."

"원철인 그걸 하는데 매일 저녁 남아서 일주일이나 투자를 했다고 털어놓더군요. 이젠 좀 이해가 가십니까? 원철이가 하는 장난은 항상 그런 식이었어요."

"상상이 안 가요, 원철 오빠가 그랬으리라는 게. 자기 지난 이야긴 잘 안 하거든요."

"후후, 원래는 그렇게 재미있던 녀석이었어요. 한 3, 4년 전에 일이 좀 있고 나서 잠시 삐딱선을 타긴 했지만."

"일이라뇨?"

"사귀던 여자에게 실연을 당했거든요. 그 이후론 조금 우울한 성격이 됐죠."

"우울에다 신경질!"

수정이 덧붙이자, 욱은 맞장구를 치며 웃음을 터뜨렸다.

"하지만 요즘은 많이 좋아진 것 같아요. 얼굴도 좀 피고."

욱의 말에 수정도 고개를 끄덕였다.

"그래요. 한 두어 달 됐나? 슬슬 얼굴도 펴지고, 말도 많아지고. 전엔 저랑 말도 잘 안 했거든요."

"어쨌든 이렇게 수정 씨까지 소개시켜 줄 정도로 녀석 마음이

넉넉해졌으니 다행이군요."

그러자 수정은 미소를 지으며 다리를 반대로 바꿔 꼬았다. 그녀와 90도 각도로 앉아 있던 욱은 그녀의 미니스커트 아래로 향하려는 시선을 애써 테이블 위에 고정시켰다. 그러자 이번엔 테이블 가장자리가 니트로 윤곽이 드러난 그녀의 가슴을 약간 밀고 들어가 있는 것이 보였다.

조금 어색해진 욱은 미소를 지으며 말했다.

"여기서 계속 이러고 있자니 우습군요. 저녁이나 드시죠."

그러자 수정은 기다렸다는 듯 일어서며 물었다.

"개고기 좋아하세요?"

잠시 후, 두 사람은 테이블을 사이에 두고 마주앉아 있었다. 욱은 실내를 휘휘 둘러보고는 놀랐다는 투로 말했다.

"야, 이렇게 깔끔한 개고기 집이 다 있었네요. 분위기가 꼭 무슨 레스토랑 같군요."

"왜요? 그러면 안 되나요? 요즘은 이렇게 하지 않으면 젊은 애들 못 끌어요."

수정이 점원에게 주문을 하면서 말했다.

"아니, 젊은 애들도 개고길 먹나요?"

욱의 물음에 수정은 웃음을 터뜨렸다.

"호호, 꼭 아저씨들만 먹으란 법이 있나요? 생각해 보세요. 맛도 영양도 만점인데 못 먹을 이유가 없잖아요. 그리고 이렇게 꾸며놓고 팔면 혐오 식품 운운할 사람도 없을 거고."

"그렇군요."

"그리고 개고기 값은 쇠고기보다 비싸요. 같은 양이면 적어도 최고급 안심 스테이크보다 싸진 않을 걸요? 개고기 집이 스테이크 집보다 못할 이유는 하나도 없다고요."

욱은 고개를 끄덕였다. 맞는 말이었다.

"아까 수정 씨가 개고기 운운할 때는 첨엔 농담인 줄 알았습니다. 그런데 수정 씨 애길 듣고 나니까 이해가 좀 가네요. 그렇죠, 가격으로 따져보니 개도 나름대로 고급 음식 축에 끼는군요."

수정은 점원이 밑반찬을 가지고 오자 욱에게 권하며 말했다.

"이 집은 샐러드가 캡이에요. 요즘 서울서 이 정도로 신선한 야채를 맛보기는 어렵잖아요."

욱은 수정을 따라 깻가루가 묻은 야채를 한 젓가락 집었다.

"그래도 좀 재밌으시군요. 여자들 중에는 개고기라면 3년 전 먹은 것까지 다 게워내는 사람들도 많은데요."

그러자 수정은 입에 든 샐러드를 우물거리며 말했다.

"그건 이 맛을 모르는 사람들이 하는 소리죠. 사실 없어서 못 먹지 이거 맛들이면 소, 돼지는 돌아보지도 않아요. 게다가 정력엔 뱀 다음으로 이거잖아요."

욱은 순간적으로 자신이 뭔가 잘못 들었는가 싶었다.

"네?"

"정력요. 정력 몰라요?"

수정이 눈을 깜박이며 욱을 빤히 쳐다보았다.

"아, 알긴 아는데……."

욱이 말을 더듬자 수정은 정색을 하고 말했다.

"거기엔 이게 정말 캡이잖아요. 모르셨어요? 그래서 전 첫 데이트를 나가면 꼭 개고길 먹어요."

욱은 입을 딱 벌리고 그녀를 쳐다보았다. 그러자 그녀는 갑자기 웃음을 터뜨렸다.

"호호호, 누가 원철 오빠 친구 아니랄까 봐. 호호, 오빠보다 더 순진하시네."

어이가 없어진 욱은 따라서 웃을 수밖에 없었다. 하지만 왠지 그녀의 말이 100퍼센트 농담만은 아닌 것 같았다.

"허허, 수정 씬 유머 감각이 상당히……, 독특하시군요."

"네, 다들 그렇게 말하더군요."

그때 점원이 대나무 발에 곱게 얹은 수육을 가지고 왔다. 그는 김을 모락모락 내며 끓고 있던 냄비 위에 고기를 올려놓더니 정중히 인사를 하고 사라졌다.

"들어보세요. 입에서 살살 녹아요."

수정의 말은 정말이었다. 고기맛 하나는 욱이 지금까지 먹어본 개고기, 아니 모든 고기 중 최고였다. 그런데 뭔가가 좀 빠진 듯했다.

"저기, 혹시 소주나 한잔 곁들이실 생각은 없으세요?"

욱의 물음에 수정은 약간 곤란한 표정을 지었다.

"실은 저도 술을 좋아하긴 하는데, 많이 마시질 못해요. 그래서……."

"좋아하시면 됐지, 그래서는 왜 붙이십니까? 가볍게 한잔 드세요."

"아니, 전 주량이 너무 작아서……."

'작을수록 좋은 거 아니겠어?'

276

욱은 내심 회심의 미소를 지으며 소주를 주문했다.

술이 도착하자, 욱은 수정에게 첫잔을 따라주며 말했다.

"개고기 먹을 때 이게 빠지면 꼭 휴지 없이 화장실 간 기분이라서요."

"호호, 하긴 그렇죠."

첫잔을 건배하고 나서 욱이 두 번째 잔을 채워주자 수정이 물었다.

"그런데 원철 오빠랑은 어떻게 친해지시게 된 거예요? 고등학교 친구라도 그냥 얼굴만 아는 경우도 많은데."

욱은 자신의 잔을 채우며 대답했다.

"그게 그러니까 언제냐, 고2 말쯤이죠. 그때 저는 대학갈 생각이 별로 없어서 오락실에서 밤새워 놀고 그랬죠. 독서실에서 공부하던 원철이도 가끔씩 기분 풀러 오락실에 들르곤 했는데, 매일 딱 한 판만 하고 올라가곤 해서 나랑은 별로 어울리지 않았어요. 그런데 하루는 밤늦게 집엘 가는데 독서실 옆 골목에서 무슨 소리가 들리더라고요. 호기심에 들여다보니, 글쎄 원철이 녀석이 깡패들한테 둘러싸여 있는 게 아니겠어요?"

"어머나."

"사실 그때까지만 해도 원철이랑 한 반이긴 했지만 그렇게 친하진 않았거든요. 하지만 그래도 같은 반 친구가 그런 일을 당하고 있는데 어떻게 그냥 지나칠 수 있겠어요? 제가 나설 수밖에 없었죠."

수정이 존경스런 눈으로 자신을 쳐다보는 바람에 욱은 어깨가 으쓱했다.

"내가 누굽니까. 그래도 학교에선 '짱'으로 통하던 녀석인데, 동네 깡패 서넛 정도야 아무것도 아니죠. 1분도 안 걸렸어요."

"우와……."

"그러고 나서 보니, 원철이 이 자식이 왜 그러고 있었는지 아세요? 글쎄, 같은 독서실에서 공부하는 여학생이 봉변 당하는 걸 구하려다 그랬다는 겁니다."

"원철 오빠가요?"

수정이 믿어지지 않는다는 얼굴로 되묻자 욱은 고개를 끄덕였다.

"녀석도 나름대로는 정의파였으니까요."

"두 분 다 대단하시군요. 정말 그 용기에 경의를 표하지 않을 수 없네요."

"그래요? 자, 그럼 만용과 용기를 위하여, 건배!"

욱은 술잔을 내려놓으며, 수정이 확실히 잔을 비우는지를 곁눈으로 확인했다.

두 사람이 다시 잔을 채우고 나자 욱이 이야기를 계속했다.

"하여간 그 다음날 학교에서 원철이가 날 찾아왔어요. 그러더니 책임을 지라는 겁니다."

"뭘요?"

"그냥 몇 대 맞고 끝났으면 되는 일을 내가 크게 만들어놨다는 거죠. 그 녀석들이 무서워 독서실도 못 다니게 됐으니, 나보고 책임을 지라는 거예요."

"어떻게요?"

"자기가 독서실비를 댈 테니까 자기랑 독서실을 같이 다니자는 겁니다."

"호호호호."

"그게 말이나 됩니까? 난 공부라면 목에 칼이 들어와도 진절머리를 치는 놈이었는데, 그런 놈에게 독서실이라뇨."

"그래서 어떻게 됐나요?"

"처음엔 거절했는데 이 녀석이 워낙 간곡히 매달리는 바람에 결국엔 딱 한 달만이라는 조건으로 원철이랑 같이 독서실을 다니기로 했어요. 그런데 처음 한 달을 다니면서 이 녀석과 지내보니까, 녀석이 아주 진국이더라고요. 녀석이 옆에서 도와줘서 조금씩 공부도 하게 됐고, 하여간 여차저차 수능 때까지 같이 다니게 됐어요. 그래서 대입 때 장난 반 기대 반으로 원철이가 지원하는 대학에 나도 지원을 했는데, 그만 절컥 붙어버렸죠. 특기생으로지만."

"특기생?"

"별건 아니고 태권도 대회에서 한두 번 입상한 적이 있었거든요. 학교 성적이 워낙 안 좋아서 대학은 생각도 않고 있었는데, 원철이 덕에 붙게 된 거예요. 어떻게 보면 녀석이 나름대로 빚을 갚은 거죠. 합격 통지서를 받아들고 둘이서 부둥켜안고 울었어요."

"너무 감동적인 얘기에요."

"하하, 그런가요? 하지만 정말 감동적인 이야긴 따로 있어요. 원철이가 얻어맞아 가며 구했던 그 여학생 말이에요. 나중에 대학 가서 보니 그때 인연으로 원철이와 사귀고 있더라고요. 대학, 군대 다 마칠 동안 계속요."

"어머머, 어머머. 그런데 그 아가씨는 어떻게 됐어요?"

"그게 좀 웃겨요. 하루 이틀도 아니고 7, 8년씩 사귄 사이라 난 둘이 결혼할 걸로 알았는데, 어느 날 갑자기 깨졌어요."

수정의 입이 쩍 벌어졌다.

"아니, 그럼 원철 오빠가 3, 4년 전에 실연당했다던 그 여자가 고등학교 때부터 사귄 여자란 말이에요?"

욱은 씩 웃으며 고개를 끄덕였다.

"그 녀석 그런 놈이에요. 내가 매일 놀렸거든요, 순정파라고. 내가 아는 사람 중에 첫사랑을 그렇게 오래 붙잡고 있었던 건 원철이밖에 없어요."

"오오, 슬픈 첫사랑을 위해서 한잔 해야겠어요."

욱과 수정은 다시 잔을 부딪쳤고, 욱은 수정의 잔이 비는 것을 다시 확인하면서 속으로 미소를 지었다.

석 잔째.

"그런데 수정 씬 첫사랑이 누구였나요?"

"첫사랑요? 글쎄요. 모르겠어요. 아마 없었던 것 같아요."

"하하하, 농담도. 누가 그 말을 믿습니까? 수정 씨 정도면 학교 때 남자들이 그냥 놔두지 않았을 텐데요."

"호호, 그 말은 맞아요. 물론 사귀었던 사람은 몇 명 있었죠. 하지만 지금 되돌아보면 사랑이란 감정을 느꼈던 남자는 없었던 것 같네요. 대부분 단순한 욕정이었죠."

거침없는 수정의 말에 욱은 자기도 모르게 얼굴이 달아올랐다.

"호호호, 농담이에요. 그런데 술이 약하신가 봐, 벌써 얼굴이 빨개지셨네."

수정이 웃음을 터뜨리자 욱은 멋쩍은 미소를 지을 수밖에 없었다.

"곤란한 질문이었나요? 멋진 농담으로 비켜가시는군요. 그런데 이거 정말, 수정 씨의 유머 감각은 저도 따라가기가 벅찹니다. 우리 수정 씨의 유머 감각을 위해서 한잔 하죠."

욱이 잔을 들자 수정도 따라서 잔을 들며 말했다.

"건배!"

욱은 잔을 부딪치며 속으로 이를 갈았다.

'이게 아주 날 가지고 놀려고 하는군. 하지만 두고 봐라. 오늘 밤 안으로 발발 기게 만들어주마.'

"이런! 고기가 다 떨어졌는데, 좀더 드시겠어요?"

욱이 묻자 수정은 고개를 끄덕였다.

"아저씨, 여기 수육 2인분하고 소주 한 병 추가요."

자연스럽게 빈 병을 치우며 술을 더 주문한 욱은 다시 수정의 잔을 채워주었다. 자신의 잔을 채우려는데 수정이 그의 손에서 술병을 빼앗았다.

"어머, 지금까지 제가 주도를 잊고 있었네요. 자작은 금물이죠."

욱은 이유 없이 즐거워하며 술을 따르는 수정을 보면서 회심의 미소를 지었다. 지금까지 속성으로 한 병을 똑같이 나눠 마셨으니 잠시 후면 슬슬 효과가 나타날 때가 된 것이다.

"수정 씨 같은 미인의 잔을 받다니, 오늘은 영원히 기억해 둬야겠군요."

"호호, 웬 비행기. 그런 말 하셔도 믿지 않으니까, 술이나 드세요."

'이것아, 진짜 믿으라고 한 소리도 아니다.'

욱이 잔을 비우자 수정이 말했다.

"그런데 지금 경찰이시라고 들었는데, 어떻게 그 일을 하시게 된 거죠?"

"글쎄요, 뭐 특별한 동기가 있었던 건 아녜요. 원철이가 군대가 있는 동안 한두 번 면회를 간 적이 있었는데, 녀석 꼴을 보고 나니 별로 군대 가고 싶은 생각이 안 들더라고요. 그래서 졸업과 동시에 의경에 지원해서 의무 복무를 마쳤죠. 그런데 나올 때가 되니까 경제가 안 좋다며 밖은 온통 난리가 나 있었고, 달리 가야 할 일자리가 있는 것도 아니고 해서, 그냥 계속 붙어 있게 된 겁니다."

"그럼 험한 일도 자주 하시겠네요. 조직 폭력배나 살인범들하고 막 싸우기도 하시고 그래요?"

"가끔은요. 아주 가끔."

"위험하지 않아요?"

"실은 우리 나라에선 그렇게 위험한 경우는 거의 없어요. 조폭이나 강력범들보다는 음주 단속이 더 위험한 편이죠. 그리고 이젠 경사라 음주 단속 같은 일은 별로 안 하고 주로 서류 일이 더 많아요. 하지만 그것도 나름대로 위험은 하죠. 운동 부족으로 동맥 경화나 심장 마비에 걸릴 수 있으니까요."

별로 재미있지도 않은 말이었는데, 수정은 깔깔대며 웃었다. 방향을 잡은 욱은 슬슬 설을 풀기 시작했다.

"일하다 보면 별일을 다 봐요. 하긴 경찰 일이란 게 세상 일 중에서 안 좋은 것만 보게 되는 직업이긴 하지만, 하다 보면 또 재밌는 일도 많이 있거든요. 웃기는 도둑 이야기 하나 해드릴까요?"

"네."

수정은 팔꿈치를 상 위에 올려놓으며 다가앉았다. 그러자 아까처럼 테이블의 가장자리가 불룩한 그녀의 가슴을 밀고 들어갔다. 욱은 저도 모르게 침을 꼴깍 삼킨 다음 말했다.

"흠, 흠. 그러니까 이 녀석들이 2인조 강도였는데, 빈집털이 전문이었어요. 하루는 여름 휴가철에 빈집엘 들어갔는데 집을 뒤지다가 달력에 적힌 메모를 보고 주인이 그 다음날이나 되어야 돌아온다는 걸 알게 된 거예요. 그러자 이 녀석들이 긴장이 풀어져서 아예 거기 눌러앉아 그 집 술장을 열어놓고 양주 파티를 벌인 겁니다. 그런데 거나하게 취하고 나자 이것들이 서로 다퉜어요. 분배 문제로 평소에 불만이 많던 후배 놈이 시비를 걸었고, 아마도 꽤나 시끄럽게 소릴 질러가며 싸웠나 봐요. 결국 옆집에서 경찰에 신고를 해가지고 우리 서에서 출동을 했죠."

"호호호. 그래서 잡혔군요."

"아녜요. 여기서부터가 웃긴 겁니다. 사실 출동했던 순경도 좀 멍청한 녀석이었거든요. 초인종 소리에 밖을 내다본 녀석들이 경찰을 보고 얼마나 놀랐겠어요? 어쩔까 고민하던 녀석들은 일단 문을 열었죠. 그러곤 그 순경을 들어오라고 해서 거실에 앉혀놓고는 주인 형제 행세를 한 거예요. 녀석들 연기가 얼마나 감쪽같았는지 그 순경은 그만들 싸우라고 잘 달래놓고는 그냥 일어섰죠."

"세상에. 그래서 놓쳤어요?"

"거의 그럴 뻔했죠. 그런데 나올 때, 형 행세를 한 도둑이 미안하다면서 순경에게 봉투를 하나 준 거예요. 주니까 일단 받아가지고 서로 돌아왔는데, 들여다보니 100만 원짜리 수표 두 장이 들어 있더래요. 나중에 알고 보니 녀석들은 취중에 그걸 10만 원짜리로 알았다더군요. 그 순경은 액수가 너무 엄청나자 계속 그게 마음에 걸렸더랍니다. 결국 한 시간 후에 퇴근하면서 봉투를 돌려주러 그 집엘 다시 갔어요. 그때, 보따리를 싸들고 집을 나오던 도둑들과 마주친 거죠."

"호호호, 호호호."

"순경은 아직도 그놈들이 집주인이라고 알고 있었으니까, 태연히 그 녀석들에게 걸어가서 봉투를 다시 돌려줬어요. 그런데 이미 그때는 마신 술이 올라와 가지고 두 녀석 다 거의 꼭지가 돌아가 있었거든요. 비틀거리며 잘 서 있지도 못하는데 짐까지 들고 어딜 가려는 걸 보고, 순경은 그 녀석들이 혹시 음주 운전이라도 할까 봐 걱정이 되어 잘 달래서 다시 집안으로 들여보냈어요. 그리고 돌아서서 집에 가려는데, 이 녀석들이 또 기어나오는 게 아니겠어요? 그래서 다시 잘 타일러 들여보낸 후 아예 그 앞에서 지키고 섰다가, 녀석들이 나오려고 하면 들여보내고, 나오려고 하면 들여보내고, 그러길 몇 차례나 했다는 겁니다."

수정은 눈물까지 흘려가며 웃었다.

"하여간 그 순경 덕에 녀석들은 그냥 집안에서 잠이 들어버렸고, 내친김에 아예 다음날까지 푹 자버린 거예요. 다음날 길 막히는 것 피하려고 일찍 돌아온 진짜 집주인이 그 꼴을 보고 깜짝 놀라 신고를 했고, 때마침 출근하던 순경은 그 전날 갔던 집에 도둑이 들었다는 말에 제일 먼저 뛰어갔어요. 가보니까 진짜 주인이 아직도 술에 절어 있는 두 녀석을 이미 빨랫줄로 묶어놓고 있었는데, 그 멍청한 순경이 무전기를 탁 누르고 뭐라고 했겠어요?"

수정은 눈을 크게 떴다.

"'본부! 여기 인질극 상황이 벌어졌습니다!'."

"학, 학, 학!"

수정은 거의 숨을 쉬지 못할 정도로 웃어댔다.

"정, 정말 바보 같은 도둑들이네요. 그 경찰 아저씨도 그렇지만."

수정이 겨우 숨을 고른 다음 말하자, 욱은 고개를 끄덕이며 씨익 미소를 지었다.

"기동대까지 출동하고 한바탕 난리가 났죠. 그 서에 근무했던 사람들은 아직도 장욱이라면 배꼽부터 잡는다고요."

"그, 그럼 욱 씨가 그……, 푸하하하하!"

수정은 몸을 앞뒤로 흔들어가며 다시 웃어댔다.

"순경 달고 첫달이었거든요."

욱이 빙긋 웃으여 덧붙였다.

욱은 가까스로 수정의 웃음이 잦아들 때까지 기다리다가 잔을 들며 말했다.

"순진했던 시절들을 위하며, 건배!"

"건배!"

잔이 비자 욱은 재빨리 수정의 잔을 채워주며 말했다.

"혹시 히로뽕 먹은 송아지 얘기는 들어보셨나요?"

그렇게 이런저런 이야기를 몇 가지 더 들려주는 동안 두 번째 병이 비었고, 이번엔 욱이 뭐라고 하기도 전에 수정이 먼저 술을 시켰다. 그것마저 비우고 자리에서 일어섰을 때, 수정의 걸음은 상당히 불안해 보였다. 아무리 욱이 한두 잔 더 마셨다지만 소주

한 병은 족히 마신 후니 무리도 아니었다. 욱은 그녀를 부축하는 척하며 슬쩍 그녀의 어깨에 손을 올렸다.

"오빠, 오늘 나 정말 재밌다. 정말 정말 기분이 조오아."

이미 '욱 씨'라는 호칭과 존대는 날아간 지 오래였다.

"그래? 나도 오늘 정말 기분이 째진다."

그 말은 진심이었다.

"근데 나 이러케 마니 취해서 어쩌지? 근데 어째, 오빤 하나도 안 취한 거 같다?"

수정은 욱의 얼굴을 들여다보며 혀 말리는 소리를 하더니 그의 손을 잡아끌었다.

"오빠, 우리, 어디 가서 한잔만 더하자. 내가 조은 데 알아."

그러나 사실 스스로도 어느 정도 부담스런 취기가 올라오는 것을 느끼고 있던 욱은 머뭇거릴 수밖에 없었다. 그러자 수정은 그의 손을 뿌리치며 말했다.

"오빠, 뭐야? 오늘 내가 조금 취했다고 날 우습게 보는 거야?"

"아니야. 저, 절대 아니야. 난 그냥……, 널 집에 데려다주는 게 좋을 것 같아서."

놀란 욱이 허둥지둥 말했다.

위험했다. 잘 나가다가도, 남자가 자신을 우습게 본다는 느낌을 받으면 거기서 끝인 게 여자들이다. 반대로 쥐꼬리만큼이라도 대접받는다는 기분이 들도록 하면 뭘 하자고 해도 다 한다.

"집에? 왜?"

수정의 표정이 멍하게 굳어졌다.

"그, 그거야 첫 데이트에서 당연한 예의 아냐?"

욱이 더듬거리며 대답하니 수정은 갑자기 한숨을 푹 내쉬었다.

"왜 그래?"

수정은 고개를 저었다.

"아, 아냐, 그냥……. 그나저나 오빠는 술이 엄청 세다. 주량이 얼마나 돼?"

"글쎄? 한 소주 여섯 병 정도?"

욱은 언제나처럼 약간 뻥을 쳤다. 그러자 수정은 조금 놀라는 표정을 지으며 혼자말처럼 중얼거렸다.

"아직도 한참 남았네."

"으응. 그렇……지."

왠지 이상한 느낌이 든 욱이 머뭇머뭇 대답하자, 수정은 번쩍 고개를 들더니 다시 욱의 손을 잡아끌었다.

"그럼 조금 더 마셔도 되잖아. 딱 한잔만."

어쩔 수 없이 그녀에게 끌려가며, 욱은 속으로 투덜거렸다.

'웬 여자가 이리 술을 밝혀?'

수정의 안내로 도착한 카페의 푹신한 소파에 앉아 있던 욱은 갑자기 종업원이 커다란 양주병을 들고 나타나자 긴장했다. 딱 한잔 이라더니 이게 웬…….

그러나 옆에 바짝 붙어앉은 수정이 생각할 틈도 없이 잔을 채워 주는 바람에 일단 첫 잔이 넘어갔다.

"오빠야, 난 오빠가 저엉말 맘에 들어."

수정은 콧소리를 내가며 다시 욱의 잔을 채웠다. 위스키 냄새보 다도 그녀의 짙은 향수 냄새가 코를 간질러왔지만, 혹시나 또 우습게 본다는 누명을 뒤집어쓰지나 않을까 긴장한 욱은 그녀의 어깨에 팔을 두르기는커녕 옷깃도 닿지 않도록 조심했다.

"수정이 너도 딱 한잔만 더 하는 거다."

욱은 생각해 주는 척하며 수정의 잔에 위스키를 꾹꾹 눌러 담아 주었다.

수정은 단숨에 잔을 비우더니 말했다.

"난……, 결혼이 싫어. 우리나라에선 결혼하면 절대로 남자와 동등하게 살지 못해. 남자한테 제대로 된 대우를 받을 때는 연애할 때뿐이라고. 울 엄마는 만날 나보고 시집가라고 난리지만, 오빠야, 내가 미쳤어? 결혼해서 종살이나 하게? 연애가 훨씬 나아. 난 죽을 때까지 연애만 할 거야."

욱은 그녀의 말뜻을 재빨리 분석해 보았다. 아무래도 이 가시나는 골수 페미니스트인 듯했다. 그렇다면 아무리 자유 연애주의자라 해도 실은 여자 대우를 제대로 받기 위해 독신을 지키는 타입?

이건 좀 골치가 아플 수 있었다. 이런 여자일수록 남자가 자신을 섹스의 대상만으로 여기는 것을 거부하는 경향이 있기 때문이다. 받들어 모시는 척하면서 스스로 넘어오기를 기다리는 고난도의 테크닉이 요구되는 상황이었다.

"오빠, 나랑 연애나 한번 해볼래?"

수정의 질문에 욱은 침을 꼴깍 삼켰다. 이건 떠보는 질문이 분명했다.

"하하, 연애는 아까 만난 순간부터 이미 시작된 거 아냐?"

부정은 아니었지만, 그렇다고 그녀가 던진 미끼를 덥석 무는 것도 아니었다.

"호호, 그런가?"

수정은 자신의 잔을 채우더니 약간 혀가 풀린 목소리로 말했다.

"즐거운 연애를 위하여 건배!"

욱도 어쩔 수 없이 잔을 들어 비우는 수밖에 없었다. 위스키가 두 잔이나 들어가자 욱은 슬슬 혀가 뻐근해져 오는 것을 느꼈다.

그때 갑자기 '삐이익' 하는 소리가 나는 바람에 욱이 주위를 두리번거리자, 수정이 웃으며 말했다.

"내 거야, 내 거."

그녀는 들고 있던 가방에서 작은 전기 면도기 상자 같은 것을 꺼내 뚜껑을 열었다. 그러곤 능숙한 솜씨로 뭔가를 끄집어내 펴더니 머리에 뒤집어썼다. 그건 워크맨 헤드폰처럼 생긴 것인데 가느다란 철사로 된 몸체에서 나온 전선이 상자와 이어져 있었다. 그러나 검은 플라스틱으로 된 얇은 판이 왼쪽 눈을 덮고 실 같은 마이크가 입 옆으로 뻗어 있는 것이 보통 헤드폰과 달랐다.

"양수정 로그 인."

수정은 자기 이름을 말하더니 계속해서 단어들을 주워섬겼다.

"메일 박스……, 오픈……. 뉴……, 오픈……. 세븐……, 오픈……. 다운, 다운, 다운……."

그리고는 가만히 앞을 바라보다가 다시 말했다.

"리플라이……, 편지 잘 받았어요. 확인 후 내일중으로 알려드릴게요. 큰 문제는 없을 테고, 그쪽 의견이 충분히 수용될 수 있도록 할게요……. 메시지 엔드……, 센드……, 클로스, 클로스, 클로스……, 시스템 오프."

머리에 썼던 것을 벗은 수정은 욱이 멍한 표정으로 자신을 쳐다보고 있자, 배시시 웃음을 지었다.

"오빠 미안, 갑자기 메일이 와서."

"그게 뭐야?"

"이거? 마스코트."

"마스코트?"

"멀티미디어 안전 통신 단말기[Multimedia-Accommodating Secure Communication Terminal]라나? 뭐 그런 뜻이래. 이거 하나만 있으면 어딜 가나 집에 있는 내 시스템하고 완빵으로 연결이 되거든. 한번 볼래?"

수정은 욱의 대답을 기다리지도 않고 바짝 다가오더니 손에 들고 있던 헤드폰을 욱의 머리에 씌워주었다. 욱은 눈앞에서 흔들거리는 그녀의 가슴과 뇌쇄적으로 풍겨오는 그녀의 체취에 온 의식을 집중하다가, 갑자기 수정의 얼굴이 정면에서 다가오자 바짝 긴장했다. 수정은 거의 서로의 입술이 닿을 듯한 거리까지 와서는,

"양수정 로그 인."

하고 말했다.

그러자 갑자기 왼쪽 눈앞이 밝아지며 컴퓨터 화면이 나타났다.

"와, 대단한데?"

욱이 감탄을 하자 수정이 자랑스레 말했다.

"최신 모델이야. 보안성 하나는 끝내준다고. 내 목소리에만 반응해서 작동하거든. 웬만한 건 말로 입력이 가능하고, 이쪽 상자에 트랙볼이 있어서 그걸로도 조작이 가능해."

"이거 정말 신기한데? 얼마야?"

"한 500만 원?"

욱의 입이 벌어지는 걸 보고 수정이 말했다.

"그만한 가치가 있어. 나같이 연약한 여자가 항상 무거운 노트북을 들고 다닐 순 없잖아?"

수정은 다시 몸을 바짝 붙이고서 욱의 머리에서 헤드폰을 벗겨내더니 조심스레 접어 상자 안에 넣었다.

수정이 다시 자기 자리로 돌아가자, 욱은 앞에 놓인 빈 잔들을 다시 채우며 말했다.

"놀라운 현대 문명의 발달과 21세기를 위하여 건배!"

조금 전의 아찔한 접촉으로 고난도 테크닉 따위는 이미 욱의 머릿속에서 사라진 뒤였다. 이젠 제풀에 넘어오고 자시고를 기다릴 여유가 없었다. 단지 절박한 남성의 요구만이 남아 있을 뿐이었다.

완전히 술로 승부하는 쪽으로 전략을 수정한 욱은 수정이 앞에 놓인 잔을 비우는 것을 보고는 미소를 지었다. 이대로라면 30분 이내로 결판이 날 것이니, 그때까지만 참으면 되는 것이다.

수고할 것도 없이 이번엔 수정이 알아서 잔을 채웠다.

"즐거운 연애를 위해서 건배!"

그녀는 했던 말을 되풀이하고 있었다.

주거니 받거니 서너 잔쯤 더 오가고 나자, 수정은 아예 욱에게 달라붙어 떨어지려고 하지 않았다. 욱은 큰맘을 먹고 그녀의 어깨에 팔을 둘렀다.

"수정아?"

"으응?"

"너 괜찮니?"

"그러엄. 말짱해애."

거의 감긴 눈으로 혀꼬부라진 소리를 하는 그녀를 본 욱은 마음 속으로 쾌재를 불렀다. 이 정도면 앞으로 10분 후면 게임이 종료될 것이다.

"너 너무 마셨구나. 일어나자. 내가 집에 데려다줄게."

'집은 무슨 얼어죽을 집. 내가 너네 집을 알기나 하니?'

욱은 속으로 흥얼거리며 수정을 일으키려 했지만, 수정은 갑자기 완강히 거부하더니 앞에 있던 물컵에 남은 양주를 몽땅 쏟아부었다.

"오빠, 이거 마셔라. 오빠가 이것만 마시면 나 일어날게, 응?"

"그러지 말고 가자."

욱이 달래며 다시 수정을 일으키려 하자 그녀는 그의 팔을 뿌리치면서 말했다.

"오빠 또 날 무시하려고 그런다. 응? 그런 거야?"

속이 뜨끔해진 욱은 얼른 잔을 집어들고 입 안에 털어넣었다.

"자, 됐니? 가자."

그제서야 수정은 비틀거리며 자리에서 일어났고, 욱은 그녀를 부축하면서 카페를 나왔다. 거리로 나오자 수정은 욱의 허리에 한 팔을 두르며 몸을 밀착시켜 왔다. 욱은 옆구리를 지그시 누르고 들어오는 젖가슴의 감촉을 음미하며 물었다.

"수정아, 너 집이 어디니?"

"집? 몰라."

"그러지 말고, 집이 어디냐니까?"

"저어기."

대충 아무렇게나 가리키는 방향을 보니 '노블 호텔'이란 간판이 커다랗게 보였다.

"그래그래, 집에 가자."

욱은 튀어나오려는 콧노래를 가까스로 억제하면서 호텔을 향해 그녀를 이끌었다. 호텔 문을 들어설 때도 수정은 눈을 감은 채 아무런 저항이 없었다.

한눈에 사태를 짐작한 보이가 잽싸게 키를 들고 두 사람을 엘리베이터로 안내했고, 수정은 엘리베이터 안에서도 계속 비몽 사몽 간을 헤맸다.

그러나 엘리베이터가 멈추는 순간, 욱은 약간 이상한 기분이 들었다. 보이를 따라 걸음을 옮기면서 그 이상한 느낌은 기하 급수적으로 팽창하기 시작했다. 뭐라고 말로 표현하기 어려운 요상한 느낌이었다.

마치, 마치…….

"이 방입니다."

보이는 문을 열어주고는 키를 내밀었다.

키를 잡으려고 손을 내밀던 욱은 드디어 그 이상한 느낌이 무엇인지 깨달았으나, 이미 늦은 일이었다.

악수를 하는 자세로 꼿꼿이 굳은 채, 욱은 마치 밑둥 잘린 거목이 쓰러지듯 큰 대자로 복도에 널브러졌다.

"어휴, 내가 미쳐 정말."

지금까지 눈을 감고 비틀거리고 있던 수정이 갑자기 발을 구르며 소리를 지르는 바람에 보이는 깜짝 놀라 쓰러져 있는 욱과 수정을 번갈아 보았다.

"뭐? 주량이 여섯 병? 주량 뻥치는 새끼치고 별볼일 있는 놈 없다더니……, 뭐해요! 어서 방 안으로 옮기기 않고!"

투덜거리던 수정은 애꿎은 보이에게 신경질을 냈다.

욱의 거구를 방 안으로 옮기기 위해, 보이와 수정은 한참을 끙끙대야 했다.

간신히 욱을 방 안으로 끌어들인 다음, 수정은 지갑에서 10만원권 세 장을 꺼내어 어쩔 줄 모르고 서 있는 보이에게 내밀었다.

"이거면 충분하죠?"

보이가 인사를 하고 후닥닥 나가려 하자, 수정은 그를 다시 불러 세웠다.

"아저씨, 그리고 남는 돈으로 소주 찬 걸로 두 병하고 안줏거리나 좀 사다주세요. 입가심이나 하고 가게."

보이가 질린 표정으로 인사를 하고 사라지자, 수정은 태평스레 코를 골며 발 밑에 자빠져 있는 욱을 한심스럽게 쳐다보았다.

"이 미련한 녀석아! 넌 지 주량도 모르고 마시냐? 게다가 눈치 둔하긴 꼭 지 친구 닮아가지고, 그렇게 사인을 줘도 모르니? 그래, 결국 이렇게 될 정도로 마시고 나서야 구미가 동하던?"

한참 동안 씩씩거리며 혼자 욕을 해대던 수정은 제풀에 지쳐 입을 다물었다.

"이 녀석아, 넌 취한 척하는 게 쉬운 줄 아니?"

푸념조로 다시 중얼거리던 그녀는 그래도 화가 안 풀려 구둣발로 욱의 허벅지를 있는 힘껏 걷어찬 다음, 침대 위로 벌렁 누워버렸다.

제20장
또 다른 세계의 가르침

6월 4일 수요일 오전

고개를 빠끔 들이밀고 수사반 안을 들여다보던 욱은 반장과 정면으로 눈이 마주치자 소스라치게 놀라 목을 움츠렸다.

"이 우라질노므스키! 거기 서!"

뇌성 벽력 같은 고함소리에 이어 반장의 육중한 몸이 성난 황소처럼 수사반에서 뛰어나왔다.

"저, 저기 반장님……"

욱은 등을 벽에 바짝 붙인 채 변명을 하려 했으나 반장은 들으려고도 하지 않았다.

"이런 좆대가리를 사시미쳐 먹을 놈의 자식! 지금이 몇 시야! 점심 먹을 때가 다 돼서야 어슬렁거리며 나타난 주제에 뭔 할말이 많다고 입을 놀려!"

"죄, 죄송합니다."

"개새끼, 좀 성실하다 싶어 눈 감고 봐줬드니, 이 씨벌롬아! 그래 너 이 새끼, 술 처먹다 부은 간이 아주 배 밖으로 나왔구나!"

"……."

찍어놓은 점 같은 반장의 눈은 파란 불꽃을 뿜으며 이글거리고 있었다.

"넌 말로 해서 될 놈이 아니야! 따라와!"

욱은 거칠게 걸음을 옮기는 반장의 뒤통수를 겁에 질린 눈으로 쳐다보다가 수사반 입구에서 최경식이 엷은 미소를 띤 채로 자신을 바라보고 있는 것을 깨닫고는 눈을 부라렸다.

"이 개자식아! 귀가 먹었어?"

가스통이 폭발하는 것 같은 반장의 고함소리에 형사는 최경식을 다시 한번 쏘아본 후 반장의 뒤를 따라 떨어지지 않는 걸음을 옮겼다.

멍한 상태로 눈을 뜬 것이 30분 전의 일이었다. 장소가 호텔 방이란 것은 이내 깨달았지만, 어떻게 자신이 그 자리에 누워 있는 건지는 도무지 생각이 나지 않았다. 어제 수정이와 저녁을 먹으며 술을 마셨고, 그리고 그녀가 이끄는 술집에 가서 한잔 더 걸쳤던 것까지는 생각이 났지만 그 이후는 하얀 백지였다.

반장의 뒤를 따르며 슬쩍 시계를 보자 벌써 11시를 살짝 넘고 있었다. 10분 20분도 아니고 아예 오전을 그냥 날려버린 셈이니 반장이 단단히 화가 날 만도 했다. 징계 처리를 할 수도 있는 것을 직접 손을 보겠다고 나서는 걸로 보아 오늘은 정말로 뚜껑이 날아가 버린 것 같았다. 최근 들어 상부에서 쪼아대는 강도도 점점 심해져 가는 듯했는데, 그것까지 더해져 쏟아져내린다면 오늘은 꼼짝없이 죽었다고 복창하는 것 외에는 방법이 없을 것이다.

그런데 씨근덕거리며 계단을 올라가는 반장의 뒤통수를 바라보며 머리에 떠오른 생각은, 이상하게도 지금의 위기 상황과는 전혀 상관 없는 것이었다.

'어제 같이 잔 걸까? 기억은 잘 나지 않지만, 혹시 그랬다면 그 여자 어땠을까?'

착 달라붙은 니트의 실루엣으로 그려지던 수정의 허리를 아쉽게 회상하던 욱은 '끼이익' 하는 쇳소리에 퍼뜩 정신을 차렸다.

앞을 보니 반장이 옥상으로 통하는 문을 열고 있었다.

"어서 나오지 못해!"

먼저 밖으로 나간 반장의 고함에 주뻣주뻣 문을 나서자, 초여름 정오의 후끈한 열기가 욱을 감쌌다.

"문 닫아!"

다시 날아온 외침에 형사는 후닥닥 철문을 닫았다.

옥상 중앙으로 걸어간 반장은 두꺼운 허리에 두 손을 올리고 욱이 다가오는 것을 말없이 노려보고 있었다.

"저기, 반장님. 먼저 제 얘기를 좀……"

마른 입술을 적시며 욱이 입을 열었건만 반장은 더 들을 것도 없다는 태도로 말을 잘랐다.

"앉아."

어떤 변명도 먹혀들지 않을 기세였다. 욱은 드디어 말로만 듣던 오 '환장'의 진면목을 보는구나 생각하며 눈을 질끈 감고 꿇어앉았다. 그러나 한참이 지나도 아무런 일이 없자, 형사는 살짝 한쪽 눈을 떴다. 그러자 앞에 마주앉아 담뱃불을 붙이고 있는 반장의 모습이 눈에 들어왔다.

반장은 욱이 애꾸눈을 하고 자신을 쳐다보는 것을 의식하고는 퉁명스럽게 한 마디 던졌다.

"편히 앉어, 이 자식아!"

"네?"

"편히 앉으라고. 우리 말 몰라?"

"에……, 예."

욱은 왠지 모르게 증폭되는 불안감 속에서 어정쩡한 자세로 바꿔 앉았다.

한동안 말이 없던 반장은 긴 담배 연기를 내뿜고 나서야 입을 열었다.

"너……, 하든 일은 어떻게 돼가냐?"

"네?"

"인마, 저번에 네놈 집에서 했든 말 기억 안 나? 네가 생각하는 방향으로 밀어보라고 했든 거. 그거 어떻게 됐냐고."

"……무슨 말씀이신지……."

욱이 말꼬리를 흐리자, 반장의 눈길이 날카로운 송곳처럼 욱의 망막을 파고들었다.

"너, 말이야, 날 바보로 알고 있는 모양인데, 그러면 정말 큰일 난다."

반장은 착 가라앉은 목소리로 운을 떼더니 그답지 않게 또박또박 말을 이었다.

"장욱이, 너. 네 녀석이 무슨 꿍꿍이속인진 몰라도, 난 지금 사망 일보 직전이란 말이다. 아무것도 없어. 한 달 가깝게 100명이 넘는 인원이 이 지미랄 사건에 매달렸는데도 아무런 소득이 없다고. 전에도 말했지만, 이제 난 너란 지푸라기에 매달려보기로 했다. 그래서 위에서 난리를 치는데도 널 다시 합수부로 끌어넣었고 지금까지도 바깥 바람을 충실히 막아줬단 말이다. 그러니 이젠 나한테도 그게 뭔지 말해 줄 때도 되지 않았나?"

욱의 머리는 아직도 끈덕지게 들러붙어 있는 술기운을 무릅쓰고 엄청난 속도로 회전했다. 반장의 속셈이 무엇일까? 지금 자신이 벌이고 있는 일의 내용을 궁금해하는 이유가 과연 말하는 대로 단지 수사상의 관심일까? 아니면…….

욱이 계속 말이 없자 반장은 불편한 심기를 드러냈다.

"왜 말이 없어? 나한테도 이야기하기 힘든 일이면 뭣허러 손을 댄 거야?"

"……."

"이 개자식! 너 혹시 날 못 믿어서 그런 거냐? 전날 그 일 때문에? 내가 그 사정 이야길 다 해줬는데도 날 못 믿어? 그래, 네놈 눈깔엔 이 오환철이가 그런 놈으로밖에 보이지 않던?"

서서히 반장의 미간에 주름이 잡히기 시작했다.

"반장님, 그게 아니라……."

"아니긴 뭐가 아녀, 이 씨벌룸. 넌 지금 날 못 믿것다, 이거 아녀!"

상당히 흥분한 듯 반장의 사투리가 자못 격해지고 있었다.

욱은 아랫입술을 깨물며 반장의 얼굴을 훔쳐보았다. 지금의 표정으로 보나 평소의 평판으로 미루어보나, 반장이 자신을 감시하는 음모자들과 어떤 관련이 있으리라는 느낌은 들지 않았다. 하지만 지금 자신은 그런 느낌만 믿고 속을 드러낼 수 있는 처지가 아닌 것이다.

욱의 침묵이 계속되자 반장은 언성을 가라앉히더니 말했다.

"못 믿어도 좋다. 그럼 내 얘기만 들어라. 너 근신하고 있는 동안 난 최소한 세 사람으로부터 널 수사 팀에서 빼라는 이야길 들었다. 모두 우리 조직의 상관들이지. 네가 복귀한 월요일에는 두 새끼가 더 전화를 해왔고, 어제는 장관이란 날보지가 직접 네 이름을 거명하며 연락을 혀왔다. 알것냐? 한마디로 네놈 자식만 수사반에서 내치면 난 매일 밤 소주병 안 까구두 편히 잘 수 있단 말이다."

반장은 뿌드득 이를 갈더니 잠시 쉬었다가 계속했다.

"그 자슥들이 왜들 그렇게 집단으로 생지랄들을 떨어대는지, 난 도저히 모르겠다. 단 한 가지 유일한 설명은 네가 그놈들이 겁내는 뭔가를 쥐고 있다는 것밖에는 없는데, 난 그게 뭔지가 궁금허단 말이다."

"……."

욱은 가슴이 너무도 두근거려 혹시나 심장이 입으로 튀어나오지나 않을까 걱정이 될 지경이었다.

반장이 다시 말했다.

"난 이 수사가 시작될 때 국회로부터 면책 특권을 받았다. 그건 누구를, 어디를, 어떻게 수사하든지 사후에 내 책임을 묻지 않겠다는 말이다. 그리고 동시에 사건이 종결될 때까지, 아니면 국회가 특별 검사를 선임하기로 결의할 때까지는 그 어떤 놈도 날 이

자리에서 밀어내지 못하도록 한다는 약속도 공식적으로 받았다. 알것냐? 지금은 대통령이라도 날 잘라버릴 수 없단 말이다! 하지만, 네놈은 다르지. 만약 네놈이 지금 이 자리에서 내가 널 계속 데리고 있어야만 하는 이유를 대지 못헌다면, 넌 내일부로 원복이다."

"네?"

"원복이 뭔지 몰라? 짐 싸들고 딸랑딸랑 지청으로 돌아가란 말이여! 아무리 국회에서 내 자리에 철갑을 둘러줬지만 그렇다고 내가 이유도 없이 윗사람들 말을 거부할 것 같으냐? 네놈이 같은 수사반원 불알까지 쥐어뜯어 가며 날뛰는데도 지금까지 감싸준 이유는, 네가 지금 숨기고 있는 그 뭔가가 이번 사건과 중대한 연관이 있을 거란 느낌 때문이었다. 만약 그게 아니라면 굳이 너 하나쯤 다른 인원으로 교체하지 못할 이유도 없잖아?"

반장은 굳게 팔짱을 끼고 욱을 노려보았다.

'빌어먹을!'

욱은 어쩔 수 없이 주판을 튕겨야 하는 상황에 처했음을 깨달았다. 지금 마주앉은 이 인간은 일단 한다면 하는 사람이었다. 여기서 더 이상 버티면 무슨 이유를 달아서든지 내일부로 자신을 지청으로 돌려보낼 것이다. 하지만 그것은 절대로 일어나서는 안 되는 일이었다.

처음에야 알량한 사명감과 호기심에서 시작한 일이었지만 지금은 어쩌면 자신의 모든 것이 그 해결에 달렸을지도 모르는 사건으로 확대되어 버렸다. 그 미지의 감시자들이 자신이 합수부를 떠나는 것을 그렇게도 원하고 있다면, 오히려 끝까지 붙어 있는 편이 유리하다는 것이 욱의 본능적 판단이었다. 당연히 합수부를 떠날 순 없었다. 그러나 그렇다고 무턱대고 모든 걸 털어놓자니, 반장이 저들의 지시로 자신을 떠보고 있는 것일 수도 있다는 위험이 여전히 남아 있다.

하나 지금은 계속 입을 다물고 있는 것과 반장에게 털어놓는 것, 이 두 가지 중 어느 하나를 당장 선택할 수밖에 없는 상황에 몰린 것이다.

깊이 생각해 보기도 전에 욱의 마음은 이미 결정을 내렸다. 계속 입을 다물고 있다가 확실한 원복을 당하는 것보다는 그래도 간부 중 신뢰할 만한 사람으로 알려진 오 경감을 믿어보는 게 당연한 답일 것이다. 그러나 돌다리도 망치로 쳐보고 건너라는 옛말도 있다. 욱은 반장을 똑바로 쳐다보며 짜증스런 목소리로 외쳤다.

"저기, 도대체 왜 이러시는지 모르겠습니다. 전에 집에 오셨을 때 모든 걸 다 말씀드렸잖아요! 그때는 그냥 입만 다물고 있으라시더니, 오늘은 또 왜 이러시는 겁니까?"

"이 자식이 벌써 치맨가?"

반장의 얼굴에 어이없다는 표정이 떠오르는 것을 본 욱은 미소를 지었다. 그래도 혹시나 하는 생각에 마지막으로 던져본 시험을 경감은 멋지게 통과한 것이다.

"치매라니, 천만에요. 좋습니다, 반장님! 그럼 제가 알고 있는 것을 모두 말씀드리죠."

일단 믿기로 했으면 100퍼센트 믿는 것이 좋았다. 그리고 사실 혼자만 안고 있기는 힘들었던 이야기였다. 그러나 시원스럽게 말을 시작하려던 욱은 멈칫하며 뒤통수를 긁었다.

"글쎄요. 그런데 어디서부터 시작을 해야 할지……."

막상 반장에게 이야기를 풀어나가자니 미친놈 취급 받을 게 걱정되었다. 욱이 어느 정도 머릿속에서 두서를 갖추는 동안, 반장은 따가운 햇살에도 아랑곳하지 않고 참을성 있게 기다렸다.

"혹시 온라인 게임이란 거 해보셨습니까?"

갑작스런 욱의 질문에 반장은 눈을 치떴다.

"온라인 게임?"

"네. 컴퓨터로 하는……."

"……."

반장의 표정을 보자 욱은 웃어야 할지 울어야 할지 판단이 서지 않았다. 그러나 반장은 입을 다문 채 아무 말도 하지 않았고 형사는 침을 꿀꺽 삼킨 다음 계속했다.

"하여간 우연히 어떤 게임에서 박현철이가 살인을 하던 당시와 비슷한 모습을 보게 됐죠. 그래서 혹시나 하고 박현철의 컴퓨터를 뒤져보니까, 정말 똑같은 게임이 있더라고요."

"……그래서?"

"그래서 그 게임을 운영한다는 회사를 찾아갔죠. 그게……, 지지난 토요일이군요. 기억하시죠? 그 다음 월요일날이 난리가 났던 그날이잖아요."

"흠……, 그래서 네놈이 그날 그 자식 컴퓨터를 들고 있었던 거군."

"맞아요. 반장님이 내놓으라시니까 어쩔 수 없이 일단 드렸죠. 그리고 그날 저녁에 다시 그걸 찾으러 갔는데 그때 갑자기 반장님하고 최가놈이 들이닥쳤던 겁니다."

그러자 반장은 고개를 갸우뚱하더니 물었다.

"그 점은 이해가 가는데, 도대체 컴퓨터 오락이 이번 사건과 무슨 상관이란 말이냐?"

"그게 바로 재미있는 거라고요. 처음엔 저도 말이 안 된다고 생각을 했는데……."

욱은 이어서 자신이 가상 현실과 무의식에 관한 헬레나 킴의 논문을 찾은 일과 그 논문의 내용을 간추려 이야기했다. 그리고 온라인 게임 안에서 박현철의 행적을 찾으면 결정적인 증거물이 나올 것이란 자신의 추측도 말했다. 그러나 원철에 대한 이야기는 조심스레 제외시켰다. 아무리 반장이 믿을 수 있는 사람이라고 해도, 친구인 원철을 직접 수사에 끌어들이고 싶지는 않았기 때문이었다.

이야기를 다 듣고 난 반장은 오른손으로 턱을 감싸쥐고 깊은 생각에 잠겼다.

"저기, 물론 제 얘기가 말도 안 되는 소리로 들리는 건 압니다만……."

욱이 변명조로 입을 열자 반장은 고개를 저었다.

"아니, 그렇지 않아."

"에? 그럼 제 말을 믿으세요?"

"그럼, 믿고말고. 아니, 지금은 그거라도 믿을 수밖에 더 있겠냐, 인마?"

예상외로 너무 쉽게 고개를 끄덕이는 반장의 모습에 오히려 욱이 더 놀랐다.

"저기, 그럼 그 무의식 어쩌고 하는 것들도 다 믿으실 수 있단 말씀이세요?"

"잘은 몰라도 가능성이 없지는 않겠어."

형사는 너무도 덤덤한 선배의 대답에 입을 딱 벌렸다. 반장은 그런 욱의 얼굴을 보며 픽 웃음을 터뜨렸다.

"이런 쪼다 자식. 네놈 자신조차도 별로 믿음이 가지 않았던 거로구나?"

"그, 그렇다기보다는……. 아니, 반장님은 어떻게 그렇게 자신하세요?"

"자신하는 건 아냐. 하지만 가능성이 보인다 이거지. 무의식 속에 잠재되었던 게임의 괴물이 갑자기 현실로 뛰쳐나온다? 물론 하두 오래돼서 가물가물하긴 해도, 네놈이 씨부리는 소리들이 크게 틀린 것 같지는 않다."

"오래……돼요?"

"그래, 이 자식아. 이래봬도 내 대학 때 전공이 심리학이었다. 호랑이 담배 처먹던 시절 얘기긴 해도."

'그랬구나, 어쩐지…….'

이번엔 욱이 고개를 끄덕였다.

"그런데 말이지……."

한동안 생각에 잠겨 있던 반장은 욱을 돌아보며 말했다.

"아직 궁금한 것들이 좀 있다. 박현철이 그 새끼 컴퓨터는 이미 증거로 잡아놨으니까 그렇다고 치고……."

"저기, 그게요……."

"……?"

머뭇거리던 욱은 반장의 눈치를 훔쳐보며 말했다.

"실은 근신 먹던 날 다시 찾으러 가보니, 그게……, 없어졌더라고요."

"뭐? 없어져?"

반장이 쇠맷돌을 가는 듯한 목소리로 되물었다.

"네. 아예 장부와 컴퓨터 기록에서도 깨끗하게 지워졌던데요?"

"이런 똥통에 빠져죽을 놈의 자식! 그걸 지금 얘기하면 어떻게 해?"

반장은 버럭 소리를 질렀다.

"그걸 어떻게 말해요! 이런 전후 사정을 모르는 상태에서라면 반장님이라도 맨 먼저 저부터 의심하셨을 거 아녜요."

"엉? ……그건 그래."

욱의 이유 있는 항변에 반장은 언성을 누그러뜨리더니 물었다.

"그럼 이걸 법적으로 증명할 방법이 전혀 없는 거냐?"

"아이 씨, 말씀드렸잖아요. 그 게임은 게임 내용이 영화처럼 저장된다고요. 그러니까 그 게임 안에서 박현철이가 조종하던 제우스란 놈만 찾으면, 일단 그 회사에 대한 수색 영장을 받을 정도의 증거는 된단 말입니다."

"다른 방법은 없어?"

"박현철이가 그 사용료를 지불한 흔적을 찾아봤는데 거기도 흔적이 없어요."

그러자 반장이 이맛살을 찡그리며 말했다.

"그러니까, 네가 지금까지 한 모든 이야기에 대한 증거는 현재로선 며루치 좆만치도 없다 이거냐?"

"그, 그러네요."

반장의 얼굴이 어두워지자 욱은 허둥지둥 덧붙였다.

"저, 반장님. 제 말은 사실입니다. 지어낸 이야기가 아니라고요."

"……믿어, 인마."

반장의 말에 욱은 안도의 한숨을 내쉬었다. 일단 정신병자 취급은 면한 셈이다.

"문제는……."

반장이 무겁게 입을 열었다.

"다른 사람들은 그걸 네 말만 듣고 믿어주지는 않을 거라는 거지."

"맞는 말씀입니다."

"쪼다 녀석! 니가 지금 그 말에 맞장구나 치고 자빠졌을 입장이냐?"

반장이 핀잔을 주자 욱은 뒤통수를 긁으며 말했다.

"그것도 맞는 말씀이네요."

"젠장……. 그 게임에서 증거를 찾아내려면 얼마나 걸릴 것 같아?"

"최대한 노력중입니다. 한 일주일? 열흘?"

그러자 반장은 고개를 끄덕이더니 말했다.

"좋아. 난 컴퓨터랑은 별로 사이가 좋지 않으니, 그 문젠 네가 알아서 해라. 그건 그렇고 도대체 NIS는 왜 너한테 관심을 가지는 거냐?"

"그게 저도 의문입니다. 혹시 이 사건의 배후에 어떤 엄청난 정치적 음모 같은 게 있는 건 아닐까요? 그래서 그놈들이 우리 합수부를 주시하고 있다가 제발이 저려서⋯⋯."

욱이 자신이 생각하던 바를 말하자 반장이 소리를 질렀다.

"이런 돌대가리 같은 자식, 네 주장은 그 게임 때문에 박현철이가 무의식중에 일을 저질렀다는 거 아니냐! 어떤 배후 집단이 있다는 소리는 그거랑 완전히 반대되는 얘기잖어!"

"그렇네⋯⋯요."

"이 새긴 번쩍번쩍하다가도 가끔 곰새끼 구구단 외는 소릴 한단 말이야."

"쩝."

반장은 입맛만 다시는 욱을 한심한 듯 째려보다 말했다.

"그리고 정말 누가 송 의원을 죽이려고 했다면 우리 수사중 어디선가 실마리가 잡혀도 잡혔을 거야. 아니, 그리고 어떤 병신들이 박현철이 같은 샌님을 킬러로 고용하겠어? 전문가도 수두룩할 텐데."

"맞는 말씀입니다."

"이 녀석아, 바로 그 점이 내가 네놈 말을 믿는 가장 큰 이유란 말이야. 지금까지 설명이 안 되던 것들이 설명이 되거든."

반장의 말에 욱은 고개를 갸우뚱한 다음 물었다.

"하지만 그렇다면 NIS하고 우리 윗대가리들이 절 갖고 그 난리법석을 떠는 건 도대체 왜 그러는 거죠?"

"그건⋯⋯."

풀리지 않는 의문을 사이에 두고, 두 사내는 고개를 푹 숙인 채 생각에 잠겼다.

한참 후 반장이 먼저 고개를 들었다.

"그 문제도 말이다, 난 골치가 아프니까 네가 알아서 생각을 해 봐라. 전에 최경식이 다루는 거 보니까 혼자서 충분히 해결하고도 남겠드라."

"네?"

마치 귀찮다는 듯한 그의 말투에 욱이 쉰 목소리를 내자, 반장이 퉁명스레 말했다.

"뭘 놀래? 인마, NIS가 노리는 건 너지 내가 아니잖아?"

"반장님, 정말 너무하십니다."

"뭐가 너무해, 인마!"

"솔직히 전 큰맘 먹고 모든 이야길 다 털어놓았는데, 반장님은 해주신 게 뭡니까? 다 나보고 알아서 하라니, 도움 주시는 게 아무것도 없잖아요!"

"도움? 인마, 네놈 때문에 내가 매일 어떤 홍역을 치르는지 알구나 하는 소리야?"

"그건 감사합니다만, 그래도 이렇게 다 터놓고 얘기를 드렸으면 선배로서 뭔가 도와주시려는 노력이라도 하셔야 되는 거 아닙니까?"

스스로도 답답해진 나머지 어느새 욱의 언성은 높아져 있었다.

"이 좆만 한 자식이! 어따가 짖어, 짖기를!"

욱은 반장의 고함에 찔끔했지만 여전히 불만스런 표정을 지우지 않았다.

반장은 그런 그를 노려보다가 내뱉었다.

"그리고 너, 정말 나한테 모든 걸 다 털어놓은 것도 아니잖아!"

"에?"

"네놈이 그 대가리로 이 모든 걸 혼자서 풀어왔다고 우기면, 내가 그걸 곧이곧대로 다 믿을 줄 알았냐?"

"……."

욱은 서늘한 한기가 등줄을 스쳐가는 것을 느꼈다. 이 사람, 정말 가끔씩 무서울 때가 있다.

그러나 반장은 욱에게는 눈길도 주지 않은 채 '후' 하고 한숨을 내쉰 다음 말했다.

"관두자. 서로 정보원은 들먹이지 않는 게 상식이니까. 하지만 나도 이 생활 벌써 30년이 가까워온다. 적당적당 넘어갈 생각은 마라."

"흠흠."

할말이 없어진 욱은 헛기침만 할 뿐이었다.

잠시 뭔가를 생각하던 반장은 퍼뜩 욱을 돌아보며 말했다.

"그래도 네놈이 정말로 도움을 바란다면, 물론 한 수 가르쳐줄 수는 있지."

"그럼 한 수 배우겠습니다."

욱이 귀를 쫑긋 세우자, 반장은 손에 들고 있던 담배를 바닥에 비벼 끈 다음 말했다.

"헬레나 킴이란 사람 말이다, 그 논문을 썼다는 사람. 지금 서울에 있다."

"네?"

욱은 감전이라도 된 듯 펄쩍 뛰어올랐다.

"자식이 놀라긴. 인마, 그 여잔 벌써 몇 달 전부터 국립 과학 수사 연구소에 범죄 심리 연구관으로 초빙돼 와 있어."

"그, 그걸 바, 반장님이 어떻게 아세요?"

"말 더듬지 마라, 당나구 같은 놈. 넌 경찰 소식지도 안 보냐?"

"허!"

욱이 입을 다물지 못하고 있는데 반장이 다시 말했다.

"넌 내일 국과수에 가서 그 여잘 좀 만나라. 그리고 네 생각이 정말 맞는 것인지 그 여자한테 확인을 받으란 말이다. 그리고 나중에 증인으로 증언해 줄 수 있는지도 알아보고. 내일 아침에 출근하면 내가 적당한 이유를 붙여서 내보낼 테니까, 눈에 띄지 않게 조용히 다녀와. 어때, 이 정도믄 도움이 됐냐?"

"예……."

아직도 놀라움이 가시지 않은 목소리로 욱이 대답하자 반장은 자리를 털고 일어섰다. 그는 문을 향해 걸음을 옮기다 말고 갑자기 고개를 갸우뚱거리더니 물었다.

"참, 너 아까 그 헛소린 뭐였냐? 전에 집에서 다 말을 했다느니 내가 널더러 입을 다물고 있으라고 했다느니 하는 소리."

"아, 그거요? 별거 아닙니다."

욱이 적당히 얼버무리려고 하자 반장의 얼굴이 일그러졌다.

"씨벌룸! 아가릴 확 찢어발기기 전에 말 못해?"

욱은 잠시 머뭇거리다가 하는 수 없이 털어놓았다.

"저, 실은 반장님을 믿을 수 있는지 한번 테스트를 해본 겁니다."

"테스트?"

"사실 저번 증거 보관소 건 때문에 반장님도 믿을 수가 없었어요. 날 감시하는 놈들과 한통속이 아닌가 하는 의심이 들어서……."

"당연한 의심이다."

"그래서 아까 머리를 좀 굴려보았죠. 여긴 텅빈 옥상 아닙니까. 화를 내는 척하면서 여기로 절 끌고 올라오신 건 제가 감시를 받고 있다는 게 걸려서 그러신 거 아닙니까? 만약 반장님이 그놈들과 한통속이라면 굳이 이 얘길 하러 여기까지 올라올 필요는 없겠죠. 우리 대화를 놈들이 들어도 상관이 없을 테니까."

"그렇지. 그 정도로 상황을 파악하고선 뭘 또 못 믿는다는 거냐?"

"물론 그냥 믿을 수도 있죠. 하지만 반장님이 그놈들 편이면서도 일부러 여기로 올라올 수도 있잖아요. 단둘인 것처럼 절 안심시킨 후 제 속을 털어놓게 하려고요."

반장은 물끄러미 욱을 쳐다보다가 툴툴거렸다.

"참, 내. 이놈아, 걱정도 팔자다."

"전 그만큼 불안했다고요. 어쨌거나 전 그런 경우라면 당연히 여기서 하는 이야기를 놈들도 듣고 있을 거라고 생각했어요. 반장님이 와이어를 차든 아니면 파라볼릭 감청기를 쓰든, 중요한 얘기니 어떻게든 생방송으로 들으려 하겠죠. 그렇다면 제가 여기서 이미 반장님께 모든 걸 말한 듯이 떠들면 반장님은 무척 당황하시거나 화를 내는 게 당연하지 않겠어요? 앉은자리에서 놈들에게 의심받는 입장이 돼버리니까요."

"허, 좆만 한 새끼. 그런 대가리 하나는 번개처럼 돌아가는구면."

"다행히 반장님은 당황하지 않고 어리둥절해하기만 하시더군요. 뭐, 그렇게 된 겁니다. 물론 뭐 꼭 제가 생각한 대로는 아닐 수도 있겠지만, 전 그냥 제 나름대로 결정을 도와줄 뭔가가 필요했던 것뿐입니다. 동전 던지기처럼요."

욱의 장황한 설명에 반장은 고개를 절레절레 흔들더니 말했다.

"그 정도로 머리가 돌아가는 놈이면, 내가 이럴 수밖에 없는 이유도 이해를 해주겠군."

"무슨……, 악!"

되물을 틈도 없이 반장의 주먹이 욱의 눈두덩을 후려갈겼다. 바닥에 나동그라져 끙끙대는 욱에게 반장이 덤덤한 투로 말했다.

"이해해라. 나한테 끌려서 옥상에 올라갔다가 온전히 내려왔다고 하면 NIS가 아니라 누구라도 이상하게 생각할 테니."

"아이고, 반장님. 그래도 좀 살살 할 수도 있잖아요!"

한쪽 눈을 감싸쥔 욱이 억울하다는 듯 소리를 지르자 오 경감은 다시 평소의 험상궂은 표정으로 돌아가며 대꾸했다.

"씨벌룸, 넌 오늘 분명히 지각도 하긴 했잖아."

"에라! 모르겠다!"

원철은 한숨을 내쉬며 자리에서 일어섰다. 이틀 동안 꼬박 일에만 매달렸으니 슬슬 지겨운 느낌이 드는 것도 무리는 아니었다. 저녁 시간이 가까워오니 밥도 지어야 하겠고 집안 청소와 밀린 빨래도 해결을 해야 하고, 아마도 오늘 저녁에 다시 일에 손대기는 힘들 것이다.

커피를 한 잔 타들고 소파에 앉은 원철은 욱과 수정으로부터 아직까지 아무런 연락이 없다는 것을 깨달았다. 어젯저녁에 만났을 테니 지금쯤이면 이렇다 저렇다 말들이 있어야 정상인데, 어쩐 일인지 둘 다 쥐죽은 듯 조용한 것이다.

하긴 둘이서 백년 해로하라고 소개시켜준 것도 아니고 어차피 그럴 생각도 없는 인간들이니, 자신이 궁금해할 일은 아닌지도 모른다. 그 두 사람으로부터 시달림만 받지 않는다면 둘이서 팥으로 메주를 쑤든 콩으로 팥죽을 쑤든 자신이야 상관할 필요도 없는 것이다. 자신은 그냥 이렇게 오후의 조용하고 평화로운 휴식을 즐기기만 하면…….

따르르르!

거친 전화 벨 소리가 으르렁거리며 원철의 귓가를 두드렸다. 수화기를 든 원철은 한숨을 푹 내쉬었다. 수정이었다.

"오빠, 안녕!"

"어, 그래. 어제 데이트는 잘했니?"

"데이트고 뭐고, 어제 저녁은 오빠가 다 책임져."

"왜 그래, 또."

"몰라. 하여튼 내 맘엔 안 들었어."

"뭔 문제가 있었니?"

"난 그런 범생이 타입 싫어."

'이건 또 무슨 소리지?'

원철이 알고 있는 사람 중 가장 비모범적인 사람을 꼽으라면 그건 바로 욱이었다.

"그럴 리가. 그 녀석은 범생이와는 거리가 먼 녀석인데."

"흥, 요즘 세상에 저녁 먹자마자 집에 데려다주겠다는 사람이 범생이가 아니면 누가 범생이야?"

"욱이가 그런 소릴 했어?"

원철은 이해가 가지 않았다. 여자만 만났다 하면 어떻게든 침대로 끌고 가려는 녀석이다. 제정신에 그런 소릴 했을 리가 없었다.

"혹시 너 욱이한테 술 먹였니?"

짚이는 바가 없지 않았던 원철이 캐묻자 수정은 갑자기 어물거렸다.

"……자기가 먼저 마시자고 그랬어."

"아이고! 얼마나?"

"……."

원철은 한숨을 쉬었다. 설마 하고 미리 욱에게 이야길 해주지 않은 것이 탈이었다. 녀석도 술이라면 어디 내놔도 빠지지 않을 인간이지만, 상대는 노바 대리들 사이에서 '양조장'으로 통하는 수정이다. 그녀의 수많은 옛 애인들이 실은 그녀의 유혹보다도 술에 무릎을 꿇었다는 뒷말이 돌 정도인 것이다.

하지만 그래도 이상했다.

'취했으면 오히려 본성을 드러내면 냈지 녀석답지 않게 웬 예의 범절?'

원철이 어리둥절해하고 있는데 수정이 말했다.

"하여간 그 사람 얘기는 더 하기 싫고, 오빠, 이번 주말에 시간 내. 이번 넥서스 건은 별 부담되지 않는다는 거 다 아니까, 또 핑계를 대기만 하면 나 정말 가만히 있지 않을 거야."

"야, 잠깐만……."

뚜우…….

원철은 다급히 그녀를 불렀으나 이미 수화기에선 단조로운 신호음만 흘러나오고 있을 뿐이었다.

"아이고, 골치야."

원철은 수화기를 내려놓고 뒤로 벌렁 누워버렸다. 어느 모로 보나 천생 연분인 두 사람인데, 도대체 뭐가 잘못됐던 것일까? 아무래도 운명의 여신은 자신이 편히 지내는 것을 허락하지 않을 모양인 것 같았다.

그나마 욱이 녀석이라도 조용한 것이 다행이었다.

딩동!

초인종 소리에 원철은 쓴웃음을 지었다. 그러면 그렇지, 수정이가 저 모양인데 욱이 녀석이라고 자신을 가만히 둘 리가 없었다.

문틀을 꽉 채운 녀석의 거구를 기대하며 거칠게 대문을 열어젖힌 원철은 제복을 입은 낯선 사내를 보곤 멈칫했다.

"이원철 씨 계십니까?"

"전데요."

원철이 대답하기가 무섭게 사내는 카드 한 장을 내밀었다.

"전봅니다."

원철이 어리둥절한 기분으로 카드를 펴자 거기에는 길지 않은 전문이 곱게 인쇄되어 있었다.

　　　수요일 밤 9시 30분 산마루

"뭐야, 이건!"

발신인을 보니 '석짱'이라고 되어 있었다. 석짱이라면 욱이 녀석의 고등학교 때 별명이었다. 하는 짓이 돌탱이 같다고 해서 원철이 친히 지어주었던 이름이었다. 물론 욱 자신이야 주먹이 돌 같다고 해서 붙은 별명인 줄 알고 있을 테지만.

"자식이, 웬 안 하던 짓을 하고 난리야?"

원철은 문을 닫으며 투덜거렸다. 하지만 평소에 워낙 엉뚱한 짓을 많이 하는 놈이니 전보 정도야 애교로 볼 수도 있다.

전문 내용은 어렵지 않았다. 산마루라면 전에 욱과 같이 두어 번 간 적이 있는 근처 전원 카페의 이름이었다. 하지만 자주 가던 곳도 아닌데 왜 거기서 만나자는지는 잘 이해가 가지 않았다.

"쌍! 할말이 있으면 전활 하든가 집으로 오든가 하지, 왜 나보고 오라가라야?"

원철은 낮게 툴툴거리다가, 벌써 꾸룩거리며 쓰려오기 시작하는 배를 부여잡고 주방으로 향했다.

평화로운 휴식 어쩌고 하던 기분은 이미 날아간 지 오래였다.

낯익은 욱의 뒷모습을 알아보고 맞은편 자리로 돌아가던 원철은 갑자기 웃음을 터뜨렸다.

"뭐가 그리 우스워, 인마."

벌써 거뭇거뭇 멍이 들어가고 있는 한쪽 눈을 끔벅이며 욱이 물었다. 원철은 여전히 실실거리며 자리에 앉더니 손가락으로 눈 주위에 원을 그리며 되물었다.

"오밤중에 사람을 보자더니, 갑자기 웬 너구리 상을 하고 나왔어?"

욱은 그제서야 원철이 웃은 이유를 깨닫고 피식 웃음을 터뜨렸다.

"허, 이거? 반장한테 맞았다. 오늘 지각을 했다고 한 방 먹이더라."

"많이 부은 것 같은데 괜찮아?"

"눈은 견딜 만하다. 그런데 이상하게 왼쪽 허벅지가 더 아파. 여긴 맞은 적도 없는데."

욱이 자신의 허벅지를 주무르며 살짝 얼굴을 찡그리자, 원철은 안됐다는 표정을 지으며 말했다.

"쯧쯧, 안 그래도 수정이한테 이야길 듣고 나서 살아나 있는지 걱정이 되더라. 인마, 그런데 도대체 어젠 어떻게 된 거야?"

원철의 물음에 욱은 우물거리며 답을 피했다.

"어제? 어제야, 뭐. 그냥 그랬어."

"인마, 그냥 그렇긴 뭐가 그래? 아까 수정이가 전화를 걸더니 너 같은 사람은 다신 만나기 싫다고 한바탕 하더라. 어제 무슨 일이 있었던 거야?"

"아니, 그게……."

욱은 얼굴을 찡그리며 머뭇거리다가 원철이 싸늘한 눈으로 노려보고 있자 마지못해 입을 열었다.

"실은 나도 잘 기억이 안 나. 그냥 저녁 먹고, 술 한잔 더 마시고, 그리고 그 다음은 좀 가물가물해. 그런데 그 아가씬 무슨 술이 그렇게 세냐? 쓰러질 듯 쓰러질 듯하면서도 계속 마시더라."

"걔 별명이 양조장이다. 도대체 얼마나 마신 거야?"

"몰라, 소주 한 서너 병하고 양주 큰 걸로 반 병? 아니 한 병인가? 어이 씨, 그러고 보니 엄청나게 마셨네."

욱은 새삼 욕지기가 치미는 듯 입을 오므렸고, 원철은 '그러면 그렇지' 하는 투로 빈정거렸다.

"그럼 그렇지. 너야 보나마나 주는 대로 다 받아마셨을 테니."

"인마, 네가 지금 그런 소릴 할 입장이냐? 그런 주당이었으면 당연히 네가 미리 주의를 줬어야지!"

투덜대는 욱을 보고 원철은 혀를 찼다.

"에라, 이 자식아. 도대체 처음 만나는 사내 계집이 목숨 걸고 술을 퍼마실 거라고 누가 상상이나 하니? 그리고 술은 차치하고 도대체 네가 무슨 짓을 했기에 수정이가 저 난리냐니까?"

욱은 어깨를 으쓱했다.

"나도 모른다고 했잖아. 그리고 정신이 있는 동안은 절대로 실수는 하지 않았다고! 얼마나 신사적으로 나갔는데."

"허, 네가 웬일이냐?"

"부담 없을 거라는 네 말만 듣고 나가보니 영 아니더라. 왜 그런 애들 있잖아, 남녀 평등 어쩌고 하면서 좆도 없이 괜히 자존심만 드센 그런 애들. 게다가 꼴에 또 하늘이 두 쪽 나도 남자 앞에 선 여자 대접 받으려고 드는 그런 계집애들 말이야. 수정이 걔가 바로 그런 타입이더라니까. 난 정말 어제 저녁 내내 최대로 그애 기분을 맞춰준 죄밖에 없다고."

원철은 한숨을 쉬었다.

아까 수정이가 범생이 어쩌고 한 이유를 알 수 있을 것 같았다. 전문가일수록 오히려 그 전문 지식에 발목을 잡히는 일을 많이 경험하게 된다. 원철 자신도 프로그래밍을 하면서 그런 경우를 많이 겪어보았다. '이런 경우는 이런 알고리듬을, 저런 경우는 저런 알고리듬을' 하는 식의 정형화된 지식이 오히려 비능률과 오판을 초래하는 일이 적지 않은 것이다.

어제 욱과 수정의 만남이 어긋난 것도 아마도 그런 이유에서였을 것이다. 나름대로 그 분야에서는 전문가라고 자부하는 두 사람이 서로에 대해 지레짐작으로 판단을 하고 거기에 맞춰 행동했을 것이 뻔했다. 수정을 콧대 높은 여자로 본 욱은 온갖 예의바른 척을 다 해 가며 수정이 술에 떨어지길 기다렸을 것이고, 수정은 수정대로 이런 범생이는 술이 들어가야 다루기 쉬우리라 생각하며 끈질기게 술을 먹여댔을 것이다. 차라리 욱이 녀석이 저녁 먹고 나서 '우리 배도 부른데 섹스나 한판 하러 갑시다' 했으면 모든 일이 잘 풀렸을지도 모른다. 하지만 그렇다고 소개해 주는 입장에서 자신의 입으로 욱에게 수정이 이렇고 저렇고 한 여자라고 말할 수는 없는 일이다. 수정에게 욱이 이러이러한 놈이라고 밝혀 말할 수 없는 것과 마찬가지로.

"어쨌거나 난 그런 피곤한 여자는 질색이다. 그리고 오늘 아침 속 쓰렸던 것 생각하면, 다신 만나기도 싫어."

고개를 저으며 껌을 까넣는 욱의 모습을 보자니 원철은 한심스런 생각이 들면서도 피식 웃지 않을 수 없었다. 아무래도 세상의 인연이란 것은 사람의 힘만으로 이어지는 것은 아닌 듯했다.

"됐다, 됐어. 서로 굴러든 복들을 차는 녀석들한텐 다시 만나보란 말을 하는 것도 수고스럽다. 그나저나 왜 여기서 만나자고 한 거야? 이 시간에."

"엉? 어, 그건……."

원철의 물음에 욱은 갑자기 말을 더듬다 말을 돌렸다.

"저기, 저번에 봤던 그 논문 있잖아. 그걸 쓴 여자가 지금 서울에 와 있단다. 하늘이 도운 셈이지. 내일 만나기로 했어."

"잘됐군. 네 녀석 이론이 말도 안 된다는 걸 확인받을 수 있을 테니."

"그렇게 부정적으로만 보진 마. 난 그 반대를 기대하고 있으니까. 너, 혹시 제우스는 찾았니? 그 실마리라도."

"아니."

"인마, 넌 그렇게도 사람을 안 도와주냐?"

욱이 힐난조로 말하자 원철은 코웃음을 쳤다.

"그러는 넌, 계좌를 추적해 보느니 마느니 하던 것 어떻게 됐어?"

"……."

욱은 대답을 하지 못했다.

"네가 계속 날 괴롭히는 걸 보면 아마도 해결이 안 난 거겠지?"

원철이 놀리듯 물고 늘어지는 바람에 욱은 인상을 쓰며 실토했다.

"제기랄, 그래! 그 녀석이 그런 사용료를 냈다는 기록은 아무데도 없더라."

"호오, 그래? 그럼 어쩌면 녀석이 팔란티어의 사용자가 아니었을지도 모르겠군."

원철이 팔짱을 끼며 이죽거리자 욱은 언성을 높였다.

"야, 너도 분명히 그 녀석 컴퓨터에 그 게임이 있는 걸 봤잖아!"

"그걸로 박현철이 팔란티어를 이용했다는 증거가 되지는 않아. 어쩌면 그냥 컴퓨터에 깔아만 놓고 실제로 하지는 않았을지도 모르지."

"최근까지 사용한 날짜가 찍혀 있었잖아."

"흥, 그거야 그 프로그램을 작동시켜 보았다는 것뿐이지, 그 녀석이 진짜로 팔란티어에 로그인했다는 증거는 아니야."

"……"

욱은 말이 막혔다. 굳이 우기자면 그렇게 말할 수도 있다. 하지만 그렇지 않다는 걸 원철도 잘 알고 있을 터였다.

"너, 그런 게 아닌 걸 알면서 왜 그래?"

욱이 탄원조로 달랬지만 원철은 여전히 딴전을 폈다.

"글쎄, 난 잘 모르겠어. 내가 본 건 컴퓨터에 깔려 있는 팔란티어 프로그램뿐이지, 박현철이 실제로 그걸 플레이하는 것을 본 것도 아니고……"

"야, 원철아!"

욱이 다급한 목소리로 자신의 말을 자르자 원철은 눈을 가늘게 뜨고 친구를 바라보다가 말했다.

"인석아, 지금 이 일은 네가 나한테 부탁을 하는 거잖아? 해주고 말고의 칼자루는 내가 쥔 거라고. 그러니까 꼭 무슨 빚 독촉하듯이 날 닦달하지 말란 말이야. 팔란티어 안에선 내가 살아남기 위해서 해야 할 일도 많이 있어. 제우스만 찾다가 내 캐릭터가 죽어버리면, 그 다음엔 어떡하려고 그래?"

"끙……, 알았다. 알았으니까, 조금이라도 도움이 되는 걸 알게 되면 지체 없이 알려줘."

친구가 수그러드는 것을 보며 원철은 속으로 미소를 지었다.

'자아식, 진작 이렇게 나올 것이지.'

"그래, 고작 그거 물어보려고 날 여기까지 나오라고 한 거야?"

원철이 다시 묻자 욱은 곤란한 표정을 지으며 뒤통수를 긁었다.

"아, 뭔데 그래. 빨리 말해 봐!"

원철이 계속 다그치자 욱이 말했다.

"실은……, 널 걱정시키고 싶지 않아서 말하지 않으려고 했는데, 생각해 보니까 전화든 이메일이든 다 감시당할 수 있는 거잖아. 그래서 함부로 너한테 연락하기 싫어서……."

원철은 입을 딱 벌리고 마주앉은 친구를 쳐다보았다. 그의 표정을 보고 욱이 황급히 덧붙였다.

"아니, 무슨 일이 있었던 건 아니야. 절대로 위험하거나 그래서 그런 게 아니라고."

원철은 얼굴을 일그러뜨렸다. 이렇게까지 조심하는 것으로 보아 자신이 감시받고 있다느니 어쩌고 하던 녀석의 말이 완전히 지어낸 것만은 아닐 것이란 생각이 머리를 스쳐갔다. 어쩌면 생각했던 것보다 훨씬 심각한 상황일 수도 있었다.

"너 정말 이러기냐? 저번엔 아무런 위험도 없을 거라고 했잖아!"

화가 난 원철이 따지자 욱이 말했다.

"그래, 아무런 위험도 없고 아무런 일도 없었어."

"됐다. 관두자, 난 갈란다."

자리를 털고 일어나려는 원철을 욱은 옷자락을 당겨 다시 자리에 끌어앉혔다.

"너 왜 이러니? 정말 위험하지 않다니까!"

"그래, 아무 위험도 없는데 멀쩡한 사내 둘이서 오밤중에 이런 외진 곳에서 007 영화를 찍고 있냐? 관둬. 난 이런 일엔 정말 취미

없다."

원철의 쌀쌀한 대답에 욱은 간곡한 어투로 설득을 시도했다.

"원철아, 내 말좀 들어봐. 내가 누군가의 감시를 당한다는 이야기길 너한테 숨긴 것도 아니고, 전에 말했던 대로 내 자신도 크게 위험한 일은 아니라고 믿고 있어. 하지만 그렇다고 지금 우리가 하는 일을 사방에 떠벌리고 다녀서 득될 건 없잖아. 일단 박현철이 컴퓨터 건도 있었고 하니, 최소한 방해는 받지 말아야지. 안 그래?"

"글쎄다."

원철이 여전히 못마땅한 표정을 짓자 욱은 다시 말했다.

"그리고 설령 이게 정말 위험한 일로 이어진다고 치자. 그렇다면 위험하면 할수록 넌 친구로서 더 날 도와줘야 되는 거 아니냐?"

"넌 그런 위험을 감수하는 직업을 택했고 그걸로 월급을 받지만, 난 아냐."

"이 자식이! 그럼 고등학교 때는 내가 너한테 월급 받고 친구해줬냐? 너란 자식은 친구가 위험하면 혼자 도망갈 생각부터 먼저 하냐? 너 그런 녀석이었어?"

참다못한 욱이 소리를 버럭 지르는 바람에 그의 입에서 씹던 껌이 튀어나왔다. 카운터에 고개를 숙이고 있던 주인도 무슨 일인가 하고 두 사람 쪽을 돌아보았다.

원철은 얼굴이 벌게진 욱의 눈을 피해 상 위에 떨어진 껌을 바라보았다. 겉으로 내색은 안 했지만 그는 지금 마치 망치로 뒤통수를 얻어맞은 듯한 충격을 참으려고 애쓰고 있었다. 욱이 지금 내뱉은 말이 자신이 보로미어로서 이리스에게 퍼붓던 말들과 전혀 다르지 않았기 때문이었다.

　단순한 충동으로 움직이는 게임 속에서도 실바누스처럼 동료를 위해 죽음을 무릅쓰고 몸을 던지는 사람도 있다. 하물며 여기는 경우의 옳고 그름을 판단하여 자신의 의지대로 행동할 수 있는 '현실'이다. 어려움에 빠진 친구를 돕는 것은 어느 모로 보나 옳은 일이고, 약간의 위험이 따른다고 해도 당연히 해야 할 일이라는 것쯤은 원철도 잘 알고 있다. 그런데 자신은 왜…….

　"이 자식이, 이젠 아예 날 무시하네!"

　다시 들려온 욱의 외침에 원철은 고개를 들었다. 녀석의 두 눈에 시퍼런 쌍심지가 돋은 것으로 보아 정말로 화가 난 듯했다.

　"미안하다. 내가 생각을 잘못했어. 그래, 위험한 일이라고 해도 당연히 도와야지."

　"엥?"

　원철이 갑자기 정색을 하며 말하자 오히려 욱이 당황한 표정이 되었다. 그는 의심스런 눈초리로 친구를 한동안 뜯어본 후에야 얼굴을 풀면서 말했다.

　"그래, 인마. 너한텐 이런 일이 당황스럽겠지. 하지만 나도 많은 걸 바라는 건 아니라고. 일선에 나서란 것도 아니고, 그냥 그 게임 안에서 제우스만 찾아달라는 거잖아. 그리고 봐라, 나도 너한테 피해가 갈까 봐 이렇게 최대한 조심을 하고 있잖냐. 두 번씩 차를 바꿔타 가며 택시 대절해서 여기까지 오는 게 쉬운 일인 줄 알아?"

　원철은 한숨을 쉰 다음 되물었다.

"그래서 겨우 생각해 낸 게 전보냐?"

"제일 간단하잖아. 그리고 너말고는 그 내용을 봐도 누가 보낸 건지 무슨 말인지도 모를 거 아냐. 그리고 내가 미행당하지만 않으면 내가 어디서 누굴 만났는지도 전혀 알 수 없을 테고."

"그럼 앞으로 나한테 연락할 일이 있으면 매번 이 지랄을 할 거냐?"

"더 나은 방법이 생각날 때까지는."

원철은 조금도 주저 않고 대답하는 친구를 기가 막힌다는 표정으로 쳐다보다가 고개를 저었다.

"인마, 그런 표정 짓지 마. 내 나름대로 열심히 생각해 낸 방법이라고."

욱의 볼멘소리에 원철은 머리를 절레절레 흔든 다음 말했다.

"그래, 수고는 했는데, 매일 이렇게 밤중에 불려나오지 않기 위해서라도 내가 좀더 나은 방법을 한 가지 제시해도 될까?"

"그래라."

원철은 종이 한 장을 꺼내어 뭔가를 적은 후 욱에게 내밀었다.

"이게 뭐냐?"

"인터넷 자료 게시판 주소와 유령 아이디. 그리고 비밀 번호야. 전에 알던 사람이 운영하는 사설 자료실이야."

"그래서?"

"거기에 '공용 자료실'이라고 있어. 네가 전하고 싶은 말을 워드프로세서로 쓴 다음에 암호를 사용해서 저장하고, 그 파일을 자료실에 올려놓으면 돼. 하루에도 별 쓰잘데없는 가비지 파일들이 수십 건씩 올라오는 곳이니까 이름 모를 파일 하나쯤은 눈에 띄지도 않을 거야. 단, 파일 이름의 첫 세 글자를 무조건 xyz로 시작하게만 해서 올려. 내가 알아볼 수 있게."

욱은 고개를 갸우뚱했다.

"뭐 꼭 그럴 거란 건 아니지만, 요즘은 사용자 접속 추적으로 쉽게 신원정보를 딸 수 있어. 알려고만 하면 내가 이 자료실에 자료를 올린다는 걸 알아내는 건 어렵지 않아."

"쯧쯧. 하지만 네가 어떤 아이디로 접속을 했는지는 알 수가 없지. 통신 비밀 보호법 이후엔 확실한 신원 확인 없인 누구도 통신 아이디를 만들 수 없게 되었지만 아직도 이런 사설 공개 자료실에는 그 이전에 만들어진 이런 유령 아이디가 지천이야. 설사 아이디가 알려져도 주인이 누군지 추적조차 할 수 없다고. 거기에 파일 암호까지 걸어놓으면 절대 안심이지."

"흠……. 파일의 암호는?"

"그거야 우리가 정하기 나름이지. 아이, 디, 아이, 오, 티로 하든가 아이, 엠, 비, 이, 시, 아이, 엘, 이로 하든가, 네가 골라."

"아이, 디, 뭐라고? 에이, 복잡한 거 하지 말고 쉬운 단어로 해. 우린 친구 사이니까 프렌드로 하자. 에프, 알, 이, 엔, 디."

악의 없는 농을 걸었던 원철은 사뭇 진지한 친구의 얼굴을 보며 땅이 꺼져라 긴 한숨을 내쉬었다. 다른 건 몰라도, 이 녀석이 번역했다는 영어 논문만은 절대로 믿을 수 없었다.

욱과 헤어진 후 원철은 서둘러 집으로 돌아왔다. 현관문을 들어섰을 때의 시간은 벌써 10시 반을 넘어서고 있었다. 평소 같으면 보로미어 녀석이 오늘은 또 무슨 엉뚱한 짓을 할까 하는 걱정을 하고 있을 시간이었지만, 오늘만은 조금 다른 고민이 그의 머릿속을 메우고 있었다.

어떻게 보면 세상은 참 이상한 곳이었다. 학교도 가지 않는 코흘리개 적부터 옳고 그른 것에 대해 쉬지 않고 가르친다. 사회의 '전통'과 '가치관'과 '도덕'에 대해서, 그리고 좀더 자라면 어른으로서 지켜야 하는 '법'이란 것에 대해서 귀가 닳도록 듣고 자라는 게 이 사회의 아이들인 것이다. 그런데도 막상 그 아이들이 자라 사회의 일원이 되면, 세상은 그들에게 가르친 전통과 가치관과 도덕과 법에 따라 움직이는 모습을 좀처럼 보여주지 않는다. 아니, 오히려 새 구성원들에게 그때까지 배운 것을 빨리 잊고 결코 아름답지 않은 현실적인 가치들에 적응할 것을 강요한다는 말이 더 맞을 것이다.

친구가 어려우면 도와줘야 한다.

그것은 유치원에 다니는 애들도 아는 사실이다. 그것이 옳은 일이기 때문이다. 더욱이 법에 어긋나는 일도 아니고 도리어 그 집행을 돕는 일이라면, 친구로서가 아니라도 시민으로서 당연히 해야 할 일인 것이다. 그런데 사물의 옳고 그름에 대해 그토록 많은 교육을 받고 자란 자신이 아까 보였던 행동은 어땠던가.

잘라 말해서, 그건 매우 비겁한 태도였다. 성인(聖人)에 가까운 실바누스는 둘째치고라도 그 우둔한 보로미어만도 못한 행동이었다. 아무리 욱이 녀석이 극구 부인한다 해도, 국회 상임위 위원장의 살인 사건인 데다가 정체도 모를 이상한 녀석들의 감시까지 들러붙은 일이다. 충분 이상으로 위험하다고 봐야 한다.

그러나 그렇더라도 자신은 당연히 욱을 도와야 했다. 왜냐하면 그게 옳은 일이기 때문이다.

너무나 뻔한 답을 알면서도, 자신이 욱 앞에서 왜 그런 태도를 보였던가 하는 문제가 지금 원철을 괴롭히고 있었다.

'왜?'

원철은 그 답을 알지 못했다.

그가 아는 것은 이 빌어먹을 세상이 요 모양 요 꼴인 이유가 바로 세상 사람들 모두가 자신과 마찬가지로 그 답을 찾지 못했기 때문이란 것뿐이었다.

프로그래머는 피우던 담배를 거칠게 비벼 끈 후, 시스템의 전원을 올렸다.

제21장
스톤헨지

6월 4일 수요일, 비트라 쿰, 여관 1층

두 시간째 혼자 앉아 맥주 잔을 들이켜고 있던 보로미어는 닉스가 여관 문을 열고 들어서자 반가운 표정으로 손을 흔들었다.

"어이 씨, 귀찮아 죽겠네. 이젠 도서관이라면 진력이 나."

닉스는 전사의 맞은편 자리에 앉으며 투덜거렸다.

"그럼 거긴 왜 갔어?"

보로미어가 묻자 닉스는 고개를 절레절레 흔들며 말했다.

"왜라니? 원정 보고를 해야지."

"원정 보고?"

"몰랐어? 원정에서 살아 돌아온 모든 위저드는 도서관에 가서 원정 보고를 해야 해. 원정에서 얻은 정보를 다음 사람들이 쓸 수 있도록 기록으로 남겨야 하니까."

"귀찮으면 하지 말지 그래."

"큰일날 소리!"

닉스가 화들짝 놀라며 말했다.

"이 친구야, 원정 다녀와서 보고를 한 번 빼먹을 때마다 나중에 현자의 집 봉사 기간이 두 배로 늘어나. 내가 상급 서열인 컨저러가 되고도 두 달을 현자의 집에서 썩길 바라는 거야?"

"그런 게 있었어?"

"아니, 그것도 몰라? 하긴, 전사들이야 그런 고민 없이 사는 계급이니까. 사제들처럼 제물 구하러 돌아다닐 필요가 있나, 우리처럼 한 달씩 책상머리에 붙어 있을 필요가 있나."

보로미어는 푸념조로 투덜대는 닉스를 보며 어깨를 으쓱하더니 물었다.

"그 보고란 게 오래 걸리는 거야?"

"아니, 그냥 가서 도서관의 '지식의 나무'를 만지기만 하면 돼. 그럼 나중에 현자들이 필요한 걸 나무에서 뽑아 정리하거든. 하지만 원정에서 돌아오자마자 꼬박꼬박 들러야 하니 귀찮은 거라고."

"그런데 뭐 이리 오래 걸렸어?"

"도서관에 간 김에 이것저것 알아볼 것도 있고 해서. 오늘은 리치의 아이언 다이어뎀 때문에 시간이 좀 걸렸어."

보로미어는 다이어뎀의 이야기가 나오자 귀를 쫑긋 세웠다.

"다이어뎀?"

"그래. 아모네 이실렌에서 실바누스가 들고 있던 쇠 왕관 말이야. 그걸 케르베로스의 위액에 녹이는 걸 보고 그게 뭔가 궁금했는데, 알아보니까 엄청난 물건이더군. 들어봐."

닉스는 보로미어가 관심을 가지는 눈치를 보이자 신이 나서 떠벌리기 시작했다.

"도서관 사전에 보니까 다이어뎀은 '리치가 리치일 수 있게 해주는 물건이다'라고 돼 있더군. 무슨 말이냐 하면 다이어뎀은 리치가 우리 세계와 영혼계에 동시에 존재할 수 있도록 해주는, 그러니까 우리 세계와 영혼계를 이어주는 징검다리 같은 거다, 이런 얘기야. 만약 사제가 그걸 머리에 쓰면, 그 자신도 반은 영혼계로 넘어가게 된대. 그러면 영혼계의 하급 영체들을 마음대로 부릴 수 있게 된다는군. 엄청난 힘을 갖게 되는 거지."

이미 아는 이야기였기에 보로미어는 건성으로 고개를 끄덕였고 닉스는 계속했다.

"그런데 문제가 있어. 워낙 엄청난 힘을 가진 물건이기 때문에 그걸 제대로 다루려면 최소한 7급 사제인 라마 이상이 되어야 안전하다고 하는데, 내가 알기론 이 카자드 땅에는 카자드 쿰의 대사제인 사이프러스 외엔 라마 급 사제가 없거든? 만약 능력이 못 미치는 사제가 그걸 잘못 다루면 오히려 다이어뎀의 노예가 되어버리고, 종국에는 리치처럼 영혼이 이곳과 영혼계 두 곳으로 갈라져버린다는 거야. 제정신을 잃고 엄청난 영체 무리를 휘두르고 다니는 미친 리치가 되어버리는 거지. 정말 끔찍한 저주가 담긴 물건이야."

"그걸 알면서도 손댈 사제가 어딨어?"

"아하! 그게 재미있는 점이라니까. 어떤 사제든지 아이언 다이어뎀을 보면 그걸 사용하고픈 유혹을 느낀다는군. 지혜가 뛰어난 사제가 아니면 그 유혹에 넘어가지 않고는 못 배긴다는 거야. 그리고 또 한 가지 재미있는 게 뭔지 알아?"

닉스는 눈을 반짝이며 보로미어에게 묻더니 그의 대답을 기다리지 않고 말했다.

"리치가 되어버린 사제는 죽을 때까지 단 한 가지 목표만 쫓는다더군. 아이언 다이어뎀의 원래 주인이던 리치를 죽인 사람을."

갑자기 모골이 송연해져, 맥주 잔을 잡고 있던 보로미어의 손이 부르르 떨렸다. 그러나 닉스는 눈치채지 못하고 계속 수다를 떨었다.

"헬트가 그걸 어디서 얻었는지는 몰라도, 아모네 이실렌에서 그걸 파괴한 건 정말 잘한 거야. 그걸 파괴할 수 있는 것은 케르베로스의 위액밖엔 아직 알려진 게 없다고 되어 있거든. 그런데 한 가지 이해가 되지 않는 것은……."

닉스는 이맛살을 살짝 찌푸리며 고개를 갸우뚱했다.

"그것이 리치를 완전히 죽이지 않으면 얻을 수 없는 물건이라는 점이야. 리치를 완전히 죽이려면 우리 세계의 리치와 영계의 리치를 동시에 죽여야 하는데, 영계로 아스트랄 이동을 할 수 있는 사람이 아니면 그건 불가능하거든. 카자드엔 그런 사람이 몇 되지 않을 텐데 헬트가 어디서 그걸 얻었는지 정말 궁금해."

닉스는 정말 모를 일이라는 표정으로 보로미어를 쳐다봤지만 전사는 일그러진 얼굴로 아무 말도 하지 못했다.

만약 그 다이어뎀을 그냥 카자드 땅에 돌아다니게 놔뒀더라면 언젠가는 징그러운 리치 한 마리가 자신의 목숨을 노리고 달려들었을 것이다. 퍼즐의 마지막 조각, 즉 실바누스가 굳이 다이어뎀을 파괴하려고 했던 진짜 이유 역시 결국엔 자신을 보호하기 위해서였다는 사실을 알고 난 보로미어는 쥐구멍이라도 찾고 싶은 심정이었다. 정말 앞으론 두 눈 똑바로 뜨고 실바누스의 얼굴을 마주볼 수 없을 것 같았다.

보로미어가 반응이 없자 닉스는 어깨를 으쓱하더니 말했다.

"그건 그렇고, 잭, 넌 어떻게 할 거니?"

"으응, 뭐라고?"

"자식이 아직도 잠이 안 깼나? 우리가 론디움에서 여기까지 온 목적은 달성했으니까, 이제 넌 어디로 갈 거냐고!"

"글쎄. 그건……, 나 혼자 결정할 수 있는 일이 아니야."

보로미어가 더듬거리자 닉스가 물었다.

"아니, 그럼 누구랑 같이 결정해야 되는데?"

마치 그 말에 대답하듯 벌컥 여관 문이 열렸고, 보로미어는 엉덩이에 불침이라도 맞은 양 자리에서 벌떡 일어섰다.

"실바누스……."

여전히 두건을 푹 눌러쓴 드루이드는 테이블로 다가오더니 조용히 말했다.

"호오, 내가 사경을 헤매는 동안 넌 여기서 한가롭게 술이나 마시고 있었단 말이지."

"그, 그런 게 아니라……."

보로미어가 말을 더듬자, 실바누스는 '흥' 하고 가볍게 코방귀를 뀌더니 자리에 앉았다. 그는 보로미어가 따라 앉기를 기다렸다가 천천히 입을 열었다.

"실은……, 어제 이후로 나도 많은 생각을 했어. 어쩌면 내가 널 대하는 방식이 좀 잘못되었던 건 아닐까 하는 그런 생각을 말야. 무조건 내 생각대로만 널 끌고 나가려고 했던 게 무리였는지도 몰라."

"아니, 아니야."

전사가 황급히 두 손을 내젓자, 드루이드는 짜증스런 목소리로 쏘아붙였다.

"좀 조용히 해!"

머쓱해진 보로미어가 입을 다물자, 실바누스는 한숨을 푹 쉬더니 말했다.

"물론 내가 그런 방식을 택한 데는 네 책임도 없진 않아. 우리가 만난 이후로 넌 뭐든지 네 멋대로만 했으니까. 위태위태한 널 보면서 난 억지로라도 내 말을 듣게 하는 것밖에는 방법이 없다고 판단했어. 사정을 설명하고 설득한다고 해도 네가 듣지 않을 거라는 생각에 몇 가지 복잡한 일들은 설명해 주지 않기도 했고."

실바누스의 말투가 워낙 심각했기 때문에 보로미어는 아무 말도 할 수 없었고, 전후 사정을 알지 못하는 닉스 역시 두 사람의 얼굴을 번갈아 가며 바라보기만 했다.

드루이드가 계속했다.

"하지만 난 결국 그런 것들이 쌓여서 어제 일이 벌어졌다고 생각해. 너란 녀석이 그런다고 통할 놈이 아니란 걸 몰랐던 게 내 잘못이지."

실바누스는 거기서 말을 멈추고 손가락으로 책상을 톡톡 두드렸다.

"저기……."

"하지만……."

드루이드와 전사는 동시에 입을 열다가 서로 멈칫했다.

"먼저 말해."

보로미어가 양보하자 실바누스는 '흐흠' 하고 헛기침을 하더니 말했다.

"하지만 기왕 이렇게 서로 매인 바에야, 우리 조금씩 양보하면 어떨까? 나도 너무 내 생각을 너한테 강요하지 않고, 너도 네 멋 대로 하는 그 못된 버릇을 잠시 접어두기로 말이야."

"실바누스……."

보로미어는 말문이 막혔다. 만약 어제 아침이었더라면, 이 자식 이 또 무슨 꿍꿍이속으로 갑자기 어르고 달래나 하고 의심부터 했 을 것이다. 하지만 그의 진심을 알고 난 지금은 '이 말을 하기 위 해 녀석이 얼마나 속으로 이를 악물고 있을까' 하는 생각이 먼저 들었다. 차라리 욕이나 한바탕 퍼부어 주면 시원하련만 도리어 그 렇게 나오는 그를 보자 전사는 정말 몸둘 바를 모를 지경이었다.

"나, 난……."

'난 네 마음을 알아. 정말 무조건 미안하다.' 이렇게 말하려던 보로미어는 그것이 실바누스의 자존심에 얼마나 커다란 상처를 입히는 것인지를 깨달았다. 아무리 무딘 그였지만 그 정도는 알았 다.

"그래, 좋다. 나도 바라던 바다."

보로미어가 평소의 무뚝뚝한 얼굴로 돌아가며 대답하자, 실바 누스는 상 위로 불쑥 손을 내밀었다. 전사는 그의 손을 마주잡으 면서 그의 치유 주문과는 조금 다른 종류의 따스함이 전해 오는 것을 느꼈다.

"자, 자, 뭔진 몰라도 잘 해결된 것 같으니까 그건 됐고, 두 사람은 이제 어디로 갈 생각이지?"

그때까지 잠자코 있던 닉스가 수다스레 끼어들자,

"제라드 쿰."

하고 실바누스가 짧게 대답했다.

보로미어는 속으로 '쿡' 하고 웃음이 나오는 것을 참을 수 없었다. 바로 방금 전 제 입으로 조금씩 양보하니 어쩌니 하는 말을 해놓고도 혼자서 모든 걸 결정해 버리는 버릇은 여전히 변하지 않았기 때문이다.

"저기, 저기 말이지……."

닉스는 어렵게 말을 꺼내며 두 사람을 번갈아 쳐다보았다.

"뭔데 그래?"

보로미어가 묻자 위저드는 쑥스러운 웃음을 지었다.

"저기, 괜찮다면 혹시 나도 같이 가도 될까 해서 말이야."

닉스의 갑작스런 요청에 전사와 드루이드는 서로를 마주보았다. 실바누스가 먼저 입을 열었다.

"닉스 정도 되는 위저드라면 앞으로 많은 도움이 되겠지."

아모네 이실렌 이후, 약간 말은 많아도 쾌활하고 의리 있는 이 엘프 위저드가 서서히 맘에 들고 있던 보로미어도 실바누스가 그렇게 말하자 흔쾌히 고개를 끄덕였다.

"나도 반대할 이유야 없지."

"고마워."

위저드의 감사에 전사는 빙그레 미소를 지으며 대답했다.

"고맙긴. 나한테 빚진 2000두카트를 갚을 때까진, 넌 아무데도 못 가."

"쳇, 그런 기억력은 엄청 좋군."

옆에서 실바누스가 고개를 저으며 빈정거렸다.

서둘러 짐을 꾸린 세 사람이 비트라 쿰의 서문을 나선 것은 정
오가 좀 못 돼서였다. 카자드 쿰이나 비트라 쿰 같은 도성이라는
것 외엔 제라드 쿰에 대해 아무것도 모르고 있던 보로미어는, 차
츰 멀어져 가던 비트라 쿰의 성벽이 보이지 않게 된 다음에야 실
바누스의 설명을 들을 수 있었다.

웬일인지 메디나 못지않게 걸음을 재촉하던 실바누스는 잠시
휴식을 취하기 위해 멈춰 선 자리에서 갑자기 생각이 난 듯 말을
시작했다.

"아주 오래 전의 일이야. 속주들로부터 사람들이 카자드로 막
들어오기 시작하던 때지. 그때 몰려든 사람들 중에 제라드라는 위
저드가 있었어. 카자드 쿰을 세운 사람인데, 성급하게 메레디트
오크와 전쟁을 벌이다가 죽고 말았지. 하여간 제라드는 생전에 메
레디트 놈들을 쳐부수려고 비트라 쿰을 세웠고, 남쪽의 네크로맨
서를 누르기 위해선 자신의 이름을 딴 제라드 쿰이란 도성을 만들
었어."

보로미어는 가만히 고개를 끄덕이며 듣기만 했다.

실바누스가 말했다.

"제라드 쿰은 비트라 쿰에서 서쪽으로 꼬박 하루가 걸리는 곳
이지만 우린 지금 대로를 타고 가니까 걸음만 서두르면 오늘 안으
로 도착할 수 있을 거야. 하여간 카자드 땅 안에선 카자드 쿰에서

338

제일 멀리 떨어진 곳이니 우리에겐 안성맞춤이지. 여차하면 구스톤 망루를 지나 옆 나라인 노렐로 넘어갈 수도 있고."

"왜? 카자드 쿰에서 멀리 떨어져야 할 이유라도 있는 거야?"

닉스가 끼어들며 묻자 실바누스와 보로미어는 서로 마주보았다. 계속 눈만 끔벅이고 있는 위저드에게 실바누스가 물었다.

"너 혹시 가이우스란 사람을 알아?"

그러자 닉스의 표정이 갑자기 험악해졌다.

"알다마다. 그 껍질을 벗겨먹어도 시원찮을 악마 녀석!"

"왜? 너도 무슨 일이 있었어?"

보로미어가 묻자 닉스는 분을 참지 못해 씨근덕거리며 말했다.

"내가 4급 위저드인 메이지이면서도 혼자 돌아다니던 이유가 뭔지 알아? 얼마 전까지만 해도 난 라이언이라는 나이트가 이끌던 잘 나가는 원정대의 일원이었다고. 라이언은 정말 괜찮은 친구였지, 대원들도 모두 믿을 만했고. 그런데 우리가 슬슬 이름을 날리기 시작하자 어느 날 가이우스 그 녀석이 라이언을 만나자고 하더군. 로인즈 호숫가의 스왐프 고블린들이 기르는 말 중에 유니콘이 있다는 정보가 있는데, 원한다면 한번 원정을 해보라는 권유를 하기 위해서였어. 물론 유니콘이라면 상급 서열 전사들에겐 떨치기 힘든 유혹이긴 하지만, 아무리 그렇다고 해도 로인즈 호수의 서안 쪽은 아직 미개척지가 많고 위험한 곳이잖아. 난 라이언이 가이우스의 말만 믿고 선뜻 원정을 나섰던 게 아직도 이해가 안 돼. 하여간 우리들이야 라이언이 다 생각이 있어서 그러는 거겠지 하며 따라나섰다가 벼락을 맞았어. 별것 아닐 거라던 가이우스 녀석의 정보완 달리 스왐프 고블린들이 스이레까지 동원해서 우릴 덮쳐왔거든."

"스이레?"

"워터 드래곤, 수룡(水龍) 말이야."

보로미어의 물음에 실바누스가 대신 대답을 해주었고 닉스는 고개를 끄덕이며 계속했다.

"하여간 우리 원정대 여덟 명 중 목숨을 건져서 카자드 쿰으로 돌아올 수 있었던 건 겨우 둘뿐이야. 라이언도, 뮬라나도, 로제트, 칼데라스……, 모두……."

옛 동료들의 이름을 열거하던 닉스는 감정이 북받치는지 잠시 말을 멈췄고, 실바누스와 보로미어는 그가 진정할 때까지 기다려 주었다.

"그, 그래서 대장도 없이 야영을 해가며 목숨만 겨우 건져 카자드 쿰으로 돌아왔는데, 성문 앞에서 누굴 만났는지 알아? 바로 가이우스였어. 자기 원정에서 돌아오는 길이더군. 전리품으로 얻은 유니콘을 타고 말이야."

닉스의 목소리는 가늘게 떨리고 있었다.

"그 개자식, 우릴 이용한 거였어. 우리 원정대를 스왐프 고블린들을 유인하는 미끼로 쓴 거지. 그리고 자기는 그 틈을 타서 유유히 스왐프 고블린들의 진짜 본거지를 덮쳐 유니콘을 얻은 거야. 걸레처럼 만신창이가 된 나와 데이나는 그 악마가 거들먹거리며 우리 앞을 지나 카자드 쿰의 성문으로 개선하는 걸 보면서도 피가 나도록 입술을 깨무는 것 이외엔 아무것도 할 수 없었어."

얼굴을 실룩이던 닉스는 잠시 숨을 고른 후 말을 맺었다.

"그 후로 난 데이나와도 헤어졌고, 카자드 쿰에서 얼마간 빌빌거리다가 거기선 도저히 희망이 보이지 않아 다른 곳으로 떠난 참이었어. 그러다 론디움에서 너희들을 만난 거야."

이어지는 침묵 속에서 보로미어와 실바누스는 할말을 찾지 못했다.

낮은 목소리로 먼저 입을 연 것은 보로미어였다.

"개새끼! 내 이 개자식을 다시 만나기만 하면, 그대로 목을 비틀어 죽여버릴 거야. 신들의 분노를 사건 영주 앞에 끌려나가건 상관없어. 그런 새끼는 오장 육부를 갈가리 찢어서 죽여버려야 해."

주먹을 쥔 채 이를 벅벅 가는 보로미어의 어깨를 두드리며 실바누스가 닉스에게 말했다.

"닉스, 네 원정대의 일은 정말 안됐다. 사실은 우리도 가이우스의 그런 농간에 걸려들 뻔했다가 지금 녀석을 피해 도망가는 길이야. 그래서 아모네 이실렌에서 가명을 썼던 거고. 이미 알겠지만, 내 이름은 실바누스. 그리고 이 녀석은 잭이 아니라 보로미어라고 해."

그러자 닉스는 눈을 번쩍 뜨며 보로미어를 돌아보았다.

"보로미어? 아니, 그럼 그 유명한 고르곤 전사?"

"흐흐음."

헛기침을 하며 허리를 펴던 보로미어는 실바누스의 곱지 않은 시선을 의식하고는 고개를 숙였다.

"어쩐지. 아모네 이실렌에서 고르곤을 쓰러뜨리는 걸 봤을 때 알아봤어야 하는 건데. 이거 대단한 행운인걸. 소문만 듣던 고르곤 전사와 같이 원정을 하게 되다니."

닉스는 들뜬 목소리로 떠들어대며 보로미어의 어깨를 두드렸다. 그러자 실바누스가 못마땅한 목소리로 말했다.

"소문으로 들은 이야기를 전부 믿어선 안 되는 법이야. 그리고 우리 정체에 대해선 절대로 비밀을 지켜줘. 난 여전히 헬트이고 보로미어는 잭이야. 알았지?"

핀잔 겸 다짐을 둔 드루이드는 지체없이 몸을 일으켰다.

"자, 이젠 충분히 쉬었으니 다시 떠나야지. 서둘지 않으면 제라드 쿰에 도착하기 전에 날이 저물 수도 있어."

드루이드의 경고에 일행은 다시 움직이기 시작했다. 보로미어는 닉스가 계속 옆에 붙어 곤란한 질문을 해대는 바람에 적당히 얼버무리느라고 진땀을 뺐지만, 자신이 어느새 카자드의 유명 인사 중 하나가 되어가고 있다는 사실이 크게 기분 나쁘진 않았다.

닉스는 끊임없이 수다를 떨었지만, 실바누스가 쉬지 않고 걸음을 재촉한 덕에 저녁 무렵에 이르러서는 무리를 지어 가고 있는 한 떼의 사람들을 따라잡을 수 있었다.

"아침에 비트라 쿰을 출발한 사람들이로군. 됐어. 이젠 좀 느긋하게 가도 될 것 같아."

실바누스가 조금 마음이 놓인다는 투로 말했다.

다른 사람들과 합류하게 되자 사교성 만점의 닉스는 어느새 그들과 인사를 나누며 이런저런 정보를 교환하기 시작했고 자연히 보로미어와 실바누스는 약간 뒤로 처졌다.

"도무지 걱정이라곤 모르는 친구야."

보로미어가 말하자 실바누스가 고개를 끄덕였다.

"엘프들이야 원래 다 쾌활한 편이지. 하지만 모두가 다 그런 건 아냐. 그 가이우스 녀석도 엘프라고."

"그렇지. 그 교활한 레인저 녀석."

보로미어가 뿌드득 이를 갈자 실바누스가 핀잔을 주었다.

"이봐. 지금은 욕만 하고 있을 때가 아니야."

"어째서?"

"우리가 에스트발데에서 리치들을 만난 게 벌써 닷새 전의 일이야. 메레디트의 본진이 카자드 쿰을 덮쳤다면 아마도 그 다음날이나 다다음 날일 거라고. 카자드 쿰은 레트의 경고로 준비를 하고 있었을 테니 공방전은 이틀 이상 끌지 않았을 거고, 아마 늦어도 그제나 어제 정도엔 상황이 종료됐겠지."

"그래서?"

"카자드 쿰의 상황이 안정되면 가이우스도 계속 거기에 붙어 있어야 할 이유가 없어. 어쩌면 우릴 찾아나섰을 수도 있다고. 지금은 그 자식을 욕하기보다는 따돌릴 방법을 강구해야 할 때야."

"……"

보로미어는 입술을 깨물었다. 실바누스의 말은 크게 틀리지 않았다. 하지만…….

"하지만 우린 가명을 쓰고 다녔으니 쉽게 찾을 순 없을 거야. 론디움 근처에서 어디로 갔나 헤매다 포기하겠지."

"쯧쯧. 가이우스가 레인저란 사실을 잊었어? 일주일도 안 된 우리 흔적을 트래킹하는 건 7급인 레인저 나이트에겐 눈 하나 깜박이는 것보다도 쉬운 일이야."

보로미어는 다시 입술을 깨물었다. 메아리 숲에서 이스마엘이 한 달 전에 지나간 원정대의 흔적까지 쉽게 읽어내는 것을 본 적이 있다. 그런 그도 겨우 5급인 패스파인더였는데…….

보로미어의 걱정스런 표정에, 드루이드의 입가엔 희미한 미소가 떠올랐다.

"후후, 물론 내가 약간 손을 써두었지. 아마 가이우스라도 우릴 트래킹하긴 쉽지 않을 거야. 하지만 워낙 잔재주가 뛰어난 놈이니 완전히 마음을 놓아선 안 돼."

"그렇긴 하다만……, 녀석이 굳이 우릴 쫓아올 거라고 장담할 수도 없잖아. 카자드 쿰에도 나만큼 멍청한 다른 녀석들이 널려 있을 텐데."

여전히 보로미어가 최악의 상황을 외면하려 하자 실바누스는 고개를 들어 앞에 가고 있는 닉스와 다른 여행자들을 쳐다보았다. 아무도 이쪽에 주의를 기울이고 있지 않다는 것을 확인한 다음, 그는 목소리를 낮춰 말했다.

"녀석은 반드시 우릴 쫓아올 거야."

"어떻게 그걸 확신하지?"

보로미어가 따라서 목소리를 낮추며 묻자 실바누스는 긴 한숨을 내쉬었다.

"후우우. 그걸 설명하자면 먼저 네 고물 갑옷에 대한 이야기부터 해야 되겠지. 네게 약속한 것이기도 하니까."

보로미어는 드루이드의 입에서 갑자기 자신의 갑옷 이야기가 나오자 귀를 쫑긋 세웠다. 실바누스에게 그 씁쓸한 약속의 이행을 강요할 생각은 어제 그의 본심을 안 순간부터 사라지고 없었다. 그래서 오늘 하루 종일 그 이야기는 꺼내지도 않고 있었던 것이다. 그러나 그렇다고 그 궁금증 자체가 사라진 건 아니었다.

"글쎄, 이걸 어디부터 시작해야 할까······."

잠시 생각에 잠겨 있던 드루이드는 엉킨 실타래를 풀듯 조심스레 말을 시작했다.

"가롯이······, 물건을 보긴 제대로 본 것 같아. 그 갑옷엔 분명히 거대한 마법이 담겨 있어. 너무 엄청나기 때문에 오히려 못 보고 지나치기 쉬운 그런 힘이야. 하지만 네가 해준 그림자 동굴의 이야기나 에스트발데에서 있었던 일들을 곰곰이 생각해 보면, 조금은 가닥이 잡히지."

보로미어는 망토 밑의 갑옷을 더듬으며 실바누스의 말에 귀를 기울였다.

"네가 그 갑옷을 입은 후 일어났던 일들 중 상식적으로 설명이 안 되는 것은 크게 두 종류라고 봐. 첫째는 가끔씩 엄청난 힘이 솟아오른다는 것. 그리고 둘째는 이유도 없이 고르곤이건 리치건 네 상대 괴물들이 죽어 자빠진다는 것. 일단 첫 번째는 그냥 액면 그대로 받아들이면 될 것 같아. 간단히 말해서 네 갑옷엔 힘을 배가시켜 주는 기능이 있다는 거야. 그렇지 않으면 아무리 체력만 기형적으로 발달한 너 같은 녀석이라도 맨손으로 고르곤의 목을 꺾지는 못해."

"으흠."

'기형적'이라는 표현에 전사가 헛기침을 하며 불편한 속내를 드러냈으나, 드루이드는 아랑곳하지 않고 계속했다.

"물론 전사로서 그런 기능을 마다할 이유는 전혀 없겠지만, 어떻게 보면 그건 일종의 위장이야. 모르는 사람들은 그게 이 갑옷의 전부인 줄 알 테고, 그러다 보면 두 번째 진짜 비밀에 대해선 신경을 쓰지 않게 되거든."

"진짜 비밀?"

보로미어가 되묻자 실바누스는 고개를 끄덕였다.

"그 비밀의 푸는 입장에서 본다면 난 운이 좋은 편이야. 웬만한
사람 같으면 그림자 마법을 깬 후에 그 볼품없는 갑옷을 헐값에
팔아버렸을 거고, 갑옷의 내력은 상인들의 손을 거치며 차츰 잊혀
졌겠지. 아마도 지금쯤은 어느 변두리 도성의 싸구려 병기상에서
세상의 마지막 날까지 먼지만 끌어모으는 애물단지가 되어 있었
을지도 몰라. 하지만 가롯 덕에 넌 그걸 팔아치우지 않았고, 덕분
에 난 네게서 그 갑옷이 발견될 때의 상황을 정확히 들을 수 있었
어. 이런 경우에 그건 정말로 많은 도움이 돼. 일단 그림자 동굴의
고르곤을 생각해 볼까?"

드루이드의 목소리에는 어느새 흥겨움마저 배어 있었다. 녀석
에겐 이런 골치 아픈 문제를 풀어가는 것이 즐거운 모양이었다.

"도대체 그 상황에서 고르곤의 가죽을 걸레로 만들 수 있을 만
한 병장기가 뭐가 있었을까?"

실바누스의 질문을 받고 곰곰이 생각을 해보았지만, 전사는 도
무지 답을 알 수 없었다.

"꼭 너나 네 동료들이 들고 있었던 무기만 생각할 필요는 없
어."

실바누스의 힌트에 보로미어의 입이 벌어졌다.

"설마……."

"맞아. 바로 고르곤의 뿔이 있었잖아."

"하지만 그건 고르곤에게 달려 있었던 거야."

전사가 고개를 젓자 드루이드가 미소를 지으며 말했다.

"그래. 하지만 그 고르곤에게 자신을 공격하게 할 수도 있지."

"으음……. 그림자 마법!"

보로미어가 낮게 신음하자 실바누스가 커다랗게 고개를 끄덕였다.

"말했지만, 어떤 물건이든지 그 기능에 대한 실마리는 그것이 처음 발견되었을 때의 상황과 연관되어 있는 경우가 많아. 네 갑옷도 마찬가지일 거야."

"그럼 이 갑옷의 진짜 힘이 발동하면, 날 중심으로 그림자 마법이 펼쳐진다 이거야?"

"아마도."

"정말 믿을 수가 없군."

한동안 얼빠진 표정을 짓고 있던 전사가 물었다.

"그럼 도대체 어떻게 해야 그 힘을 발동시킬 수 있는 건데?"

"그게 아직도 잘 모를 부분이란 말이야."

"쳇, 영 도움이 안 되는군. 가만, 리치는? 그때도 그림자 마법이 발동했던 건가?"

그러자 실바누스는 어깨를 으쓱하더니 말했다.

"아마도 그랬을 것 같아. 너와 리치와 라미네즈가 갑자기 밝은 빛에 휩싸이는 걸 나도 분명히 보았으니까."

"그런데 왜 너나 레트나 다른 사람들은 그림자 마법에 당하지 않고 멀쩡했지? 그리고 그 리치는 순간적으로 사라졌다고. 내 눈으로 똑똑히 보았지만, 절대로 자기 그림자에 당하거나 하진 않았단 말이야."

보로미어가 커다란 목소리로 따지듯 묻자 드루이드는 손을 들어 그를 조용히 시켰다. 앞의 일행 중 이쪽에 신경을 쓰는 사람이 없다는 것을 재차 확인한 다음, 실바누스는 거의 속삭이는 듯한 목소리로 말했다.

"난 바로 거기에 네 갑옷의 세 번째 비밀이 숨어 있다고 봐."

"세 번째 비밀? 그게 뭔데?"

"아직은 잘 모르겠어. 그건 설명하기가 상당히 복잡한 문제고 아직도 몇 가지 추가적으로 확인해야 할 것들이 있어. 확실해지는 대로 얘기해 줄게."

실바누스가 그렇게 말을 맺어버리는 바람에 보로미어는 오히려 늘어나기만 한 궁금증들을 일단 접어둘 수밖에 없었다.

"하여간 가이우스도 이런 걸 전혀 모르고 있지는 않을 거야. 게다가 일단 눈독을 들였으니 반드시 우릴 쫓아올 거라고. 만에 하나 녀석이 우릴 찾는 데 성공한다면 그때 어떻게 따돌릴지를 미리 생각해 둬야 해."

실바누스는 혼자말처럼 중얼거리고는 걸음을 재촉했다. 전사는 드루이드의 좁은 등을 쳐다보며 이마에 깊은 주름을 그렸다. 드디어 그의 커다란 걱정 보따리들을 자신도 조금씩 나누어 지기 시작한 것을 느꼈기 때문이었다.

일행이 제라드 쿰의 성문을 통과한 것은 해가 진 후의 일이었다. 성문 근처의 작은 여관에 자리를 잡기가 무섭게 닉스는 다른 투숙객들과 어울려 수다를 떨기 시작했고, 실바누스도 뭔가 알아볼 일이 있다며 사라졌다. 보로미어는 칼과 방패를 구해야 했기 때문에 혼자서 거리로 나섰다. 제라드 쿰의 거리들은 밤의 시작이 가까웠는데도 카자드 쿰 못지않게 북적이고 있었다. 옆나라인 노렐과 가까워 사람들의 왕래가 잦기 때문임을 알 리 없는 보로미어는 비트라 쿰에 비해 활기 넘치는 분위기에 저도 모르게 들떠 걷다가 커다란 병기상을 발견하고 안으로 들어갔다.

카자드 쿰에서 거래하던 그룬발트의 가게에 비해 다섯 배 정도는 큰 상점이었고, 그만큼 다양한 무기들이 진열되어 있었다. 점원이 제시하는 가격과 주머니 사정을 가늠해 보며 칼과 방패를 훑어보던 전사는 그중 한 물건 앞에 멈춰 섰다.

웬만한 팔뚝 두께는 되어보이는 긴 막대 끝에 자신의 머리만 한 쇠뭉치가 달려 있는 병기였다. 그 엄청난 크기는 제쳐놓고라도, 쇠뭉치에 삐죽삐죽 돋아 있는 뿔들만으로도 충분히 위협적으로 보이는 그런 무기였다.

"드래곤 메이스라, 좋은 물건이죠. 브레이란트 드워프들의 작품입니다. 파괴력 하나는 따라올 게 없고, 재질도 무쇠나 강철보다 한 단계 위인 바커스트 스틸이라 강도도 뛰어나죠. 흠이라면 좀 무거워서 다루기가 어렵다는 것뿐입니다만……"

점원의 설명에 보로미어는 고개를 끄덕였다. 사실 꼭 칼을 고집할 이유는 없었다. 비록 자신의 손에 익었고 공격 속도도 빠르긴 하지만 하루가 멀다하고 또깍또깍 부러지는 것이 이젠 칼 종류엔 영 정이 가지 않았다. 장갑이야 지금의 갑옷으로도 충분하므로 방패만 포기한다면 두 손으로 저걸 쓰는 데는 큰 무리가 없을 듯했다.

양손으로 집어들고 휘둘러 보니 역시 예상했던 대로 자유롭게 다룰 수 있었다.

"얼마요?"

"3200두카트."

전사는 입맛을 다셨다. 에스트발데와 아모네 이실렌에서 그럭
저럭 긁어모은 금이 800두카트 정도 되었고, 거기에 닉스에게 하
나를 주고 남은 고르곤의 눈을 600두카트로 치더라도 수중에 지닌
돈은 천 400두카트 정도밖에는 되지 않았다. 3200두카트에는 턱없
이 모자랐다.

"아깝군."

메이스를 내려놓고 돌아서던 전사는 옆에 붙어 있는 커다란 광
고 하나를 보고는 우뚝 멈춰 섰다.

"어이, 이거 정말이오?"

전사가 묻자 점원이 말했다.

"물론 써 있는 대로죠. 그 가격으로도 못 구해서 난린데."

보로미어가 드래곤 메이스를 어깨에 걸치고 자랑스레 여관문
을 들어서자, 실바누스와 닉스가 놀란 얼굴로 돌아보았다.

"아니, 그게 뭐냐?"

닉스가 묻자 전사는 메이스를 머리 위로 높이 쳐들며 대답했다.

"드래곤 메이스."

"어디서 저랑 똑 닮은 걸 들고 왔군."

실바누스가 퉁명스레 말했다. 평소 같으면 발끈했을 보로미어
지만 오늘은 그냥 씨익 웃어넘기며 자리에 앉았다.

"어울려보인다니 다행이군. 난 이걸 써보고 싶어 벌써 손이 근
질근질한데?"

"오래 기다리진 않아도 될 거야. 내일 아침이면 지겹도록 휘두

르게 될 테니까."

닉스가 말했다.

"무슨 얘기야?"

전사의 물음에 실바누스가 대답했다.

"닉스가 이 여관에 묵는 사람들 몇몇과 퀘스트를 엮어놓은 게 있는 모양이야."

"퀘스트? 원정이 아니라?"

보로미어가 실망한 표정으로 묻자 닉스가 말했다.

"모르는 소리 말아. 여긴 카자드 쿰이 아니라 제라드 쿰이야. 원정이 아니더라도 부근엔 삼삼한 퀘스트 건이 많이 남아 있다고. 오히려 카자드 쿰 주변의 웬만한 원정보다 더 위험할지도 몰라."

"닉스 말이 맞아. 이 부근의 숲들은 카자드 전체에서도 가장 개척이 안 된 곳이야. 네크로맨서의 영역권과도 가깝고. 이곳에선 원정은 좀 위험해."

실바누스도 거드는 바람에 전사는 고개를 끄덕일 수밖에 없었다. 그때 밤의 시작을 알리는 나팔 소리가 들려왔고 일행은 자리에서 일어났다.

"아침에 늦잠 자지 마."

"너나 일찍일찍 일어나라."

전사와 닉스는 나름대로 우정 어린 인사를 주고받으며 각자의 방으로 올라갔다. 계단을 오르다 뒤를 돌아본 보로미어는 실바누스가 자리에서 일어나지 않고 그대로 앉아 있는 것을 알아차렸으나 크게 신경 쓰지 않고 자신의 방으로 들어갔다.

침대에 누운 전사는 잠시 생각에 잠겼다. 낮에 실바누스의 이야기를 듣긴 했지만, 자신의 갑옷에 대한 의문은 전혀 풀리지 않은 것이나 마찬가지였다.

'하지만 그림자 마법을 펼 수 있는 갑옷이라.'

그걸 자유롭게 쓸 수만 있다면 정말 대단한 일일 것이다. 물론 그 방법을 모른다는 것이 유일한 문제이긴 하지만.

'게다가 제3의 비밀이라니, 실바누스는 도대체 무슨 생각을 하고 있는 것일까?'

그런 생각들에 싸인 채 전사는 서서히 잠 속으로 빠져들었다.

다음날 아침, 망토를 여미며 여관 앞마당으로 나간 보로미어는 닉스와 실바누스 외에 네 명의 사람이 더 모여 있는 것을 볼 수 있었다.

"자식, 좀 일찍일찍 나오지. 스톤헨지까지는 길이 멀단 말이야."

닉스가 투덜거리는 것을 무시하고 고개를 돌리자, 멋진 금빛 투구에 푸른색 갑판 갑옷을 입은 드워프 전사가 손을 흔들었다.

"만나서 반갑다. 내 이름은 제이슨, 서열은 4급 전사인 투사급이고. 자네가 잭 맞지?"

"반갑습니다."

보로미어가 인사를 하자, 제이슨은 나머지 셋을 소개했다.

"여긴 사제 바이란트. 서열은 4급인 렉터로 그쪽의 헬트와 같고, 실드 마법에 정통한 친굴세."

눈처럼 하얀 클로크를 입은 인간 사제가 간단히 목례를 했다. 제이슨은 다음으로 바이란트 옆에 서 있는 하플링을 가리키며 말했다.

"그리고 이쪽은 레인저인 마테우스. 서열은 역시 4급으로 트래커야. 숨바꼭질의 전문가지."

칠흑처럼 검은 사슬 갑옷을 걸친 레인저는 한 손으로 단검을 빙빙 돌리며 활짝 웃음을 지었다.

"마지막으로 우리 캐러밴의 홍일점인 위저드 아그네스. 서열은 4급인 메이지로, 보기완 달리 손끝이 매서운 아가씨라네."

화려한 붉은색 위저드 가운을 걸친 놈 족 처녀가 생긋 미소를 지으며 보로미어에게 윙크를 했다. 그 윙크보다도 눈이 번쩍 뜨일 정도인 그녀의 미모가 보로미어의 눈을 한동안 잡아두었다.

"내 이름은 보로……, 아니, 잭이라고 하고, 3급인 용사급 전사요."

보로미어가 손을 내밀자, 아그네스는 작고 가는 손을 뻗어 악수를 하며 말했다.

"대단한 덩치시네. 잘 부탁해요."

"……갈 길이 바쁘다잖아."

둘의 악수가 좀 길어지자, 실바누스가 그의 어깨를 툭툭 치며 못마땅한 투로 말했다.

제라드 쿰을 떠나 남동쪽으로 향하자, 캐러밴은 이내 깊은 숲으로 들어섰다. 보로미어는 레인저인 마테우스와 함께 전위에 섰고 그 뒤를 닉스와 바이란트, 그리고 실바누스가 따랐다. 제이슨과 아그네스는 맨 뒤를 맡았다.

옆에 섰던 마테우스가 보로미어에게 말했다.

"갑자기 대원 수가 늘어나니, 이거 어깨가 무거워지는걸."

"대원 수가 늘어나다니?"

"우린 우리 네 사람끼리만 퀘스트를 해왔거든. 네 명 이상을 끌고 다녀본 지는 한 달이 넘는 것 같아."

"아니, 그럼 한 달 동안 너희 넷만 같이 다녔단 말이야?"

마테우스는 한 손에 든 금 나침반을 간간이 들여다보며 말했다.

"다른 사람이 필요할 일이 없었거든. 실은 우린 카자드가 아니라 노렐 출신들이야. 노렐에서 계속 퀘스트를 했지만 별 진전이 없었어. 그래서 아예 카자드로 옮겨온 게 한 달 전의 일이지. 구스톤 망루를 거쳐서 여기 제라드 쿰에 도착한 후론, 사람들도 낯설고 해서 계속 우리끼리만 어울렸어. 물론 계속 일이 잘 풀리기도 했고. 실은 우리 넷 모두, 여기 온 후로 서열을 올린 거야."

보로미어가 물었다.

"넷이서만 퀘스트를 하기가 벅차지 않았어?"

"전혀. 우린 호흡이 잘 맞아. 제이슨, 아그네스, 바이란트만 있으면 제라드 쿰 주변에선 겁나는 게 없다고."

"그럼 이번엔 어쩐 일이지?"

"이번이야……, 스톤헨지니까."

보로미어가 도대체 스톤헨지가 뭐냐고 물어보려는 순간, 마테우스는 걸음을 멈췄다.

"왜 그래?"

레인저는 대답 대신 손을 들어 몇 가지 수신호를 했다.

"무슨 일이냐니까?"

보로미어가 다시 묻는 동안 어느새 제이슨과 아그네스, 바이란트가 달려왔다. 뭐라 할 틈도 없이 네 사람이 아그네스를 선두로 진형을 갖추자마자 앞쪽에서 소란스런 소리가 들려왔고, 보로미어도 그제서야 드래곤 메이스를 움켜쥐며 눈을 들었다.

그러자 20미터 앞의 수풀이 흔들리더니 10여 개의 그림자가 모습을 드러냈다.

"우드 고블린들이로군."

옆에서 닉스가 중얼거렸다.

가죽 갑피에 방패와 칼까지 제대로 갖춰 든 고블린들은 일행을 발견하자 고함을 지르며 달려오기 시작했다. 카자드 쿰 주변에서 흔히 보는 고블린들에 비해 몸집은 작았지만, 행동이 더 재빠르고 눈빛은 한층 더 험악했다.

"드디어 이 녀석을 시험해 볼 수 있겠군."

보로미어는 드래곤 메이스를 쓰다듬으며 앞으로 달려나가려다 멈칫했다.

"트라이던트 라이트닝(Trident lightening)!"

아그네스의 수인으로부터 청, 홍, 녹의 삼색광이 뻗어나가 고블린의 선봉에 작열하자, 앞에 서 있던 세 마리가 순식간에 퍼퍼펑 터져버렸다. 동시에 마테우스의 양손에서 10여 개의 단검이 날아가 그 옆의 두 마리를 쓰러뜨렸다.

"홀딩!"

머뭇거리고 있는 나머지 고블린들을 바이란트의 주문이 묶어버린 것과 동시에 제이슨은 커다란 크로스보를 쳐들고 화살을 날리기 시작했다. 길이가 두 자는 되어보이는 굵은 화살 여섯 대가 연달아 날아가자 서너 마리가 검은 피를 뿌리며 뒤로 넘어갔다.

눈 깜짝할 사이에 캐러밴 앞에는 두 마리의 고블린밖에 남아 있지 않았다.

"저건 내 거야!"

보로미어가 소리를 지르며 앞으로 달려나가는데, 뒤에서 닉스의 주문 소리가 들렸다.

"파이어 볼!"

메이스의 무게로 인해 발걸음이 둔해진 보로미어의 머리 위로 날아간 불덩이는 남아 있던 두 마리의 고블린을 이내 숯덩이로 만들었다.

"빌어먹을!"

목표가 사라져버리자 보로미어는 욕설을 투덜대며 몸을 돌렸다.

"이 자식아, 내 거란 말 못 들었어?"

전사가 소리를 지르자 닉스는 시큰둥하게 대꾸했다.

"치이, 뭘 그런 걸 가지고 소릴 지르고 그래? 네 거라니, 침이라도 발라뒀어?"

"자식아, 그래도 그렇지 네가 이럴 수가 있냐!"

보로미어가 얼굴을 붉히며 닉스에게 다가서는 것을 전사인 제이슨이 막아섰다.

"이봐. 갈 길도 바쁜데 왜 다투고 난리야. 스톤헨지까지 왕복하기엔 오늘 하루로도 빠듯하다고."

"쳇."

윗서열의 말에 보로미어는 닉스에게 눈을 부라린 다음 돌아섰다. 그러자 제이슨은 슬쩍 닉스를 끌고 후위로 돌아갔다.

잔뜩 부아가 난 얼굴로 걷기 시작하는데 옆에서 아그네스가 빙글거리고 있는 모습이 눈에 들어왔다.

"뭐가 그리도 재밌어?"

"후후, 너. 그까짓 우드 고블린 두 마리에 그렇게 열을 내다니."

"열 받잖아. 내가 처리하겠다고 말까지 했는데, 군이 제놈이 손을 댈 이유는 뭐야?"

그러자 아그네스는 짧게 웃은 다음 말했다.

"그런 거야 아무나 하면 어때."

"쳇, 새로 산 무기인데 아직까지 개시도 못하고 있으니까 그렇지."

"그 쇳덩어리 말이야?"

"이건 그냥 쇳덩어리가 아니라 드래곤 메이스야."

보로미어가 메이스를 들어 보이자 아그네스는 고개를 갸우뚱했다.

"하지만 넌 아까 인사할 때 용사급이라고 하지 않았어?"

"그랬지."

"용사급이 그렇게 무거운 무기를 들고 다니면 힘들지 않아?"

"이게 뭐가 무겁다고."

보로미어가 메이스를 붕붕 돌려 보이자 아그네스는 어깨를 으쓱하더니 말했다.

"하지만 보통 칼을 들고 있는 것보다 많이 느려지잖아. 서너 번 칼을 쓸 수 있는 시간에 한 번 정도밖에는 공격을 할 수 없을걸? 이동 속도도 많이 떨어지고."

"그런 건 문제가 안 돼. 썩은 나뭇가지처럼 부러지기만 하는 칼보다는 이게 나아."

"하긴. 그래서 제이슨도 투사급으로 오르고 나선 크로스보로 바꿨어. 파괴력이 비슷하면서도 칼보다는 오래 쓸 수 있거든. 멀리서도 공격을 할 수 있고."

"그것도 좀 무거워보이긴 하더군."

"전투용으로 특별히 만든 거니까. 화살도 특수한 거야. 열 대에 금 한 두카트라던가?"

"쳇, 돈 많은 녀석들이나 들고 다닐 무기로군. 하지만 아무리 그래도 이걸로 직접 두드리는 것만 하겠어?"

보로미어가 무식한 크기의 메이스를 두 손으로 들어 보이며 말하자, 아그네스는 깔깔 웃음을 터뜨렸다.

"맞아. 나도 널 보는 순간 정말 어울리는 무기를 들고 있다는 생각이 들었어. 이젠 나도 네가 그걸 사용하는 걸 보고 싶어지는 걸? 참, 그런데 너희는 이 근처는 처음이라지?"

위저드의 질문에 보로미어는 그녀를 돌아보다가 그만 말이 막혀버렸다. 그녀의 미모가 뛰어나다는 것은 아까도 느꼈던 것이지만, 웃는 모습은 또 다른 아름다움이었다. 놈 족 특유의 짙은 흑발과 짙은 눈썹이 흑진주처럼 반짝이는 검은 눈과 어우러지며 화려한 붉은색 위저드 가운의 배경에 담긴 그 모습은 사람의 눈을 뗄 수 없게 만드는 묘한 분위기를 자아내었다.

"잭?"

"으, 으응? 음. 그래. 처음이야. 제라드 쿰은 처음이라고."

보로미어가 더듬거리며 말하자 아그네스는 다시 키득 웃었다.

"그럼 스톤헨지에 대해서도 잘 모르겠네."

"그런……, 셈이지. 실은 난 오늘 퀘스트가 어디로 가는 건지도 아침에서야 알았거든."

"그래?"

아그네스의 눈이 동그래졌다.

"도대체 그게 뭐하는 곳이야?"

보로미어가 묻자, 아그네스가 말했다.

"거긴 아직도 알려진 것보다 알려지지 않은 게 더 많은 곳이야. 다른 세계로 통하는 문이라는 소문도 있고, 네크로맨서의 마법진 중 하나라는 말도 있고. 하여간 확실한 건 거기 가면 귀한 재보를 얻을 수 있다는 거야. 투사급 전사 하나가 거기서 소드 오브 스피드(Sword of speed)를 얻었다는 걸 제이슨이 확인했어."

"소드 오브 스피드?"

"공격 속도를 두 배나 더 빠르게 해주는 칼이래."

"아니, 어떻게 그런 귀한 물건이 제라드 쿰의 지척에 굴러다니지?"

보로미어가 놀라서 묻자 위저드는 미소를 지었다.

"이 근처가 원래 그래. 카자드 쿰 같은 곳이야 워낙 사람도 많고 역사도 오래되었으니 주변의 퀘스트 거리들이 거의 바닥나 있겠지만, 여긴 아직도 캐러밴들의 발길이 닿지 않은 곳이 많아."

"그럼 스톤헨지에 가면 나도 소드 오브 스피드를 얻을 수 있을까?"

전사의 말에 아그네스는 다시 커다란 웃음을 터뜨렸다. 보로미어는 그런 그녀의 모습을 보며 새삼 그 아찔한 아름다움에 정신을 빼앗겼다.

"호호, 그렇게 단순한 게 아니야. 스톤헨지가 소환하는 보물은 매번 다르다고 해. 그러니 꼭 전사를 위한 무기일 리는 없겠지. 실은 나도 잘은 모르고 자세한 건 사제인 바이란트가 전공이야. 뭐, 일단 거기 도착하면 알 수 있을 거야. 그건 그렇고, 카자드 쿰이란 어떤 곳……."

아그네스는 말을 잇다 말고 입을 헤 벌리고 자신을 바라보는 보로미어의 시선을 깨닫고 얼굴을 붉혔다.

"왜? 내……, 얼굴에 뭐라도 묻었어?"

"아니, 아니야. 그냥, 헤헤……."

아그네스는 동그란 두 눈을 깜박이며 바보처럼 히죽이는 보로미어를 마주보다가 미소를 지었다.

"피이, 너도 참. 덩치에 안 어울리게 싱거운 데가 있네."

"짭짤한 부분도 있어."

보로미어는 말을 하면서도 스스로의 능글맞은 대답에 놀랐다. 아그네스도 한쪽 눈썹을 올리며 놀라는 표정을 짓더니, 의미 있는 미소를 흘렸다.

"저기 잭, 너 말야, 혹시……."

아그네스가 뭐라 말을 하려는데, 갑자기 옆에서 바이란트가 끼어들었다.

"아그네스, 나랑 잠깐 얘기 좀 할까?"

그러자 위저드는 전사에게 찡긋 윙크를 날리고는 뒤쪽으로 물러났다. 바이란트는 무서운 눈으로 보로미어를 쏘아보더니 휙 몸을 돌렸다.

"저 자식은 또 왜 저래?"

어리둥절해진 보로미어가 투덜대자, 마테우스가 피식 웃음을 터뜨렸다.

"몰라서 물어?"

"모르니까 물어보지."

전사의 대답에 레인저는 머리를 저으며 말했다.

"관두자. 그냥 아그네스와는 좀 거리를 둬. 그게 좋아."

보로미어가 도대체 그게 무슨 말이냐고 물으려는데, 마테우스는 갑자기 긴장을 하며 걸음을 멈췄다. 그러나 아까와는 달리 수신호를 하지 않고 계속 나침반을 들여다보기만 했다.

"무슨 일이지?"

다가온 제이슨이 속삭이며 묻자, 레인저는 주위와 나침반을 번갈아 보며 얼굴을 찡그렸다.

"여기 분명 뭐가 잡히긴 하는데, 보이는 게 없어. 분명히 가까이 있는데 말이야."

"혹시 함정이 있는 거 아냐?"

아모네 이실렌의 경험을 살려 보로미어가 묻자 마테우스는 고개를 저었다.

"아니, 이런 숲속에 함정 따위가 있을 리는 만무하고, 지금 잡히는 건 생물체야. 바로 내가 서 있는 이곳에 있다고 되어 있는데……"

레인저가 그렇게 말하며 나침반에서 고개를 드는 순간, 머리 위에서 '쉭' 하는 소리가 나면서 뭔가 묵직한 것이 캐러밴을 덮쳤다. 반사적으로 몸을 사렸던 보로미어는 뒤쪽에서 들려온 비명 소리에 깜짝 놀라 고개를 돌렸다. 전사 두 명이 모여 있던 탓에 사제와 위저드들이 무방비 상태란 것에 생각이 미치자 가슴이 덜컥했다.

'혹시 또 실바누스가⋯⋯.'

그러나 이내 전사는 공격을 당한 것이 실바누스가 아닌 바이란트라는 것을 알 수 있었다. 땅 위에서 용트림을 하고 있는 굵은 뱀의 똬리 사이로 흰색 사제복이 언뜻 비쳤기 때문이다.

슈슈슈슉!

예닐곱 대의 크로스보 화살이 뱀을 향해 날아갔다. 감탄할 만한 속사였지만, 불행히도 화살들은 뱀의 황록색 비늘을 뚫지 못하고 모두 튕겨나왔다.

"라이트닝!"

"파이어 볼!"

역시 거의 동시에 닉스와 아그네스의 주문이 펼쳐졌지만 마찬가지로 큰 피해를 주진 못했다.

"발할라아!"

보로미어는 지체없이 드래곤 메이스를 높이 쳐들고 뱀에게 달려들었다. 넓적한 사각형 대가리를 겨냥하고 메이스를 내리치자 '뻐걱' 하며 녀석의 비늘 갑피가 깨지는 느낌이 뿌듯하게 전해져 왔다.

"넌 이제 끝났어!"

신나게 연속 공격을 가하려던 전사는 양팔에 메이스의 무게를 느끼면서 한 호흡을 쉬어야 했다. 심한 부상에도 불구하고 아직 완전히 숨이 끊어지지 않았던 뱀은 그 틈을 타 스르륵 바이란트를 조이던 똬리를 풀더니 땅속으로 꺼지듯 사라져버렸다.

"제기랄, 이놈은 또 어딜 갔어!"

또다시 목표물을 놓치는 바람에 머리끝까지 열이 뻗친 보로미어는 바이란트 주위의 땅을 메이스로 두드리며 길길이 날뛰었다.

"쓸데없이 힘 빼지 말고 비켜봐. 치료부터 하자고."

드루이드의 차분한 목소리가 아니었더라면 보로미어는 아마도 주변의 땅을 다 갈아엎어 버리고 말았을 것이다. 실바누스가 바이란트의 상태를 점검하는 동안에도 보로미어는 옆에서 계속 씨근덕거렸다.

"그래봐야 소용없어. 일단 도망간 이상 자쿨리(Jaculi)를 찾는 건 불가능하니까."

닉스가 혀를 끌끌 차며 말했다.

"자쿨리?"

"아까 그 녀석 말이야. 뱀의 일종인데, 주변에 따라 몸의 색을 바꾸거든. 아마 마테우스가 처음에 찾지 못했던 것도 그런 이유에서였을 거야. 땅과 색을 맞추며 도망갔으니, 지금쯤은 먼 풀숲에 안전히 몸을 감췄겠지. 일단 몸을 감추면 상급 서열인 패스파인더급 레인저라도 찾기 어렵다고. 그러니 빨리 포기하는 게 네 정신 건강에 좋아. 그나저나 바이란트가 문제로군, 자쿨리의 비늘은 하나하나가 다 칼날이라던데."

위저드의 말에 전사는 그제서야 염려가 되어 바이란트를 돌아보았다. 그러나 그 옆에서 걱정스런 표정으로 바이란트의 손을 잡고 있는 아그네스의 모습이 눈에 들어오자 갑자기 기분이 나빠져 고개를 돌렸다.

"큰 상처가 아니라 다행이야."

실바누스가 안도의 숨을 내쉬며 일어나자 바이란트도 회복수를 마시며 몸을 일으켰다.

"바이란트, 미안."

마테우스가 말하자, 바이란트가 손을 저으며 말했다.

"자쿨리였는걸. 너도 어쩔 수 없는 놈이잖아. 하지만 제기랄, 옷이 엉망이로군."

눈부시던 그의 흰색 사제복은 자쿨리의 비늘에 난자당해 걸레가 되어 있었다.

제이슨이 무거운 크로스보를 다시 어깨에 짊어지며 말했다.

"망할, 그나저나 레이크롬 화살도 안 들어먹는 이런 놈들이 자꾸 나오면 이젠 난 뭘로 먹고 살란 말이야? 정말 이 친구들과 합쳐 나오길 잘했지, 여기 잭이 아니었으면 큰일날 뻔했잖아."

그러자 진심 어린 표정은 아니었지만 바이란트도 고개를 끄덕이며 보로미어에게 손을 내밀었다.

"그래. 정말 고마워."

그러나 전사는 그의 옆에 아직도 아그네스가 바짝 붙어 떨어지지 않고 있는 것을 쳐다보며 마주 손을 내미는 대신,

"천만에."

하고 차갑게 말하고는 몸을 돌려버렸다.

껄끄러운 분위기 속에 캐러밴이 출발 준비를 하는 동안, 실바누스가 다가오더니 팔짱을 끼고 전사를 바라보았다.

"왜 그래?"

전사가 묻자 드루이드가 한숨을 푹 쉬더니 말했다.

"많은 걸 기대하는 건 아니지만, 조금 외교적인 고려를 해줄 순 없겠어?"

"외교적인 고려?"

"바이란트의 캐러밴은 오랫동안 같이 퀘스트를 다닌 무리야. 형제 자매 같은 사이들이라고. 그중 한 사람과 틀어지면 모두와 틀어져."

그러자 보로미어가 툴툴거렸다.

"그럼 나랑 틀어지면 우리 모두와 틀어지는 거겠네."

"억지 부리지 마. 우린 그런 사이가 아니잖아. 그리고 그렇게 되어서 좋을 게 뭐가 있어? 퀘스트를 포기하고 싶어?"

"나한테 뭐라고 하지 마. 먼저 눈을 부라리며 내 신경을 건드린 건 바이란트였다고."

보로미어의 말에 실바누스는 답답하다는 듯 하늘을 향해 두 손을 쳐들고 뭐라고 중얼거리더니, 소리를 죽여 말했다.

"이 바보야! 그거야 네가 자꾸 아그네스를 집적대니까 그렇지!"

전 같으면 '집적댄다'는 표현만으로도 드루이드를 집어던졌을 보로미어였지만 지금은 아모네 이실렌을 생각하며 억지로 그 충동을 참아냈다.

"너 지금 집적댄다고 했냐?"

"그래! 임자 있는 여자에게 자꾸 수작 거는 걸 집적댄다고 하지 않으면 뭐라고 하니!"

"임자?"

"어휴, 이 바보! 넌 눈이 멀었니? 바이란트와 아그네스가 단순한 동료 사이가 아니라는 것쯤은 장님이 아니면 알아야 할 것 아냐!"

실바누스는 언성을 높이지 않으려고 노력을 하고 있었지만, 그가 단단히 화나 있다는 것은 둔한 보로미어도 알 수 있을 정도였다.

"야 인마, 이 녀석들을 언제 봤다고 내가 그걸 아니?"

보로미어가 퉁명스레 대꾸하자 실바누스가 말했다.

"그러니까 모르면 가만히나 있어. 자꾸 문제나 일으키지 말고. 그따위 싸구려 웃음에 헤벌레해 가지고선……."

"너……, 말이 좀 심하다."

보로미어가 가까스로 이를 악물며 말하자, 실바누스는 '쳇' 하더니 몸을 돌려 가버렸다.

안 그래도 자쿨리와 아그네스 때문에 뒤집혀 있던 속을 실바누스까지 긁고 가는 바람에 보로미어는 완전히 뚜껑이 날아가 버렸다. 화풀이할 대상을 찾아 사방을 두리번거리던 전사는 들고 있던 드래곤 메이스로 옆에 있는 나무를 서너 번 후려갈기고 나서야 가까스로 성미를 가라앉힐 수 있었다.

제기랄! 아그네스와 바이란트가 무슨 사이인지 자신이 어떻게 안단 말인가. 아니, 설령 그걸 모르는 게 잘못이라 쳐도, 실바누스에겐 저런 식으로 험하게 입을 놀릴 권리는 없었다.

'뭐? 싸구려 웃음에 헤벌레?'

아무리 자신의 보호자이고, 또 그 속마음이 진심으로 자신을 위하고 있다고는 해도, 이건 좀 심하단 생각이 들었다.

'제기랄, 그리고 왜 제가 열을 내고 난리야!'

조금 화가 가라앉고 나자 보로미어는 이상하단 생각이 들었다. 아그네스와 가까워지는 게 문제가 있다면 그냥 그러지 말라고 하면 되는 일이지 왜 저리 화까지 내는지 이해가 가지 않았다.

"씨발, 언젠 그 자식을 이해하고 살았나!"

보로미어는 푸념조로 투덜거리고 나서 앞쪽에서 다른 대원들을 기다리고 있던 마테우스에게 다가갔다.

"이봐, 아까 하던 얘기 마저 해봐. 아그네스와 거리를 두라니, 그게 무슨 얘기야?"

그러자 마테우스는 조금 난감한 표정을 짓더니 목소리를 낮췄다.

"실은 이런 이야긴 하기 싫지만, 아까 보니까 네가 좀 이해를 못하는 것 같아서 말이야."

"그러니까 해보라고."

캐러밴이 다시 출발하자, 마테우스는 연신 나침반을 들여다보며 소리 죽여 말했다.

"알다시피 우린 다 4급 서열들이야. 얼마 후면 상급 서열이 된다고. 오랫동안 서로 같이 생활을 하다보니 그 후의 일을 생각하지 않을 수 없잖아. 우린 상급 서열이 된다고 해도 뿔뿔이 헤어지거나 갈라서고 싶진 않았어. 그래서 어떻게든 아그네스의 문제를 해결해야 했지."

보로미어는 도대체 이게 무슨 소린지 이해가 가지 않았지만, 일단 참고 들어보기로 했다.

마테우스가 계속했다.

"어쨌거나 우여 곡절 끝에 나, 바이란트, 그리고 제이슨 사이엔 암묵적으로 바이란트와 아그네스가 짝을 이루는 걸로 결론을 지었는데, 아그네스는 아직 혼인 따위엔 생각이 없는 건지 아니면 바이란트가 싫은 건지, 여전히 나와 제이슨을 달리 대하질 않아. 게다가 오늘은 너한테까지 친하게 구니까 바이란트 마음이 편하질 않은 거야."

'혼인? 그리고 거기에 난 왜 끼여드는 거지?'

"도대체 혼인이라니, 무슨 소리야?"

보로미어가 묻자 마테우스는 멍한 표정으로 전사를 쳐다보다 웃음을 터뜨렸다.

"푸하하, 이런이런. 내가 실수를 했네. 아직 결혼에 대해 모르고 있었군."

보로미어는 얼굴이 붉어졌다. 서열은 3급인 용사라지만 자신의 지능은 아직도 2급 전사에 불과했다. 체력을 위해 지능을 포기한 탓에 시도 때도 없이 이런 문제들에 골머리를 썩혀야 하는 것이 처음으로 지겹다는 생각이 들었다.

"그래. 난 아직 몰라. 그러니까 좀 알려줘."

전사의 부탁에 레인저는 빙글거리며 말했다.

"상급 서열이 되면 자신의 선택에 따라서 혼인을 할 수 있게 돼. 물론 대상은 이성이어야 하고 두 사람이 모두 동의를 해야지. 또 계급이 달라야 해. 같은 전사끼리나 레인저끼리는 혼인을 할 수 없어. 절차는 간단해. 신전에 적당한 예물을 바치고 정식으로 혼인식을 올리고 나면 한 쌍의 부부가 되는 거지."

"그럼 어떻게 되는데?"

"일단 부부가 되면 반드시 같이 다녀야 해. 모든 원정에 같이 참여해야 한단 말이야. 그리고 만약에 한 사람이 죽게 되면, 그 배우자도 같이 죽지."

"세상에 그런 걸 누가 하려고 그래?"

"왜? 생각해 봐. 어떤 상황에서도 끝까지 곁에 남아줄 동료를 얻는다는 건 그렇게 나쁜 일이 아니야."

"그렇지만 사이가 벌어지면? 그래도 같이 다녀야 해?"

"물론 한번 혼인을 하면 되돌릴 수 없어. 소원을 쓴다면 모를까."

소원? 원하는 걸 이룰 수 있는 주문 같은 거라고 했던 가룻의 말이 어렴풋이 떠올랐다.

'하지만 돈이 무척 많이 드는 것이라고 했는데……'

"글쎄, 아무리 생각해도 난 별로 당기지 않는걸."

전사가 고개를 젓자 마테우스가 미소를 지었다.

"그럴지도 모르지. 하지만 아무리 상급 서열이라도 혼인을 하지 않으면 '밤을 즐길' 수 없거든."

"밤을 즐겨? 그게 뭔데?"

"이 친구, 정말! 그건 말이지."

마테우스가 피식 웃음을 흘리며 입을 여는 순간, 앞에서 긴 포효 소리가 짙은 녹음을 뚫고 솟아올랐다. 뒤이어 다른 울부짖음들도 연달아 울려퍼졌다.

"젠장할! 울프 팩(Wolf pack)이야!"

레인저는 재빨리 자세를 낮추며 나침반을 들여다보았다.

"열셋, 넷, 다섯……. 니미랄, 메이저 팩(Major pack)이군."

레인저는 투덜거리더니 벌떡 일어나 뒤에 있던 다른 대원들에게 두 팔을 휘저으며 소리질렀다.

"늑대들이야! 우린 이미 노출됐어! 빨리 대형을!"

그러더니 그는 보로미어의 팔을 끌고 황급히 뒤로 물러나기 시작했다. 마테우스에게 이끌려 다른 대원들 앞을 막아선 보로미어는 주위를 둘러보았다. 자유롭게 전투를 벌일 수 있을 만한 충분

한 공간이 되는 장소였고, 늑대들이라면 에스트발데에서도 상대
해 본 적이 있는 놈들이라 큰 걱정은 되지 않았다.

그러나 메이스를 잡은 두 손에 잔뜩 힘을 넣고 있던 전사는 앞
쪽 숲에서 수십 마리의 회색 털북숭이들이 뛰쳐나오자 그만 그 숫
자에 아연 실색하고 말았다. 스물? 서른? 그 숫자를 종잡을 수조
차 없었다.

슈슈슈슉!

옆에서 제이슨의 크로스보가 대여섯 개의 화살을 빠르게 날려
보내자 선두에 섰던 두 마리가 위로 뛰어오르며 쓰러졌지만, 나머
지 무리는 조금도 주저하는 기색이 없이 빠르게 거리를 좁혀왔다.

"파이어 레인!"

"트라이던트 라이트닝!"

닉스와 아그네스의 주문이 터지고 마테우스가 단검을 뿌려대
면서 전투는 순식간에 혼전의 양상으로 접어들었다. 보로미어도
정신을 차리고 앞으로 나가 드래곤 메이스를 휘두르기 시작했다.

일단 접전이 벌어지고 나자, 보로미어는 메이스의 엄청난 파괴
력에 스스로도 놀라고 말았다. 브로드소드로는 최소한 서너 번의
공격을 가해야 쓰러지던 녀석들이 단 한 번의 메이스 공격으로도
뇌수를 쏟으며 뻗어버리고 있었다. 조금 힘겨운 그 무게 때문에
연속 공격을 할 수 없다는 점이 아쉽긴 했지만, 일단 제대로 들어
맞기만 하면 효과는 어김이 없었다.

"발할라아아아!"

순식간에 대여섯 마리를 때려죽이고 난 보로미어는 신이 나서
외치며 다음 상대를 찾아 몸을 돌렸다. 제이슨과 마테우스가 대여

섯을, 그리고 닉스와 아그네스의 공격 주문들이 역시 너더댓을 쓰러뜨리고 난 후였지만, 녀석들의 수는 끝이 없어보였다. 그러나 이미 발동이 걸린 보로미어는 드래곤 메이스를 높이 쳐들고 녀석들 무리의 한복판으로 뛰어들었다.

퍽!

첫 번째 가격으로 한 놈의 대가리가 형체를 알아볼 수 없을 정도로 뭉그러졌다.

뻐걱!

연이어 메이스를 휘두르자 또 다른 녀석의 등뼈가 으스러졌다.

그러나 다시 무기를 들어올리는 순간, 날카로운 이빨이 오른쪽 허벅지를 뚫고 들어왔다.

"개새끼!"

전사가 욕설을 퍼부으며 메이스를 내리치자, 허벅지를 물고 있던 녀석의 목이 피를 뿜으며 몸으로부터 분리되었다. 여전히 자신의 허벅지에 이빨을 박고 있는 피투성이의 대가리를 거칠게 털어버리고 고개를 돌린 그의 눈에 또 한 마리가 정면에서 달려드는 것이 들어왔다.

퍽!

앞으로 내민 메이스에 숨통이 으스러진 늑대는 몸을 비비 틀며 땅을 기었다. 그러나 슬슬 오르고 있는 피맛에 전사가 미소를 짓는 순간, 화끈한 통증이 뒷덜미에 번져나갔다.

"우우욱!"

이를 악물며 등에 매달린 녀석을 잡으려 했으나 미처 손이 닿지 않자 전사는 난폭하게 몸을 흔들기 시작했다.

"잭! 가만히 좀 있어봐!"

제이슨의 고함소리에 보로미어가 움직임을 멈추자 둔탁한 느낌이 서너 번 느껴지더니, 크로스보 화살에 고슴도치가 된 털북숭이 하나가 등에서 떨어져 나갔다.

"고맙소!"

보로미어는 제이슨에게 소리를 지르고 난 다음 다시 늑대 무리를 향해 몸을 돌렸다. 이젠 서서히 갑옷의 힘도 발동이 되는지 메이스도 두 번까지는 연속으로 휘두를 수 있었다. 사방에 번져가는 달콤한 살육의 흥분에 목과 허벅지의 통증까지 더해지자 전사의 눈엔 더 이상 보이는 것이 없었다.

가까스로 정신을 차리고 났을 때, 그는 족히 30마리는 되어보이는 늑대들의 주검 가운데서 비틀거리고 있었다. 대부분 드래곤 메이스에 터지고 으스러진 것이 보기에도 끔찍했다.

"헤헤, 드디어 끝장을 보았나?"

여전히 비틀거리며 다른 대원들을 향해 돌아서던 전사는 그들의 눈빛에 몸을 움찔했다.

"뭐야? 왜들 그러는 거야?"

보로미어가 다가가자, 아그네스를 비롯한 다른 대원들은 주춤거리며 한 걸음 물러났다. 어리둥절해 있는 전사에게 실바누스가 고함을 질렀다.

"잭, 어서 물러나!"

"쳇, 뭘 물러나라는 거야? 이미 다 끝났는데."

전사가 혼잣말로 투덜거리는 순간, 뒤에서 뜨뜻하고 비릿한 숨결이 덮쳐왔다. 쓰러졌던 늑대 한 마리가 어느새 자신의 등에 매

372

달려 무자비한 이빨을 어깨 속으로 박아넣고 있었다.

"아아악!"

비명을 지르면서도 가까스로 늑대의 갈기를 잡아 땅으로 패대기친 보로미어는 드래곤 메이스로 녀석의 대가리를 서너 번 내리치고는 씩씩거리며 뒤로 물러났다. 이제 보니 무리의 대장 격이었던 덩치 큰 놈이었다. 아까 분명히 끝장을 보았다고 생각했는데 아마도 좀 부족했던 모양이었다. 그러나 이번엔 노란 뇌수까지 흘리며 두개골이 바스러진 것이 확실히 매듭이 지어졌다고 생각되었다.

그러나 안도의 한숨을 내쉬던 전사는 방금 뭉개졌던 늑대의 시체가 이내 모습을 다시 갖추며 일어서는 것을 공포에 질린 눈으로 바라보았다.

"잭, 어서 빠지라고. 네 상대가 아니라니까!"

실바누스의 고함 때문이 아니라도 이미 보로미어는 뒷걸음질을 치고 있었다. 그의 다리는 저하된 체력 때문이라기보다는 공포로 인해 후들거리고 있었다. 대신 앞으로 나선 제이슨이 흉측한 모습의 늑대를 향해 신중한 동작으로 크로스보를 들어올렸다.

슉, 슈슈슉!

아까와는 다른 종류의 화살들이 번쩍이는 빛의 꼬리를 길게 끌며 날아가더니 늑대의 심장에 명중했다.

"캥!"

늑대는 그제서야 긴 비명을 끌며 뛰어오르더니 사지를 부르르 떨며 널브러졌다.

슉, 슉, 슉!

제이슨이 확인 차원에서 세 발을 더 쏘고 나자, 늑대는 '슈우욱' 하며 하얀 연기로 변해 사라져버렸다.

"저, 저게 뭐야?"

더듬거리는 보로미어에게 닉스가 회복수를 내밀며 말했다.

"일종의 보호 마법이지. 저런 녀석들에겐 마법 무기가 아닌 일반적인 공격은 소용이 없어."

"하지만 제이슨은……."

"제이슨의 크로스보는 보호 마법을 깨는 매직 브레이커(Magic breaker) 화살을 쏠 수 있는 무기야. 네 메이스처럼 평범한 무기완 달라."

"빌어먹을! 뭐 저 따위 녀석이 다 있어? 놀랐잖아!"

그러자 팔짱을 끼고 옆에 서 있던 실바누스가 말했다.

"쯧쯧. 그러게 모든 걸 힘으로만 해결하려고 하지 말라니까. 칼만으로……."

"칼만으로 상대할 수 없는 녀석들이 있다는 거, 나도 잘 알아."

기력을 회복한 보로미어는 또다시 시작되려는 실바누스의 설교를 미리 잘라버렸다. 비트라 쿰에서 녀석을 의심한 것은 정말 미안한 일이었지만, 그렇다고 이 모든 잔소리를 얌전히 듣고 있어야 한다는 것은 아니다. 게다가 말투로 보아 아직도 화가 풀리지 않은 기색이었다. 오늘 저 녀석 기분이 무엇 때문에 엉망인지는 알 수 없었지만 이유 없이 화풀이 대상이 되긴 싫었다.

"흥!"

실바누스가 여전히 불편한 심기를 드러내고 있는 가운데 제이슨이 다가오며 말했다.

"잭, 괜찮아?"

"네, 그럭저럭."

보로미어가 발을 굴러 보이며 답하자 제이슨이 미소를 지었다.

"그나저나 자네 정말 대단하더군. 그 무거운 드래곤 메이스를 들고도 지칠 줄을 모르니. 녀석들 반을 자네 혼자서 처치했잖아."

"흥, 그거라도 잘해야지."

전사는 실바누스가 혼자말로 중얼거리는 것을 들었지만 못 들은 척했다.

"하지만 벌써부터 저런 녀석들이 기어나오다니, 우리 스톤헨지까지 가긴 갈 수 있을까?"

닉스가 고개를 갸웃거리며 묻자 마테우스가 다가오며 말했다.

"슬슬 네크로맨서의 본거지가 가까워지기 때문에 그래. 하지만 이젠 거의 다 왔으니까 걱정할 필요는 없어. 천둥 동굴만 지나면 스톤헨지라고. 참, 닉스, 어제 말한 건 틀림없겠지?"

"그럼그럼, 걱정은 접어두라고."

닉스의 자신 있는 대답에 마테우스는 씨익 미소를 지으며 앞장을 섰다.

"천둥 동굴이 뭐야?"

보로미어가 묻자 닉스도 씨익 미소를 지었다.

"호호, 가보면 알아."

잠시 후 캐러밴은 높은 절벽에 다다랐다. 상하 좌우 어디를 보아도 기어올라 갈 만한 곳이 보이지 않는 매끄러운 돌 절벽이었다.

"야, 이거 길이 막혔잖아."

둘러보던 보로미어가 당황하여 소리치자, 마테우스가 그의 어깨를 툭 치더니 말했다.

"막히다니. 따라와 봐."

마테우스를 따라 오른쪽으로 100미터 가량 이동을 하자, 절벽 한 곳에 인간 서넛이 어깨를 나란히하고 지날 수 있을 정도의 커다란 틈이 입을 벌리고 있었다.

"자, 여기가 바로 천둥 동굴이야."

레인저의 말에 닉스는 여유 있는 표정으로 보로미어에게 손을 내밀었다.

"잭, 잠시 고르곤의 뿔을 빌려주겠어?"

"엉? 고르곤……의 뿔?"

전사가 더듬거리자 닉스가 이맛살을 찌푸리며 말했다.

"그래. 아모네 이실렌에서 얻은 것 말이야."

"그거……, 없는데?"

전사의 말에 모든 대원들이 일제히 그를 돌아보았다.

"뭐?"

"뭐라고?"

모두 입을 닫지 못하는 가운데 닉스가 먼저 소리를 질렀다.

"야! 그게 왜 없어?"

보로미어는 왠지 이상하게 돌아가는 분위기에 불편함을 느끼면서 대답했다.

"제라드 쿰에서 이 메이스를 사느라고 팔았으니까 없지."

그러자 마테우스가 황당하다는 표정으로 되물었다.

"고르곤의 뿔을 팔았다고? 겨우 그 메이스를 사기 위해서?"

"그래. 3000두카트나 받고 팔았다, 왜?"

레인저의 말투가 맘에 들지 않았던 보로미어가 퉁명스레 대꾸하자 닉스가 갑자기 팔짝팔짝 뛰면서 소리를 질렀다.

"이 바보야! 그게 어떤 건데 상의도 없이 팔고 그래!"

"인마, 내 걸 내가 파는데 뭐가 문제야?"

구석으로 몰린 기분에 보로미어도 마주 소리를 질렀다. 바이란트는 한심하다는 눈초리로 그를 쏘아보다가 닉스를 돌아보며 따졌다.

"이봐, 위저드. 이건 말이 다르잖아. 분명히 천둥 동굴은 너희들이 책임진다는 조건으로 같이 캐러밴을 짠 거잖아!"

"그, 그거야 그렇지만 그걸 팔아버릴 줄이야 누가 알았겠어."

닉스가 어쩔 줄 모르며 어물거리자 이번엔 마테우스가 말했다.

"아무리 그래도 그렇지. 어젠 그렇게 큰소리 뻥뻥 치더니, 퀘스트의 가장 중요한 열쇠를 확인도 안 해보고 출발했단 말이야? 저 모자란 전사 녀석은 몰라서 그랬다고 치고, 너도 너무 무책임하잖아!"

"거봐! 역시 알지도 못하는 이 녀석들을 무턱대고 믿었던 게 잘못이야. 이거 오늘 하루를 완전히 공치게 됐잖아. 고르곤을 잡았느니 어쩌니 하며 뻥을 칠 때 알아봤어야 했어."

아그네스도 곁눈으로 보로미어 일행을 흘겨보며 가세했다. 바이란트의 캐러밴이 사방에서 쏘아대는 바람에 닉스는 울상이 되어 어쩔 줄 몰라했다. 그 모습을 바라보던 보로미어는 녀석들이 좀 심하단 생각이 들었다. 실수란 누구나 할 수 있는 것 아닌가. 게다가 말하는 걸 가만히 듣고 보니 닉스뿐만이 아니라 자신과 실바누스까지 싸잡아 씹어대고 있었다.

"어이, 너무 심한 거 아냐? 누구든 실수는 할 수 있잖아. 그리고 겨우 퀘스트 하루 잡친 거 가지고 그렇게까지 화낼 필요 있어?"

보로미어가 한마디 하자 바이란트는 코웃음을 쳤다.

"허어, 그래? 막상 일을 저지른 커다란 바보께서도 할 말씀은 있으시다 이거지? 겨우 하루라고? 너 만약 고르곤의 뿔이 없어서 캐러밴이 모두 몰살당할 뻔했다면 어떻게 할래? 누구나 할 수 있는 실수라고? 난 다른 사람의 '실수' 때문에 목숨을 잃기는……, 켁!"

흥분은 했어도 나름대로 또박또박 따지던 사제는 갑자기 보로미어에게 멱살을 잡히는 바람에 더 이상 말을 잇지 못했다. 안 그래도 바이란트에게 여러 가지 감정이 쌓여 있던 보로미어였다. 전사는 이마와 두 팔에 불끈거리는 힘줄을 세운 채 얼굴을 바짝 들이대며 으르렁거렸다.

"커다란 바보? 그래, 이 쪼끄만 멍청아. 입에서 나오면 다 말인 줄 알아?"

그러자 옆에서 뭔가 허연 것이 번쩍거리더니 마테우스가 날카롭게 소리질렀다.

"야! 잭! 그거 놓지 못해?"

돌아보자 레인저는 양손에 시퍼런 단검을 하나씩 들고 자신을 노려보고 있었다. 반쯤 굽힌 무릎과 단검을 쥔 양팔에 잔뜩 힘이 들어가 있는 것이 단순한 위협 차원의 자세가 아니었다. 그 옆에는 제이슨이 크로스보의 시위를 있는 대로 당긴 채 자신을 겨누고 있었고, 아그네스도 매서운 표정으로 수인을 맺고 있었다.

물론 보로미어는 단지 욱하는 성질을 참지 못해 바이란트의 먹살을 잡았던 것뿐이고 실제로 그를 다치게 할 생각은 전혀 없었다. 그러나 나머지 대원들이 이렇게 과민 반응으로 나오자 그의 눈에도 살기가 돌기 시작했다.

"호오, 그래. 떼거리로 덤비겠다 이거지? 좋아! 어디 한번 붙어 보자!"

보로미어는 바이란트의 먹살을 쥔 손에 힘을 넣으면서 다른 한 손으로 드래곤 메이스를 뽑아들었다.

그러자 제이슨이 소리쳤다.

"너, 이 자식! 바이란트의 몸에 손가락 하나라도 대면 우리도 가만 있지 않을 거야! 너 하나 정도 보내는 건 일도 아냐!"

"자, 잠깐만. 이, 이러다가 누가 다치기라도 하면 우린 모두 영주의 심판을 받아야 해."

닉스가 말리며 나서자 아그네스가 쏘아붙였다.

"영주의 심판이건 신의 징벌이건, 지금 그런 게 문제야? 우린 형제가 다치는 걸 가만히 보고 있진 못해!"

'형제?'

보로미어는 그녀의 말에 약간 당황했지만 바이란트를 잡은 손을 놓진 않았다. 감히 누구도 고르곤 전사인 보로미어에게 이래라 저래라 강요할 수는 없었다.

"그래! 가만히 보든 말든 맘대로 해라! 네놈들 화살이 빠른지, 내가 이 녀석 목을 비트는 게 빠른지 어디 한번 대보자!"

전사가 고함을 지르며 바이란트의 먹살을 당기는 순간 안절부절못하던 제이슨이 크로스보의 화살을 날렸다.

띵!

그러나 보로미어의 미간을 향해 전광처럼 날아오던 화살은 보이지 않는 벽에 부딪힌 듯 옆으로 튕겨나갔다.

"어, 이 자식이 정말 쐈어! 쐈단 말이지!"

보로미어가 놀람과 분노가 뒤섞인 외침을 내뱉으며 메이스를 들어올렸을 때, 우레 같은 목소리가 사방에 울려퍼졌다.

"그만들 해!"

실바누스였다.

"잭! 그 닭대가리 같은 메이스 좀 내려놔!"

보로미어 앞에 펼쳤던 실드 주문을 거둬들이며 드루이드가 고함을 질렀다. 평소의 적당히 화난 목소리와는 다른, 시퍼런 분노로 부르르 떨리는 그런 목소리였다.

"어서!"

전사가 어물쩡하게 서 있자 드루이드는 다시 소리를 질렀다. 보로미어는 마지못해 메이스를 내려놓았다. 실바누스는 이번엔 마테우스와 제이슨, 아그네스를 차례로 쏘아보며 말했다.

"너희들도 그만 해!"

"그, 그럴 순 없어. 바, 바이란트를 놓아주기 전엔 모, 못해!"

실바누스의 기세에 질려 말을 더듬으면서도 마테우스는 단검을 내려놓지 않았다.

"잭! 그 녀석을 놔줘!"

보로미어는 실바누스의 명령에 머리를 저었다.

"아니, 그렇겐 못하겠어. 내가 이 녀석을 놓아준 다음에 서로 악수하고 화해라도 하자는 거야? 저 미친 녀석들은 나한테 활을 쐈다고."

"그럼 뭐야? 제이슨이 활을 한 번 쐈으니, 너도 칼 한 번 휘둘러 봐야겠다 이거야? 다들 미쳤어? 도대체 왜들 이래? 같은 캐러밴 끼리 이게 무슨 짓이야?"

실바누스가 모두에게 말하자 보로미어에게 먹살을 잡힌 채로 바이란트가 말했다.

"같은 캐러밴? 흥, 웃기는 소리하고 자빠졌네. 저 메이스를 산다고 고르곤의 뿔을 팔아먹는 녀석과 내가 같은 캐러밴이라고? 우린 오늘 우연히 길을 같이한 것뿐이야. 우린 우리고 너흰 너희야!"

"시끄러워, 이 자식아!"

보로미어가 이마로 사제의 옆머리를 들이박자 아그네스가 수인을 맺은 손을 앞으로 내밀었다. 당장이라도 주문을 풀어 보로미어를 공격할 기세였다.

"잠깐, 잭. 일단 바이란트를 놔줘! 그 다음에 화해를 하든 말든 다시 이야길 하자고."

실바누스가 한 손을 내밀어 아그네스를 제지하며 보로미어에게 말했다. 아까와는 달리 간곡히 부탁하는 목소리였다. 다시 고개를 저으려던 전사였지만 그 목소리에는 차마 더 이상 고집을 부릴 수가 없었다.

먹살을 잡았던 손을 놓자, 사제는 비틀거리며 자신의 패거리들 쪽으로 걸어갔다.

"개 같은 자식, 반드시 널 영주에게 고발하고 말 거야."

몸을 추스른 바이란트가 내뱉자 실바누스가 말했다.

"관둬. 아무도 다친 사람은 없잖아. 이런 걸로 꼭 일을 크게 벌여야겠어?"

"흥, 그렇다고 그냥 넘어갈 수는 없는 일이야. 난 제라드 쿰으로 돌아가는 대로 총독을 통해 영주에게 저 녀석을 고발하고 말겠어."

바이란트는 뜻을 굽히려 하지 않았다.

"제이슨도 활을 쐈으니 같이 처벌을 받을 텐데, 그래도 고발을 하겠다는 거야?"

실바누스의 물음에 바이란트는 고개를 저었다.

"그건 정당 방위로 설명이 돼. 저 녀석이 내 목을 비틀려고 했잖아."

"원래 저 녀석 대화하는 방식이 그래. 진짜로 널 죽이려 한 게 아니야."

"그런 건 영주에게 설명해."

실바누스의 설득에도 아랑곳없이 사제의 태도는 확고했다.

잠시 생각에 잠겨 바이란트와 그 동료들을 바라보던 실바누스가 다시 입을 열었다.

"영주에게 고발을 한다 해도, 다친 사람이 없으니 아마 벌금형으로 끝나겠지. 하지만 일단 영주의 심판이 열리기로 하면 너희나 우리나 일단 카자드 쿰까지 가야 해. 왔다갔다 모두 일주일씩은 아무 일도 못하고 고스란히 낭비해야 할걸? 여기 이 자리에 있는 모든 사람이 다 말이야."

카자드 쿰으로 가야 한다는 실바누스의 말에 보로미어도 번쩍 정신이 들었다. 아니, 그럴 순 없었다. 게다가 영주의 심판이 열리면 그 자리엔 가이우스도 나올 것이다.

한편 일주일이나 낭비해야 한다는 말에 아그네스와 제이슨의 얼굴에도 착잡한 표정이 떠올랐다. 그러나 바이란트만은 아직도 벌건 얼굴을 쳐들고 계속 고집을 부렸다.

"그래도 내 대답은 마찬가지야."

"물론 그렇겠지. 하지만……, 네가 고발을 하지 않는다고 약속만 하면……, 오늘 스톤헨지를 보여줄 수도 있어."

"……."

실바누스의 제안에 바이란트는 움찔하며 대꾸를 하지 못했다.

"어떻게? 네게도 고르곤의 뿔이 있다는 거야?"

마테우스가 묻자 실바누스는 고개를 저었다.

"아니. 난 스톤헨지까지 갈 방법이 있다는 것뿐이야."

그러자 아그네스가 빈정대듯 따지고 들었다.

"흥, 또 무슨 헛소리야? 스톤헨지는 저 천둥 동굴을 통하지 않고는 갈 수가 없어. 그리고 천둥 동굴은 라이트닝을 흡수해 주는 고르곤의 뿔이 없이는 통과할 수 없다는 걸 몰라? 아무리 강한 실드 마법이라도 동굴 벽 사방에서 뿜어나오는 라이트닝을 다 막을 순 없단 말이야. 지금 어설픈 사제 마법 따위를 들먹이려는 거라면 꿈 깨. 난 동굴 한가운데서 통구이가 되긴 싫어."

"네가 믿거나 말거나 내게 방법이 있다고 하면 있는 거야. 자, 어떡할래? 스톤헨지로 가겠어, 아니면 여기서 카자드 쿰까지 오락가락하며 쓸데없이 일주일을 날릴래? 결정은 네가 해."

실바누스가 최종적으로 잘라 말하자, 바이란트는 고민스런 표정으로 잠시 생각을 해보더니 대답했다.

"좋아. 스톤헨지까지 안전하게 우릴 안내한다는 조건으로 나도 저 비곗덩어리를 고발하지 않겠어."

"사제의 신척을 걸고 맹세하겠어?"

"그래."

실바누스는 그제야 고개를 끄덕이더니 말했다.

"너희들을 위해 무리하는 거니까 나도 조건이 있어."

"뭐야, 고발을 하지 않는 걸로 부족하다는 거야?"

바이란트가 따지자 실바누스는 너털웃음을 터뜨리며 말했다.

"네가 고발을 하든 말든 난 당사자가 아니야. 너희들 둘의 화해를 위해 내가 뭔가를 내놓겠다는 건데, 거기에 내가 조건을 달 수도 없단 말이야?"

"……."

날카로운 실바누스의 논리에 바이란트는 다시 입을 다물었다.

"내 조건은 다음과 같아. 첫째, 오늘 이후로 어느 누구에게도 오늘 본 것을 말하지 말 것. 그리고 둘째로는 스톤헨지에 가서 뭘 맞닥뜨리든 간에 그것과 싸울지 말지는 내게 일임할 것."

"그걸 왜 네가 결정하겠다는 거야?"

제이슨이 따지자 실바누스가 말했다.

"난 오늘 저녁에 살아서 제라드 쿰으로 돌아가고 싶어. 내 덕에 스톤헨지까지 가서 몰살당했다는 원망은 듣고 싶지 않다고. 내가 그 결정을 하겠다는 건, 지금 대충 돌아가는 꼴을 보니 너희들 중 누구에게도 그 결정을 믿고 맡길 수가 없어서 하는 얘기야. 동료가 멱살 한번 잡힌 것 가지고 크로스보를 마구 쏘아대는 사람에게 캐러밴 전체의 운명이 달렸을지도 모를 판단을 맡겨서야 되겠어?"

"그, 그건······."

제이슨이 할말을 잃고 더듬거리자 바이란트가 어쩔 수 없다는 듯 말했다.

"좋아. 그렇게 하도록 하자, 제이슨. 저 비곗덩어리가 결정을 맡겠다고 나서지 않는 게 어디야?"

발끈한 보로미어는 다시 사제에게 다가서려다가 실바누스의 매서운 손짓에 걸음을 멈췄다.

"좋아. 그럼 도대체 어떻게 천둥 동굴을 지나겠다는 거야? 또 허튼소리 아냐?"

마테우스가 단검을 집어넣으며 퉁명스레 말하자 실바누스는 일행을 등지고 천둥 동굴을 향해 돌아섰다.

"스톤헨지로 가는 유일한 길이 이 천둥 동굴인 것은 제라드 쿰에 사는 사람이면 누구라도 아는 일이지. 그리고 길이가 200미터도 안 되는 이 동굴을 통과하려면 동굴 벽에서 수시로 뿜어져 나오는 라이트닝을 막아내야 한다는 것도 잘 알려진 상식이고."

"그러니까 그걸 어떻게 통과하겠다는 거냐고."

아그네스가 재차 묻자 실바누스가 말했다.

"여길 통과한다고? 들리는 소문에 의하면 천둥 동굴의 라이트닝은 많게는 한순간에 스무 개까지도 날아온다더군. 너도 말했잖아. 어떤 주문이나 방패나 갑옷도 그런 상황에선 무용지물일 뿐이라고. 지금까지 알려진 바론 고르곤의 뿔만이 유일한 해결책이야."

"젠장, 그럼 어떻게 스톤헨지까지 가겠단 말이야?"

마테우스가 투덜거리자 실바누스는 고개를 돌려 그를 바라보았다.

"물론 모자라는 사람이라면 어떻게든 천둥 동굴을 통과하려고 하겠지. 하지만 스톤헨지로 가는 길이 과연 이 동굴뿐일까?"

"무슨 소리야! 스톤헨지는 사방이 '망령의 벽'이라는 이 절벽으로 둘러싸여 있어. 날아다니는 새도 넘지 못한다는 절벽이야. 어디에 다른 길이 있다는 거야?"

바이란트가 답답하다는 투로 핀잔을 주자, 실바누스는 대꾸를 하는 대신 성큼성큼 걸음을 옮겨 동굴 입구에서 오른쪽으로 10미터쯤 떨어진 곳의 절벽을 마주보고 섰다. 그러곤 두 팔을 하늘로 뻗어올린 다음 조용한 목소리로 주문을 외우기 시작했다.

"바라덴스 라키레덴 가덴 헤로덴 바라스 바! 고요한 산이여, 무거운 돌이여, 그 힘을 빌어 마이스테스의 이름으로 명하노니, 세상의 태초에서 마지막까지, 시간의 새벽에서 황혼까지, 열리지 않도록 봉해진 것을 열도록 하라."

주문을 마친 드루이드의 손이 가볍게 스치자, 놀랍게도 캐러밴의 앞을 굳게 막고 서 있던 절벽의 표면이 출렁이며 이지러지더니 갑자기 안으로 쑤욱 빨려들어가 버렸다.

"앗!"

"저, 저럴 수가!"

놀람의 외침들이 튀어나오는 가운데 돌아선 실바누스는,

"자, 그럼 새로 개통된 '천둥 없는 동굴'을 통해 '망령의 벽'을 지나보실까?"

하고 말하더니 앞장서서 새로 뚫린 동굴 속으로 발을 내딛었다.

믿을 수 없다는 표정으로 입을 벌린 채 서 있던 일행은 바이란 트가 움직이자 앞을 다투어 드루이드의 뒤를 쫓았다.

"저, 저기, 보로미어."

마지막으로 보로미어의 뒤를 따르던 닉스가 갑자기 전사의 소매를 잡아끌었다.

"왜?"

방금 전의 모든 일이 상당 부분 닉스 때문이라고 믿고 있던 보로미어가 퉁명스레 대답하자, 닉스는 뭐라고 물으려다 말고 주눅이 든 표정으로 입을 다물었다.

실바누스가 만든 동굴은 그다지 길지 않았다. 보로미어는 1분도 안 되어 굴의 반대편 출구에 다다랐다. 거기엔 이미 실바누스와 바이란트 패거리 넷이 모여 밖을 내다보고 있었다.

"저기야, 저기!"

마테우스의 손가락을 따라 그가 가리키는 곳을 바라본 보로미어는 실망스런 한숨을 내쉴 수밖에 없었다.

굴의 바깥은 사방이 높은 절벽으로 둘러싸인 지름 500미터 정도의 분지였고, 그 한가운데에 높이 10미터쯤 되는 돌기둥 10여 개가 볼품없이 서 있었다.

"저게 다야?"

보로미어의 물음에 아그네스가 들뜬 목소리로 말했다.

"'저게 다야' 라니! 저게 바로 스톤헨지야! 우리 목적지라고."

"돌덩이 몇 개 서 있는 게 뭐 그리 대단한 거라고."

보로미어가 투덜대자 바이란트가 말했다.

"그래. 네 말대로 그냥 돌덩이 몇 개가 서 있는 거다. 하지만 이제 곧 그 돌덩이들로 깜짝 놀랄 마술을 부려줄 테니 조금만 참고 기다리렴."

"너 저걸 움직이는 방법은 알고 있는 거지?"

실바누스가 묻자 바이란트는 피식 웃으며 고개를 끄덕였다.

"왜 이래, 이거. 고대어 주문 하나 쓸 줄 안다고 사람 무시하는 거야? 나도 너와 마찬가지로 4급 렉터야. 그 정도는 알아."

사제는 자신의 말을 증명이라도 하려는 듯 앞장서서 굴 밖으로 나갔다. 제이슨, 아그네스, 그리고 마테우스가 그의 뒤를 따랐다. 닉스와 함께 바이란트 일행을 따라나서던 보로미어는 실바누스가 움직이지 않고 있는 것을 보고 걸음을 멈췄다.

"너는 안 가는 거야?"

"흥!"

아직도 기분이 풀리지 않았는지, 실바누스는 그를 상대도 하지 않으려고 했다.

"실바누, 아니 헬트는 여기 있어야 해. 이 동굴을 열어놓기 위해선 어쩔 수 없어."

닉스가 옆에서 말했다.

"제법이군, 닉스."

실바누스가 조금 놀란 투로 말하자, 닉스는 어깨를 한번 으쓱해 보이고는 보로미어의 팔을 잡아끌었다.

"도대체 그게 무슨 소리야?"

닉스와 함께 분지 안으로 들어서며 보로미어가 묻자, 닉스가 말했다.

"그게 고대어 주문이야. 주문을 편 사람이 그 자리에 있어야만 주문이 유지돼. 아니면 주문의 힘을 끌어낸 신척을 그 장소에 놓아두든가. 하지만 어떤 사제라도 자신의 신척을 몸에서 떼어놓기는 꺼림칙할 테니, 직접 자리를 지킬 수밖에. 저 동굴을 계속 열어놓지 못하면 우린 모두 여기에 갇혀버리고 말 거야."

"고대어 주문이라고? 저게 고대어 주문이라는 거야?"

"돌로 된 절벽에 새 굴을 만드는 방법은 달리 없어. 그건 특별한 능력을 갖춘 사제만이 쓸 수 있는 주문이라고 하던데……."

닉스는 잠시 말꼬리를 흐렸다.

"그런데?"

보로미어가 묻자 위저드는 고개를 갸우뚱하더니 말했다.

"솔직히 난 실제로 고대어 주문을 사용할 줄 아는 사제는 처음 봤어. 카자드 땅에서 그 주문을 쓴다는 사제의 이야기를 들어본 적도 없고 말이야. 도대체 저 실바누스라는 친구는 정체가 뭐야?"

닉스의 질문에 난감해진 보로미어를 구해 준 것은 바이란트였다.

"이봐! 이제 스톤헨지를 열 테니 멀찌감치 떨어져 있어!"

'스톤헨지를 연다고? 뭘 연다는 거지?'

고개를 든 보로미어 앞에 스톤헨지의 거대한 돌기둥들이 전설의 거인처럼 솟아 있었다. 가까이서 보니 기둥들은 지름 50미터가량의 커다란 원 위로 일정한 간격을 두고 배치되어 있었고, 거울처럼 매끄럽게 연마된 표면에는 알 수 없는 문자들이 빽빽히 새겨져 있었다. 기둥의 수는 모두 열셋이었다.

"우리 넷이면 충분해. 떨어져 있으라니까."

바이란트가 손을 내젓는 바람에 보로미어와 닉스는 대여섯 걸음 뒤로 물러나 사제가 하는 행동을 지켜볼 수밖에 없었다.

바이란트는 태양의 위치와 기둥의 그림자들을 자세히 살피더니 기둥들 사이의 어느 한 곳에 자리를 잡고 서서 다른 사람들에게 각각 설 곳을 지정해 주었다.

"제이슨 너는 거기, 아그네스는 저쪽에, 아니, 그 다음 기둥 사이에. 그렇지. 마티는 거기면 됐고……."

한동안 부산하게 지시를 내리던 사제는 드디어 동료들의 위치에 만족했는지 품안에서 작은 구리 거울을 꺼내들었다. 그러자 나머지 대원들도 각각 준비해 온 구리 거울을 꺼내 조심스레 가슴 앞에 들어올렸다.

옆에서 닉스가 말했다.

"사제들의 분야라 나도 자세히는 모르지만, 저 스톤헨지라는 것은 금고의 자물쇠 같은 작용을 하는 것인가 봐."

"무슨 자물쇠?"

"하루중 태양의 위치와 그림자의 길이, 그리고 저 열세 개 기둥 중 어느 위치를 선택하느냐에 따라 매번 조합이 바뀌는 그런 자물쇠 같은 거지 뭐. 어느 조합에서 문을 여느냐에 따라 어디로 열리나가 결정되는 걸 거야."

"니미랄! 도대체 무슨 문이 열린다는 거야? 어디로?"

닉스마저 계속 이해할 수 없는 소리를 하자, 보로미어는 드디어 참지 못하고 고함을 버럭 지르고 말았다.

"깜짝이야! 무슨 문이긴, 다른 세계로 통하는 문이지! 정말 시끄러워서 같이 못 다니겠네!"

위저드가 투덜거렸다.

'다른 세계로 통하는 문이라고?'

바짝 쫀 보로미어는 앞에 솟아 있는 돌기둥들로 눈을 돌렸다. 다른 세계라면 고르곤이 산다는 광물계나 영체들이 사는 영계, 아니면 마족들의 마계나 지옥계 등을 의미한다는 것 정도는 무식한 그도 잘 알고 있었다.

'하지만 그런 무시무시한 녀석들이 사는 세계로 일부러 문을 열다니, 이 자식들 이거 미친 거 아냐?'

"겁낼 필요는 없어."

전사의 긴장을 눈치챈 닉스가 말했다.

"어느 세계로 문을 열지, 또 어떤 상대를 불러올지는 조절할 수 없지만, 일단 나타난 녀석을 상대할지 말지의 선택은 할 수 있으니까 말이야. 상대를 보고 벅차다 싶으면 그대로 스톤헨지를 닫아버리면 되거든. 이쪽에서 먼저 공격을 하지만 않으면 스톤헨지가 열어놓은 포탈(Portal)은 작동하지 않는다고 해. 그러니 사람들이 여길 오려고 난리들이지. 원하는 보물을 가진 만만한 상대를 선택할 수 있으니까."

"많이도 아는군. 아그네스는 전혀 감도 못 잡고 있던데."

"후후, 그런 날라리 위저드와 날 비교하지 마. 난 외모보다는 지식에 투자하는 타입이라고. 비록 스톤헨지가 사제들의 전문 분야이긴 하지만, 호기심이 나서 예전에 도서관에서 좀 공부를 한 적이 있어. 그런 지식이 받쳐주니까 어제 바이란트와도 말이 통한 거야."

"차라리 말이 통하지 않는 게 나을 뻔했어. 정말 정나미 떨어지는 녀석들이야."

"쳇, 네가 그 고르곤의 뿔만 온전히 가지고 있었어도 아무 일이 없었잖아."

닉스가 조심스레 투덜거렸다.

"내가 여길 오게 될 줄 어떻게 알았겠냐!"

"나야말로! 세상에, 고르곤의 뿔을 팔아버리리라고 누가 상상이나 했겠어?"

"내 물건을 내가 내다 파는데 도대체 뭐가 문제야? 그래도 3000이나 받고 팔았다고."

"그걸 지금 자랑이라고 하냐?"

다시 티격태격 말싸움이 붙으려는 찰나에 바이란트의 목소리가 두 사람의 대화를 끊었다.

"자, 시작한다!"

그러자 두 기둥 사이로 가늘게 비쳐들던 햇살이 바이란트의 구리거울에 반사되어 맞은편 기둥으로 날아갔다. 그리고 다른 대원들의 거울과 몇 개의 기둥들에 연이어 반사되며 복잡한 다각형을 그리는가 싶더니, 다음 순간 날카로운 폭음과 함께 그 다각형 안의 공간이 깨진 거울처럼 산산이 부서지며 시커멓게 입을 벌렸다.

"으음……."

보로미어는 낯익은 광경에 자신도 모르게 신음했다. 실바누스가 메아리 숲에서 펼쳤던 아스트랄 뭔가 하는 주문이 이와 비슷했던 것 같았다.

그러나 그런 기억을 차분히 되새길 틈도 없이 그 구멍을 통해 거대한 녹색 용이 머리를 쑥 들이밀었다.

"으악! 닫아! 포탈을 닫으라고!"

바이란트가 질겁을 하며 고함을 지르자, 마테우스 등은 각자 손에 들고 있던 거울을 재빨리 거두어들였다. 그러자 빛의 다각형이 사라지며 스톤헨지 중앙에 열려 있던 검은 구멍도 순식간에 자취를 감췄다.

"바, 방금 본 게 에메랄드 드래곤 맞지?"

아그네스가 떨리는 목소리로 묻자, 바이란트가 말없이 고개만 끄덕였다.

"휴, 십년 감수했다. 하마터면 제라드 쿰까지 날려버릴 뻔했잖아."

제이슨이 한숨을 쉬며 말했다.

"이봐! 어떻게 된 거야?"

뒤에서 실바누스의 고함이 들려오자 바이란트가 마주 소리질렀다.

"에메랄드 드래곤이었어. 생각할 필요도 없이 포탈을 닫았으니 걱정 마."

그러자 거리 때문에 스톤헨지 안의 상황을 잘 볼 수 없었던 실바누스가 다시 소리쳤다.

"약속한 거 잊지 말라고. 결정은 내게 맡기는 거야!"

"쳇, 네 맘대로 하세요."

바이란트는 조그맣게 투덜대더니 다른 대원들에게 말했다.

"자, 이번엔 마티와 아그네스가 한 칸씩 움직여보자. 제이슨은 가만히 있고."

다시 한번 자리를 잡은 후에 바이란트가 거울을 들어올리자, 이내 처음과는 다른 모양의 다각형이 그려지더니 또다시 공간의 문이 열렸다. 이번에 모습을 드러낸 것은 키가 1미터 남짓한 기괴한 모양의 돌 난쟁이들이었다.

"메이슨 페어리(Mason fairies)!"

드워프인 제이슨이 제깍 알아보고 외쳤다.

"쓸데없는 친구들이야. 돌 다듬는 망치 빼고는 변변한 물건도 없다고."

바이란트가 거울을 빼며 말했다.

"너무 욕심 내지 말고 웬만하면 받아들여!"

뒤에서 실바누스가 외쳤다.

"스톤헨지의 포탈은 하루에 한 번밖에 작동하지 않는다는 걸 몰라? 저런 조무래기들을 상대하려고 여기까지 고생하며 온 건 아니야!"

바이란트도 지지 않고 소리쳤다.

세 번째로 위치를 바꿔 스톤헨지를 열자, 이번엔 대여섯 개의 그림자가 어스름한 모습을 드러내었다.

"이건 또 뭐지?"

이번엔 일행 중 누구도 그들을 알아보지 못했다. 중키에 바싹 마른 체구들로 그다지 큰 덩치는 아니었지만, 갑옷을 입고 칼을 든 차림으로 보아 전사임은 분명했다. 겉모습은 흔한 엘프 전사와 크게 다르지 않았으나, 해골에 얇은 가죽을 입혀놓은 듯한 기분 나쁜 얼굴과 그 중앙에 퀭하니 박힌 검은 눈동자들은 일견 보기에도 무자비한 냄새를 풍기고 있었다.

"뭐야? 이번엔 어떤 녀석들인데?"

실바누스가 물어오자 바이란트가 놈들로부터 눈을 떼지 않고 말했다.

"글쎄, 나도 처음 보는 놈들이라. 바짝 말라서 꼭 해골 기사처럼 보이는 녀석들인데 보석으로 장식한 미늘 갑옷을 입었고⋯⋯, 에, 수는 다섯 정도? 그리고 무기는, 에⋯⋯, 검은색 장검들을 들었군. 아, 한 녀석은 검은색이 아니라 은색 검이로군. 꽤나 괜찮아 보이는 검인걸? 그리고⋯⋯, 아, 모두들 보라색 보석이 박힌 반달 모양의 금색 부적들을 목에 걸고 있어."

사제의 묘사가 계속되는 동안 보로미어의 눈은 그중 한 녀석이 들고 있는 은검에 고정되어 있었다. 날씬하게 뽑힌 날의 모양과 번쩍이는 은색 광채가 유난히 탐스러운 롱 소드였다.

"머리는? 뒤통수 모양은 어때?"

뭔가 짚이는 구석이 있는지 실바누스가 다시 질문을 던졌다.

"아, 그게 뾰족하네! 뿔처럼 위로 뾰족하게 솟았어!"

바이란트의 대답에, 실바누스는 목이 터져라 소리를 질렀다.

"망할! 어서 포탈을 닫아! 그건 기트얀키 정찰대야! 너희들 적수가 아니라고. 차라리 지옥계의 마왕들을 상대하는 게 나아."

그러나 불행히도 보로미어는 그 말을 듣지 못했다. 대신 아주 검고 짙은 커튼이 그의 눈을 덮어내렸다.

정신이 들자 닉스의 걱정스런 얼굴이 눈에 들어왔다.

"휴, 다행이다."

표정이 밝아지는 위저드 뒤로 지친 듯 주저앉는 실바누스의 모습이 보였다.

"어떻게 된 거지?"

몸을 일으키고 보니 여전히 스톤헨지 옆이었다. 엉망이 된 바이란트와 마테우스가 한쪽에 서 있었고, 제이슨과 아그네스의 모습은 보이지 않았다.

"어떻게 되긴, 거의 죽을 뻔했지."

닉스가 말했다. 그러고 보니 그의 차림새도 말이 아니었다.

"죽을 뻔해? 내가?"

보로미어가 되묻자 마테우스가 성난 목소리로 말했다.

"씨발! 우리 모두를 이 꼴로 만들어놓고, 아무 기억도 없다고 잡아떼겠다는 거야?"

"잡아떼다니! 난 정말 아까 그 기트얀키들인가 뭔가를 본 이후론 하나도 생각나는 게 없어."

보로미어가 투덜대자 바이란트가 버럭 소리를 질렀다.

"개자식! 제이슨과 아그네스를 죽여놓고 겨우 한다는 소리가 생각나는 게 없다고?"

"도대체 내가 누굴 죽였다는 거야?"

전사는 마주 소리를 질렀다. 그때 실바누스가 둘 사이를 막아서며 말했다.

"바이란트! 제이슨도 마찬가지였잖아. 책임을 따지자면 제이슨이나 잭이나 마찬가지야. 그리고 제이슨과 아그네스는 기트얀키들이 죽인 거야. 잭이 죽인 게 아냐."

"이 씨……."

바이란트는 말이 막히자 얼굴을 씰룩거리며 실바누스를 노려보다가, 갑자기 '흑' 하고 울음을 터뜨렸다.

보로미어는 일어나려다 말고 힘이 달려 다시 털썩 주저앉았다. 닉스가 건네준 회복수를 마시고 겨우 기운을 차린 전사는 갑자기

허전해진 머리를 만지며 옆을 보았다가 여러 조각으로 깨져 있는 자신의 투구를 발견했다. 그림자 동굴 이후로 톡톡히 제 구실을 해주던 아미크론 투구였는데, 저게 박살이 날 정도라면 뭔가 엄청난 격돌이 있었음을 쉽게 짐작할 수 있었다.

"닉스, 도대체 뭐가 어떻게 된 건지 설명 좀 해줄래?"

보로미어의 물음에 위저드는 엉망으로 헝클어진 자신의 머리를 쓸어넘기며 되물었다.

"아까 스톤헨지에 기트얀키들이 나타났을 때 너와 제이슨이 갑자기 놈들에게 달려들었던 것, 정말로 기억나지 않아?"

전사가 고개를 끄덕이자 닉스는 한숨을 내쉬고 말했다.

"도대체 왜 그랬는지는 모르겠지만, 어쨌든 너희들 덕분에 바이란트는 스톤헨지의 포탈을 닫을 기회를 놓쳐버렸고, 우린 꼼짝없이 그 괴물 같은 녀석들과 맞붙을 수밖에 없게 됐어. 그런데 뭐어디 상대가 되나? 실바누스의 말로는 살육의 신인 구르스가 키우는 친위병들이라고 하던데, 그런 싸움 귀신들에게 상급 서열도 없이 우리가 무슨 수로 맞서?"

"그래서?"

"먼저 달려들었던 제이슨은 1분도 넘기지 못하고 죽었고, 아그네스도 메가 라이트닝을 쏘려다 칼에 맞았어. 그놈들 칼 쓰는 속도 하나는 정말……."

닉스는 아직도 기억이 생생한 듯 몸서리를 치더니 계속했다.

"어쨌건 우린 후퇴할 수밖에 없었지. 조금 치졸한 작전이긴 했지만 일단 실바누스가 기다리고 있는 동굴까지만 가면 굴을 닫아버리고 녀석들을 이 안에 가둘 수 있으리라고 생각했거든. 그래서 내가 아이언 게일 주문으로 잠시 틈을 만든 동안 모두들 가까스로 굴까지 도망가는 데 성공했는데, 정신을 차리고 보니 네가 없는 거야. 보니까 넌 그때까지도 여전히 여기서 고래고래 소리를 질러가며 놈들과 맞붙어 있더라고. 도저히 가망이 없기에 우리가 포기하고 어서 굴을 닫아버리자고 해도 실바누스는 오히려 신척인 반지를 뽑아 던지고는 직접 널 구하러 달려나가려고 했어. 나와 마테우스가 겨우 실바누스를 잡고 있는데, 스톤헨지 쪽에서 갑자기 엄청나게 밝은 빛이 터져나왔어."

"빛이 터져나와?"

"그래. 그렇게밖에는 표현이 안 돼. 지금까지 내가 본 어떤 빛보다도 밝고 환한……, 그런 빛이었어. 그런데 실바누스는 그 빛을 보자 무슨 생각이 들었는지 우리들에게 밖을 내다보지 못하게 하더라고. 아니, 아예 그 빛에 닿지도 못하게 우릴 굴 반대쪽으로 몰고 가선 빛이 사라질 때까지 꼼짝도 못하게 했어. 빛이 사라진 후 달려나와 보니 넌 혼자 여기서 신음하고 있었고, 여긴……, 여긴 이런 상태였어."

닉스가 가리키는 손을 따라 주위를 둘러본 보로미어는 입을 쩍 벌렸다. 고급스런 보석으로 장식된 미늘 갑옷들, 바로 기트얀키들이 입고 있던 갑옷 다섯 벌이 자신을 중심으로 어지러이 널려 있었다. 대부분 심한 공격을 받아 걸레처럼 찢어진 상태였고, 놈들이 들고 있던 롱 소드들 역시 부러지고 꺾인 채 갑옷들 옆에 뒹굴고 있었다. 두 동강이 난 자신의 드래곤 메이스도 그 잔해들 사이에 흉물스레 박혀 있었다.

"뭐, 뭐야, 이게?"

보로미어가 더듬거리자 닉스가 말했다.

"이게 뭐냐고? 네가 해놓고 나한테 물어보면 어떻게 해? 도대체 녀석들 몸엔 손끝도 대기 어려웠을 텐데 어떻게 다 해치운 거야? 아니아니, 어떻게 목숨이 붙어 있을 수 있냐고?"

대답할 말이 없어 우물거리던 보로미어는 스톤헨지 안에서 실바누스가 갑자기 장탄식을 내뱉자 그를 돌아보았다. 드루이드는 고개를 숙인 채 바닥에 놓인 뭔가를 굽어보고 있었다. 가까이 다가가서 보니, 그것은 아까 기트얀키들 중 하나가 들고 있던 은빛 롱 소드였다.

"빌어먹을! 그러면 그렇지. 바이란트!"

실바누스의 부름에 바이란트는 눈물을 훔치며 다가왔다.

"바로 이게 원흉이야. 제이슨이나 잭의 잘못이 아니라고."

실바누스가 검을 가리키며 말하자, 바이란트는 무슨 밑도 끝도 없는 소리냐는 표정으로 그를 쳐다보았다. 닉스와 마테우스도 실바누스의 말을 듣고는 검 주위로 모여들었다.

"아까 제이슨과 잭이 녀석들에게 무작정 달려들었던 이유가 바로 이거야. 기트얀키 미스릴 블레이드."

실바누스는 일행들을 둘러보며 말했다.

"그게 뭔데?"

닉스가 묻자 드루이드는 긴 한숨을 쉬고는 말했다.

"기트얀키들은 원래 인간 전사들이었는데, 살육의 신인 구르스에게 큰 죄를 짓고 그 죗값으로 영원히 구르스의 명령을 따르는 친위대가 되었다고 해. 하여간 영계와 지옥계 사이 제3중간계라는 곳에 주로 살면서 그 세계의 왕초 노릇을 하고 다니는데, 가끔씩 구르스를 위한 피가 모자라면 살육을 위한 정찰대를 만들어 이곳 저곳을 돌아다니지. 정찰대는 항상 다섯으로 구성되어 있는데 넷은 5급 전사인 나이트와 맞먹는 기트얀키 전사들이고 대장인 마지막 녀석은 6급인 챔피언 급 기트얀키 전사야."

"챔피언 급! 그렇게 엄청난 놈들이었어?"

닉스가 소스라치게 놀라며 숨을 들이마셨다. 실바누스는 고개를 끄덕이며 말을 계속했다.

"그렇지. 하지만 기트얀키 정찰대가 무서운 이유는 그것만이 아니야. 바로 정찰 대장이 가끔씩 들고 다니는 이 미스릴 블레이드가 더 소름끼치는 거지. 일단 무기로서도 이건 +2 롱 소드야. 이걸 막을 수 있는 갑옷은 손으로 꼽을 정도지. 게다가 보통 무기로는 공격이 불가능한 영체나 보호 마법으로 장갑을 두른 상대도 공격할 수 있고, 가장 중요한 건 기트얀키 정찰 대장의 손에 들려 있을 땐 전사를 유혹하는 신비한 힘이 있다는 거야."

"전사를 유혹하는 힘이라니?"

바이란트가 눈썹을 올리며 묻자, 실바누스가 대답했다.

"기트얀키 정찰대의 목적은 살육이야. 하지만 적이 모두 도망가면 아무리 기트얀키들이라고 해도 어쩔 수가 없잖아? 그래서 기트얀키들은 적을 불러들인다고. 정찰 대장이 이걸 들고 있으면 대부분의 전사는 앞뒤 볼 것 없이 정신을 잃고 싸움을 걸게 되거든."

"……."

바이란트는 실바누스의 설명을 잠시 숙고해 본 후 말했다.

"좋아. 네 말대로라면 모든 게 설명이 되긴 한다. 하지만 아직

한 가지가 남았어. 도대체 이 녀석은 뭐지?"

사제는 날이 선 목소리로 내뱉으며 날카로운 눈으로 보로미어를 돌아보았다.

"분명히 우리에겐 3급인 용사 서열의 전사라고 했잖아! 3급 전사 혼자서 상급 서열이라는 기트얀키 다섯을 쓸어버린 건 도대체 어떻게 설명을 할래? 도대체 우리한테 뭘 숨기고 있는 거야?"

바이란트의 지적에 실바누스와 보로미어는 당황스런 눈길을 교환했다.

"말해 봐. 그런 힘이 있는 녀석이, 어째서 제이슨과 아그네스를 죽도록 내버려뒀느냔 말이야!"

시뻘건 얼굴로 바이란트가 다시 소리를 지르자 닉스가 말했다.

"정말 아까부터 듣자듣자하니까 너무하잖아! 잭도 죽을 뻔했어. 의식을 잃을 정도로 심하게 다쳤던 걸 너도 보았잖아! 제이슨이나 아그네스와 다를 바가 없었다고! 조금 운이 좋았던 것뿐인데, 그것도 불만이야? 잭이 살아 있는 게 그렇게도 맘에 안 들어? 잭까지 죽었어야 속이 시원하겠냐고!"

"바이란트는 그런 말이 아니라……."

옆에서 마테우스가 변명을 하려 하자, 닉스는 그의 말을 자르며 계속했다.

"아니긴 뭐가 아냐! 젠장, 제이슨과 아그네스가 죽은 건 안됐지만, 그럼 너희는 왜 살아 있지? 잭이 목숨을 걸고 싸우는 동안 너흰 뭐하고 있었냐고? 도대체 지금 너희가 잭에게 뭘 따지겠다는 거야?"

닉스의 얼굴도 바이란트 못지않게 상기되어 있었다. 마테우스와 바이란트가 아무런 대꾸를 하지 못하자, 위저드는 내친 김에 하루 종일 쌓였던 것을 마구 쏘아댔다.

"너희들 말야, 아까 늑대들과 마주쳤을 때도 그랬어. 잭은 몸이 부서져라 싸우는데도 제이슨과 마테우스는 바이란트와 아그네스를 보호하는 데만 급급했지? 우리 쪽엔 신경도 쓰지 않았잖아! 너희들이 지금까지 어떤 식으로 퀘스트를 해왔는진 난 잘 모르겠고, 그건 상관도 안해. 하지만 우리가 일단 같은 캐러밴이 되었으면 이전 일이야 어찌 되었건 다 같은 대원이잖아. 분명히 보로미어를 비롯해서 나나 실바누스는 너희들처럼 따로 놀진 않았어. 너희들처럼 떼거리로 다른 대원에게 칼을 겨누는 짓은 하지 않았단 말이야!"

"닉스!"

실바누스가 당황하며 위저드의 말을 막았지만 이미 늦은 일이었다. 똥 씹은 표정으로 닉스의 말을 듣고 있던 바이란트의 얼굴이 꿈틀했다.

"보로미어? 실바누스? 그건 또 누구야? 아니, 그럼······."

닉스도 그제야 자신의 실수를 깨닫고 아차하는 표정을 지었지만 이미 늦은 일이었다.

잠시 침묵이 흐른 후 바이란트가 말했다. 닉스의 기세에 눌려 있던 방금 전과는 180도로 달라진 태도였다.

"호오, 아예 이름까지 속이고 퀘스트에 나선 녀석들이란 말이지? 그런 주제에 말은 지지리도 많군 그래. 그런데 원래 이름들은 왜 감추고 다니는 거지? 저 고릴라가 누굴 때려죽이기라도 했나?"

"도대체 무슨 소리를 하는 거야, 바이란트. 괜히 넘겨짚고 착각하지 마."

고릴라라는 말에 보로미어가 또 욱하기 전에 실바누스가 자르듯 말했으나, 누구라도 그의 목소리에 실린 당황스러움을 느낄 수 있었다.

"흥, 놀고 있네. 이름도 속이고! 서열도 속이고! 요 말많은 위저드 녀석의 이름은 뭐지? 분명 닉스는 아니겠지? 그래. 당연히 그럴 거야. 그리고 이 칼 때문에 모든 일이 벌어졌다는 네 말도 새빨간 거짓말이야. 그렇지?"

"바이란트. 나랑 얘기 좀 할까? 사제 대 사제로 말이야."

바이란트의 말투가 점점 험악해지자 실바누스는 낮지만 강한 목소리로 그의 말을 막더니 그의 소매를 끌고 일행으로부터 멀어졌다.

실바누스의 갑작스런 태도에 놀란 보로미어는 어깨를 으쓱하며 마테우스를 돌아보았으나, 전혀 호의적이지 못한 시선만이 돌아올 뿐이었다. 닉스를 돌아보자 그는 그대로 눈썹을 모으고 깊은 생각에 잠겨 있었다.

드루이드와 바이란트의 이야기가 길어지자, 보로미어는 바닥에 놓인 기트얀키의 미스릴 블레이드로 눈을 돌렸다. 실바누스는 이것이 +2 롱 소드라고 했다. 만약 그것이 사실이라면 값을 돈으로 칠 수도 없다는 것은 당연한 일이었다. 게다가 영체도 공격할 수 있다고 하니, 바로 보로미어가 에스트발데에서부터 애타게 찾던 그런 무기인 것이다.

닉스가 여전히 생각에 잠겨 있고 마테우스도 실바누스와 바이란트 쪽에 정신이 팔려 있는 가운데, 보로미어는 아무 생각 없이 땅에 떨어져 있는 블레이드를 주워들었다. 그러자 갑자기 정신이 아득해지며 온몸이 사시나무처럼 떨려오기 시작했다. 놀란 닉스와 마테우스가 우왕좌왕하는 것과 실바누스가 정신없이 소리를 지르며 달려오는 모습이 빤히 보였지만 도무지 손발을 움직일 수가 없었다.

보로미어는 이내 자신에게 일어나고 있는 일이 새로운 무기를 다루기 위한 마스터링의 과정이란 것을 깨달았다. 하지만 지금까지는 웬만한 무기를 잡아도 굳이 마스터링이 필요하지 않았는데, 도대체 어찌 된 영문인지 알 수 없었다.

보로미어는 가물가물해 오는 정신을 잃지 않으려고 안간힘을 썼지만, 좀처럼 버티기가 쉽지 않았다. 그러나 도저히 더 이상 버티기가 힘들겠다는 생각이 드는 순간, 갑자기 한 줄기 맑은 기운이 칼을 든 팔로 스며들더니 서서히 온몸으로 번져갔다. 그러자 온몸의 떨림이 차츰 가라앉으며 아득하던 의식이 돌아오기 시작했다.

"후우우우……."

간신히 정신을 차리고 보니 아니나다를까 실바누스가 자신의 팔뚝에 손을 올려놓고 있었다.

"또 신세를 졌군. 고마워."

보로미어가 말하자, 실바누스는 대답 대신 있는 힘을 다해 전사의 허벅지를 걷어찼다.

"이런 바보 같은 녀석! 바보! 천치! 멍청이!"

"아야! 이 자식이 갑자기 왜 이래?"

갑작스런 발길질에 놀란 보로미어는 엉겁결에 그의 손을 뿌리쳤다. 드루이드는 씩씩거리며 전사를 노려보고 있었다.

"너, 너 어떻게, 어떻게 이럴 수가 있어?"

"너야말로 왜 난데없이 사람을 걷어차고 난리야?"

전사가 마주 소리를 지르자, 실바누스는 하늘을 향해 긴 한숨을 내뿜더니 횡하니 몸을 돌려 동굴을 향해 걸어가 버렸다.

"왜 또 저러는 거지?"

황당한 표정으로 보로미어가 투덜대자 닉스도 영문을 모르겠다는 듯 고개를 갸우뚱하더니 서둘러 전사의 팔을 잡아끌며 실바누스의 뒤를 쫓았다.

그들이 동굴 안으로 들어섰을 때 실바누스는 바닥에 떨어져 있던 반지를 주워 거칠게 손가락에 끼우고 있었다. 그는 다시 한번 보로미어를 날카롭게 쏘아보고는 동굴의 바깥쪽 입구로 향했다. 나머지 일행들이 허겁지겁 그의 뒤를 따라 밖으로 나오자, 동굴은 언제 거기에 있었냐는 듯 감쪽같이 모습을 감추었다.

바이란트나 닉스는 신기한 듯 동굴이 사라진 자리를 돌아보았으나 보로미어는 두 눈을 실바누스의 등에 박은 채 성큼성큼 거리를 좁혔다.

"인마, 너 나랑 얘기 좀 하자."

보로미어가 그의 어깨를 잡아 돌리며 말하자 실바누스는 그의 손을 매섭게 뿌리치며 쏘아붙였다.

"난 너랑 얘기하기 싫어!"

"자식이! 뭔지 얘길 해줘야 내가 사과를 하든지 할 거 아냐."

"사과? 이게 사과 따위로 될 일인 줄 알아? 이젠 나도 몰라, 정말 몰라! 너란 녀석은 정말……, 정말 지겨워 죽겠어."

반사적으로 주먹에 힘이 들어갔으나 보로미어는 이를 악물고
참았다.

"실바누스, 도대체 너 오늘 왜 그러는 거야! 왜 하루 종일 나에
게 화를 내는 거지? 바이란트 패거리가 편가르기를 하는 것도 내
잘못이야? 그리고 아까 제이슨과 아그네스가 죽은 일은 나도 어
쩔 수 없던 일이라고 네 입으로 말했잖아."

전사가 가까스로 목소리를 억누르며 말했지만 드루이드는 여
전히 심술궂은 벙어리처럼 입을 꾹 다물고 걷기만 했다. 보로미어
는 차츰 자신의 인내심이 바닥을 드러내는 것을 느꼈다.

"이것 봐. 그러지 말고……."

그래도 아모네 이실렌을 생각하며 참을성 있게 다시 말을 붙이
려는 그에게 실바누스의 갈라진 목소리가 방금 벼린 비수처럼 되
돌아왔다.

"닥쳐, 이 돌대가리 녀석!"

거기까지가 보로미어의 한계였다.

이건 전처럼 명령이나 훈계를 하는 것도 아니고, 아예 상대할
가치도 없다는 식이었다. 아무리 자신이 그의 도움과 보호를 받는
처지고 여러 번 목숨을 신세졌다고는 하지만, 그렇다고 이런 식의
취급을 받아야 할 이유는 없었다.

거세게 불어닥치는 분노에 아모네 이실렌 이후로 조금씩 자라
가고 있던 녀석에 대한 믿음이 송두리째 뿌리뽑히는 것을 전사는
느꼈다.

'우정? 좆까고 있네.'

"관둬라, 이 개새끼야!"

드루이드의 뒤통수에 대고 짧게 욕을 퍼부은 보로미어는 찬바람이 일도록 몸을 돌려서 대열의 후미로 이동했다.

실바누스와 이야기를 나눈 이후로 이상하게 조용해진 바이란트가 무시무시하게 굳은 전사의 표정을 흘끔거렸지만 격노한 전사의 눈에는 아무것도 들어오지 않았다. 닉스도 보로미어 옆에서 여전히 미간을 찌푸린 채 골똘히 생각에 잠겨 있었고, 간만에 조용해진 캐러밴은 제라드 쿰을 향해 무거운 행군을 계속했다.

제22장
헬레나

6월 5일 목요일

예쁘장한 여비서의 안내로 방 안으로 들어서자 굵은 뿔테 안경을 쓴 노학자가 자리에서 일어나며 악수를 청해 왔다.

"나 송일호요."

"장욱이라고 합니다."

욱의 손을 살짝 잡았다 놓은 송 박사는 말없이 방 한쪽에 놓인 응접 세트를 가리켰다. 박사와 마주앉은 욱이 할말을 찾지 못해 어물거리자 박사가 먼저 입을 열었다.

"오환철 경감 밑에서 일하고 있다고 했소?"

"네, 그렇습니다."

"그럼 합동 수사 본부에 근무한단 말이오?"

"네."

"아니, 그럼 오늘 김 박사를 만나는 일이 합수부 수사와 관련이 있는 거요?"

"물론 직접적인 관련은 없습니다. 그저 참고적인 조언이나 얻어볼까 하고요."

"허, 참. 사람이 남아도는 모양이군."

박사는 안경을 빼 닦으며 들으라고 하는 소린지 혼자말인지 모를 투로 중얼거렸다.

욱은 슬슬 겨드랑이에 습한 기운이 들어차 오는 것을 느꼈다. 날씨 때문만이 아니었다. 이 노인네는 은근히 사람을 불편하게 만드는 구석이 있다. 뭔가 말해야 한다는 압박감에 욱은 더듬거리며 입을 열었다.

"저기……, 형님되시는 송 의원님 일은 정말 뭐라고 위로를 드려야 할지 모르겠습니다. 저희도 하루 24시간, 일주일 7일을 주야로 노력하고 있으니, 곧 해결이 날 겁니다."

"곧 해결이 날 일이면 왜 이런 데까지 직접 뛰어다니나? 도무지 실마리가 잡히지 않으니, 지푸라기라도 잡는 심정으로 이러는 것 아닌가!"

욱은 가슴 한복판에 화살을 맞은 듯한 기분으로 얼굴을 찡그렸다. 역시 국내 최고의 범죄 심리 학자라는 화려한 수식어가 부족함이 없는 인물이었다. 정신과 전문의에 범죄 심리학 박사, 그리고 국과수 범죄 심리학과 과장. 그런 인물이 저 뿔테 안경 너머로 자신의 속내를 훤히 들여다보고 있다는 생각이 들자, 겨드랑이 사이의 끈적거림이 점도를 더해 갔다. 아무래도 말을 하면 할수록 손해일 것 같았다.

"……"

욱이 입을 닫고 있자, 송 박사는 헛기침을 하더니 조금 누그러진 어조로 말했다. 그러나 어느새 말투는 완전한 하대가 되어 있었다.

"흠흠. 오 경감은 나와 일전부터 잘 아는 사이네. 전공도 심리학이었고, 성실한 데다 머리도 좋아. 그 친구가 수사반 지휘를 맡았다는 게 이번 사건에서 내 유일한 위안이었네만, 어찌 된 일인지 한 달이 가까워오도록 일을 매듭짓지 못하고 있네."

"……"

"피해자가 내 친형이어서 하는 말이 아니야. 지금 온 나라가 아직도 시끌벅적하지 않은가. 통일 문제부터 시작해서 해결할 일들이 산더미 같은데 국회니 정부니 모두 그 사건에만 묶여 있어. 뻔한 사건을 왜 빨리 해결하지 못하는지, 정말 옆에서 보기에 답답해서 하는 소리야."

"생각하시는 것만큼 뻔한 사건이 아닙니다."

욱은 반사적으로 한 마디 했다가, 송 박사 얼굴이 굳어지는 것을 보고는 바짝 긴장했다.

그러나 박사는 이내 얼굴을 풀더니 사무적인 말투로 돌아갔다.

"좋아, 좋아. 그건 자네들이 잘 알아서 할 테지. 내가 할 일은 수사에 필요한 지원을 아끼지 않는 것이니까, 그렇게 하도록 함세. 사실 아침에 오 경감의 전화를 받고 무척 놀랐네. 사람을 보낼 테니 이유는 묻지 말고 조용히 김혜란이를 만나게 해달라더군. 하지만 그런 난데없는 부탁에 어떻게 궁금하지 않을 수가 없겠나. 내 친형이 죽은 마당에. 안 그런가?"

송 박사는 말을 마치고는 안경 너머로 뚫어져라 욱을 노려보았다.

"그렇……죠."

욱은 일단 대답을 해놓고 나서 잽싸게 머리를 굴렸다. 반장은 아침에 특별히 송 박사를 지칭하며 모든 일에 관해서 절대 보안을 지키라고 신신 당부를 했다. 이번 사건 이후로 송 박사가 매스컴의 주요 정보원 노릇을 톡톡히 하고 있다는 것이 그 주된 이유였다. 욱 자신도 지금 상황에서 반장이 아닌 다른 사람에게 자신의 생각을 털어놓고 싶은 마음은 추호도 없었다.

그러나 지금 눈치로 보아, 송 박사는 합당한 이유를 듣기 전에는 물러서지 않겠다는 태도를 분명히하고 있었다. 진작에 적당히 둘러댈 말을 생각해 놓지 않은 것이 후회가 되었다. 일단은 시간을 끌어야 했다.

"저기……, 실은……, 이건 말씀드릴 수 없는 것인데요."

"괜찮네. 말해 보게나."

"저기……, 정말 절대로 말씀드릴 수 없어서 그럽니다."

"말해 보래도. 내 형이 죽었단 말일세. 나도 알 권리가 있어."

"그건 그렇지만……."

송 박사의 얼굴이 다시 일그러지는 순간, 간신히 한 가지 생각이 떠올랐다.

"저기……, 굳이 그러시다면 말씀을 드리는 수밖에요. 실은 외국의 전문가들에 대해 알아보러 왔습니다."

"전문가?"

"살인 청부업자들 말입니다. 전직 CIA 출신에 그런 사람들이 많다고 하더군요. 아무래도 김혜란 박사가 그쪽 경험이 좀 있지 않을까 해서……."

그러자 송 박사는 눈썹을 치켜뜨며 언성을 높였다.

"무슨 소릴 하는 건가! 살인자는 현장에서 죽었고, 분명히 한국 사람이야. 왜 외국인 청부업자 이야기가 나오는 거지?"

"그래서 참고적 조언이라고 말씀드렸잖습니까."

"쯧쯧. 이젠 오환철이도 한물 갔나 보군."

박사는 아까처럼 들으라는 듯이 혼자말을 하더니 무릎을 짚으며 일어섰다.

"알겠네. 장 형사라고 했지? 김혜란이 방은 이 복도 끝 332호실이네. 내가 전화를 해놓을 테니 가서 만나보게나. 참, 그리고……."

"네?"

"이것만은 알고 가게나. 김혜란이는 말이야, 전공부터가 범죄심리학이 아니야. 그저 센세이셔널한 이론으로 무조건 사람들의 관심을 끌고 보려는 풋내기 학자란 말일세. 어느 학계에나 한둘씩은 꼭 있는 것들이지. 전통적인 이론에 무조건 반기부터 들고 보는 학계의 황색 언론들 말이야. 사실 여기 국과수에는 있을 자격도 안 되는 사람이지만, 무슨 빽으로인지 낙하산 타고 내려왔으니 우리는 울며 겨자 먹기로 데리고 있을 뿐이란 말이네. 내가 하는 말이 무슨 뜻인 줄 알겠나?"

"네? 네에……."

욱이 멍한 얼굴로 고개를 끄덕이자 송 박사는 답답하다는 듯 얼굴을 찌푸리더니 노골적으로 잘라 말했다.

"그 여자 하는 얘기, 반은 말도 안 되는 소리야. 가려서 들으란 말일세."

방문을 닫고 전실로 나온 욱은 긴 한숨을 내쉬었다. 문 고장난 사우나에 한 시간 정도 갇혀 있다 나온 기분이었다.

책상에 앉아 있던 여비서의 동정 어린 눈길에 억지 미소로 답례하며 복도로 나선 욱은, 다시 한번 숨을 크게 들이마시곤 걸음을 옮겼다. 1단계는 가까스로 넘었으나 이제 2단계인 김혜란이 남아 있었다.

'별로 걱정도 하지 않았던 1단계가 이 모양이니······.'

욱은 입맛을 다시며 머릿속을 정리했다. 반장의 말을 듣고 어제 저녁 찾아본 경찰 소식지 기사엔 김혜란에 대한 소개가 30세의 재미 교포로 촉망받는 심리학 박사이며 아직도 미혼이라는 정도밖에는 나와 있지 않았다. 욱의 경험으로 볼 때 나이 많은 노인들보다 더 껄끄러운 상대가 있다면 그건 노처녀들이었다. 어찌된 이유에서인지 서른 넘은 미혼 여성들은 절대로 그를 곱게 대해 주지 않았다.

'하물며 박사 학위까지 달고 앉아 혼자 똑똑한 척은 다 하는 아줌마라면······.'

내키지 않는 걸음을 멈추고 복도 끝에서 잠시 기웃거리던 욱은 이내 332호실 문을 발견했으나, 노크를 하려다 말고 부동 자세로 몸을 굳혔다. 반쯤 열린 방문 사이로 천장까지 빽빽히 들어찬 책들이 보였고, 그 앞에 놓인 작은 발판을 딛고 늘씬하게 빠진 여비서가 책을 정리하고 있는 것이 눈에 들어왔기 때문이다.

욱을 감동시킨 것은 몸에 착 달라붙는 검은 스커트 위로 드러난 그녀의 뒷모습이었다. 전문가의 경륜을 자부하는 욱의 눈으로도 허리에서 종아리까지 이어지는 부드러운 유선형의 이음새에선 단 하나의 흠도 찾아볼 수 없었다.

'후후, 여긴 비서 뽑을 때 슈퍼 모델 대회라도 여는 모양이지?'

미소를 지으며 속으로 중얼거린 욱은 그녀가 발판에서 내려올 때까지 3, 4분간 더 느긋하게 감상을 한 후에야 문을 두드렸다.

"실례합니다. 김혜란 박사님을 뵈러 왔는데요."

양손 가득 10여 권의 두꺼운 책을 들고 있던 여비서가 돌아서는 순간 욱의 자동 스캐너는 어김없이 작동했다.

'나이 스물넷.

키 168, 체중 51.

35-24-35.

거기에 긴 생머리와 이지적인 얼굴까지!'

욱이 자기도 모르게 미소를 짓자, 여자는 마주 미소를 지어 답하면서 한쪽에 놓인 소파를 턱으로 가리켰다.

"장 형사님이시죠? 일단 저기 좀 앉으세요."

"네에."

대답을 길게 끌며 욱이 자리에 앉자, 비서는 이미 책이 수북이 쌓여 있는 책상에 들고 있던 책들을 올려놓으며 물었다.

"차 좀 드실래요? 커피? 아니면 홍차?"

"커피로 주시죠. 블랙으로."

여자가 다시 미소를 지으며 옆방으로 사라지고 난 뒤에야 욱은 방 안을 둘러보았다. 벽은 3면이 천장까지 책으로 빼곡했고 자신이 앉아 있는 응접 세트와 방 가운데 놓인 책상을 빼면 별다른 가구는 없었다. 아마 서재 겸 전실로 쓰는 방인 듯했다.

슬쩍 시계를 보니 10시 반이었다. 욱은 재빨리 계산을 튕겨보았다. 한 시간 정도면 김 박사와의 이야기는 끝날 것이고, 그러면 저 슈퍼 모델을 점심 식사로 초대하기에 딱 알맞은 시간이 될 것이다. 새삼 미소를 지으며 책장 쪽으로 고개를 돌리던 욱은 책들이 하나도 빠짐없이 외국어로 된 원서인 것을 깨닫고 갑자기 가슴이 덜컹 내려앉았다. 교포라고는 하지만 꼭 우리말을 한다는 보장이 있는 것은 아니다. 혹시 우리말을 못하는 아줌마라 영어로 대화해야 한다면…….

"방금 끓인 거라 맛이 괜찮을 거예요."

욱이 입술을 깨물며 고민하고 있을 때, 머그 잔 두 개를 들고 나온 여비서는 하나는 욱의 앞에, 그리고 또 하나는 맞은편 빈자리 앞에 놓았다. 향은 헤이즐넛이었다.

"향이 아주 진하군요."

욱이 잔을 들며 말하자 그녀는 책상 위를 점거하고 있는 수십 권의 책들을 부지런히 정리하며 미소를 지었다.

"운이 좋으신 거예요. 사실 오늘 아침에 새 빈을 뜯었거든요."

"빈……요?"

"네? 커피 빈, 아……, 커피 원두 말이에요."

"아, 네……."

욱은 나름대로 점잖게 고개를 끄덕이며 커피를 한 모금 넘겼지만, 그의 시선은 여전히 여자의 가슴과 허리께에 머물며 버릇처럼 한꺼풀 한꺼풀씩 그녀의 나신을 향해 옷을 벗겨가는 것을 상상하고 있었다. 정말 남자라면 누구라도 그러지 않을 수 없는 몸매였다.

"방이 엉망이죠? 사실 손님이 별로 없어서 정리도 잘 안해요."

수줍게 미소를 짓는 그녀의 모습에 욱의 심장은 기어이 덜그럭거리기 시작했다.

"방은 작아도 책만 2000권 가까이 돼요. 거기다 논문과 잡지들까지 정리하려면 끝도 없거든요. 벌써 몇 달 동안 하고 있는데도 다 끝나질 않네요."

"책 정리를 하지 않으실 때는 뭘 하시나요? 예를 들어 퇴근하시고 나서요."

욱의 물음에 여자는 피식 웃음을 흘렸다.

"뭘 하긴요. 매일 밤 9시까지 일해도 시간이 모자란걸요. 집에 가면 잠자기에 바빠요."

'아, 저렇게 아름다운 여인을 이런 방구석에서 몇 달씩이나 책 정리로 썩히다니!'

욱의 머릿속에 심술궂은 노처녀 박사의 모습이 백설 공주 이야기 속의 마녀 왕비와 겹쳐 떠올랐다. 아니, 이건 단순한 노처녀 히스테리가 아니다. 국가적 차원의 낭비요, 분명한 인적 자원의 과소비였다.

"그래도 여긴 국가 기관이니 거기도 분명 공무원 아닌가요? 5시가 되면 퇴근을 해야죠."

"풋, 그럼 장 형사님은 5시 땡 치면 범인을 쫓다가도 퇴근하세요?"

"에? 그건……, 음, 그래도 9시까지 쫓아다니진 않죠."

"호호호, 그 말씀도 맞네요. 하긴 요즘은 좀 쉬어야겠다는 생각이 많이 들어요."

'쉬어가기 좋은 곳은 제가 많이 알고 있죠.'

욱은 순간적으로 뇌리를 스쳐가는 대답이 입 밖으로 튀어나오려는 것을 이를 악물고 참았다. 그는 생각을 돌리기 위해 여전히 비어 있는 맞은편 자리로 시선을 돌렸다. 아까 잔을 갖다놓는 것을 보고 곧 박사가 나오리라고 기대하고 있었는데, 꼴을 보아하니 시간이 좀 걸릴 모양이었다. 하루 종일 앉아서 책 읽는 게 일인 여편네가 뭐가 그리 바쁠까 하는 생각에 욱은 살짝 눈살을 찌푸렸다.

"그런데 어쩐 일로 오신 거죠?"

비서의 물음에 욱은 미간을 펴며 대답했다.

"정말로, 진심으로 미안하게 생각합니다만, 그건 김 박사님께가 아니면 밝힐 수가 없습니다."

그러자 비서는 눈을 동그랗게 뜨고 욱을 쳐다보더니 갑자기 들고 있던 책을 내려놓고 미소를 지으며 다가왔다.

"김 박사님이라면 김혜란 박사님 말씀인가요?"

"네에……."

그러자 그녀는 더 큰 미소와 함께 응접 세트의 맞은편 자리에 사뿐히 앉으며 말했다.

"그런데 꼭 그분이어야 하는 이유는 뭐죠?"

"하하하. 정 그렇게 알고 싶으시다면 제게 오늘 점심을 대접할 기회를 주시죠. 물론 그 재미없는 박사 아줌마는 빼고요."

욱이 기회를 놓치지 않고 파고들자, 여자는 대답 대신 앞에 놓인 머그 잔을 들어 한 모금 마셨다. 그러곤 소파에 편히 기대어 다리를 꼬고 앉았더니 뜻 모를 미소를 지은 채 욱을 바라보며 말했다.

"점심은……, 일단 형사님 이야기를 들어보고 난 후에 생각할까요?"

욱이 상황을 파악하는 데는 잠시 시간이 걸렸다.

"어……, 어……, 호, 혹시……."

"처음 뵙습니다. 제가 그 재미없는 박사 아줌마예요."

"……시, 실례했습니다."

얼굴이 벌게진 채 어쩔 줄 모르던 욱이 가까스로 사과를 하자 혜란은 테 없는 안경을 꺼내어 쓰며 웃었다.

"됐어요. 사과하실 필요까지는 없어요."

"저, 전……, 이렇게 젊은 분이실 줄은 몰랐습니다. 전에 30대시란 기사를 읽은 적이 있어서……."

"숙녀의 나이는 비밀이라지만, 전 올해로 서른이니 30대란 말은 맞아요."

"네?"

"나이에 비해 좀 어려보인다는 소릴 자주 듣는 편이죠. 오늘 같은 일이 처음은 아니니까, 너무 신경 쓰지 마세요."

"흠, 흠."

여전히 어쩔 줄 몰라하는 욱 앞에서 혜란은 다시 미소를 짓고 말했다.

"조금 전에 송 과장님이 전화를 하셨더군요. 저를 만나러 경찰에서 형사가 왔다고요. 처음엔 제가 무슨 죄를 지었나 생각했는데, 그런 건 아니라더군요, 호호. 무슨 일이시죠?"

"어……, 저기……, 실은 개인적으로 궁금한 일이 좀 있어서."

"말씀하세요."

아까와는 달리 조금 딱딱해진 김 박사의 말투에 욱의 겨드랑이가 다시 끈적거려 오기 시작했다.

"저기……, 실은 이것 때문에……."

욱이 가방에서 논문을 꺼내어 내밀자, 혜란은 그것을 받아들며 깜짝 놀라는 표정을 지었다.

"어머, 이걸 어디서 찾으셨어요?"

"도서관에서요."

"믿어지질 않는군요. 형사라는 분이 어떻게 이런 분야에 관심을 다 가지시는 거죠?"

"수사상의 필요 때문이죠."

"수사상의 필요요?"

혜란의 얼굴이 다시 긴장되는 듯하여 욱은 서둘러 덧붙였다.

"어디까지나 참고적인 사항일 뿐입니다."

"네……."

"먼저 그 논문의 내용을 좀 설명해 주실 수 있을까요?"

욱의 물음에 혜란은 고개를 갸웃거리며 되물었다.

"그럼 이걸……, 읽어보시지 않으셨나요?"

"읽어는 봤지만, 영 이해가 가지 않는 부분이 많아서요."

그러자 혜란은 잠시 생각을 하더니 말했다.

"그러실 거예요. 실은 이 분야의 전문가들도 이 논문을 가지고 말들이 많았죠. 특히 정통파 신경 정신과 의사들의 반발이 심했고요. 워낙 새로운 분야라 제대로 이해한 사람이 많지 않았던 게 주된 이유였어요."

"그러니 제가 이해할 수 있게 쉬운 말로 설명을 좀 부탁드리는 겁니다."

"그거야 해드릴 수 있지만, 혹시 무의식과 의식의 구분에 대해선 아시나요?"

욱이 고개를 끄덕이자 혜란이 미소를 지으며 말했다.

"후후, 공부를 좀 하고 오셨군요. 그렇다면 제 일이 좀 수월해지겠네요. 일단 현대 심리학의 분야에서 무의식은 엄청난 위치를 차지하고 있어요. 우리가 일상적으로 하는 모든 행동의 대부분이 무의식 영역에서 결정이 된다고 해도 과언은 아니니까요. 하지만 지금까지 심리학이나 정신과 분야에서의 가장 큰 문제는 바로 그 무의식의 실체를 직접 볼 수 없다는 거였어요. 무의식의 정의 자체가 '의식할 수 없는 정신의 영역'이니까요. 여기까지는 이해가 되시나요?"

"물론입니다."

욱의 시원스런 대답에 혜란이 계속했다.

"감춰진 무의식의 내용을 파악하기 위해서 지금까지 의사와 학자들은 아주 힘든 과정을 거쳐야 했어요. 여러 가지 심리 검사와 며칠에서 몇 주씩 걸리는 심리 분석 등이 그런 방법들인데, 무척 지루하고 또 주관적이었죠. 그리고 그 결과도 상당히 애매해서, 무의식의 그림자를 간접적으로 파악하는 정도였을 뿐이에요. 하여간 그렇게 어렵사리 무의식을 파악하고 나면 거기서 어떤 행동을 하게 만든 원인을 찾아서 그걸로 인간의 의식 구조를 연구하고 병도 치료하고 하는 거죠."

"거기까지도 이해가 갑니다."

"좋아요. 제 논문은 바로 그 무의식을 직접 파악할 수 있는 방

420

법을 찾아보자는 게 목적이었어요. 바로 가상 현실을 이용하는 거죠. 전 가상 현실상에서는 초자아의 통제가 약해지기 때문에 이드의 욕구가 의식 상태로 부상할지도 모른다는 가설을 세웠어요. 그건 다시 말해서……."

"그것도 잘 알고 있습니다."

욱이 말하자 혜란은 놀라움에 눈을 동그랗게 뜨며 물었다.

"어떻게……?"

"실은 제가 부딪힌 문제도 비슷한 거라, 그 부분에 대해선 집중적으로 공부를 했습니다."

형사가 어깨를 으쓱거리며 말하자 혜란은 서글픈 미소를 지었다.

"재미있군요. 우리 나라에 돌아온 이후로 제 이론을 이해해 줄 사람을 손꼽아 기다렸는데, 막상 그 사람이 심리 학자가 아닌 형사 분이시라니."

"저도 완전히 이해하는 건 아닙니다. 제가 읽어본 바로는 박사님 논문의 실험에서 가상 현실을 통해 무의식을 분석하셨다고 했는데, 어떤가요? 제가 이해한 게 맞습니까?"

욱의 질문에 혜란은 눈을 반짝이며 대답했다.

"맞아요. 비록 여덟 명만 참가한 실험이었지만, 가상 현실 속에서 보인 의식적 행동의 특성들이 고전적 정신 분석 기법을 통해 얻은 무의식의 특성과 3분의 2 가량 일치했으니까요. 아주 기초적인 가상 현실 시스템을 이용했고 또 대상의 수가 적었다는 것을 고려한다면 놀라운 결과였어요. 또 고전적 정신 분석도 100퍼센트 맞으리란 보장이 없으니까, 어쩌면 실제 정확성은 더 높을지도 몰라요."

"그러니까 가상 현실 속에서의 인격과 의식이 바로 이드의 본 모습이다, 뭐 이런 이야기 맞습니까?"

"맞아요, 맞아. 어쩌면……."

혜란이 박수까지 치며 감탄성을 올리는 바람에 욱은 다시 한번 어깨를 으쓱했다. 혜란은 신기하다는 표정으로 욱을 뜯어보다가 갑자기 한숨을 쉬며 말했다.

"사실, 제 논문은 발표되자마자 학계에서 엄청난 비판을 받았어요. 주로 슈링크들이 난리였죠."

"슈링크요?"

"정신과 의사들 말이에요. 잘 모르겠지만 아마도 자신들의 할 일이 없어진다고 생각을 했는지 반론들이 엄청났죠. 심리학계 소장파들이 나서주지 않았다면 아마 전 학계에서 완전히 매장을 당했을지도 몰라요. 웃기는 일이죠. 결국은 자기들 일을 편하게 해주는 일인데도 그런 식으로만 생각하다니."

"그럼 한국으로 오시게 된 것도 그런 이유 때문이었나요?"

"그런 측면이 아주 없었다면 거짓말이겠죠. 하지만 더 큰 이유는 맘 편히 제 이론을 뒷받침할 자료를 더 모으기 위해서였어요. 눈총이 심해서 미국에선 연구를 계속하기가 쉽지 않았거든요. 물론 여기라고 눈총이 없는 것은 아니지만……."

혜란은 잠시 씁쓸한 표정을 지었다가, 숨을 들이마시며 말을 마쳤다.

"결론적으로 아직까지는 가설에 불과한 이론이니까, 좀더 연구가 필요해요."

"그렇다면 아직 완전한 이론은 아니란……."

"물론 저는 충분한 가능성이 있다고 믿고 있죠. 그러니까 연구도 계속하는 거고요. 하지만 과학 하는 사람의 입장에서 자기 이론이 틀릴 수도 있다는 가능성에 완전히 눈을 감아버릴 순 없는 일이니까……, 더 충분한 데이터가 모일 때까지는 저도 막무가내로 제 주장만 펼 수는 없는 거죠. 그런데, 장 형사님은 도대체 어떤 문제 때문에 제 이론에 그렇게 관심을 보이시는 건가요? 수사상의 필요란 게 도대체 무슨 말이죠?"

욱은 잠시 머뭇거리다 말했다.

"실은 지금부터 제가 하는 이야기에 대해 절대적으로 비밀을 지켜주신다는 약속을 먼저 받아야겠습니다. 약속하실 수 있습니까?"

"그, 그러죠."

형사의 말투가 갑자기 딱딱해지자, 혜란의 얼굴에도 약간의 긴장이 서리기 시작했다.

욱은 한숨을 내쉰 다음 말했다.

"후우. 아실지 모르겠지만, 지난 달 11일에 한 사람이 살해당했습니다. 국회 의원이죠."

"그럼 혹시……, 송경호 의원……."

"맞습니다. 전 바로 그 수사를 맡은 합동 수사반에 있습니다."

그러자 혜란의 얼굴이 딱딱하게 굳었다.

"그, 그럼 그 수사라는 게 송 의원 살인 사건이란 말씀이세요?"

"네."

욱이 무겁게 고개를 끄덕이자 혜란은 가늘게 떨리는 목소리로 물었다.

"도대체 그 사건과 제 논문이 무, 무슨 상관이란 말씀이신 지……."

"관련이 있다는 이야기가 아닙니다. 단지 수사를 하는 과정에서 박사님 이론의 도움을 좀 받을까 해서 찾아온 겁니다."

그러자 혜란의 얼굴에 비로소 미소가 돌아왔다.

"아, 그래서……, 제가 어떤 도움을 드릴 수 있을까요?"

욱은 박사의 협조적인 태도에 속으로 감사하며 말을 이었다.

"실은 그 살인범이 평소에 즐겨하던 게임이 있습니다. 가상 현실을 이용한 게임이었죠. 주된 내용은 치고 박고 두드려부수는 건데, 아마도 그 게임에 상당히 빠져 있던 것 같습니다."

"그래서요?"

"사건이 일어날 당시의 상황을 보면, 그 친구는 우연히 집에 있던 아버지의 검을 들고 나와 피해자들을 무참히 살해했거든요. 평소의 원한이나 그럴 만한 다른 어떤 이유도 없는 상태에서, 단 한마디 말도 없이 무조건 칼을 휘둘렀단 말입니다. 그런 경우엔 두 가지밖에 생각할 게 없어요. 살인 청부업자이거나, 아니면……."

욱은 손가락으로 머리 위에 동그라미를 그려 보였다.

"네."

혜란이 이해가 간다는 듯 고개를 끄덕이자, 욱은 눈을 번뜩이며 목소리에 힘을 주었다.

"제 가설은 바로 녀석이 미친놈이란 데서 출발을 합니다. 하지만 멀쩡하던 녀석이 갑자기 미칠 이유는 없잖아요?"

"……."

"그래서 그 이유를 찾다가 박사님 논문을 보게 된 겁니다. 그러고 나니까 문제가 풀리더라고요. 만약 그 가상 현실 게임 안에서 형성된 무의식이 갑자기 현실로 뛰쳐나왔다고 가정을 한다면, 그 녀석이 그런 행동을 한 걸 설명할 수 있다는 거죠. 두드리고, 부수고, 죽이기만 하는 폭력적인 이드가 한순간 녀석의 자아를 완전히 점령해 버렸다, 바로 그겁니다."

욱이 자랑스레 설명을 마치자 혜란은 천천히 고개를 끄덕이며 생각에 잠겼다. 그녀의 표정이 너무도 진지했기 때문에 욱도 한동안 침묵을 지켜야 했다.

"그 생각을 다 혼자서 해내셨단 말인가요?"

마침내 혜란이 묻자 욱은 크게 고개를 끄덕였다. 혜란은 믿어지지 않는다는 얼굴로 욱을 바라보다 감탄을 올렸다.

"정말 놀랍군요. 전공하는 분야의 학자들도 낯설어하는 이론으로부터 그런 정도까지 생각을 전개하시다니."

"헤헤, 물론 쉽지는 않았습니다."

"그런데 말씀하시는 그 게임은 이름이?"

"팔란티어라고 하는데, 뭐라더라……, 아, 온라인 게임의 일종이라고 하더군요."

"그럼 직접 그 게임을 하시는 게 아닌가 보죠?"

"아는 친구가 그 게임을 해요. 보로미언가 뭔가 하는 전사 역할을 하고 있는데, 거기에 목숨 걸고 매달리는 게 정말 장난도 아니더군요."

그러자 혜란은 정색을 하더니 욱을 똑바로 쳐다보았다.

"보로미어? 지금 보로미어라고 하셨나요?"

"네. 왜요?"

그러나 혜란은 욱의 물음은 듣지 못했는지, 양 눈썹을 살짝 모은 채 커다란 눈만 껌벅였다.

"저…… 뭐가 잘못되기라도 했나요, 박사님?"

욱이 조심스레 다시 묻자, 혜란은 더듬더듬 입을 열었다.

"아, 아니. 조금……, 조금 재미있어서요."

"뭐가요?"

"그게……."

잠시 당황한 듯 어물거리던 혜란은 어깨를 한번 으쓱하고 말했다.

"후우! 그러니까 보로미어라면……, 톨킨의 『반지의 제왕』에 나오는 인간 전사 이름과 비슷하잖아요. 반지를 파괴하러 가는 주인공 프로도의 호위 중 한 명이지만 도중에 반지의 힘에 휘둘려 이성을 잃고 프로도를 공격하죠."

무슨 말인지 전혀 알아듣지 못한 욱은 눈만 껌벅이며 혜란을 바라보았다.

"재밌는 친구분이시군요. 왜 그런 나약한 인간의 이름을……."

앞에 놓인 머그 잔을 바라보며 혼자말처럼 중얼거리던 혜란은 고개를 들어 다시 욱을 쳐다보았다.

"하여간 관찰력이 대단하신 분인가 봐요, 장 형사님은. 게임을 보고 그런 생각을 다 해내시다니."

"직업이니까요."

욱이 미소를 짓자 혜란은 마주 미소를 짓더니 말했다.

"좋아요. 장 형사님. 아주 대단한 일을 하셨어요. 그 발상과 노력만큼은 정말 갈채를 보내지 않을 수 없네요. 하지만 제 생각을 말씀드리자면, 방금 말씀하신 내용은 별로 현실성이 없어보이는 군요."

"네? 어, 어째서죠? 박사님 논문의 이론과 전혀 다를 게 없는 이야기 아닌가요?"

예상치 못했던 혜란의 답변에 놀란 욱의 목소리는 거의 비명에 가까웠다.

"진정하세요. 물론 장 형사님 생각이 아주 틀린 것만은 아니에 요."

혜란은 차분한 목소리로 욱의 흥분을 가라앉힌 다음 조리 있는 말투로 설명을 해나갔다.

"제 논문의 이론을 그런 정도까지 응용하셨다니 정말 저로선 놀라울 따름이에요. 그리고 아주 기본적인 한 가지 문제만 빼면, 지금 주장하시는 내용엔 아무런 모순도 없고요."

"무슨 문제요?"

"바로 무의식의 정의죠. 무의식이란 말 그대로 '드러나지 않는 정신 세계' 예요. 따라서 그 실체는 전적으로 의식 영역의 바깥에 있고, 따라서 그 내용은 영원히 드러나지 않아요."

"하지만 박사님은 그걸 가상 현실을 통해 끌어낼 수 있다 고……."

"무의식의 내용을 파악한다는 이야기지, 그걸 의식으로 끌어낸 다는 말이 아니에요."

"?"

"후우, 이거 시원하게 설명하기가 쉽지 않네요. 고전적인 정신 분석학이나 제 논문의 가상 현실이나, 모두 목적은 무의식의 내용이 뭔지를 '파악하고자' 하는 거예요. 보통 방법으론 알 수 없는 것이기에 그런 특별한 방법들이 동원되는 거죠. 제 논문은 기존의 다른 방법들보다 좀더 손쉬운 방법을 제시한 것뿐이지, 무의식에 대한 기본적인 정의까지 뒤엎자는 게 아니에요. 무의식이란 정상적인 생활에선 절대로 그 실체를 드러내지 않아요. 정의 자체가 그래요. 가상 현실을 통해 무의식을 들여다볼 수는 있어도, 그건 거기에서 끝나는 일이에요. 따라서 말씀대로 무의식이 현실 속으로 뛰쳐나와 사람을 지배한다든가 하는 일은 불가능해요. 무의식이 그렇게 간단히 현실로 끌어내질 수 있는 성질의 것이라면 프로이트에서 시작해서 제 논문까지 왜 그 내용을 알자고 난리들이겠어요? 안 그래요?"

혜란의 차근차근한 설명에 욱은 서서히 자신의 오류를 깨닫기 시작했다.

들여다볼 수는 있어도 끌어낼 수는 없는 것.

가장 기본적인 정의에서부터 빗나갔으니, 결론이 잘못되는 것은 당연했다.

혜란이 덧붙였다.

"하지만 이런 문제는 워낙 새로운 것이라, 저도 확신을 가지고 말씀드리기 어려워요. 이 문제를 제기한 사람은 현대 심리학 역사상 아마도 장 형사님이 처음일 거예요. 물론 이론적으로야 불가능할 것 같다는 생각은 들지만, 지금까진 한번도 그런 것에 대해 연구나 실험으로 검증된 바가 없어요. 그래서 얘긴데요, 혹시 가능하다면 실제로 그 게임을 한다는 친구분을 한번 만나볼 수 있을까요? 지금 말씀하신 범인과 가장 비슷한 상태에 있는 사람일 테니까, 그분을 만나서 이야길 나눠보면 좀더 확실한 대답을 드릴 수 있을 거예요."

그러나 이미 욱의 얼굴은 굳어져 있었다.

"너무 그런 표정 짓지 말아요. 비전문가로서 이 정도 한 것만도 대단한 일이니까요."

혜란의 위로에도 불구하고 형사의 얼굴은 한동안 풀어지지 않았다. 비록 혜란은 잠시 결론을 유보하고 있었지만 그것이 뭐가 될지는 욱 자신이 더 잘 알고 있었기 때문이다. 역시 이런 전문적인 문제를 혼자서 풀어나가려 했다는 것부터가 무리였다. 그 망할 논문을 잡고 끙끙거렸던 시간들만큼이나 자신이 한심스러워지기 시작했다.

그러나 욱은 이내 고개를 들고 얼굴을 폈다. 일단 포기를 결심하면 뒤도 돌아보지 않고 미련을 잘라버리는 그였다. 그리고 지금은 다른 토끼를 쫓을 때다.

욱이 물었다.

"그런데 박사님도 교포치고는 우리말 실력이 보통을 넘으시는데요?"

"지금은 미국 시민이지만 고등학교 2학년까지는 서울에서 다녔어요. 우리말을 못한다면 오히려 이상한 거죠."

"그러세요? 그럼 이민을 가신 거군요?"

"그래요. 온 가족이 짐을 싸들고 태평양을 건넜죠. 거기서 고등학교를 졸업하고 대학을 졸업하고 그러다 보니 어느날 갑자기 나보고 미국 시민이 될 거냐고 묻더군요. 그래서 어차피 계속 살 거,

그러겠다고 했죠."

"10년만에 고국에 다시 오신 느낌이 어떠세요?"

"호호, 글쎄요. 귀향의 뭉클한 감동 같은 걸 기대했는데, 불행히도 그런 건 없더군요. 아마도 일 때문에 온 거라 그럴 거예요. 아직까지는 정신적 여유가 없기도 하고."

대화는 욱이 의도한 방향으로 순조롭게 흐르고 있었다. 욱은 다시 물었다.

"아참, 서울에서 고등학교를 다니셨다고 했는데, 어느 고등학교죠? 또 압니까, 같은 동네에서 저랑 몇 번 마주쳤을지?"

그러자 혜란은 대답 대신 미소를 머금고 욱을 쳐다보았다.

"왜……, 그렇게 쳐다보십니까?"

왠지 그녀의 눈길이 거북스러워진 욱이 묻자 혜란이 말했다.

"혹시 지금 하시는 질문들도 수사에 관련된 건가요?"

"아, 아뇨. 절대로 아닙니다. 이건 순전히 개인적인 겁니다."

욱은 강력히 부인했다. 어느 누구라도 형사가 자신의 신상에 대해 꼬치꼬치 캐묻는다면 방어적이 될 수밖에 없을 것이다. 그리고 지금 욱은 혜란이 방어적이 되는 것을 절대로 원치 않았다.

혜란이 말했다.

"그렇다면 제가 꼭 답을 해드려야 할 이유는 없겠군요."

"네?"

욱이 그녀를 멀뚱멀뚱 쳐다보자 혜란은 짤막하게 덧붙였다.

"그런 눈으로 보실 건 없어요. 지금까지는 수사에 필요한 정보를 제공해야 하는 제 의무를 충실히 수행한 거고, 지금은 업무에 관련되지 않은 개인적 질문에 대한 답변을 거부하는 것뿐이니까요."

"허허, 업무에 관련되지는 않았지만, 젊은 미혼 남성이 젊고 아름다운 미혼 여성분께 충분히 드릴 수 있는 종류의 질문들이라 생각하는데요? 혹시 대답을 거부하시는 다른 이유라도 있으신가요?"

욱이 능글맞은 함박웃음을 띠며 묻자 혜란의 얼굴에도 미소가 돌아왔다.

"호호, 굳이 이유를 대자면 제가 페미니스트이기 때문이죠. 장형사님이 그런 개인적인 질문들을 하는 의도를 저도 모르는 바는 아니에요. 말씀대로 저도 아직은 젊은 축에 드는 미혼 여성이니까요. 그렇지만 페미니스트인 저로선 장 형사님 같은 골수 남성 우월론자와 필요한 업무 이외의 접촉을 한다는 건 별로 내키지 않는 일이거든요. 혹시 향후 발생할지 모르는 불상사를 미리 예방하는 차원에서 더 이상의 답변을 거절하는 거니까, 너무 섭섭하게 생각하진 마세요."

그녀의 말에 욱은 말도 안 된다는 표정을 지으며 항의했다.

"농담이 지나치십니다. 남성 우월주의자라니, 제가요?"

"아닌가요?"

"도대체 절 만난 지 얼마나 됐다고 그렇게 단언하시는 겁니까? 이건 법적으로 무곱니다, 무고!"

"그런가요?"

혜란은 반문하면서 안경을 벗더니 욱을 똑바로 쳐다보았다.

"장 형사님. 저 같은 전공을 오래 하다보면 인간이란 존재에 대해서 어느 정도는 이해를 한다고 자부하게 됩니다. 사람들이 쓰는 말투와 언어, 조그만 손버릇이나 미묘한 표정 등등……, 비록 작은 것들이지만 그런 것들을 통해서 한 사람의 내면을 들여다볼 수도 있다고 믿는 거죠."

"……."

혜란은 무슨 말인지 이해가 안 간다는 표정을 짓고 있는 욱에게 엷은 미소를 지어보인 다음 계속했다.

"미혼이란 것은 말씀을 하셨으니까 일단 빼기로 하죠. 먼저 장 형사님은 지금 혼자 살고 있고, 여자의 간섭을 받는 것을 극도로 싫어하세요. 따라서 결혼은 물론 동거 비슷한 것도 해본 적이 없을 테고, 항상 누군가와 사귀고 있지만 어느 여성과도 3개월 이상 관계를 유지해 본 적이 없을 거예요. 두 번째나 세 번째 만남에서는 반드시 잠자리를 요구하시죠? 그리고 어떤 경우에도 절대로 콘돔 없이는 섹스를 하지 않고요. 또 이성을 보면 일단 옷 벗은 모습을 상상해 보는 버릇을 가지고 계시고, 그러니 아마도 오늘 이 방에 들어오시기 전에 한동안 제 뒷모습을 즐겁게 감상하셨겠죠. 어때요. 지금까지 제가 한 말 중에 틀린 것이 있나요?"

욱은 놀라움에 입을 쩍 벌린 채 아무런 말도 하지 못했다. 혹시 이 여자가 수년간 자신의 성생활을 밀착 감시라도 한 게 아닌가 하는 의심이 들 정도로 정확한 묘사였다.

욱이 한동안 할말을 찾지 못하자 혜란은 여전히 욱의 눈을 똑바로 쳐다보며 말했다.

"말씀해 보세요. 틀린 것이 있나요? 틀린 게 있다면 장 형사님이 남성 우월주의자라고 한 제 말을 취소해 드리죠."

"어, 어떻게……."

"제 전공이 분석 심리학이라는 점을 고려한다면, '어떻게' 라는 질문은 좀 우습군요."

"그, 그럼, 다, 단지 제 말투와 행동에서 그걸 다 알아내셨단 말인가요?"

욱이 더듬거리자 혜란은 대수롭지 않다는 듯 말했다.

"별로 어렵지도 않은 일이에요. 그러니 제가 형사님이 남성 우월론자라고 하면 그런 거예요."

"허어……."

욱이 여전히 얼빠진 표정으로 앉아 있자, 혜란은 먼저 자리에서 일어나며 말했다.

"자, 그럼 나중에 편하실 때 아까 말씀하셨던 그 친구분이나 소개시켜 주세요. 오늘 질문하신 것에 대한 최종 답변은 그분을 분석해 본 후에 드리기로 하죠. 자, 그럼 오늘은 제가 더 도와드릴 일이 없겠죠?"

혜란을 따라 엉거주춤 일어선 욱은 귀신에 홀린 듯한 걸음으로 방문을 나서다 말고 몸을 돌려 물었다.

"아니, 정말 제 말투와 표정만 보고서, 제가 이 방에 들어오기 전에 뭘 했는지까지도 알 수 있단 말입니까?"

그러자 혜란은 미소를 지으며 엄지손가락으로 어깨 너머를 가리켰다. 벽에 걸린 거울에는 아까 혜란이 올라서 있던 책장이 정면으로 반사되어 비치고 있었다. 뒤집어 말하자면, 아까 그녀가 서 있던 자리에서 고개만 살짝 돌려도 바로 이 방문이 보이는 것이다.

얼굴이 홍당무가 된 욱이 문을 닫고 나가자, 혜란은 긴 한숨을 내쉬며 자리에 앉았다. 그러나 그녀는 이내 문이 열리는 소리에 다시 고개를 들었다.

"저기 박사님, 혹시 점심은……."

억지로 미소를 지으며 말을 꺼내던 욱은, 결국 혜란의 얼굴에서 웃음이 사라지는 것을 보고는 황급히 인사를 하며 문을 닫았다.

욱은 주차장으로 향하며 껌 두 개를 입 안에 쑤셔넣었다. 하늘을 올려다보니, 구름 한 점 없이 초여름의 흐릿한 열기만이 가득했다.

그의 눈은 주차장을 바삐 오가는 사람들에 잠시 머물다가 손에 든 논문에 가서 멎었다. 알 수 없는 꼬부랑 글씨들을 잠시 노려보던 형사는 그것을 거칠게 찢어 옆의 휴지통에 던져넣었다. 김 박사는 아직 결론을 내릴 수 없다고 말하지만, 아마도 이걸 다시 볼 일은 없으리란 생각이 들었다.

'빌어먹을!'

지금까지의 모든 문제들이 원점으로 돌아가고 있었다. 팔란티어가 박현철의 살인과 아무 관련이 없다면 도대체 녀석을 미치게 만든 원인은 무엇이었을까? 그리고 그 샌님이 어떻게 그리도 능숙하게 칼을 다룰 수 있었던 것일까? 송 의원은 특정한 타깃이었을까, 아니면 그저 불특정 다수 중의 한 사람이었을까?

그리고 그 씹어먹을 팔란티어가 이번 사건과 직접적인 관련이 없다면 도대체 나는 왜 그 망할 NIS의 감시를 받고 있는 것일까?

'빌어먹을!'

답할 수 없는 의문들이 또다시 꼬리를 물고 떠오르는 바람에 욱은 관자놀이를 문지르며 긴 한숨을 내쉬었다. 자신의 오류를 인정하는 것은 어렵지 않았다. 그러나 지금 자신은 학술 논쟁을 하고 있는 것이 아니다. 어떻게든 그러한 의문들에 대한 답을 찾아내야 한다는 현실적인 문제에 직면해 있는 것이다.

'빌어먹을!'

욱은 머리를 저으며 차로 향했다. 일단 지금은 여기까지가 자신의 한계라는 것을 받아들이는 수밖에 없었다. 이제 남은 것은 김혜란 박사의 최종 결론을 기다려보는 것뿐이다. 물론 가능성은 적지만, 어쩌면 그녀가 원철에게서 새로운 실마리를 찾아줄지도 모르는 일이다.

차에 올라타기에 앞서 욱은 연구소 건물을 돌아보았다. 오늘 아침 여기에 올 때만 해도 모든 문제들이 간단히 해결될 듯한 기대에 부풀어 있었다. 그러나 지금은 모든 것이 다시 혼란 속으로 돌아가 버렸다. 며칠을 공들여 빚어낸 자신의 이론은 모래성처럼 무너졌고, 확실하다고 생각했던 것 중 정말로 확실한 것은 아무것도 없었다.

아니, 빌어먹을 정도로 확실한 것이 한 가지는 있었다.

역시 노처녀들은 자신을 좋아하지 않았다.

형사가 요란한 소리를 내며 차문을 닫자, 지나가던 행인 서넛이 놀란 얼굴로 그를 돌아보았다.

제23장
이 이 제 이

6월 6일 금요일

　느지막이 잠이 깬 원철은 계란과 토스트로 아침을 때우고 커피를 끓였다. 커피 향 속에서 시스템 전원을 켠 프로그래머는 버릇처럼 작업 폴더를 열려다 말고, 먼저 외부 접속을 시행시켰다. 욱이 녀석이 어제 그 전문간지 뭔지를 만난다고 했으니 오늘은 뭔가 소식이 와 있을 터였다.

　자료실에는 어제 오늘 사이에 134개나 되는 파일들이 올라와 있었으나, 파일명이 xyz로 시작하는 파일은 단 하나뿐으로 어제 저녁에 올라온 것이었다. 다운받아 파일을 열려고 하자 암호를 묻는 대화 상자가 열렸다. ˈfriendˈ 라고 쳐넣었던 원철은 이내 울리는 경고음에 투덜거리며 ˈfrendˈ 라고 다시 자판을 눌렀다.

　"자식, 그래도 기특하게 제대로 보냈구나."

원철은 길지 않은 메시지가 열리는 것을 보며 짐짓 미소를 지었다. 그러나 내용을 읽으며 그의 얼굴은 점차 일그러지기 시작했다.

원철에게

오늘 심리 학자인 김혜란 박사와 만났다. 내 이론에 대해 아직은 긍정도 부정도 하지 않고 있는 상황인데, 이유인즉슨 이런 문제를 들고 나온 사람이 아마 인류 역사상 내가 처음일 것이기 때문이란다. 따라서 몇 가지 확인을 하기 전에는 확실히 결론을 내리기가 어렵다고 하더라.

그런데 그 확인이란 것이 너를 만나서 과연 내 이론이 맞는지 몇 가지 실험을 해보는 것이라고 한다. 조금 번거롭겠지만, 당연히 도와주리라 믿는다. 조금 전 박사에게 네 연락처를 알려줬으니 아마도 곧 연락이 갈 거다.

음……, 고맙다, 수고!

그럼 이만.

석짱

"날 가지고 실험을 한다고?"

멍청하게 중얼거리던 원철은 자이로 마우스를 낀 손으로 관자놀이를 세게 두드려대기 시작했다.

만약 신이 있다면, 욱이 녀석은 신이 자신을 특별히 미워해 이 땅에 딸려보낸 강력한 저주임에 분명했다. 그렇게 밤낮을 가리지 않고 자신을 괴롭히는 것도 모자라 이번엔 무슨 실험의 대상이 되라고? 그리고 자신에겐 아무런 상의도 없이 그 박산지 뭔지에게

연락처를 가르쳐주다니! 일전에 밖으로 드러나지 않게 해주겠다
던 약속은 엿장수에게 팔아먹기라도 했단 말인가?

아무리 녀석을 돕기로 마음을 먹은 터이지만, 이건 아무리 생각
해도 심한 것 같았다. 도무지 경우가 아니었다.

당장 전화기를 집어들려고 손을 뻗던 원철은 일단 마음을 가다
듬고 담배를 한 대 꺼내 물었다. 성미 급한 욱이 녀석마저도 이렇
게 복잡한 방법으로 소식을 전하는데, 자신이 성급하게 전화를 집
어든다는 것은 안 될 일이었다. 그러나 안 된다는 말을 따끔하게
적어 다시 파일로 보내려고 키보드를 두드리고 있는데, 갑자기 전
화 벨이 울렸다.

"여보세요? 혹시 거기 이원철 씨 계신가요?"

처음 듣는 여자의 목소리였다. 원철은 직감적으로 목소리의 주
인공이 그 박산가 뭔가 하는 사람이라는 것을 눈치챘다.

"어……, 원철인 지금 나갔는데요?"

아무리 생각해도 실험 대상이 될 수는 없는 일이었다. 일단 적
당히 둘러대어 이 여자를 따돌린 다음, 욱이 녀석보고 알아서 해
결하라고 하는 것이 좋을 듯했다.

"네, 그러세요? 언제쯤 돌아오시는데요?"

"글쎄요. 보통 늦게 다니거든요. 아주 늦게요. 오늘도 아주, 아
주 늦게 올 거예요."

원철은 '아주'라는 단어에 힘을 주어 말하며 속으로 중얼거렸다.

'아줌마, 빨리 끊으셔. 난 아줌마랑 별로 통화하고 싶지가 않다
고.'

그러나 여자는 간절한 원철의 바람을 저버린 채 전화를 끊지 않

왔다.

"아, 그럼 메시지 하나 전해 주실 수 있으세요?"

"에⋯⋯, 그러죠, 뭐."

"네. 전 김혜란이라고 하는데요, 이원철 씨께 제가 내일 오후 3시 경에 찾아가 뵐 거라고 전해 주세요."

"네? 뭐라고요?"

당황한 원철이 되묻자 혜란이 되풀이해 말했다.

"제가 내일 오후 3시 경에 찾아가 뵐 거라고요."

"저, 저기⋯⋯."

원철은 말이 막혀 더듬거렸다. 무턱대고 찾아오겠다니, 아니, 그러면 욱이 이 자식이 전화 번호뿐만 아니라 집까지 다 가르쳐줬단 말인가?

"여, 여기가 어딘 줄 아세요?"

"물론 알죠. 아니까 찾아가겠다는 거 아니겠어요?"

여자가 우습다는 듯 되물었다.

"그, 그러시겠죠."

원철이 우물거리자 여자는 이상하다는 듯 말했다.

"아니, 혹시 장욱 씨가 아직 그쪽으로 연락을 안 했던가요? 다 이야길 해놓을 거라던데."

"예? 아⋯⋯, 예, 예."

"그럼 이원철 씨 들어오시면 그렇게 전해 주세요. 장 형사님이 부탁한 일이라고 하면 무슨 이야긴지 아실 거예요."

통화가 끊어진 후의 '뚜' 하는 신호음이 한동안 이어지는 가운데 원철은 수화기를 든 채로 멍하니 서 있었다. 속된 말로 강간당한 느낌이라더니, 바로 이런 경우를 두고 쓰는 표현일 듯싶었다.

"내 이 자식을 그냥!"

주먹을 불끈 쥐고 일어선 원철은 씩씩거리며 집안을 뱅글뱅글 돌다가, 겨우 숨을 고르며 응접실에 앉았다. 도대체 어떻게 이럴 수가 있단 말인가! 자신에겐 한마디 말도 없이 처음 보는 사람에게 집까지 가르쳐주다니. 아니, 그리고 무슨 실험의 대상이 되라는데, 그러면 본인의 의사를 한번 정도는 물어봐야 하는 것 아닌가? 대뇌 용량이 평균 이하인 욱이 녀석은 그렇다치고, 이 김 박사란 사람도 아주 당연한 듯이 행동하는 것이 완전히 옆구리 터진 김밥이었다.

물론 욱이 녀석이 자신과 다 이야기가 끝난 듯 떠벌렸기 때문이겠지만.

'당근이죠. 그냥 가시기만 하면 됩니다. 아, 집이오? 거긴 찾기가 좀 어렵긴 하지만, 여기 약도를 그려드리죠…….'

그 박산지 뭔지도 치마 두른 여자라고 침을 튀어가며 온갖 수선을 떨어댔을 녀석의 모습이 안 봐도 눈에 선했다.

'씹어먹을 놈!'

일이 이렇게 된 이상 일단 내일은 그 박사란 여자를 만날 수밖에 없을 듯했다. 아예 집을 비워버릴 수도 있겠지만, 그 후에 욱이 녀석이 몰고 올 후환이 두려웠다. 차라리 그 박사에게 단도 직입적으로 자신은 실험의 대상 같은 것이 되고 싶지 않다고 얘기하고 이성적으로 설득해서 돌려보내는 것이 나을 것이다. 아무래도 말을 알아들을 가능성은 욱이 녀석보다는 그 박사란 여자 쪽이 높을 테니까.

문제는 이걸 욱이 녀석에게 어떻게 갚아주느냐 하는 것이었다. 이건 간단히 몇 대 쥐어박거나 술 한잔으로 용서해 줄 차원의 문제가 아니었다. 옻나무 즙으로 스킨 로션을 만들어줄지, 순간 접착제 바른 콘돔을 선물할지 고민하고 있는데 다시 전화가 울렸다.

"여보세요?"

"오빠, 나야."

원철은 반사적으로 전화를 끊으려다 말고 가까스로 답을 했다.

"응, 수정이니? 그래 웬일이야?"

"웬일은, 뭐 꼭 일이 있어야 거나?"

"그래? 별일이 아니면 다음에 얘기할까? 지금 좀 바빠서."

"어? 또 슬슬 도망가려고 한다! 그렇겐 안 되지."

"인마, 나 아직 코딩이 반도 안 끝났어."

"흥. 그 말을 누가 믿을 줄 알고? 지금쯤은 기본 코딩 다 끝내고 메시지 박스 색깔이나 고르고 있을 거란 거 다 알아."

'젠장, 정확히도 아는군.'

원철은 입맛을 다시고 말했다.

"그래, 무슨 일이야?"

"무슨 일이냐니! 전에 내가 한 말을 뭘로 들은 거야? 이번 주말에 시간 내기로 했잖아."

"아, 그거……."

"치이, '아, 그거'? 정말 이런 식으로 나오기야? 나 지금 오빠 집으로 쳐들어갈까?"

'젠장할, 오늘따라 집으로 오겠다는 사람이 왜 이리 많지!'

원철은 속으로 투덜거리며 말했다.

"수정아, 전에도 말했지만 난 우리가 그런 식으로 만나는 게 별로 좋지 않다고 생각해."

"흥, 또 그 소리다. 난 오빠의 그런 사고 방식, 정말 이해가 안돼. 그리고 저번에 데드라인 넘기며 사고 친 것도 암말 안 하고 넘어가 줬는데 나한테 그 정도 시간도 못 내줘?"

원철은 그건 별개의 문제라고 소리를 지르려다 가까스로 참았다. 물론 그랬을 리야 없지만 만에 하나 수정이 의도적으로 그렇게 말한 거라면 이건 분명한 직장 내 성희롱이었다.

원철은 목소리를 가라앉히고 단호하게 되물었다.

"너, 그거랑 연관지을 문제가 아닌 건 알지?"

그러자 수정은 조금 누그러들긴 했으나 조금도 물러서지 않았다.

"그런 건 아니지만……, 오빠도 너무해. 나 자존심 때문에라도 이번엔 그냥 넘어갈 수 없어."

'젠장, 제가 언제부터 자존심이 있었다고…….'

원철은 한숨을 쉬었다.

하지만 이 가시나가 이렇게까지 나오는데, 계속 거절하다간 분명히 끝이 곱진 않으리란 생각이 들었다. 그렇다고 덜렁 만나자니 더 큰 문제가 생길 것은 뻔하고…….

원철은 잠시 생각을 해보다 입을 열었다.

"수정아, 결론적으로 말야……."

'난 너랑 직장 동료 이상의 관계로 진행되는 건 절대로 원치 않아' 라고 뒷말을 붙이려는 순간, 원철의 머리에 기발한 생각이 떠올랐다.

"음……, 정 그렇다면, 너 '푸른 산장' 기억하니?"

442

원철이 묻자 수정은 이내 활기찬 목소리로 대답했다.

"알아. 저번 겨울에 엠티 갔던 그곳 말이지? 북한강 가에 있는."

"그래."

"그럼 거기서 보자. 이번 토요일 어……, 4시쯤 만나지, 뭐."

그러자 수정은 갑자기 목소리를 간드러지게 바꾸며 물었다.

"후후후, 오빠. 지금 제정신이야? 거긴……."

"물론 제정신이지."

"후후후, 웬일이야? 이제야 뭔가 깨달음이 생긴 모양이지?"

"그래그래. 하여간 지금은 일이 바쁘니까 긴 이야기는 그날 만나서 하자고. 혹시 길이 막히면 좀 늦을지 모르니 꼭 기다려라."

"알았어. 후훗, 하지만 거기라면 얘기할 시간이나 날까 모르겠네?"

수정의 야릇한 코멘트를 끝으로 전화를 끊은 원철은 바로 작업실로 돌아가 친구에게 편지를 썼다.

친애하는 욱에게

한마디 말도 없이 날 실험 대상으로 밀어넣은 네 후의에 뭐라고 감사를 해야 할지 모르겠다. 어쨌거나 그 박산지 뭔지 하는 사람과 조만간 만나기로 했으니, 그에 대한 소식은 나중에 전하기로 하마. 그런데 얼마 전 팔란티어 안에서 네가 관심을 가질 만한 중요한 것을 발견했다. 이메일로는 전할 수 없기에 직접 만나서 알려주마. 이번 토요일 오후 4시 반 정각에 아래 장소로 오너라. 시간은 반드시 지켜야 한다.

원철은 이어서 푸른 산장의 자세한 약도와 교통편을 덧붙였다.

경쾌한 손놀림으로 자판을 두드리며 원철은 회심의 미소를 지었다. 아무리 생각해도 이건 기막힌 아이디어였다. 푸른 산장은 엠티라는 명목 하에 지난 겨울 블레이드 러너 팀이 놀러갔던 북한 강 가의 유원지로, 다른 유원지들에 비해 조금 독특한 지형 조건을 가지고 있어 기억에 남아 있던 곳이었다.

아무리 욱과 수정이 발버둥을 치더라도 거기라면 일이 빗나갈 리가 없었다. 일단 그곳에 발만 들여놓으면, 자신이 손가락 하나 까딱하지 않더라도 그 지겨운 두 인간은 자연스레 맺어질 것이다. 그런 생각을 해낸 자신이 스스로도 대견하여 원철은 슬그머니 미소를 지었다.

한 가지 아쉬운 것은 이것이 욱이 녀석에게 대한 복수로는 너무 관대한 처사라는 점이었는데, 원수를 은혜로 갚으란 성현의 옛말을 되새기며 이번만은 그냥 넘어가기로 했다. 어쨌건 조만간 자신을 괴롭히는 골칫덩이 두 개가 사라지리라는 것은 자명한 일이었으므로, 프로그래머는 만족한 미소를 지으며 파일 올림 버튼을 눌렀다.

"이이제이(以夷制夷)라……."

원철은 큰 문제를 해결했다는 안도감에 머리나 식힐 겸 팔란티어 갈무리를 열었다.

앞뒤로 파일을 돌려보던 그는 몇 가지 중요한 사항을 마음속에 메모해 두었다. 첫째는 그 문제의 갑옷에 대한 것이었다. 객관적으로 생각해 봐도 실바누스가 한 말은 틀린 것이 없었다.

갑옷의 진짜 힘이 발동되면 그림자 마법이 펼쳐진다.

지금까지의 일을 돌아볼 때, 이론상으론 아무런 무리가 없는 추론이었다. 그리고 이번에 기트얀키들과의 접전에서 살아남을 수 있었던 것 역시 그 힘 덕분이란 짐작도 어렵지 않게 할 수 있었다. 하지만 아무리 강력한 마법이라고 해도 그것을 발동시키는 방법을 모른다면 소용이 없는 것이다. 여태껏 그림자 동굴, 에스트발데, 그리고 스톤헨지 세 곳에서 그 힘을 경험했지만, 보로미어가 아닌 원철의 머리로서도 그 세 가지 경우의 공통점을 찾을 수 없었다. 그림자 동굴에서는 죽기 일보 직전에 그랬고, 에스트발데에서는 영계로 트랜스하는 도중에 그랬다. 그런데 이번엔 기트얀키 정찰 대장의 마법에 걸린 상태에서 다시 그 힘이 터져나왔으니 도무지 종잡을 수가 없었다.

두 번째 사항은 프로그래머로서의 직업상 흥미를 자극하는 부분이었는데, 고대어 주문이 바로 그것이었다. 어떤 게임이든 게임의 모든 요소에는 게이머의 행동에 어떻게 반응할 것인지가 미리 프로그램되어 있다. 다시 말해서 철문에는 '게이머가 밀면 열려라' 하는 지시가 프로그램되어 있고, 괴물에는 '어느 정도 이상의 공격을 받으면 죽어라' 하는 따위의 지시들이 미리 들어 있는 것이다. 하지만 일부 요소들에는 아무런 지시도 들어 있지 않고, 따라서 이들은 게이머가 어떤 행동을 하더라도 꿈쩍을 하지 않는다. 이런 요소들은 고정 요소[fixed component]라고도 불리며 프로그램을 수정하지 않는 한 게임 안에서 게이머의 힘만으론 절대 움직이거나 바꿀 수 없는 것들을 말한다. 그런데 바로 이 고대어 주문이란 것은 그런 고정 요소를 변형시킬 수 있는 힘을 게이머에게 부여한 게 아닌가 생각되었다.

게이머에게 고정 요소를 조작할 수 있게 한다는 것. 그것은 가능만 하다면 게임의 자유도를 무한하게 확장시킬 수 있는 꿈의 기술이지만, 현재의 프로그래밍 수준으론 그저 희망 사항으로만 알려져 온 일이었다. 혹시 절벽의 그 부분에 동굴이 생기도록 미리 프로그램이 되어 있던 것은 아닐까? 그게 아니라 이 고대어 주문이라는 것이 정말로 게이머에게 고정 요소의 조작을 가능케 한 것이라면, 도대체 어떤 기술로?

새삼 이 팔란티어를 만든 사람에 대한 호기심이 솟아올랐다. 원철은 나중에 그 부분에 대해 호철이 형한테 꼭 한번 물어봐야겠다고 기억을 다지면서 브라우저를 다시 돌리다가, 보로미어와 바이란트 패가 서로 무기를 겨누는 장면에서 멈춰 섰다.

정말 어처구니없는 패거리들이었다. 물론 동네 왈패 격인 보로미어도 잘한 것은 없었지만 그렇다고 넷이서 작당을 해서 같은 캐러밴 대원을 죽이려 하다니! 물론 팔란티어 안에서 다른 게이머를 공격하는 것은 가능하다. 하지만 그 결과가 너무 엄청나기 때문에 웬만해서는 일어나지 않는 일이었다. 물론 보로미어야 심심찮게 주위 사람들에게 폭력을 행사하지만 그것은 멱살을 잡거나 집어던지는 정도로, 실제적으로 건강치에 큰 피해를 입히는 행동은 아니다.

그러나 무기나 주문으로 공격을 하는 것은 얘기가 달랐다. 심한 경우는 '신들의 저주'라고 해서 운영자 차원에서 제제가 들어온다. 예를 들어 다른 캐릭터를 죽인 캐릭터는 이내 상대방 수호신의 '저주'를 받아 목숨을 잃게 된다. 이런 강력한 조치로 게이머들 상호간의 폭력을 막아주지 않는다면 게임은 복수가 복수를 부르는 난장판이 될 것이고 종국엔 고급 게임을 즐기려는 하이엔드 유저들을 모두 놓치고 말 것이기 때문이다.

따라서 제이슨처럼 팔란티어 안에서 다른 게이머에게 화살을 쏜다는 것은 원철로선 도무지 이해할 수가 없었다. 아무리 생사고락을 같이해 온 동료라지만, 바이란트를 위해 '저주'를 감수하며 무기를 쓸 수 있을까? 물론 원철이 보로미어를 완전히 이해하지 못하듯이 제이슨의 게이머도 자신의 캐릭터를 속속들이 알지는 못하겠지만…….

원철은 고개를 저으며 다시 파일을 뒤로 돌렸다. 그러자 보로미어가 기트얀키 블레이드의 힘에 사로잡힌 순간부터는 한동안 검은 공백이 화면을 메웠다. 이어서 실바누스에게 걷어차이던 장면이 나오자 그는 이내 이마를 찌푸렸다. 보로미어가 기트얀키의 미스릴 블레이드에 손을 댐으로써 또다시 뭔가 대형 사고를 쳤다는 것은 충분히 짐작할 수 있었고, 따라서 그 이후 실바누스의 태도는 조금 심하긴 해도 이해가 갔다. 그러나 가만히 돌이켜보면 드루이드의 태도는 보로미어가 미스릴 블레이드에 손을 대기 전부터도 좀 이상했다. 멀쩡하던 녀석이 아침에 스톤헨지로 향한 다음부터 왠지 적대적으로 변했던 것이다. 분명 보로미어가 뭔가를 또 잘못했기 때문에 그랬던 것일 터인데, 아무리 찬찬히 짚어보아도 그럴 만한 사건은 없었다.

실바누스의 태도보다 더 큰 문제는 보로미어였다. 그 동안 실바누스를 애먹인 녀석의 태도가 응석이었다면 지금의 감정은 진짜 분노였다. 녀석은 자신의 감정을 속이지 않고 행동하는 놈이고, 따라서 앞으로 실바누스와의 관계가 평탄치 않으리란 것 정도는 쉽게 예상할 수 있었다.

그건 매우매우 좋지 않은 일이었다.

원철은 흔들의자 깊숙이 몸을 기대며 담배를 꺼내 물었다. 현실의 자신과 비교해 볼 때 아무래도 놈은 너무 동떨어져 있었다. 비이성적이고 충동적이며 게다가 폭력적이기까지…….

그런 모든 행동들이 자신의 뇌에서 나오는 신호에 의해 이루어지고 있다는 것은 아무래도 납득하기 힘들었다. 어쩌면 팔란티어의 조종 메커니즘에는 충동 전위 신호 이외의 것이 관여하는지도 모를 일이었다.

실바누스가 갑옷의 비밀에 대해 이야기하는 부분을 다시 보기 위해 파일을 되돌리던 프로그래머는 갑자기 한 부분에서 정지 버튼을 눌렀다. 천천히 재생 버튼을 누르자 마테우스가 미소를 지으며 말했다.

'하지만 상급 서열이라도 혼인을 하지 않으면 '밤을 즐길' 순 없으니까.'

원철은 무엇에 홀린 것처럼 그 부분을 몇 번이나 반복하여 재생해 보았다.

'하지만 상급 서열이라도 혼인을 하지 않으면 '밤을 즐길' 순 없으니까.'

'하지만 상급 서열이라도 혼인을 하지 않으면 '밤을 즐길' 순 없으니까.'

아마 예상했던 형태는 아닐지도 모른다. 하지만 팔란티어 안에서 다른 캐릭터와 성관계가 가능하다는 것은 마테우스의 말로 미루어 보아 거의 확실했다.

448

원철은 아직 불을 붙이지 않은 담배를 입술 사이에서 굴리기 시작했다.

일단 그 가능성이 확인된 이상, 그 자세한 내용을 당장 알아야 할 필요는 없었다. 어차피 결혼이란 것은 상급 서열이 되어야 가능한 것이라 하니 보로미어가 나이트가 되기 전에는 밤을 즐긴다는 것의 의미를 알아도 소용이 없는 것이기 때문이다. 그리고 아마도 나이트가 될 때쯤이면 그 내용은 자연히 알게 될 것이라는 게 원철의 짐작이었다.

지금 궁금한 것은 어째서 처음 갈무리를 돌릴 때 이 부분을 그냥 지나쳤을까 하는 의문이었다. 보로미어도, 그리고 원철 자신도 마테우스가 저 말을 한 것을 분명히 기억하고 있었다. 그런데 왜 아까는 저 부분을 자세히 보지 않았던 것일까?

이젠 섹스에 대한 관심이 아주 사라졌기 때문인지도 모른다.

아니면 나이 탓일지도 몰랐다.

'아니면……, 아니면 그 문제에 대한 보로미어의 무관심이 전염된 것일지도…….'

원철은 이유 없이 갑작스런 한기를 느끼며 창 밖을 내다보았다.

그러나 거기엔 초여름의 따가운 햇살이 녹음을 달구고 있을 뿐이었다.

제24장
반지의 음모

6월 6일 금요일 밤 11시 2분

시계는 밤 11시 2분을 가리키고 있었다. 그러나 원철은 말없이 무릎 위의 멀티 세트를 바라보기만 했다. 왠지 접속하기가 망설여졌기 때문이다. 마지막 스톤헨지 퀘스트를 마치고 돌아올 때의 보로미어의 상태는 위험스럽다고까지 할 수 있을 정도였다.

아모네 이실렌 원정 이후, 녀석은 실바누스에게만큼은 어느 정도 고분고분해지는 듯했다. 그러나 지금 실바누스의 태도는 그때와 매우 달랐다. 최소한 보로미어의 관점에서 볼 때는 그랬다. 갑자기 변한 실바누스에게 이 무식한 녀석이 어떻게 나갈 것인지 원철은 자신이 없었다.

실바누스도 지적했지만, 이 보로미어란 놈은 도무지 외교적 고려라는 것을 할 줄 모르는 인물이다. 자신에게 이익이 되는 관계

450

인가 아닌가를 따지기보다는 순간의 감정을 앞세우는 성격인 것이다. 물론 원철 자신도 실바누스의 태도 변화를 의아해하고는 있었지만, 그렇다고 그와의 관계를 끊겠다는 생각은 추호도 없었다. 물론 끊고 싶다고 끊을 수 있는 관계도 아니었지만.

그러나 관계를 끊기까지는 하지 않더라도, 없느니만 못한 관계로 만드는 것은 쉬운 일이다. 그리고 이 불안스런 카자드 전사는 능히 그러고도 남을 재능의 소유자였다.

망설이던 원철은 스스로에게 차분해지자고 거듭 다짐을 하며 멀티 세트를 착용했다. 자신의 감정을 최대한 억제한다면 보로미어의 충동적인 행동도 줄일 수 있을 것이란 생각에서였다.

계단을 내려가다 여관 1층에 앉아 있는 실바누스의 모습을 보는 순간, 보로미어는 또다시 화가 치밀어오르는 것을 느꼈다.

더욱 그의 화를 부추긴 것은 드루이드가 계단을 내려오는 자신을 빤히 보면서도 아무런 말을 하지 않은 것이었다. 먼저 말을 걸어와 어제 일에 대해 사과를 해도 용서를 해줄까 말까하는 터에, 녀석은 물끄러미 바라만 보는 품이 마치 모르는 사람을 대하는 듯했다.

보로미어가 뚱한 표정으로 실바누스의 앞을 지나쳐 여관 문을 나서자 닉스가 그를 불러세우며 따라붙었다.

"보로미어, 나 좀 봐."

"왜?"

닉스는 전사의 퉁명스런 대답에도 아랑곳하지 않고 재잘거렸다.

"실은 어제부터 생각을 좀 해봤는데, 실바누스에 대해서 물어볼 것이 좀 있어."

"뭐?"

"저기……, 저 친구 서열이 4급 렉터라는 거 맞아?"

"왜?"

"말하는 거나 주문 쓰는 거나, 아무리 봐도 렉터 급이 아니야. 어제 고대어 주문 봤지? 그리고 바이란트의 태도가 갑자기 변한 것도 이상하고. 안 그래?"

"아니. 안 이상해. 그리고 난 그런 거 상관 안해."

전사가 툴툴대듯 말하자 닉스는 전사의 옆구리를 팔꿈치로 쿡쿡 찌르며 씨익 웃음을 지었다.

"야, 우리 사이에 뭘 감추냐? 너 실바누스에 대해 내게 숨기는 거 있지? 그리고 어제 그 눈부신 빛도 그렇고? 인마, 그러지 말고 아는 대로 말해 봐."

기분도 안 좋은 데다 닉스가 자꾸 답하기 곤란한 문제를 잡고 늘어지자 보로미어는 버럭 소리를 질렀다.

"내가 알 게 뭐야! 그렇게 궁금하면 가서 그 포댓자루 녀석에게 직접 물어봐!"

놀라움에 눈을 동그랗게 뜬 위저드를 뒤로 하고 보로미어는 아직 익숙지 않은 제라드 쿰의 거리로 걸음을 옮겼다.

잠시 후, 커다란 광장에 다다른 전사는 카자드 쿰과 사뭇 다른 거리 풍경에 먼저 눈이 갔다. 이틀 전에는 저녁에 간신히 도착했다가 다음날 바로 스톤헨지로 출발했기 때문에 제대로 보지 못했던 것인데, 이제 보니 낮은 건물과 좁은 도로로 이어진 거리들은 비트라 쿰보다도 더 낙후되어 보였다. 그러나 그 거리를 메우고 있는 사람들의 활기만큼은 카자드 쿰을 훨씬 능가했다. 거리에 선 채로 격론을 벌이고 있는 위저드와 레인저, 서너 명의 부하를 끌고 어디론가 급히 달려가는 나이트, 상점에서 제구 용품을 놓고 흥정을 하고 있는 하급 사제…….

카자드 쿰이나 비트라 쿰에선 느낄 수 없었던 묘한 활기에 젖어 사방을 둘러보던 보로미어에게 낯선 위저드가 말을 걸어왔다.

"이봐, 캐러밴을 찾고 있나? 구스톤 망루 근처에 새로 발견된 지하 묘지가 있다는데, 생각 없어?"

지하 묘지 따위를 찾아다니고 있는 것으로 보아 그다지 서열이 높은 축은 아닌 듯했다. 그리고 지금 당장은 퀘스트에 끼어들 처지도 아니었으므로 보로미어는 고개를 저었다.

어깨를 으쓱하며 돌아서려는 위저드를 전사는 다시 불러세워 물었다.

"잠깐만. 혹시 여기 전사의 집이 어딘지 알아?"

"저쪽 골목을 계속 따라가면 돼."

위저드가 가르쳐준 길을 따라 한참을 가자 카자드 쿰의 발할라보다는 작지만 다른 건물들에 비해선 말끔하게 단장된 석조 건물이 모습을 드러냈다. '곤돌란, 전사의 집'이라고 적힌 푯말을 지나 안으로 들어가자 발할라와 크게 다르지 않은 술집들과 안쪽으로 이어지는 긴 회랑이 보였다. 물론 입구 주위 술집에 앉아 있던 열댓 명의 전사들 중 아는 얼굴은 없었다.

안쪽 회랑을 따라 들어간 보로미어는 로키 신의 석상을 발견하고 그 앞에 무릎을 꿇었다. 원래는 퀘스트나 원정이 끝날 때마다 감사의 의식을 치르는 것이 상례였지만, 최근 그럴 만한 여유가 없었던 그는 평소보다 많은 양인 100두카트의 금을 석상 앞에 올려놓았다. 이내 귀에 익은 로키의 목소리가 울려퍼졌다.

"오, 나의 아들 보로미어.

죽음의 계곡을 건너 너를 다시 볼 수 있으니 정말 기쁘도다.

너의 경험은 이제 너를 '용사'라 부르기에 적당치 않구나.

오늘부터 로키의 이름으로 너에게 '투사'의 지위를 부여하노니, 그 이름에 어울리는 전사가 되기 바란다."

보로미어는 감았던 눈을 번쩍 떴다.

2급 서열인 '전사'에서 3급 서열인 '용사'가 된 지 채 반 달도 되지 않았다. 그런데 벌써 4급인 '투사'라니……. 용사에서 투사로 오르려면 최소한 한 달 반에서 두 달 이상의 노력이 필요하다는 것은 상식이었다. 아무리 에스트발데와 아모네 이실렌, 그리고 스톤헨지 등의 굵직굵직한 원정에 참가했다고는 하지만 이렇게 빠른 승급은 도무지 이해할 수가 없었다.

어찌 된 일인가 의아해하는 동안에도 로키의 목소리는 계속 울려퍼졌다.

"지금 너는 체력 13, 지능 4, 지혜 4, 민첩성 6, 카리스마 4, 내구력 6의 능력을 지니고 있다. 너의 수호신 로키의 이름으로 투사의 지위에 걸맞도록 네 가지 능력을 올려주도록 하마. 어떤 능력을 올리길 희망하는가?"

보로미어는 주저하지 않고 대답했다.

"체력입니다."

로키가 말했다.

"나의 아들 보로미어여, 너의 수호신으로서 지금 너에게는 지능이나 지혜의 발전이 더 필요하다는 걸 경고하는 바이다. 이런 비정상적인 능력은 너에게 도움이 되지 않는다. 선택에 변함이 없는가?"

"없습니다."

"두 번째로 어떤 능력을 올리길 희망하는가?"

"체력입니다."

잠시의 침묵이 흐른 후 다시 로키의 음성이 들려왔다.

"나의 아들 보로미어여, 너의 수호신으로서 지금 너에게는 지능이나 지혜의 발전이 더 필요하다는 걸 경고하는 바이다. 두 번째 선택에 변함이 없는가?"

"없습니다."

"세 번째로는 어떤 능력을 올리길 희망하는가?"

여전히 '체력'이라고 말하려던 보로미어는 갑자기 떠오른 생각에 어물거렸다. 실바누스 녀석이 계속 자신을 무시하는 이유는 체력이 부족해서가 아니다. 지능을 조금만 높이면 그런 꼴을 당하지 않아도 된다.

'하지만 전사로서는 체력 이상 중요한 것이 없는데…….'

두 가지 생각 사이에서 고민하는 보로미어에게 로키가 다시 물어왔다.

"세 번째로는 어떤 능력을 올리길 희망하는가?"

"어……, 그게……, 음……. 체력입니다."

"나의 아들 보로미어여. 너의 수호신으로서 지금 너에게는 지능이나 지혜의 발전이 더 필요하다는 걸 경고하는 바이다. 이런 능력은 너를 곤경에 빠뜨리고 말 것이다. 세 번째 선택에 변함이 없는가?"

"······없습니다."

고민 끝에 보로미어가 확답을 하자 로키가 다시 물었다.

"네 번째로는 어떤 능력을 올리길 희망하는가?"

"우우욱······."

갑작스럽게 닥쳐온 두통에 전사는 답을 하지 못했다. 그의 두 귀 사이에서는 체력을 올리고픈 욕구와 지능을 올려야 한다는 이성이 한치의 양보도 없이 부딪치고 있었다.

"으으······, 지, 지능······."

자기도 모르게 답을 하고 나자 두통은 씻은 듯이 사라졌다. 이어서 로키의 음성이 들려왔다.

"좋다. 이제 너는 체력 16, 지능 5, 지혜 4, 민첩성 6, 카리스마 4, 내구력 6의 능력을 지닌 4급 전사인 '투사'이다. 부디 그 이름이 부끄럽지 않도록 하라. 나의 가호가 너와 함께하리라."

몸을 추스른 보로미어는 일어나다 말고 무릎을 쳤다.

"맞다, 기트얀키들."

아마도 어제 그 녀석들을 해치운 것이 오늘 서열이 오른 가장 큰 이유일 듯했다. 실바누스가 하던 말이 또렷이 기억이 났다. 살육의 신 구르스의 친위병들. 챔피언 급 대장에 나이트 급 전사가 넷. 어제는 그냥 흘려들었던 말들이었지만, 지금은 그 의미가 피부에 와닿았다. 상급 서열이 둘 이상 포함된 고급 원정대나 간신히 상대할 수 있는 놈들을 자기 혼자서 전멸시켰던 것이다.

"젠장. 정말 살아 있는 게 신기하군."

혼자말을 하던 전사는 갑자기 어떤 생각이 머리를 스치자 차고 있던 미스릴 블레이드를 뽑아들었다. 어제 실바누스는 기트얀키들에 대한 이야기를 하면서 이 칼이 전사를 끌어들이는 힘이 있다고 했다. 그리고 마스터링중 문제가 생겼던 것으로 보아 분명 지능형 무기임에는 틀림이 없었다. 그렇다면 다른 저주 같은 것이 깃들인 물건인지도 모르는 일이다. 혹시 어제 실바누스가 화를 냈던 이유도 그런 것 때문이 아닐까 하는 생각을 하면서 전사는 황급히 몸을 돌렸다. 어쨌든 일단 현자의 집을 찾아가 그 내용을 확인하는 것이 급선무였다.

물론 이렇게 할 일이 착착 떠오르는 것이 지능을 올린 덕이라는 생각에 전사는 기분이 좋았다.

제라드 쿰의 현자의 집도 카자드 쿰과 마찬가지로 도서관 옆에 붙어 있었다. 주머니 사정은 언제나 그렇듯이 여유롭지 않았다. 어젯저녁 스톤헨지 퀘스트의 수익 중 자기 몫을 나눠받기는 했지만 큰돈은 아니었다. 하긴 대부분의 시간을 서로 쌈박질하며 보낸데다가 실바누스가 홧김에 서둘러 동굴을 닫아버리는 바람에 기트얀키 갑옷의 보석 장식들을 챙기지 못했으니 당연한 일이었다. 그래도 얼추 천 두카트 가량은 쥐고 있었지만, 거기서 여관비 등의 경비와 투구, 방패 등을 다시 마련할 돈을 제하고 나면 실제로 쓸 수 있는 돈은 거의 없었다.

그러나 입맛을 다시던 전사는 주머니 한구석에서 고르곤의 눈이었던 루비를 발견하고는 회심의 미소를 지었다. 아직 돈으로 바꿀 틈이 없어 들고 다니던 것을 까맣게 잊고 있었던 것이다.

위저드들의 문패를 훑어보던 보로미어는 600두카트라는 가격을 붙여놓은 문을 두드렸다.

문을 열자, 우아한 보랏빛 위저드 복을 입은 인간 여인이 자리에서 일어나며 손짓을 했다.

"어서 들어와요."

"난 전사인 보로미어라고 합니다."

한쪽에 놓인 의자에 앉으며 보로미어가 말하자 위저드는 미소를 지으며 말했다.

"난 라키시스라고 해요. 어쩐 일로 왔나요?"

전사는 먼저 루비 한 알을 꺼내어 내밀었다.

"돈 대신 이것도 괜찮을지……."

라키시스는 보석을 받아들고 찬찬히 살펴보더니 품에 넣으며 고개를 끄덕였다.

"좋은 루비군요. 그런데 용건은?"

보로미어는 허리에서 미스릴 블레이드를 풀어 자신과 위저드 사이의 테이블에 놓으며 말했다.

"먼저 이 칼에 대해 좀 알고 싶고, 또 몇 가지 자잘한 의문도 있고……."

보로미어는 위저드가 그것을 살펴보는 동안 칼자루를 잡은 채 그녀를 자세히 뜯어보았다. 나이는 30대 초반 정도로, 아그네스처럼 빼어난 미모는 아니지만 기품과 위엄이 서린 얼굴을 하고 있었다. 방 앞의 명패에는 4급인 메이지라고 씌어 있었으니 아마도 이번 봉사 기간이 지나면 상급 서열로 올라갈 예정일 것이다.

한동안 칼을 들여다보던 라키시스가 놀란 얼굴을 하며 물었다.

"이, 이걸 어디서 얻었나요?"

"여기서 멀지 않은 곳에서요. 스톤헨지라고."

그러자 위저드는 '그러면 그렇지' 하는 표정을 지으며 말했다.

"글쎄요. 이거 축하를 드려야 할지 위로를 드려야 할지 모르겠네요."

"에? 그게 무슨 말이죠?"

보로미어가 검을 다시 허리에 차며 묻자 라키시스가 대답했다.

"그건 아주 재미있는 물건이에요. 회귀하기도 하고. 다메시아에 하나가 있다는 소문을 들었는데, 카자드에서는 아마도 이것이 처음일 거예요. 검의 주인은 기트얀키들이죠. 그들은……, 아, 이미 만나보셨겠죠?"

기트얀키에 대해 장황한 설명을 늘어놓으려던 위저드는 그것이 쓸데없는 사설임을 깨닫고 빙긋 미소를 짓더니 계속했다.

"재질은 미스릴, 금 이상의 값어치를 가진 금속이죠. 그리고 칼 자체가 3이란 지능치를 가지고 있어요. 그건 물론 댁의 지능치에 더해지죠. 무기로는 +2 롱 소드니까, 공격 성공률과 파괴력이 보통 롱 소드의 세 배 정도는 되고요."

"그런데 뭐가 위로를 받을 일이란 거죠?"

어리둥절해진 보로미어가 묻자, 라키시스가 안됐다는 표정을 지으며 말했다.

"먼저 칼의 지능이 문제가 돼요. 평소에는 도움을 줄 수도 있지만, 칼을 쓰는 사람의 지능이 모자랄 경우 완전한 마스터링을 할 수 없어요. 아마도 수시로 반항을 하겠죠."

"반항이오?"

"가끔씩 마음먹은 대로 움직여주지 않을 거란 뜻이에요. 겨누었던 목표에서 빗나가거나 엉뚱한 상대를 공격하거나, 뭐 그런 거죠. 게다가 일단 통제를 벗어나면 주인에게 더해졌던 3의 지능치가 사라지는 것은 물론, 오히려 주인의 원래 지능을 3점 낮춰버려요."

뜨끔한 보로미어가 말이 없자 위저드가 물었다.

"그런데 서열이?"

"용사, 아니 투, 투사요."

그러자 라키시스는 안심한 듯 미소를 지으며 말했다.

"아, 그럼 그 문제는 걱정하시지 않아도 되겠군요. 지능형 무기를 다루기 위한 지능치는 그 두 배면 되니까, 그 미스릴 블레이드의 경우 6이면 충분해요. 투사 서열이면 당연히 그 이상일 테니 마스터링해서 사용하는 데는 아무런 지장을 받지 않을 거예요."

보로미어는 차마 자신의 지능치가 모자란다는 말은 하지 못하고 애꿎은 아랫입술만 깨물었다. 그런 전사의 심정을 아는지 모르는지 위저드는 설명을 계속했다.

"그럼 한 가지 문제만 남는군요. 기트얀키들에게 그 칼은 일종의 성물(聖物)이에요. 사제로 치면 자신의 신척과도 같은 물건인 셈이죠. 따라서 그걸 빼앗긴 경우에는 되찾기 위한 추적대가 구성돼요."

"추적대?"

보로미어는 자기도 모르게 소리를 질렀다. 라키시스는 무겁게 고개를 끄덕인 다음 말했다.

"네. 그 검을 회수하는 것이 유일한 목적인 추적대예요. 일반적인 기트얀키 정찰대의 두 배 규모로, 그들은 블레이드를 찾거나 모두 죽기 전에는 멈추지 않아요. 책에는 검을 빼앗긴 지 한 달 안에 검을 소지한 사람을 따라잡는다고 나와 있는데, 물론 확인된 바는 아니에요.”

'어제의 그 녀석들의 두 배 규모라고? 그것도 한 달 안에?'

보로미어의 질린 표정을 보면서 라키시스가 말했다.

“물론 그 추적대까지 이긴다면 칼을 완전히 소유하게는 되지만, 글쎄요……, 아시겠지만 그게 쉬운 일은 아닐 거예요.”

보로미어는 한동안 갈등하다가 한숨을 내쉬며 말했다.

“그럼 결국 이 칼을 버려야겠군요. 탐이 나긴 하지만, 그 정도 위험을 감수할 생각은 없으니까요.”

그러자 라키시스가 정말로 가엾다는 표정을 지으며 말했다.

“바로 그게 문제에요. 아까 위로를 드려야겠다는 말을 한 이유는 그게 불가능하기 때문이라고요.”

“에? 왜죠?”

당황한 나머지 보로미어의 목소리가 한 옥타브 정도 올라갔다.

라키시스가 말했다.

“전사라면 일단 그 칼을 잡은 다음엔 버릴 수가 없어요. 그 칼은 아주 강력한 힘으로 주인을 끌어당기거든요. 아무리 그걸 버리려고 해도, 댁은 실제로 그걸 행동으로 옮기지 못할걸요? 방금 전 나한테 보여줄 때도 그 칼을 손에서 놓지 못했잖아요.”

“……”

“의심이 나면 지금 시험해 보세요. 그 칼을 나한테 넘겨줘 봐요.”

라키시스의 말에 보로미어는,

"그거야 간단하죠."라고 말하며 검을 내밀었으나 도저히 그걸 잡은 손을 놓을 수가 없었다. 아니, 놓고 싶지 않은 마음을 이길 수 없었다는 표현이 더 정확했다.

한참을 끙끙거리고 난 전사는 위저드의 말이 맞다는 것을 수긍할 수밖에 없었다.

"젠장할, 이거 정말 골치 아프군."

한숨을 내쉬며 고개를 숙였던 보로미어는 그제서야 실바누스의 분노를 이해했다. 역시 이 칼이 문제였던 것이다. 안 그래도 천방지축인 자신 때문에 애를 먹고 있는데 거기에 기트얀키 추적대까지 따라붙는다면, 자신을 보호할 책임을 지고 있는 그로선 울화통이 터져도 골백번은 터지고 남을 일일 것이다.

"또 뭐가 알고 싶으시죠?"

"네?"

생각에 잠겨 있던 보로미어는 라키시스가 묻는 바람에 고개를 들었다.

"아까 '자잘한' 의문이 몇 가지 있다고 그랬잖아요."

"아……."

물론 아까까지만 해도 '고대어 주문'이라는 것과 '밤을 즐긴다'는 말의 뜻에 대해서도 물어봐야겠다고 생각을 하고 있었으나, 지금 미스릴 블레이드에 대한 이야길 듣고 나니 그런 건 조금도 중요하다는 생각이 들지 않았다.

"아니, 됐어요. 고맙소."

서둘러 방을 나서는 보로미어의 귀에 라키시스의 동정 어린 목소리가 들려왔다.

"지금부터 힘센 동료들을 많이 모으시라고 조언을 하고 싶군요. 사정을 이야기하고 상급 서열이 서넛 정도 있는 고급 원정대에 보호를 요청하든가요. 물론 댁을 보호하겠다고 나설 원정대가 있을 까는 별개 문제지만요."

현자의 집 앞에 선 보로미어는 잠시 갈등할 수밖에 없었다. 기트얀키 추적대에게 쫓기는 상황에서 자신이 취할 수 있는 선택이란 별로 없었다. 어제는 다행히 갑옷의 힘이 발동하는 바람에 가까스로 목숨을 건지긴 했지만, 그건 정말로 요행에 가까운 일이었다. 갑옷의 힘을 발동시키는 방법을 모르는 이상 그것에 의존하는 것은 자살 행위였다. 결국 지금 자신이 기댈 수 있은 곳은 보호자인 실바누스뿐이었는데, 이 상황에서 먼저 고개를 숙이고 들어가자니 그것도 영 내키지 않는 일이었다. 아무리 화를 낼 만한 이유가 있었다고는 하지만 사람을 무시하는 녀석의 태도만은 참을 수 없었기 때문이다.

'돌대가리라니!'

그리고 애초에 보로미어 자신이 필요해서 요청한 보호도 아니었지 않은가. 그러니 아무리 녀석의 보호를 받고 있다고는 해도 자신과 실바누스는 분명히 대등한 관계였다. 돌대가리라 불리고도 조용히 입다물고 있어야 하는 처지는 아닌 것이다.

'하지만 지금 상황은……'

"야, 이게 누구야. 보로미어 아닌가? 이런 데서 만나다니, 정말!"

얼굴을 찌푸린 채 서 있던 전사는 옆에서 반가움 가득한 목소리가 들려오자 고개를 돌렸다.

그곳에는 열 명 가량의 부하들에게 둘러싸인 채, 태양처럼 번쩍이는 은색 갑판 갑옷을 입은 남자가 말을 타고 있었다. 투구의 덮개를 내려쓴 탓에 얼굴은 보이지 않았지만, 남자는 가벼운 동작으로 말에서 뛰어내리더니 위풍 당당한 걸음으로 다가왔다.

"정말 반갑군. 그간 어떻게 지냈어?"

어리둥절해 있는 보로미어 앞에 멈춰 선 남자는 매끄러운 동작으로 투구를 벗으며 함박웃음을 지었다. 순간 보로미어의 시선은 갑자기 드러난 눈부신 은발을 거쳐 남자의 얼굴에서 얼어붙었다.

믿을 수 없다는 표정을 지으며 뒷걸음질을 치는 전사의 입에서 혼자말인지 신음인지 모를 소리가 흘러나왔다.

"가, 가이우스……."

"아, 날 잊지 않아주었군."

카자드의 보안관은 진심으로 즐거운 듯 웃음을 터뜨리며 두 손을 내밀었다. 너무도 당황한 나머지 멍하니 서 있던 보로미어는 이내 정신을 차리며 벼락같이 소리를 질렀다.

"죽여버리겠다, 이 더러운 자식!"

그러나 막무가내로 달려들던 보로미어는 미처 가이우스의 목덜미를 거머쥐기도 전에 그의 부하들에게 사지를 잡힌 채 바닥에 쳐박혔다. 천하의 보로미어라고 해도 열이 넘는 레인저들이 팔다리를 잡아 누르는 데는 도저히 당해 낼 수가 없었다.

"갑자기 왜 이러나, 이 친구야."

가이우스가 깜짝 놀란 표정을 지으며 다가오자 보로미어는 가까스로 고개를 돌려 무시무시한 눈으로 그를 노려보았다.

"개자식, 라미네즈가 다 털어놓았어."

그러자 가이우스는 혼란스런 표정을 하며 물었다.

"라미네즈? 도대체 그 드워프가 뭘 털어놓았다는 거지?"

"흥, 네가 더 잘 알면서 무슨 소리야? 네가 라미네즈에게 날 감시하라고 시켰잖아!"

"감시? 도대체 누가 그런 소릴……, 아니, 내가 왜 자넬 감시하나?"

가이우스는 완전히 얼이 빠진 표정이었다.

"고르곤을 죽인 비밀을 알아내려고지, 왜는 왜야!"

전사의 대답에, 가이우스는 여전히 땅바닥에 박혀 있는 그의 얼굴 앞에 쭈그려 앉으며 머리를 긁었다.

"그러니까 내가 그 비밀인가 뭔가를 알아내려고 자네를 감시하라고 했다……, 그 드워프가 그렇게 말하던가?"

"그래, 이 자식아!"

보로미어가 목소리만은 우렁차게 소리지르자 가이우스는 짧게 너털웃음을 터뜨리더니 말했다.

"그래, 내가 라미네즈에게 자네에 대한 부탁을 한 건 맞아. 혹시 고르곤을 잡은 비밀을 알게 될지도 모르니 잘 지켜보라고 했네."

"거봐, 넌 어떻게 해서든 그 비밀을 내게서 빼앗으려 했던 거야. 더러운 도둑 새끼."

그러나 가이우스는 보로미어의 욕설에도 화를 내지 않고 계속 웃음을 머금은 얼굴로 되물었다.

"그래? 내가 그걸 빼앗아서 뭣에 쓴다던가? 카자드 전체를 책임지는 보안관을 맡았고 서열도 7급 레인저 나이트인 내가, 겨우 고르곤 잡는 기술을 얻어서 뭣에 쓰려고 한다고 하더냐고."

사뭇 당당한 가이우스의 태도에 이번엔 보로미어가 조금씩 당황하기 시작했다.

"그, 그건……."

"그리고 내가 자네로부터 뭘 뺏으려 한다는 것도 라미네즈가 한 말인가? 아니면 혹시 그 옆에서 어떤 다른 사람이 덧붙인 이야기인가?"

"……."

보로미어는 이번에야말로 완전히 말문이 막히고 말았다. 분명 라미네즈는 가이우스로부터 자신의 비밀을 알아내라는 부탁을 받았다고 했다. 하지만 그것을 가이우스가 탐내고 있다고는 하지 않았다. 가이우스가 네 보물을 노리니 그 녀석으로부터 도망을 가야 한다며 자신의 손을 잡아끈 사람, 그것은 라미네즈가 아닌 실바누스였다.

가이우스가 안타깝다는 듯 계속했다.

"이 친구야. 게다가 자네랑 나랑 모르는 사이도 아닌데, 만약 정말로 그런 일이 있었다면 왜 나한테 와서 직접 따지지 않았나? 그렇게 흔적도 없이 사라져버리란 말도 라미네즈가 해준 충고던가?"

모두 그 당시에는 당연한 듯 보였던 결정들이었다. 그러나 지금 막상 가이우스와 이야기를 하면서 자세히 되짚어보자, 모든 것은 자신의 당황을 틈탄 실바누스의 독단일 뿐이었다.

'맞다. 왜 가이우스에게 직접 가서 따지지 못하고 쫓기듯 도망을 갔어야 했단 말인가?

보로미어의 표정을 지켜보던 가이우스는 부하들에게 손짓을
해 전사를 일으켜세우게 했다. 그러나 보로미어가 일어선 다음에
도 양팔을 잡은 손들만은 여전히 풀리지 않았다.

그런 그를 보면서 가이우스가 말했다.

"여기 카자드엔 3급 용사의 머리만으론 이해하기 힘든 일들이
많이 있네."

"이젠 4급인 투사요."

퉁명스러웠지만 이미 독기는 빠진 말투였다. 보로미어의 대꾸
에 가이우스는 약간 놀랍다는 기색을 내비치고는 하던 말을 계속
했다.

"용사든 투사든. 자네 혹시 상급 서열들 간의 파벌에 대해서 들
어봤나?"

"파벌이오?"

"지금 카자드는 영주인 로한이 다스리고 있지. 사이프러스, 살
라딘, 그리고 내가 그를 보좌하고 있는 입장이고. 하지만 상급 서
열들 가운데는 그런 체제를 원치 않는 사람들도 조금 있다네. 그
런 사람들은 특히 보안관 직책을 맡고 있는 나에 대해 나쁘게 이
야기하길 좋아하지. 물론 내가 맡은 보안관이란 일 자체가 욕을
먹을 수밖에 없는 성질의 것이긴 하지만, 어떤 녀석들은 아주 조
직적으로 나와 로한에 대한 유언비어를 퍼뜨리며 사람들을 불안
으로 몰아넣는단 말일세."

레인저의 갑작스런 설명에 전사는 얼떨떨한 표정이 되었다.

가이우스가 다시 물었다.

"자네 혹시 드루이드란 계급에 대해서 좀 아나?"

보로미어는 깜짝 놀라 레인저의 얼굴을 쳐다보았으나 가이우스는 전사의 대답을 기다리지 않고 계속했다.

"뭐, 조사랄 것까진 없지만, 난 얼마 전부터 현재 영주에 대해 반항하는 무리에 대해 좀 알아보고 있네. 처음엔 단순한 불만 세력으로 보였지만, 자세히 들여다보니 무척 조직적으로 움직이더군. 자네가 들었던 것 같은 유언비어를 만들어 뿌리고 영주가 계획하는 원정이나 방어 작전 같은 것을 망쳐놓는 테러도 심심치 않게 벌이고 말이야. 내가 드루이드에 대해 물어보는 이유는 최근에 그 조직의 우두머리가 바로 드루이드라는 정보가 입수되었기 때문일세. 흔치 않은 계급이라 기억에 남았지."

보로미어는 정신이 아득해지는 느낌이었다.

'드루이드? 반란 조직이라고?'

에스트발데에서 실바누스의 마법을 본 후, 갑자기 그에게 꼼짝을 못하던 레트의 모습이 기억났다. 그때 실바누스가 그에게 하던 말이 아직도 귀에 생생했다. 드러나고 싶지 않다고, 그리고 자신을 봤다는 걸 잊으라고 했다. 그러면 그때 실바누스가 그런 반란 조직의 우두머리란 것을 레트가 눈치챘던 것인가?

레인저 나이트의 말은 이어졌다.

"그 드루이드에 대해서 별로 알려진 바는 없지만, 마법을 매개하는 도구로 여러 개의 반지를 쓴다고 하더군. 그래서 그가 이끄는 조직을 링메이슨인가 링메이든인가로 부른다는 소문도 있네."

'맹세했다는 거 잊지 말게나. 링메이든의 맹세.'

'쳇, 약아빠진 위저드 같으니라고. 다 알고 있었군.'

메아리 숲에서 가롯과 실바누스 사이에 오갔던 말들이 방금 들은 것처럼 생생하게 기억에 되살아났다.

'성스러운 링메이든의 반지를 걸고……'

며칠 전 비트라 쿰 신전에서 함구를 맹세하던 메디나의 목소리도 쟁쟁히 울려왔다.

전사는 어금니를 악물었다.

'그래! 결국 모두 한패거리였어!'

그랬기에 가롯은 자신을 맹센지 뭔지로 실바누스에게 묶어버렸고 메디나는 마법 무기까지 버려가며 실바누스를 살리려고 생난리를 떨었던 것이다.

가이우스가 말했다.

"그 녀석이 이끄는 조직은 거의 완벽할 정도로 베일에 가려져 있어. 우두머리란 녀석이 어수룩한 하급 서열들을 세뇌시켜 새 조직원을 모으기 때문에 추적이 더욱 어렵지. 대부분 조직의 목적을 위해 여기저기 원정에 끌려다니다 소모품으로 사라지니까."

실바누스는 자신이 에스트발데 원정에 참여를 결정했을 때 길길이 날뛰며 자신이 정한 곳으로 가야 한다고 화를 냈다. 그리고 자신이 계속 말을 듣지 않자 가이우스가 쫓아온다고 겁을 주며 론디움으로 아모네 이실렌으로 정신없이 끌고 다녔다.

'결국 그 자식이 날 그렇게 붙잡고 늘어지던 이유도……'

보로미어의 표정을 본 가이우스는 부하들에게 그의 팔을 놓아주라는 손짓을 하며 말했다.

"이보게 보로미어, 세상이란 험한 곳이야. 별의별 녀석들이 다있어. 그러니 제발 그런 인간 말종들이 퍼뜨리는 쓸데없는 유언비어에 혹해서 날 오해하진 말게나."

자유로워진 보로미어는 다시 레인저에게 달려들지는 않았지만, 여전히 의심스러운 눈초리로 가이우스를 노려보며 물었다.

"그럼, 라미네즈에겐 왜 그런 일을 시킨 거야?"

그러자 가이우스는 긴 한숨을 쉬며 대답했다.

"내가 자네에게서 고르곤을 잡은 비밀을 알고 싶어한 이유는 자네 자신도 그걸 모르고 있기 때문이었네. 그걸 알아내서 자네에게 가르쳐주려고 라미네즈에게 부탁을 했던 거지. 난 단지 자네가 하루라도 빨리 상급 서열에 오르길 바랐던 것뿐이네. 지금 카자드를 맡고 있는 나와 로한의 입장에선 한 사람의 상급 서열도 아쉬운 형편이니까."

"……"

보로미어가 계속 자신을 쏘아보기만 하자 레인저는 조금 격앙된 목소리로 말했다.

"이봐, 거듭 말하지만 난 카자드의 레인저 중에선 가장 서열이 높고, 거기다 보안관이란 행정직까지 가진 사람이야. 자네한테서 뭘 바라거나 뺏어야 할 만큼 아쉬운 게 많은 사람이 아니란 말일세."

전사는 답답하다는 듯 찌푸린 가이우스의 얼굴을 유심히 살펴보았다. 레인저의 정연한 대답엔 단 한치도 반박의 여지가 없었다. 하지만 지금 자신은 누구라도 함부로 믿을 수 없는 입장인 것이다.

입맛을 다시며 고개를 돌리던 전사는 가이우스가 타고 온 말의 이마에 솟아 있는 뿔을 보았다.

'유니콘!'

며칠 전 들었던 닉스의 이야기를 상기해 낸 전사가 다시 인상을 쓰며 내뱉었다.

"아니, 이건 그런 몇 사람의 문제가 아냐. 한두 사람이 당신 욕을 하는 게 아니라니까."

그러자 가이우스가 고개를 끄덕이더니 말했다.

"그래? 그러면 나도 한 가지만 물어보지. 혹시 날 욕하는 사람들이 서로 아무런 관계가 없는 사람들이던가?"

"……."

보로미어는 순간적으로 깨닫는 바가 있었다. 사실 가이우스에 대해 나쁘게 말한 사람은 그렇게 많지 않았다. 아니, 많지 않은 정도가 아니라 단지 셋뿐이었다.

먼저 가롯. 그는 가이우스를 조심하라는 말도 했지만, 바로 자신을 실바누스에게 묶어버린 장본인이기도 했다. 게다가 애초에 미디움 쪽으로 가는 이스마엘 원정대에 자신을 소개한 것도 가롯이었다.

그리고 닉스? 가이우스의 비열한 행동에 대해 실감 나는 증언을 해주긴 했지만, 역시 론디움에서 실바누스가 끌어들인 녀석이다.

그리고 이 모든 사건의 중심에 서 있는……, 실바누스.

전사의 표정이 굳어가는 것을 본 레인저가 씁쓸히 말했다.

"안됐지만, 자네가 멋지게 한 방 먹은 것 같군."

보로미어는 가이우스의 말이 옳다는 것을 알면서도 쉽게 받아들이려 하지 않았다.

"젠장할! 그 말을 어떻게 믿어!"

퉁명스런 전사의 물음에 가이우스는 껄껄 웃더니 되물었다.

"그러면 어떻게 해야 자네가 믿을 수 있겠나?"

"먼저 왜 여기 와 있는지 설명해 봐. 날 쫓아온 게 아니라면, 이 외진 제라드 쿰까진 어쩐 일이야?"

보로미어가 따지자 가이우스는 자신 있게 대답했다.

"그거야 간단하네. 닷새 전에 메레디트 오크들이 카자드 쿰을 공격했던 사실은 알고 있겠지? 최근 들어 보기 드문 대공세였긴 하지만, 레트의 정찰 원정대가 적절한 시기에 그 사실을 통보해 준 덕에 우린 만반의 준비를 갖추고 녀석들을 맞이했네. 공성전은 한 2, 3일 끌었을까? 사실 난 잘 몰라. 전세가 우세하게 기우는 걸 확인하자마자 영주인 로한의 지시로 카자드 쿰을 떠났으니까 말이야."

"왜?"

"생각해 보게. 이번 싸움으로 메레디트 녀석들은 당분간 재기가 힘들 정도의 타격을 받을 거야. 그렇다면 그건 비트라 쿰의 전력을 잠시 다른 곳으로 돌려도 큰 문제가 없을 거란 이야기지."

"네크로맨서?"

"예리하군, 예리해. 역시 고르곤 전사답군."

전사의 말에 가이우스는 손뼉을 치며 놀라워했다. 실은 보로미어 자신도 스스로 놀라고 있었다. 네크로맨서건 메레디트건 바로 어제까지만 해도 아무 관심이 없던 자신 아니던가!

"어쨌거나 난 로한의 명으로 조만간 네크로맨서를 공략할 걸세. 비트라 쿰에서 이미 원정을 위한 대원들을 모으기 시작했네만, 아무래도 비트라 쿰의 전력만으론 힘에 겨울 것 같아서 어제 여기로 왔지. 난 여기서 지원한 대원들을 오늘 안에 다시 비트라 쿰으로 인솔해 가서 내일은 두 병력을 합친 원정대로 네크로맨서에게 뜨거운 맛을 보여줄 거라네. 네크로맨서를 쓰러뜨린다는 게 무슨 의미인 줄은 알고 있겠지?"

막힘 없는 가이우스의 설명에 보로미어는 고개를 끄덕일 수밖에 없었다. 결국 가이우스는 실바누스가 말한 것처럼 자신을 쫓아 제라드 쿰에 나타난 것이 아니었다. 와야 할 일이 있어서 나타난 것뿐이다. 하긴 카자드에 커다란 도성은 카자드 쿰과 비트라 쿰, 제라드 쿰 정도뿐이니, 이곳에서 녀석과 우연히 마주쳤다고 해서 이상할 것은 조금도 없었다.

전사는 아랫입술을 깨물며 생각에 잠겼다. 만약 이 레인저의 말이 모두 사실이라면, 자신은 지금까지 내내 실바누스에게 속아서 끌려다닌 것이 된다. 그리고 이 가이우스란 자도 여지껏 생각해 왔던 것만큼 나쁜 인물이 아니란 이야기다. 오히려 실바누스가 진짜 나쁜 녀석이다. 이 참을성 많은 레인저의 말이 조금도 빈틈이 없다는 것은 앞뒤의 일을 생각해 보면 볼수록 뚜렷해져 오고 있었다.

보로미어가 다시 물었다.

"아까 이야기하던 그 반군의 우두머리란 드루이드는 잡히면 어떤 처벌을 받지?"

"처벌 같은 건 없네. 카자드에선 다른 사람을 해치지만 않으면 죄가 되지 않는다는 걸 모르나? 영주에 반대하는 것도 자유니까, 비록 내가 보안관이라도 녀석을 어떻게 할 권한이 있는 건 아니야. 하지만 그 녀석의 정체를 사람들에게 까발려 줄 수는 있겠지. 그것만으로도 더 이상 나쁜 짓을 못하게 만들 수 있을 테니까."

전사가 천천히 머리를 끄덕이자 가이우스는 다시 손을 내밀었다.

"자, 그럼 우리 서로간의 오해는 풀린 거군. 그렇지?"

보로미어는 마주 손을 내밀다가 멈칫하고 다시 거두어들였다.

"아직은. 오늘 내가 배운 건 카자드에선 아무도 함부로 믿으면 안 된다는 것뿐이야. 뭐가 오해고 뭐가 진실인지는 확인할 것을 확인한 다음 내가 판단할 거야."

그러자 가이우스는 멋쩍은 표정으로 손을 거두어들이며 굳은 얼굴로 돌아서는 전사의 등에 대고 말했다.

"좋을 대로 하게나. 자네에게 판단까지 강요하고 싶지는 않으니까. 하지만 난 오늘 정오면 모집한 대원들을 이끌고 여길 떠나네. 알겠지만 이건 영주의 친정 못지않은 중요한 원정이야. 어쩌면 우린 오랫동안 서로 얼굴 보기가 힘들지도 모르지. 하지만 난 언젠가 자네가 내 말이 진실이라는 걸 알게 되리라 믿네. 그리고 그날이 오면 영주의 성인 카자드 수르로 날 만나러 오리란 것도. 난 그날을 기다리고 있겠네. 자네 정도 되는 전사가 할 일은 카자드에 산처럼 쌓였으니 말이야."

보로미어는 잠시 걸음을 멈추었으나 아무런 대답도 하지 않았다. 그러기엔 그의 머릿속이 너무나 복잡했고 여유가 없었다. 먼저 실바누스를 만나야 했다. 그 속내야 어찌 되었건 지금까지 녀석 덕에 여러 번 목숨을 건진 것을 생각하면, 최소한 직접 변명을 할 기회는 주어야 했다. 그리고 만약 가이우스의 말대로 녀석이 지금껏 자신을 속인 것이 사실이라면, 역시 면상을 마주하고 있는 편이 두드려패기도 쉬울 것이다.

복잡한 머리를 이고 여관으로 걸음을 옮기던 보로미어는 갑자기 떠오른 어떤 생각에 걸음을 멈췄다.

'혹시 실바누스의 모든 이야기들이 자신을 포섭하기 위한 거짓 말이었다면……'

그러자 과연 무엇이 진실인지를 쉽게 확인할 수 있는 방법이 전사의 머릿속에 또렷이 떠올랐다. 오던 길로 다시 몸을 돌린 전사는 현자의 집을 향해 급히 걸음을 옮기며 생각을 정리했다.

만약 자신이 의심한 것이 사실이라면 굳이 녀석의 변명이고 뭐고 들을 필요도 없었다.

걸음을 재촉하며 힘을 주자 양주먹에서 '우드득' 하는 소리가 요란하게 울려퍼졌다.

지능은 노력 여하에 따라 변할 수 있는 것일지 몰라도 성격은 그렇지 않은 경우가 대부분인 것이다.

1층 테이블에 앉아 생각에 잠겨 있던 닉스는 여관 문을 요란하게 박차고 들어온 보로미어를 놀란 눈으로 바라보았다.

"그 빌어먹을 포댓자루 자식은 어디에 처박혀 있어?"

전사가 씩씩거리며 묻자, 닉스는 엉겁결에 대답 대신 손가락으로 어깨 너머를 가리켰다. 2층 침실로 올라가는 계단에서 실바누스의 모습을 발견한 보로미어는 다짜고짜 소리를 질렀다.

"야! 실바누스, 너! 당장 이리로 내려오지 못해?"

"보로미어, 갑자기 또 무슨……"

옆에서 그를 만류하려던 닉스는 전사의 사나운 눈총 한 방에 입을 닫았다.

실바누스가 한껏 무게를 잡으며 계단을 내려오기가 무섭게 보로미어는 다짜고짜 그의 어깨를 휘어잡아 가까운 테이블에 앉혔다.

"그런데 이 자식이 정말! 참아주니까 갈수록 점입 가경이군."

실바누스도 드디어 발끈하여 소리쳤다. 그러나 보로미어는 들은 체도 않고 거칠게 맞은편 자리에 엉덩이를 눌러붙이곤 물었다.

"링메이든에 대해 말해 봐."

"뭐, 뭐라고?"

갑자기 말을 더듬는 드루이드의 모습엔 당황한 기색이 역력했다.

"링메이든에 대해 나한테 말해 보라니까!"

"그, 그걸 어디서 들었지?"

"어디서 들었건 무슨 상관이야. 어서 말해 봐."

전사가 다그치자 실바누스는 잠시 어물거리다가 말했다.

"말해 줄 수 없어. 어디서 들었는지 몰라도 그건 아직 너에게 개방될 수 없는 정보야. 언젠가 상급 서열이 되면……, 그러면 말해 주겠어."

그러자 전사의 얼굴이 무섭게 일그러졌다.

"그래! 그런 식으로 얼버무릴 줄 알았다. 이 더러운 거짓말쟁이 녀석!"

"뭐라고? 더러운 거짓말쟁이?"

실바누스가 마주 언성을 높이며 자리에서 일어서려고 했으나, 이미 자리를 박차고 일어난 보로미어의 두 손이 먼저 그의 멱살을 움켜쥐고 있었다.

"그런 식으로 날 속이면 내가 모를 줄 알았어?"

들짐승의 울부짖음이랄 수밖에 없는 보로미어의 고함에 온 여관이 들썩이는 듯했다.

"보, 보로미어, 제발! 이게 무슨 짓이야?"

옆에서 닉스가 뜯어말리려고 달려들었으나, 이내 전사의 팔꿈치에 치여 뒤로 나뒹굴었다.

"그래, 그 사제의 맹센지 뭔지에 대해 왜 내게 거짓말을 했지? 그렇게까지 하면서 날 붙잡아둔 이유가 뭐야?"

"켁, 켁……."

실바누스는 숨이 막혀 대답도 못했으나 전사는 손아귀의 힘을 풀지 않고 계속 소리질렀다.

"그래, 내가 그렇게 어리숙하게 보였어? 왜 그 맹세를 되돌릴 수 있는 방법이 없다고 거짓말을 한 거지? 그런 종류의 맹세는 내가 원치 않는다는 것만 수호신에게 밝히면 간단히 깰 수 있다는 걸 내가 영원히 모를 줄 알았나? 돌대가리라서? 앙!"

고함과 함께 집어던져진 드루이드는 요란한 소리를 내며 바닥을 구르다가 마침 몸을 일으키던 닉스의 발치에 가서 멈춰 섰다.

"잘 들어, 이 개자식. 난 이제 링메이든에 대해서도, 그리고 네 녀석이 지금까지 늘어놓은 모든 거짓말에 대해서도 다 알아! 내가 카자드 땅에 발을 들여놓은 이후, 솔직히 너만큼 구역질 나는 놈은 처음 본다. 잘 들어. 난 지금 이 순간부로 너와의 모든 관계를 끊을 거야. 이 길로 전사의 집에 가서 그 빌어먹을 맹세를 깨버릴 거라고! 그러니 넌 이제부터 그 빌어먹을 맹세를 핑계대며 내 보호자 행세를 하고 다니지 않아도 된단 말이야! 알았어?"

소리소리 질러대던 보로미어는 부들거리며 나동그라진 실바누스를 노려보다가, 분을 참지 못하고 옆에 있던 테이블을 내리쳤다. 요란한 소리를 내며 테이블이 깨지는 바람에 종업원 두엇에 여관 주인까지 뛰어나왔으나 아무도 감히 보로미어 가까이 갈 엄두를 내지 못했다.

"그 동안 날 속여서 사방으로 끌고 다닌 걸 생각하면 당장 네놈 사지를 자근자근 부러뜨려주고 싶다. 그래도 그간의 정을 생각해서 오늘은 이 정도에서 끝내고 가는 줄 알아. 하지만 다음번에 마주치면 '신의 저주' 고 뭐고 상관없이 네놈을 갈가리 찢어서 포를 떠버릴 거야! 이번엔……, 이번엔 내가 그걸 신에게 맹세한다."

으르렁거리며 말을 마친 전사는 닉스의 부축으로 가까스로 몸을 일으키고 있는 실바누스의 앞을 지나 문 쪽으로 걸어갔다.

"날 정말 열 받게 만드는 일이 뭔지 알아?"

씩씩거리며 문을 나서던 보로미어가 실바누스를 돌아보며 물었다. 그러나 겨우 일어선 드루이드는 두 손으로 목을 움켜쥐고 캑캑거리기만 할 뿐이었다. 전사는 그런 모습을 조금 괴로운 표정으로 노려보다 말했다.

"그래도 아모네 이실렌 이후엔 난 네 도움이 단지 그 빌어먹을 맹세 때문만은 아니라고 생각하고 있었어. 그래도 우리 둘 사이엔 그 맹세 이상의 뭔가가 있다고 생각했단 말이야! 그런데 오늘 알고 보니 그건 바로 네놈의 거짓말과 위선뿐이었어. 그 거지 같은 링메이든인가 지랄인가 때문이었단 말이야!"

"그, 그게 아니야, 보로미어."

가까스로 목이 트인 실바누스가 쉰 소리로 말했으나 전사는 들으려 하지 않았다.

"씨발, 닥쳐! 다른 건 다 용서해도 내 감정을 가지고 논 건 용서가 안 돼! 그런 조잡한 거짓말로 날 잡아두고 뭣에 써먹을 생각이

478

었지? 내가 그렇게 간단히 네놈 장난감이 될 줄 알았어?"

"그런 게 아냐. 넌 지금 뭔가 오해하고 있어."

실바누스는 비틀거리면서도 보로미어에게 가까이 가며 그를 설득하려 했다. 그러자 이내 '스르릉' 하는 맑은 소리와 함께 미스릴 블레이드의 날카로운 검끝이 실바누스의 목을 겨누었다.

"움직이지 마, 드루이드! 너라면 이 검이 어떤 물건인지 잘 알고 있겠지? 난 지금 그 어느 때보다도 이 칼을 휘둘러보고 싶어 사지가 다 근질거리고 있다고."

실바누스는 입술을 깨물며 뒤로 물러났다. 전사의 말이 단순한 위협이 아니란 건 누가 듣기에도 분명했기 때문이다. 드루이드가 조용해지자 보로미어가 말했다.

"네 말 가운데 한 가지는 옳았어. 사람들은 모두 이기적인 존재라던 그 말. 그 의미를 좀더 일찍 깨달았어야 하는데⋯⋯."

"제발, 보로미어! 그런 게 아냐⋯⋯, 흐윽."

실바누스의 어깨가 가볍게 떨리기 시작했다.

보로미어는 뜻밖의 반응에 잠시 주춤했으나 여기서 다시 녀석의 속임수에 넘어가서는 안 된다는 생각에 고삐를 늦추지 않고 말했다.

"닥쳐, 이 개자식! 그냥 아무 말도 하지 마. 나야 아모네 이실렌을 생각하며 참겠지만, 계속 그 입을 나불거리면 이 칼이 혼자서 움직일지도 몰라."

"⋯⋯."

"앞으로 내 눈에 띄지 않도록 조심해, 드루이드."

차갑게 내뱉은 전사는 여관 문을 나선 후 뒤도 돌아보지 않고 걷기 시작했다.

아까 두 번째로 현자의 집을 찾아갔을 때, 보로미어의 이야기를 들은 라키시스는 아무리 신의 이름을 건 사제의 맹세라도 그 대상이 된 사람이 원하지 않을 경우엔 간단히 무효로 돌릴 수 있다는 것을 가르쳐주었다. 역시 실바누스에게 속았다는 것을 확인하는 순간 분을 참지 못하고 뛰쳐나왔기 때문에 세세한 설명은 듣지 못했지만, 자신의 수호신에게 거부의 뜻을 밝히기만 하면 된다던 현자의 말만은 전사의 기억에 남아 있었다.

전사의 집에 들러 보로미어는 수호신인 로키에게 더 이상 실바누스와의 맹세를 원치 않는다는 기도를 올렸다. 그러자 정말 놀랍게도 간단히 맹세가 해제되었다는 답을 들을 수 있었다.

'제기랄, 이렇게 간단한 것을……'

보로미어는 전사의 집을 나서며 쓴웃음을 지었다.

"보로미어, 잠깐만."

갑자기 옆에서 부르는 소리에 돌아보자 닉스가 전사의 집 입구에 서 있었다.

"제기랄."

위저드를 무시하고 지나치려 하자, 닉스는 두 팔을 벌리고 막아서며 말했다.

"인마, 이유나 알자. 도대체 왜 이러는 거야?"

"왜냐고?"

전사는 닉스를 밀치고 계속 걸어가며 내뱉았다.

"실바누스는 날 만난 이후로 내내 날 속였어. 자기는 신에게 뒤집을 수 없는 맹세를 했기 때문에 날 보호해야 한댔는데, 알고 보니 모두 새빨간 거짓말이야."

"이유야 어떻건 결국 도와준다는 얘기잖아. 그런데 그게 그렇게 화를 낼 일이야?"

"흥, 그러면서 뒤로는 날 이용해 먹으려고 했어. 마치 자기가 날 정말로 생각해 주는 척하면서 날 속이려고 했다고."

"도대체 누가 그런 소릴 해?"

닉스의 고함에 전사가 멈춰 섰다.

"이봐, 위저드. 그걸 누구에게 들었냐가 중요한 게 아니라, 이젠 내가 뭐가 진실인지를 안다는 게 중요한 거야. 안 그래?"

닉스는 차가운 보로미어의 표정에 한 걸음 물러서며 어물거렸다.

"그, 그렇지……."

보로미어가 서슬 퍼런 시선을 거두고 다시 걷기 시작하자, 닉스는 간격을 두고 따라오며 말했다.

"하, 하지만 내 생각엔 네가 오해를 하고 있는 것 같아."

"오해? 그런 것 없어."

"……이제 어디로 가는 거야?"

"네가 왜 상관이야?"

"아까 실바누스도 한참 혼자서 횡설수설하다가 사라졌어. 난, 저기……, 아무데도 갈 데가 없어."

"그래서 날 따라오겠다?"

"……너만 좋다면."

닉스가 머뭇거리며 답하자 보로미어는 피식 웃음을 흘렸다.

'자식들, 끝까지 따라붙어 보겠다 이거군. 좋아.'

"나야 좋지만, 닉스 네가 좋아할지가 의문이군."

"무슨 소리야?"

위저드의 물음에 보로미어는 손을 들어 앞을 가리켰다.

두 사람은 이미 제라드 쿰의 성문 앞 광장에 다다라 있었고 거기엔 30명은 족히 되어보이는 사람들이 모여 바글대고 있었다.

갑작스런 인파에 놀란 닉스가 물었다.

"이게 뭐지?"

"네크로맨서 원정대. 아마 곧 출발할 거야."

"소리 소문도 없이 언제 이런 원정대가 모인 거지?"

여전히 사방을 두리번거리며 고개를 갸우뚱거리던 닉스는 말을 타고 달려오는 한 사나이를 유심히 보다가 갑자기 얼굴을 일그러뜨리며 신음했다.

"저, 저건……."

"이야, 보로미어. 여긴 또 웬일인가?"

가이우스가 반가운 표정으로 묻자, 보로미어는 한 걸음 앞으로 나서며 말했다.

"아까 일을 사과하려고. 당신 말이 모두 맞았어."

"사과 같은 건 필요 없네. 이미 다 지나간 일인걸."

"저기, 그리고 괜찮다면 이번 원정에 같이……."

전사가 미처 말을 끝내기도 전에 가이우스는 고개를 끄덕였다.

"고르곤 전사가 같이 가기를 원한다면, 나야 물론 두 팔 벌리고 대환영이지. 고맙네, 정말 고마워. 실은 아까 같이 가자는 말이 혀끝까지 나왔네만, 괜히 부담 주기가 싫어서 하지 않았지. 하지만 이제야 정말 안심이 되는군."

가이우스는 바삐 말을 돌리려다 말고 다시 보로미어에게 말했다.

"저기……, 그리고 다른 건 다 좋은데, 일단 원정대의 대원이 되면 다른 대원들 눈도 있고 하니 대장인 나에 대한 예의는 지켜 줘야겠어. 그 말투는 말이지, 좀……."

"걱정 마시오. 대장. 나도 그 정도로 초짜는 아니오."

보로미어가 시원스레 답하자 가이우스의 얼굴이 활짝 펴졌다.

"좋아, 좋아. 곧 출발이니 준비하게. 그리고 이쪽은 동행인 친구인가?"

보로미어는 가이우스의 눈길을 따라 바짝 얼어붙어 있는 닉스를 돌아보았다.

"글쎄요. 동행인지, 친구인지……."

전사가 말꼬리를 흐리자 가이우스는

"뭐, 이번 원정엔 자격 제한을 두지 않기로 했으니 아무래도 상관없네. 어서 준비를 서두르라고."

하더니 신속히 말을 돌려 멀어져갔다.

"……너, 어떻게 이럴 수가."

닉스가 간신히 입을 열자 보로미어는 차갑게 대꾸했다.

"같이 갈 거야, 말 거야?"

"당연히 아니지. 어떻게 저런 녀석과 같이 원정을……."

"가이우스 저 친구가 어때서?"

보로미어가 정색을 하며 되묻자 닉스는 어처구니없다는 표정으로 말했다.

"너 제정신이야? 지금껏 내가 해준 얘기들을 뭘로 들은 거야?"

그러자 보로미어는 일그러진 미소를 띠며 비웃었다.

"이봐, 또 그 이야기야? 이젠 정말 웃기지도 않는군. 같이 가지 않을 거면 제발 조용히 사라지기나 하라고. 계속 그런 거짓말이나 꾸며대려 하다니, 구차하지도 않아?"

전사의 빈정거림에 닉스가 소리쳤다.

"멍청한 놈! 거짓말은 내가 아니라 가이우스가 하고 있는 거야! 그리고 네놈은 그것도 구분하지 못할 정도로 대가리가 텅 비었고!"

"말 조심해, 이 자식아."

보로미어가 미스릴 블레이드의 칼자루에 손을 얹으며 으르렁대자, 닉스는 황급히 뒷걸음질을 치면서도 계속 고함을 질렀다.

"가이우스에게 넘어간 이상, 넌 이번 원정에서 반드시 죽을 거다! 지옥에나 떨어져라, 이 병신 같은 배신자 녀석!"

"흥, 이제야 본색을 드러내는군. 너나 맞아죽기 전에 어서 꺼져, 이 자식아!"

보로미어가 지지 않고 소리를 지르자, 닉스는 적의에 가득찬 눈으로 그를 잠시 노려보다가 휑하니 몸을 돌려 달려갔다.

닉스의 모습이 시야에서 사라지자, 전사는 홀가분한 걸음으로 광장 중앙으로 걸어갔다. 지금까지 눈앞을 가리고 있던 짙은 안개가 말끔히 걷힌 기분이었다. 가이우스 덕에 자신을 교묘하게 옭아매고 있던 링메이든의 마수도 깨끗이 떨쳐버렸고, 실바누스의 간섭으로부터도 해방될 수 있었다. 이렇게 걸음이 가벼워 보기가 정말 얼마 만인지 몰랐다. 게다가 더 더욱 잘된 것은 이 정도 규모의 원정대에 몸을 담고 있다면 기트얀키 추적댄지 뭔지도 걱정할 필요가 없다는 점이었다.

크게 숨을 들이마시자, 자유란 이름의 상쾌함을 실은 맑은 공기가 양쪽 가슴 깊은 곳까지 스며들었다. 숨을 내쉬며 둘러보니 가이우스를 둘러싸고 있는 레인저 차림의 부하들이 열두 명이었고, 그들을 제외하고도 스물 대여섯 정도의 사람들이 시끌벅적하게 서로 인사를 나누고 있었다. 커다란 활을 든 엘프 전사, 검은 망토를 두른 하플링 레인저, 그리고 수많은 사제와 위저드들. 보로미어는 한 장소에 이렇게 많고 다양한 사람들이 모인 것을 본 적이 없었다. 게다가 이들 모두가 단 한 사람의 지휘를 받는 하나의 원정대라니!

경이와 존경이 실린 눈으로 가이우스를 돌아보자 투구부터 정강이받이까지 온통 은빛으로 번쩍이는 레인저 나이트는 때마침 힘찬 고함으로 출발을 신호하고 있었다.

제25장
쌍쌍파티

6월 7일 토요일

아침 내내 일에 집중을 못하고 있던 원철은 점심을 먹은 후 더욱더 주의가 산만해지는 것을 느꼈다. 아무리 노력을 해도 시계 바늘이 오후 3시를 향해 기어갈수록 모니터에 시선을 고정시키고 있기가 힘들었다.

결국 시스템 파워를 내리고 자리에서 일어선 원철은 신경질적인 동작으로 응접실에 널린 종이 봉지와 담배 꽁초들을 치우기 시작했다. 아무리 의식하지 않으려고 애를 써도, 욱이 녀석의 헛소리를 일단 실험해 볼 가치가 있다고 판단한 인간이 자신을 그 실험의 대상으로 삼기 위해 매분 매초마다 다가오고 있다는 사실을 완전히 무시하기는 어려웠다.

대충 응접실을 치운 그는 소파에 앉아 마음을 가다듬었다. 피워

문 담배를 깊이 빨아들이자 조금은 진정이 되는 듯했다. 제기랄!
사실 이렇게 긴장할 것도 없는 일이었다. 그 박산지 뭔지에게 자
신의 의사를 분명히 밝히고 대문을 넘어서기 전에 돌려보내면 끝
나는 일이니까 말이다. 그쪽의 이야기는 들을 것도 없었다.

"난 실험 같은 거 안합니다."

큰소리로 말하는 연습까지 하면서 시계 바늘에 눈을 고정시키
고 있던 원철은 2시 55분이 되자 자리에서 벌떡 일어나 마루 위를
걷기 시작했다.

문제는 어제 그 박사의 말투로 미루어보건대, 원철이 거절하리
라는 건 꿈에도 생각지 않고 있을 거란 점이었다. 게다가 그녀가
서울에서 토요일 오후의 교통을 뚫고 여기까지 온다는 것까지
생각하면 문제는 더욱 심각해진다. 거절을 할 거면 어제 했어야
했다.

원철은 대문을 바라보며 혀를 찼다.

'제기랄!'

진짜 문제는 자신이 다른 사람의 부탁을 거절하는 일에 도무지
소질이 없다는 것이었다. 욱의 일을 봐도 그렇고, 수정의 일을 봐
도 그랬다. 매사에 단호하게 잘라 거절하지 못하기 때문에 자꾸
끌려만 다니는 것이다.

하지만 앞으로 당할 일에 대한 구체적인 상상이 머리에 떠오르
기 시작하자, 원철은 이를 악물었다. 실험이라면 분명히 피를 뽑
고 사방에 바늘을 찔러대고 또 가끔 텔레비전에서 보듯 이상한 전
선 같은 것을 머리에 연결하여 '지지직' 하는 전기 자극을 주거나
하는 일일 것이다. 아니, 어쩌면 그 이상한 여자가 자신의 뇌를 약

간 떼어가겠다고 나올지도 몰랐다.

"아냐. 안 돼, 안 되지! 그건 절대로 안 될 일이야!"

원철은 세게 도리질을 치며 마음을 단단히 먹었다. 무슨 일이 있어도 그럴 순 없었다. 만약 꼭 마루타가 필요하다면 욱이 녀석을 쓰라고 하면 될 것이다.

생각에 잠겨 있던 원철은 갑작스런 초인종 소리에 감전이라도 된 듯 번쩍 머리를 들었다. 심호흡을 하고 대문을 열자, 흰 반팔 티에 청바지를 입은 젊은 여자가 미소를 지으며 서 있었다.

"이원철 씬가요?"

"네? 네……"

"전 김혜란이라고 해요. 어제 전화를 드렸죠?"

원철은 약간 어리둥절한 눈으로 혜란을 쳐다보았다. 박사라더니 너무 젊었다.

원철이 말이 없자 혜란이 말했다.

"저……, 들어가도 될까요?"

"그, 그러세요."

원철은 엉겁결에 고개를 끄덕이다가 속으로 '아차' 했으나, 이미 혜란은 원철의 옆을 지나 현관 안으로 들어서고 있었다. '이게 아닌데' 하고 당황했을 때는 이미 혜란은 신발을 벗고 마루로 올라서 있었다.

원철은 어쩔 수 없이 한숨을 쉬며 문을 닫은 후 소파를 가리키며 말했다.

"저……, 앉으세요."

"고맙습니다."

혜란은 깍듯이 인사를 하며 소파에 앉더니 지체없이 들고 온 검은 가죽 가방을 열어 기다란 가죽통과 흰 상자들, 그리고 몇 가지 서류들을 꺼내기 시작했다. 마치 자기 집인 양 다리를 편히 꼬고 앉아 가방 속에서 꺼낸 물건들을 차근차근 나눠놓는 그녀의 모습을 보면서 원철은 다시 한숨을 내쉴 수밖에 없었다.

혜란은 원철이 마주앉기를 기다렸다가 말했다.

"자세한 이야기는 장 형사님께 들으셨겠죠?"

"아니오."

"네? 그럼 장 형사님이 아무런 이야기도 하지 않았나요?"

"그냥……, 박사님이 조만간 방문할 거란 이야기만 들었습니다."

그러자 이번엔 혜란이 한숨을 쉬었다.

"그래요? 그러면 처음부터 설명을 드려야겠군요. 오늘은……."

"저기, 잠깐만요."

원철은 마음을 굳게 먹고 혜란의 말을 잘랐다.

"절 갖고 하실 일이 뭔지는 몰라도, 전 별로 하고 싶지가 않아요. 오늘 일은 욱이 녀석이 제 의사는 물어보지도 않고 멋대로 정한 일이에요. 사실 욱이 때문에 요즘 전 피해를 많이 보고 있어요. 그런데 이제는 실험용 모르모트 노릇까지 하라니, 그건 좀 심하잖아요? 어쨌거나 박사님께는 미안하지만, 전 인체 실험의 대상이 되고 싶은 생각은 조금도 없습니다."

혜란은 원철의 말에 눈을 동그랗게 뜨며 물었다.

"인체 실험이오? 누가 무슨 실험을 한다고 그래요? 장 형사님이 그러던가요?"

"그렇게……, 말하던데요?"

"호호, 이거 정말 재미있네요. 제가 정말 인체 실험을 하고 싶다고 해도 이렇게 빈손으로 왔는데 뭘 할 수 있겠어요?"

"그럼 저 상자들은 뭡니까? 주사 바늘과 메스, 뭐 그런 게 든 거 아닌가요?"

원철이 테이블 위에 놓인 물건들을 가리키며 묻자, 혜란은 배를 쥐고 한참 웃더니 흰 상자의 뚜껑을 열어 보였다. 그 안에는 최신형 디지털 녹음기와 몇 개의 녹음용 메모리 칩만이 들어 있을 뿐이었다.

"그냥 원철 씨와 이야기만 하면 돼요. 인체 실험이라니, 호호……."

"그럼 저 기다란 가죽통은요?"

원철이 여전히 의심이 풀리지 않은 얼굴로 묻자 혜란은 미소를 머금고 가죽통을 연 다음 서너 자루의 펜을 꺼냈다.

"보시다시피 이건 제 필통이에요."

"그럼 정말 이야기만 나누면 되는 겁니까?"

원철이 다짐하듯 묻자, 혜란은 다시 한번 깔깔 웃으며 고개를 끄덕였다. 원철은 적잖이 안도의 숨을 내쉬면서도 속으로 이를 갈았다.

'단순한 면담을 갖고 인체 실험이라니, 장욱 이 자식은 정말…….'

혜란이 가까스로 웃음을 멈추더니 말했다.

"물론 시간이 좀 걸리는 작업이니까 미리 원철 씨의 양해를 구하긴 해야죠. 전 당연히 승낙하신 줄 알고 왔는데, 그게 아닌 모양이네요."

"전 승낙한 적이 없습니다."

그러자 혜란은 약간 난처한 표정을 지으며 말했다.

"그러면 제가 지금 장 형사님을 대신해 양해를 구하면 안 될까요? 장 형사님이 아니라 절 좀 도와주신다고 생각해 주세요. 실은 오늘 여기까지 온 것은 장 형사님의 이론을 확인하는 것뿐만 아니라 제 연구에 도움이 될 정보를 얻으려는 목적도 있거든요. 제가 이렇게 부탁을 드릴게요."

원철은 잠시 생각을 해본 다음 물었다.

"시간이 얼마나 걸리는 거죠?"

"먼저 처음엔 한 서너 시간 걸릴 거예요. 다음엔 이틀에 한두 시간 정도씩 한 일주일 잡아야 할 거예요."

원철의 눈썹이 살짝 찌푸려졌다.

"간단한 작업은 아니군요."

"그러니까 부탁을 드리는 거예요. 실은 전 이런 기회를 몇 년이나 기다렸어요. 장 형사님의 이론이 틀렸다는 심증은 가지만, 만약 사실로 확인이 될 경우에는 제 연구의 방향이 완전히 바뀌어야 하거든요. 제 입장에서는 그걸 확인하고 넘어가는 게 너무도 중요한 일이에요."

원철은 앞에 앉은 사람의 간절한 눈빛을 피하려고 애써 노력을 했으나 결국은 실패하고 말았다.

"휴우, 좋습니다. 이렇게 멀리까지 오셨는데 헛걸음을 하시게 할 수는 없고, 어쩔 수 없이 시간을 내드려야겠네요. 어쨌거나 박사님이 틀렸다는 확인을 해주셔야 저도 욱이 녀석의 마수에서 벗어날 수 있을 테니까요."

원철의 말에 혜란은 그제야 안심했다는 듯 숨을 내쉬며 말했다.

"정말 고맙습니다. 저한텐 이게 얼마나 중요한 일인지 몰라요. 지난 3년간의 연구가 물거품이 되느냐 마느냐의 문제거든요. 최대한 빨리 마무리를 짓도록 노력할게요. 정말 감사합니다."

"감사까지 하실 건 없습니다. 그냥 욱이 녀석이 틀렸다는 것만 확실하게 결론지어 주시면 됩니다."

그러자 혜란은 지체없이 테 없는 안경을 꺼내 쓰며 물었다.

"혹시 이 집에 혼자 사세요?"

"네."

"그러면 어제 전화를 받으신 분은……."

원철은 아차 싶어 적당히 얼버무렸다.

"그냥 가끔 오는 친구가 있어요."

그러자 혜란은 고개를 끄덕이며 녹음기에 칩을 끼워넣었다.

"네……, 전 목소리가 비슷해서 형제분인 줄 알았네요. 참, 형제는 어떻게 되세요?"

"저 혼잡니다."

"지금 나이가 어떻게 되시죠?"

"서른이오. 만으론 스물아홉입니다."

그러자 혜란은 녹음기의 스위치를 올린 후, 노트를 펼치며 다시 물었다.

"부모님은 다 계시고요?"

"네. 고향에 계십니다. 충북 제천이죠."

"농사 지으시는 모양이죠?"

"네. 예전에는요. 하지만 요즘은 양돈업으로 바꾸셨어요. 이제 곡식류는 주로 수입하니까."

혜란은 고개를 끄덕이며 계속 물었다.

"아버님은 연세가 어떻게 되시죠?"

"올해로 쉰여덟이시죠."

"어떤 분이세요?"

"그냥 전형적인 시골분이세요. 밭일 하기 좋아하시고 다른 복잡한 생각 없이 평생을 고향에서……."

원철은 여기까지 말하다가 갑자기 이상한 생각이 들어 혜란을 물끄러미 바라보았다.

"왜 그러세요?"

혜란이 묻자 원철이 말했다.

"아니, 좀……, 하시는 질문들이……, 갑자기 선보는 느낌이 들어서 말이죠."

그러자 혜란은 약간 멍한 표정을 짓고 원철을 쳐다보다가 갑자기 웃음을 터뜨렸다.

"호호호, 이런, 나 좀 봐. 제가 너무 성급했지요?"

"성급이오?"

원철은 더욱 당황한 표정을 지으며 되물었다.

'연구를 도와달라더니 갑자기 이상한 질문이나 해대고, 도대체 이 여자, 여기 온 목적이 뭐지?'

원철의 의심스런 눈길에 혜란은 억지로 웃음을 참으며 말했다.

"정말 미안해요. 미리 설명을 드려야 하는 건데, 마음이 급하다

보니."

"무슨 설명이요?"

원철이 여전히 긴장을 풀지 않고 묻자 혜란은 녹음기의 스위치를 끄며 말했다.

"지금 하고 있는 건 앞으로 원철 씨의 무의식 특성들을 분석하기 위해 기본 자료를 모으는 거예요. 여러 가지 인자들이 있지만 역시 인격 형성에 가장 중요한 건 성장 과정이고, 성장 과정에 영향을 미치는 사람들, 특히 부모에 대한 정보는 아주 중요하죠. 어떤 인품의 사람인지, 부모의 역할은 충실히 했는지, 자식을 어떤 방식으로 키웠는지 하는 것 등등 기본적으로 알아야 할 것들이 많아요."

원철은 혼자서 열심히 설명을 하는 혜란을 멀뚱하니 쳐다보다가 물었다.

"그래서 뭘 하시는 건데요?"

그러자 혜란은 조금 난감한 표정을 짓더니 말했다.

"그럼 아마도 처음부터 설명을 드리는 게 나을 것 같네요. 그래야 앞으로의 일도 수월할 테니."

"그러시죠. 가능하면 제가 알아들을 수 있게요."

원철의 요구에 혜란은 살짝 미소를 지었다.

"친구분이신 장 형사님은 어떤 게임을 하던 사람이 현실에서 그 게임 속의 인물이 되어버렸고 그래서 살인을 저질렀다고 생각을 하고 있어요. 바로 원철 씨가 하시는 그 게임이죠. 이름이……."

"팔란티어요."

"네. 그거요. 제가 썼던 논문을 보고 그렇게 생각을 하신 건데, 그 논문은 책임이 없는 가상 현실 속에서의 행동을 통해 감춰진 무의식의 내용을 파악할 수도 있다는 주장을 담고 있었어요. 장 형사님은 거기서부터 한 걸음 더 나아가, 그렇다면 가상 현실 게임 속의 캐릭터는 무의식의 원형 그대로일 테고 그게 현실 속으로 뛰쳐나와 살인을 했을 거라는 이론을 주장하고 있는 거죠."

"그런데요?"

"그래서 전 먼저 원철 씨의 무의식을 분석할 거예요. 그 다음엔 그 게임 속의 원철 씨 캐릭터를 볼 거고요. 그래서 그 둘이 정말 같은지를 비교한 후에 마지막 확인을 하는 거죠."

"마지막 확인이오?"

"그 게임 속의 인물이 현실의 원철 씨에게 정말로 어떤 영향을 미치고 있는지를 살펴봐야 해요."

원철은 순간적으로 오싹한 한기가 등줄을 스치는 느낌을 받았지만 이내 떨쳐버렸다.

"그건 정말 말도 안 되는 소리에요. 일단 녀석을 한번 보시면 그런 얘기는 쑥 들어가실 거예요. 그 녀석은 정말 아무런 제어가 안 되는 놈이라고요. 폭력적이고 무계획적이고 게다가 머리까지 나쁜 게 뭐든 제 마음대로만 하려 하고. 하여간 나랑은 완전히 다른 녀석이라고요."

그러자 혜란은 의미 있는 미소를 지으며 말했다.

"그거야 두고 볼 일이죠. 사실 자기 자신에 대해 완전히 안다고 자부할 수 있는 사람은 그렇게 많지 않아요. 앞으로 분석을 진행해 나가다 보면, 아마 원철 씨 스스로도 놀랄 만한 것들이 많이 나올걸요?"

"그렇지 않을 겁니다. 난 보기보다 내 자신을 잘 아는 편입니다."

원철의 단언에, 혜란은 다시 디지털 녹음기의 스위치를 켜며 웃었다.

"후후, 그거야 두고 볼 일이라니까요. 그럼 다시 계속해 볼까요?"

"후우, 그러니까 우리 아버지에 대해서 말하란 말이죠?"

원철이 머리를 쓸어올리며 확인하듯 되묻자 혜란은 펜을 들어 노트에 뭐라고 적어넣으며 말했다.

"부담 갖지 말고 아시는 대로만 얘기하시면 돼요. 아버님의 어린 시절과 성장 과정, 교육 수준, 형제들과의 관계, 취미, 직업, 인생관, 결혼 과정, 신체적 건강 상태, 평소 어머님과의 관계, 사귀는 친구들이며 그들 사이에서의 위상, 또 원철 씨와의 관계며 따로 기억에 남는 일들, 아버님에 대해 본인이 느끼는 감정이나 아버지로서의 역할에 대한 평가, 뭐 이런 것들을 중심으로 이야기해 보세요. 그리고 다음은 어머니, 친조부모, 외조부모 순으로 하시고요. 물론 시간이 없으니 가족 정보는 일단 부모님의 형제들과 사촌까지만 한정하기로 하고, 다음은 원철 씨 어렸을 때의 친구들로 넘어갈 거예요."

원철은 태연하게 읊어대는 혜란을 입을 딱 벌리고 바라보았다. 왠지 아까 이 여자가 한두 시간, 일주일 어쩌고 하던 말들이 상당히 비현실적으로 들리기 시작하고 있었다.

'제기랄, 내가 무슨 일에 발을 들여놓은 거지?'

프로그래머는 다시 새삼스런 후회를 시작하며 뿌드득 이를 갈았다.

물론 자신의 친구로 위장하고 있는 장욱이란 원수놈에게였다.

한편 그 시각 욱은 욱대로 차 안에 앉아 원철의 욕을 해대고 있었다. 아무리 도로가 확장되고 고속화되었다고는 해도 토요일 오후에 서울을 빠져나가는 일은 절대로 쉬운 일이 아니다. 게다가 화창한 초여름의 날씨는 그 난이도를 간단히 배가시키고도 남았다. 간신히 구리를 지나 경춘 가도에 들어서서도 시속 30킬로미터 이상을 내기는 좀처럼 어려웠다. 형사는 대성리를 지난 직후 약도에 그려진 샛길로 빠지고 나서야 겨우 혼잡에서 벗어날 수 있었다.

"어이 씨, 자식, 꼭 장소를 골라도 이런 델 골라요."

주차장에 차를 세운 형사는 앞에 서 있는 작은 선착장을 못마땅한 눈초리로 쏘아보며 투덜거렸다. 원철이 보내준 약도에는 더 이상의 설명이 없이 '선착장——여기서 배를 탈 것'이라고만 되어 있었다. 시계를 보니 간신히 약속 시간엔 댈 수 있을 듯했다. 길이 막힐 것을 예상하고 일찍 출발한 덕이었다.

표를 산 후 잠시 기다리자, 40대 중반쯤 되어보이는 후줄근한 차림의 사내가 끄는 소형 바지선이 탈탈거리며 선착장으로 들어왔다.

"혼자요?"

사내는 선착장에 서 있는 욱을 아래위로 훑어보며 마치 따지듯이 물었다. 대답하기도 귀찮아진 욱이 건성으로 고개를 끄덕이자 사내는 손을 내밀어 표를 받더니 다른 손으로 타라는 시늉을 했다.

배에 올라탄 욱은 선수 쪽에 자리를 잡고 앉아 출발하기를 기다렸으나 한참이 지나도 배는 움직이지 않았다. 5분 가량이 지난 다음, 그는 기다리다 못해 사내를 향해 돌아앉으며 물었다.

"아저씨, 이거 안 갑니까?"

"아, 시간이 돼야 가지."

"시간이 언제 되는데요?"

"4시 반."

　시계를 보니 아직도 출발까지는 10분 정도의 시간이 남아 있었다.

"제기랄!"

　욱은 돌아앉으며 껌을 꺼내 입 안에 구겨넣었다.

"여긴 혼자 오는 사람은 드물어."

　사내가 갑자기 혼잣말을 하듯 말했다. 욱은 그를 계속 무시할까 하다가 남은 시간 동안 달리 할 일도 없을 듯하여 다시 사내를 향해 몸을 돌리며 말했다.

"건너편에서 누굴 만나기로 했어요."

"남자지?"

　사내의 되물음에 욱은 짐짓 놀랐다.

"어떻게 아세요? 혹시 보셨나요? 중키에 바싹 마른 녀석인데."

"봤을지도 모르지. 아까 한 무더기가 건너갔으니 그 속에 섞였는지도."

"그럼 내가 남자를 만나기로 했는지 여잘 만나기로 했는지 어떻게 아세요?"

　그러자 사내는 짧게 너털웃음을 터뜨리더니 말했다.

"허허, 여기서 사람 건네준 지가 벌써 3년이니 이젠 풍월을 읊을 때도 됐지. 이유는 모르겠지만 여기 오는 연놈들은 꼭 쌍쌍이 같이 건너. 그렇고 그런 사이인 게 뻔한 중늙은이들도, 차는 따로 따로 오더라도 꼭 요 앞에서 만나 배엔 같이 올라탄다고."

사내의 대답에 욱은 저도 모르게 피식 웃었다.

"그래서 제가 만날 사람이 남자라는 거예요?"

"암, 게다가 자넨 조금도 흥분돼 보이질 않아."

"흥분이오?"

사내는 다시 너털웃음을 흘린 후 말했다.

"남자든 여자든 이 배를 타면 조금씩은 흥분을 한다고. 아무리 내숭을 떠는 계집이라도 내 눈은 못 속이지. 그런데 댁은 그런 게 전혀 없어. 마치 가기 싫은 곳을 억지로 가고 있는 사람처럼 보이거든."

욱은 흥분 어쩌고 하는 사내의 말에 잠시 어리둥절했으나 이내 고개를 끄덕였다.

"남들이야 왜 흥분하는지 몰라도, 제가 가기 싫은 곳을 억지로 가고 있다는 말은 맞네요."

그러나 사내는 욱의 말은 듣는 둥 마는 둥 주머니에서 담배를 꺼내 태우기 시작했다. 요즘은 구하기도 힘들다는 싸구려 디스였다.

대화가 시큰둥해지자 욱은 다시 몸을 돌려 강을 바라보고 앉았다. 날이 무더워서인지 비릿한 강물 냄새가 더욱 심하게 후각을 자극했다. 원철이 녀석은 이런 분위기를 좋아할지 모르지만 자신은 아니었다. 조금 답답하긴 해도 무연 휘발유와 디젤 향이 섞인 도시의 공기가 더 편안했다.

'제기랄!'

형사는 입 안의 껌을 질겅이며 속으로 투덜거렸다.

그나저나 원철이 녀석이 말해 주겠다던 것은 무엇일까? 팔란티어 안에서 자신이 관심을 가질 만한 것이라고 했고 또 메일로는 보낼 수 없는 것이라고 했는데, 여기까지 오는 동안 아무리 골을 쥐어짜 봐도 그런 게 뭐가 있을지 짐작조차 가지 않았다.

생각에 잠겨 있던 욱은 갑자기 바지선의 시동이 걸리는 바람에 고개를 들었다. 배는 사내와 자신만을 태운 채 서서히 강안에서 멀어지고 있었다. 일단 움직이기 시작하자 강바람이 시원한 것이 그다지 나쁘지는 않았으므로, 욱은 등을 편히 기대며 경치를 감상하기 시작했다.

강은 생각보다 잔잔했다. 사실 강이라고는 하지만 상류로는 청평 댐 하류로는 팔당 댐에 막혀 있는 이 구역은 흐름이 거의 없어 호수에 더 가깝다고 할 수 있었다. 욱은 다가오는 강의 동쪽 강변 즉 행정 구역상 양평군에 해당하는 쪽의 녹음이 뜻밖일 만큼 잘 보존되어 있는 것에 새삼 놀랐다. 몇 년 전 수질 보전 특수 지군지 뭔지를 지정하며 난리를 친 결과인 듯했다. 그러나 반대쪽인 강의 서안, 즉 가평군 쪽의 강안에는 오래된 매운탕 집과 카페들이 발 디딜 틈 없이 자리를 잡고 있어, 과연 그 조치가 수질 개선에 얼마나 기여했는지는 논란의 여지가 있어보였다.

저도 모르게 콧노래를 흥얼거리며 사방을 둘러보던 욱은 배가 후미진 만으로 돌아 들어가기 시작하는 순간 저도 모르게 탄성을 내뱉었다. 배가 만 안쪽으로 이동함에 따라 바깥쪽에서는 전혀 보이지 않던 건물이 우거진 녹음을 뚫고 거짓말처럼 모습을 드러냈기 때문이다. 욱이 놀란 것은 그런 위치에 건물이 있다는 것보다도 그 건물의 생김새 때문이었다. 중세 독일의 성을 빼다 박은 듯한 고딕 양식의 탑과 격자 창문으로 장식된 그 건물은, 건물 자체뿐만 아니라 주변 숲에까지도 마법을 걸어 마치 동화의 나라로 들어온 듯한 분위기를 자아내고 있었다.

욱이 얼이 빠져 있는 가운데, 사내는 신속하게 만의 안쪽에 배를 대었다. 배가 닿은 선착장은 성에서부터 주욱 이어져 내려온 돌계단의 끝이었고, 내리면서 보니 한쪽에 '푸른 산장'이란 푯말이 보였다. 뒤돌아본 욱은 사내가 말없이 선착장 옆의 말뚝에 배를 비끄러매는 것을 보고는 계단을 올라가기 시작했다. 계단 양쪽에 만발해 있는 꽃들 사이를 걸어 3, 4분 가량 올라가자 하얀 자갈이 깔린 넓은 광장이 나왔다. 마당의 오른쪽에는 그 중세의 성이 성문을 활짝 열고 서 있었다.

욱은 그제서야 아까 배를 몰던 사내가 흥분 어쩌고 하던 말을 이해할 수 있었다.

"이 자식이 정말 돌아버렸나? 도대체 무슨 생각으로 이런 곳에서 만나자는 거야?"

아무리 달리 보려 해도 고급 러브 호텔로밖에는 보이지 않는 4층짜리 성곽을 올려다보며 투덜거리던 욱은, 주변을 둘러보다 광장의 반대편에 서 있는 단층 건물을 발견했다. 욱은 직감적으로 그 건물이 레스토랑이나 카페일 거라고 생각하며 그쪽으로 걸음을 옮겼다. 아무래도 원철이 녀석이 와 있다면 여관 방보다는 그쪽에 있을 확률이 더 높아보였기 때문이다.

건물의 사방 벽면이 유리로 되어 있었기 때문에, 욱은 가까이 갈수록 자신의 짐작이 맞았다는 것을 확인할 수 있었다. 입구에 들어서서 안을 둘러보자 그다지 크지 않은 실내에 서너 쌍의 남녀들이 앉아 차를 마시고 있는 것이 보였다. 욱은 원철의 모습을 찾아 서너 번 더 눈을 돌리다가 입구 쪽 빈 테이블에 자리를 잡고 앉았다.

"자식이, 여기까지 불러놓고 제가 늦으면 어쩌잔 거야?"

못마땅한 얼굴로 투덜거리며 커피를 주문한 욱은 갑자기 급해진 생리 작용 때문에 씹던 껌을 테이블 밑에 붙여놓으며 자리에서 일어섰다.

화장실에서 시원하게 일을 마친 것까지는 좋았으나, 기운차게 화장실 문을 나서던 형사는 그만 맞은편 여자 화장실에서 나오던 사람과 정면으로 부딪히고 말았다. 덩치가 큰 욱이 약간 주춤거린 것에 비해 상대방은 아예 바닥으로 나뒹굴었다.

미니 스커트 아래로 길게 뻗은 허벅지가 눈에 들어오는 순간, 욱은 잽싸게 무릎을 꿇고 넘어진 여자를 부축했다.

"아이고, 이거 정말 죄송합니다."

"아이, 아저씨, 좀 보고 다니시지……, 앗!"

잘못이야 똑같이 했지만, 그래도 혼자 넘어진 바람에 잔뜩 부아가 나 있던 여자는 욱에게 한바탕 해대려고 입을 열다가 소스라치게 놀랐다.

"어어? 거, 거긴……."

부축을 핑계로 자연스레 여자의 겨드랑이에 손을 집어넣고 있던 욱도 그녀의 얼굴을 보는 순간 화들짝 놀라며 한 걸음 뒤로 물러났다.

"우, 욱 씨가 여긴 어, 어쩐 일이에요?"

"수, 수정 씨야말로 여긴 왜?"

"저, 저야……."

수정은 말을 더듬다 말고 갑자기 정색을 하며 말했다.

"그거야 댁이 관심을 가질 일이 아니잖아요?"

'흥, 그새 어디서 얼치기 바지씨 하나 물었나 보군.'

욱은 속으로 코웃음을 친 다음 말했다.

"그래요? 하긴 그렇군. 하지만 오늘 더 이상 곤란한 만남은 없는 게 피차 편할 테니까, 내가 여기 온 이유를 미리 알려드리는 게 낫겠네. 원철이가 곧 이리 올 거요. 그러니 그 녀석하고 마주치기 싫으면 어서 떠요."

"원철 오빠를 만나러 왔다고요?"

수정이 믿기지 않는다는 투로 되물었다.

"내 친구 내가 만나는데 뭐 문제가 있나?"

욱이 퉁명스레 대꾸하자 수정은 갑자기 표정을 일그러뜨리더니,

"이 나쁜 자식! 또 거짓말을……."

하고 소리치면서 밖으로 달려나갔다.

"이, 이봐!"

뭔가 이상한 느낌에 그녀를 따라 나간 욱은 종종걸음으로 선착장으로 이어지는 계단을 다시 내려갔다. 계단 아래에 다다르자 아까 타고 온 배는 온데간데없고 선착장에는 수정만이 빈 강물을 향해 발을 구르며 서 있었다.

"이봐요, 수정 씨. 갑자기 왜 난리요?"

욱이 묻자 수정은 이를 갈며 내뱉었다.

"원철이 그놈에게 또 속았어. 난 여기서 그 자식을 만나기로 했다고요."

"이보셔, 나도 그 녀석을 별로 좋아하진 않지만, 그래도 내 친구요. 그런 말투는……, 뭐? 여기서 원철이랑 만나기로 했다고?"

수정의 말투가 거북스러워 핀잔을 주던 욱은 깜짝 놀라며 되물었다. 수정은 그를 한번 흘겨보더니 말했다.

"뭘 그리 놀라요? 꼴을 보아하니 댁도 당한 것 같은데."

물론 수정은 이미 원철이 나타나지 않으리란 걸 깨닫고 한 말이었지만, 욱의 관심은 다른 방향으로 쏠려 있었다.

"여기서? 원철이랑? 두 사람이 그런 사이였어? 그럼 전에 나랑은 왜 만났던 거야?"

"넘겨짚지 말아요. 아직도 모르겠어요? 원철 오빠는 어차피 오늘 여기 나타날 생각이 없었던 거라고요."

조금 진정이 되었는지 아니면 욱을 의식해서인지 원철에 대한 수정의 호칭은 다시 오빠로 돌아와 있었다.

"이 새끼, 정말 웃기는 자식이네. 내 이 녀석을 당장……."

욱이 결국 분통을 터뜨리자 수정은 시계를 들여다보더니 한숨을 쉬며 말했다.

"쓸데없이 열 내지 말아요. 어차피 오늘은 여기 발이 묶였으니까."

"그게 무슨 소리요?"

"여긴 4시 반이면 배가 끊어져요. 어차피 내일 아침이나 되어야 나갈 수 있으니 화는 그때 내도 늦지 않아요. 쳇, 마지막 배로 들어오는 줄 알고 있었더니."

수정의 말에 욱은 깜짝 놀라 시계를 보았다. 벌써 5시 10분 전이었다. 하도 기가 막혀 사방을 둘러보았으나 푸른 강물만이 말없이 넘실거리고 있을 뿐이었다.

"한잔 할래요?"

수정의 물음에 욱은 별 생각 없이 고개를 끄덕이려다 정신을 바짝 차리며 고개를 저었다.

"아니, 됐어요. 이번 달 마실 술은 저번에 다 마신 것 같으니까."

그러자 수정은 피식 웃더니 웨이터를 불러 소주 두 병을 시킨 다음 앞에 놓인 스테이크를 다시 난도질하기 시작했다.

일단 배를 채우고 보기로 의견을 모은 두 사람은 다시 레스토랑으로 돌아와 있었다.

수정이 말했다.

"원철 오빠도 가끔 보면 정말 엉뚱할 때가 있어요."

"그 자식 얘긴 꺼내지도 말아요. 소화 안 되니까."

욱이 앞에 놓인 비빔밥을 거칠게 비벼대며 투덜거리자 수정이 다시 말했다.

"난 아까부터 오빠가 왜 이런 짓을 했을까 생각하던 중이에요."

그녀는 커다란 고깃점을 입에 넣고 우물거리다가 갑자기 생각난 듯 물었다.

"설마 우리 둘이 다시 만나라고 그런 건 아니겠죠?"

"말도 안 되는 소리지."

욱이 변함없는 톤으로 투덜거리자 수정이 맞장구를 쳤다.

"그러게요. 서로 취향이 다른 거야 너무 뻔하잖아요."

"암. 나도 건강한 남성이긴 하지만, 수정 씨식의 연애는 별로 좋아하지 않아요."

"흥, 그럴 줄 알았어요."

수정은 웨이터가 가져온 소주의 뚜껑을 따더니 연거푸 세 잔을 따라 마셨다. 욱은 약간 질린 표정으로 그녀를 쳐다보다가 고개를 내저으며 밥을 퍼먹기 시작했다.

그러자 갑자기 수정이 잔을 탁 내려놓으며 말했다.

"난 욱 씨 같은 사람들이 정말 이해되지 않아요."

"뭐가요?"

"원철이 오빠도 그런 편이지만 욱 씨는 더 심해요. 사람들이 왜 그리 솔직하지 못하죠?"

물론 수정은 욱이 저번 만남 내내 범생이 티를 내던 것을 말하고 있었다. 예절이니 체면이니 따위는 모두 가식이라고 생각하는 그녀이기에 그날 밤 욱의 행동이 영 탐탁지 않아서 하는 말이었다.

그러나 욱은 그녀의 말을 조금 다르게 받아들이고 있었다. 도둑이 제발 저리다고, 비록 손은 안 댔지만 결국 호텔까지 끌고 가긴 했으니, 분명 그녀가 자신의 검은 속을 꿰뚫어보았을 것이라고 생각한 형사는 지금 수정이 그걸 문제 삼고 있다고 받아들였다.

'제기랄, 제가 무슨 요조 숙녀라고.'

욱은 속으로 투덜거리며 말없이 밥알을 씹어댔다.

수정은 소주를 또 한 잔 따라 마시더니 말했다.

"물론 욱 씨 같은 사람들이 나 같은 여자를 어떻게 생각하는지 모르는 바는 아니지만, 최소한 난 내 감정에 대해선 솔직하게 살아요. 욱 씨처럼 위선은 하지 않아요."

참다못한 욱은 숟가락을 던지듯 내려놓으며 말했다.

"그래도 원철이 후배라고 해서 좀 대우를 해줬더니 뭐가 어째? 위선? 그래. 나 원래 그런 놈이오. 난 인생 그렇게 산다고. 내가 그렇게 사는 데 수정 씨가 뭐 보태준 것 있어?"

산만 한 덩치의 욱이 얼굴을 일그러뜨리며 그렇게 말하자 천하의 수정도 찔끔하며 입을 닫았다.

욱은 한 손으로 앞에 놓인 소주병을 거머쥐어선 자신의 물컵을 가득 채웠다. 단숨에 잔을 비운 형사는 앞에 앉은 여자를 노려보며 말했다.

"내 충고 하나만 합시다. 페미니스트? 남녀 평등? 제기랄, 평등하게 하면 씹할 때 느낌이 달라지나? 뽕타임이 길어지기라도 하냐고. 아그씨, 꿈 깨쇼. 겉으론 어떨지 몰라도 어차피 여자들은 여자들일 뿐이잖아. 막말로 벗겨놓으면 다 똑같은 거 아냐. 댁도 마찬가지고. 아니면 혹시 댁은 엉덩이에 금칠이라도 입혔소? 위선 좋아하고 있네."

너무 심한 소리라는 걸 알면서도 욱은 자신을 주체할 수가 없었다. 아마도 이틀 전 김혜란 박사에게서 들었던 남성 우월론자 어쩌고 하는 소리들이 아직까지 가슴에 쌓여 있었던 듯했다.

수정은 파랗게 질려 욱을 노려보았으나 워낙 형사의 기세가 험한 탓인지 아무런 대꾸도 하지 못하고 있었다. 그러나 가까스로 욱의 씨근덕거리는 숨소리가 잦아들자, 그녀도 자세를 고쳐앉으며 말했다.

"나도 충고 하나만 하죠. 남자들이라고 뭐 다를 게 있는 줄 아세요? 흥, 그렇게 잘난 척들 하고 다녀도 댁들의 그 텅 빈 대가리 속엔 딱 한 가지 생각뿐이죠. 항상 그 한 뼘도 안 되는 고깃덩이를 어디든 박아넣지 못해 안달이잖아? 겨우 그것 때문에 평생 서로 물고 뜯고 쌈박질이나 하는 주제에 뭐가 그리 잘났다고 그래. 그리고 댁도 마찬가지야. 혼자 다르다고 발버둥쳐 봤자, 두 다리 사이에 그 지겨운 소시지 토막 달고 있는 한은 다른 놈들이랑 똑같아. 아니면 댁이야말로 불알 대신 금방울이라도 달았나?"

이번엔 욱이 질린 눈으로 수정을 쳐다보았다.

잠시 침묵이 흐른 후, 욱이 먼저 헛기침을 하며 입을 열었다.

"흠흠, 최소한 이젠 서로를 보는 시각만은 솔직하게 교환이 된 것 같군."

"그래요."

다시 거북한 침묵이 이어졌다.

욱은 얼마 남지 않은 소주를 수정의 잔에 따라주며 말했다.

"그래서……, 이제 어떻게 하지? 내 말은……, 여기서 발이 묶였으니……."

"나도 심각하게 고민중이에요."

수정이 벌컥 잔을 비우며 말했다.

"기왕 이렇게 된 거, 어디 정말 금칠을 입혔는지 아닌지나 한번 보자고. 내건 금방울 맞아."

욱이 몸을 뒤로 기대며 뻔뻔스레 말하자 수정은 힐끗 그를 쏘아보았다. 그러나 이미 할 말 못할 말 다 주고받은 이상 욱으로선 굳이 그녀의 시선을 피할 이유가 없었다.

잠시 눈싸움을 하던 수정은 피식 웃음을 흘리며 포크와 나이프를 집어들었다.

"안 될 것도 없죠. 어차피 나도 여기까지 와서 주말 연속극으로 시간 때우기는 내키지 않던 참이니까."

욱은 그녀의 말이 떨어지기가 무섭게 웨이터를 부르려 했으나, 수정이 고개를 젓는 바람에 반쯤 들었던 손을 내렸다. 그녀는 느긋하게 고기를 썰며 말했다.

"쯔쯔……, 오빠 뭐가 그리 급해? 일단 식사나 마저 해요. 방은 아까 잡아놓은 게 있으니까."

"하긴 성욕보다는 식욕이 우선하는 법이지."

욱이 미소를 지으며 말하자 수정은 스테이크 한 점을 입 안에 집어넣으며 또다시 고개를 저었다.

"글쎄. 그건 잘 모르겠지만(우물우물) 내 경험상 빈속에 장거리 뛰는 건 확실히 어리석은 일이거든(우물우물)."

방값에 비해 상당히 호화롭게 꾸며져 있는 실내를 둘러보던 욱은 텔레비전을 켜고 의자에 앉았다. 수정이 먼저 샤워를 하겠다고 욕실로 들어갔으므로, 문 밖으로 흘러나오는 물소리를 들으며 앞으로 이어질 질펀한 밤을 나름대로 상상하는 것 외에는 딱히 그가 할 일이 없었기 때문이다.

콧노래를 흥얼거리며 이리저리 채널을 돌리던 형사는 갑자기 요란한 꽹과리 소리가 들리는 바람에 리모컨에서 손가락을 떼었다. 화면에서는 50대로 보이는 박수 무당이 그 신명나는 장단에 맞춰 펄쩍펄쩍 뛰고 있었다. 욱이 보고 있는 동안에도 무당의 양손에 들린 시퍼런 칼들은 연신 허공을 그어댔다.

그 화면 뒤로 낮게 가라앉은 남자 성우의 내레이션이 흘러나왔다.

"이러한 현상은 우리 나라의 무속인들에서도 흔히 볼 수 있다. 과거에는 이런 굿판이 며칠씩이고 계속되었다고 하는데, 굿판이 열리는 동안 무당으로 알려진 영매들은 초자연적인 존재들과 우리를 이어주는 교신자 역할을 하게 된다. 이런 상태를 트랜스, 즉 무아지경이나 황홀경이라고도 부르는데, 이것이 단순히 고도로 위장된 연기인지 아니면 정말로 일어나는 현상인지를 구분하기란 쉽지 않다."

화면의 무당은 내레이션을 보충하기라도 하듯 갑자기 움직임을 멈추더니 눈을 까뒤집었다.

"엄마아아……, 나야……, 나……."

쪼글쪼글한 입가의 주름이 거의 움직이지 않는 가운데, 무당의 입에서는 도저히 그의 목소리로는 믿을 수 없는 여자아이의 음성이 흘러나왔다. 아마도 그 아이의 어머니로 생각되는 여인이 두 팔을 휘저으며 통곡을 하는 장면과 함께 다시 성우의 목소리가 이어졌다.

"일부 영매들은 이러한 상태에서 본인과 가족이 아니면 도저히 알 수 없는 일들을 쪽집게처럼 알아맞추면서 이미 이승을 떠난 사람과 남아 있는 사람 사이의 대화를 매개해 준다고 주장한다. 이들이 가끔 보여주는 불가사의한 행동들은 이들의 주장을 뒷받침해 주는 증거가 된다."

카메라는 무당의 얼굴에서 차츰 아래로 이동하여 날이 시퍼렇게 선 작두를 밟고 서 있는 맨발을 비추었다.

갑자기 장면이 바뀌어 흰 가운을 입은 40대 남자가 침대에 누운 사람과 뭐라고 대화를 나누는 모습이 나오더니 내레이션이 뒤따랐다.

"현대 의학의 분야에서도 영혼이나 귀신의 존재를 완벽히 부정할 수 없는 증거들이 종종 발견된다."

욱은 그제야 이 프로가 여름이 시작되면 어김없이 등장하는 납량 특집성 다큐멘터리라는 것을 깨달았다.

화면에서 의사로 보이는 흰 가운의 남자가 눈을 감고 침대에 누워 있는 여자에게 물었다.

"넌 누구지?"

"난 나지, 뭐."

여자답지 않은 굵은 음성이었다. 이어서 섬뜩한 대화가 계속되었다.

"넌 언제부터 거기에 있었지?"

"몰라……, 한 3년?"

"왜 거기에 있나?"

"여기가 좋아. 난 여기가 좋아."

"왜 이 사람을 괴롭히나?"

"……. 재미있어. 이 여자가 괴로워하는 게 재미있어."

"거기에 계속 있으면 안 되는 거 알지?"

"알아……, 하지만 여기가 좋아. 난……, 안 나갈 거야……. 절대로."

다시 장면이 바뀌면서 가운을 입고 있던 의사가 신경 정신과 전문의 아무개라는 자막과 함께 등장해 화면을 보고 말했다.

"가끔씩 이런 환자들을 만나면 굉장히 당황스럽죠. 한두 번은 그냥 넘기더라도 자꾸 이런 환자들을 접하다 보면 현대 정신 의학이, 아니 현대 과학이 그어놓은 선이 과연 타당한 것인지 의심을 해보지 않을 수 없게 되거든요. 현대 사회가 그 구성원들에게 상당히 많은 감정을 억누르고 살 것을 강요하는 건 사실이니까, 그런 억압되고 잠재된 감정들이 인격화되어서 나타난다고 굳이 설명을 붙일 수도 있겠죠. 하지만 과연 어디까지 그런 무리한 설명만을 고집할 수 있을지……."

의사가 말꼬리를 흐리며 다시 화면이 바뀌었지만, 이미 욱은 텔레비전을 보고 있지 않았다.

벗어놓았던 신발을 꿰신으며 방문을 열어젖힌 형사는 무시무시한 속도로 호텔 복도를 지나 계단을 달려 내려갔다. 1층 프런트에 다다르자, 욱은 숨을 헐떡이며 카운터 뒤에 앉아 있는 직원에게 물었다.

"이봐요. 지금 급히 강을 건너가야 하는데 어떻게 하면 되죠?"

그러자 20대 초반의 남자 직원은 흘끗 그를 올려다보더니 정리하던 장부로 다시 시선을 돌리며 말했다.

"지금은 못 가요. 내일 아침에 배가 들어와야 건널 수 있어요."

"이것 봐요. 정말 중요한 일이라니까."

그러자 직원은 귀찮다는 듯 얼굴을 찡그리며 말했다.

"글쎄, 안 된다잖아요. 배가 없는데 날더러 어쩌란 말이에요? 모르고 오신 분처럼 왜 그러세요? 것도 남자분이."

욱은 이를 악물고 사방을 둘러보았지만, 달리 이야기해 볼 만한 사람은 보이지 않았다. 약간 대화의 방법을 달리할 필요가 있음을 느낀 형사는 차분한 목소리로 다시 말했다.

"만약에, 만약에 말이오, 여기서 밤에 응급 환자가 생기면 어떻게 하죠? 예를 들어 당신이 크게 다치더라도 내일 아침까지 기다릴 거요?"

그러자 직원은 여전히 장부에 얼굴을 처박은 채 대답했다.

"글쎄요. 제가 다치면 그때 생각해 보……."

남자의 말이 미처 끝나기도 전에 욱의 커다란 손이 그의 뒷덜미를 힘껏 거머쥐었다.

"으아아……."

욱은 카운터 위를 날다시피 하며 끌려나온 남자의 멱살을 단단히 잡고는, 다른 손으로 수첩을 꺼내 경찰 신분증을 내보였다.

"내가 정말 중요한 일이라고 했지. 너 정말 다치고 나서 생각해 볼래?"

"힉, 힉."

숨도 제대로 쉬지 못하고 얼어붙었던 직원은, 욱이 다시 한번 인상을 쓰자 비틀거리며 한쪽으로 걷기 시작했다.

"비, 비상용, 비상용 보트가 하, 하나 있긴 해요."

그를 따라 지하층으로 내려가 쪽문을 열자, 한 평 남짓한 소형 선착장과 그 옆에 매여 있는 작은 보트가 보였다.

욱은 지체없이 보트에 올라 노를 잡으며 말했다.

"그 줄 풀어."

직원이 허둥지둥 줄을 푸는 동안, 욱은 껌 두 개를 까서 입 안에 던져넣었다. 아직은 해가 완전히 지지 않았으니 강 건너 선착장을 찾는 것은 어렵지 않을 것이다. 단지 거기까지 힘들여 노를 저어야 한다는 게 좀 더러울 뿐이었다.

직원이 줄을 풀어 보트 안으로 던져넣자, 욱은 노를 저으려다 말고 그에게 눈을 부라렸다.

"자식이, 손님 가시는데……."

"네?"

직원은 지레 겁을 집어먹으며 한 걸음 뒤로 물러섰으나, 이내 욱의 말뜻을 알아차리고는 90도로 허리를 굽혔다.

"안녀, 안녕히 가세요."

보트는 그제서야 노을진 강 위로 힘차게 미끄러져 나가기 시작했다.

원철은 식탁 가운데에 냄비를 내려놓으며 말했다.

"미안합니다. 이 집엔 라면말고는 별로 먹을 게 없어요."

그러자 혜란이 미안한 웃음을 지었다.

"저야 불평할 입장이 아니잖아요? 지난 다섯 시간 동안 괴롭혀 드린 걸 생각하면 밥을 얻어먹는 것만도 감지덕지죠."

원철이 입술을 삐죽 내밀며 말했다.

"이 시간에 빈속으로 사람을 내몬 몰인정한 인간이란 소리를 듣기가 싫어섭니다. 진심에서 우러나와 대접해 드리는 건 아니에요."

"정말 미안해요. 하지만 전 기왕 일을 시작하면 힘들더라도 제 대로 하는 성미가 되어놔서요. 세 시간 대충 일하고 날림 공사를 하는 것보다, 조금 고생이 되더라도 두 시간 더해 제대로 된 결과 를 건지는 게 낫지 않아요?"

원철은 대답 대신 대접에 면을 수북이 담아 혜란 앞에 놓았다.

"일단 듭시다. 이젠 혀에 쥐가 나는 것 같아 더 이상 말도 못하겠수."

"후후, 보기보다 가족 관계가 복잡하시네요. 아버님이 8형제에, 어머님은 6형제라. 드물게 대가족이에요. 심심하시진 않았겠어요."

"초등학교 때까지는 그랬죠. 중학교에 가니까 같은 또래 사촌들이 하나 둘 서울로 올라가더라고요. 전 고등학교 때 서울로 올라왔으니까……, 에……."

원철이 기억을 더듬느라 잠시 말을 멈추자, 혜란이 불쑥 끼어들었다.

"전 고등학교까지 여기서 다니고 이민을 갔죠. 대학은 미국에서 졸업했어요."

"힘드셨겠군요."

"처음에야 약간 고생을 했지만, 익숙해지고 나니까 오히려 거기 생활이 더 쉽더군요."

"아마 그랬을 겁니다. 여기처럼 피 튀기는 경쟁 속에서 살 필요는 없었을 테니까."

"그렇지만도 않아요. 미국은 오히려 대학이 좀 피를 말리죠. 고등학교까지는 식은죽 먹기지만. 고등학교는 여기서, 대학은 미국에서. 후후, 아마 전 계속 고생만 할 팔자였나 봐요."

원철은 면을 우물거리며 씨익 미소를 지었다.

"왜 웃으세요?"

"아니, 미국에서 대학을 다니고 거기서 심리학 박사까지 따신

분이 팔자 운운하니까 왠지 우스워서……."

그러자 혜란은 마주 미소를 지으며 말했다.

"후후, 글쎄요. 그건 박사 학위하고는 상관이 없는 문제가 아닐까요? 원철 씬 혹시 스스로의 인생이 어떤 미지의 힘에 의해 이미 오래 전 정해진 방향으로 조타되는 듯한 느낌을 받으신 적이 없으세요? 가끔씩이라도요. 모든 사람의 인생이 다 우연과 자유 의지의 조합만으로 진행된다는 것보다는 그게 훨씬 더 매력적으로 들리지 않나요?"

"글쎄요. 더 매력적인지 아닌지는 모르겠지만, 팔자든 운명이든 분명 인생의 흐름에 어떤 정해진 궤적이 있다는 건 믿어요. 모든 게 랜덤은 아니겠죠."

혜란이 다시 물었다.

"그럼 종교는 뭘 믿으시죠?"

"전 종교 없어요."

원철이 시큰둥하게 고개를 젓자 혜란은 고개를 갸우뚱했다.

"말씀하시는 걸로 보아 종교가 있을 것 같았는데……."

원철은 어깨를 한번 으쓱한 다음 말했다.

"비슷해 보여도 종교는 좀 다르죠. 운명이니 팔자니 하는 것들은 그래도 현실을 받아들이려는 사람이 들먹이는 소리고, 종교는 현실에서 벗어나고픈 사람이 찾는 탈출구니까."

그러자 혜란은 두 눈을 크게 뜨며 낮은 탄성을 흘렸다.

"호오, 놀랍군요. 프로그래머시라더니 지금은 철학자 같은 말씀을 하시네."

"글쎄요, 그냥 이럭저럭 살다 보면 그런 생각이 들게 되지 않나요?"

조금 쑥스러워진 원철이 되묻자 혜란이 밝게 웃으며 말했다.

"얼마나 사셨다고 그런 말을 하세요? 아니면 지나온 삶이 그다지 평탄치 않으셨나 봐요?"

"하하, 글쎄요. 난 그냥 평균적으로 살았다고 생각하는데."

"그건 앞으로 차차 이야기를 들어보도록 하죠, 뭐."

"차차라뇨? 그것도 연구에 필요하십니까?"

"그럼요. 어린 시절에서 지금까지의 인격 발달 과정을 알아야 하니까."

"그것도 시간이 좀 걸리겠군요."

원철이 약간 껄끄러운 표정으로 중얼거리자 혜란이 다독거렸다.

"이제부터는 한 번에 한 시간 정도면 돼요. 그냥 저랑 가볍게 사는 얘기나 나눈다 생각하시면 부담은 없으실 거예요. 그 정도는 어렵지 않으시겠죠?"

"그 정도라면 일단 가능은 하겠지만……. 하지만 제가 하는 일의 성격상, 일단 작업이 몰리기 시작하면 며칠이고 밤을 새야 할 정도로 바쁜 때도 있어요."

"물론 하시는 일에 지장이 있어서야 안 되겠죠. 이렇게 하면 어때요. 혹시 일이 바쁘시면 미리 연락을 주세요. 그럼 그날은 제가 오지 않도록 하죠."

"그래도 매번 여기까지 오는 일이 쉽지는 않으실 텐데……."

원철이 걱정해 주는 척하며 말하자 혜란이 미소를 지었다.

"제가 그 정도는 해야 원철 씨도 협조를 해주시지 않겠어요? 지금 눈치를 보니까 그렇게 해도 겨우 승낙해 줄까 말까인 것 같은데요?"

원철은 속으로 픽 웃음을 흘렸다. 김혜란이란 이 여자, 상당히
단수가 높았다. 말을 하면 할수록 더 거절하기 힘들게 몰아간다.
그리고 그 집요함에 있어서도 최소한 욱이 녀석 이상이면 이상이
지 절대로 그 이하는 아니었다.

'에라, 모르겠다. 기왕 시작한 거……'

두 손을 들며 한숨을 내쉬는 중간에 갑자기 전화 벨이 울려 원
철은 자리에서 일어났다.

수화기를 집어든 그는 미처 '여보세요'라는 말도 꺼내기 전에
고막을 난타하는 고음에 얼굴을 찡그렸다.

"오빠, 이게 뭐야!"

수정의 목소리였다. 일단 심상치 않은 분위기인지라, 원철은
수화기를 들고 작업실로 들어가 문을 지친 다음 목소리를 죽여
물었다.

"수, 수정이니? 왜? 무슨 일이야?"

"무슨 일이냐니! 오빠가 오늘 여기서 만나자고 했잖아!"

긴 손톱으로 새 흑판을 긁는 듯한 목소리였다.

원철은 혜란의 방문 때문에 까맣게 잊고 있던 욱과 수정의 일을
떠올리며 '아차' 했다. 설마 욱이 녀석이 제대로 나타나지 않은 걸
까? 그렇다면 수정이 혼자서 지금까지…….

"거, 거기 혹시 욱이 안 갔어?"

더듬거리며 묻자, 또다시 가시 돋친 목소리가 귓구멍을 파고들
었다.

"오긴 왔지, 그 개자식!"

518

"오긴 왔다니? 그럼 지금 같이 있는 것 아냐?"

"같이 있어? 흥, 그 자식 내가 샤워하는 동안 사라졌어. 날 여기 호텔 방에 내버려두고 토꼈다고!"

"뭐?"

원철은 이해가 가지 않았다.

'사라져? 샤워하는 동안 사라졌다는 걸로 봐서는 일단 계획했던 대로 일이 진행되어 가던 중인 것 같은데, 그 상황에서 그 녀석이 왜……? 아니, 그보다도 일단 욱이 녀석이 약속된 시간에 그곳에 발을 들여놓았다면 내일 아침까지는 절대로 강을 건널 수 없을 텐데, 도대체 어떻게…….'

"저기, 실은 내가 바쁜 일이 생겨서 녀석을 대신 보낸 거거든. 네가 이해를 해라. 그리고 거기 뱃길 끊어지는 건 너도 알잖아. 사라지고 싶어도 그럴 수 없다고. 잘 찾아보면 근처에 어디 있 겠……."

찬찬히 달래려고 들자 수정이 다시 소리질렀다.

"오빠! 오빠 친구란 그 자식, 여기 직원을 두드려패서 비상용 보트를 빼앗아 탔어! 벌써 한 시간 전에 강을 건넜대. 나한텐 말도 없이!"

'두드려패? 비상용 보트?'

원철은 하도 놀라서 정신이 없을 지경이었다. 이건 아무래도 말이 되지 않았다.

'도대체 이 자식 뭐가 어떻게 된 거지?'

수정이 계속 따따거렸다.

"뭐야, 정말! 온다던 인간은 오지도 않고, 대신 온 인간은 말도 없이 도망가고."

"수, 수정아. 내……."

원철이 변명을 하려는데, 문 밖에서 혜란의 목소리가 날아들었다.

"원철 씨, 혹시 김치 좀 있으세요?"

동시에 싸늘한 냉기가 수화기를 통해 흘러나왔다.

수정이 물었다.

"거기 누구 있어?"

"아니……, 저기, 그냥…… 아무도 아냐."

원철은 적당히 얼버무리려 했으나 이미 물은 엎질러진 후였다.

"흥, 바쁜 일이란 게 지금 같이 있는 그년이었어?"

"아, 아니, 이건 그런 게 아니라니까……."

"야, 이원철! 뭐? 운동을 한다고? 나쁜 자식, 나도 자존심은 있어. 내가 좀 구르는 년이라고 너랑 네 친구란 그 곰새끼가 아예 날 가지고 놀기로 작정한 모양인데, 너 내가 그렇게 만만하게 보여? 이원철 너, 오늘 일은 반드시 후회하게 만들어주겠어! 두고 봐!"

원철은 수정이 전화를 끊은 다음에도 한참 동안 단조로운 통화음을 들으며 서 있었다. 애초에 이런 식으로 될까 봐 가까워지지 않으려 했던 건데, 이건 정말 최악의 상황이었다. 어떻게든 해결을 보지 않으면 둘 중 하나가 블레이드 러너에서 나가는 수밖에 없었다.

'그나저나, 도대체 욱이 녀석은 어떻게 된 거지?'

원철이 이마를 잔뜩 찌푸린 채 작업실을 나서자, 혜란이 냉장고에서 꺼내온 김치 그릇 뚜껑을 열면서 물었다.

"나쁜 소식인가요? 표정이 안 좋네요."

"후우, 요즘은 일들이 영 생각했던 대로 풀리질 않는군요."

원철이 푸념조로 내뱉자 혜란이 말했다.

"가끔 그런 때가 있어요. 하지만 언젠가 그런 꼬인 가닥들이 풀리는 날도 오잖아요. 그때까지는 원철 씨 말대로 그냥 팔자려니 하고 현실을 받아들이는 수밖에요."

"팔자요?"

원철은 씁쓸히 미소를 지으며 되뇌었다. 지금은 솔직히 종교 쪽으로 더 마음이 기울고 있었다.

혜란이 떠난 다음, 원철은 가능한 한 빨리 연락을 달라는 메시지를 욱에게 써서 자료실에 올려놓았다. 일단은 어떻게든 팀을 깨뜨리지 않고 이 일을 해결보는 것이 중요했다. 그러자면 수정에게 오늘 일을 납득시킬 수 있는 이유가 필요했고 그를 위해선 결국 욱에게서 직접 자세한 전후 사정을 듣는 수밖에 없었다.

"어휴, 젠장!"

도무지 이해가 가지 않는 일이었다. 분명히 빗나갈 수가 없는 계획이었는데, 왜 욱이 녀석이 거기서 갑자기 줄행랑을 놓았을까? 차린 밥상을 마다하는 일은 절대로 없던 녀석이었는데……

"모를 녀석이야, 정말! 대책이 안 서, 대책이."

원철은 계속 혼자말로 투덜거리며 눈살을 찌푸렸다.

어쩌면 애초부터 잘못된 계획이었는지도 모른다. 즉, 욱이란 놈은 어떤 상황에서건 자신에게 피해를 주도록 만들어진 존재이므로, 그 녀석을 이용해서 뭔가 득을 보려 했다는 발상 자체가 잘못

된 것일 수도 있다는 말이다.

"쳇! 정말 악연이야, 악연!"

프로그래머는 고개를 저으며 팔란티어의 갈무리 파일을 열었다. 하루 종일 보고 싶던 것을 지금까지 미루고 있었던 터인지라 화면을 주시하는 그의 눈은 유난히도 반짝였다.

일단 오늘의 쾌거는 지능을 올렸다는 것이다. 쉽지는 않았지만 노력을 하면 '보로미어적 행동'에 아직은 제동을 걸 수 있다는 것을 확인한 게 또 하나의 성과라면 성과였다. 그리고 비록 올린 지능치라 해도 5밖에 안 되지만, 미스릴 블레이드의 지능치를 더하면 8이 된다. 그 정도면 일반적인 투사급 전사의 지능을 훨씬 상회하는 수치인 것이다.

지능을 올림으로서 얻는 장점은 무궁 무진하다. 마법을 사용하기 위해 일정한 수치 이상이 반드시 필요한 위저드 계급이 아니더라도, 지능이 올라가면 이해할 수 있는 언어의 수가 늘어나면서 주변 정세에 대한 정보 수집이 용이해진다. 또 어떤 문제에 봉착하더라도 그것을 해결할 수 있는 방법을 발견할 확률도 높아진다. 실제로 캐릭터의 머리가 좋아지는지 아닌지는 이제부터 경험해 보아야 하겠지만, 솔직히 그랬으면 하는 것이 원철의 바람이었다.

한 가지 문제는 그 미스릴 블레이드에 대한 통제를 상실하는 순간 보로미어의 지능이 거꾸로 5에서 3을 뺀 2로 변한다는 것이었다. 보로미어가 브루이넨 속주에서 제1서열인 검사급 전사였을 때의 지능이 4였다.

'그러니 지능이 2라면……'

어떻게 될지 생각조차 해보고 싶지 않았다.

그리고 또 추적대의 문제가 있었다. 현자 라키시스의 말을 들어보면 기트얀키 추적대는 간단히 생각할 문제가 절대로 아니었다. 기트얀키 열 마리라면 나이트 급 전사 예닐곱이 가까스로 막아낼 정도의 전투력을 가진 무리다. 스톤헨지에서야 갑옷의 힘이 발동하는 덕에 운 좋게 살아남았지만, 다음 대결에서도 그 힘이 발동하리란 보장은 어디에도 없었다.

그런 관점에서 생각한다면, 보로미어가 지금이라도 실바누스의 거짓말을 눈치챈 것이 얼마나 다행한 일인지 몰랐다. 덕분에 그 웃기지도 않는 맹세에서 벗어날 수 있었고 가이우스의 원정대에 합류할 기회가 생겼던 것이다. 그 정도 숫자의 원정대와 같이 행동한다면 기트얀키들이 군단으로 몰려온다고 해도 겁낼 필요가 없었다. 물론 자신에게 기트얀키 추적대가 붙어 있다는 사실을 밝히지 않고 원정대에 끼여든 행동에는 윤리적 논란의 소지가 약간 있기는 하지만, 그거야 자격 제한을 두지 않는 원정대라면 대원들 모두가 당연히 나눠 져야 할 위험 부담의 일부분일 뿐이다.

게다가 그걸 밝히느냐 마느냐의 결정은 보로미어가 한 것이니 자신의 책임은 아니라고 생각하며, 원철은 슬쩍 미소를 지었다.

스크린에는 제라드 쿰에서 비트라 쿰까지의 지루한 여정이 이어졌다. 원정대는 길에서 하룻밤을 지낸 후 다음날 오전 비트라 쿰에 도착했고, 둘째 날의 나머지는 대부분이 제대 편성과 휴식에 할애되었다. 거기서부터는 특별한 사항이 없었기 때문에 원철은 갈무리의 마지막 부분까지를 빠른 속도로 돌려 보았다.

파일을 닫기 전에 원철은 잠시 리와인드를 하여 마지막으로 실바누스의 모습을 보았다. 낡은 두건을 눌러쓴 낯익은 모습이 화면에 뜨자 원철은 착잡한 느낌을 떨쳐버릴 수가 없었다. 비록 자신을 이용하려는 목적이었다고는 해도, 지금까지 여러 모로 도움을 주던 녀석이었는데…….

쓸쓸한 입맛을 다시던 프로그래머는 그 동안 녀석에게 감쪽같이 속았던 자신이 조금은 쑥스럽기도 하고, 또 그 포댓자루의 어깨가 계속 흔들리는 모습을 보고 있기도 괜히 심란하여 얼른 파일을 닫았다.

'그나저나 상급 서열들간의 파벌 싸움이라니…….'

엉뚱하게 휘말려 목숨을 잃기 딱 좋은 일이었다. 무엇보다도 아직은 모든 게 미숙한 보로미어가 또다시 그런 일에 휘말리지 않도록 하는 것이 중요했다.

'이제는 지능치도 올라갔으니 알아서 잘하겠지'라고 생각하며 원철은 시계를 올려다보았다. 벌써 밤 11시를 넘어가고 있었다. 다시 게시판 자료실을 연결하여 욱의 답장을 찾아보았으나 그 빌어먹을 녀석은 여전히 감감무소식이었다. 원철은 핸드폰으로 연락해 볼까 심각하게 고려해 보았으나 막상 다이얼을 돌리자니 왠지 께름칙한 생각이 들어 참기로 했다.

'곧 연락이 오겠지.'

시스템을 끄고 일어선 원철은 구시렁거리며 거실로 나와 소파에 몸을 던졌다. 테이블 위에서 혜란이 놓고 간 두툼한 인쇄물을 집어들자 그 표지에 찍힌 굵은 알파벳 네 글자가 눈에 들어왔다.

'MMPI'

깨알 같은 설문지 내용을 훑어보던 프로그래머는 문항 번호가 500이 넘어가는 것을 보고는 고개를 설레설레 흔들었다.

"이걸 다 풀라고?"

그는 인쇄물을 한켠으로 집어던진 후 천장을 올려다보았다.

갑자기 하루의 피로가 해일처럼 밀려왔다.

제26장
네크로맨서의 숲

6월 9일 월요일

원철은 안절부절못하면서 다시 자료실을 검색했으나, 여전히 xyz로 시작하는 욱의 답신은 보이지 않았다. 벌써 오늘만 스무번째로 하는 검색이었다. 욱이 녀석은 하늘로 솟았는지 아니면 땅속으로 꺼졌는지 지난 이틀 동안 감감무소식이었다. 이쯤 되니 이젠 솔직히 집이나 핸드폰으로 전화를 걸어보기도 겁이 날 지경이었다. 분명히 녀석에게 무슨 일이 생긴 게 틀림없었다.

원철은 담배를 꺼내 물며 한숨을 쉬었다. 아침에 상근 요원인 미숙이 바로 내일이 삼진 시스템의 시험 가동일이란 걸 알려왔다. 그것은 성식이 형이 여러 팀원들의 작업을 성공적으로 짜맞췄다는 뜻이었고, 또 블레이드 러너 팀의 오랜 전통에 따라 시스템의 시험 가동을 지켜보기 위해 팀원들이 모두 모여야 한다는 뜻이기

도 했다. 그것은 좋건 싫건 내일 오전 중으로 수정과 얼굴을 마주
대해야 한다는 것을 의미했는데, 욱으로부터 아무런 설명도 듣지
않고 거길 나간다는 것은 가스 충전소 옆에서 담배를 태우는 것
이상으로 건강에 도움이 되지 않는 일이었다.

도대체 욱에게 무슨 일이 일어난 걸까? 수정을 혼자 호텔 방에
팽개쳐두고 야반 도주를 한 이유는 무엇이며, 또 쉬지 않고 자신
을 들볶던 녀석이 갑자기 모든 연락을 끊고 침묵하는 까닭은 또
뭐란 말인가? 자동차 사고? 아니면 혹시 욱을 감시한다던 녀석들
이 행동에 나선 것은 아닐까?

온갖 끔찍한 상상에 시달리던 원철은 시계 바늘이 11시를 가리
키자 담배를 끄며 화장실로 향했다. 가득 찼던 방광을 비우고 작
업실로 돌아와 앉자, 이미 욱에 대한 걱정은 씻은 듯이 사라졌다.
지금은 다른 걱정거리들과 씨름을 할 시간이었다.

보로미어는 기상을 하자마자 남쪽 성문으로 걸음을 재촉했다.
그저께 정오에 제라드 쿰을 출발한 원정대는 중간에서 하룻밤 야
영을 했고, 어제 오전 중으로 비트라 쿰에 도착했다. 이동하는 동
안 가이우스는 부하들에게 쉬지 않고 여러 가지 지시를 내렸고,
또 30명에 가까운 대원들의 이름을 외고 그들의 특성을 일일이 파
악하는 등 바쁜 시간을 보냈다. 그는 그런 와중에도 틈틈이 짬을
내어 보로미어와 여러 가지 이야기를 나누었고 특히 네크로맨서
의 역사와 그를 공략하기 위한 자신의 작전에 대해 자세히 설명해
주었다.

무슨 이유에선지는 몰라도 가이우스가 자신을 특별 대접하고 있다는 것은 전사의 무딘 눈에도 분명히 보였다. 그러나 그 이유에 대해 차츰 의구심을 키워가던 보로미어는 어제 오후 제대가 편성되자 원정 대장의 속뜻을 이해할 수 있었다.

전체 원정대는 비트라 쿰 출신과 제라드 쿰 출신이 반반으로 대략 예순 명 가량이었는데, 이런 대규모 원정에서는 원정의 효율성을 위해 제대를 나누는 편이 유리했다. 가이우스는 전 대원을 스무 명, 스무 명, 열 명, 열 명으로 이루어진 네 개 제대로 나누었다. 각각 스무 명인 제1제대와 제2제대는 전사들이 중심이 되었고 제3제대는 위저드가, 그리고 제4제대는 레인저들이 주축이었다. 사제 계급은 모든 제대에 고르게 배치되었다. 그러나 보로미어가 속한 1제대라고 위저드나 레인저가 전혀 없는 것은 아니었고, 3제대와 4제대에도 자체 방어를 위한 전사 계급이 있었다. 또 모든 제대에는 그 제대를 이끌 제대장이 있었고 제대장과 가이우스 간의 연락을 위해 가이우스의 부하가 한 명씩 배치되었다.

가이우스의 특별 대접에 대한 보로미어의 의심은 제1제대장으로 임명됨과 동시에 씻은 듯이 사라졌다. 처음에는 약간 어리둥절했지만, 전사는 이내 자신도 4급인 투사 서열임을 깨달았다. 제2제대장인 하플링 리스트 역시 투사급 전사였고 제3, 제4제대장도 각각 4급 서열인 메이지 급 위저드 바실리아와 트래커 급 레인저 질리안이었다. 이틀에 걸친 가이우스의 특별 교육은 보로미어에게 제대장을 맡기기 위한 사전 포석이었던 것이다.

"자네도 이젠 나이트를 위한 수업을 쌓을 필요가 있어."

가이우스가 다른 대원들 앞에서 제1제대장으로 자신의 이름을 부르며 속삭인 말이었다.

　중앙 광장에 다다른 보로미어는 자신을 돌아보는 사람들의 시선을 의식하고는 고개를 치켜들었다. 새 투구에 새 방패, 그리고 허리춤에서 번쩍이는 미스릴 블레이드. 사실 누구라도 한번쯤은 돌아보지 않을 수 없는 차림이긴 했다. 새 투구는 기트얀키들에게 박살난 현자의 투구처럼 정신을 맑게 해주는 특수 능력은 없었지만 그래도 방어력만은 그에 못지않은 라반듐으로 만든 것이었고, 방패는 폭이 1미터나 되는 강철제로 나이트 급들도 들고 다니기 힘겨워하는 물건이었다. 모두 어제 비트라 쿰에 도착한 후 마련한 것들로 가이우스가 2000두카트라는 거금을 빌려주지 않았다면 도저히 마련할 수 없었을 장비들이다. 물론 고물 갑옷은 드러나지 않도록 새 망토로 단단히 가렸다.

　"어이, 잭!"

　당당한 걸음으로 남쪽 성문을 향하던 전사는 뒤에서 자신의 옛 이름을 부르는 소리에 몸을 돌렸다. 그러자 거기엔 전투용 도끼를 둘러멘 채 웃고 있는 낯익은 아줌마 드워프의 모습이 있었다.

　"또 만날 줄 알았어."

　반갑게 웃으며 손을 내밀던 메디나는 보로미어의 시큰둥한 반응에 어리둥절한 얼굴이 되었다.

　"흥, 이게 누구신가? 이젠 서열도 6급이시니 챔피언 메디나시겠구먼."

　보로미어가 경멸감을 숨기지 않으며 빈정거리자 메디나의 얼굴은 딱딱하게 굳어졌다.

　"갑자기 왜 그러는 거야, 잭."

"내가 왜 이러느냐……. 글쎄, 이젠 나도 나름대로 세상을 보는 눈이 생겼기 때문이라고나 할까……."

"실바누스 님은? 너와 같이 있는 게 아니었나?"

드루이드의 이름이 나오자, 보로미어는 드워프의 얼굴을 째려보며 픽 웃음을 흘렸다.

"허, 왜 그 자식 일을 나한테 물으셔? 굳이 궁금하다면, 그 찰거머리 같은 놈은 제라드 쿰에서 떼어버렸지."

계속되는 보로미어의 불손한 말투에 메디나는 결국 눈살을 찌푸렸다.

"이봐, 잭! 너 말 조심해. 나에게 예의를 갖추지 않는 건 상관없지만, 실바누스 님에 대해선 그렇게 함부로 말하지 마."

"왜? 난 너희들관 달라. 그러니 나한테까지 그 포댓자루 녀석을 받들어 모시라고 강요하진 마."

"다르다니?"

"흥, 내가 여전히 아무것도 모르는 얼치기 전사로 보이쇼? 나도 이젠 링메이든에 대해 알 만큼은 안다고."

'링메이든'이란 단어에 드워프 여전사가 꼿꼿이 긴장하는 모습은 보로미어가 보기에도 우스울 정도였다.

"잭, 네가 어떻게 링메이든에 대해서 아는 거지? 넌 알 수 없을……, 아니, 알아선 안 되는데."

"하, 세상에! 도대체 날 언제까지 속여먹을 수 있으리라고들 생각한 거야?"

보로미어가 고개를 흔들며 투덜대자 메디나가 그의 이름을 부르며 한 걸음 다가섰다.

"이봐, 잭……."

그러자 보로미어는 메디나가 다가온 만큼 뒤로 물러서며 내뱉었다.

"관둬, 이 아줌마야. 난 더 이상 여기서 낭비할 시간이 없어. 그리고 내 이름은 잭이 아니라 '보로미어'야, 보로미어."

그러나 몸을 돌린 보로미어가 채 서너 발짝을 옮기기도 전에 메디나의 억센 손이 그의 오른팔을 감아들었다.

"잠깐만, 잭이든 보로미어든, 혹시 실바누스 님에게 무슨 일이 생긴 건 아니겠지?"

"난 몰라. 그 자식은 제라드 쿰에서 떼어버렸다니까."

전사가 신경질적으로 대꾸하며 드워프의 손을 뿌리치자 그녀는 이번엔 그의 앞을 가로막았다.

"그럼 넌 지금 어디로 가는 거지?"

"그거야 댁이 알 필요 없잖아?"

"이쪽으로 가면 남쪽 성문인데, 설마 가이우스의 얼뜨기 군단에 한몫 끼러 가는 것은 아니지?"

"얼뜨기 군단? 보자보자하니까 정말! 내가 바로 그 얼뜨기 군단의 제1제대장이다. 그러니 길 비켜."

보로미어가 기어이 화를 내며 한쪽으로 비켜가려고 하자 메디나가 다시 앞을 가로막았다.

"잭. 아니, 보로미어. 정신차려! 가이우스를 따라가면 넌 죽어. 실바누스 님이야말로 네가 얻을 수 있는 최고의 보호자란 걸 왜 몰라!"

더 이상 상대하기도 귀찮아진 보로미어는 그녀의 가슴팍을 거

칠게 밀어붙였다. 투사급으로 오르며 강화된 체력 때문인지 메디
나는 간단히 튕겨나가 나뒹굴었다.

"나도 같은 계급의 상급 서열에게 이러긴 싫소만, 날 가만히 내
버려두었으면 이럴 필요도 없었잖소."

보로미어는 놀란 나머지 바닥에서 일어나지도 못하고 있는 드
워프에게 타이르듯 쏘아붙이고 걸음을 재촉했다.

성문에 다다르자 이미 대부분의 대원들이 모여 있었다.

"제대장님, 먼저 제대 인원을 점검하고 보고해 달라는 가이우
스 님의 전갈입니다."

소리 없이 다가온 레인저 하나가 말했다. 자세히 보니 연락을
위해 제1제대에 배치된 가이우스의 부하였다.

보로미어는 고개를 끄덕이고는 칼을 뽑아 방패를 두드렸다. 칼
의 미스릴과 방패의 강철이 부딪치는 소리가 맑은 종소리처럼 남
문 광장에 울려퍼지자 부근에 모여 있던 모든 사람들이 일제히 보
로미어를 돌아보았다.

"제1제대, 집합!"

우렁찬 고함소리에 사람들 중 일부가 보로미어를 향해 움직이기
시작했다. 모여든 제대원의 머릿수를 세어보니 열여덟이었다. 다시
한번 수를 세어본 보로미어는 못마땅한 표정으로 투덜거렸다.

"어젠 스무 명이었는데, 아직도 둘이 안 왔군."

"대장, 대장까지 세면 열아홉이오."

위저드 한 명이 지적하자 사방에서 키득거리는 웃음이 터져나
왔다. 보로미어는 순간 얼굴이 붉어졌으나 '대장'이란 호칭으로
불린 덕에 화는 내지 않았다.

"호오, 지금은 웃음들이 나오겠지. 하지만 아르망 패스를 넘고 나서도 그런 웃음이 나오나 보자고. 넌 이름이 뭐야?"

보로미어가 인상을 쓰며 묻자, 방금 '대장'의 실수를 지적했던 위저드가 대답했다.

"그렌달, 서열은 3급인 매지션이오."

그래도 녹색 위저드 복을 제대로 차려입은 놈이었다. 보로미어는 그에게 다시 한번 눈을 부라리고 난 다음 전체에게 물었다.

"이중에 혹시 서열이 4급인 사람 있어?"

그러자 대원들은 서로 마주보기만 할 뿐 아무도 손을 들지 않았다. 서열상으로도 자신이 최고참임을 확인한 보로미어는 씨익 웃음을 지으며 그렌달을 돌아보았다.

"3급 매지션이라고 했지? 좋아. 그럼 이제부터 네가 부제대장이다."

"부제대장? 그런 것도 있나?"

그렌달이 고개를 갸우뚱하자 보로미어가 말했다.

"제대장인 내가 하라면 하는 거야. 그리고 이젠 부제대장이니, 앞으로 내게 할말이 있으면 직접 와서 조용히 하도록 해. 아까처럼 여러 사람 앞에서 떠들지 말고."

이번엔 모두에게서 왁자한 웃음이 터져나왔다. 같이 웃던 보로미어는 대원들의 웃음이 가라앉기를 기다렸다가 다시 물었다.

"자, 그럼 너희들 중 전사부터 손 들어봐."

열 개 이상의 손이 올라갔다. 정확히 세어보니 열둘이었다. 이어서 각 계급별로 머릿수를 파악한 보로미어는 가이우스의 부하에게 결과를 알려주었다.

"전사 열둘, 위저드 셋, 사제 둘, 레인저 하나. 그리고 나까지 모두 열아홉이네."

"알겠습니다. 가이우스 님은 더 기다리지 않고 출발하신답니다."

부하의 전언에 보로미어는 고개를 끄덕이고 대원들에게 말했다.

"전사들 중, 너, 너, 너, 셋은 후위다. 나머지 전사 아홉과 나는 전위를 맡고 나머지 계급들은 가운데에 선다. 우리 제대가 선두에 서게 되니 모두 긴장하도록 해."

보로미어는 대원들이 굼뜬 동작에도 불구하고 어찌어찌 자신이 지시한 행군 대형을 이뤄가는 것을 보면서 속으로 미소를 지었다. 아까 부제대장 운운하며 던졌던 농담은 물론이고 행군 대형과 순서까지도 모두 어제 가이우스가 세세하게 일러주었던 사항들이니 특별히 어려울 것은 없었다. 전사는 제대장이란 직책도 알고 보면 간단한 것이라고 생각하면서 가이우스의 신호를 기다렸다.

"출발!"

날카로운 고함소리가 아침 공기를 가름과 동시에 가이우스의 말이 빠른 걸음으로 남쪽 성문을 통과했다. 보로미어는 지체없이 제대원들을 이끌고 레인저의 뒤를 바짝 따라붙었다. 인원이 많은 것을 고려해서인지 가이우스는 무리하게 속도를 내지 않았고, 덕분에 대원들 중 낮은 서열의 위저드나 사제들도 큰 힘을 들이지 않고 대열을 유지할 수 있었다. 보로미어의 제대 뒤로는 위저드 제대인 3제대가, 그리고 그 뒤로는 리스트의 2제대가 따라붙었다. 4제대는 보이지 않았지만, 정찰을 위해 먼저 출발했다는 것을 알고 있는 보로미어는 달리 궁금해하지 않았다.

가이우스의 부하들이 바삐 대열의 앞뒤를 오가는 가운데, 원정대는 서서히 비트라 쿰을 뒤로 하고 남쪽으로 방향을 잡았다. 정오를 조금 지나자 깎아지른 듯 날카롭게 솟아 있는 산맥이 시야에 들어왔다.

"대장, 저 산을 넘는 겁니까?"

바로 보로미어의 뒤를 따라오던 하플링 전사 하나가 그 산맥의 위세에 질린 듯 물었다.

"아니. 저건 록스란드와의 경계를 이루는 아이언 힐에서 뻗어 나온 줄기야. 넘어가는 건 불가능해."

"그럼 왜 자꾸 저쪽으로 가는 거죠?"

"산을 넘을 순 없지만, 유일하게 한 군데 길이 난 곳이 있지. 그게 바로 아르망 패스야. 거길 지나면 본격적으로 네크로맨서의 영역으로 들어가는 거다."

모두 어제 가이우스에게서 들은 이야기일 뿐이지만, 보로미어는 마치 오래 전부터 잘 알고 있었던 사실인 양 자신 있게 주절거렸다. 설명을 마친 전사는 하플링에게 물었다.

"그런데 넌 이름이 뭐냐?"

"프로토스. 2급 전사 서열입니다."

'2급이라.'

자신이 2급 전사였던 것이 불과 한 달 전이건만 지금 그의 눈에 이 하플링 전사의 위치는 까마득한 아래로 보였다. '물론 그에게는 내 위치가 까마득히 높게만 보이겠지' 하는 생각에 보로미어는 속으로 미소를 지었다.

"걱정하지 마라. 총대장인 가이우스 님과 내가 완벽한 계획을

세워놓았으니, 넌 아무것도 신경 쓸 필요 없이 명령만 잘 따르면
돼."

하플링은 힘차게 고개를 끄덕였다.

"저, 그런데 네크로맨서가 뭐죠?"

프로토스의 이어진 질문에 보로미어는 눈살을 찡그렸다.

"아니, 그것도 모르면서 원정에 끼어들었나?"

어제 가이우스에게 설명을 듣기 전까지는 자신도 역시 모르고
있었던 것을, 보로미어는 그런 티를 내기는커녕 오히려 약간의 거
만함까지 섞인 말투로 프로토스에게 핀잔을 준 다음 말했다.

"네크로맨서는 카자드에 사람들이 들어오기 전부터 이곳에 자
리를 잡고 있던 마법사를 일컫는 말이다. 아직 한번도 본 사람은
없지만 7급 위저드인 인챈터와 7급 사제인 라마에 버금가는 마법
을 사용하고, 또 아르망 패스 너머 하루 거리에 '수르 드 마나' 라
는 성채를 가지고 있다고 해. 수르 드 마나는 이쪽 지방에서 아이
언 힐을 넘을 수 있는 유일한 통로 앞에 세워져 있는데, 그걸 점령
하는 게 우리 원정의 목표다."

"간단하군요."

"물론 간단하지. 단 한 가지 문제는 아르망 패스에서 수르 드
마나까지의 길을 네크로맨서의 사천왕이라고 불리는 네 명의 부
하들이 염주알처럼 막아서서 지키고 있다는 거지."

"네크로맨서의 사천왕이오?"

프로토스가 눈을 동그랗게 뜨며 되묻자, 보로미어는 다시 인상
을 쓰며 말했다.

"가보면 알아."

사실 그 부분은 가이우스가 이야기해 주지 않았기 때문에 보로미어도 궁금한 부분이었다. 전사는 대열의 선두에서 말없이 전진하고 있는 가이우스의 등을 흘끗 쳐다본 다음, 그를 본받아 입을 다물기로 했다.

별 방해를 받지 않고 나아가던 원정대는 영원히 가까워지지 않을 것만 같던 산맥이 눈앞을 막아서자 일단 걸음을 멈췄다.

"제대장님, 가이우스 님이 모이랍니다."

브로미어는 가이우스의 부하가 전하는 말에 제대원들을 쉬게 한 다음 앞으로 나아갔다. 말안장에 올라탄 가이우스 옆으로 리스트와 바실리아가 모여들고 있었다.

가이우스는 모두가 도착하기를 기다렸다가 말을 시작했다.

"이제 우리는 아르망 패스를 넘을 것이다. 패스를 넘는 동안은 체력 소모가 극심하므로 모두들 속도 조절에 유의하도록. 물론 지금까지 패스를 넘으면서 공격을 받았다는 기록은 없지만, 그래도 경계심을 늦춰서는 안 된다. 질리안?"

가이우스가 부르자 사슬 갑옷에 감색 망토를 둘러 걸친 하플링 소녀가 땅에서 솟은 듯이 나타났다. 4제대장인 트래커 질리안이었다.

"지금 4제대는 아르망 패스 너머까지 정찰을 마쳤습니다. 일단 패스를 중심으로 최소한 양옆 50미터까지는 이상한 점이 없다고 보고받았습니다. 통과하는 데에는 별 무리가 없을 것 같습니다."

"그 앞으로는?"

가이우스가 묻자 질리안은 조금 답답한 듯이 대답했다.

"패스 앞 30분 거리부터 울창한 숲이 길을 가로막고 있습니다. 달리 우회할 길은 없고, 정면으로 통과하는 것 외에는 방법이 없을 것 같습니다. 헌데 몇몇 대원들의 능력이 좀 달려서 그 이상으로는 전진이 어렵습니다. 대원들은 지금 숲 앞에서 대기중입니다."

가이우스는 고개를 끄덕이고는 1제대장인 보로미어와 2제대장인 리스트에게 말했다.

"그러면 거기서부터는 너희 두 사람이 선두를 맡아야겠다. 미숙한 대원이 있는 레인저 제대를 따로 운용하기엔 위험 부담이 너무 크니, 4제대는 거기서 반으로 나뉘어 각각 1제대와 2제대에 합류하도록."

제대장들이 고개를 끄덕이자 가이우스는 엷은 미소를 띠며 목소리를 낮췄다.

"바로 그 숲속에 네크로맨서의 첫 번째 사천왕이 있다고 알려져 있다. 네크로맨서의 부하이니 아마도 마법 공격이 주가 되겠지."

그러자 3제대장인 바실리아가 마주 미소를 지으며 말했다.

"마법 공격이라면 우리보다는 사천왕이 더 걱정을 해야 할걸요?"

"좋아. 하지만 쉽지 않을 것을 각오해야 하니, 대원들에겐 단단히 각오하라고 전하도록."

가이우스의 지시가 끝난 후 각자의 제대로 돌아가던 중에 리스트가 중얼거렸다.

"난 조금 회의가 생기는걸?"

"무슨 소리야?"

보로미어가 묻자 리스트가 대답했다.

"제대원 스무 명 중 다섯이 초짜라고. 혹시 이번 원정이 조금 무리가 아닐까 하는 생각이 들어."

보로미어는 그를 쳐다보며 핀잔을 주었다.

"이봐. 가이우스 정도 되는 인물이 아무런 계획도 없이 이런 대규모 원정을 시작했겠어? 다 대비해서 세워놓은 계책이 있을 거야. 안 그래, 질리안?"

전사는 동의를 구하면 레인저를 돌아보았으나 이미 그녀의 모습은 사라지고 없었다.

"거 정말 귀신같이 빠르네."

보로미어가 기가 차다는 듯 중얼거리자 리스트가 낄낄거리며 답했다.

"트래커 급 하플링의 레인저 워크니까, 눈에 보이면 이상한 거지. 그나저나 네 말도 일리는 있어. 당연히 가이우스도 그에 대한 대비책이 있겠지."

리스트와 헤어져 자신의 제대로 걸음을 옮기려는데 바실리아가 전사를 불러세웠다.

"보로미어?"

같은 인간으로 이목구비가 뚜렷한 젊은 여인은 푸른색 위저드복 밑에 가죽 갑피를 받쳐입고 있었고, 손에는 역시 푸른색 지팡이를 들고 있었다.

"왜?"

"네가 정말 그 고르곤 전사야?"

보로미어는 미소를 지으며 되물었다.

"그렇다면?"

"그렇다면 부탁이나 하나 하려고."

"부탁?"

전사가 의아해하자 바실리아는 소리를 죽여 속삭였다.

"4제대는 곧 전사 제대들로 흡수되지만 우린 아니야. 그리고 우리 제대에 있는 전사라곤 초짜 한 명에 2급 서열인 전사급 하나가 다라고. 우린 거의 보호를 받지 못해."

"그래서?"

"그러니까 우리 쪽에 신경 좀 써달라 이거야. 그럼 우리도 2제대보다는 1제대에 더 신경을 써줄게."

보로미어는 위저드의 말이 무슨 뜻인지 금세 이해할 수 있었다. 그러나 그 제안에 담긴 음험함만은 그 뜻처럼 쉽게 받아들여지지 않았다.

"무슨 소리를 하는 거야! 우린 다 같은 원정대야! 누굴 더 잘 봐주고 말고가 어딨어?"

전사가 인상을 쓰자 바실리아 역시 표정을 굳히며 말했다.

"흥, 놀고 있네. 어차피 이런 원정에선 다 그렇고 그런 거 몰라? 난 너한테 먼저 기회를 준 것뿐이야. 네가 거절하면 난 리스트에게 같은 제안을 하는 수밖에 없어. 너희 중 누군가가 3제대를 보호해 주지 않는다면 우린 살아남지 못한다고."

"맘대로 해. 난 그런 식의 뒷거랜 싫어."

"좋을 대로."

바실리아가 멀어져가자 보로미어는 씁쓸한 입맛을 넘기며 제대원들 앞으로 돌아왔다. 투사급이 되어서도 위저드들은 여전히 마음에 들지 않는 부류였다.

"야, 모두 모여라. 출발이다."

제대장의 으르렁거림에 대원들은 모두 가볍게 자리를 털며 일어났다.

그러나 기운차게 좁은 산길을 오르기 시작했던 대원들은 30분도 되지 않아 비명을 올리기 시작했다. 서열이 낮은 순으로, 그리고 체력이 약한 종족 순으로 점차 처지기 시작한 것이다. 처음엔 초짜 둘을 양손에 하나씩 끌며 패스를 오르던 보로미어도 다섯 명 이상의 대원들이 퍼지기 시작하자 속수 무책으로 가이우스만 쳐다보았다.

그러나 가이우스는 조금도 쉬려는 기색이 없이 계속 말을 몰았고, 1제대 소속의 가이우스 부하도 여전히 침묵을 지켰다. 보로미어는 조금 원망스런 눈으로 그의 뒷모습을 바라보다가 돌아서서 제대원들에게 으르렁대기 시작했다.

"이 자식들, 지금부터 처지는 녀석은 내가 손수 목을 분질러줄 테다. 네놈들 때문에 다른 제대들도 못 오고 있잖아. 너, 그렌달! 넌 명색이 부제대장에 서열도 3급 매지션이 왜 그렇게 빌빌대는 거야? 내가 이 주먹을 휘둘러야 정신들을 차리겠어?"

코앞에서 왔다갔다하는 주먹의 위협에 대원들은 겨우 움직이기 시작했고, 보로미어로부터 몇 번의 욕설과 약간의 실력 행사가 추가된 후에야 가까스로 패스의 정상에 다다랐다. 고갯마루에서는 가이우스와 그의 부하들이 기다리고 있었다.

"수고했다. 여기서 잠시 쉰다."

가이우스의 말 한마디에 보로미어 제대의 대원들은 모두 제자리에 무너지듯 쓰러졌다. 사방에 나뒹굴어 있는 대원들을 못마땅하게 바라보며 한참을 기다린 후에야 리스트와 바실리아의 제대가 엉금엉금 기다시피 하며 올라왔다.

"병신 같은 녀석들."

보로미어는 혼자 투덜거리며 패스 건너편으로 시선을 돌렸다. 병풍처럼 이어진 산맥은 남쪽으로 뻗어가 아이언 힐과 비스듬히 만났고, 아이언 힐은 거기서부터 다시 서쪽으로 가로지르며 끊임없이 이어지고 있었다. 지금 서 있는 곳과 아이언 힐 사이에 펼쳐져 있는 우묵한 땅이 바로 네크로맨서의 영역이다.

"생각보다 넓지 않나?"

어느새 다가온 가이우스가 역시 패스 아래를 내려다보며 말했다.

"그렇군요. 게다가 저렇게 초짜나 다름없는 약골들을 끌고 저 속으로 들어가야 한다니."

보로미어의 근심스런 말투에 가이우스가 의미 있는 미소를 지었다.

"그건 걱정은 하질 말라고. 그에 대해선 다 내가 생각해 둔 게 있어. 최소한 내일 저녁에는 수르 드 마나에서 축배를 들고 있을 테니 안심하게나."

그의 말투에 밴 자신감에 보로미어도 아랫배에 새로운 기운이 솟아오르는 것을 느꼈다.

"자, 곧 출발이다. 이제부턴 내려가는 길이니 쉬울 거야."

"알았습니다."

돌아선 보로미어는 고래고래 소리를 지르며 사방에 널브러져 있는 제대원들을 걷어차기 시작했다.

"야, 이 자식들아! 아직까지 늘어져서 뭘 하겠다는 거야? 원정 안해?"

대원들은 투덜대면서도 몸을 일으켜 대형을 갖추기 시작했다. 그래도 먼저 도착해서 휴식을 취하고 있던 보로미어의 제대원들은 좀 나은 편이었다. 리스트와 바실리아의 제대에는 아직도 회복이 충분치 못한 대원들이 있었고, 아예 일어나지를 못하는 초짜 위저드의 모습도 보였다.

다행히 패스에서 내려가는 길은 올라올 때처럼 힘들지는 않았다. 덕분에 투덜거리던 대원들도 패스의 반대쪽 기슭에 도착할 때쯤이 되어서는 대부분 체력을 회복할 수 있었다. 가이우스는 약간 느린 속도로 계속 행군을 지시했고 질리안의 말대로 30분 가량 나아가자 빽빽한 숲이 앞을 가로막았다.

가이우스는 거의 기울어가는 해를 올려다보고 다시 자신을 쳐다보고 있는 대원들을 돌아보다가 결심한 듯 말했다.

"좋아. 오늘은 여기서 야영을 한다. 그 동안 제대장들은 아까 말한 대로 제대 편성을 다시하고, 나머지 대원들은 지금부터 쉬도록 해."

이내 안전 지대가 펼쳐졌다. 지금까지 보로미어가 보았던 것들의 다섯 배는 너끈히 되어보이는 넓이였다. 제대별로 나뉘어 자리를 잡고 휴식에 들어가자 질리안이 세 명의 레인저와 한 명의 전사를 이끌고 다가왔다.

"보로미어, 이젠 이 녀석들이 자네 제대원들이야. 거기다 나까지."

"알았어. 이제 우리 제대도 걱정 없이 전진할 수 있겠군."

"그거야 저 숲속에 있다는 사천왕이란 놈이 뭐냐에 달려 있겠지. 문제는 이 녀석들이 다 초짜라는 거야."

보로미어는 멀뚱멀뚱 자신을 바라보고 서 있는 네 명을 훑어보았다. 싸구려 장갑에 녹슨 칼, 게다가 약간 굼뜬 듯한 자세까지 질리안의 말대로 영낙없는 초짜들이었다.

"너희들 중 퀘스트 열 번 이상 해본 사람, 손 들어봐."

그러자 네 명은 서로의 눈치만 보면서 대답을 머뭇거렸다.

보로미어가 한숨을 쉬자 질리안이 말했다.

"정말 이런 녀석들을 데리고 뭘 하자는 건지. 어떻게 이런 놈들이 속주에서 카자드까지 올 수 있는 거지?"

"걱정하지 마. 가이우스가 다 생각이 있다고 했어. 너희들은 가서 쉬어."

대원들이 멀어지자 질리안이 말했다.

"가이우스에게 무슨 생각이 있다면 크게 걱정할 필요는 없겠지만, 그래도 두 눈 크게 뜨고 있어야겠어."

질리안의 시선을 따라 돌아보자, 한쪽에서 바실리아와 리스트가 뭔가를 열심히 이야기하고 있는 것이 보였다. 보로미어는 한동안 무시무시한 눈으로 그들을 노려보다가 아예 등을 돌리고 앉았다. 그러곤 질리안이 데리고 온 네 명을 포함하여 제대원들의 이름을 하나하나 외우기 시작했다.

다음날 아침 대원들을 점검하던 보로미어는 스물네 명 중 레인저 셋과 전사 둘이 밤새 사라진 것을 발견하고 깜짝 놀랐다. 모두 초짜들이긴 했지만, 갑자기 제대의 5분의 1이 사라지자 제대장으로서 당황하지 않을 수 없었다. 리스트와 바실리아의 제대도 상황은 마찬가지였다.

"상관할 것 없다. 어차피 다른 대원들 발목이나 잡을 녀석들이었어. 없는 게 차라리 나아."

제대장들의 긴급한 보고에 대해 가이우스로부터 돌아온 답이었다. 예순 명이던 원정대가 쉰 명으로 줄어들었는데도 그는 전혀 동요하는 기색을 보이지 않았다. 거기서 자신감을 얻은 제대장들은 걱정을 접고 출발 준비를 서둘렀다.

행군의 선두는 보로미어 제대가 맡았고 리스트의 제대가 후미를 맡았다. 가이우스와 바실리아의 제대는 가운데 위치를 차지했다. 가이우스의 신호가 떨어지자, 보로미어는 숲속으로 난 길을 따라 제대를 이동시키기 시작했다. 겉보기엔 상당히 무성해 보이던 숲이었지만 막상 들어서자 그렇게까지 나무들이 우거진 것은 아니었고 오히려 군데군데 약간의 공터마저 눈에 띄었다.

맨 앞에 서 있던 보로미어는 한참을 전진해도 아무런 일이 벌어지지 않자 잠시 멈춰 서서 주위를 둘러보았다.

"이거 너무 조용한데? 사천왕인지 뭔지는 어디 숨어 있는 거야?"

"글쎄, 모르긴 몰라도 더 깊숙이에 있겠지. 이 주위엔 지금 아무것도 없어."

옆에 있던 질리안이 나침반을 들여다보며 말했다.

"걱정 말고 나가시랍니다."

머뭇거리는 보로미어에게 가이우스의 부하가 주인의 말을 전했다.

보로미어는 어깨를 으쓱하고는 다시 앞으로 나아갔다. 한 10분가량 지났을까, 갑자기 이상한 기운을 느낀 보로미어가 돌아보는 것과 동시에 숲속에서 긴 포효 소리가 날아왔다.

"늑대다!"

전사는 반사적으로 자세를 낮추다가 제대장의 직분을 깨닫고는 소리가 난 쪽으로 달려가며 대원들에게 소리쳤다.

"자, 전사들은 앞으로 나와라. 프로토스, 너도! 지금 꽁무니를 빼겠다는 거냐? 그렌달, 이 바보 녀석, 넌 뒤로 가서 주문이나 준비해!"

그러나 아무리 외쳐도 대원들은 여전히 우왕좌왕하기만 했다. 아무래도 지금까지 보았던 원정대들 같은 일사 불란한 동작들이 나오긴 영 힘들 것 같았다. 포기하고 돌아서는 순간 옆의 수풀에서 큼직한 늑대 한 마리가 솟구쳐 올랐다.

"제기랄!"

보로미어가 욕지거리를 내뱉으며 검을 뽑는 순간에도 늑대 무리는 계속해서 뛰쳐나왔다.

"도대체 몇 마리야!"

"셀 수도 없어!"

질리안이 양손 가득 표창을 꺼내들며 소리쳤다. 그녀가 10여 개의 표창을 뿌리는 것을 보면서 보로미어도 지저분한 짙은 회색 털가죽의 물결에 정면으로 부딪쳐갔다. 맨 앞에서 달려드는 녀석을 향해 칼을 휘두르던 전사는 미스릴 블레이드가 마치 썩은 무우를 베듯 스윽 늑대의 목을 잘라버리는 바람에 깜짝 놀랐다. 이건 이전에 쓰던 무기들과는 느낌부터가 달랐다.

느낌뿐만이 아니었다. 전에는 칼을 쓰더라도 체력의 제약 때문에 최대한 세 번 정도의 연속 공격만이 가능했고, 그나마 드래곤 메이스처럼 무거운 무기는 연속으로 사용할 수도 없었다. 그러나 지금은 다섯 번 정도의 연속 동작이 이어져도 칼을 휘두르는 데 전혀 지장이 없었다.

순식간에 예닐곱을 쓰러뜨리고 나자, 보로미어는 슬슬 주위를 둘러볼 여유가 생겼다. 오른쪽에서는 질리안의 표창과 그렌달을 비롯한 위저드들의 마법이 그럭저럭 놈들을 막아내고 있었다. 그러나 왼쪽을 돌아보는 순간 보로미어의 표정이 굳어졌다. 거기에는 1제대의 전사 대부분이 모여 있었는데, 그들은 공격은커녕 방어도 제대로 못하고 있었다. 보로미어가 보고 있는 동안에만도 초짜 하나가 비명을 지르며 밝은 빛으로 사라져버렸다.

반사적으로 그쪽으로 달려가려던 전사는 자신이 비키는 순간 바실리아의 제대가 속수 무책으로 늑대밥이 되리란 것을 깨달았다. 지금 비킬 순 없었다.

"리스트! 우리 왼쪽을 지원해 줘!"

발이 묶인 보로미어가 뒤를 향해 소리를 질렀지만, 리스트에게선 침묵만이 되돌아올 뿐이었다.

"야, 이 반쪽짜리 겁쟁이 녀석아! 그냥 보고만 있겠다, 이거냐?"

다시 소리를 질러도 반응이 없자 보로미어의 머릿속에는 어젯밤 뭔가를 속닥이던 바실리아와 리스트의 모습이 떠올랐다. 그래.

나를 돕기보다는 바실리아를 보호하겠다는 거로군.

전사는 이를 갈며 앞으로 시선을 돌렸다. 이미 발 아래에는 열서너 마리 정도의 죽은 늑대가 굴러 있었고, 거의 끝이 없을 것 같던 녀석들의 머릿수도 서른 이하로 줄어 있었다. 그렇다면…….

"우와아아아! 발할라아아아!"

보로미어가 무서운 기세로 미스릴 블레이드를 휘둘러대며 밀고 나가자 늑대 무리는 물 갈리듯이 갈라졌다. 엄청난 검의 위력에 저도 모르게 신이 난 보로미어는 숨도 돌리지 않고 방향을 바꿔 좌익의 전사들을 공격하고 있는 늑대 무리의 후미를 두드리기 시작했다.

정신없이 한바탕 검무를 추고 나서 정신을 차리자 가까스로 곤경을 면한 자신의 제대원들이 경외심 넘치는 눈으로 자신을 바라보고 있었다. 그러나 그런 시선들을 즐기는 것도 잠시, 보로미어는 씨근덕거리며 2제대의 후미에 서 있는 리스트에게 달려갔다.

"이런 쌍놈의 자식이!"

전사는 힘을 다해 녀석의 얼굴을 걷어찼으나 하플링인 리스트가 놀라운 속도로 피해 버리는 바람에 허공을 내지르고 말았다.

"보로미어! 진정하게."

황급히 말을 달려온 가이우스의 목소리에 고개를 돌리자 레인저 나이트는 투구 덮개를 올리며 말했다.

"리스트가 움직이지 않은 것은 내 명령에 따라서야."

"어째서?"

전사가 대들듯이 묻자 가이우스는 말에서 내리며 보로미어에게 가까이 오라는 손짓을 했다.

"그래, 이번 싸움에서 몇이나 잃었나?"

"……?"

가이우스의 물음에 보로미어는 대답을 할 수 없었다. 제대의 피해 상황도 점검해 보지 않고 리스트에게 달려들기부터 했기 때문이다. 전사의 반응을 지켜보던 가이우스가 말했다.

"단지 초짜 셋이다. 내가 조금 빠르게 가기만 하면 행군만으로도 쓰러졌을 녀석들이야."

"하지만 그렇다고 같은 원정대 대원이……."

"보로미어!"

가이우스는 낮게, 그러나 단호한 목소리로 전사의 말을 막았다.

"자격 제한이 없는 이런 대규모 원정은 지금까지 자네가 쫓아다니던 동네 원정대와는 달라. 대장이 모든 대원에게 다 신경을 써줄 수는 없는 일이란 말이다. 일부 능력이 모자란 대원을 잃을 수도 있다는 건 기정 사실로 받아들여야 해."

"……."

"자네 제대를 지원하지 않은 결과가 뭐지? 발목을 잡고 있던 초짜 셋을 잃은 대신, 오히려 한 제대로서의 경험과 대원 개개인의 경험은 훨씬 늘어났어. 결과적으로 1제대의 전투력은 훨씬 증가했단 말이야."

"……."

"남의 생명에 대한 책임을 맡은 사람이라면, 순간의 단순한 감정들에 충실하기보다는 더 큰 시야를 갖고 생각할 줄 알아야 하는 법이네."

레인저의 말뜻이 어렴풋이나마 이해가 갔기 때문에, 보로미어는 얼굴을 붉히며 고개를 숙였다.

"미안합니다."

"괜찮아. 처음엔 다 그런 거지 뭐."

가이우스가 전사의 어깨를 두드리며 말했다.

보로미어는 리스트에게도 미안하다는 말을 하려고 몸을 돌렸으나 하플링 전사는 어디로 몸을 숨겼는지 보이질 않았다.

"야, 다들 모여봐!"

제대원들에게 돌아온 보로미어가 소리치자 열여섯이나 되는 대원들이 아까보다는 확실히 민첩해진 동작으로 보로미어 앞에 모여들었다.

'흠, 과연.'

보로미어는 고개를 끄덕이며 대원들을 훑어보았다. 눈빛들도 아까와는 확연히 달라진 것 같았다. 게다가 그 눈빛들에는 50여 마리나 되는 울프 팩을 거의 혼자서 박살내 버린 보로미어에 대한 존경과 신뢰가 가득 담겨 있었다.

"다친 사람은 없나?"

"회복수로 회복되지 않을 정도의 부상은 없었어. 물론 죽은 초짜들은 어쩔 수 없었지만, 네가 리스트를 잡으러 뛰어다니는 동안 치료는 모두 마쳤어."

질리안이 대답했다.

"좋아, 그러면 아까와 같은 대형으로 간다."

보로미어가 명령을 내리자, 대원들은 한결 빠릿해진 걸음으로 금세 진형을 갖췄다.

"출발하셔도 좋답니다."

가이우스의 부하가 전하는 신호에 보로미어는 앞장서서 힘차게 걸음을 내딛었다. 제대원의 경외심 가득한 눈길들을 뒤통수에 달고 선봉에 서는 기분은 뭐라 말로 표현할 수가 없었다.

"참, 질리안, 그런데 아까 그 늑대들은 왜 네 나침반에 미리 잡히지 않았던 거지?"

한참을 혼자 우쭐하고 있다가 갑자기 의문이 떠오른 보로미어가 묻자 옆에 바짝 붙어 있던 하플링 소녀는 어깨를 으쓱했다.

"나도 모르겠어. 녀석들은 그냥 나타났어, 갑자기."

"골 때리는군……. 그거 금 나침반 맞아?"

보로미어가 의심스런 말투로 묻자, 질리안이 인상을 쓰며 발끈했다.

"맞아! 녀석들은 가이우스조차 발견하지 못했다고. 알았으면 경고를 보냈을 텐데 가이우스도 가만히 있었잖아."

보로미어는 성이 나 약간 붉어진 질리안의 얼굴을 보며 미소를 지었다. 하플링 여자들은 언제 보아도 작은 인형을 생각나게 했다. 보로미어는 아모네 이실렌에서 레인저인 이리스를 어깨 위에 올려놓았다가 벌어졌던 일들을 상기하면서 질리안을 '집어들고' 싶은 충동을 겨우 억눌러야 했다.

"알았다, 알았어. 뭐라고 하는 거 아니니까, 또 놓치지 않도록 잘 봐라."

"흥."

전사는 토라져 고개를 돌리는 질리안을 귀여운 듯 쳐다보다가 다시 보폭을 넓혔다. 그러나 행군을 재개한 지 10분도 지나지 않아 전사는 다시 섬뜩한 느낌에 걸음을 멈췄다. 뭔가가 앞쪽 나무들 사이에서 어른거리는 것을 발견하고 질리안을 돌아보자 그녀가 이해할 수 없다는 듯 소리쳤다.

"이럴 수가, 동굴 사자[Cave lion]들이야! 스무 마리도 넘는걸? 이번에도 갑자기 바로 앞에서 나타났어."

이미 한번 그 무지막지한 맹수와 붙어본 적이 있는 보로미어는 번개처럼 칼을 뽑으며 대원들에게 소리쳤다.

"전투 준비! 너희들 셋은 저리로, 너는 뒤로 빠지고……."

그러나 미처 말을 마치기도 전에 황색 그림자 하나가 제대의 오른편을 덮쳤다.

"으아아악!"

무스탕인지 무스타파인지 하는 이름의 2급 전사 한 명이 사자의 커다란 이빨에 어깨를 물리며 쓰러졌다. 그렌달과 옆에 서 있던 다른 대원들 너더댓이 허겁지겁 협공을 하여 짐승을 죽였지만 쓰러졌던 전사는 일어날 줄을 몰랐다.

"나머진 모두 정확히 열두 시 방향이야."

"제기랄!"

질리안의 경고에, 보로미어는 이를 악물며 크게 세 걸음을 물러났다.

"모두 내 뒤로 물러나라!"

다행히 이번엔 대원들이 제대장의 말에 따라 신속히 움직였기 때문에 두 번째 동굴 사자가 달려들었을 때는 보로미어도 만반의 준비를 하고 맞을 수 있었다.

휘릭!

날카로운 파공음과 함께 미스릴 블레이드가 한 번 움직이자 두

앞다리가 잘린 사자가 괴성을 지르며 보로미어의 발 앞에 굴렀다. 전사는 한쪽 발로 거칠게 녀석의 숨통을 짓밟으며, 이미 자신을 향해 몸을 날리고 있는 제3, 제4의 사자들을 향해 칼끝을 돌렸다.

"라이트닝!"

순간 푸른 전광이 번쩍이더니 달려오던 사자들이 펄쩍 뛰어올랐고, 이어서 10여 개의 부메랑이 녀석들을 수십 개의 고깃점으로 저며버렸다. 돌아보자 수인을 거두고 있는 바실리아와 번개 같은 손놀림으로 부메랑들을 회수하고 있는 가이우스의 모습이 보였다. 리스트의 제대도 앞으로 이동하고 있었다. 아마도 이번 사자 떼에는 가이우스도 긴장하고 있는 모양이었다.

"크르렁!"

동시에 고막을 찢는 울부짖음을 앞세운 동굴 사자의 무리가 일제히 모습을 드러냈다. 웬만한 사람이라면 숫자만으로도 질릴 정도의 위세였지만, 보로미어는 리스트와 바실리아가 뒤를 봐줄 것이 확실해지자 오히려 앞으로 뛰쳐나갔다.

"네 이놈들!"

벽력 같은 고함과 함께 보로미어의 칼이 번쩍이자 맨 앞에서 달려오던 사자의 목과 다리가 몸통으로부터 잘려나갔다. 전사는 연이어 달려드는 다른 사자들을 방패로 젖혀버리면서 태풍 만난 풍차처럼 미스릴 블레이드를 휘두르기 시작했다. 그런데 두 마리 정도를 더 쓰러뜨리고 나서 다시 또 한 마리에게 칼을 겨누었을 때 갑자기 오른손에 쥐고 있던 칼자루가 꿈틀거렸다.

잠시 당황하여 머뭇거리는 순간, 맞서 있던 동굴 사자가 번개 같은 동작으로 달려들었다.

"이 자식이!"

보로미어는 급한 김에 칼자루를 잡은 손으로 사자의 아구창을 힘껏 후려갈겼다. 턱이 으스러지며 녀석이 쓰러지자 전사는 쥐고 있는 칼을 들여다보았다. 방금 이 칼이 자신의 손 안에서 꿈틀거렸지 않은가!

'마치……, 살아 있는 동물처럼…….'

그러나 아무리 살펴봐도 칼에서는 이상한 점을 발견할 수 없었다.

그러나 지금은 그런 고민을 할 때가 아니었다. 대원의 비명 소리에 뒤를 돌아본 전사는 눈살을 찌푸렸다. 뒤쪽엔 자신을 지나쳐 간 사자들과 자신의 제대원들이 맞붙어 있었는데, 거기에 리스트와 바실리아 제대까지 엉기면서 좁은 숲속은 아수라장이 되어 있었다. 특히 리스트 제대의 대원들은 전혀 협공을 이루지 못하는 듯했고, 덕분에 3개 제대의 대원들과 10여 마리의 사자들이 어우러진 그곳에는 칼, 표창, 단검은 물론 위저드들의 마법 공격과 사제들의 실드 주문까지 모든 것들이 범벅이 되어 있었다.

"쳇, 가이우스는?"

눈을 돌리자 대원들의 뒤쪽에서 부하들에게 둘러싸인 가이우스가 아까 보았던 부메랑들을 곡예 부리듯 날려대고 있는 것이 보였다. 그 속도가 얼마나 빠른지 번갈아 내지르는 레인저의 두 팔은 보이지도 않을 정도였다. 비록 부메랑 하나하나의 위력은 크지 않았지만, 가이우스는 그 절묘한 배분과 타이밍으로 좌우의 사자들이 더 이상 대원들에게 덤벼들지 못하도록 단단히 묶어놓고 있었다. 그러나 이미 대원들과 엉켜 있는 사자들만은 어쩔 수가 없었다. 목숨을 잃는 대원들이 뿜어대는 빛이 사방에서 번쩍이고 있었다.

자신이 해야 할 일은 분명했다.

보로미어는 더 이상 고민하지 않고 대원들 한복판으로 뛰어들었다. 첫 상대는 어느 여전사의 목줄기를 물어뜯기 위해 한 뼘이 넘는 날카로운 이빨을 드러내고 있던 사자였는데, 보로미어가 스쳐가자 녀석의 머리는 입을 벌린 채로 여전사의 가슴 위에 떨어졌다. 두 번째 사자는 바짝 얼어붙은 초짜 사제의 두개골을 향해 발톱 세운 앞발을 휘두르다 그대로 네 조각이 나고 말았다. 보로미어가 대원들 사이로 질풍처럼 누비는 곳마다 사자들의 피와 고기 조각이 튀어오르며 단말마의 포효가 연달아 울려퍼졌다.

놀란 것은 다른 대원들보다도 보로미어 자신이었다. 미스릴 블레이드가 다시 손 안에서 꿈틀거리며 스스로 움직이고 있었기 때문이다. 게다가 그 움직임은 마치 보로미어의 마음을 읽은 듯했고, 간단히 말하자면 검이 신체의 일부가 되어버린 느낌이었다.

눈 깜짝할 사이에 예닐곱 마리의 사자를 죽이고 나자 겨우 침착을 되찾은 대원들이 나머지 사자들을 해치웠다. 남은 것은 좌우에서 가이우스의 부메랑에 막혀 아직 달려들지 못하고 있던 녀석들뿐이었다.

"보로미어 님, 제대원과 오른쪽을 맡으시랍니다."

어느새 다가온 가이우스의 부하가 전하는 말에 보로미어는 대원들에게 소리를 질렀다.

"야, 이 자식들아! 이쪽이야!"

허겁지겁 자신의 뒤를 따르는 제대원들을 이끌고 오른쪽 측면으로 달려간 보로미어는 그쪽에 남아 있던 네 마리 중 둘을 해치웠다. 나머지 두 마리는 대원들이 맡았다. 반대쪽을 돌아보자 리스트와 바실리아의 제대가 힘겹게 대여섯 마리의 사자들을 쓰러뜨리고 있는 것이 보였다. 그쪽 대원의 수는 많이 줄어서 두 제대가 합쳐도 열이 안 될 듯싶었다. 그래도 다행인 것은 그들이 제대로 된 마법 실드의 보호를 받고 있었다는 것이다. 아마도 그쪽 대원 중엔 보호 주문에 정통한 사제가 있는 모양이었다.

'그쪽 대원?'

보로미어는 아차 싶어 자신의 제대원들을 돌아보았다. 열여섯이던 대원들의 수는 여덟으로 줄어 있었다. 반이 목숨을 잃은 것이다. 숨을 헐떡거리며 주저앉아 있는 대원들을 참담하게 바라보던 전사는 몸을 돌려 가이우스에게 걸어갔다.

"대장! 1제대는 날 포함해서 아홉이 남았습니다."

"그중 낫군."

가이우스는 리스트와 바실리아의 제대를 바라보며 말했다. 돌아보자 합쳐서 서른 명에 이르던 리스트와 바실리아의 대원들 중 단지 열한 명만이 비틀거리며 서 있었다. 마흔 명이 넘던 총인원이 이제는 스무 명.

단 한 번의 전투에서 반 이상이 목숨을 잃은 것이다.

가이우스는 약간 어두운 얼굴로 말없이 기다리다가, 리스트와 바실리아가 도착하자 입을 열었다.

"이제 세 명의 제대장을 포함하여 단지 스무 명밖에는 남지 않았다. 하지만 아직 내 부하인 스프린터 급 레인저 열둘이 있고, 사천왕만 잡으면 이 숲은 간단히 지날 수 있다. 그러니 원정은 계속하기로 한다."

"하지만 피해가 너무 심해요."

바실리아가 말하자 가이우스도 고개를 끄덕였다.

"그래. 그러니 이제는 제대를 합치기로 한다. 지금 이 원정대엔 전사가 여섯, 위저드가 여섯, 레인저가 넷이 남았지만 사제는 넷밖에 없다. 전투 병력은 내 부하들로 보강할 수 있지만 사제는 보충할 방법이 없다는 게 문제다. 지금 또 제대를 나누면 사제의 보호도 분산해야 한다는 말인데, 그건 너무 위험한 일이다. 그러니 어서 제대를 정비하고 출발 준비를 하도록."

제대원들에게 돌아가는 도중 바실리아가 투덜거렸다.

"가이우스를 믿고 따라온 원정인데 생각보다 힘들군. 가이우스보다는 오히려 보로미어 네가 더 믿을 만한 것 같아."

그러자 리스트가 맞장구를 쳤다.

"그러게 말야. 아까 혼자서 동굴 사자의 반을 해치웠잖아. 정말 나랑 같은 투사급이라는 게 안 믿어져."

보로미어는 어깨를 으쓱하고는 자신의 대원들에게 소리쳤다.

"야, 다들 모여봐."

남아 있는 대원들의 구성은 가이우스의 말대로였다. 이번 전투에서 입었던 상처는 대부분 치료를 마친 상태였지만, 회복수만으로는 모자랐는지 아직 두어 명의 사제들이 대원들 사이를 돌아다니며 회복 주문을 펴고 있었다. 모든 원정 대원들의 경외에 찬 시선에 다시 우쭐해진 보로미어는 출발을 준비하라는 명령을 내리고 나서 물었다.

"아까 실드 주문을 썼던 사제는 누구지?"

보로미어가 묻자 처음 보는 엘프 여사제가 앞으로 나섰다.

"이름은 레일라. 서열은 4급인 렉터야."

보로미어는 눈을 번쩍 뜨고 그녀를 쳐다보았다. 보로미어의 어깨 정도는 오는 늘씬한 키에, 거추장스럽게 늘어지는 사제복 대신 티란딜이 군데군데 박힌 고급 가죽 갑피를 입고 있었다. 덕분에 엘프 특유의 길고 가는 다리가 대부분 드러나 시선을 끌었다. 더더욱 전사의 눈길을 잡아둔 것은 그녀의 얼굴이었다. 절세 미인이라고까지는 할 수 없는 용모였지만 뭐라 집어 말할 수 없는 이상한 느낌이 보로미어의 마음을 끌어당겼다.

"왜 날 찾은 거지?"

여사제의 물음에 보로미어는 갑자기 할말을 잃었다.

"어……, 어……, 그러니까……, 아까 실드 마법은 대단하더군."

"겨우 그 말 하려고 날 부른 거야?"

"응? 어……, 아니……."

"쳇, 바빠 죽겠는데."

레일라는 쌀쌀맞게 휭하니 몸을 돌려 이내 다시 대원들을 치료하기 시작했다.

어느새 옆에 다가와 있던 그렌달이 팔짱을 끼고 참견했다.

"대장, 원래 사제들은 전사를 싫어하잖아. 만날 다치기만 하니까."

"시끄러, 이 자식아. 넌 라이트닝도 제대로 못 쏘는 녀석이 뭘 안다고."

"치이. 누가 쏠 줄을 몰라서 그러나? 나 같은 3급 매지션이 라

558

이트닝을 쓰면 차크라가 금방 바닥난단 말이오."

"아, 글쎄! 시끄럽다니까."

원정대는 다시 남쪽을 향해 행군을 시작했다. 전위는 보로미어
와 리스트, 질리안이 맡았고 가이우스가 후위를 맡았다. 보로미어
는 조심스레 걸음을 옮기면서도 뒤에서 따라오는 레일라를 힐끔
힐끔 돌아보고 싶은 마음을 억제할 수 없었다.

"뭘 자꾸 돌아봐?"

리스트가 묻는 바람에 정신을 차린 보로미어는,

"아니야."

하고 얼버무리며 앞을 보았다.

"앞은 지금 텅 비어 있어."

질리안이 나침반을 보며 말하자 리스트가 쏘아붙였다.

"흥, 이젠 안 믿어."

그러자 질리안이 발끈했다.

"아까 내 나침반엔 정말로 아무것도 잡히지 않았어. 그 동굴 사
자들은 갑자기 땅에서 솟아나기라도 한 듯 나타났단 말이야.
꼭……."

질리안은 말을 하다 말고 눈을 크게 뜨며 리스트를 쳐다보았다.
리스트도 동그란 눈으로 질리안을 마주보았고, 잠시 그러고 있던
두 사람은 누가 먼저랄 것도 없이 함께 소리를 질렀다.

"소환 주문!"

"소환!"

"뭐라고?"

보로미어가 끼어들자 질리안이 흥분하며 말했다.

"소환 주문이야. 괴물들을 우리 바로 앞으로 소환하니까, 놈들이 나타나기 일보 직전까지도 내 나침반에는 나타나질 않는 거야."

"그래. 그리고 이렇게 정확하게 우리 앞으로 괴물들을 소환한다는 건, 그 사천왕이란 녀석이 근처에서 우릴 감시하고 있다는 얘기야!"

리스트가 사방을 둘러보며 외쳤다.

"하지만 그렇다면 내 나침반에 녀석이 잡혀야 하는 것 아냐?"

질리안이 다시 나침반을 들여다보며 이해할 수 없다는 투로 혼자말을 하자, 리스트가 대꾸했다.

"인비저빌리티(Invisibility) 주문을 쓰고 있는지도 모르지."

"아냐. 그 주문을 써도 나침반엔 잡혀야 해."

리스트와 질리안이 말을 주고받으며 서 있자 가이우스의 부하가 달려왔다.

"무슨 일이 있습니까?"

"총대장님께 전해라. 사천왕은 소환 주문을 쓰고 있다고. 녀석이 근처에 있을 것도 같은데, 나침반에는 보이질 않아."

질리안이 말하자 가이우스의 부하가 이내 대답을 했다.

"알겠습니다. 가이우스 님은 부하들을 풀어 정찰을 해보시겠답니다. 일단 여기서 움직이지 말고 대기하십시오."

말이 떨어지기가 무섭게 전령으로 온 한 명을 제외한 가이우스의 부하 전원이 총알처럼 사방으로 흩어져 나갔다.

질리안이 말했다.

"혹시 나침반에 잡히지 않는 녀석이 있을지도 모르니 직접 눈으로 정찰을 해보는 거야. 부하가 많으니 이런 건 편하군."

초조하게 기다린 지 5분 가량이 지나자 부하들은 갈 때와 마찬가지로 바람처럼 되돌아왔다.

"전후좌우 반경 300미터 안에는 아무것도 없다고 합니다."

전령이 정찰 갔던 부하들의 말을 전하자 리스트가 투덜거렸다.

"제기랄, 그럼 뭐가 어떻게 된 거야? 근처에서 보고 있는 것도 아니면서 어떻게 우리 바로 옆으로 소환을 시키는 거지?"

"빌어먹을! 나도 모르겠다."

질리안도 포기한 듯 말했다.

"일단 계속 전진을 하랍니다."

전령의 말에 세 명의 선두는 꺼림칙한 표정으로 얼굴을 썰룩이면서도 계속 걸음을 옮길 수밖에 없었다.

"이건 정말 맘에 들지 않는걸?"

리스트가 투덜거리는 순간, 대열의 오른쪽에서 '쿵' 하는 소리가 울려퍼졌다.

"뭐, 뭐야?"

보로미어가 칼을 겨누며 돌아서자 나침반을 본 질리안이 당황하며 외쳤다.

"이런, 우드 자이언트(Wood giant)야! 그것도 다섯이나!"

"좆됐군."

리스트가 방패를 들어올리며 내뱉었다.

질리안의 나침반이 틀리지 않았다는 것은 이내 확인이 되었다. 온몸에 해묵은 고목 나무처럼 이끼가 잔뜩 낀 거인들이 숲을 헤치며 모습을 드러내자 원정대는 순식간에 혼란의 도가니 속으로 빠져들었다.

그래도 이번엔 위저드들이 먼저 정신을 차렸다. 보로미어와 리스트가 대열의 오른쪽으로 달려가는 동안 바실리아를 중심으로 한 여섯 명의 위저드들이 차례로 주문을 풀었다.

"파이어 볼!"

"파이어 레인!"

"파이어 블로!"

모두 화염 계열의 주문들이었다. 얼핏 보니 바실리아는 파이어 스톰의 주문을 쓰고 있었다.

차크라의 소모가 심할 것을 걱정하며 달려가던 보로미어는 이내 남 걱정을 할 때가 아님을 깨달았다. 우드 자이언트들은 위저드들의 주문에 불덩이가 되어 연기를 뿜으면서도 일정한 걸음으로 다가오고 있었다. 그것은 놈들의 건강치가 상상을 초월한다는 것을 의미했다.

슈욱!

맨 앞에서 돌진하던 보로미어는 옆으로 몸을 틀면서 무시무시한 속도로 내리꽂히는 우드 자이언트의 주먹을 가까스로 피했다. 중심을 잡고 뒤로 물러나던 전사는 우물처럼 패인 땅의 구멍을 보면서 목덜미가 서늘해졌다. 아무리 강철 방패라도 저 주먹을 막아내지는 못할 것이다. 만약 저 주먹에 한 대라도 얻어맞는다면?

전사는 부르르 몸을 떨면서 방패를 내던졌다. 어차피 도움이 되지 않을 거라면 거추장스레 계속 들고 있을 필요가 없다는 판단에 서였다. 다시 날아오는 주먹을 피하면서 칼을 휘두르자, 지름만 해도 석 자는 되어보이는 자이언트의 팔이 썽둥 잘려나갔다. 검을 멈추지 않고 연속해서 공격하자 이번에는 녀석의 오른쪽 다리가 반쯤 베여나갔다.

"젠장, 이 칼로도 한번에 안 나간단 말이냐!"

보로미어는 짜증스레 고함을 지르며 다시 칼을 휘둘러 기어이 나무줄기 같은 녀석의 다리를 잘라버렸다.

탄성을 지르던 전사는 말 그대로 집채만 한 자이언트의 몸통이 밑둥 잘린 거목처럼 자신을 덮쳐오는 것을 보고는 허둥지둥 몸을 피했다. 자이언트는 쓰러진 다음에도 남아 있는 한 손으로 보로미어를 잡으려고 허우적댔으나, 전사는 간단히 피해 다니며 녀석의 몸통에 계속 칼을 휘둘러댔다. 하지만 열 번이 넘게 칼을 휘둘러도 자이언트는 끈질기게 살아 있었다.

"이 바보야, 넌 이제 다른 녀석을 맡아."

뒤에서 날아온 바실리아의 고함에 일단 물러나서 상황을 본 전사는 헉 숨을 들이마셨다. 그나마 맡은 녀석을 쓰러뜨린 것은 보로미어 하나였고, 나머지 자이언트 넷은 불에 타면서도 여전히 건재했다. 다행히도 가이우스와 상대하고 있는 녀석만은 연달아 날아오는 부메랑 공격에 반쯤 톱밥으로 변해 있었으나 리스트를 비롯한 다른 대원들과 가이우스의 부하들이 합세하여 상대하고 있는 나머지 셋은 겉껍질에 붙은 불 외에는 별다른 상처조차 입고 있지 않았다.

숨을 돌리며 조금 더 상황을 지켜보자 간단히 그 이유를 알 수 있었다. 그것은 대원들의 무기 대부분이 도무지 우드 자이언트의 두꺼운 겉껍질을 뚫지 못하기 때문이었다. 그러나 자신의 미스릴 블레이드가 다르다는 것은 방금 확인을 마친 바이다.

"발할라아아!"

보로미어는 목이 터져라 외치며 가장 가까이 있던 자이언트에게 달려들었다. 녀석의 발밑에서 어지러이 도망다니고 있는 대원들을 밀어젖히며 칼을 휘두르자 이내 거대한 주먹이 느릿느릿 날아왔다.

"흥, 굼벵이 같은 녀석!"

전사는 비웃으며 주먹을 피한 다음, 다시 미스릴 블레이드를 휘둘러 놈의 다리 한쪽을 잘라냈다. 물러났던 대원들이 넘어진 거인에게 달려드는 것을 보면서, 보로미어는 몸을 돌려 다음 상대를 찾았다. 가이우스가 상대하던 녀석은 이젠 아예 가루가 되었는지 보이지 않았고, 가이우스는 자신의 부하들과 함께 다음 거인을 상대하고 있었다. 남은 한 녀석에게는 리스트와 질리안이 외로이 매달려 고전하고 있었다.

보로미어는 한달음에 리스트가 상대하고 있는 녀석에게 달려들며 검을 휘둘렀다. 이제 미스릴 블레이드의 꿈틀거림은 자연스런 움직임이 되어 있었다. 마치 자신의 마음을 읽기라도 한 듯 매끄럽게 움직여주는 것이 여간 귀엽지가 않았다.

"타앗! 타앗!"

간단한 연속 공격으로 녀석의 발목을 자른 보로미어는 뒤로 물러나다가 더 이상 남은 상대가 없다는 것을 깨닫고는 방금 쓰러뜨린 녀석의 목을 향해 검을 겨누었다. 좀 두꺼워 보이기는 했지만 잘만 하면 한칼에 자를 수도 있을 듯했다. 호흡을 가다듬은 전사는 두 손으로 미스릴 블레이드를 단단히 잡고 머리 위로 높이 들어올렸다.

그와 동시에 갑자기 보로미어에게 고개를 돌린 우드 자이언트의 입에서 누런색 액체가 뿜어져 나왔다.

"으악!"

놀란 보로미어는 반사적으로 뒤로 물러났지만 액체의 일부가 오른쪽 다리에 묻고 말았다.

"제기랄, 이게 뭐야!"

별다른 통증은 없었으나, 온통 끈적이는 액체로 뒤덮인 다리를 내려다보던 보로미어는 갑자기 자신의 발이 땅에서 떨어지지 않는다는 것을 깨닫고 파랗게 질렸다. 마치 나무의 진액처럼 진득한 액체가 자신의 오른발을 땅에 접착시켜 버린 것이다. 게다가 아직 그는 우드 자이언트의 팔이 닿는 위치에 있었다. 고개를 든 전사는 예상했던 대로 거인의 거대한 주먹이 머리 위로 떨어져오는 것을 보고는 이를 악물었다.

궁여지책으로 뒤로 몸을 넘어뜨리자 오른쪽 다리에 극심한 통증이 번져왔다. 보로미어는 비명을 지르면서도 일단 안도의 숨을 내쉬었다. 어쩌면 오른쪽 다리만을 희생하고 넘어갈 수 있을지도 몰랐다.

그러나 거인이 그 무시무시한 주먹을 다시 들어올리는 것을 보면서 전사의 희망은 순식간에 사그라들었다. 녀석의 눈은 분명히 자신을 노려보고 있었다. 리스트와 질리안이 온 힘을 다해 녀석을 공격하고 있는 것이 보였으나 시간이 부족했다.

안간힘을 쓰며 몸을 뒤틀던 보로미어는 으스러진 오른발이 땅에서 떨어진 것을 알고는 전력을 다해 기기 시작했다. 그러나 다시 우드 자이언트의 주먹이 날아오기 전까지 그 사정 거리에서 벗어난다는 것은, 그 속도로는 기대하기 힘든 일이었다. 이번엔 도저히 피할 수 없을 것 같았다.

순간 따스한 기운이 등판을 파고들며 으스러졌던 오른쪽 다리에 힘이 들어갔다. 사력을 다해 앞으로 도약하는 것과 동시에, 내리쳐진 자이언트의 주먹은 그가 있던 곳에 깊은 구덩이를 만들었다.

"헉헉!"

보로미어는 거칠게 숨을 몰아쉬며 가이우스의 부하 서넛이 리스트와 합류하는 것을 지켜보았다. 자신을 죽이려던 자이언트가 고운 톱밥으로 변해 가는 것을 확인한 전사는 몸을 돌려 회복 주문을 편 것이 누구인가 찾아보았다. 방금 전 같은 부상은 대회복 주문을 필요로 하는 것으로 아무 사제나 쉽게 쓸 수 있는 것이 아니었다.

그러나 애써 찾아볼 필요도 없었다. 남아 있는 사제는 단 둘, 검은 사제복을 입은 놈 청년과 레일라뿐이었다.

그때 보로미어의 옆으로 가이우스가 황급히 말을 달려왔다.

"보로미어! 괜찮나?"

씩 웃으며 몸을 일으키는 전사를 보고 레인저는 땅이 꺼져라 안도의 한숨을 내쉬었다.

"대장! 도대체 언제까지 이 원정을 계속할 거요? 이젠 대원이 일곱밖에 안 남았는데, 설마 지금도 계속하자는 건 아니겠지?"

씩씩거리며 다가온 리스트가 얼굴을 붉혀가며 소리를 지르는 바람에 가이우스는 그를 향해 말고삐를 돌려야 했다.

보로미어는 강철 방패를 집어들며 주변을 둘러보는 리스트의 말이 사실임을 깨달았다. 전사는 자신과 리스트, 위저드는 바실리아와 그렌달, 사제로는 레일라와 이름을 모르는 놈 청년, 그리고 레인저는 질리안…….

남아 있는 사람은 그게 다였다. 자신의 원래 제대원 중 남아 있는 사람은 그렌달 하나뿐이었다. 가이우스의 부하들도 열둘에서 넷으로 줄어 있었다.

"리스트의 말이 맞아. 이젠 이번 원정이 실패라는 걸 인정하고 돌아가야 해."

차크라의 소모가 심했는지 바실리아가 초췌한 얼굴로 말했다.

그러자 가이우스는 투구를 벗고 바실리아를 똑바로 쳐다보았다.

"바실리아, 원정이 실패라고 단정짓기는 아직 이르다. 나를 포함해서 대원은 아직 열둘이나 되고, 유일한 부상자인 보로미어도 레일라 덕에 완전히 회복이 되었잖나."

보로미어는 반사적으로 레일라를 돌아보았다. 전사가 슬쩍 감사의 미소를 보냈으나, 사제는 못 본 체하며 스윽 고개를 돌렸다.

"아직도 이 정도의 전력이 남았는데 원정을 포기한다면, 나중에 카자드 쿰의 친구들에게 무슨 면목이 설 것 같나?"

가이우스의 물음에 바실리아는 잠시 생각을 해보더니 한숨을 쉬었다.

"그건……, 그러고 보니 그렇네요."

"바실리아, 무슨 소리야! 지금은…….'

리스트는 소리를 지르다 말고 가이우스의 눈길에 입을 닫았다.

"리스트, 냉철하게 생각해 봐. 남은 대원들은 정예 중의 정예야. 게다가 우리에겐 고르곤 전사도 있잖아. 사천왕이든 뭐든 이 정도 대원으로 겁낼 이유가 있다고 보나?"

가이우스가 찬찬한 목소리로 묻자, 리스트는 고민스런 표정을 지었다.

"하지만……."

"리스트, 우린 할 수 있어!"

자신감 넘치는 레인저의 선언에 리스트의 어깨에서 힘이 빠졌다.

"그건……, 아니야. 제기랄, 계속하지 뭐."

"그럼. 그래야지."

가이우스는 미소를 지으며 말고삐를 채더니 남은 대원들 모두를 주욱 쳐다보았다.

"바로 여기가 고비다. 한번만 더 이겨내면 이 지겨운 숲도 끝일 거야."

레인저는 대원들에게 힘차게 외치더니 앞장서서 걸음을 옮겼다. 그 뒤를 따라 다시 행군을 시작하면서 보로미어는 슬쩍 레일라 옆으로 자리를 잡았다.

"저기……, 아까 고마웠어."

"흥."

"이봐. 난 진심으로 고맙다는 말을 하는 거야."

"고맙다는 말은 필요 없어. 우드 자이언트의 아가리에 머리를 들이미는 짓이나 또 하지 마. 난 상급 서열도 아니고 이젠 회복 계열 주문도 다 떨어져가니까."

레일라의 퉁명스런 반응에 머쓱해진 보로미어는 더 이상 말을 걸지는 않았지만, 그렇다고 그녀가 적극적으로 자신을 쫓아버리거나 하지는 않았기 때문에 그녀의 옆을 떠나지도 않았다.

그렇게 한 5분 가량이 지났을까, 레일라와 가이우스가 거의 동시에 걸음을 멈췄다.

"왜 그러지?"

긴장을 하며 칼을 뽑던 보로미어는 낯설지 않은 향기가 코를 찌르자 갑자기 전신에 소름이 돋는 것을 느꼈다.

"마족이다!"

가이우스의 외침과 동시에 원정대 앞 공터에 거대한 불기둥이 솟아올랐다. 그러나 자세히 보니 그것은 불기둥이 아니라 불로 만들어진 거인이었다. 키는 한 5미터? 흉측한 얼굴과 이글거리는 화염으로 타오르는 팔다리, 그리고 한 손에 들려 있는 초대형 시미터는 보기에도 섬뜩할 정도였다.

"빌어먹을, 하필 여기서 발록(Balrog)이라니. 이젠 정말 끝이야."

바실리아가 맥빠진 목소리로 혼자말을 하며 그 자리에 주저앉았다.

"야, 일어나! 그 스플래신가 뭔가 물 뿌리는 주문이라도 써봐!"

보로미어가 그녀의 목덜미를 잡아당겨 일으켜 세우자, 옆에서 레일라가 말했다.

"스플래시는 위저드가 아닌 사제 주문이야. 게다가 저건 발록이잖아. 아치데블(Archdevil) 벨리알의 부관인 데블 족 마왕이라고. 강물의 신 고하지스의 은총이 담긴 성수(聖水)라면 모를까, 보통 물은 녀석의 몸에 닿기도 전에 증발하고 말 거야."

"혹시 너 그 성수 없어?"

보로미어가 묻자, 엘프 여사제는 기가 막힌다는 표정으로 전사를 쏘아보며 말했다.

"넌 내가 마법 상점이라도 짊어지고 다니는 줄 알아?"

"쳇."

보로미어가 다시 발록을 바라보는 순간, 녀석은 천천히 원정대를 향해 걸음을 내딛고 있었다. 가이우스가 서서히 말을 뒤로 물리며 부메랑들을 꺼내들자 발록은 입을 크게 벌리며 엄청난 크기의 파이어 볼을 토해 냈다.

"와앗!"

가이우스가 잽싸게 유니콘의 등을 박차며 몸을 날리자, 외뿔말은 순식간에 숯덩이로 변했다.

"이 녀석! 감히 내 말을!"

레인저는 정말로 화가 난 듯 무서운 속도로 손에 들고 있던 부메랑들을 날리기 시작했다. 쉴 틈 없이 이어지는 부메랑 공격에 발록이 비명을 지르기 시작했다. 그에 자신을 얻은 보로미어와 리스트는 앞으로 뛰어나갔다. 그러나 발록은 고통스런 비명을 지르면서도 손에 든 시미터를 휘둘러 보로미어와 리스트의 접근을 허용치 않았다. 자기 몸집만 한 칼이 날아드는 데야 천하의 보로미어라도 어쩔 수 없었다.

어물거리는 그들을 향해 또다시 발록의 입에서 파이어 볼이 튀어나왔다.

"피해!"

하플링인 리스트가 잽싸게 몸을 피하며 외쳤지만 보로미어에게는 그럴 시간이 없었다. 맞았구나 하는 순간, 머리 위에 허연 것이 나타났다.

"실드 오브 아이스(Shield of ice)!"

얼음 실드는 파이어 볼을 막아내며 녹아버렸지만 보로미어는
그 틈을 이용하여 가까스로 몸을 피할 수 있었다. 가이우스 옆으
로 후퇴한 보로미어는 헐떡이며 말했다.

"대장, 어떻게 하지?"

"최선을 다해라, 보로미어. 우린 이길 수 있어!"

옆에선 가이우스의 부하들이 일렬로 서서 쉬지 않고 단검을 집
어던지고 있었다. 다시 자신감을 얻은 보로미어는 앞으로 달려나
가며 미스릴 블레이드를 치켜들었다.

"발할라아아아!"

머리 위로 떨어져 내리는 발록의 시미터를 미스릴 블레이드로
막자 엄청난 충격이 오른팔을 통해 전해져 왔다. 그러나 전사는
힘을 다해 발록의 칼을 밀어내고는 녀석의 무릎을 향해 수평으로
검을 그었다.

발록의 고통스런 비명에 미소를 지으며 다시 검을 들던 보로미
어는 갑자기 후끈한 열기와 함께 온몸을 덮쳐온 충격에 정신이 아
뜩해졌다. 가까스로 의식을 잃지 않고 버틴 보로미어는 자신을 내
려다보고 있는 레일라를 보고서야 자신이 발록에게 걷어차여 뒤
로 날아왔다는 것을 깨달았다.

"바보 같은 녀석! 그렇게 무턱대고 달려들면 어떡해!"

레일라는 전신에서 김이 모락모락 올라오는 보로미어를 회복
시키며 꾸짖었다.

"제기랄, 그럼 어떻게 하란 말이야?"

기력을 회복한 보로미어가 화를 내자 레일라가 말했다.

"녀석은 데블 족이야. 데블 족은 항상 자신의 영혼을 봉인한 탈리스만을 지니고 다니지. 저 녀석이 가슴에 걸고 있는 목걸이가 보이지? 저걸 깨야만 해."

전사는 정신이 번쩍 들어 발록을 다시 돌아보았다. 그러자 그녀의 말대로 놈의 가슴에 달린 검은색 원반이 눈에 들어왔다. 그러고 보니 가이우스가 날리는 부메랑이나 그의 부하들이 던지고 있는 단검들도 모두 그 원반을 목표로 하고 있었다. 하지만 발록 역시 다른 부분을 희생하면서라도 그 원반만은 필사적으로 보호하고 있었기 때문에, 가이우스나 그의 부하들이 그것을 깨뜨릴 가능성은 매우 희박해 보였다.

보로미어가 몸을 일으키는 동안에도 발록은 다시 파이어 볼을 뱉어 가이우스의 부하 중 둘을 태워버렸다. 조금 여유가 생긴 마왕은 전보다 더욱 거칠게 시미터를 휘둘러대기 시작했고, 녀석의 발밑에서 빠르게 몸을 놀리며 공격을 하던 리스트는 더 이상 견디지 못하고 옆으로 도망쳐야 했다.

"좀 맞아다오, 맞아!"

악을 쓰며 계속 부메랑을 날리던 가이우스는 발록이 다시 한 발 앞으로 나오자 그에 맞춰 뒷걸음질을 쳤다. 그러자 그의 뒤에서 어쩔 줄 모르며 서 있던 바실리아와 그렌달, 그리고 놈 사제도 따라서 한 걸음 후퇴했다.

"저 바보 같은 위저드들은 뭘 하는 거야?"

보로미어의 투덜거림에 레일라가 핀잔을 주었다.

"발록 정도 되면 일반적인 위저드 주문엔 면역이 되어 있어. 그것도 몰라?"

572

전사는 입맛을 다시며 다시 앞으로 달려가려다 멈춰 섰다. 사실 자신도 할 수 있는 일이 없기는 마찬가지였다. 무기가 활이라면 모를까, 날개를 달지 않고서야 키가 5미터나 되는 거인의 목에 달린 목걸이를 칼로 공격할 수 있는 방법은 없었다.

"보로미어!"

가이우스가 부르는 소리에 보로미어는 그의 곁으로 달려갔다. 그러자 레인저는 정신없이 부메랑을 날리느라 고개도 돌리지 못하면서 말했다.

"보로미어, 이러다간 전멸이야. 네가 입고 있는 그 갑옷을 사용해라."

"네?"

보로미어는 깜짝 놀라 쥐고 있던 방패를 떨어뜨렸다. 그러자 가이우스가 빠르게 말했다.

"네가 입고 있는 그 고물 갑옷, 전에 카자드 쿰에서 그걸 본 후에 약간 공부를 해봤지. 그건 레인보 플레이트(Rainbow plate)라는 물건이야. 저 마왕을 잡으려면 그 힘을 빌려 그림자 마법을 쓰는 수밖에 없어."

자신의 가슴을 내려다본 전사는 그제서야 입고 있던 망토가 타버린 것을 깨달았다.

'하지만 이걸 사용하라니, 어떻게?'

"와악!"

발록의 파이어 볼이 다시 날아왔다. 놈 사제가 실드 오브 아이스를 만들어 방어를 시도했지만 레일라의 것보다는 약했는지 실드의 중앙이 갈라지면서 불덩이의 일부가 비처럼 쏟아져내렸다.

보로미어는 어찌어찌 피할 수 있었지만, 부메랑을 날리느라 다른 것에 신경을 쓸 수 없었던 가이우스의 등에는 작은 불이 붙고 말았다. 레인저의 등을 두드려 불을 끄면서 보로미어가 외쳤다.

"난 이걸 어떻게 사용하는지 몰라요."

"그럼 내가 시키는 대로만 해. 그 갑옷의 갑판은 일곱 개야. 하나하나가 인간의 일곱 가지 감정에 반응을 하지."

보로미어는 순간 가롯의 마지막 말을 생각해 냈다.

"그리고 무지개의 색도 일곱이죠."

"잘 알고 있군."

"그런데 그게 무슨 말이죠?"

"이런 답답한!"

가이우스가 소리를 지르는 바람에 공중을 날던 부메랑 하나가 바닥으로 떨어졌다. 그러나 레인저는 재빨리 자신의 감정을 수습한 다음 빠르게 설명했다.

"무지개는 일곱 가지 빛이 모인 거야. 그 갑옷의 갑판에서 내는 일곱 가지 빛도 동시에 합쳐졌을 때 무지개가 완성되고, 그게 그림자 마법의 힘으로 나타난단 말이야. 그러니까 간단히 말해서 네가 일곱 가지 감정을 동시에 발산하기만 하면 되는 거야!"

순간 모든 것이 이해가 되었다. 그랬구나. 그렇게 간단한 것을.

'하지만……'

"하지만 그러면 다른 사람들도 위험할 텐데."

"지금은 그런 걸 따질 때가 아니잖아!"

가이우스의 질책에 찔끔한 보로미어는 일어나서 숨을 가다듬었다.

'모든 감정을 일순간에……'

그러자 갑옷의 갑판들이 일제히 깜박이며 빛을 발하기 시작했다.

"그래. 그거야. 조금만, 조금만 더."

가이우스가 곁눈질을 하며 격려했으나, 보로미어는 이내 그 일이 생각처럼 간단한 것이 아님을 깨달았다. 화를 내면 가슴 갑판의 주황빛이, 기뻐하면 등 갑판의 붉은빛이 하는 식으로 갑판 하나씩은 쉽게 조절이 되었지만 아무리 노력을 해도 모든 빛을 한꺼번에 내뿜을 수는 없었다.

"안 돼. 동시엔 할 수 없어."

끙끙대던 보로미어가 헐떡이며 말을 내뱉자 가이우스가 소리를 질렀다.

"이런! 그 간단한 것을! 다시 해봐!"

"안 돼요. 불가능해."

전사가 포기하는 순간 다시 파이어 볼이 날아왔다. 놈 사제가 다시 실드 오브 아이스를 만들었지만 실드를 깨뜨리고 날아온 불덩이는 그를 간단히 한 줌의 재로 태워버렸고, 남아 있던 가이우스의 부하 두 명도 그 사제와 운명을 같이했다.

"레일라아!"

가이우스는 악을 쓰며 여사제를 부른 후 말했다.

"무슨 수를 쓰든지 잠깐만 저 녀석의 공격을 막아줘. 실드를 쓰든 무력화 주문을 쓰든 알아서 해봐!"

레일라가 엉겁결에 커다란 실드 오브 아이스를 만들어내자, 가이우스는 부메랑 던지던 것을 멈추고 보로미어를 향해 돌아섰다.

"내가 해보지. 그 갑옷을 빌려줘."

가이우스는 말을 마치기가 무섭게 자신의 갑판 갑옷을 벗어던 졌다.

"지금 뭘 하는 거야?"

힘겹게 실드를 지탱하면서 레일라가 물었으나, 서둘러 갑옷을 벗는 보로미어나 받아서 입는 가이우스나 대답할 여유는 없었다.

그러나 갑옷을 다 입은 가이우스는 갑자기 뒤로 서너 걸음 물러 나더니 보로미어를 보고 웃음을 터뜨렸다.

"하하하, 드디어 레인보 플레이트가 내 것이 되었군!"

"무슨 말이죠?"

보로미어가 어리둥절해하며 묻자 레일라가 발록에게서 눈을 떼지 않은 채 소리쳤다.

"무슨 말이긴 무슨 말이야! 녀석의 사기에 넘어간 거지. 네 손 으로 넘겨주었으니 이제 저 갑옷은 정식으로 가이우스의 소유야."

"바로 말했어. 이젠 정식으로 나의 것이지. 털어놓자면, 난 보 로미어 널 처음 본 그날부터 이 갑옷을 원했어."

가이우스가 말했다. 그제야 사태를 이해한 보로미어는 가슴이 철렁했다.

'아니야, 설마……'

가이우스가 빠른 말투로 계속했다.

"너무 억울해하진 마. 이 갑옷의 비밀을 연구하는 데 투자한 시 간과 돈만으로도 나 역시 소유권을 주장할 자격은 충분하니까. 가 롯이 남긴 말을 알아내기 위해서 들인 돈만 3000두카트야. 그 클린 트란 레인저 녀석이 어지간히 비싸게 굴어야지 말이야."

'클린트? 그 메아리 숲 때의 엘프 레인저?'

576

가이우스는 보로미어의 표정에 웃음을 터뜨리더니 말했다.

"너무 아까워하진 말게. 어차피 이 갑옷은 단순한 감정도 조절하지 못하는 자네에게는 쓸모가 없어. 이건 자신의 감정을 자유자재로 조절할 수 있는 나 같은 상급 레인저를 위한 물건이야."

갑작스레 일어난 모든 일에 레일라를 제외한 모든 대원들의 눈은 가이우스에게 집중되어 있었다.

"대장, 지금 무슨 소리를 하는 거야? 저 발록은 어떻게 하고?"

바실리아가 소리를 지르자 레인저 나이트가 말했다.

"걱정하지 마. 잠시 후면 다 끝난다."

가이우스는 다시 보로미어를 돌아보며 말했다.

"너와 실바누스를 론디움에서 비트라 쿰까지 트래킹하는 건 어렵지 않았어. 하지만 그 후엔 정말로 모든 종적이 사라졌더군. 그땐 이 갑옷을 영원히 잃은 줄 알고 정말 두려웠지. 구(懼)!"

레인저의 외침과 함께 갑옷의 오른쪽 어깨 갑판이 눈부신 초록빛으로 빛나기 시작했다.

"하지만 약간의 돈을 뿌리자 금방 도움이 나타나더군. 기억하나? 이리스란 레인저 아가씨를? 네 행방을 알고 나서 내가 얼마나 즐거워했는지 넌 모를 거야. 희(喜)!"

그러자 등 갑판이 피처럼 붉은 빛을 뿜어냈다.

"하지만 겨우 제라드 쿰까지 가서 널 보았을 때 넌 이미 나에 대해 모든 것을 알고 있더군. 가까스로 말을 꾸며대며 넘어가긴 했지만, 난 네가 원정대 집결지에 나타나지 않을까 봐 하루 종일 걱정을 했다. 우(憂)!"

이번엔 왼쪽 어깨 갑판에서 영롱한 노란 빛이 터져나왔다.

보로미어는 이를 악물었다.

'내가 속은 거구나! 이 녀석의 사기에 감쪽같이 넘어간 거구나!'

서서히 레일라의 실드도 약해지고 있는지 파이어 볼의 열기로 등이 후끈거리기 시작했다. 어쩌면 아무런 장갑을 입지 않은 맨몸이어서인지도 몰랐다.

가이우스가 계속했다.

"이 물건이 얼마나 귀중한 것인 줄 아나? 이것만 있으면 록스란드 진입이 문제가 아니야. 록스란드의 제왕이 되는 것도 시간 문제란 말이다. 그러니 내가 욕심을 낼 만도 하지. 욕(慾)!"

이번엔 오른쪽 옆구리 갑판이 강렬한 보랏빛 광채로 번쩍였다.

"하지만 운명이란 잔인한 것이더군. 내가 카자드의 치안을 유지하기 위해 들였던 모든 노력에도 불구하고, 이런 보물을 손에 넣는 행운은 해놓은 일도 없는 너 같은 바보에게 돌아갔단 말이야. 내가 그 동안 보로미어 너를 얼마나 증오했는지 알기나 해? 증(憎)!"

왼쪽 옆구리 갑판에서 짙은 남색의 광채가 주체할 수 없을 정도로 강렬하게 뿜어져 나왔다.

"하지만 신은 나에게 운명을 바꿀 힘을 주셨지. 우하하하, 아하하하! 내 평생 이처럼 완벽한 사기는 처음이야. 정말 멋있는 작업이었다. 대원 60명이 모두 속아넘어갔잖아? 저 멍청한 그렌달처럼 아직도 이번 원정이 네크로맨서를 정벌하기 위한 것이라고 믿고 있는 녀석도 있을걸?"

"이런 죽일 놈! 지옥에나 가라!"

리스트가 이를 악물고 욕을 퍼부어댔다.

그러자 가이우스가 껄껄 웃었다.

"아니. 지옥은 내가 아니라 너희들이 가게 될 거야. 그러니 인생이 재밌다는 거 아닌가! 오늘 저 바보 같은 보로미어 덕에 난 다시 인생을 사랑하게 됐지. 애(愛)!"

갑옷의 배 갑판이 투명한 청색광을 토해 냈다. 가슴 갑판을 제외한 여섯 개의 갑판들이 뿜어대는 빛으로 이제는 가이우스를 똑바로 쳐다보기도 힘들 정도였다.

지금까지 어쩔 줄 모르고 얼어 있던 보로미어는 이제 가슴 갑판만 발동하면 곧 그림자 마법이 펼쳐지리라는 것을 깨닫고 조용히 두 다리에 힘을 주었다. 아까와 달리 가이우스의 카리스마에서 벗어난 지금은 그 후의 상황이 눈에 선했다. 발록도 발록이지만, 그보다 먼저 가이우스를 제외한 나머지 대원들이 죽을 것이다. 그것만은 어떻게든 막아야 했다.

결심이 굳어지자 보로미어는 힘을 다해 가이우스에게 달려들었다. 그러나 가이우스는 보로미어의 손이 닿기 일보 직전에 갑자기 모습을 감췄다. 허공을 거머쥔 전사가 고개를 돌리자 레인저의 신형은 어느새 레일라와 발록 사이로 옮겨가 있었다. 텔레포테이션 주문과 구분할 수 없을 정도의, 가히 신기라 할 만한 레인저 워크였다.

"감히 레인저 나이트 급 레인저를 잡으려 덤비다니, 어림도 없지. 하지만 날 잡아서 어쩌겠다는 건가?"

밝게 뿜어대는 여섯 가지 색의 광선에 휩싸인 채 원정대를 마주하고 선 가이우스는 이제 마왕 따위는 안중에도 없다는 식이었다.

보로미어가 이를 악물며 몸을 돌리자 레인저는 손을 들어 그를 제지한 다음 말했다.

"이미 이 갑옷의 정식 소유자는 나야. 비록 사기지만, 그래도 이 정도로 멋지게 해냈으면 그 노력은 인정해 줘야 하는 것 아닌가? 깨끗이 작업이 끝난 다음에도 너처럼 지저분하게 달라붙는 녀석들을 보면, 난 정말 화가 나서 견딜 수가 없어. 노(怒)!"

마지막이었던 가슴 갑판에서 주황색 섬광이 번쩍거리는 듯하더니 일곱 갑판에서 나온 일곱 빛이 순백의 단일광으로 합쳐졌다.

"안 돼!"

재빨리 가이우스를 등지고 돌아선 보로미어는 곧 달려들 자신의 그림자를 약화시키기 위해 미스릴 블레이드를 버리려고 했으나 그 빌어먹을 칼은 손에 달라붙어 좀처럼 떨어지려 하지 않았다. 갑옷도 입지 않은 맨몸에 무기는 미스릴 블레이드. 자신의 그림자를 상대하기엔 최악의 조합이었다.

그러나 어쩔 줄 몰라하던 전사는 그림자의 공격은커녕 아무런 일도 일어나지 않자 다시 가이우스를 돌아보았다. 레인저가 입고 있는 갑옷은 여전히 밝은 백색광을 내뿜고 있었지만, 그냥 그렇게 빛만 발하고 있을 뿐이었다.

"뭐야, 이거?"

"이게 뭐야?"

얼떨떨해진 보로미어와 가이우스가 동시에 중얼거리는 순간, 발록의 파이어 볼이 레인저의 머리 위로 정확히 떨어져내렸다. 그리고 갑옷의 힘이 예상대로 발휘되지 않아 당황해 있던 가이우스는 그만 피할 기회를 놓치고 말았다.

"으아아악!"

화염에 휩싸여 바닥을 뒹굴며 처참한 비명을 질러대는 가이우스를 본 보로미어는 반사적으로 그에게 달려나가려고 했다. 그러나 리스트와 바실리아가 그의 앞을 막아섰다.

"내버려둬. 죽어 마땅한 녀석이야."

"그래도 원정 대장이 죽으면 골치가 아파."

보로미어가 다시 달려나가려고 하자, 옆에서 땀을 비오듯 쏟고 있던 레일라가 소리쳤다.

"저 녀석이 그렇게도 중요해? 좋아, 기필코 저 녀석을 구하겠다고 하면 나도 이 실드를 거둘 거야. 저 녀석이 다시 사는 꼴을 보느니 차라리 우리 모두 다같이 죽자고."

리스트 역시 보로미어가 계속 고집을 부리면 칼부림이라도 할 기세였다. 보로미어는 어쩔 수 없이 가이우스가 몸부림치며 재로 변해 가는 것을 지켜볼 수밖에 없었다.

"이젠 어떻게 하죠?"

그렌달이 파랗게 질려 묻자 바실리아가 인상을 쓰며 대꾸했다.

"어떻게든 저 마왕을 피해 도망갈 궁리를 해야지!"

"질리안은 벌써 그렇게 한 모양이로군."

리스트가 주변을 둘러보며 말했다. 그러고 보니 아까부터 그녀의 모습이 보이지 않고 있었다.

"제기랄, 레인저 놈들은 꼭 쥐새끼 같아. 배가 가라앉을 것 같으면 제일 먼저 도망을 가는."

바실리아가 여전히 인상을 구긴 채로 질리안을 욕해댔다.

"어떻게 머리들 좀 써봐! 녀석이 다가오기 시작했어!"

레일라의 외침에 돌아보자 발록이 걸음을 내딛고 있었다. 녀석의 발이 아직도 버둥거리고 있는 가이우스를 짓밟자, 몇 가지 색의 빛이 복잡하게 번쩍이다가 사라졌다.

"죽었군."

리스트가 중얼거리자 바실리아가 떨리는 목소리로 말했다.

"우리도 곧 죽겠지?"

"죽긴 왜 죽어! 어서 뒤로 물러나. 한번쯤은, 한번쯤은 기회가 올 거야."

발록의 전진에 맞춰 뒤로 물러나면서 레일라가 소리를 질렀다. 보로미어는 레일라 옆에서 뒷걸음질을 치다가 가이우스의 갑판 갑옷을 발견하고는 서둘러 그것을 걸쳐 입었다. 비록 불에 대한 저항력은 없지만 그래도 맨몸보다는 나을 것이란 생각에서였다.

레일라를 돌아본 보로미어는 그녀 역시 한계에 달했다는 것을 알 수 있었다. 사실 4급인 렉터로서 여기까지 버텨온 것만 해도 놀라운 일이었다.

보로미어는 레일라의 실드 오브 아이스가 점점 작아지는 것을 지켜보다 말했다.

"이제 기회는 오지 않아. 그러니 만들 수밖에."

"뭐라고?"

레일라가 숨을 헐떡이며 되물었으나, 이미 보로미어는 실드의 보호 밖으로 달려나가고 있었다.

"잠깐만!"

레일라의 외침에도 아랑곳없이 전사는 정면으로 발록을 향해 달려들었다. 미스릴 블레이드의 꿈틀거림이 돌아왔고, 장갑도 완벽한 갑판 갑옷이다. 보로미어는 잘만 하면 승산이 있다고 생각했다. 그는 무자비하게 떨어져 내리는 시미터를 살짝 피하면서 녀석의 가슴에 달린 탈리스만을 노려보았지만, 놈이 워낙 철저하게 그것을 보호하고 있었기 때문에 직접 공격한다는 것은 거의 불가능한 일이었다.

'조금만, 녀석이 아주 조금만 틈을 보인다면…….'

아주 잠깐 동안이지만 시미터를 내리칠 때면 탈리스만에 대한 보호에 틈이 생긴다는 것을 눈치챈 보로미어는 어떻게든지 그 틈을 이용해 보려고 안간힘을 썼으나 허사였다.

"보로미어, 왼쪽으로!"

뒤에서 레일라의 외침이 들려 일단 왼쪽으로 움직이자, 발록도 따라서 걸음을 옮기며 파이어 볼을 쏘았다. 간신히 몸을 굴리며 피하자 다시 레일라가 소리쳤다.

"뒤로, 뒤로 두 발짝만!"

"도대체 뭘 어쩌란 거야?"

일단 그녀의 말에 따르면서 보로미어가 외치자 이번엔 생각지도 않았던 답이 날아왔다.

"됐어, 거기서 움직이지 마!"

"뭐?"

황당해진 전사는 칼을 내리며 사제를 돌아보았다. 그러나 그 순간 레일라뿐 아니라 다른 대원 모두가 일제히 손가락을 들어올리며 소리를 질렀다.

"뒤에, 뒤에!"

보로미어는 다시 발록에게로 시선을 돌렸다. 전사는 녀석의 시미터가 곧바로 자신의 정수리를 향해 떨어지고 있는 것을 보고는 이를 악물었다. 움직이지 말란 레일라의 요청이 아니더라도, 몸을 피할 기회를 놓쳤기 때문에 어차피 칼로 막아내는 수밖에 없었다.

"쩡!"

요란한 금속음과 함께 블레이드를 잡은 손으로 엄청난 충격이 전해져 왔다. 간신히 그것을 견뎌내고 있는데 갑자기 발록의 발 아래에서 뭔가가 반짝거리는 듯하더니, 작은 은색 그림자가 녀석의 빈틈을 타고 그 가슴을 향해 쏜살같이 솟아올랐다.

"앰부시(Ambush)!"

"질리안!"

낯익은 목소리에 놀란 보로미어는 무시무시한 표정의 하플링 소녀가 발록의 탈리스만에 칼을 박아넣는 모습을 멍청한 눈으로 지켜보았다. 그러자 탈리스만은 수백 수천의 작은 조각들로 갈라지며 눈을 뜰 수 없을 정도로 밝은 빛을 쏟아내었다.

천천히 감았던 눈을 뜨자, 질리안이 한 손에 쇼트 소드(Short sword)를 쥔 채 헐떡이며 서 있었다. 발록의 모습은 그 어디에도 찾아볼 수가 없었다.

"살았다. 살았어! 보로미어, 정말 대단해!"

바실리아가 빠른 걸음으로 뛰어오며 말했다.

"내가 아니야. 발록을 해치운 건 질리안이야."

고개를 젓는 보로미어를 보고 질리안은 검을 집어넣으며 말했다.

"아니, 보로미어 네가 해치운 거나 마찬가지야. 네가 아니었으면 내 앰부시는 성공할 수 없었어. 네가 발록의 칼을 정면으로 받아내며 버틴 덕에 녀석이 빈틈을 내보인 거야. 그런데 너 정말 투사급 전사 맞아?"

"나도 못 믿겠어. 아무리 상급 서열이라도 그 정도로 맞장을 뜰 순 없었을 거야!"

리스트도 거들었다.

여럿의 칭찬에 보로미어가 어깨를 으쓱거리고 있을 때 레일라가 다가오며 말했다.

"뭣들 하는 거야? 어서 여기서 벗어나지 않으면 우린 모두 큰일나."

"보로미어도 있는데 뭐가 걱정이야? 날 저물기 전까지 비트라 쿰에만 돌아가면 될 거 아냐. 그리고 발록도 물리쳤는데, 기왕이면 그 사천왕이라는 녀석도 잡고 가지."

바실리아가 느긋하게 대꾸하자 레일라가 답답하다는 듯이 말했다.

"명색이 4급이라는 메이지 급 위저드가 아직도 그걸 깨닫지 못하면 어쩌자는 거야? 사천왕은 저기 있잖아!"

일행은 모두 레일라가 가리키는 쪽을 돌아보았지만 거기엔 우거진 나무들 외에 아무것도 없었다.

"저기도 있군!"

레일라는 이어서 또 다른 곳을 가리켰지만, 역시 거기에도 아무것도 없기는 마찬가지였다.

"레일라, 장난하자는 거야?"

바실리아가 눈살을 찡그리며 화를 냈다. 그러나 사제는 말했다.

"사천왕이란 카자드의 사람들이 편의상 붙인 이름일 뿐이야. 아무도 그게 뭔지 실제로 본 적은 없어. 그렇다면 어쩌면 정해진 모습이 없는지도 모르지."

"투명 인간이란 얘긴가?"

리스트가 고개를 갸우뚱거리며 묻자, 레일라는 하늘을 향해 긴 한숨을 내쉬더니 말했다.

"이 숲! 이 저주받은 숲 말이야! 아직도 모르겠어? 바로 이게 첫 번째 사천왕이야! 우리가 이 안에 발을 들여놓고 있는 한 이 숲 은 계속해서 괴물들을 소환해 올 거라고. 처음엔 늑대, 다음은 동 굴 사자, 우드 자이언트, 그리고 발록."

그러자 바실리아가 신음에 가까운 비명을 지르며 말했다.

"맞아! 나 이거 들어본 적 있어! 그 상대를 이길 수 있을 때까지 점점 더 센 괴물을 소환해 오는 거. 크레, 크레……."

"크레센도 서모너(Crescendo summoner)."

레일라가 정확한 주문 이름을 말해 주었다.

"그렇다면 발록 다음은……."

입을 열다 말고 리스트가 파랗게 질리며 다른 대원들을 바라보 았다. 다음 순간, 대원들은 누가 먼저랄 것도 없이 일제히 뒤로 돌 아 달리기 시작했다.

"길은 내가 잘 아니까, 내가 앞장설게."

질리안이 잽싸게 선두에 섰고, 보로미어는 중간쯤에서 속도가 떨어지는 그렌달의 뒷덜미를 잡아끌며 달렸다. 모두의 머릿속에 는 다음 상대가 소환되어 나타나기 전에 이 숲을 벗어나야 된다는 생각뿐이었다. 그것이 무엇이든 간에 발록 이상의 괴물을 상대로 살아남을 자신은 누구에게도 없었기 때문이다.

한참을 달렸을 때 뒤에서 레일라의 목소리가 들려왔다.

"그만! 잠깐만 기다려!"

대원들이 잠시 걸음을 멈추자 레일라가 숨을 헐떡이며 말했다.

"이젠 그만 달려도 돼. 그 숲은 이제 벗어났어."

"그럼 안전한 거야?"

보로미어가 묻자 사제는 당연하다는 듯 고개를 끄덕였다.

"후우, 그럼 이제는 비트라 쿰까지 돌아가는 것만 남았네."

리스트가 아찔한 아르망 패스의 경사를 올려다보며 한탄하자 레일라는 바실리아와 그렌달을 보며 말했다.

"이봐, 위저드들. 카자드의 역사에 네크로맨서의 첫 번째 사천 왕을 깨부순 사람으로 기록되고 싶지 않아?"

"아이고……, 헉헉. 그게 무슨 소리야? 방금 그러질 못해서 저기서 도망쳐 나왔잖아!"

바실리아가 아직도 숨을 헐떡이면서 말했다.

"하지만 이젠 그 사천왕이 뭔지 알잖아. 그러면 얘기가 다르지."

레일라는 손을 들어 방금 떠나온 숲을 가리켰다.

"뭘 어쩌잔 말이오?"

그렌달이 고개를 갸우뚱거리자 바실리아가 갑자기 그의 어깨를 턱 치며 눈을 반짝였다.

"야, 너 파이어 레인 쓸 줄 알지?"

"네."

"그럼 빨리 써."

"네?"

그렌달이 영문을 몰라 되물을 때 바실리아는 대답 대신 양손을 모아 가슴 앞에 수인을 맺고는 주문을 풀었다.

"파이어 스톰!"

그러자 넘실거리는 시뻘건 불줄기가 수인으로부터 뿜어져 나갔다. 그렌달도 그제야 수인을 맺으며 파이어 레인의 주문을 풀었다. 바실리아와 그렌달이 일으킨 산불은 잠시만에 무서운 기세로 숲 전체로 번지기 시작했다.

불이 어느 정도 번지자 레일라가 중얼거렸다.

"결국 네크로맨서의 첫 번째 사천왕은 이렇게 가는군."

그러자 바실리아가 고개를 끄덕이며 말했다.

"왜 사천왕이 어떤 괴물이라는 선입관이 생겼을까? 사실 네크로맨서라면 괴물이 아닌 주문으로 자신을 보호하는 게 더 당연한 일인데 말이야."

"어쨌건 이제 사천왕의 실체에 대해 알게 되었으니, 네크로맨서의 멸망도 조금이나마 앞당겨진 셈이야. 하지만 나머지 세 사천왕이 이것처럼 단순한 마법 함정만은 아닐 수도 있어."

레일라가 타오르는 숲을 바라보며 말했다.

"그런데 어떻게 알았어?"

바실리아가 돌아보며 묻자 여사제는 미소를 지었다.

"나무들 때문에. 다른 숲의 나무들과 달랐거든. 뭐랄까……, 진짜 나무들과는 느낌이 달랐어."

"정말 그렇군."

리스트가 타오르는 숲을 보며 말했다. 놀랍게도 숲은 불에 타면서 점차 사라지고 있었다. 타서 사라지는 것이 아니라 아직 불붙지 않은 부분들까지도 같이 희미해져 가더니, 잠시 후에는 재도 남기지 않고 모두 사라지고 말았다. 숲이 사라지고 나자 일행 앞에는 아르망 패스에서부터 이어져 온 길이 황량한 벌판을 지나 남서쪽으로 뻗어가고 있는 풍경이 펼쳐졌다.

"저 길을 따라가면 두 번째 사천왕이 있겠지?"

리스트가 중얼거리자 질리안이 그의 옷자락을 잡아끌며 말했다.

"쓸데없는 생각 하지 말고 어서 가자. 난 지금 내가 살아 있다는 것도 믿어지지 않아."

질리안을 선두로 대원들이 출발하려 하는데, 레일라가 보로미어에게 뭔가를 내밀었다. 가이우스의 주검과 함께 남겨두고 왔던 자신의 낡은 갑옷이었다.

"이, 이건……."

보로미어가 그것을 받아들며 레일라를 쳐다보자 바실리아가 옆에서 끼어들었다.

"이거 아까 가이우스가 사기쳐서 빼앗았던 갑옷 아냐? 불에 타고 발록에게 밟히더니 이젠 완전히 고물이 됐군."

물론 갑옷은 이전과 똑같은 모습을 하고 있었지만 갑옷의 원래 모습을 본 적이 없는 바실리아는 그것의 험한 꼴이 이번 전투 덕분이라고 생각하고 있었다.

"그게 원정대 예순 명을 제물로 바칠 만큼 대단한 물건이야?"

리스트도 고개를 들이밀며 물었다.

"그렇게 대단한 물건이 아니란 걸 가이우스가 증명해 줬잖아. 단지 갑판들이 빛을 낸다는 것 이외에 다른 능력이 뭐 있겠어? 동굴이나 던전 속에서 횃불 대신으로나 쓸 수 있을까?"

레일라가 코웃음을 치며 말하자 리스트도 맞장구를 치며 피식

거렸다.

"하긴 그 정도로 낡은 갑옷은 동굴 속에서나 입을 수 있겠지."

"그래. 남들 눈도 있는데, 어떻게 저런 걸 입고 나다닐 수 있겠어?"

질리안도 눈살을 찌푸리며 못 볼 것을 본 양 고개를 돌렸다.

"그러게 왜 이런 걸 집어오고 그래!"

보로미어가 얼굴이 화끈거려 와 갑옷을 내던지려 하자, 레일라가 놀리듯 말했다.

"또 알아? 반짝이는 것만이 금은 아니란 말도 있잖아?"

전사는 깜짝 놀라 레일라를 돌아보았다.

"뭐라고?"

"반짝이는 것만이 금은 아닐지도 모른다고."

보로미어가 손에 든 갑옷과 레일라를 번갈아 보며 멍하니 서 있는데 질리안이 그의 허리를 꾹꾹 찌르며 말했다.

"이봐, 오늘 저녁 안으로 비트라 쿰에 도착해야 한다는 걸 잊은 건 아니겠지?"

대열의 맨 후미에서 아르망 패스를 오르며, 보로미어는 끈덕지게 들러붙는 괴상한 느낌을 좀처럼 떨쳐버릴 수가 없었다.

반짝이는 것만이 금이 아니라는 그 말. 가롯이 자신의 갑옷을 처음 보았을 때 했던 그 말을 왜 하필 저 여사제가 지껄인단 말인가! 이것은 단순한 우연이라기보다는 신이 자신에게 보낸 일종의 계시라는 생각이 들었다.

'하지만 무엇을 위한 계시?'

전사는 패스를 오르느라 자신의 코앞에서 힘겹게 좌우로 움직이고 있는 바실리아의 엉덩이에 정신을 빼앗기지 않으려고 노력하면서 다시 생각을 집중해 보았으나 도저히 떠오르는 것이 없었다.

고개를 오르는 동안 계속하여 끙끙대던 전사는 산마루에 이르자 참지 못하고 레일라의 어깨를 톡톡 쳤다.

"왜?"

고개를 오르느라 지쳐 있던 사제는 귀찮다는 표정으로 전사를 돌아보았다.

"저, 저기 아까 그 말, 반짝이는 것만이 금은 아니라는……."

"그게 뭐?"

"그 말을 왜 한 거야?"

"무슨 질문이 그래?"

레일라는 가는 눈썹을 찡그리며 물었다. 보로미어는 뭐라 설명을 못하고 계속 우물거리기만 했다.

"어, 그러니까……, 저기……."

그런 전사의 모습을 답답하게 쳐다보던 레일라가 한심하다는 표정을 지으며 하늘을 향해 긴 한숨을 내뿜는 순간, 보로미어는 쇠뭉치로 뒤통수를 두들겨맞는 듯한 충격을 느꼈다.

겨우 정신을 차린 전사는 성큼성큼 사제에게 다가갔다.

"왜, 왜 이래, 너!"

당황한 레일라가 놀라서 뒷걸음질을 쳤으나, 전사는 막무가내로 그녀의 오른 팔목을 거칠게 거머쥐었다.

"야, 너 이거 안 놔?"

보로미어는 온몸을 비틀며 반항하는 사제를 무시하면서 단단히 잡은 그녀의 손목을 천천히 눈앞으로 들어올렸다.

'왜 진작 깨닫지 못했을까?'

서열에 어울리지 않게 오래 유지하던 실드.

톡톡 쏘는 짜증 가득한 말투.

그리고 답답할 때면 하늘을 보고 한숨 짓는 저 모습······.

레일라의 손에서 자신의 의심을 확인한 보로미어는, 믿을 수 없다는 표정으로 그녀를 바라보았다.

"······실바누스!"

전사의 떨리는 목소리가 아르망 패스의 정상에 울려퍼지는 동안에도, 여사제의 가녀린 손가락 위에서는 낯익은 반지 두 개가 끊임없이 반짝이고 있었다.

〈3권으로 이어집니다〉

밀리언셀러 클럽을 펴내면서

    지난 수백 년 동안 소설은 기묘하면서도 교양 넘치고, 자유로우면서도 현실에 뿌리 박고 있으며, 흥미진진하면서도 감동적인 이야기로 독자들의 사랑을 독차지해 왔다.

    민담이나 전설 등에 비해 비교적 최근에 탄생한 이야기 형식인 소설이 순식간에 이 야기 왕국의 제왕으로 올라선 것은 현대인들이 살아가면서 느끼는 희망과 절망, 불안과 평화 등 온갖 삶의 양상들을 허구 속에 온전히 녹여 내어 재창조함으로써 이야기를 읽 는 기쁨과 더불어 삶을 재발견하는 즐거움을 주어 온 까닭이다.

    사실 이야기를 읽음으로써 삶을 다시 생각하고, 삶을 생각함으로써 이야기를 다시 만들어 온 것은 인간이라면 피할 수 없는 숙명이다.

    그런데도 최근 이야기의 제왕이라는 소설의 위기를 말하는 목소리가 점점 늘어나고 있다. 만약에 이 말이 사실이라면, 그리하여 사람들이 소설을 점차 외면하고 있다면, 핏 속에 스며들어 있으며 뼛속에 틀어박힌 이야기 본능이 무언가 다른 것에 홀려 있음에 틀림없다.

    사람들은 이제 이야기를 소설이 아니라 거리에서, 인터넷에서, 영화에서, 드라마에 서, 광고에서, 대중가요에서 즐기고 있는 것이다.

    '밀리언셀러 클럽'은 이러한 소설의 위기를 넘어서려는 마음에서 기획되었다. 국내 뿐만 아니라 전 세계 각국에서 독자들의 사랑을 한껏 받은 작품들을 가려 뽑아 사람들 마음을 다시 소설로 되돌리고 이야기를 한껏 즐길 수 있도록 배려하였다.

    '밀리언셀러'라는 이름을 단 것은 소설이 다시 사람들의 마음을 끌어 널리 읽히기 를 바라기 때문이고, '클럽'이라는 이름을 단 것은 소설을 사랑하는 독자들이 이 작품 들을 가운데 놓고 오랫동안 이야기를 나누기를 바라기 때문이다.

    앞으로 '밀리언셀러 클럽'에는 예로부터 오늘날까지, 동양에서 서양까지 시대와 장 소를 가리지 않고 널리 독자들의 사랑을 받아 온 작품들 중에서 이야기로서 재미에 충 실할 뿐만 아니라 인간 본연의 모습을 확인시켜 줄 수 있는 소설들이 엄선되어 수록될 것이다.

    이 작품들이 부디 독자들을 소설의 바다로 끌어들여 읽기의 즐거움을 극대화함으로 써 이야기 본능을 되살려 주어 새로운 독서 세대를 창출하기를 바라는 마음 간절하다.

팔란티어 2

1판 1쇄 펴냄 2006년 3월 30일
1판 8쇄 펴냄 2018년 9월 13일

지은이 | 김민영
발행인 | 박근섭
편집인 | 김준혁
펴낸곳 | 황금가지

출판등록 | 2009. 10. 8 (제2009-000273호)
주소 | 06027 서울 강남구 도산대로 1길 62 강남출판문화센터 5층
전화 | 영업부 515-2000 편집부 3446-8774 **팩시밀리** 515-2007
홈페이지 | www.goldenbough.co.kr

도서 파본 등의 이유로 반송이 필요할 경우에는 구매처에서 교환하시고
출판사 교환이 필요할 경우에는 아래 주소로 반송 사유를 적어 도서와 함께 보내주세요.
06027 서울 강남구 도산대로 1길 62 강남출판문화센터 6층 민음인 마케팅부

© ㈜민음인, 2006. Printed in Seoul, Korea

ISBN 978-89-8273-947-7 04810(2권)
ISBN 978-89-8273-945-5 04810(set)

㈜민음인은 민음사 출판 그룹의 자회사입니다.
황금가지는 ㈜민음인의 픽션 전문 출간 브랜드입니다.